U0107057

二〇二二年度國家古籍整理出版專項經費資助項目

全國高等院校古籍整理研究工作委員會直接資助項目

有不爲齋隨筆校箋

〔清〕光聰諧 著 楊 曦 校箋

上海科學技術文獻出版社

圖書在版編目（CIP）數據

有不爲齋隨筆校箋 /（清）光聰諧著 ; 楊曦校箋 .
— 上海 : 上海科學技術文獻出版社 , 2023
ISBN 978-7-5439-8763-0

Ⅰ . ①有… Ⅱ . ①光… ②楊… Ⅲ . ①隨筆 – 作品集 – 中國 – 清代 Ⅳ . ① I264.9

中國國家版本館 CIP 數據核字 (2023) 第 032659 號

封面題簽：周 遊
封面設計：徐 利
策劃組稿：羅毅峰
責任編輯：羅毅峰

有不爲齋隨筆校箋
YOUBUWEIZHAISUIBI JIAOJIAN
［清］光聰諧 著 楊 曦 校箋
出版發行：上海科學技術文獻出版社
地　　址：上海市長樂路 746 號
郵政編碼：200040
經　　銷：全國新華書店
印　　刷：上海新開寶商務印刷有限公司
開　　本：889×1194 1/32
印　　張：13.125
字　　數：295 000
版　　次：2023 年 4 月第 1 版 2023 年 4 月第 1 次印刷
書　　號：ISBN 978-7-5439-8763-0
定　　價：128.00 元
http://www.sstlp.com

整理前言

《有不爲齋隨筆》是清人光聰諧撰寫的一部學術筆記。關于光聰諧及其著作的研究，目前尚不多見①。在此擬先考證其生平、家世及著述，再介紹《有不爲齋隨筆》的内容、版本與流傳情況，最後交待此次整理的基本原則，並重估此書的價值與地位。

一、光聰諧的生平、家世及著述

光聰諧，字律原，號栗園②，晚號遂園，安徽桐城人。乾隆四十六年生。早年與同里方東樹、馬瑞辰、徐璈、張聰咸、劉開、姚瑩等交好，並以文章道义相砥礪③。嘉慶十二年舉人。十四

① 有關聰諧生平事跡考證者，僅見鍾姝娟《光聰諧家世、生平及著述考略》一文（《湖南人文科技學院學報》2014 年第 2 期）。對《有不爲齋隨筆》的利用，則主要體現在對其觀點的徵引上。楊伯峻《列子集釋》（中華書局 1979 年版）曾完整引録聰諧對《列子》真偽及語言問題的論述。王水照《歐陽脩學古文于尹洙辨》（參見《王水照自選集》，上海教育出版社 2000 年版，第 458 頁），亦曾參考聰諧對歐陽脩《尹師魯墓誌銘》的評價。20 世紀 80 年代以來陸續出版的各類資料彙編，如傅璇琮編《楊萬里范成大資料彙編》（中華書局 1983 年版）、劉學鍇等編《李商隱資料彙編》（中華書局 2001 年版）、孔凡禮編《陸游資料彙編》（中華書局 2004 年版）等，也都摘録了聰諧對諸家詩文的評論。

② 聰諧名字，取自《尚書·虞書·堯典第一》："聲依永，律和聲。八音克諧。"其字、號寫法不一，多爲同音字或音近字，有律元、立元、聿原、栗原、栗元、笠園等。

③ 參見施立業《姚瑩年譜》，黃山書社 2004 年版，第 25—33 頁。

年恩科進士二甲第四十三名，選翰林院庶吉士。十六年散館二等，改刑部主事。十八年至鳳陽，主淮南書院。道光元年補山西司缺，並充本年順天恩科鄉試同考官。二年升刑部直隸司員外郎，並充本年貴州鄉試副考官。四年升刑部江蘇司郎中，充律例館提調。五年擢湖北荆宜施道。十一年二月升福建按察使，八月調直隸按察使。十三年正月遷甘肅布政使，六月改直隸布政使。十六年以忤逆琦善，引疾歸里。聰諧爲官直聲甚著，爲時人所稱。歸里後，頗事封殖①。咸豐二年十月，與馬瑞辰等被推爲團練局總董，抵禦太平軍②。三年十月桐城城破前，避亂浙江。八年，卒于杭州西湖寓所。

　　世稱桐城大族，多舉張、方、姚、馬、左等③，實則光氏亦堪稱其一。聰諧七世祖時亨（1599—1645），字羽聖，號含萬，明崇禎七年進士，曾任四川榮昌知縣，後擢刑部給事中，著有《素堂傳稿》《詩文集》等④。五世祖標（1648—1726），字霞起，號虛

---

①　[清]姚瑩之《伯山文集》卷五《與光栗原書》云："僕頃自金陵來，道路所聞，閣下歸里后頗事封殖。每歲所入租，不下萬餘石，食指且百人。又于通衢列肆，與商賈競刀錐之利。"(清道光二十八年刻本)後者蓋指光聰諧亦從事刻書以謀利。[清]鄭福照《方儀衛先生年譜》載道光十七年六月，方東樹"編校展卿先生《鶴鳴集》，同里光律原方伯聰諧爲刊行"(清同治七年刻本)，即其例。

②　[清]胡潛甫《風鶴實録》載："(咸豐二年)十月朔日，城設平安局，以備不虞。"注云："初，聞賊之竄楚也，馬樹章、馬星曙采買鋼鐵，延甘紹盤監造槍炮于西郊太霞宫，城人非之，譏其遠慮。至是巨室奮起，倡捐錢五千串有奇，北鄉王善懷假銀一千兩。時訓導來菼任，因設局于學署中，稟請前直隸布政司光聰諧、前工部都水司馬瑞辰主持局務，馬樹章、光聰誠、馬星曙、吳孫謹副之，首議守城，籌資募勇。"(太平天國歷史博物館主編《太平天國史料彙編·各地·安徽地區》，鳳凰出版社2018年版，第5805頁)參見徐川一《太平軍桐城"屠城"真相》，《安徽史學》1991年第2期。

③　參見徐雁平《論桐城可作爲清代地域文化研究的範本：以世家聯姻與文獻編刊爲例》，《安徽史學》2019年第4期。

④　參見馬其昶《桐城耆舊傳》卷五《光給事傳》，黄山書社2013年版，第138—141頁。

舟，一號片舫，諸生，著有《片舫齋詩集》十二卷①。標有四子，三子成采（1680—1726），字雲五，號筠峰，雍正二年進士，著有《大易旁通》十二卷等。四子元龍（1684—1742），字仙亭，即聰諧之高祖。元龍長子朗（1705—1789），字月川，太學生。朗長子策（1730—1810），原名觀國，字羅漪，亦爲太學生。策長子復（1749—1811），原名中，字敦夫，生四子。長子聰訓（1772—1792），字先民，早卒。聰諧則復之次子，故人或稱之爲“光二”②。三子朝魁（1784—1836），原名聰訥，字敏之，道光六年進士，曾任陝西襃城、南鄭蒲城等縣知縣。四子聰誠（1792—1855），字存之，諸生，議叙太常寺典簿廳，著有《聞齋詩集》七卷。唯《稼墨軒詩集》卷六有《春日書懷示三弟敏之五弟存之》詩，或聰訥、聰誠之間尚有一殤子，已不可考。

　　聰諧娶同里吳鞠③之女吳氏（1775—1832），生一子一女。吳氏能詩，著有《隨鴻閣詩集》一卷、《雲芬閣詩》一卷，無刻本，咸豐亂後散佚④，僅《安徽名媛詩詞徵略》録存五絶一首。側室陳氏，生一子兩女。長女適姚瑩之子濬昌，生永概、永樸。换言之，聰諧還是晚清民國桐城殿軍二姚的外祖父。桐城學術借姻親關係綿延不斷，于此亦可見一斑⑤。

---

　　①　［清］光循陔纂《（桐城孝先堂）光氏族譜》卷三上作“《片舫齋詩集》三十卷”。

　　②　參見［清］方宗誠《柏堂集·次編》卷九《記劉孟塗先生軼事》，清光緒六年至十二年桐城方氏刻《柏堂遺書》本。

　　③　吳鞠，字重約，號畫溪，安徽桐城人。諸生。著有《畫溪詩集》十五卷等。

　　④　參見光鐵夫《安徽名媛詩詞徵略》，黄山書社1986年版，第64—65頁；蔣元卿《皖人書録》卷三，黄山書社1989年版，第393頁。

　　⑤　按：光氏一門詩禮傳家，代有才人。聰誠長子熙，咸豐九年進士，官至永州知府。次子炘，同治二年進士，官至福州知府。聰諧五世孫開霽（1872—1930），字孟超，號夢巢，宣統元年舉孝廉方正，著有《石莊小隱詩集》八卷。開霽子大中（1890—1970），字鐵夫，秉仁孫，曾爲安徽通志館編纂，著有《安徽名媛詩詞徵略》等（參見戴文君《光大中傳略》，操鵬主編《桐城近世名人傳·續集》，安慶市政協文史委員會、桐城縣政協文史委員會1996年版，第110頁）。

　　聰諳一生著述，已刊行者有《稼墨軒集》十三卷（包括《詩集》九卷、《文集》一卷、《外集》二卷、《易學》一卷）①、《有不爲齋隨筆》十卷等。歸里後所作文章二十餘篇、詩近八百篇及《遂園詩餘》等，均已散佚，而今尚存之未刊稿僅《栗園詩稿》一卷、《管窺録》二卷兩種，現已收入《安徽省圖書館藏桐城派作家稿本鈔本叢刊（光聰諳、姚瑩卷）》②。聰諳亦致力搜訪鄉邦文獻，輯有《龍眠叢書》近百種，已刻成七十餘種，未及印行而亂作，底稿及多數書版均毀于兵燹③，今僅存二十八種。

二、《有不爲齋隨筆》的内容、版本及流傳

　　《有不爲齋隨筆》（以下簡稱《隨筆》）是聰諳五十五歲自直隸布政使任上激流勇退以後所積聚的讀書心得。書名取義于《孟子・離婁下》：“人有不爲也，而後可以有爲。”④“有不爲”分明是指不肯與權貴同流合污，“而後可以有爲”，則指解組歸田後可以致力于耕種自己的園地，從事古籍校讀。在這一齋號中，聰諳的人生態度與志趣追求已表露無遺。

　　《隨筆》全書分十卷，以天干標目，共 205 條 303 則，每條下或僅一則，或連類生發，包含數則，内容涉及説經、考史、諸子、

---

　　① 《稼墨軒集》有清道光七年荆宜施道刻本及光緒二年光進修補刊本兩種。《稼墨軒易學》，形式爲圖解，即清王國均《[同治]桐城縣志》卷八《人物志・宦績》“光聰諳”條及馬其昶《桐城耆舊傳》卷十《光布政傳》所謂之“《易圖説》”。

　　② 安徽省圖書館編《安徽省圖書館藏桐城派作家稿本鈔本叢刊（光聰諳、姚瑩卷）》，安徽大學出版社 2020 年版。按：此册所收《管窺録》曾經光聰諳校閲，爲姚永概舊藏。此外，中國國家圖書館亦藏有一部鈔本，上有馬其昶題記。

　　③ 參見劉聲木《萇楚齋三筆》卷六“龍眠叢書”條，中華書局 1998 年版，第 602 頁；光雲錦《景印〈桐舊集〉識語》，清徐璈輯録《桐舊集》，安徽人民出版社 2016 年版，第 405 頁。

　　④ ［宋］朱熹《孟子集注》卷八《離婁章句下》，中華書局 1983 年版，第 291 頁。

地理、金石、評文、論詩、釋教及風俗掌故等，大致可歸爲以下三方面。

一是考證經史諸子疑難。

聰諧雖爲桐城學人，然受當日學風影響，趨向實近于考證。《隨筆》所考較爲細密，時有可訂補顧炎武《日知錄》、錢大昕《廿二史考異》之處。如卷甲“南史誤刊”條更正《南史·王亮傳》誤字，此事《廿二史考異》卷三十六已拈出，而言之未晰，聰諧在其基礎上，詳爲疏通，遂使此節疑難渙然冰釋，今通行本《南史》仍沿舊本之誤，當據之改正。他如卷甲“太史公書改稱史記”、卷丙“于傳有之”、卷庚“春秋爲史之通稱”等條，剖析“史記”“傳”“春秋”等作爲通名與專名之別，頗具通識。至于卷丙“以鐵耕乎”“修其天爵”“巨屨小屨同賈”等條，亦能于經學家之外另闢蹊徑，據辭章之理發明《孟子》文義。

二是辨析古文詩歌疑義。

聰諧學有根柢，而又通解文辭，因之說詩論文能明虛實，既足以知詩文家考證之失，而又無考證家死于句下之弊，殊爲難能。卷丁“史氏山谷詩外集注”條，援據群書，訂正山谷詩史容注之譌。同卷“蕭千巖詩”條，鉤稽南宋詩人蕭德藻之詩文及行事，錢鍾書先生稱其搜羅“最備”[①]。同卷“誠齋詩不感慨國事”條，品評陸游、楊萬里詩歌之異，亦時爲學人徵引。辛、壬兩卷內容尤爲專門，可視爲聰諧之文話與詩話。卷辛專論唐宋八家及歸有光古文，或辯證詞義，或考證人物，且能剖判源流，揭橥諸家文格變化之跡。卷壬論漢魏六朝古詩、杜詩、韓詩、蘇詩、

①　錢鍾書《錢鍾書手稿集·容安館札記》（第1冊）第五百七十三宋虞儔“尊白堂集”條，商務印書館2003年版，第624頁。按：《宋詩選注》“蕭德藻”小傳亦謂其“詩集流傳不廣，早已散失，所存的作品都搜集在清代光聰諧的《有不爲齋隨筆》卷丁裏”（錢鍾書《宋詩選注》，生活·讀書·新知三聯書店2002年版，第337頁）。

陸詩等所涉之典故、人事與句法，頗爲仔細，又能闡發通例，探析詩人脱化、景事關係等理論問題，亦引人深思①。

三是記載親身游歷見聞。

聰諳一生讀書之外，亦留心世事，愛好游覽。卷丁"風雅換弓刀""博學鴻詞科""講學立宗旨"等條可見其對世事之洞察，卷戊"鳥去池葉"、卷庚"唐玄宗二嶽碑"等條可見其游蹤，而要以卷癸所述最豐。其間或備載科場掌故，或詳考名勝源流，其特色尤在取古人事跡與今日聞見相互印證，以明古今人情之不異，將紙上學問與空間學問融而爲一②，實非徒鑽故紙者可比。不僅如此，聰諳以淵源桐城，文筆亦有可稱道處。卷癸"黄白儺"條叙其歸隱後與弟聰誠"各携便服，不挈冠帶"，暢游東南山水之事，而後曰："昔聞有僧言：'江上千檣萬檝，實止名利兩舟。'前在京口舟中，舉此語笑謂存之曰：'我兩人今日之舟，名耶？利耶？殆于僧言之外，又益一虚舟耳。'"讀來令人亦生蕭然遠引之意。近人柴小梵極賞之，稱"其文字及風致如此，使人掩卷神往，覺世人千言萬語，不抵此寥寥若干字之冷雋也"③，可謂知言。

---

① 按：安徽省博物院尚藏有《説詩雜抄》一册（索書號：11399），不分卷，白口，四周雙邊，半葉九行二十一字，首葉鈐"光聰諳印"（朱文印）、"方伯之章"（朱文印）兩方，與此館所藏《稼墨軒文稿》等版式、紙張均同。此本今可見者僅首葉之半，第一行爲"説詩雜抄"四字，第二行爲"謝康樂《夜宿石門》詩"云云，兩行之間欄綫標一紅圈，下注"對法"兩小字。此葉内容皆有關扇對及回環對者，核其文字，與卷壬第 150 條"對法"全同，唯第八行"庾子山《哀江南賦》"云云作雙行小字，當爲補入。因此，《説詩雜抄》當即《隨筆》卷壬之初稿，蓋聰諳原以説詩者輯爲一卷也。

② 按：吕思勉先生嘗謂："學問在空間，不在紙上，讀書是要知道宇宙間的現象，就是書上所説的事情；而書上所説的事情，也要把它轉化成眼前所見的事情。如此，則書本的記載，和閲歷所得，合同而化，才是真正的學問。"（吕思勉《從我學習歷史的經過説到現在學習歷史的方法》，《吕思勉全集》第 12 册《論學叢稿》（下），上海古籍出版社 2016 年版，第 752 頁）聰諳所爲，與此意正合，故借以論之。

③ 柴小梵《梵天廬叢録》卷二十"江止庵黄白儺篇"條，山西古籍出版社 1999 年版，第 757 頁。

　　據聰諧長孫進修所言，此書書版于咸豐初年刻成，然未及印行，即全毀于太平天國戰火。幸而底稿尚存，光緒十四年，進修遂携稿本前往蘇州，請時任江蘇布政使，與桐城淵源甚深的黃彭年幫助刊刻。蓋彭年之父輔辰，道光二年貴州鄉試出于聰諧門下，故彭年以聰諧再傳弟子自居。以此因緣，《隨筆》終得印行，是即光緒十四年蘇州藩署刻本。此書黑口，左右雙邊，半葉十三行二十四字，今中國國家圖書館、上海圖書館、浙江圖書館、首都圖書館、福建省圖書館、湖南省圖書館等處皆有收藏。

　　此書稿本與校樣刻本今仍存世。前者藏于安徽省博物院（索書號：11402），共十册，白口，四周雙邊，半葉九行二十一字。第一册封面左上題"有不爲齋隨筆"，右側題"甲，三十一頁（内夾一頁)，共六千〇五十四字"，鈐有"方伯之章"（朱方），首葉鈐"光聰諧印"（白方）、"方伯之章"（朱方）兩印。後者則藏于陝西師範大學圖書館（索書號：綫善 071.7/105)，存前五卷，著錄于黃永年編《陝西師範大學圖書館善本書目》。但此次整理時均未能得見，謹志于此，以待日後尋訪。

　　黃彭年在刊刻此書後，時以之饋贈師友門生。中國國家圖書館藏有一部《隨筆》，封面有章鈺題識，上册爲"《有不爲齋筆記》上册，貴築黃子壽師戊子冬月手贈"，戊子即光緒十四年書甫印成之時；下册爲"《有不爲齋筆記》下册，光緒戊申受業弟子章鈺追記"。葉昌熾《緣督廬日記》光緒十五年正月二十日載："再同（按：即彭年之了國瑾）贈《有不爲齋隨筆》二册，桐城光聰諧律元著，子壽師新刻于吳中。"[1]惲毓鼎《味腴室日記》光緒十六年二月二十六日亦載："子壽方伯惠以桐城光律元（聰諧）《有

────────

①　［清］葉昌熾《緣督廬日記》（第 3 册），江蘇古籍出版社 2002 年版，第 1622 頁。

不爲齋隨筆》。"①此舉在無形中擴大了《隨筆》的影響。

　　《隨筆》在今日雖不甚爲人所知,但仔細爬梳晚清民國史料,仍可以見到不少學人閱讀與引用《隨筆》的痕跡。繆荃孫曾于四日中大體通讀一過②。作爲金石學家,他盛贊書中對潛山石牛洞題刻的記載,自謂讀此書始知其地③。況周頤也曾從繆荃孫處借閱《隨筆》④,其《眉廬叢話》卷八"儒士呆絕三例"條所記陳音事⑤,與《隨筆》卷己"陳音白雲觀詩"條文字大體相同,當即節鈔自《隨筆》。至于俞樾《茶香室叢鈔》、徐珂《清稗類鈔》等纂集類筆記,更多次引錄《隨筆》中的考證與軼聞,此不贅述。附帶一提,一九二六年魯迅通過三弟周建人購得此書,年末《書賬》注爲五角,見于《魯迅日記》⑥。這是對《隨筆》時價的有趣記錄。

　　與此同時,《隨筆》也得到了晚近學人的高度評價。除黃彭年撰序盛贊其"文章之美,考辨之精,有可與惜抱、援鶉並傳者"外⑦,

　　① ［清］惲毓鼎《惲毓鼎澄齋日記》(第 1 册),浙江古籍出版社 2004 年版,第 62 頁。

　　② ［清］繆荃孫《藝風老人日記(二)·庚子日記》五月廿二日至廿五日,《繆荃孫全集·日記》(第 2 册),鳳凰出版社 2014 年版,第 77—78 頁。

　　③ ［清］繆荃孫《藝風老人日記(二)·乙巳日記》六月八日,《繆荃孫全集·日記》(第 2 册),第 344 頁。

　　④ ［清］繆荃孫《雲自在龕隨筆》卷四,《繆荃孫全集·筆記》,第 90 頁。參見［清］繆荃孫《藝風堂文漫存·乙丁稿》卷三《復顧鼎梅》,《繆荃孫全集·詩文》(第 1 册),第 659 頁。

　　⑤ ［清］況周頤《眉廬叢話(全編本)》卷八總第二七六條,獨立作家出版社,2016 年版,第 199 頁。

　　⑥ 《魯迅日記》一九二六年十二月十七日載:"午後收《魏略輯本》二本、《有不爲齋隨筆》二本,共泉二元,三弟購寄。"參見魯迅《魯迅全集·日記》(第 15 卷),人民文學出版社 2005 年版,第 650、658 頁。

　　⑦ ［清］黃彭年《陶樓文鈔》卷九《〈有不爲齋筆記〉序》,《黃彭年诗文集》,貴州人民出版社 2012 年版,第 1194 頁。

譚獻曾兩次檢閲是書，一則謂其"樸至充博，兼綜四部，此之謂細心讀書，擬之其鄉，在援鶉之上"①，再則謂其"有道，語言温粹，無塗澤餖飣之習"②，頗爲推重。章士釗亦稱許《隨筆》乃"甚爲有用之雜記短書"③。至于充分利用《隨筆》並給予甚高評價的仍當推錢鍾書先生。據筆者統計，錢先生在正式著作中引用《隨筆》22 次（《管錐編》8 次、《談藝録》12 次、《宋詩選注》1 次、《韓昌黎詩集釋》1 次），在粗具著述規模的《容安館札記》中引用了 20 次，在最爲原始的《錢鍾書中文筆記》中則摘録了 22 條 24 則④，其後所引大體不越乎此。特別是在《管錐編》"史記會注考證·太史公自序"一則中，錢先生節録了《隨筆》卷甲"太史公書改稱史記"條，以爲可補《廿二史考異》之不足，並感嘆道，"光氏此書甚贍核，而知者甚少"，故特引其一，"聊發其幽潛云"⑤。筆者也正是因這一評價而注意到《隨筆》，並萌生校點之意。

三、整理説明與價值重估

本次整理主要做了以下三方面的工作。

一是標點分段。本書以哈佛大學哈佛燕京圖書館藏光緒十四年蘇州藩署刻本爲底本進行標點，並對篇幅較長的條目適

---

① ［清］譚獻《復堂日記》卷八（庚寅），《譚獻日記》，中華書局 2013 年版，第 167 頁。

② ［清］譚獻《復堂日記續録》光緒十八年四月初二日，《譚獻日記》，第 300 頁。

③ 章士釗《柳文指要》，《章士釗全集》（第 9—10 卷），文匯出版社 2000 年版，第 41 頁。

④ 錢鍾書《錢鍾書手稿集·中文筆記》（第 2 册），商務印書館 2011 年版，第 406—408 頁。

⑤ 錢鍾書《管錐編》，中華書局 1979 年版，第 394 頁。

當分段，同時編排序號、擬定目次。此外，還選取了數種有關聰諧家世、生平及著作的史料作爲附錄。

二是校勘箋證。此次校勘以他校爲主，《隨筆》徵引繁富，筆者一一爲之覆核，然不輕易更動原文，並盡量選擇聰諧可能使用的版本，以期避免"以新刻校古書"①的問題。卷庚"春秋爲史之通稱"條引《墨子》佚篇"吾見百國春秋史"一句，"史"字孫詒讓以爲當删，然聰諧所據乃畢沅校注之本，蓋畢本誤句，故不據孫説删。卷戊"鳥去池葉"條引《水經·灤水注》"方八里餘"云云，諸本皆作"方里餘"，唯趙一清《水經注釋》卷四十有"八"字，且引《元和志》"池周迴八里"爲證，因知此處聰諧所用《水經注》乃趙本，故亦不據諸本删。

箋證可分爲五類：一、標記出處。其間尤可注意者，《隨筆》引書非盡據原書，而時有轉引者。凡遇此類，盡力追索直接出處，而將原始出處标附于後。卷甲"西施入市人見者輸錢"條引《太平御覽》"上元"條，由上下文觀之，實據洪邁《容齋三筆》卷一"上元張燈"條轉引，而非《太平御覽》。卷戊"衡方碑"條，引洪适、都穆、顧炎武等人之説，參以卷庚"唐玄宗二嶽碑"條"檢《金石萃編》"之語，可知此處聰諧亦據《金石萃編》，而非諸家原書。由此等處，可見聰諧學問之淵源與治學之依憑。二、引録原文。卷己"道樹"條言及方苞本王明清、薛季宣之意所撰之疏，然僅撮述大意，不甚可，故節録《望溪奏議》以明所指。卷庚"戴良"條所言戴氏佚文《廣利禪寺報本莊塗田記》，《戴良集》《全元文》仍失收，故全文引録。此皆爲省讀者翻檢之勞。三、附注參見。卷甲"吳行人儀"條，梁玉繩《人表考》卷五、錢大昕

---

① ［宋］王應麟著，［清］翁元圻注《困學紀聞注》卷十八《評詩》"張衡怨詩清典可味"條引何焯語，中華書局 2016 年版，第 2090 頁。

《十駕齋養新録》卷二亦嘗考之。卷庚"誠齋詩不感慨國事"條，錢鍾書《容安館札記》則有申説。此皆有助考索，故均加節録。其他關係稍遠者，僅注出處而不備引。四、辨析考證。聰諧之説有未盡或非是者則加以辨證。卷辛"讀歐"論歐公更號之年，似是而非，故試作推考。卷壬"趙師民"詩條以"麥秋晨氣潤，槐夏午風涼"爲杜詩，亦誤，故據諸書考其源流。五、人物小傳。卷戊"輯録邸抄"條所言洪燿，卷癸"改名等第"條所言光朝魁、楊懋恬等，皆有關聰諧生平之人，故爲作小傳、合全書觀之，聰諧交游亦大略可見。

三是編製引用書目。引用書目，首先可説明校勘時所使用的版本，使讀者可以覆按。其次，則粗略呈現了清中後期士人可能使用的書籍版本情況。最後，通過其中標注的《隨筆》引用者，以聰諧爲代表的學人之知識結構亦可約略窺見。結合箋證與引用書目，一位考證學者如何獲取知識、展開治學并最終形成自己觀點的過程，可得到較爲具體的呈現。這或可視爲時下所謂"閲讀史研究"的一次嘗試。當然質言之，不過是參照現代學術標準爲《隨筆》增加了一份參考文獻。只是落實這一構想困難重重，雖據聰諧自述及一些特殊的引文謫誤，可以明瞭或者推知其所使用的部分版本，但常見的經史詩文，都頗難斷定究爲何本，大多只能以意取之。目前主要通過不同的符號標注，略示層級之別而已。

通過上述檢核，筆者對聰諧本人學術及清代考證之學的源流始有一些粗淺的認識。從《隨筆》中不難看出洪邁《容齋隨筆》、王應麟《困學紀聞》、顧炎武《日知録》、錢大昕《廿二史考異》、姚範《援鶉堂筆記》等宋人與清人筆記體著述對于清中後期考證之學的深遠影響，特別是翁元圻《困學紀聞注》、黄汝成《日知録集釋》在某種意義上已成爲學人的資料彙編，清人錢泰吉嘗勸人以三年之力細讀《困學紀聞》及其注本，以爲“讀此書既畢，而經史百家皆得其端緒”①，實不爲無故。至于作爲考證淵藪與治學門徑的《四庫全書總目》（以下簡稱《總目》），在《隨筆》中地位尤爲顯著。其間采用《總目》之説處，隱駁《總目》之誤處，沿襲《總目》之譌處，在在可見。如爲錢鍾書先生所稱的卷乙“蜀爲正統”條，即聰諧本諸《總目》諸書提要所撰。

因此，筆者對《隨筆》的價值判斷稍異于前人。譚獻之論，當時已有異議，楊鍾羲《雪橋詩話》謂其説“未爲定評”②，徐世章在《續修四庫全書總目提要》中亦謂“未免推之過當”③。竊以爲不僅如此，聰諧自謂此書“步趨沈、洪兩《筆》後塵”④，與錢先生“贍核”之評都略嫌于高。在清人學術筆記中，《隨筆》尚不足以與《十駕齋》《援鶉堂》等並駕齊驅，然能考證、通詩文、明人情，兼有漢學與桐城之長，亦可謂自樹一幟。若以九品之法論之，當在“上下”與“中上”之間。

本書得以完成，有賴于諸多師友的襄助。劉奕老師時爲解疑釋惑，鄭幸老師則爲尋訪寧波阿育王寺戴良碑文，惜寺内諸刻保存不佳，今戴碑亦不詳所在，祖胤蛟提示安徽博物院所藏聰諧稿本綫索，劉仁幫助撰寫《隨筆》所涉清人小傳，袁恩吉、楊珂、王若舟代爲檢核文獻，周遊爲本書題簽，在此均一併致謝。而最要感謝的是羅毅峰。如果没有他的提議，我大概並不會下決心董理這樣一部清人筆記；如果没有他的督促，我也不知何時才能完稿，至于在整理過程中對我的不足與錯謬的補正，更

① ［清］錢泰吉《曝書雜記》卷二，中華書局 2020 年版，第 71 頁。
② 楊鍾羲《雪橋詩話·續集》卷五，人民文學出版社 2011 年版，第 1095 頁。
③ 中國科學院圖書館整理《續修四庫全書總目提要稿本》（第 15 册），齊魯書社 1996 年版，第 698 頁。
④ 詳本書附録二《稼墨軒集》卷首光進修識語。

不可計數了。

　　回看此書的整理，自覺仍留下了不少顯而易見的遺憾。一是《隨筆》的稿本、校樣刻本及《説詩雜抄》尚無緣獲見，于是缺少了對《隨筆》從稿本到刊本演變過程的考察。二是引文核查多依賴電子數據庫，雖然嘗試融會所得，但檢索痕跡依然存在，且不免于繁冗瑣碎。三是少數引文，如卷丁"柳開張景""率出"兩條所引方世舉之説，尚未檢得出處，一些已知綫索的版本，如湖南省圖書館等處所藏彭期刻本《歐陽脩全集》、日本國立公文書館所藏陳音《媿齋集》等，也未能明瞭其情況。四是引用書目的編製仍較粗略，恐尚多譌誤。

　　細看一校樣時，我又發現幾乎每一頁上都有各式各樣的錯誤，包括標點的，字形的，文義理解的，乃至自以爲已頗爲仔細的引文起止的，内心慚悚交併，深懼使古人書因我而受損。雖然盡力改正，但恐怕還留下了不少未曾意識到的問題。對于錯誤，人總是明于察人而暗于察己的。因此，所謂"錯譌在所難免，懇請讀者指正"，于我實在是一句想要誠惶誠恐坦白的話。我的電子郵箱是 yangxiyqxz@126.com，有任何問題，都請讀者不吝賜教！

楊　曦

二〇二三年二月二十七日于南京

目　　次

整理前言 ……………………………………………… 1

凡例 …………………………………………………… 1

有不爲齋筆記叙 ………………………… 黄彭年　1

有不爲齋隨筆甲 …………………………………… 4

　1　五亦有中三亦有中 ………………………… 4

　2　人莫知其子之惡 …………………………… 5

　3　西施入市人見者輸錢 ……………………… 7

　　3-1　孟子疏引史記 ……………………… 7

　　3-2　鳶鵲蒙害仁鳥增逝 ………………… 9

　　3-3　非禮之禮非義之義 ………………… 10

　4　吴行人儀 …………………………………… 11

　5　龍神之祀 …………………………………… 11

　6　南史氏 ……………………………………… 13

　7　楚人惎之 …………………………………… 14

　8　太史公書改稱史記 ………………………… 15

　9　藝文志注誤刊 ……………………………… 18

　10　氏族略 …………………………………… 18

　　　10-1　將具氏將鉅氏老成氏考成氏 ·············· 18
　　　10-2　將具子彰 ··················· 19
　11　揚雄箴 ······················· 20
　　　11-1　州箴 ····················· 20
　　　11-2　漢志所謂箴二 ················ 22
　　　11-3　揚集二十八箴 ··············· 22
　　　11-4　官箴擬作 ················· 23
　12　李斯諫棄詩書 ··················· 24
　13　失之宰予失之子羽 ················ 25
　　　13-1　失之宰予失之子羽不可信 ·········· 25
　　　13-2　失取非失舍 ················ 26
　14　彭羕 ······················· 27
　15　孔老互稱龍鳳 ··················· 28
　16　心箴本荀子 ···················· 29
　17　六如九喻 ····················· 30
　18　支那 ······················· 31
　19　心經 ······················· 32
　20　辛甲 ······················· 33
　21　三都賦 ······················ 34
　22　戰國策 ······················ 34
　　　22-1　剡川姚氏本 ················ 34
　　　22-2　市駿骨 ·················· 36
　　　22-3　戰國策事文重見 ·············· 36
　23　春秋後語 ····················· 37
　24　山海經 ······················ 38
　　　24-1　神光 ··················· 38
　　　24-2　古文家規橅山海經 ············· 39

　　24-3　山海經非禹益所作 ············· 39

　　24-4　山海經稱郡縣 ··················· 40

　　24-5　博石 ·························· 41

　　24-6　形天 ·························· 41

25　朱長孺校水經注 ··················· 42

26　洛陽城 ··························· 42

有不爲齋隨筆乙 ··························· 44

27　衛青 ····························· 44

28　五世相韓 ························· 45

29　齊東野語 ························· 45

　　29-1　詩詞祖述 ··················· 45

　　29-2　史記多誤 ··················· 46

30　八達 ····························· 47

31　西法不始于萬曆 ··················· 48

32　宗愨母鄭夫人墓誌 ··············· 49

33　西方之人 ························· 50

34　雪竇非黃巢 ······················· 51

35　好爲雅言 ························· 51

36　莊子休 ··························· 52

37　詩文稱首 ························· 53

38　秉燭達旦 ························· 54

39　劉杳傳誤 ························· 55

40　周妻何肉 ························· 56

41　南史誤刊 ························· 56

　　41-1　王亮傳 ····················· 56

　　41-2　豫章文獻王嶷傳 ············· 57

　　　41-3　朱异傳 ………………………………… 57

　42　牛鼎 ……………………………………………… 58

　43　蜀爲正統 ………………………………………… 59

　　　43-1　以蜀爲正統之源流 …………………… 59

　　　43-2　三國志體例 ……………………………… 61

　44　頭責文 ………………………………………… 61

　45　季札論人 ………………………………………… 65

有不爲齋隨筆丙 ………………………………………… 66

　46　蔚宗後漢書 …………………………………… 66

　　　46-1　范書章懷注與彪書劉昭注之分合 …… 66

　　　46-2　後漢書論贊 ……………………………… 69

　47　梁甫吟 ………………………………………… 69

　48　王制左道 ……………………………………… 71

　　　48-1　左道疏引後漢書 ……………………… 71

　　　48-2　左道釋義 ……………………………… 71

　49　冠者五六人童子六七人 …………………… 72

　　　49-1　皇侃論語疏引舊説 …………………… 72

　　　49-2　石動箇滑稽 …………………………… 73

　　　49-3　侯白啓顔録 …………………………… 73

　50　蔡中郎遺書始末 …………………………… 74

　　　50-1　博物記及列子序所載始末 …………… 74

　　　50-2　文姬不知書傳于王粲 ………………… 74

　51　仲山甫補衮 ………………………………… 75

　52　三姓並稱 …………………………………… 75

　53　劇秦美新 …………………………………… 76

　54　古無虞書 …………………………………… 77

55　反語　⋯⋯⋯⋯⋯⋯⋯⋯⋯⋯⋯⋯⋯⋯　78

56　于傳有之　⋯⋯⋯⋯⋯⋯⋯⋯⋯⋯⋯⋯　81

57　以鐵耕乎　⋯⋯⋯⋯⋯⋯⋯⋯⋯⋯⋯⋯　82

58　修其天爵　⋯⋯⋯⋯⋯⋯⋯⋯⋯⋯⋯⋯　82

59　巨屨小屨同賈　⋯⋯⋯⋯⋯⋯⋯⋯⋯⋯　83

60　戴不勝戴盈之　⋯⋯⋯⋯⋯⋯⋯⋯⋯⋯　84

61　匡章　⋯⋯⋯⋯⋯⋯⋯⋯⋯⋯⋯⋯⋯⋯　85

有不爲齋隨筆丁　⋯⋯⋯⋯⋯⋯⋯⋯⋯⋯　87

62　史氏山谷詩外集注　⋯⋯⋯⋯⋯⋯⋯⋯　87

63　山谷論寫字　⋯⋯⋯⋯⋯⋯⋯⋯⋯⋯⋯　90

64　楞伽經　⋯⋯⋯⋯⋯⋯⋯⋯⋯⋯⋯⋯⋯　91

65　蕭千巖詩　⋯⋯⋯⋯⋯⋯⋯⋯⋯⋯⋯⋯　92

　　65-1　蕭千巖詩文　⋯⋯⋯⋯⋯⋯⋯⋯　92

　　65-2　蕭千巖生平　⋯⋯⋯⋯⋯⋯⋯⋯　95

　　65-3　宋詩紀事小傳　⋯⋯⋯⋯⋯⋯⋯　96

　　65-4　楊誠齋薦蕭千巖　⋯⋯⋯⋯⋯⋯　97

　　65-5　趙蕃贈蕭千巖詩　⋯⋯⋯⋯⋯⋯　97

　　65-6　蕭千巖以兄子妻姜堯章　⋯⋯⋯　97

66　吳淵穎集注　⋯⋯⋯⋯⋯⋯⋯⋯⋯⋯⋯　98

67　柳開張景　⋯⋯⋯⋯⋯⋯⋯⋯⋯⋯⋯⋯　100

68　率出　⋯⋯⋯⋯⋯⋯⋯⋯⋯⋯⋯⋯⋯⋯　102

69　亞惡字古通　⋯⋯⋯⋯⋯⋯⋯⋯⋯⋯⋯　102

70　樂官山　⋯⋯⋯⋯⋯⋯⋯⋯⋯⋯⋯⋯⋯　104

71　棲霞寺碑　⋯⋯⋯⋯⋯⋯⋯⋯⋯⋯⋯⋯　105

72　小時了了　⋯⋯⋯⋯⋯⋯⋯⋯⋯⋯⋯⋯　106

73　引書當舉所出　⋯⋯⋯⋯⋯⋯⋯⋯⋯⋯　107

74　施與功德 ·· 109

75　風雅換弓刀 ·· 109

76　鄭寒村詩 ·· 111

77　博學鴻詞科 ·· 112

78　三世同榜 ·· 113

79　講學立宗旨 ·· 115

　　79-1　講學家習氣 ······························· 115

　　79-2　詞章與講學 ······························· 115

80　朱字緑文 ·· 115

81　柏相逸事 ·· 117

有不爲齋隨筆戊 ····································· 120

82　韓歐讀書詩 ·· 120

　　82-1　昌黎示兒及讀書城南二詩 ·············· 120

　　82-2　高爵厚禄本賢能固有之分 ·············· 121

　　82-3　歐公與荆南樂秀才書及王懷坡寄姬
　　　　　傅姚書 ································· 122

　　82-4　子固讀書詩 ······························· 124

　　82-5　昌黎子孫登第 ··························· 125

　　82-6　昌黎自訟 ······························· 126

83　錢歐無忤 ·· 127

84　焦山 ·· 128

85　白下 ·· 129

86　沈啓南畫府署照壁 ································ 130

　　86-1　宋禁中郭熙董羽畫 ····················· 130

　　86-2　秋水涉筆所載沈石田事 ··············· 131

87　艮嶽 ·· 132

88　輯録邸抄 ·· 133

89　八疑十二證 ······································· 134

90　宿諾 ·· 134

91　叔先雄 ·· 135

92　通鑑不載屈原陶潛 ·························· 137

93　京官肩輿 ·· 138

94　衡方碑 ·· 140

95　鳥去池葉 ·· 141

有不爲齋隨筆己 ······································· 143

96　墨子 ·· 143

97　列子 ·· 145

　97-1　列子多增竄入後事 ················· 145

　97-2　列子襲古書之辭 ····················· 146

　97-3　列子御風事 ···························· 147

　97-4　以先生稱師始列子 ················· 147

　97-5　因以爲茅靡 ···························· 147

　97-6　惠盎四累之上 ······················· 148

98　辨燭影斧聲之嫌 ······························· 148

　98-1　拄斧之制 ································· 148

　98-2　程敏政宋紀受終考 ················· 151

　98-3　九朝編年綱目備要裝點燭影斧聲事 ······· 152

　98-4　張東海書續宋論後 ················· 153

99　蘇頌辨曆 ·· 153

100　殷仲堪 ·· 154

101　陶淵明傳 ·· 154

102　陳音白雲觀詩 ···································· 155

102-1　陳音軼事 ································· 155

102-2　重九會白雲觀詩異文 ··············· 156

102-3　燕九 ································· 157

103　文移肆罵 ································· 158

104　韋世康 ································· 159

105　楊學士十聯 ································· 159

106　道樹 ································· 160

107　楊叛兒 ································· 161

108　縱囚 ································· 162

109　明太祖像 ································· 162

110　邑姜 ································· 164

111　趙武靈王夢處女 ················· 164

112　己爲司馬 ································· 165

113　詩感異時 ································· 166

有不爲齋隨筆庚 ································· 169

114　彌天釋道安四海習鑿齒 ··············· 169

115　唐玄宗二嶽碑 ················· 170

116　戴良 ································· 174

117　三十年不曾少鹽醬 ··············· 177

118　酒揮勃律天西椀 ················· 178

119　川后世情 ································· 178

120　誠齋詩不感慨國事 ··············· 178

121　畫扇詩 ································· 180

122　蓮勺 ································· 180

123　董仲舒引曾子 ················· 182

124　春秋爲史之通稱 ················· 183

125　投蓋稷門 ……………………………………… 184

126　中庸兩行之一也 ………………………………… 186

127　子路從而後章 …………………………………… 187

128　試卷履歷 ………………………………………… 188

129　宋槧 ……………………………………………… 189

129-1　司馬溫公論摹印正史之誤 ……………… 189

129-2　葉少蘊論書籍刊鏤與誦讀 ……………… 189

130　廷杖 ……………………………………………… 190

130-1　廷杖或作俑于張嘉貞 …………………… 190

130-2　孫權杖朱據屈晃爲廷杖濫觴 …………… 191

131　歷齒 ……………………………………………… 191

132　跋扈 ……………………………………………… 192

133　陳思王釋疑論 …………………………………… 194

134　吳範劉惇趙達傳注 ……………………………… 195

135　蛇爲龍 …………………………………………… 195

有不爲齋隨筆辛 ……………………………………… 197

136　讀韓 ……………………………………………… 197

136-1　答張籍第一書 …………………………… 197

136-2　原道 ……………………………………… 198

136-3　與馮宿論文書 …………………………… 198

136-4　送孟東野序 ……………………………… 199

136-5　知名箴 …………………………………… 200

136-6　送石處士序 ……………………………… 201

136-7　張中丞傳後序 …………………………… 201

137　讀柳 ……………………………………………… 202

137-1　佩韋賦 …………………………………… 202

137-2　駁復讎議 ···················· 202

137-3　嶺南節度饗軍堂記 ·············· 203

137-4　報袁君陳秀才避師名書 ·········· 203

137-5　河間婦傳 ···················· 204

137-6　龍安海禪師碑 ················ 204

138　讀歐 ·························· 205

138-1　歐公號六一居士之始 ·········· 205

138-2　歐公説經 ···················· 206

138-3　歐文複重 ···················· 206

138-4　集古録跋顔師古等慈寺碑 ······ 207

138-5　戕竹記 ······················ 207

138-6　三琴記 ······················ 208

138-7　蘇明允墓誌 ·················· 208

138-8　集古録後漢孔君碑 ············ 209

138-9　范碑尹誌 ···················· 209

138-10　邵氏聞見前録之誤 ·········· 210

139　讀曾 ·························· 211

139-1　救灾議 ······················ 211

139-2　擬貢荔枝狀 ·················· 211

139-3　請擇將益兵劄子 ·············· 212

139-4　書魏鄭公傳後 ················ 212

139-5　子固文格 ···················· 213

139-6　都官員外郎胥君墓志銘 ········ 213

139-7　尚書都官員外郎王公墓誌銘 ···· 214

140　讀王 ·························· 216

140-1　宋世女封不繫夫 ·············· 216

140-2　荆公經學 ···················· 216

140-3　上運使孫司諫書 ……………………… 218

140-4　撫州通判廳見山閣記 …………………… 218

140-5　金溪吳君墓志銘 ………………………… 219

140-6　荊公誌墓文 ……………………………… 219

141　讀蘇 …………………………………………… 220

141-1　蘇明允審勢 ……………………………… 220

141-2　東坡晁君成詩集序引 …………………… 220

141-3　東坡論給田募役狀 ……………………… 221

141-4　東坡論田單火牛 ………………………… 221

141-5　東坡論褚遂良以飛雉入宮爲祥 ………… 222

141-6　東坡記艾人着灸法 ……………………… 222

141-7　子由晋宣帝論 …………………………… 222

141-8　三蘇作文避家諱 ………………………… 223

142　讀歸震川集 …………………………………… 223

142-1　震川集諸本異同 ………………………… 223

142-2　震川集昆山本與常熟本 ………………… 229

142-3　草庭詩序 ………………………………… 229

142-4　西王母圖序 ……………………………… 229

142-5　代作經序録序 …………………………… 229

142-6　題立嗣辨後 ……………………………… 230

有不爲齋隨筆壬 …………………………………… 231

143　焦仲卿詩 ……………………………………… 231

144　花花相對葉葉相當 …………………………… 232

145　左思咏史 ……………………………………… 233

146　李杜韓皆不重陶 ……………………………… 233

147　心醉 …………………………………………… 234

148　陶用岫字 ·· 235

149　宋意 ·· 236

150　對法 ·· 237

　　150-1　虛實回環作對 ·················· 237

　　150-2　回環對 ·························· 238

151　謝惠連秋懷詩 ···························· 238

152　裴冕類禋郊 ······························ 239

153　涉筆成法 ································ 240

154　笑讀古人書 ······························ 240

155　改用事實 ································ 241

　　155-1　太白用黃庭博鵝事 ·········· 241

　　155-2　太白宮中行樂詞 ··············· 243

156　天闕 ·· 244

157　橘柚龍蛇 ································ 245

158　李潮八分歌 ······························ 246

　　158-1　唐人工八分者 ················· 246

　　158-2　張廷珪盧藏用梁昇卿善八分 ·········· 246

159　說詩之拘 ································ 247

160　昌黎詩不用佛典 ······················ 248

161　太清宮紀事 ······························ 249

162　韓孟聯句 ································ 250

163　聖得 ·· 252

164　贈張籍詩 ································ 253

165　酬張功曹署詩 ·························· 254

166　唐鐃歌鼓吹曲 ·························· 255

167　登柳州城樓詩 ·························· 255

168　韓碑詩失實 ······························ 256

169　法眼咏牡丹 …………………………………… 257

170　詩人脱化 ……………………………………… 258

　　170-1　宋子京真定述事 …………………… 258

　　170-2　王介甫送程公闢守洪州 …………… 259

171　答謝希深詩 …………………………………… 261

172　景事不合 ……………………………………… 263

　　172-1　歐公放翁詩景事不合 ……………… 263

　　172-2　漁洋詩景事不合 …………………… 263

　　172-3　漁洋詩寫楓柏葉紅不合節候 ……… 265

173　能改齋漫録引歐詩 …………………………… 267

174　趙師民詩 ……………………………………… 267

175　歐詩複句 ……………………………………… 268

176　蘇陸咏石 ……………………………………… 269

177　東坡海市詩 …………………………………… 270

178　改換法 ………………………………………… 270

179　蘇詩用璨瑳 …………………………………… 276

180　咏雪限尖叉 …………………………………… 277

181　雙池絶句 ……………………………………… 278

182　丹楹刻桷 ……………………………………… 279

183　六言九言 ……………………………………… 280

184　齊雲三姑峰 …………………………………… 282

185　詩用成語 ……………………………………… 284

186　北齊校書圖 …………………………………… 285

有不爲齋隨筆癸 ………………………………… 287

187　隨宜笑答 ……………………………………… 287

188　場中示文稿 …………………………………… 288

189　辰沅舟中所見 ……………………………………… 290

190　名流錮習 …………………………………………… 292

191　改名登第 …………………………………………… 294

　　191-1　光聰訥改名朝魁登第 …………………… 294

　　191-2　夢中教人改名登第 ……………………… 295

192　石聖臺鳳皇見 …………………………………… 297

193　背生肉龍 ………………………………………… 298

　　193-1　府兵及尹老須背生肉龍 ………………… 298

　　193-2　龍出入口鼻 ……………………………… 299

194　攤門不安横 ……………………………………… 299

195　柏林寺畫壁水 …………………………………… 300

196　許我史我 ………………………………………… 302

197　金山寺鹽豉 ……………………………………… 304

198　記潛山石牛洞石刻 ……………………………… 305

199　天都峰果酒 ……………………………………… 312

200　第一山 …………………………………………… 312

201　武功筆記 ………………………………………… 313

202　黄白雊 …………………………………………… 314

203　羅天鵬醫術 ……………………………………… 317

204　象戲 ……………………………………………… 318

205　南巢 ……………………………………………… 320

　　205-1　荀子注 …………………………………… 320

　　205-2　淮南子注 ………………………………… 321

　　205-3　國語魯語注 ……………………………… 322

附録 …………………………………………………… 323

　一、光聰諧《光氏族譜序》 …………………………… 323

二、光聰諧《自序文鈔》、光進修識語 ·················· 326

三、光循陔《桐城光氏族譜·東股》卷四上"光聰諧"

·· 328

四、王國均《[同治]桐城縣志》卷八《人物志·宦績》

"光聰諧" ···································· 329

五、馬其昶《桐城耆舊傳》卷十《姚總憲光布政徐陽

城傳》 ······································· 332

六、姚永樸《舊聞隨筆》卷四《外家遺事》 ············· 334

七、劉聲木《桐城文學淵源考》卷四"光聰諧" ········· 337

八、《續修四庫全書總目提要稿本》"有不爲齋隨筆"

（二篇） ···································· 338

九、袁行雲《清人詩集叙録》卷十九《稼墨軒詩集》 ··· 339

校箋引用書目 ··· 340

凡　例

一、本書以哈佛大學哈佛燕京圖書館藏清光緒十四年蘇州藩署刊本爲底本進行整理。

二、此次整理采用規範的現代漢語標點符號，繁體橫排，原書雙行小注今改爲單行小字。對不影響文意的異體字不做保留，統一使用現代標準繁體字形。

三、原書避諱方式不一，或用缺筆，或用代字，所用代字亦有不一致處，今一律回改，不出校記。如“元”改爲“玄”、“允”改爲“胤”、“歷”改爲“曆”、“邱”改爲“丘”等。

四、凡原書刊刻之誤及可確信爲作者筆誤者，均加以改正，並出頁下注說明所改文字及依據。凡作者記憶之誤、考證之誤及原據版本之誤，均不改動，僅出頁下注說明異文情況。其他引文與原書有較大不同者，亦出頁下注說明。

五、原書引文時有删改節略，此古人引書通例，點校時均加引號，不作區分，唯于删改較大者在箋證中加以說明。

六、引文所注出處，包括時代、作者、書名、卷數、篇名、次第等。首見標注年代及作者姓名，其後省略。唯于民國及晚近作者不注時代，于正文所引題目與原書相同者不注篇題。

七、原書引用同一作者之書或有多種，箋證時僅擇其一種爲主。如東坡詩，原書嘗引施元之等注《施注蘇詩》、舊題王十朋注《王狀元分類集注東坡先生詩》、查慎行《補注東坡先生編年詩》等三種，箋證則以《施注蘇詩》爲主，以此書雖非善本，然在清代最爲通行，故用此種。

八、箋證或追溯淵源，或辨析譌誤，或節錄原文以便覽觀，或引前後之説以相參證。

九、原書所涉清代人物凡可考者，均出小傳，簡注生平、履歷、著述及文獻出處，聰諸交游亦大致可見。

十、原書本無目次、編號及二級標題，此次整理均統加編號，並據原書每條標題另製總目。一條下有多則者，擬製二級標題，一併置于書前，以便查閱。

有不爲齋筆記叙^[一]

道光中,桐城光律元先生自直隷布政使謝政歸,著《筆記》十卷。經史百家及所聞見,考證詳核,咸有根據,蓋沿班固所謂"議官雜家"^[二]之例,嘗自比于夢溪、容齋兩家之書^[三]。

先生少應童子試,解三星毛、鄭不同^[四],學使汪文端公^[五]因雜舉天文數事問之,辨難不窮。及乎炳燭之明,用志不紛,又多聞桐城諸老宿論議,是以文章之美、考辨之精,有可與惜抱、援鶉並傳者。

先名宦公未遇時,從遵義唐威恪公受《漢書》。道光壬午^[六],舉于鄉,出先生門。入謁,先生謂熟蘭臺雅故,是以先名宦公誠服先生獨深^[七]。今觀《筆記》中如辨《藝文志》注之誤^[八]、訂《地理志》"蓮白"之譌^[九],于《漢書》研索極詳,所以知先名宦公者爲有由也。

咸豐以來,東南兵燹,先生《詩文集》及《筆記》刻板並失。光緒十四年,彭年備藩江蘇,先生孫進修^[十]以重刻《詩文集》見貽,兼携《筆記》稿本。彭年體先名宦公志,復刻之。十月病起,校讀一過。竊羨先生解組歸田,研精耽道。昔東坡稱歐陽永叔:"著書多念慮,許國减歡娛。"^[十一]予三復之,轉自慨焉,遂書簡端,以板歸光氏子孫,使附集後以傳。

先生初官刑部,精于讞獄。出任直隷按察使,屢有平反。

擢布政使,以忤大府[十二],病歸。直聲甚著,事載志乘。再傳弟
子貴筑黄彭年[十三]叙。

[一] 按:本文亦見清黄彭年《陶樓文鈔》卷九。

[二]《漢書》卷三十《藝文志十·諸子略》:"雜家者流,蓋出于議官。"

[三] 按:清光進修《〈稼墨軒集〉識語》云:"先大父嘗自謂文僅如羅鄂
　　　州,詩僅能如許丁卯,《筆記》步趨沈、洪兩《筆》後塵,謹述之,以
　　　俟世之知言君子論定云。"

[四] 見《稼墨軒文集·毛鄭三星不同解》。

[五] 按:汪廷珍(1757—1827),字玉粲,號瑟庵,江蘇山陽人。乾隆五
　　　十四年進士,授編修。官至禮部尚書,協辦大學士。卒,贈太子
　　　太師,謚文端。著有《實是求是齋遺稿》四卷、《續集》一卷。生
　　　平事跡見清李桓《國朝耆獻類徵初編》卷三十八、清李元度《国
　　　朝先正事略》卷二十三《汪文端公事略》。

　　　又按:《稼墨軒文集·三星毛鄭不同解》末附光聰諧識語云:"此
　　　嘉慶壬戌余應童子試卷也,督學爲山陽汪文端公。納卷時,公
　　　坐堂皇,略閲一過,即命前,詢師承所自,並雜舉天文數事爲問,
　　　辯難移晷。同試者咸起屬目,距今二十八年矣。歲時易邁,學
　　　不加增,録此以誌知己之感,並以誌不秀實之愧。道光己丑十
　　　一月識。"

[六] 按:壬午,道光二年。

[七] 按:《陶樓文鈔》卷五《先府君行略》云:"家貧不能置書,與唐子
　　　方文樹義往還,勸先君博覽。時携小童負書籠,置几上,因得縱
　　　觀。道光壬午舉于鄉,座主光律原先生聰諧謂先君《漢書》精
　　　熟。先君嘗自言:'吾學得力于子方者爲多。'"又清王柏心《百柱
　　　堂全集》卷三十九《陝西鳳邠道黄公行狀》云:"公諱輔辰,字琴
　　　隝,貴州貴筑人。"

[八][九] 按:參見本書卷甲第9條"藝文志注誤刊"、卷庚第122條

"蓮勺"。

［十］按：光進修，字春伯，號羧甫，安徽桐城人。

［十一］宋施元之等注、清邵長蘅删補《施注蘇詩·補遺》卷下《夷陵縣歐陽永叔至喜堂》。

［十二］按：所忤者爲琦善。姚永樸《舊聞隨筆》卷四《外家遺事》云："光律原先生爲直隸布政使，總督琦善干以私，不與辨，第曰：'候本司詳上可耳。'既而準以公議。琦知不可干，遂不復有所言。"

［十三］按：黃彭年(1824—1890)，字子壽，號陶樓，晚號更生，貴州貴築縣人。道光二十七年進士，授編修。官至江蘇布政使。著有《陶樓文鈔》十四卷等。生平事跡見姚永概《慎宜軒文》卷八《黃子壽先生墓表》及陳定祥《黃陶樓先生年譜》。

有不爲齋隨筆甲

1　五亦有中三亦有中

　　《春秋·昭五年》：“舍中軍。”[一]《公羊傳》曰：“五亦有中，三亦有中。”[二]解者多曲晦。蓋“初作中軍時，三分公室，三家各有其一；舍，則四分公室，季氏擇二，二家各一”，此左氏之説，質言之者也[三]。公羊則廋其辭，曰：“五亦有中，三亦有中。”謂五去其中，則存者四分，三家分之，強者必得二，弱者止得一矣。三去其中，則存者二分，三家分之，強者必專一，弱者止共一矣。前“作中軍”[四]，著三家之強，此“舍中軍”[五]，著季氏之尤強。左氏質言傳之者也，公羊氏廋其辭傳之者也[六]。

[一][二][五]《春秋·昭公五年》：“五年，春，王正月，舍中軍。”《公羊傳·昭公五年》：“舍中軍者何？復古也。然則曷爲不言三卿？五亦有中，三亦有中。”

[三]《左傳·昭公五年》：“卑公室也。毀中軍于施氏，成諸臧氏。初，作中軍，三分公室，而各有其一。季氏盡征之，叔孫氏臣其子弟，孟氏取其半焉。及其舍之也，四分公室，季氏擇二，二子各一，皆盡征之，而貢于公。”

[四]《春秋·襄公十一年》：“十有一年，春，王正月，作三軍。”《公羊

傳·襄公十一年》：“三軍者何？三卿也。作三軍何以書？譏。何譏爾？古者上卿、下卿，上士、下士。”

[六] 按：胡玉縉《許廎學林》卷八云：“問：《春秋》昭五年‘舍中軍’，《公羊傳》曰：‘五亦有中，三亦有中。’光聰諧《有不爲齋隨筆》云……其説發前人所未發，當得其旨。曰：不然也。襄十一年‘作三軍’，《傳》曰：‘三軍者何？三卿也。’此‘舍中軍’，《傳》曰：‘曷爲不言三卿？’設問之意，本當云‘曷爲不言三軍’，因前既以三卿答三軍，故以三卿立文。三卿，猶三軍。然三、五皆有中，前本‘益中軍’，倘書‘作中軍’，易與五軍溷淆；此自‘舍中軍’，倘書‘舍三軍’，又似三軍盡舍，故以是答之，以明一書三軍、一書中軍之故，且以見前之‘作三軍’爲‘益中軍’也。何休《解詁》‘此乃解上作三軍時意’云云，原屬明瞭。徐《疏》‘前此作三軍之時，不言中者，五亦有中，三亦有中，此舍三軍，不言三者，前三非正稱，故舍時不得言三’，尤爲曲暢。至《左氏傳》云：‘初作中軍，三分公室，而各有其一。及其舍之，四分公室，季氏擇二，二子各一。’此據國史，以事實言，與公羊之言三、五皆有中，爲解釋書法者無涉。光氏乃强合爲一，謂左氏質言，公羊庾辭，遂于四分公室，加一虚數，謂五去其中，又于三分減一實數，謂三去其中，存者二分，本自由三分而四分，此乃由四分而二分，遂不得不以强者專一，弱者共一爲説，豈惟曲晦，亦未免迂謬矣。”

2　人莫知其子之惡

《大學》：“人莫知其子之惡，莫知其苗之碩。”[一] 解者皆以“惡”屬行。余謂此即《孟子》“雖有惡人”[二]之“惡”，止以形言，方與苗碩一例。《吕覽·去尤篇》：“魯有惡者，其父出而見商咄，反而告其鄰曰：‘商咄不若吾子矣。’其子至惡也，商咄至美也，彼以至美不如至惡，尤乎愛也。”[三]《吕覽》所載，是其事也[四]。

[一] 宋朱熹《四書章句集注·大學章句》“傳”第八章。

[二]《四書章句集注·孟子集注》卷八《離婁下》。按：注云：“惡人，
醜貌者也。”

[三] 秦呂不韋撰、漢高誘注、清畢沅輯校《呂氏春秋·有始覽第一·
去尤》。

[四] 按：清姚範《援鶉堂筆記》卷九《經部》已引《呂氏春秋》注“人莫
知其子之惡”，本條蓋申其説。又清臧鏞《拜經日記》卷四“人莫
知其子之惡”條之説同。略云：“‘惡’謂體貌醜惡，非言行之善
惡。《孟子》：‘雖有惡人，齊戒沐浴，則可以事上帝（趙注：惡人，
醜類者也）。’與此‘惡’字正同。蓋子之惡，苗之碩，皆衆目共
見，不待察而可知者，故以莫知爲偏。若内行之善惡，莫知益無
足怪矣。”參見清趙翼《陔餘叢考》卷四“人莫知其子之惡係魯
諺”條。

又按：錢鍾書《容安館札記》第七百七十二則云：“襄公二十五
年：‘子産喜，以語子太叔，且曰：“他日吾見蔑之面而已，今吾見
其心矣。”’按：此當與昭公二十八年‘靦蔑惡’，注云‘貌醜’合
觀。蓋‘他日’以貌取人，失于皮相；特言‘見面’，即謂其貌醜
也。故二十八年，叔向執靦蔑手曰：‘今子少不颺，子若無言，吾
幾失子矣！’正子産之意。《太平御覽》卷三八二引束皙《發蒙
記》云：‘醜男靦蔑，醜女鍾離春。’《左傳》襄公二十六年：‘佐惡
而婉，太子痤美而很。’哀公二十七年：‘知伯譏趙襄子曰：“惡而
無勇。”’‘惡’字皆言貌醜。《莊子·德充符》：‘魯哀公問于仲尼
曰：“衛有惡人焉，曰哀駘它（中略）寡人召而觀之，果以惡駭
天。”’即此‘惡’字。光律元《有不爲齋隨筆》卷甲……亦足與
《左傳》用法發明。”

3　西施入市人見者輸錢

3-1　《孟子疏》最淺陋，朱子曾謂邵武士人偽作矣[一]。其中所引尤可笑者，莫如引《史記》"西子入市，願見者先輸金錢一文"[二]，不知是何《史記》[三]。按：楊誠齋《讀笠澤叢書》詩："世間尤物言西子，西子何曾直一錢。"[四]誠齋故未見此偽《疏》，西子一錢之說似別出一書，尚非邵武士人杜撰，但非《史記》[五]。至湯義仍《適諸暨》一絕云："苧蘿山下雨淋漓，解帶山橋過午炊。幾箸江蝦成獨笑，一文錢裏見西施。"[六]朱竹垞《西施舌》詞云："越絲千縷，誰暗趁落潮網住。恁時看取，一錢底須與。"[七]則正用偽《疏》。此等雜說，只可供詩詞家搬弄，何可援以說經[八]？

又《太平御覽》"上元"條內載："《史記·樂書》曰：'漢家祀太一以昏時祠到明。'注云：'今人正月望日，夜游觀燈，是其遺事。'"[九]今《史記》亦無此文[十]。趙注"求全之毀"引陳不瞻事[十一]，《疏》亦以爲據《史記》[十二]。今按：此事見《韓詩外傳》及《新序》《說苑》[十三]，亦不載《史記》[十四]。《說苑》作陳不占。

[一]　清永瑢《四庫全書總目》卷三十五《孟子正義》提要云："其疏雖稱孫奭作，而《朱子語錄》則謂：'邵武士人假託，蔡季通識其人。'"按：朱說，今見宋黎靖德編《朱子語類》卷十九《論語一·語孟綱領》。

[二]　漢趙岐注、舊題宋孫奭疏《孟子注疏》卷八《離婁下》："《史記》云：'西施，越之美女，越王句踐以獻之吳王夫差，大幸之。每入市，人願見者先輸金錢一文。'"

[三]　《四庫全書總目》卷三十五《孟子正義》提要云："朱彝尊《經義

考》摘其欲見西施者人輸金錢一文事,詭稱《史記》。"按:朱説,見《經義考》卷二百三十三《孟子三》"孫氏(奭)《孟子正義》"條。

[四]宋楊萬里《誠齋集》卷二十七《朝天續集・讀笠澤叢書(其三)》。

[五]按:余嘉錫《四庫提要辨證》卷二"孟子正義"條云:"《經義考》卷二百三十三云……馮登府《石經閣文集》卷二《答史桐軒論孟子疏書》亦云:'西子《疏》不知出何書。'愚案:黎庶昌《古逸叢書》所刻卷子本《琱玉集》卷十四《美人篇》云:'西施,周時越之美女也,越王句踐以獻吳,吳王夫差甚愛幸之。西施曾在市,人欲見者,乃輸金錢一文,方始得見。出《吳越春秋》及《史説》。'與《正義》所引,字句相合,僅有數字不同,知其全出于此。"故余氏以爲"僞《疏》所稱《史記》,乃自俗書轉引"。

[六]明湯顯祖《玉茗堂全集・詩集》卷十八《過諸暨》。

[七]清朱彝尊撰、清李富孫注《曝書亭集詞注》卷六《茶烟閣體物集》下《清江引・西施舌》。按:詞亦見《曝書亭集》卷二十九。又《曝書亭集》卷十八《閩中海物雜咏七首・西施舌(一名沙蛤,俗呼西施舌)》云:"吳人輸一錢,思睹西子頰。何如得網中,宵分齧其舌。"卷十九《(羅浮蝴蝶歌)又近體四首(其三)》云:"比似吳人看西子,未貪市上一錢輸。"亦用此事。

[八]按:王利器《〈太史公〉與〈史記〉》云:"清吳德旋《山塘見買花者戲占一絕》云:'入市見西子,傾囊輸一錢;何如范少伯,載上五湖船。'周調梅《越咏》卷下云:'胡天胡帝擲金錢,歸去家山孰愛憐?還是清溪人艷説,自傾沉水飲香泉。'原注:'《孟子疏》:西施入市,顧見者先輸金錢一文。'近人易順鼎《天橋行》有云:'入市一文看西子。'蓋自宋以來,此事頗爲辭章家所樂用,並'事豐奇偉,辭富膏腴',豈所謂'無益經典,而有助文章'者非耶?"

[九]宋洪邁《容齋三筆》卷一"上元張燈"條。按:洪氏所引,見宋李昉等《太平御覽》卷三十《時序部十五》"正月十五"條,光氏蓋轉引。

[十] 按:光氏説誤,此句實見《史記》卷二十四《樂書二》:"漢家常以正月上辛祠太一甘泉,以昏時夜祠,到明而終。"參見王叔岷《史記斠證》卷二十四《樂書二》"漢家常以正月上辛祠太一甘泉"條。

[十一][十二]《孟子注疏》卷七下《離婁上》趙注:"'求全之毀'者,陳不瞻將赴君難,聞金鼓之聲,失氣而死,可謂欲求全其節,而反有怯弱之毀者也。"《正義》:"此皆據《史記》之文而言之也。其事煩,故不重述耳。"

[十三][十四]《援鶉堂筆記》卷十四《經部·孟子》:"陳不瞻事,見于《韓詩外傳》《新序》耳。"又《四庫全書總目》卷三十五《孟子正義》提要:"今考注以尾生爲'不虞之譽',以陳不瞻爲'求全之毀',疏亦並稱《史記》。尾生事實見《莊子》,陳不瞻事實見《説苑》(案:《説苑》作'陳不占',蓋古字同音假借)皆《史記》所無。如斯之類,益影撰無稽矣。"按:光氏謂陳不占事見《韓詩外傳》《新序》《説苑》,當即據姚範及館臣之説。然檢核原書,此事僅見于《新序·義勇第八》及梁蕭統《文選》卷十八漢馬融《長笛賦》"不占成節鄂"唐李善注引《韓詩外傳》,而不見于《説苑》,蓋館臣誤記《新序》爲《説苑》,光氏又承其誤耳。陳不占事,可參清段玉裁《經韻樓集》卷四《補孟子疏一則》及屈守元《韓詩外傳箋疏·佚文》所考。

3-2 又 趙注"無罪而殺士"引"語曰:鳶鵲蒙害,仁鳥增逝"[一],《疏》亦以爲"《史記》之文"[二]。今按:此語見《漢書·梅福傳》[三],非《史記》。

[一][二]《孟子注疏》卷八上《離婁下》。

[三] 漢班固《漢書》卷六十七:"夫戴鵲遭害,則仁鳥增逝。"按:清邵晉涵《南江札記》卷三、清梁玉繩《瞥記》卷二之説同。

3-3　又　趙注"非禮之禮"引"陳質娶婦而長拜之"[一]，注"非義之義"引"藉交報讎"[二]，《疏》以爲"蓋史傳之文云然"[三]，是不得其出典，漫爲此約略之詞[四]。他處所稱"史記"，即同此處所稱"史傳"，非專指司馬氏之書。此二事，周廣業《孟子古注考》引《春秋繁露·五行相勝篇》中營蕩事證"拜婦"[五]，甚當。惟以"陳質"爲"奠贄"[六]，尚屬穿鑿。又引《史記·游俠傳》中"借交報讎"，謂："'藉'與'借'同，助也。"[七]則切當不易。

[一][二][三]《孟子注疏》卷八上《離婁下》。

[四]《四庫全書總目》卷三十五《孟子正義》提要："至岐注好用古事爲比，疏多不得其根據。如注謂'非禮之禮，若陳質娶妻而長拜之'，'非義之義，若藉交報讎'，此誠不得其出典（案：'藉交報讎'，似謂藉交游之力以報讎，如朱家、郭解，非有人姓藉名交也。疑不能明，謹附識于此）。"

[五]清周廣業《孟子四考》卷三《古注考》："董子《繁露·五行相勝篇》云：'營蕩爲齊司寇，太公問治國之要，曰："任仁義而已。愛人者有子不食其力，尊老者妻長而夫拜之。"太公曰："是以仁義亂齊也。乃誅營蕩。"'此拜妻之證也。"

[六]《孟子四考》卷三《古注考》："'陳質'疑是'奠贄'之義（《音義·滕文公下》載：'質，張音贄，云：與贄同。'《萬章下》'傳質①'亦讀'贄'）。"

[七]《孟子四考》卷三《古注考》："《史記·貨殖傳》：'間巷少年，借交報仇，篡逐幽隱，實皆爲財用耳。'《游俠傳》：'郭解少時，陰賊，以軀借交報仇。'《漢書》：'朱雲少時，通輕俠，借客報仇。'師古注：'借，助也，音子夜切。'孫氏《音義》：'藉，慈夜切，義與借同。'則'藉交'即'借交'也。"按：以上諸事，皆可參《四庫提要辨證》卷二

---

①　"質"，原作"贄"，據舊題宋孫奭《孟子音義》卷下改。

"孟子正義"條。

4　吴行人儀

《檀弓》"陳太宰嚭""吴行人儀"[一]。孔穎達以爲此太宰嚭,"與吴太宰嚭,名號同而人異"[二]。洪邁以爲"記禮者簡策差互,當云'陳行人儀''吴太宰嚭'"[三],其說似可從。然考《吕覽·當染》云:"吴王闔廬,染于伍員、文之儀。"[四]吴臣實有名儀者。夫差之"行人儀",安知非即闔廬之"文之儀"耶[五]?

[一]《禮記·檀弓下第四》:"吴侵陳,斬祀殺厲。師還出竟,陳大宰嚭使于師,夫差謂行人儀曰:'是夫也多言。盍嘗問焉?師必有名,人之稱斯師也者,則謂之何?'大宰嚭曰:'古之侵伐者,不斬祀,不殺厲,不獲二毛。今斯師也,殺厲與?其不謂之殺厲之師與?'"

[二]漢鄭玄注、唐孔穎達疏《禮記注疏》卷九《檀弓》。

[三]《容齋隨筆》卷七"《檀弓》誤字"條。

[四]《吕氏春秋·仲春紀第二·當染》。

[五]按:清梁玉繩《人表考》卷五《中中》"吴行人儀"條云:"行人儀,惟見《檀弓下》。案:《左·哀十三年》:'吴申叔儀乞糧。'疑即此人。又《吕氏春秋·當染》《尊師》,闔閭有臣'文之儀',《墨子·所染》作'文義',蓋是一人也。"又清錢大昕《十駕齋養新録》卷二"吴行人儀"條云:"《吴語》:'吴夫差既勝齊,使行人奚斯釋言于齊。'即《檀弓》之'行人儀'也。'奚斯'疊韻,併言之則成'儀'字。"

5　龍神之祀

陸清獻《靈壽縣志》言:"龍神之祀,于古無聞。宋興,始有五龍廟及九龍堂之祈,則祀龍自宋始也。"[一]

　　按：吳越錢武肅王有《建廣潤龍王廟碑》[二]，則在宋未受禪以前。唐裴堪《請祀嶽瀆親申拜禮奏》云：“開元祝文，五龍神但云‘獻官再拜’。”[三]權德輿《奏》云：“諸神龍，在禮無①文，今則咸秩，遣使致祭，推類相從，諸神龍準五龍壇例，主祭官再拜。”[四]唐次有《祭清江石門龍潭祈雨文》[五]。《唐書·王璵傳》載：“術士李國禎，廣德初建言：即義扶谷故漱祠龍，置房宇。”[六]《茅亭客話》言：“開元二十八年，長史章仇公兼瓊夢龍女，表爲立祠，錫號會昌祠，在少城，近揚雄故宅，祈禱無不應。”《茅亭客話》又言：“乾符中，高駢築羅城，收龍祠在城內，亦感夢龍女，遂令隔其祠于外。”[七]則唐時已祀之。

　　又按：《水經·大遼水注》：“燕慕容皝十二年，黑龍、白龍見于龍山。皝親觀龍，去二百步，祭以太牢。二龍交首娛②翔，解角而去。皝悅，大赦，號新宮曰‘和龍宮’，立龍翔祠于山上。”[八]則祀龍更在唐前。再考《左傳·昭公十九年》：“龍鬭于時門之外洧淵，國人請爲禜焉。子產弗許。”[九]後世祀龍之兆，已見于此矣。

[一]　清陸隴其修、清傅維栻纂《[康熙]靈壽縣志》卷三《祀典志》。
　　　按：亦見清陸隴其《三魚堂文集》卷三《靈壽志論·論龍王》。靈
　　　壽縣，今屬河北省石家莊市。
[二]　清董誥等《全唐文》卷一百三十。按：此文原載宋潛説友《[咸
　　　淳]臨安志》卷七十一《祠祀一》“嘉澤廟”條，未標題目，今題蓋
　　　《全唐文》編者所擬。然據宋陳思《寶刻叢編》卷十四，可知原題
　　　當爲“《新建錢塘湖廣潤龍王廟碑》”。
[三]　《全唐文》卷四百七十九。

---

①　“無”字原脱，據《全唐文》卷四百八十八權德輿《祭岳鎮海瀆等奏議》補。
②　“娛”，《水經注》卷十四《大遼水》原作“嬉”。

[四]《全唐文》卷四百八十八權德輿《祭岳鎮海瀆等奏議》。

[五]《全唐文》卷四百八十唐次《祭龍潭祈雨文》。按:原文首句爲
　　"維年月日,謹以清酌之奠,致祭于清江石門之龍潭",《祭清江
　　石門龍潭祈雨文》即光氏據之改擬。

[六]宋歐陽脩《新唐書》卷一百九《王璵傳》。按:此段多有節略。

[七]宋黄休復《茅亭客話》卷五"龍女堂"條。

[八]北魏酈道元《水經注》卷十四《大遼水》。

[九]《左傳·昭公十九年》。

6　南史氏

　　直書"崔杼弑君"而被殺者,齊太史與二弟也,南史氏止執
簡繼往爾[一],後人遂以之配晉董狐[二],稱直筆者曰"南、
董"[三],被殺之三人轉不與焉,豈以屢見戕害、猶能繼往爲尤難
耶[四]?既全其生,又專其名,南史氏亦幸矣哉!

[一]《春秋·襄公二十五年》。

[二]《春秋·宣公二年》。

[三]按:梁沈約《宋書》卷一百《自序》云:"臣遠愧南、董,近謝遷、固,
　　以閭閻小才,述一代盛典。"又梁劉勰《文心雕龍·史傳第十六》
　　云:"辭宗丘明,直歸南、董。"又唐劉知幾《史通·内篇·載文第
　　十六》云:"文之將史,其流一焉,固可以方駕南、董,俱稱良直者
　　矣。"均爲其例。

[四]按:宋吕祖謙《左氏傳說》卷八云:"齊崔杼弑莊公,其一時凶威
　　虐焰,舉國無一人敢禦。太史書崔杼弑君,已自是難。崔杼殺
　　太史,而其弟嗣書,則又難。二人死,而其弟復嗣書,則尤難。且
　　三人死,而其弟又書,則愈難。南史氏執簡以往,則又愈難。"

7　楚人惎之

　　《左傳·宣十二年》："楚人惎之。"[一]顧亭林《杜解補正》引傅氏遜之說,解"惎"爲"毒",以爲不若杜解爲"教"之善:"蓋晋人困厄,而楚人顧教之脱險。既脱,而又有譴言,故《傳》書之以紀異。若解爲'毒',則軍中常事,何可勝言?且末語尤無謂。"[二]顧說如此。諸案:《傳》之書此,非徒紀異,亦以見楚人整暇而義,晋人怯懦而狡。其形容兩國曲直,即畫家頰上添毫法也。

　　又案:《説文》引此《傳》作"楚人畁之",解"畁"爲"舉",謂"廣車陷,楚人爲舉之"[三],略近杜意。唯不知下文"又惎之"[四],"惎"亦作"畁"不?傅解爲"毒",本定四年《傳》"惎間王室"[五]。杜解"惎"爲"教",本張衡《西京賦》"人惎之謀"[六]。

[一][四]《左傳·宣公十二年》:"晋人或以廣隊不能進,楚人惎之脱扃。少進,馬還,又惎之拔斾投衡,乃出。顧曰:'吾不如大國之數奔也。'"

[二]清顧炎武《左傳杜解補正》卷二。

[三]漢許慎《説文解字》第三上《廾部》。按:清惠棟《春秋左傳補注》卷二"楚人惎之"條云:"《説文》引云:'楚人畁之。'云:'舉也。黄顥説:廣車陷,楚人爲舉之。'案:此則'惎'當作'畁'。傅遜謂楚人將毒害之,而晋人乃脱扃拔斾投衡而出,非也。詳見《定四年》。訓'惎'爲'教',蓋本《小爾疋》。"

[五]《左傳·定公四年》:"管、蔡啓商,惎間王室。"晋杜預注:"惎,毒也。"按:惠棟以爲此"惎"亦當訓"教"。《春秋左傳補注》卷六"管蔡啓商惎間王室"條云:"言管、蔡開商叛周之心,而教之間以圖

王室。張衡《西京賦》云：'天啓其心，人甚之謀。'與《傳》意合。"
［六］《文選》卷二。按：李善注云："甚，教也。"

8　太史公書改稱史記

錢辛楣《考異》言，司馬遷之書元稱《太史公》，歷引諸書爲證，"皆不云《史記》，《史記》之名，疑出魏晋以後，非子長著書之意"［一］。

諸按：《法言·問神篇》："或曰：《淮南》《太史公》者，其多知歟？曷其雜也。"［二］《君子篇》："《淮南》説之不用，不如《太史公》之用也。"［三］《晋書·劉殷傳》："有七子，五子各授一經，一子授《太史公》，一子授《漢書》。"［四］《魏書·崔鴻傳》："談、遷感漢德之盛，痛諸史放絶，乃鈴括舊書，著成《太史》。"［五］此三書，《考異》未引，是《史記》改稱，當在隋、唐以後［六］。至《後漢·班彪傳》有"司馬遷著史記"［七］之語，詳其文義，是泛言作史耳，非以"史記"名書也，故下文又云"《太史公書》"［八］。《漢書·五行志》引史記"成公十六年，公會諸侯于周，單襄公見晋厲公，視遠步高"［九］云云，是《周語》［十］，謂之"史記"，亦是泛言［十一］。顏注誤爲司馬遷所撰［十二］，其實《魯、晋世家》皆無此文。

又按：改稱《史記》，是後來之事。劉知幾乃云："遷因舊目，名之《史記》。"［十三］已爲失考，然尚以爲舊目。至鄭漁仲乃云："古者記事之史謂之志，太史公更志爲記。"［十四］則于《周本紀》云"太史伯陽讀史記"［十五］，《陳杞世家》云"孔子讀史記"［十六］，《十二諸侯年表》云"孔子西觀周室，論史記舊聞"［十七］，《老子列傳》云"史記周太史儋見秦獻公"［十八］，皆未檢核［十九］，遽云"古者記事之史謂之志"［二十］，何其傎耶？

[一]清錢大昕《廿二史考異》卷五《史記·太史公自序》。

[二]漢揚雄《法言·問神第五》。

[三]《法言·君子第十二》。按:《法言》兩事,宋王觀國《學林》卷二
　　"法言"條已引及。又楊明照《太史公稱史記考》云:"似亦可不必
　　作書名解。"

[四]唐唐太宗《晋書》卷八十八。

[五]北齊魏收《魏書》卷六十七(亦見《北史》卷四十二)。

[六]按:《太史公》改稱《史記》之始,近人考之者衆。大概言之,有以
　　下四説。一、始于班彪、班固父子,如施之勉《史記之名當起于
　　班叔皮父子考》、王叔岷《史記斠證導論·史記名稱探源》均主
　　此説。二、始于桓帝,陳直《太史公書名考》主此説。三、起于靈
　　帝、獻帝之際,楊明照《太史公書稱史記考》主此説。四、始于三
　　國或魏、晋之際,王國維《太史公行年考》、朱希祖《太史公解》主
　　此説。諸説之中,以楊説最爲穩妥。宋洪适《隸釋》卷十二《執金
　　吾丞武榮碑》云:"君諱榮,字含和,治《魯詩經》韋君《章句》。闕
　　幘,傳講《孝經》《論語》《漢書》《史記》《左氏》《國語》。"而此碑之
　　立當在靈帝之世,故楊氏以爲"以'史記'專名史公書,今可考信
　　者,宜以是碑爲稱首"。

[七][八]南朝宋范曄《後漢書》卷四十上《班彪傳》:"武帝時,司馬遷
　　著史記,自太初以後,闕而不録……若《左氏》《國語》《世本》《戰
　　國策》《楚漢春秋》《太史公書》,今之所以知古,後之所由觀前,聖
　　人之耳目也。"

[九][十二]《漢書》卷二十七中之上《五行志七》唐顔師古注:"此
　　《志》凡稱'史記'者,皆謂司馬遷所撰也。"

[十]《國語·周語下第三》。按:殿本《漢書》附《考證》引清齊召南
　　云:"單襄公見晋屬公一段,《史記·晋世家》不載,此《國語》文
　　也。《國語》本于各國之史記,故以'史記'稱之。"

[十一]按:《史記》之專名與通名問題,可參呂思勉《讀史札記·春秋

史記皆史籍通稱》及王利器《〈太史公書〉與〈史記〉》。

[十三]《史通·內篇·六家第一》："至遷，乃……因魯史舊目，名之《史記》。"按：此句，清浦起龍《史通通釋》卷一《六家》作："因魯史舊名，目之曰《史記》。"注云："一本'目'字在上。"又云："一無曰字。"檢《史通》明清刊本，此句作"因魯史舊目，名之《史記》"者，有明王維儉《史通訓故》及清黃叔琳《史通訓故補》。光氏所據，當爲黃本。

[十四][二十] 宋鄭樵《通志·總序》。

[十五][十六][十七][十八]《史記》卷四、卷三十六、卷十四、卷六十三。又《廿二史考異》卷五《史記·太史公自序》："《周本紀》云：'太史伯陽讀史記。'《陳杞世家》云：'孔子讀史記。'《儒林列傳》云：'孔子因史記作春秋。'《十二諸侯年表》云：'孔子西觀周室，論史記舊聞。'又云：'左丘明因孔子史記，具論其語，成《左氏春秋》。'《老子列傳》云：'史記周太史儋見秦獻公云云。'《天官書》云：'余觀史記，考行事。'此篇云：'史記放絕。'又云：'綱史記石室、金匱之書。'皆指前代之史而言。"按：光氏實本于此。

[十九] 按：錢鍾書《管錐編·史記會注考證》卷五十八《太史公自序》"爲太史公書"條云："《考證》：'錢大昕曰："案《太史公》以官名書，桓譚、《漢志》、《後漢·范升傳》、《楊終傳》俱稱《太史公》，無稱《史記》者。"'按光聰諧謂錢氏漏引《法言·問神》及《君子》篇、《晉書·劉殷傳》、《魏書·崔鴻傳》等，《後漢書·班彪傳》'司馬遷著史記'是泛言作史，故下文又云'太史公書'。光氏復引《周本紀》《陳杞世家》《十二諸侯年表》《老韓列傳》及《漢書·五行志》以駁《史通》言'遷因舊目，名之《史記》'，謂其'上句是而下句失考'。光氏書甚贍核，而知者無幾，聊發其幽潛云爾。"錢氏所言有三處不確：一、光氏引諸書所駁者爲《通志》而非《史通》；二、駁《通志》之誤亦未引《漢書·五行志》；三、"上句是而下句失考"乃錢氏撮述大意，非原文。檢《錢鍾書手稿集·中文筆記》

"有不爲齋隨筆"部分,節録書證在前,而引《史通》語在後,且謂
"上句是而下句失考",錢氏晚年蓋復據筆記撰著《管錐編》,未
及檢核原書,又以己語爲原文,故有此偶疏。

9　藝文志注誤刊

《藝文志》"雜家者流"前一行云:"右雜二十家,四百三
篇。"[一]注云:"入兵法。"[二]"小説家者流"後一行云:"凡諸子百
八十九家,四千三百二十四篇。"[三]注云:"出《蹵鞠》一家,二十
五篇。"[四]諸本皆如此。余謂皆相沿誤刊,後注九字,當在前注
三字之上。蓋《七略》元本以《蹵鞠》列雜家,班氏出之,入兵家,
故自注如此。傳寫刊刻誤分二處,遂不可解。向來校讎均置不
論,何也[五]?

[一][二][三][四]《漢書》卷三十《藝文志第十·諸子略》。
[五]按:清王先謙《漢書補注》卷三十引陶憲曾曰:"'入兵法'上脱
　　'出《蹵鞠》'三字。兵書四家,惟兵技巧入《蹵鞠》一家二十五篇,
　　而諸子家下亦注'出《蹵鞠》一家,二十五篇',是《蹵鞠》正從此出
　　而入兵也。今本脱'出《蹵鞠》'三字,則'入兵法'三字不可解,
　　而諸子家所出之《蹵鞠》,亦不知其于十家中究出自何家矣。"兩
　　説相近,然陶説在光説後,且不如光説之簡徑直接。

10　氏族略

10-1　《通志·氏族略》以名爲氏者,有"將具氏",又有"將
鉅氏",鄭以"將鉅氏"即"將具氏"之譌[一]。以吉德爲氏者,有
"老成氏",又有"考成氏",一則注云:"古賢人老成子之裔孫也

“也”字疑衍。老成方爲宋大夫，著書十篇，言黃老之道。”^[二]一則注云：“古有考成子，著書述黃老之道。《列子》有考成子，幼學于尹先生^①。”^[三]二注皆言著書明黃老之道，則老成、考成，傳寫各異，其實一也。將具、將鉅，以聲譌；老成、考成，以形譌耳^[四]。《藝文志·道家》有“《老成子》十八篇”^[五]，此注却未引，所稱老成方及考成子著書述明黃老，未知所本，恐涉稗販^[六]。

[一]《通志》卷二十八《氏族略第四·以名爲氏》“齊人名”條。

[二][三]《通志》卷二十八《氏族略第四·以吉德爲氏》。

[四] 按：岑仲勉《元和姓纂四校記》云：“老、考是轉注字，或後世分作兩氏，寫法不同。”

[五]《漢書》卷三十《藝文志第十·諸子略》。

[六] 按：《通志》蓋本《元和姓纂》。參見陶敏《元和姓纂新校證》卷七《上聲·三十二皓》“老成”條、“考成”條。

10-2　又 鄭注“將鉅氏”下云：“即‘將具氏’之譌。《漢·藝文志》：‘六國時，將具子彰，著書五篇。’”^[一]今按：《漢志·陰陽家》有“《將鉅子》五篇”^[二]，注云：“六國時，先南公，南公稱之。”^[三]別無所謂“將具子彰”者，然時與篇又同，豈今本誤“具”爲“鉅”^[四]，又脫漏名“彰”耶？正可據此注訂補今本《漢志》。

[一]《通志》卷二十八《氏族略第四·以名爲氏》“齊人名”條。

[二][三]《漢書》卷三十《藝文志第十·諸子略》。

[四] 按：施謝捷以爲“將具”當爲“將鉅”之譌。舉漢印人名“將巨”“將距”及《史記》卷三十四《燕召公世家》燕相“將渠”等名，以爲

---

① 《列子·周穆王第三》云：“老成子學幻于尹文先生，三年不告。”《元和姓纂》及《通志》之引文有誤。

與“將鉅”實爲同詞異形，皆屬沿用齊大公子“將鉅”之名爲名例。參見施謝捷《簡牘人名（雙名）釋讀劄記》“渠良”條。

11　揚雄箴

11-1　《揚雄傳》云：“箴莫善于《虞箴》，作《州箴》。”[一]晋灼以爲“九州之箴。”[二]

按：揚雄《州箴》，惟見于《藝文類聚》及《初學記》所引。《藝文類聚》凡十二州，曰：冀、揚、荆、青、徐、兗、豫、雍、益、幽、并、交[二]，《初學記》又有凉、潤，凡十四州[三]，皆不止九州，則晋灼所言誤矣。惟雄時無凉、潤二州，則《初學記》所引亦誤[四]。《能改齋漫録》徒以蒋廟、孫陵辨《潤州箴》非雄作[五]，尚未盡也。今古香齋所刊《初學記》，于《潤州箴》去“揚雄”字，只作兩方圍，蓋因能改齋之説，于《凉州箴》，則仍刊“揚雄”[六]。

又按：揚雄所擬《虞箴》，見于《左傳》，實周辛甲命百官官箴王闕之一[七]；所謂“莫善”者，善其義主各以所職箴王耳，雄擬之，即本此義。雖名《州箴》，實爲《官箴》，與所爲《光禄寺》①等箴同[八]，故胡廣總署爲“百官箴”[九]，劉勰分稱爲“《卿尹》《州牧》箴”[十]。繼雄而作者，崔、胡諸家，尚不失官箴王闕之義[十一]。至晋傅咸作《御史中丞箴》[十二]，始變其義，用以自箴。後來人主爲之[十三]，遂以箴官非官箴矣[十四]。

[一]《漢書》卷八十七。
[二]唐歐陽詢等《藝文類聚》卷六《州部》。
[三]唐徐堅等《初學記》卷八《州郡部》。

---

①　《光禄寺箴》，據《古文苑》卷十五，當爲《光禄勳箴》。

[四] 按:《初學記》卷八《州郡部》"隴右道第六"條云:"揚雄《涼州箴》:
　　'黑水西河,橫屬崑崙。服指閶闔,畫爲雍垠。每在季王,常失厥
　　緒。上帝不寧,命漢作涼。隴山以徂,列爲西荒。南排勁越,北
　　啓強胡。幷連屬國,一護彼都。'"係節自揚雄《雍州箴》。

[五] 宋吳曾《能改齋漫錄》卷九《地理》"蔣廟鍾山孫陵曲衍"條。

[六]《古香齋鑒賞袖珍初學記》卷八《州郡部》。

[七]《左傳·襄公四年》:"昔周辛甲之爲大史也,命百官官箴王闕。"

[八] 按:宋晁説之《嵩山文集》卷十九《揚雄別傳下》云:"雄見莽更易
　　百官,變置郡縣,制度大亂,士皆忘去節義,以從諛取利,乃作
　　《司空》《尚書》《光祿勳》《衛尉》《廷尉》《太僕》《司農》《大鴻臚》
　　《將作大匠》《博士》《城門校尉》《上林苑令》等箴……皆勸人臣執
　　忠守節,可爲萬世戒。"

[九][十][十一]《文心雕龍·銘箴第十一》:"至揚雄稽古,始範《虞
　　箴》,作《卿尹》《州牧》二十五篇。及崔、胡補綴,總稱《百官》,指
　　事配位,鞶鑑可徵,信所謂追清風于前古,攀辛甲于後代者也。"

[十二]《初學記》卷十二《職官部下》"御史中丞第七"條。

[十三] 按:後蜀孟昶之作,似人主所爲官箴之最著者。宋張唐英《蜀
　　檮杌》卷下云:"(廣政)四年五月,昶著《官箴》,頒于郡國。"后世
　　《戒石銘》所謂"爾俸爾祿,民膏民脂。下民易虐,上天難欺"等
　　語,即節自此《箴》(《容齋續筆》卷一"戒石銘"條謂爲《令箴》)。
　　又《四庫全書總目》卷八十著錄明宣宗章皇帝御製《官箴》一卷,
　　提要云:"自都督府至儒學,凡三十五篇。前有宣德七年六月論
　　旨一道,稱取古人箴儆之義。凡中外諸司,各著一篇,使揭諸廳
　　事,朝夕覽觀,庶幾君臣交儆之道。"亦光氏所謂"以箴官非官
　　箴"者也。

[十四]《管錐編·全漢文》卷五十四揚雄《州箴》云:"光聰諧《有不爲
　　齋隨筆》甲論雄《官箴》體裁,要言中肯……竊謂可以管窺人主
　　尊嚴之與世俱增也。葉適《習學記言序目》卷一一論《左傳》記

晏子與齊侯問答事，有云：‘春秋以前，據君位利勢者與戰國秦漢以後不同；差不甚遠，無隆尊絕卑之異。’‘官箴’而變爲‘箴官’，正緣此耳。”

11-2　又《漢志·儒家》列“揚雄所序三十八篇”，注云：“《太玄》十九，《法言》十三，《樂》四，《箴》二。”[一]所謂“《箴》二”者，蓋一爲《十二州箴》，一爲《十二官箴》。

[一]《漢書》卷三十《藝文志第十·諸子略》。

11-3　又 摯虞《文章流別論》以爲：“揚雄依《虞箴》作《十二州箴》《十二官箴》而傳于世，不具九官，崔氏累世彌縫其缺，胡公又以次其首目而爲之解，署曰《百官箴》見《北堂書鈔》。”[一]劉勰《文心雕龍》以爲：“揚雄稽古，始範《虞箴》，作《卿尹》《州牧》二十五篇。及崔、胡補綴，總稱《百官》。”[二]是劉氏所稱，較摯氏已多一篇。今以婁東張氏所輯《揚集》考之，計《州牧箴》十二篇，《卿尹箴》十六篇；又有目無文者，《潤州牧箴》一，《太史令》《太樂令》《大官令》《國三老箴》四[三]，更浮于摯、劉兩家所言之數。蓋雄《十二州箴》傳世無缺，其《潤州》一箴，非雄作，前人已論之矣[四]。《卿尹箴》，據摯氏之言，在晋已失其九，崔氏累世彌縫，後人不能悉辨，多有誤爲雄作者矣。婁東所輯，大率從《藝文類聚》《北堂書鈔》《初學記》《古文苑》四書來，文多刪節，不盡完善[五]。《直齋書錄解題》“《揚子雲集》五卷”[六]外，又有“《二十四箴》一卷”云：“較《集》中無《司空》《尚書》《博士》《太常》四箴。”[七]然則《集》有二十八箴，正與婁東所輯本同[八]。

[一] 唐虞世南《北堂書鈔》第一百二《藝文部八·箴》。

［二］《文心雕龍·銘箴第十一》。

［三］明張溥《漢魏六朝一百三家集》漢揚雄《揚侍郎集》。

［四］按：宋葉大慶《考古質疑》卷一云：“雄生西漢之末，安得預有‘吳晉梁宋，六代都興’之語哉！”參見《四庫全書總目》卷一百四十八《揚子雲集》提要。

［五］按：《四庫全書總目》卷一百八十九《漢魏六朝一百三家集》提要云：“自馮惟訥輯《詩紀》，而漢魏六朝之詩匯于一編。自梅鼎祚輯《文紀》，而漢魏六朝之文匯于一編。自張燮輯《七十二家集》，而漢魏六朝之遺集匯于一編。溥以張氏書爲根柢，而取馮氏、梅氏書中其人著作稍多者，排比而附益之，以成是集。”蓋馮惟訥、梅鼎祚、張燮諸家纂輯漢魏六朝總集多據唐人類書及《古文苑》，張溥則因之也。

［六］［七］宋陳振孫《直齋書錄解題》卷十六《集部·別集類上》。

［八］按：清嚴可均編《全漢文》卷五十四《揚雄四》按語（亦見清嚴可均《鐵橋漫稿》卷四《重編揚子雲集叙》）及《四庫提要辨證》卷二十“揚子雲集”條所考更詳，可參看。

11-4 又《左傳》疏云：“揚雄愛《虞箴》，遂依放之，作十二州、二十五官箴，後亡失九篇。後漢崔駰、駰子瑗、瑗子寔，世補其闕。及臨侯劉騊駼、太傅胡廣各有所增，凡四十八篇。廣乃次而題之，署曰《百官箴》。”［一］按：孔氏所言，與摯虞、劉勰同。唯篇數獨多者，由傳寫之誤，“州”下“二”字當作“箴”，“五”字當作“二”耳［二］《文心雕龍》“二十五篇”［三］，恐亦當作“二十四篇”［四］。至崔、胡兩家外，又有劉騊駼，則摯、劉皆遺之。

［一］晉杜預注、唐孔穎達疏《春秋左傳正義》卷二十九《襄公元年》。

［二］按：“二十五官箴”中無誤字。《後漢書》卷四十四《胡廣傳》云：“初，楊雄依虞箴作十二州、二十五官箴，其九箴亡闕，後涿郡崔

駰及子瑗，又臨邑侯劉騊騄，增補十六篇，廣復繼作四篇，文甚典美。乃悉撰次首目，爲之解釋，名曰《百官箴》，凡四十八篇。”即《正義》所本。

[三]《文心雕龍·銘箴第十一》。

[四] 按：《四庫提要辨證》卷二十“揚子雲集”條云：“劉勰著書，意在評文，不甚留心考證，觀其命筆遣辭，平鋪直叙，意謂揚雄所作只二十五官箴，而忘其尚有十二州箴，非亡佚之餘僅存此數也。此蓋行文時惟憑記憶，未暇檢書，失之不詳審耳。”其説是也。

12　李斯諫棄詩書

《史記·樂書》載丞相李斯進諫二世曰：“放棄《詩》《書》，極意聲色，祖伊所以懼也。”[一]斯能爲此諫，而又議燒《詩》《書》者，燒天下之私藏耳，蓋猶有在官者。吾鄉劉海峰先生作《焚書辨》，以爲未焚博士之所藏，逮蕭何入關，不知與律令、圖書並收，而後爲項籍所燒[二]，殆得其實。宋蕭參《希通録》亦同此意，且謂前輩嘗論之[三]，則猶不始于參[四]。海峰之辨，詳且盡矣，《樂書》所載斯語，尤足以佐其辨，惜漏引之[五]。

[一]《史記》卷二十四《樂書第二》。

[二] 清劉大櫆《海峰文集》卷一：“曰：‘非博士官所職，悉詣守尉，雜燒之。’然則博士之所藏具在，未嘗燒也。迨項羽入關，殺秦降王子嬰，收其貨寶婦女，燒秦宫室，火三月不滅，而後唐虞三代之法制，古先聖人之微言，乃始蕩爲灰燼，澌滅無餘。當項籍之未至于秦，咸陽之未屠，李斯雖燒之而未盡也。吾故曰：書之焚非李斯之罪，而項籍之罪也……設使蕭何能與其律令、圖書並收而藏之，則項羽不能燒。項羽不燒，則聖人之全經猶在也。嗚呼！彼蕭何者，真所謂刀筆之吏矣。”

[三] 元陶宗儀《南村輟耕録》卷二十五“論秦蜀”條引宋蕭森《希通録》云：“李斯曰……則是天下之書雖焚，而博士官猶有存者。惜乎入關收圖籍而不及此，竟爲楚人一炬耳。前輩嘗論之。”按：蕭説見宛委山堂本《説郛》卷十七《希通録》“始皇非坑儒”條。

[四] 按：宋吕祖謙《大事記解題》卷七云：“所燒者天下之書，博士官所職固自若也，蕭何獨收圖籍而遺此，惜哉。”宋王應麟《困學紀聞》卷二《書》云：“若高帝能除挾書之律，蕭相國能收秦博士官之書，則倚相所讀者必不墜矣。”皆在蕭氏前。

[五] 按：《管錐編·史記會注考證》卷四《秦始皇本紀》云：“光聰諧《有不爲齋隨筆》甲引《樂書》此節而論之曰……瀧川與之暗合。皆不知《朱子語類》卷一三八已曰：‘秦焚書也只是教天下焚之，他朝廷依舊留得。如説：“非秦記及博士所掌者，盡焚之。”則六經之類，他依舊留得，但天下人無有。’”

13　失之宰予失之子羽

13-1　“以言取人，失之宰予。以貌取人，失之子羽”[一]四語，載于《史記》，殆不可信，請以《論語》斷之。《論語》載孔子之論言行，詳矣。曰：“恥其言而過其行。”[二]曰：“敏于事而慎于言。”[三]曰：“欲訥于言而敏于行。”[四]曰：“言之不出，恥躬之不逮。”[五]曰：“仁者其言也訒。”[六]平日致詳于言行如此，豈有因宰我善言，而遂爲其所蔽之理？是説也，蓋因宰我晝寝，孔子有“始吾于人也，聽其言而信其行；今吾于人也，聽其言而觀其行”[七]之語，遂傅會成之。不知聽言觀行，本爲一定之法，即行亦且“視其所以，觀其所由，察其所安”[八]，焉有聞言即信之理？此因深責其晝寝，故爲是抑揚之辭，非實有是事也，《孟子》所謂“不以辭害意”[九]是也。子羽即滅明，尤當以《論語》所載子游對夫子得人之問爲斷。曰：“有澹臺滅明者。”[十]則夫子初不知其名氏矣。曰:"行不由徑,非公事,未嘗至偃室。"[十一]則夫子已得其爲人。計其受業,已在子游稱道之後,夫子又何能失之?

[一]《史記》卷六十七《仲尼弟子列傳》。

[二]《論語·憲問第十四》。

[三]《論語·學而第一》。

[四][五]《論語·里仁第四》。

[六]《論語·顏淵第十二》。

[七]《論語·公冶長第五》。

[八]《論語·爲政第二》。

[九]《孟子·万章上》

[十][十一]《論語·雍也第六》。

[十二] 按:清梁玉繩《史記志疑》卷二十八《仲尼弟子列傳》云:"孔子斯言,《大戴禮·五帝德》《韓子·顯學》《論衡·骨相》皆有之,史公取入《留侯世家·論》及此《傳》,王肅取入《家語·子路初見》及《弟子解》。《滹南集·論語辨惑》曰:'此好事者因論語而附會之耳。夫子一時忿怒之辭,非謂平居一聽①人言遂信其行也。天下之人,行不副言者多,使隨聽而遽信之,所失豈特宰予耶!至于以貌取人,雖愚夫知其不可,而謂聖人爲之乎?夫子好惡必察,毀譽必試,賜之辨,師之堂堂,曾不足以欺之,顏子之愚,猶必退省其私,何獨于宰予、子羽而鹵莽如是。'孫侍御曰:'《家語》無"吾"字,蓋泛論取人之道不在言貌,史公增一"吾"字,失之矣。'"引《滹南集》説,見金王若虛《滹南遺老集》卷五《論語辨惑(二)》。孫侍御,即孙志祖。光氏説蓋與王氏暗合。

13-2 又《史記》所謂"以貌失之"[一]者,指其狀貌甚惡,故

---

①　"聽",原作"信",據《滹南遺老集》卷五《論語辨惑(二)》改。

以爲材薄而失之舍。而《韓非・顯學篇》則云：“澹臺子羽，君子之容也。仲尼幾而取之，與處①，而行不稱其貌。”[二]則是與宰予同爲失取，非失舍矣[三]。

[一]《史記》卷六十七《仲尼弟子列傳》。

[二]《韓非子・顯學第五十》。按：事亦見《孔子家語・子路初見第十九》。

[三]按：《史記》卷五十五《留侯世家》，唐司馬貞《索隱》云：“子羽，澹臺滅明字也。《仲尼弟子傳》云：‘狀貌甚惡。’又《韓子》云：‘子羽有君子之容，而行不稱其貌。’與《史記》文相反。”是唐人已留意及此。

14　彭羕

彭羕《獄中與諸葛公書》[一]，哀婉曲詳，宜能動聽，而卒不蒙拔宥，何耶？羕特器量未足耳，其才爲士元、孝直所引重[二]，當非碌碌。史稱其“驕傲”“輕忽”[三]，顧能切薦秦宓[四]，殆亦禰正平之流歟？蜀地乏才，諸葛公故求賢如渴飢，羕竟不獲用，且以口舌殞身，謂非命哉！謂非命哉！或疑昭烈王蜀後，志意或稍爲矜詡，雖君臣魚水如諸葛，亦有不能盡得者，如東征是也。果爾，則公固爲羕言，特未用耳。觀他日表請張裕之罪，亦不蒙宥[五]，益可信矣。

[一]《三國志》卷四十《蜀書・彭羕傳》。

[二]按：《彭羕傳》云：“羕欲納説先主，乃往見龐統。統與羕非故人，

---

①　“與處”，《韓非子・顯學第五十》作“與處久”。

又適有賓客，羕徑上統床臥，謂統曰：‘須客罷，當與卿善談。’統
客既罷，往就羕坐，羕又先責統食，然後共語，因留信宿，至于經
日。統大善之，而法正宿自知羕，遂並致之先主。”

[三][四] 按：《彭羕傳》云：“姿性驕傲，多所輕忽。惟敬同郡秦子勅，
　　薦之于太守許靖。”

[五]《三國志》卷四十二《蜀書·張裕傳》：“諸葛亮表請其罪，先主答
　　曰：‘芳蘭生門，不得不鉏。’裕遂棄市。”

15　孔老互稱龍鳳

　　“老子見孔子，從弟子五人。問曰：‘前爲誰？’對曰：‘子
路勇且多力，其次，子貢爲智，曾子爲孝，顏回爲仁，子張爲
武。’老子嘆曰：‘吾聞南方有鳥，名爲鳳。鳳之所居也，積石
千里，河水出下。鳳鳥居，上天爲生食，其樹名瓊枝，高百二
十仞，大三十圍，以璆琳琅玕爲實。天又爲生離珠，一人三
頭，遞起以飼琅玕。鳳鳥之文，戴聖嬰仁，右智左賢。’”此《莊
子》逸文，見引于《文選》江文通《雜體詩》注[一]及《御覽·羽族
部》[二]，王伯厚亦録于《困學紀聞》[三]，三處小有異，爲定著之
于此[四]。據此，則老子曾以鳳比孔子矣，何以不稱，但稱接輿
以鳳比孔子[五]？老子曾嘆孔子猶鳳矣，何以不稱，但稱孔子
嘆老子猶龍[六]？

[一]《文選》卷三十一南朝梁江淹《雜體詩·嵇中散言志》注。

[二][三]《困學紀聞》卷十《諸子》“《莊子》逸篇”條：“老子見孔子從弟
　　子五人，問曰：‘前爲誰？’對曰：‘子路，勇且多力。其次子貢爲
　　智，曾子爲孝，顏回爲仁，子張爲武。’老子嘆曰：‘吾聞南方有鳥，
　　名鳳。鳳之所居也，積石千里，河水出下，鳳鳥居上，天爲生
　　食，其樹名瓊枝，高百仞，以球琳琅玕爲寶。天又爲生離珠，一

人三頭，遞起以飼琅玕。鳳鳥之文，戴聖嬰仁，右賢左智。'"《困學紀聞注》引清萬希槐《集證》云："引見《御覽》九百十五《羽族部》。按：《文選》江文通《雜體詩》注引《莊子》云：'老子嘆曰：吾聞南方有鳥，其名曰鳳。居積石千里，河海出下，鳳皇居上。天爲生樹，名瓊枝，高百二十仞，以琳琅爲實。'與此小異。"光氏即據此綴合。

[四] 按：此節佚文，尚見于《藝文類聚》卷九十《鳥部一》"鳳"條、《山海經》卷十一《海內西經》晉郭璞注、《文選》卷五晉左思《吳都賦》晉劉逵注、《文選》卷十三謝惠連《雪賦》注、《文選》卷十八嵇康《琴賦》注、《太平御覽》卷四十《地部五》"積石山"條及南朝梁顧野王撰、唐孫强增字、宋陳彭年等重修《大廣益會玉篇》卷一《玉部》"瓊"字注，可參馬叙倫《莊子義證·附錄·莊子逸文》）。

又按：馬叙倫云："《山海經·南山經》曰：'有鳥焉，名曰鳳皇。'郭璞注曰：'莊周説鳳，文字與此有異。'蓋即此文。"其説是也。唐陸德明《經典釋文·序錄》謂《莊子》："言多詭誕，或似《山海經》，或类占梦书，故注者以意去取。"此節即似《山海經》而爲後人所删者。

[五]《論語·微子弟十八》。

[六]《史記》卷六十三《老子韓非子列傳》。

16　心箴本荀子

范氏浚《心箴》："天君泰然，百體從令。"[一]蓋本《荀子·解蔽篇》："心者，形之君也，而神明之主也。出令而無所受令，自禁也，自使也，自奪也，自取也，自行也，自止也。"[二]《天論篇》："心居中虛以治五官，夫是之謂天君。"[三]

[一]《孟子集注》卷十一《告子上》注。按：此文亦見宋范浚《范香溪

先生文集》卷一。元吴師道《禮部集》卷十四《香溪先生文集後序》云:"子朱子集注《孟子》,全載范浚《心箴》,由是天下莫不聞其名,且與天壤俱敝也。浚字茂明,婺之蘭溪人,因其里居,稱香溪先生。"

[二]《荀子·解蔽第二十一》。

[三]《荀子·天篇第十七》。按:參見《容安館札記》第四百四十七則、第五百七十二則。

17　六如九喻

"《金剛經》四句偈,秦鳩摩羅什譯爲夢、幻、泡、影、露、電'六如'[一],元魏三藏留支譯爲星、翳、燈、幻、露、泡、夢、電、雲'九喻'[二]。沙門子璿謂:'星燈有體,未是真空;雲能含雨,是爲含生。九喻去其三,固爲有見。'[三]今西域仍作'九喻',中華皆尚'六如',罕聞'九喻'矣。"[四]此汪文端[五]《松泉文集·跋金剛經》之説。

[一] 按:後秦鳩摩羅什《金剛般若波羅蜜經》云:"一切有爲法,如夢、幻、泡、影,如露亦如電,應作如是觀。"

[二] 按:後魏三藏法師菩提留支《金剛般若波羅蜜經》云:"一切有爲法,如星、翳、燈、幻、露、泡、夢、電、雲,應作如是觀。"

[三] 按:清行策《金剛般若經疏論纂要刊定記會編》卷十引唐宗密《述疏》云:"魏譯九喻,秦本略者,以星燈有體,雲種含生,恐難契空心,潛滋相想。取意之譯,妙在兹焉。"又引宋子璿《録記》云:"有體者,雖星不如日,燈藉膏油,未是全空,故云有體。雲種者,法喻雙舉,雲能含雨,種必生芽,故曰含生……然雲等三喻,則直下蔪除。于餘六中,又换一喻,謂以影代翳也。所以换者,影並于翳,空義顯故。"

［四］清汪由敦《松泉文集》卷十六。按：文末署“乾隆壬申十二月腊
　　八前二日奉敕考証跋①張即之所書《金剛經》册後，私記于此”。
［五］按：汪由敦(1692—1758)，字師茗，號謹堂，又號松泉居士。安徽
　　休寧人，以商籍補浙江學生，故又爲錢塘籍。生于康熙三十一
　　年。雍正二年進士，改庶吉士。五年，散館，授編修。乾隆二十
　　二年累官至吏部尚書，二十三年卒。贈太子太師，諡文端。著
　　有《松泉文集》二十卷、《詩集》二十六卷，收入《四庫全書》。生平
　　事跡見清錢維城《茶山文鈔》卷十一《加贈太子太師吏部尚書諡
　　文端汪由敦傳》、清錢陳群《香樹齋文集》卷二十五《光禄大夫太
　　子太傅吏部尚書贈太子太師諡文端汪公墓志銘》。

18　支那

　　梵書紙聯，不須綫訂，前後止用兩夾，故稱“梵夾”[一]。後
來亦有照儒書分葉綫裝，其中縫上偏率刻“支那”二字。按：《法
苑珠林》所稱净飯王太子説六十四種書中有“支那國書”，注云：
“即此大唐國。”[二]則“支那”係指中華，蓋記此式依中華耳[三]。

［一］按：唐韋述《大業雜記》“翻經道場東街”云：“其道場有婆羅門僧
　　及身毒僧十餘人，新翻諸經。其所翻經本從外國來，用貝多樹
　　葉書，書即今胡書體。貝多葉長一尺五六寸，闊五寸許，葉形似
　　枇杷葉而厚大，横作行書，隨經多少，縫綴其一邊，怗怗然，今呼
　　爲‘梵夾’。”又宋司馬光《資治通鑑》卷二百五十《唐紀》“懿宗三
　　年”元胡三省注云：“梵夾者，貝葉經也，以板夾之，謂之‘梵夾’。”
［二］《法苑珠林》卷十五引《佛本行經》注：“即此国也。”
［三］按：光氏説不確。《萬曆方册藏》，又稱《徑山藏》《嘉興藏》，前人

---

　　①　“跋”下原衍“之”字，今删。

多謂之爲“支那本”。屈萬里《明釋藏雕印考》云：“此土著述，是
藏名曰‘支那撰述’。此四字部名鐫版心書名上，雙行書之。摺
疊後則前面分‘支那’二字，後面分‘著述’二字，且有墨綫圍之。
著録者見‘支那’二字而未細審，遂誤用爲版本名耳。”

19　心經

同邑胡君光冕[一]得《心經》一卷于金陵寺中，愛其注釋明
徹精深，因重鐫以廣其傳。惟稱不著注釋者姓名，大約是儒而
兼通梵行者。按：王昶《春融堂集》有《心經淺釋跋》，稱其“義深
文簡，愚智皆可以有得”[二]，亦不言釋者姓名，止稱：“係皇六子
留于拈花寺者，前有圖記，又書‘花閒堂鈔存’，因録其副而還諸
寺。”[三]胡君重鐫，殆即此本[四]。

[一] 按：胡光冕，字冠海，安徽桐城人。嘉慶三年府學貢生，後曾爲
　　江蘇沭陽縣訓導，娶左眉長女。姚鼐有《喜胡冠海至》(《惜抱軒
　　詩集》卷九)、《八月十四日與胡冠海、左叔固、張禔喬、秦瀤共于
　　雙溪觀月》(《惜抱軒詩集》卷十一《後集》)等詩。生平事跡見清
　　廖大聞、金鼎壽《[道光]桐城續修縣志》卷七、清姚鼐《惜抱軒尺
　　牘》卷一《與汪稼門(其七)》及清方潛《顧庸集》卷二十一《胡節婦
　　事略》等。

[二][三] 清王昶《春融堂集》卷四十五《心經淺釋跋》。按：皇六子即
　　永瑢，“花閒堂”本爲允禧堂號，永瑢後過繼爲允禧之孫，故書
　　“花閒堂鈔存”。又拈花寺，遺址在今北京市西城區。

[四] 按：清蔡新《緝齋文集》卷五《閩安楊先生八十壽序》云：“間或旁
　　及内典，著有《心經淺釋》《金剛經讀①法》，以爲教外別傳，得醒

―――――――――

　　① “讀”，原作“續”，今據文義改。

心之助,人比之白樂天。"又清王元啓《祇平居士集》卷十六《與楊訒庵觀察書(其一)》云:"廿六日接到《心經淺釋》一册,盥手莊誦,得見前輩嗜學不倦與其開示後學之盛心。"(亦載清王昶《湖海文傳》卷四十五)兩文所謂楊閭安先生與楊訒庵觀察,皆指楊仲興。光氏所謂《心經淺釋》,當即其所作。又王紹曾《清史稿藝文志拾遺·子部·宗教類·佛教之屬》著録"《御筆金剛經讀法》不分卷,附《心經淺釋》不分卷,世宗胤禛撰",當即楊氏所撰而後人改題爲雍正者,今未見。

又按:楊仲興(1694—1775),字直庭,號訒庵,廣東嘉應州人。雍正八年進士,授福建清流縣知縣,累遷至湖北按察使。復奪職,改官刑部郎中,以疾乞歸。著有《四餘偶録》二卷、《讀史提要》四卷等。生平事跡見《清史列傳》卷七十一本傳。

20　辛甲

《左傳》:"昔周辛甲之爲大史也,命百官官箴王闕。"[一]按:《韓非·説林》:"周公旦已勝殷,將攻商蓋。辛公甲曰:'大難攻,小易服,不如服衆小以劫大。'乃攻九夷而商蓋服矣。"[二]《晋語》:"胥臣言:文王訪于辛、尹。"[三]劉向《別録》云:"辛甲事紂,七十五諫而不聽,去之周。文王以爲公卿,封之長子①。"[四]蓋亦如微、箕之去殷歸周者[五]。七十五諫,即所謂《官箴》。

[一]《左傳·襄公四年》。
[二]《韓非子·説林第二十二》。

---

①　《史記》卷四《周本紀》宋裴駰《集解》云:"劉向《別録》曰:……辛甲,故殷之臣,事紂。蓋七十五諫而不聽,去至周。召公與語,賢之,告文王。文王親自迎之,以爲公卿,封長子。""去之周",原爲"去至周";"封之長子",原爲"封長子"。

［三］《國語·晋語四第十》：“（胥臣）對曰：……（文王）諏于蔡、原，而訪于辛、尹。”

［四］明朱祖埠《水經注箋》卷十《濁漳水》箋引。按：此本于《史記》卷四《周本紀》宋裴駰《集解》。

［五］按：《人表考》卷三《上下·智人》“辛甲”條云：“夏侯啓封支子于莘，莘、辛聲近，遂爲辛氏（《廣韻》注、《唐·表》七十三上、《通志·氏族略二》）。”

21　三都賦

左思，齊國臨淄人，賦三都而推重魏，可也。陸機，吳人，且世爲孫氏重臣，若賦三都而推重魏，則悖于理；改而重吳，又于時事不合，機固未宜爲此賦也。初入洛欲爲之，始念已謬；其見思《賦》佳，嘆服輟筆［一］，正以其無悖于理而有合于時事，不徒以其研覈精致耳。

［一］按：《晋書》卷九十二《左思傳》：“初，陸機入洛，欲爲此賦，聞思作之，撫掌而笑，與弟雲書曰：‘此間有傖父，欲作《三都賦》，須其成，當以覆酒甕耳。’及思賦出，機絶嘆伏，以爲不能加也，遂輟筆焉。”

22　戰國策

22-1　《戰國策》本，近日競推剡川姚氏紹興丙寅校本［一］爲佳，以其仍存劉向舊第，不似鮑本［二］之以己意私改也［三］。然如武安君事，在《中山》卷末［四］，姚本亦稱“不知所謂”［五］；衛靈煬竈事，在《趙策》中［六］，亦所不解，姚氏尚未及之。蓋劉向編此書時，本從錯亂相糅中刪併重複，排比成帙，如武安、衛靈等事偶失整娖，鮑氏改移，亦非不善，但當注明，不宜没其舊第耳[七]。《中山》卷，姚本既以爲高誘所注，而"武安君"條末有"子由《古史》云《戰國策》文，並收入"[八]十二字之注，殊不可解，自爲姚之《續注》無疑。然豈舊本本無此條，姚因子由所云從《古史》收入耶？何又云"不知所謂"也[九]？

[一]《战國策》三十三卷附《札記》三卷，清嘉慶八年吳門黄氏讀未見　　　書齋刻《士禮居叢書》本。按：宋姚宏續注校正《戰國策》，自序後　　　署"紹興丙寅中秋"，即南宋紹興十六年，有紹興間杭州刻本。　　　重刻剡川姚氏本《戰國策》，則以顧廣圻之功爲多。趙詒琛《顧　　　千里先生年譜》卷上云："（嘉庆八年）秋，爲蕘圃刻宋剡川姚氏　　　本《戰國策》，取蕘圃所藏元至元乙巳吳氏本《戰國策》對勘，作　　　《札記》三卷，附刻于後。十一月，代蕘圃序之，并自爲《後序》。"　　　《重刻剡川姚氏本戰國策并札記序（代黄蕘圃）》《戰國策札記後　　　序》兩文亦載清顧廣圻《思適齋集》卷七。詳參李慶《顧千里研　　　究（增補本）・顧千里校書考・史部》"戰國策"條。

[二]按：宋鮑彪注《戰國策》，成書于南宋紹興十七年，有宋紹熙二年　　　會稽郡齋刻本，明嘉靖三十一年刻本等。又宋鮑彪注、元吳師　　　道補正《戰國策校注》十卷，有清道光二十年《惜陰軒叢書》本。

[三][七]《四庫全書總目》卷五十一《鮑氏戰國策注》提要云："彪　　　《書》雖首載劉向、曾鞏二序，而其篇次先後，則自以己意改移，　　　非復向鞏之舊。是書竄亂古本，實自彪始。然向序稱：'中書餘　　　卷，錯亂相糅莒（案：'莒'字未詳，今姑仍原本錄之）。又有國別　　　者八篇，少不足。臣向因國別者，略以時次之，分別不以序者以　　　相補。除重複得三十三篇……'則向編此書，本哀合諸國之記，　　　刪併重複，排比成帙。所謂三十三篇者，實非其本來次第。彪　　　核其事蹟年月而移之，尚與妄改古書者有閒。"

［四］［八］《戰國策·中山策第三十三》。按：宋蘇轍《古史》卷四十四
　　　《白起王翦列傳》云：“及覽《戰國策》，觀起自陳成敗之跡，乃知邯
　　　鄲法不可再攻，而起非特以怨不行，蓋爲之流涕也。”

［五］《戰國策》卷末宋姚宏《題〈戰國策〉》。按：清顧廣圻《重刻剡川
　　　姚氏本戰國策札記》卷下附宋姚寬《戰國策後序》，與其兄姚宏
　　　之文大體相同，唯末署“上章執徐”，即紹興三十年，又多“晚得
　　　晁以道本”一句。

［六］《戰國策·趙策三第二十》。

［九］按：《中山策》卷末“昭王既息”一章，叙武安君白起事，鮑本移入
　　　《秦策三》，注云：“元在《中山策》之末。”是鮑氏與姚氏所見之本
　　　同，可見非姚氏自《古史》收入也。蓋此章乃後人所見《戰國策》
　　　遺文，故附于全書之末，姚宏氏未加更動，僅引蘇轍之言以明其
　　　確爲《戰國策》遺文，“不詳所謂”者，即不詳秦事何以在《中山
　　　策》也。
　　　又按：范祥雍《戰國策箋證》卷三十三以爲此章實當移入《秦策
　　　三》之末，可參看。

22-2　又　市駿骨[一]，**《燕策》是市千里馬首**[二]。

［一］唐杜甫撰、清仇兆鰲注《杜詩詳注》卷十六《昔游》：“有能市駿
　　　骨，莫恨少龍媒。”

［二］《戰國策·燕策一第二十九》。

22-3　又　《燕策》陳翠說太后出愛子爲質[一]，**與《趙策》觸
讋說太后同**[二]。**桃梗事，兩見**[三]。**佯僵覆酒事，亦兩見**[四]。
《燕策》“奉陽君告朱讙”條內“死不足爲患”[五]**數句、“堯舜之賢
而死”**[六]**數句，又全同范雎初說秦王**[七]。

[一]《戰國策·燕策二第三十》"陳翠合齊燕"章。

[二]《戰國策·趙策四第二十一》"趙太后新用事"章。

[三] 按：兩事見《戰國策·齊策三第十》"孟嘗君將入"章、《趙策一第
　　十八》"蘇秦説李兑"章。

[四] 按：兩事見《戰國策·燕策一第二十九》"人有惡蘇秦于燕王者"
　　章、"蘇代謂燕昭王"章。

[五][六]《戰國策·燕策二第三十》"蘇代爲奉陽君"章。

[七]《戰國策·秦策三第五》。

23　春秋後語

　　宋剡川姚宏于紹興丙寅《題戰國策》云："余居窮鄉，無書可
檢閲，訪《春秋後語》，數年方得之。"[一]據此，則高宗時此書尚
存浙中。《經義考》引楊宗吾曰："乾道中，南詔使者見廣南人，
言其國有《五經廣注》《春秋後語》乾道距紹興丙寅不及三十
年①。"[二]楊説如此，則乾道時，浙中已無此書[三]。書爲孔衍所
作，詳見《史通》[四]。

[一]《戰國策》卷末："紹興丙寅中秋剡川姚宏伯聲父題。"

[二] 清朱彝尊《經義考》卷二百七十七引明楊宗吾説。按：楊宗吾有
　　《檢蠹隨筆》三十卷，分條編載，體近類書，朱氏或即據此，今未
　　見全本，俟考。

[三] 按：楊説本于其祖，見明楊慎《丹鉛總錄》卷十二《史籍類》"外國
　　書"條。楊慎又本《文獻通考》卷三百二十九《四裔考六·南詔》
　　所引宋范成大《桂海虞衡志》。然《桂海虞衡志》云："乾道癸巳
　　冬，忽有大理人李觀音得、董六斤黑、張般若師等率以三字爲

① "乾道距紹興丙寅不及三十年"，非楊氏語，乃光氏按語，原作大字，改爲小字。

名，凡二十三人至横山議市馬。出一文書，字畫略有法，大略所須《文選五臣注》《五經廣注》《春秋後語》《三史加注》《都大本草廣注》《五藏論》《大般若十六會序》及《初學記》《張孟押韵》《切韵》《玉篇》《集聖曆》《百家書》之類。"是南詔人欲以馬换書，而非仍有其書也。蓋楊慎誤會其文，而後人又沿其誤耳。其事亦見宋李心傳《建炎以來朝野雜記·甲集》卷十八、元脱脱《宋史》卷一百九十八《兵志十二》，可參方國瑜《漢晋至唐宋時期在雲南傳播的漢文學》"大理國入宋求經籍"條所考。

[四]《史通·内篇·六家篇第一》："孔衍以《戰國策》所書未爲盡善，乃引太史公所記，參其異同，删彼二家，聚爲一録，號爲《春秋後語》。"按：《春秋後語》其書，可參孫猛《日本國見在書目録詳考·考證篇》卷十三"春秋後語"條所考。

24　山海經

24-1　《山海經》："漆吴之山……無玉。處于東海，望丘山，其光載出載入。"[一]郭注："神光之所潛燿。"[二]又"槐江之山……南望崑崙，其光熊熊，其氣魂魂。"[三]郭注："皆光氣炎盛、相焜燿之貌。"[四]蓋深山大谷，時時發光，本非異事，此首見于典册者。後來釋徒，率托爲佛光以詫世[五]。然如《中山經》云："吉神泰逢……居于萯山之陽，出入有光。"[六]"神疆圍……游于睢、漳之淵，出入有光。"[七]"神耕父……常游清泠之淵，出入有光。"[八]"神于兒……常游于江淵，出入有光。"[九]則又爲後世佛光之濫觴。

[一][二]晋郭璞注《山海經·南山經第一·南次二經》。

[三][四]《山海經·西山經第二·西次三經》。

[五]按：如宋邵博《邵氏聞見後録》卷二十八云："五臺山佛光，其傳

舊矣。唐穆宗實録：'元和十五年四月四日，河東節度使裴度
奏：五臺山佛光寺側，慶雲現，若金仙乘狻猊，領其徒千萬，自巳
至申乃滅。'"

[六]《山海經·中山經第五·中次三經》"黃山"條。

[七]《山海經·中山經第五·中次八經》"驕山"條。

[八]《山海經·中山經第五·中次十一經》"豐山"條

[九]《山海經·中山經第五·中次十二經》"夫夫之山"條。

24-2　又《西山經》于"槐江之山"云："南望崑崙，其光熊
熊，其氣魂魂。西望大澤，后稷所潛也。其中多玉，其陰多榣木
之有若。北望諸毗，槐鬼離倫居之，鷹鸇之所宅也。東望恒山
四成，有窮鬼居之，各在一搏。爰有淫水，其清洛洛。"[一]《中山
經》于"青①要之山"云："北望河曲，是多駕鳥。南望墠渚②，禹
父之所化，是多僕纍、蒲盧。"[二]後來古文家記登覽名勝，往往
規橅之。

[一]《山海經·海内經第十八·西次三經》。

[二]《山海經·中山經第五·中次三經》。

24-3　又《中山經》"青要之山"："南望墠渚，禹父之所
化。"[一]據此一語，已知非禹、益所作，何必指摘其載有夏后啓、
文王及秦漢郡縣名，而後定其爲後來附益耶[二]？化熊非美事，
禹忍言耶？其時雖質樸無諱，益亦何必述之？

---

①　"青"，原作"肯"，據《山海經·中山經第五·中次三經》"青要之山"條改。

②　"渚"，原涉上誤作"堵"，據《山海經·中山經第五·中次三經》"青要之山"
條改。

［一］《山海經·中山經第五·中次三經》。

［二］按:《四庫全書總目》卷一百四十二《山海經》提要云:"觀書中載夏后啓、周文王,及秦漢長沙、象郡、餘暨、下嶲諸地名,斷不作于三代以上,殆周、秦間人所述,而後來好異者又附益之歟?"光氏蓋隱駁提要。

24-4 　又《經》中屢稱郡縣,畢本解之曰:"《淮南子》云:'夏桀、殷紂之盛也,人跡所至,舟車所通,莫不爲郡縣。'則郡縣之名,夏、殷有之,不獨周矣。世俗以此疑《經》,非也。"［一］按:《淮南子》"莫不爲郡縣"［二］之語,蓋即後來之制明之,猶云"莫不有君長"耳,政如《左氏》"陳桓公方有寵于王"［三］之例。安得以辭害意,遽謂夏、殷已有郡縣之稱［四］?

［一］清畢沅《山海經新校正·南山經第一·南次二經》"长舌之山"條注。

［二］漢高誘注《淮南子》卷十三《氾論訓》。

［三］《左傳·隱公四年》。按:《史通·外篇·暗惑第十二》云:"夫人既從物故,然後加以易名。田常見存,而遽呼以謚,此之不實,明然可知。又案《左氏傳》:'石碏曰:陳桓公方有寵于王。'《論語》:'陳司敗問孔子:昭公知禮乎?《史記》:'家令說太上皇曰:高祖雖子,人主也。'諸如此說,其例皆同。"參見《困學紀聞》卷六《左氏》、《陔餘叢考》卷二十二"古人追叙前事文法"條。

［四］按:北齊顔之推《顔氏家訓·書證第十七》云:"或問:'《山海經》,夏禹及益所記,而有長沙、零陵、桂陽、諸暨,如此郡縣不少,以爲何也?'答曰:'史之闕文,爲日久矣;加復秦人滅學,董卓焚書,典籍錯亂,非止于此……皆由後人所羼,非本文也。'"又清郝懿行《山海經箋疏·叙》亦云:"至于郡縣之名,起自周代,《周書·作雒篇》云:'爲方千里,分以百縣,縣有四郡。'《春秋》哀公

二年《左傳》云：‘克敵者，上大夫受縣，下大夫受郡。’杜元凱注云：‘縣百里，郡五十里。’今考《南次二經》云‘縣多土功’‘縣多放士’，又云‘郡縣大水’‘縣有大纛’，是又後人所羼也。”

24-5　又《南山經》：“漆吳之山……多博石。”[一]注：“可以爲博棋石①。”[二]畢本駁之曰：“古‘棋’字，從木，不以石爲之。博石，蓋言大石。”[三]余謂畢本説誤。不見後文《中山經》乎？《中山經》于“休與之山”記云：“其上有石焉，名曰帝臺之棋。”[四]安可以“棋”字從木，限其不以石爲[五]？如畢本，記山多大石，何足爲異，而煩記耶？

[一][二][三]《山海經·南山經第一·南次二經》。
[四]《山海經·中山經第五·中次七經》。
[五] 按：《山海經箋疏》卷一云：“《方言》云：‘簙，謂之蔽，或謂之棋。’古棋以木，故字從木。然《中次七經》云：‘休與之山有石，名曰帝臺之棋。’是知博棋古有用石者也。”光氏説與郝氏同。

24-6　又《海外西經》：“形天與帝至此争神，帝斷其首，葬之常羊之山，乃以乳爲目，以臍爲口，操干戚以舞。”[一]“形”或作“刑”，“天”或作“夭”。“形”與“刑”，古書傳多通，不待言矣。畢本謂“‘夭’義長于‘天’”，[二]則非是。此“天”字，即《易》“天且劓”[三]之“天”，彼處《正義》曰“剠額爲天”，[四]正與“斷首”義近。

[一][二]《山海經·海外西經第七》。
[三][四] 三國魏王弼、東晋韓康伯注、唐孔穎達疏《周易正義》卷四《睽卦》。

---

① “石”字，原脱，據《山海經·南山經第一·南次二經》“漆吳之山”條注補。

25　朱長孺校水經注

　　趙一清《水經注釋》卷首列所據以校正者凡三十本[一]，可謂博矣，獨遺朱長孺校定本。長孺《自序》論桑欽、郭璞事甚當，又稱："此書不惟經傳相淆，尤恨闕文與錯簡往往而是。以暇日鈎索，據古今地理割正，于是斷者得連，離者得合，顛倒者得次第，不至聱牙棘口，掩卷而嘆。"[二]則長孺亦三折肱此書者，趙氏何以遺之目前？豈其書未成，抑成而未能刊行耶？當遇松陵人問之。其《自序》則載《愚庵小集》。

[一]按：清趙一清《水經注釋》卷首《水經注釋注參校諸本》列有楊氏（慎）刊本、黃氏（省曾）刊本、歸氏（有光）刊本、柳氏（僉）本、趙氏（琦美）三校本、吳氏（琯）刊本、朱氏（之臣）本、周氏（嬰）本、陳氏（仁錫）刊本、鍾氏（惺）譚氏（元春）刊本、全氏雙韭山房舊校本、錢氏（曾）本、黃氏（宗羲）删本、孫氏（潛）再校本、顧氏（炎武）本、顧氏（祖禹）本、閻氏（若璩）本、黃氏（儀）本、劉氏（獻廷）本、胡氏（渭）本、姜氏（宸英）本、何氏（焯）再校本、沈氏本、沈氏（炳巽）本、董氏（熜）本、項氏（絪）本、杭氏（世駿）本、齊氏（召南）本、全氏（祖望）七校本等共二十九種，末云："以上諸本，予悉取以明南州朱祖埠中尉《箋》相參證。"則合計三十種。

[二]清朱鶴齡《愚庵小集》卷七《校定水經注箋序》。按：此節多有删略改寫。

26　洛陽城

　　《水經·穀水注》云："周威烈王葬洛陽城内東北隅，景王冢在洛陽太倉中，翟泉在兩冢之間。秦封呂不韋爲洛陽十萬户

侯，大其城，并得景王冢。"[一]又曰："舊説言：翟泉本自在洛陽
北長①宏城，成周②乃繞之。"[二]余按：道元所舉兩説，蓋謂長宏
并翟泉，不韋更并景王冢。不韋并景王冢，其事馬、班皆不載，
不知道元何據？《漢·地理志》"雒陽縣"下注云："《春秋》昭公
三十二年③，晋合諸侯于狄泉，以其地大成周之城，居敬王。"[三]
"地"即狄泉，"大"即拓城繞之于内，杜元凱注《左傳》亦云："成
周狹小，故請城之。"[四]

[一][二]《水經注》卷十六《穀水注》。

[三]《漢書》卷二十八《地理志第八上》"河南郡"條。

[四]《左傳·昭公三十二年》。按：可參童書業《春秋王都辨疑·成
　　周爲東都大名王城爲成周内城考》。

---

① "長"，當作"萇"。

② "長宏城成周"五字，《水經注箋》卷十六作"長宏成周"，注云："當作'萇宏城
周'。"殿本《水經注》卷十六作"萇宏城成周"，注云："近刻脱'城'字。"

③ "三十二年"，殿本原作"二十二年"，誤，蓋光氏所改。參見清王鳴盛《十七史
商榷》卷十八《漢書·地理雜辨證一》。

有不爲齋隨筆乙

27　衛青

　　張文潛論衛青容汲黯不拜，諱李敢擊傷，并懲田寶事不薦士，不斬蘇建，使歸命天子，類非庸人所能爲。此蓋必有道，且爲淮南王、伍被所憚，亦非天下未有稱[一]，疑史公貶之太過[二]。余謂司馬氏稍徇李氏，故特貶青，且以自寄其感憤耳。青之自來又微賤，世士不遇阨塞者多，率本其説以抑青，青遂無以自白于後世。文潛此論出，青可以不恨于地下。獨怪文潛亦轗軻生平者，乃能平其心以與青耶？是亦事之至難者矣。

[一]　按：清何焯《義門讀書記》卷十七《前漢書・李廣傳》云："大將軍將略，以伍被所答淮南王問參觀乃備，不可獨據'于天下未有稱'之語。此即出太史公《淮南衡山列傳》也。"

[二]　宋張耒《柯山集》卷四十《衛青論》："司馬遷論李將軍之死曰：'知與不知，皆爲流涕。'論大將軍曰：'以柔媚于上，其于天下未有稱也。'愚意李廣之所爲，青之所不願，而非不足也。以青爲奴虜庸人，遭時幸會以取富貴者耶？則汲黯不拜大將軍，曰：'使大將軍有揖客，顧不重耶？'青由此益重黯。李敢怨其父死，至擊傷青，青爲諱不言。青知揖之重于拜，權足以報敢而爲諱

之。懲田竇之事,至絕口不薦士。不斬蘇建,使歸命天子。言之如不快人意,而其知時見遠,皆中幾會。青顧不能交灌夫、籍福之歡,而爲決意斬伐者之所爲耶?凡此類非庸人所能也。彼非庸人而爲此,則必有道矣,而遽欲賢廣而貶之,不亦過哉……淮南王與伍被爲反計,而被獨稱大將軍以折之。彼其仗節死義則憚汲黯,用兵決勝則忌青,然則爲天下未有稱者,又果然哉!」

28　五世相韓

張良五世相韓,以《傳》考之,謂韓之五世耳,在張止大父開地、父平二世[一]。又《戰國策》「韓有張翠納賂于宣太后」[二],《韓非子・説林篇》稱「張譴相韓」[三],均不知爲良何人。《荀子・臣道篇》稱「韓之張去疾與趙之奉陽、齊之孟嘗,並爲篡臣」,楊倞注:「蓋張良之祖。」[四]《史記索隱》則云:「王符、皇甫謐並以良爲韓之公族,姬姓也。秦索賊急,乃改姓名。韓先有張去疾及張譴,恐非良之先代。」[五]

[一]《漢書》卷四十《張良傳》。按:《史記》卷五十五《留侯世家》,唐司馬貞《索隱》云:「謂大父及父相韓五王,故云『五代』。」
[二]《荀子・臣道第十三》楊倞注。按:事見《戰國策・韓策二》。
[三]《韓非子・説林上第二十二》。
[四]《荀子・臣道第十三》。按:清梁玉繩《史記志疑》卷二十六《留侯世家》云:「楊注謂去疾張良之祖,恐不然。」
[五]《史記》卷五十五《留侯世家》,唐司馬貞《索隱》。

29　齊東野語

29-1　《齊東野語》八卷内有「詩詞祖述」一條,言「孝宗追惜魏勝曰：‘使勝不因邊釁，何以見其才？ 如李廣在文帝時，是以不用；使生高帝時，必將大有功矣。’其後放翁贈劉改之曰：‘李廣不生楚漢間，封侯萬戶宜其難。’蓋用阜陵語也。異時劉潛夫作《沁園曲》云：‘使李將軍，遇高皇帝，萬戶侯何足道哉！’又祖放翁語也”[一]。按：三處皆各自用《李廣傳》[二]，乃以爲遞相祖用，一何可笑！[三]十卷中論“《史記》多誤”一條[四]，甚爲精核，此乃忘其正文，何耶？[五]

[一] 宋周密《齊東野語》卷八。按：《宋史》卷三百六十八《魏勝傳》亦略載孝宗語。又陸詩見宋陸游《劍南詩稿》卷二十七《贈劉改之秀才》，劉詞見宋劉克莊《後村先生大全集》卷一百八十七《沁園春・夢孚若》。

[二] 《史記》卷一百九《李將軍列傳》：“文帝曰：‘惜乎，子不遇時！ 如令子當高帝時，萬戶侯豈足道哉！’”

[三] 按：參見《容安館札記》第六百十六則宋陸游《劍南詩稿》卷二十七《贈劉改之秀才》。

[四] 《齊東野語》卷十。

[五] 按：“《史記》多誤”條前半論《司馬相如傳贊》之誤，乃襲自《考古質疑》卷一，后半論先傳淳于髡而後叙優孟之誤，則襲自《考古質疑》卷二，均非周氏發明。此處忘其正文，正不足怪。

29-2 **又** 論“《史記》多誤”一條云：“《司馬相如傳贊》，乃固所自爲，《史記》全載其語，而作‘太史公曰’，何耶？ 又遷在武帝時，雄生漢末，亦安得謂‘揚雄以爲靡麗之賦，勸百而諷一’哉！ 諸家注釋，皆不及之。《公孫弘傳》載平帝元始中，詔賜弘子孫爵，徐廣注謂：‘後人寫此，以續卷後。’然則相如之《贊》亦後人剿入，而誤以爲太史公無疑。”[一] 余謂但指“揚雄”以下至“虧乎”二十八字爲剿入，則精核不易；指全《贊》皆剿入，則疏謬不合，公謹豈未取固《書》覆勘耶？ 固《書》此《贊》[二]，首言“司馬遷稱”，後增“揚雄以爲”，而删去“余采其語可論者，著于篇”一語，明是增删太史公之《贊》[三]，安得以爲固所自爲？至今本《史記》去“揚雄”以下二十八字，直接“余采其語”，文勢尤順。

[一]《齊東野語》卷十。按：《四庫全書總目》卷四十五《史記》提要云：“周密《齊東野語》摘《司馬相如傳贊》中有‘揚雄以爲靡麗之賦，勸百而諷一’之語，又摘《公孫弘傳》中有平帝元始中，詔賜弘子孫爵語……皆非遷所及見。”又所引《公孫弘傳》，見《史記》卷一百十二《平津侯主父列傳》。

[二]《漢書》卷五十七下《司馬相如傳》。

[三]《史記》卷一百十七《司馬相如列傳》。按：《史記志疑》卷三十四《司馬相如列傳》云：“‘揚雄以爲靡麗之賦’，此下二十八字當削。《困學紀聞》引江棨曰：‘雄後于遷甚久，遷得引雄辭何哉？蓋後人以《漢書・贊》附益之。’”參見《廿二史考異》卷一《史記・孝武本紀》、《十七史商榷》卷六“《司馬相如傳・贊》後人所亂”條、清趙翼《廿二史札記》卷一“《史記》有後人竄入處”條。

30　八達

“八達”之稱，始見于《魏志・諸葛誕傳》注引《世語》曰：“當世俊士散騎常侍夏侯玄、尚書諸葛誕、鄧颺之徒，共相顯①表，以玄、疇四人爲四聰，誕、備八人爲八達。”[一]約略舉之，未曾詳列；曰“疇”、曰“備”，亦不知其姓。《晋書・安平獻王孚傳》言：“孚字叔達，長兄朗字伯達，宣帝字仲達，弟馗字季達，恂字顯達，進字惠達，通字雅達，敏字幼達，俱知名，時號‘八達’。”[二]

① “顯”，當作“題”。然検清張玉書等編《佩文韻府》卷九十六“八達”條正作“顯”，且其下所引恰爲《晋書・安平獻王孚傳》及《光逸傳》。疑此條光氏乃轉引致誤。

《光逸傳》言：“與胡母輔之、謝鯤、阮放、畢卓、羊曼、桓彝、阮孚酣飲，不捨晝夜。時人謂之‘八達’。”[三]而《小學紺珠》載“中朝八達”，則以爲董昶、王澄、阮瞻、庾敳、謝鯤、胡母輔之、于法龍、光逸[四]，不知何本，或本王隱、虞預諸家之《書》，今不可考矣[五]。于《世語》及《安平獻王孚傳》之“八達”，皆未載。

[一]《三國志》卷二十八。

[二]《晋書》卷三十七。

[三]《晋書》卷四十九。

[四] 宋王應麟《小學紺珠》卷六《名臣類》“中朝八達”條。

[五] 按：舊題晋陶潛《集聖賢群輔録》卷下“晋中朝八達”條云：“陳留董昶字仲道、琅玡王澄字平子、陳留阮瞻字千里（一云‘阮八百’，八百即瞻弟孚，字遥集，朗率多通。故大將軍王敦云：‘方瞻有減，故云八百’）、穎川庾敳字子嵩、陳留謝鯤字幼輿、太山胡母輔之字彦國、沙門于法龍、樂安光逸字孟祖。右晋中朝八達，近世聞之于故老。”《小学紺珠》蓋本此。

31　西法不始于萬曆

沈括《筆談》七卷論“蝕”云：“西天法羅睺、計都皆逆步之，乃今之交道也。交初謂之‘羅睺’，交中謂之‘計都’。”[一]據此，宋時已有西法。又山谷《蟹》詩云：“已標天上三辰次，未免人間五鼎烹。”[二]謂十二辰中有巨蟹也。巨蟹爲辰，亦是西法，即中國之鶉首也[三]。又明周恭肅《十二宮神歌》云：“惟天稱物鈞懿德，琢磨竭力見玉石。旁觀古人《馬蹄篇》，或欲勝天蝎自螫。江皋雙女久寂寞，何處從師子多術。金牛十角力土苦[①]，白羊

---

① “土苦”，原作“土若”，據《周恭肅公集》卷二《十二宮神歌》改。

萬頭丞相食。秋風網巨蟹螯肥，素書遺我雙魚白。吁嗟匜寶瓶水棲，陰陽理妙期玄默。"[四]作《歌》在嘉靖時，西士亦未來。

[一] 宋沈括《夢溪筆談》卷七《象數一》。

[二] 按：山谷詩見宋黃庭堅撰、宋任淵注《山谷內集詩注》卷十九《秋冬之間，鄂渚絕市，無蟹，今日偶得數枚，吐沫相濡，乃可憫笑，戲成小詩三首(其一)》，"已標"原作"雖爲"。唯宋孫奕《履齋示兒編》卷十一《正誤》"三辰"條及宋胡仔《苕溪漁隱叢話·前集》卷二十"李衛公"條引《雪浪齋日記》，詩題、文字與此同，光氏似據《履齋示兒編》轉引。

[三] 按：清文廷式《純常子枝語》卷三十三云："算命理學以星度爲言者，皆本于西域。穆尼閣《天步真原》之說與張果星宗，固同出一源也。白羊、金牛等十二宮名義，原出《大集日藏經》，云：'昔在殊致羅婆菩薩，受龍王請，始說十二宮及星象曆數。'蓋以星紀爲磨羯，元枵爲寶瓶，娵訾爲雙魚，降婁爲白羊，大梁爲金牛，實沈爲陰陽，鶉首爲巨蟹，鶉火爲獅子，鶉尾爲雙女，壽星爲天秤，大火爲天蝎，析木爲人馬。"

[四] 明周用《周恭肅公集》卷二。

32　宗愨母鄭夫人墓誌

　　《補筆談》言："皇祐中，金陵上元縣發一塚，有石誌，乃宋征西將軍宗愨母鄭夫人墓。夫人，漢大司農鄭衆女也。"[一]按：衆本傳，以建武①六年爲大司農，八年卒官[二]，距宋初凡三百三十餘年，宗愨安得爲其女之子？此存中好古之過，不暇檢勘，遂致誤信。又按：《通志·金石略》作"劉夫人"[三]，不云"鄭"。

---

① "建武"，當作"建初"。

[一]《夢溪補筆談》卷三《雜誌》。

[二]《後漢書》卷三十六《鄭衆傳》。

[三]《通志》卷七十三《金石略》：“《宋宗愨母劉夫人墓誌》，謝朓文，大明二年，江寧府。”按：此誌初見宋歐陽脩《集古録跋尾》卷四《宋宗愨母夫人墓誌》，未及姓氏。至宋歐陽棐《集古録目》卷一“宋宗愨母劉夫人墓誌”條云：“不著書撰人名氏。愨仕宋爲散騎常侍、荆州大中正、洮陽縣侯，夫人姓劉氏，碑以大明六年立。”始明言其姓劉氏。宋陳思《寶刻叢編》卷十五“宋宗愨母劉夫人墓誌”條亦僅引《集古録目》《集古録跋尾》，《通志》作“劉”，與歐陽棐之説正同。然此誌，歐陽父子均明言“不著書撰人名氏”，《通志》反定爲謝朓作，未詳所據，恐不可信。參見李猛、曹旭《謝朓年譜匯考》。

33　西方之人

《詩》有“西方之人”[一]，《晋語》有“西方之書”[二]，《莊子》亦載“夷齊相謂曰：吾聞西方有人”[三]，皆謂周也。唯《列子·仲尼篇》“西方之人有聖者”[四]，似非言周，故前人有疑爲佛氏之徒竄入者[五]。

[一]《詩經·邶風·簡兮》。

[二]《國語·晋語四第十》。

[三]《莊子·讓王第二十八》。

[四]《列子·仲尼第四》。

[五]按：《困學紀聞》卷十《諸子》云：“《列子》言‘西方之聖人’‘西極之化人’，佛已聞于中國矣。”參見《容齋四筆》卷一“列子與佛經相參”條、《陔餘叢考》卷三十四“佛”條。

34　雪竇非黃巢

《揮麈後録》引王仁裕《洛城漫録》、陶穀《五代亂紀》,謂黃巢未死、遁去爲僧[一],究難徵信;又言"世傳明州雪竇禪師即巢"[二],則大不然。按:《指月録》載雪竇化于皇祐四年,"閱世七十三,坐五十夏"[三]。其不可强指爲巢,明矣[四]。豈謂巢之再世爲雪竇耶? 蓋悠謬不可詰者。

[一][二]宋王明清《揮麈後録》卷五。按:宋趙與峕《賓退録》卷四云:"陶穀《五代亂紀》載:'黃巢遁免後祝髮爲浮屠,有詩云:"三十年前草上飛,鐵衣着盡爲僧衣。天津橋上無人問,獨倚危欄看落暉。"'近世王仲言亦信之,筆于《揮麈録》,殊不知此乃以元微之《智度師》詩竄易磔裂,合二爲一,元《集》可考也。"

[三]明瞿汝稷《指月録》卷二十三"明州雪竇重顯禪師"條。

[四]按:清王士禎《池北偶談》卷二十四《談異五》"黃巢"條云:"《癸辛雜志》又云即雪竇禪師,《賓退録》亦已辨之,爲此言者,真亂臣賊子之尤也。"然所謂"雪竇禪師即巢"事,實見宋周密《志雅堂雜鈔》卷上,而非《癸辛雜識》;又《賓退録》所辨者乃黃巢詩爲改竄元稹《智度師》而成,亦非此事,本條或有意補正也。參見清王士禎《古夫于亭雜録》卷二"黃巢墓"條。

35　好爲雅言

士人出而延接,盡操土音,頗嫌梗野,宜酌用共知話頭,方免礙滯,俗所謂"官話"是也。必太近文,又適資嘔噦。嘗見有來自田間者,言語間欲自掩其陋,遂稱"睡"曰"寢",稱"起"曰"興",稱"走"曰"行",稱"鷄"曰"德禽",稱"鴨"曰"家鳧"之類,不可枚舉,每一啓口，令人不耐。曾記沈括《筆談》言李獻臣一事，乃知古今人情不異如此，因録之于左："李獻臣好爲雅言，知鄭州時，孫次公爲陝漕罷赴闕，先遣一使臣入京，所遣乃獻臣故吏，到鄭庭參。獻臣甚喜，欲令左右延飯，乃問之曰：'餐來未？'使臣誤意'餐'者謂次公也，遽對曰：'離長安日，都運待制已治裝。'獻臣曰：'不問孫待制，官人餐來未？'其人慚沮而言曰：'不敢仰昧。爲三司軍將日，曾喫却十三。'蓋鄙語謂'遭杖'爲'餐'。獻臣掩口曰：'官人誤也。問曾與未曾餐飯，欲奉留一食耳。'"[一]又記《抱朴子・外篇・譏惑》亦云："吳之善書，則有皇象、劉纂、岑伯然、朱季平，皆一代之絶手；如中州有鍾元常、胡孔明、張芝、索靖，各一邦之妙，並用①古體，俱足周事。余謂廢已習之法，更勤苦以學中國之書，尚可不須也。況于乃有轉易其聲音以效北語，既不能便良似，可恥可笑，所謂'不得邯鄲之步，而有匍匐之嗤'者。"[二]今亦見有轉易其音聲，而見譏于抱朴者矣。

[一]《夢溪筆談》卷二十二《謬誤》。按："知鄭州"上原有"曾"字，如此則"時"字且屬下。

[二]晋葛洪《抱朴子・外篇》卷二十六《譏惑》。

36　莊子休

陸德明《序録・莊子》稱："太史公云：'字子休。'"[一]按：《史記》無此語，豈唐時《史記》有之，今逸此句耶？[二]《晋書・隱逸傳》有翟莊，字祖休[三]。宋陳後山《集》内每稱莊休，或稱子休[四]。

---

①　"用"，原作"有"，據《抱朴子・外篇》卷二十六改。

[一]《經典釋文》卷一《序録》。按：吳承仕《經典釋文序録疏證・注解傳述人》"莊子"條云："注引太史公云：'字子休。'今《史記》無文。正統《道藏》本'莊子字休'，成玄英疏亦云'字子休'，可知此爲六朝以來之通説。"成説見唐成玄英《莊子疏・序》。又《史記》卷四十一《越王句踐世家》，《索隱》云："據其時代，非非莊周也。然驗其行事，非子休而誰能信任于楚王乎？"即以"子休"爲莊子之字。唐殷敬順《列子釋文》卷上云："(莊子)名周，字子休。"亦其例。

[二]按：《史記志疑》卷三十六《太史公自序傳》云："《左傳・僖五年》注'傅説星'，《孟子・離婁》疏'西施入市'，《經典釋文》'莊子字子休'及《駢拇音義》'師曠無目'……今本俱無……雖未免舛譌，究難盡没，豈歷經傳寫，復有損削歟？"又王叔岷《史記斠證》卷六十三《老子韓非列傳》據《釋文》以爲"或本有'字子休'三字"。

[三]《晋書》卷九十四《翟莊傳》。

[四]按：宋陳師道《後山先生集》稱"莊休"三次，卷九《策問十五道(其七)》："莊休之語道術，又皆出于聖人，其故何也？"卷十《答張文潛書》："李耽家于瀨鄉，莊休老于蒙，田邑之間，復有昔時懷器而隱處者乎？"卷十五《面壁庵記》："子孔子之門，顏、閔、冉皆無傳，仲弓之後則有荀卿，曾輿之後則有孟軻，端木賜之後則有莊休，而荀、孟、莊之後無傳焉。"稱"子休"四次，卷七《商君論》："當是之時，子車在鄒，子休在楚，不爲無賢也。"卷九《策問十五道(其二)》："子休譽子方而毀仲尼。"卷十五《白鶴觀記》："昔莊生子休謂諸子關、老、墨、惠與己之道，同出于六經，而老、莊各自爲家。蓋子休學于田生子方，子方學于端木生子貢，而列禦寇、庚桑楚皆寓言無實，後之學者因而成書。"

37　詩文稱首

詩文之篇稱首，不知始于何時。陸德明《序録・莊子》引郭子玄云："若《閼奕》《意修》之首，《危言》《游鳧》《子胥》之

篇。"[一]則晋時已然。大約括全文之義者爲"篇",《逍遥游》《齊
物論》之類是也。舉開先二字者爲"首",《天地》《天下》之類是
也。散之,則通稱不拘[二]。

[一]《經典釋文》卷一《序録》。
[二] 按:《史記》卷九十四《田儋列傳》云:"蒯通者,善爲長短説,論戰
　　國之權變,爲八十一首。"《集解》:"《漢書》曰:號爲《雋永》。"或爲
　　以"首"計數之始。

38　秉燭達旦

關壯繆秉燭達旦事[一],不見《三國志》傳與注[二]。《毛詩·
卷伯篇》,《故訓傳》所載顏叔子事[三]絶類,或因是附會成之。
此又"居上流,而天下之善皆歸焉"[四]者也。

[一] 按:明羅本《三國志傳通俗演義》卷三《考證》云:"《三國志》關羽
　　本傳:羽戰敗下邳,與昭烈之后俱爲曹操所虜。操欲亂其君臣
　　之義,使后與羽共居一室。羽避嫌疑,執燭待旦,以至天明,正
　　是一宅分爲兩院之時也。故《通鑑斷論》有曰:'明燭以達旦,乃
　　雲長之大節耳。'"《通鑑斷論》即元人潘容所著之《通鑑總論》。
　　秉燭達旦事,亦見明羅貫中撰、清毛宗崗評《三國志演義》第二
　　十五回《屯土山關公約三事,救白馬曹操重解圍》。
[二] 按:明胡應麟《少室山房筆叢》卷四十一《莊嶽委譚》卷下云:"古
　　今傳聞譌謬,率不足欺有識,惟關壯繆明燭一端,乃讀書之士亦
　　什九信之,何也?蓋由元末邨學究編《三國演義》,因《傳》有壯繆
　　守邳見執曹氏之文,撰爲斯説,而俚儒潘氏又不考而贊其大節,
　　遂至談者紛紛。考《三國志》本傳及裴松之注及《通鑑綱目》,並
　　無此文,《演義》何所據哉?"光氏所言正可釋胡氏之疑。

[三]《毛詩·小雅·巷伯》，漢毛萇《故訓傳》："昔者顏叔子獨處于室，鄰之釐婦又獨處于室，夜暴風雨至而室壞。婦人趨而至，顏叔子納之，而使執燭，放乎旦而蒸盡，縮屋而繼之，自以爲辟嫌之不審矣。若其審者，宜若魯人然。魯人有男子獨處于室，鄰之釐婦又獨處于室，夜暴風雨至而室壞，婦人趨而託之，男子閉戶而不納。婦人自牖與之言曰：'子何爲而不納我乎？'男子曰：'吾聞之也，男子不六十不間居，今子幼，吾亦幼，不可以納子。'婦人曰：'子何不若柳下惠然？嫗不逮門之女，國人不稱其亂。'"按：參見《容安館日札》第七百七十一則《毛詩正義·巷伯》。

[四]《論語·子罕》："子貢曰：'紂之不善，不如是之甚也。是以君子惡居下流，天下之惡皆歸焉。'"

39　劉杳傳誤

《南史·劉杳傳》："周捨①問：'尚書著紫荷囊，相傳云挈囊，竟何所出？'杳曰：'《張安世傳》云：'持橐簪筆，事孝武皇帝數十年。'韋昭、張晏注並云：'橐，囊也，簪筆以待顧問。'"[一]《梁書·杳傳》同[二]。按：《漢書》此事附《趙充國傳》[三]，《安世傳》無。

[一]《南史》卷四十九。按：《漢書》卷六十九注引三國魏張晏云："橐，契囊也。近臣負橐簪筆，從備顧問，或有所紀也。"三國吳韋昭之注，今本無。

[二]《梁書》卷五十。

[三]《漢書》卷六十九。按：宋人已指出劉杳所言之誤，見宋王楙《野客叢書》卷二"事有見于他傳"條、卷七"紫荷囊"條及宋張淏《雲谷雜記》卷四。

---

① "捨"，原作"拾"，據《南史》四十九《劉杳傳》改。

40　周妻何肉

《南史》：“文惠太子問周彥倫：‘卿精進何如何子季？’對曰：‘各有累。’太子曰：‘累伊何？’對曰：‘周妻何肉。’”[一] 按：《傳》言：“彥倫清貧寡欲，終日長蔬，雖有妻子，獨處山舍。”[二] 則妻未足以累周。《傳》言：“子季侈于味，食必方丈，後稍欲去其甚者，猶食白魚、䱒脯、糖蟹。”[三] 則肉之累何，信矣！彥倫與之並稱，亦猶古人之分謗[四]。

[一][二]《南史》卷三十四《周顒傳》。

[三]《南史》卷三十《何胤傳》。

[四] 按：《國語·晉語五》：“靡笄之役，韓獻子將斬人。郤獻子駕，將救之。至，則既斬之矣。郤獻子請以徇。其僕曰：‘子不將救之乎？’獻子曰：‘敢不分謗乎？’”

41　南史誤刊

41-1　《王亮傳》：“父攸，仕宋位太宰中郎。亮以名家子，累遷晉陵太守。晉陵令沈巑之好犯亮諱，亮啓代之，巑之怏怏，乃造坐云：‘下官以犯諱被代，未知明府諱。若爲“攸”字，當作無散尊傍犬，爲犬傍無散尊，若是有心攸、無心攸，乞告示。’”[一] 按：此一段史文難通，由後人誤行刊改，且有落字也[二]。蓋第一“攸”字，當作“猷”，第二“爲”字下落“猶字當作”四字，“有心攸”之“攸”，又當作“悠”①。攸、悠、猷、猶四字，本同一音，巑之

---

① 　“悠”字原脱，據《廿二史考異》卷三十六《南史·王亮傳》及文義補。

佯爲不知,疊舉以觸其諱,又加以戲謔,以泄其被代之忿也。今時讀"攸""悠"爲陰平,"猷""猶"爲陽平,遂不得其意,而通改爲"攸",又落去四字,晦昧莫解矣。今訂其文于左:"若爲'猷'字,當作無馘尊傍犬,爲'猶'字,當作犬傍無馘尊,若是有心悠①、無心攸,乞告示。"

[一]《南史》卷二十三。

[二] 按:説本《廿二史考異》卷三十六《南史·王亮傳》:"予謂'無馘尊'者,'酋'也。'酋傍犬'爲'猷','犬傍酋'爲'猶'。有心爲'悠',無心爲'攸'。攸、悠、猷、猶四字同紐同音。亮父名攸,巘之佯爲不知,問是何字,頻觸其諱,且以'犬'傍戲之也。世俗讀'攸''悠'二字如'憂'音,而史文遂難通矣。"又宋王欽若等編《册府元龜》卷八百六十三《名諱》、卷九百四十四《佻薄》,"有心攸"正作"有心悠",可引以爲證,訂正今本《南史》之譌也。

41-2 又《豫章文獻王嶷傳》:"一室之中,尚不可精;宇宙之内,何可周洗。"[一]諸本皆同。"精"自是"清"之誤[二]。

[一]《南史》卷四十二。按:《南齊書》卷二十二《豫章文獻王傳》"周洗"作"周視",誤。

[二] 按:《後漢書》卷六十六《陳蕃傳》云:"蕃曰:'大丈夫處世,當埽除天下,安事一室乎!'勤知其有清世志,甚奇之。"光氏以蕭嶷所言本此,故謂"精"當作"清"。

41-3 又《朱异傳》:"除中書郎,始拜,有飛蟬正集异武冠上,咸謂蟬珥之兆。"[一]按:武冠,即趙惠文冠,又名大冠、繁冠、

---

① "悠",原作"攸",據《廿二史考異》卷三十六《南史·王亮傳》及文義改。

建冠、籠冠，其實一也，諸武官冠之，侍中、中常侍加黄金璫，附蟬爲飾[二]。异是時除中書郎，係文職，安得已有武冠？蓋當作"冠武"，刊刻顛倒耳。冠武者，凡冠之卷[三]，非一冠之名。蟬來集冠武，即可應後日加侍中之兆，不必集于武冠也。宋錢惟演《咏館中新蟬》云："自憐伴雀成團扇，誰許迎秋集武冠。"[四]正用此事，則宋刊已誤矣[五]。

[一]《南史》卷六十二《朱异傳》。

[二]按：參見《通志》卷四十七《器服略一》"趙惠文冠"條。

[三]按：《礼記·玉藻第十三》鄭注："武，冠卷也。"

[四]宋楊億等《西崑酬唱集》卷上錢惟演《館中新蟬》。

[五]按：《南史》卷六十二《朱异傳》云："歷官自員外常侍至侍中，四官皆珥貂。"可知"員外常侍"爲朱异爲官之首加蟬珥者，而所謂"蟬珥之兆"，即指其"尋加員外常侍"事（見《梁書》卷三十八《朱异傳》），光氏以爲乃指朱异後日加侍中之事，誤也。又據《隋書》卷十一《禮儀志》："侍中、散騎常侍、通直常侍、員外常侍，朝服，武冠貂蟬。"可見"員外常侍"所服即"武冠貂蟬"，以此逆推，"蟬珥之兆"正當爲飛蟬于武冠之上，而非飛蟬集于冠武之上，光氏此説亦誤也。此承劉奕先生見教。

42　牛鼎

《史記·孟荀列傳》："或曰：伊尹負鼎，而勉湯以王；百里奚飯牛車下，而繆公用霸，作先合，然後引之大道。騶衍其言雖不軌，儻亦有牛鼎之意乎？"[一]牛鼎即承上尹、奚言，謂衍言雖不軌，亦猶奚之飯牛、尹之負鼎，皆意欲先枉尺而後直尋耳，文義本明。《索隱》引《吕氏春秋》"函牛之鼎，不可以烹鷄"[二]，大謬[三]。

[一]《史記》卷七十四《孟子荀卿列傳》。

[二] 按:《索隱》云:"是牛鼎言衍之術迂大,儻若大用之,是有牛鼎之意。"又"函牛之鼎,不可以烹雞",今本《吕氏春秋·審應覽第六·應言篇》作"市丘之鼎以烹雞"。

[三] 按:清杭世駿《史記考證》卷六引明詹惟修之論,已謂"牛鼎之説,不必他求,即上文伊尹負鼎、百里奚飯牛也"。又清顧炎武《日知録》卷二十七"史記注"條云:"'儻亦有牛鼎之意乎?'謂伊尹負鼎、百里奚飯牛之意,藉此説以干時,非有仲尼、孟子守正不阿之論也。"亦駁《索隱》之説。

43　蜀爲正統

43-1　以蜀爲正統,其論創于習彦威[一],雖爲裁正桓氏,實因其時晋已偏安江左耳。後來張南軒之《經世紀年》[二]、朱文公之《綱目》[三]、蕭常之《續後漢書》[四]、李杞之《改修三國志》[五]、《癸辛雜識·後集》所言之鄭雄飛《續後漢書》[六]、《文獻通考》所載之朱黼《紀年備遺》[七]、《劉後村集》所言之翁仲山《蜀漢書》[八],皆以正統予蜀,猶習志也。余嘗謂歐陽公若在南渡論正統[九],司馬公若在南渡後作《通鑑》,亦必不肯帝魏,正以時勢使然[十]。至若元之郝經[十一]、趙居信[十二],明之吳尚儉[十三]、謝陛[十四],著書亦皆以蜀爲正統,則匪由時勢,與彦威諸君之用意殊矣。

[一]《晋書》卷八十二《習鑿齒傳》。按:《全晋文》卷一百三十四題爲《晋承漢統論》。

[二][三][四]《四庫全書總目》卷五十《古今紀要》提要:"朱子作《通鑑綱目》,始遵習鑿齒《漢晋春秋》之例,黜魏帝蜀。同時張栻作《經世紀年》、蕭常作《續後漢書》,持論並同。"按:檢《直齋書録解

題》卷四編年類著録宋張栻《經世紀年》二卷、宋朱熹《通鑑綱目》五十九卷，正史類著録宋蕭常《續後漢書》四十二卷。

［五］［十三］［十四］《四庫全書總目》卷五十《季漢書》提要：“沈德符《敝帚軒剩語》稱：‘世之議陞者，謂吳中吳尚儉已曾爲此書，不知元時郝經、宋時蕭常，俱先編葺（案：《宋史·藝文志》又有李杞《改修三國志》六十七卷，不止蕭常。此未詳考）不特謝《書》非出創見，即吳之舊本亦徒自苦。’其言誠當矣。”按：《宋史》卷二百三《藝文志·史部·別史類》著録“李杞《改修三國志》六十七卷。”又沈説，亦見明沈德符《萬曆野獲編·補遺》卷四《著述》“季漢書”條。

［六］宋周密《癸辛雜識·後集》“正閏”條：“近世如鄭雄飛亦著爲《續後漢書》，不過踵常之故步。”

［七］《四庫全書總目》卷八十九《三國六朝五代紀年總辨》提要：“《文獻通考》載《紀年統論》一卷、《紀年備遺》一百卷，永嘉朱黼撰。”按：見《文獻通考》卷一百九十三《經籍考二十·史部·編年類》。

［八］《池北偶談》卷十三《藝文》“續後漢書”條：“《劉後村集》云：‘翁仲山作《蜀漢書》，游丞相極稱之，猶議其書安樂公之非。’”按：見《後村先生大全集》卷一百七十八《詩話·續集》，又卷一百三十一《答翁仲山禮部書》亦論及翁浦此書。《四庫提要辨證》卷五“季漢書”條云：“觀《詩話》之言，則其書已修成，不知何以從來不見著録，殆無刻本行世也。”

［九］宋歐陽脩《廬陵歐陽文忠公集·居士集》（以下簡稱《歐陽文忠公集》）卷十六《正統論三首》。

［十］按：《容安館札記》第四百五則《全晉文》卷一百三十四“習鑿齒《晉承漢統論》”條，引翟晴江之論曰：“北宋受周禪，司馬公不得不以魏爲正統；南渡偏安，朱子不得不以蜀爲正統。陳與習，司馬與朱子，易地則皆然。”（按：見清梁玉繩《瞥記》卷三）復謂：“《四庫提要》卷四十五《三國志》條已發此説，光律元《有不爲齋

隨筆》舉例更繁，而意全同，固是知人論世之識。然皇甫持正《正閏論》以東晉爲正，以元魏爲閏；陳後山《正統論》以蜀爲閏，而復以東晉爲正，又將何説？律元亦未道此。”又《管錐編‧全晉文》卷一百三十四“習鑿齒《臨終上疏》”條，則謂論正統須先讀諸家正統論，“合以周密《癸辛雜識‧後集》及光聰諧《有不爲齋隨筆》乙之瀝液群言，便得涯略”。皆可參看。

[十一]《四庫全書總目》卷五十《續後漢書》提要：“即《三國志》舊文，重爲改編，而以裴注之異同、《通鑑》之去取，參校刊定。原本九十卷，中間各分子卷，實一百三十卷。”

[十二]《四庫全書總目》卷五十《蜀漢本末》提要：“是書宗《資治通鑑綱目》之説，以蜀爲正統。”

43-2　又 蘇明允以“三國鼎立稱帝，魏之不能有吳、蜀，猶吳、蜀之不能有魏”，譏陳壽“紀魏而傳吳、蜀”之非[一]，此言甚當。後之人當改爲一書，仍稱《三國志》，並稱帝，並爲《紀》，以還其實。既不如承祚之顧忌本朝，亦不如彥威諸人之借題發揮，且與南、北《史》例合，似爲平允。但以蜀爲首、次魏、次吳，已足示千秋進退矣，何必過爲軒輊，致失當日情事之實耶？

[一]宋蘇洵《蘇老泉先生全集》卷九《史論下》：“壽之志三國也，紀魏而傳吳、蜀。夫三國鼎立稱帝，魏之不能有吳、蜀，猶吳、蜀之不能有魏也。壽獨以帝當魏而以臣視吳、蜀，吳、蜀于魏何有而然哉？此壽之失也。”

44　頭責文

《容齋五筆》言：“故篋中得晉張敏《頭責子羽文》，極爲尖新。古來文士皆無此作……惜其泯没不傳,漫①采之以遺博雅君子。"[一]遂全載其序及文。按:《世説·排調門》已節取此文,劉注又全引之[二],容齋何未之見?今考二處所載,頗有異同,以劉注所引爲主,《五筆》所載分注,俟後來君子别擇。

余友有秦生者,雖有姊夫之尊,少而狎焉。同時好暱,有太原温長仁頵、潁川荀景伯寓、范陽張茂先華、士卿劉文生許、南陽鄒潤甫湛、河南鄭思淵詡太原温長仁、潁川荀景伯、范陽張茂先、士鄉劉先生、南陽鄒潤甫、河南鄭思淵。余友有秦生者,雖有姊夫之尊,少而狎之,同時昵好,張、荀之徒。數年之中,繼踵登朝,而此賢身處陋巷,屢沽而無善價,抗志自若,終不衰墮,爲之慨然。又怪諸賢既已在位,曾無《伐木》嚶鳴之聲,甚又違王貢彈冠之義,故因秦生容貌之盛,爲頭責之文以戲之,并以嘲六子焉。雖是②諧謔,實有興也。

其文曰:維泰始元年,頭責子羽曰:"吾托子爲頭,萬有餘日矣。大塊稟我以精,造我以形。我爲子植蒔髮膚、置鼻耳、安眉須額、插牙齒、眸子擿檣光,雙顴權隆起。每至出入之人間,遨游市里,行者辟易,坐者竦跽。或稱君侯,或言將軍,捧手傾側,佇立崎嶇踦嶇。如此者,故我形之足偉也。子冠冕不弗戴,金銀不弗佩,釵艾以當笄,帢幍以代幗帶,旨百味弗嘗,食粟茹菜,隈摧園閒,糞壤污黑無此二句,歲暮年過,曾不自悔。子厭我于無'于'字形容,我賤子乎無'乎'字意態。若此者乎無'乎'字,必子行己之無'之'字累也。子遇我如讎,我視子如仇,居常不樂,兩者俱憂,何其鄙哉!子欲爲人寶也賢耶,則當如皋陶、后稷、巫咸、伊陟,保乂王家,永見封殖。子欲爲名高也耶,則當如許由、子臧、卞隨、

---

① "漫",《容齋五筆》卷四原作"謾"。
② "是",《容齋五筆》卷四作"似"。

務光,洗耳逃禄,千歲載流芳。子欲爲游説也耶,則當如陳畛①、蒯通、陸生、鄧公,轉禍爲福,令含辭從容。子欲爲進趣也趨耶,則當如賈生之求試,終軍之請使,砥礪鋒穎,以幹王事。子欲爲恬淡也耶,則當如老聃之守一,莊周之自逸,廓漠然離欲俗,志陵雲日。子欲爲隱遁也耶,則當如榮期之帶索,漁父之瀺潣,棲遲神丘岳,垂餌巨壑。此一介之多'人'字所以顯身成名者也。今子上不希睎道德,中不效儒、墨,塊然窮賤,守此愚惑。察子之情,觀子之志,退不爲于無'于'字處士,進無望于無'于'字三事,而徒酖日勞形,習爲常人之所喜,不亦過乎!"

于是無"于是"二字子羽愀然深念而對曰:"凡所教敕,謹聞命矣。以無'以'字受性拘係,不聞禮義,設誤以天幸,爲子所寄。今多'子'字欲使吾爲忠也耶,即無'即'字當如伍包胥、屈平。欲使吾爲信也耶,則當殺身以成名。欲使吾爲介無'介'字節邪,則當赴水火以全貞。此四者,人之所忌,故吾不敢造意。"

頭曰:"子所謂天刑地網,剛德之尤,不登山抱木,則褰裳赴流。吾欲告爾以養性,誨爾以優游,而以與蟣蝨同情,不聽我謀,悲哉!俱寓御人體,而獨爲子頭。且儳人其倫,喻子儕偶。子曾不如太原溫顒、穎川荀寓禹、范陽張華、士卿鄉劉許、南陽鄒湛、河南鄭詡。此數子者,或謇塞喫吃無宮商,或尪陋希言語,或淹伊多姿態,或謷諮少智譜,或口如含膠飴,或頭如巾鏖杵,而猶多'以'字文采可觀,意思詳序,攀龍附鳳,並登天府。夫舐痔得車,沈淵得竊珠,豈若夫子徒令脣舌腐爛,手足沾濡哉!居有事之世,而耻爲權圖謀,譬猶鑿池地抱罋,難以求富。嗟乎子羽!何異檻中牢檻之熊,深窞之虎,石間饑餓蟹,竇竈中之鼠?事力雖勤,見功甚苦事雖多而見工甚少。宜其拳卷局蹐煎慼,至老無所

---

① 　按:"畛",《容齋五筆》卷四作"畛"。

希睼也。支離其形多'者'字，猶能不困，非無'非'字命也夫！豈無'豈'字與夫無'夫'字子同處也無"老"字。"

　　《古文品外錄》第三卷有此文，小有差互，宜補引[三]。

[一]《容齋五筆》卷四"晉代遺文"條。按：參見清孫志祖《讀書脞錄‧續編》卷四"頭責秦子羽文"條、《管錐編‧全晉文》卷八十張敏《頭責子羽文》。

[二]南朝宋劉義慶《世說新語‧排調第二十五》南朝梁劉孝標注引晉張敏《張敏集》。

[三]明陳繼儒《古文品外錄》卷三。按：《古文品外錄》蓋據《藝文類聚》卷十七《人部》之節本轉錄，又時有誤字，如"插牙齒"，"插"誤作"捶"，"永見封殖"，"殖"誤作"植"，故以下參用光氏之例，徑據《藝文類聚》補校：

劉注"有太原溫長仁顒"句，《藝文類聚》作"太原溫長仁、穎川荀景伯、范陽張茂先、上郡劉文生、南陽鄒潤甫、河南鄭洌"；"甚違王、貢彈冠之義"，作"又爲（或作違）王、貢彈冠之義"；"子冠冕不戴，金銀不佩"，"不"均作"弗"；"子欲爲人寶也"，"人寶也"作"仁賢邪"；"則當如皋陶、后稷"，無"則"字；"子欲爲名高也"，"也"作"邪"；"子欲爲游說也"，"也"作"邪"；"令辭從容"，"令"作"含"；"子欲爲恬淡也"，"也"作"邪"；"廓然離欲"，"欲"作"俗"；"子欲爲隱遁也"，"也"作"邪"；"退不爲于處士"，"爲于"作"能爲"；"進無望于三事"，"于"作"乎"；"設以天幸"，作"吾以大幸"；"今欲使吾爲忠也"，"今"下多"子"字，"也"作"邪"；"即當如伍胥、屈平"，"即"作"則"，"伍"作"子"；"欲使吾爲信也"，"也"作"邪"；"則當殺身以成名"，"以"作"而"；"則當赴水火以全貞"，無"則當"兩字；"人之所忌"，"人"作"子"；"而以蟣蝨同情"，"以"作"與"，"情"作"性"；"俱寓人體"，"寓"作"御"；"喻子儔偶"，"喻"作"諭"；"士卿劉許"，"士卿"作"上郡"；"子不如"，

“子”下多“曾”字；“潁川荀寓”，“寓”作“禹”；“此數子者”，無
“者”字；“或謇喫無宮商”，“喫”作“吃”；“或謹譁少智諝”，“謹
譁”作“驛騄”；“而猶文采可觀”，“猶”下多“以”字；“意思詳序”，
“序”作“叙”；“脣舌腐爛”，“舌”作“口”；“手足沾濡哉”，無“哉”
字；“而耻爲權圖”，“圖”作“謀”；“譬猶鑿池抱甕”，“池”作“地”；
“何異檻中之熊”，“檻中”作“牢檻”；“石間饑蟹”，“饑”作“餓”；
“竇中之鼠”，“竇”作“竈”；“事力雖勤，見功甚苦”，作“事力雖多
而見工甚少”；“拳局蹐蹙”，作“踡跼前蹙”。

45　季札論人

《左傳》言吴季札遇列國之賢，于衛得六人，于晋得四人，而
魯與齊、鄭皆得一人[一]。魯、齊姑無論，鄭如游吉、公孫揮
輩[二]，豈俱不足承荷品題者？豈左氏之裁削歟？非也。蓋因
聘問，則非值其執事，不獲締交；行游涉，則諏謀度詢，不難遍
及，故傳于魯、齊、鄭書“聘”，于衛、晋書“適”。

[一] 按：《左傳·襄公二十九年》云：“吴公子札來聘，見叔孫穆子，説
　　之。”又云：“其出聘也，通嗣君也。故遂聘于齊，説晏平仲。”又
　　云：“聘于鄭，見子産，如舊相識，與之縞帶。”又云：“適衛，説蘧
　　瑗、史狗、史鰌，公子荆、公叔發、公子朝。”又云：“適晋，説趙文
　　子、韓宣子、魏獻子……説叔向。”
[二] 按：《論語·憲問第十四》：“子曰：‘爲命，裨諶草創之，世叔討論
　　之，行人子羽修飾之，東裏子産潤色之。’”魏何晏《集解》云：“馬
　　曰：世叔，鄭大夫游吉也……行人，掌使之官。子羽，公孫揮。”

有不爲齋隨筆丙

46　蔚宗後漢書

46-1　《直齋書録解題》云："范蔚宗本書，未嘗有《志》。劉昭所注，乃司馬彪《續漢書》之八《志》爾。序文固云：'范《志》今闕，乃借舊《志》，注以補之。'其與范氏《紀》《傳》，自別爲一書。其後《紀》《傳》孤行，而《志》不顯。至本朝乾興初，判國子監孫奭始建議校勘，但云'補亡補①闕'，而不著其爲彪《書》。《館閣書目》乃直以百二十卷併稱蔚宗撰，益非是。今考章懷注所引稱《續漢志②》者，文與今《志》同，信其爲彪《書》不疑。"[一]陳氏之言如此。以後仍未著彪名，故洪容齋《隨筆》、孫退谷《剳記》，皆誤以《志》爲范作[二]，由未見陳説也。

　　余按：《梁書》《南史》但稱"昭集注蔚宗《後漢書》一百八十卷③"[三]，不言注彪《書》。《隋志》有"昭注蔚宗《後漢書》一百二十五卷"[四]，亦無昭注彪《書》。《舊唐志》有"昭補注《後漢書》五十八卷"[五]，《新唐志》同[六]，卷又太少。《宋志》則止載"昭補注《後漢志》三十卷"[七]，並不言《後漢書》。

---

　①　"補"，《文獻通考》卷一百九十一《經籍考十八·史部·正史類》作"借"。

　②　"志"，原作"書"，據《直齋書録解題》卷四改。

　③　"一百八十卷"，《南史》卷七十二作"一百三十卷"。

余意昭本爲集注范《書》，因其無《志》，故借彪《書》注補，遂統謂之《後漢書》，不用其《續漢書》舊名，不如是，是注司馬《書》，非補范《書》，故《梁書》《南史》本其自立之名，不爲分別，統攝八《志》于一百八十卷中，而謂之《後漢書》。至《隋志》所稱一百二十五卷，殆略爲合併耳，八《志》亦在其內也。然昭雖借八《志》爲《後漢書》，仍止附范《書》《傳》後，不用遷、固舊例，列入范《書》《紀》後《傳》前；且有《序》申晰，不没舊名，直齋藏本固有之，故能節舉其文一二。後來章懷之注盛行，昭所注《紀》《傳》遂不顯，而補注八《志》獨存，故兩《唐志》止有"昭補注《後漢書》五十八卷"，止八《志》，故曰"補注"[八]，非全書，故卷特少。後來卷又有所併，故《宋志》只載三十卷，徑稱《志》，不稱《書》。其時，司馬之《書》亦亡，孫奭遂以昭注司馬之《志》，合章懷所注范《書》，是昭本以補己注之書，今乃以補越兩代後來人所注之書。司馬之全書亡，而《志》獨存，亦若留爲蔚宗承乏，九原有知，均應嘆爲始願不及。然所謂"合"，亦止附其後，故《館閣書目》併稱爲范撰[九]，即鄭漁仲所譏"見前不見後"[十]耳。今本乃以八《志》羼入《紀》後《傳》前，遂揉兩家爲一人，又去昭所《序》，而仍題"補注"，是真以前人預補後人之注矣，一何可笑！向無《書錄解題》，何從撥此障翳耶？[十一]

[一]《直齋書錄解題》卷四《史部·正史類》晉司馬彪"後漢志"條。
[二]《四庫全書總目》卷四十五《後漢書》提要云："自八《志》合併之後，諸書徵引，但題《後漢書·某志》。儒者或不知爲司馬彪《書》，故何焯《義門讀書記》曰：'八《志》，司馬紹統之作。（原注云：案紹統，彪之字也。）本漢末諸儒所傳，而述于晉初。劉昭《注補》，別有總叙。緣諸本或失載劉叙，故孫北海《藤陰劄記》亦誤出蔚宗志《律曆》之文云云。'考洪邁《容齋隨筆》，已誤以八《志》

爲范《書》，則其誤不自孫承澤始。"按：洪説，見《容齋四筆》卷一
"范曄漢志"條；何説，見《義門讀書記》卷二十五《後漢書•志》；
孫説，不見于今本《藤陰劄記》，未詳所出。

［三］《梁書》卷四十九《劉昭傳》、《南史》卷七十二《劉昭傳》。

［四］《隋書》卷三十三《經籍志二》。

［五］《舊唐書》卷四十六《經籍志上》

［六］《新唐書》卷五十八《藝文志二》。

［七］《宋史》卷二百三《藝文志二》。

［八］按：《十駕齋養新録》卷六"司馬彪《續漢書•志》附范《史》以傳"
條云："昭本注范史《紀》《傳》，又取司馬氏《續漢志》兼注之，以補
蔚宗之闕，故于卷首特標'注補'，明非蔚宗元文也。"可見劉昭
之作原名"注補"，題爲"補注"蓋後來譌傳耳。

［九］宋陳騤等撰、清趙士煒輯《中興館閣書目輯考》卷二："《後漢書》
一百二十卷（並劉昭補注《志》）。"原注："范曄撰。"趙士煒云：
"《館閣書目》乃直以百二十卷併稱蔚宗撰，益非是。"

［十］《通志》卷七十一《校讎略一》"見名不見書論二篇（其一）"："顏師
古作《刊謬正俗》，乃雜記經史，惟第一篇説《論語》，而《崇文目》以
爲'論語類'，此之謂'看前不看後'。應知《崇文》所釋，不看全書，
多只看帙前數行，率意以釋之耳。按：《刊謬正俗》當入經解類。"

［十一］按：《廿二史考異》卷三十七《南史•劉昭傳》云："宣卿本注范
《史》，范《史》無《志》，乃借司馬舊《志》，注以補之。《傳》云：'《集
注後漢》一百八十卷。'合司馬《志》言之也。《隋志》：'《後漢書》
一百二十五卷，梁剡令劉昭注。'卷數與此不同。自章懷改注而
劉注失傳，惟《續志》三十卷，則章懷以非范氏撰，故不注，而劉
本遂流傳到今。"光氏本條即申説其意。

又按：《後漢書》分合及卷數問題，可參清章宗源《隋經籍志考
證》卷一、清姚振宗《隋書經籍志考證》卷十一及《四庫提要辨
證》卷三"後漢書"條。

46-2　又　范《書》每篇《論》後，又加以《贊》。劉知幾謂其"實同班氏之《總述》，合在一篇，使其條貫有序，歷然可閱"，"乃各附本事，書于卷末，篇目相離，斷絕失次。而後生作者，不悟其非，如蕭、李南、北《史》、大唐新修《晉史》，皆依范《書》誤本，篇終有《贊》，爲黷彌甚。"[一]劉氏之言如此。然考隋、唐二《志》，皆別有蔚宗《後漢書論贊》五卷[二]，則唐時原有《論》《贊》不附本事，書于卷末之本，不盡如劉氏所稱。《宋志》始不見《論贊》別行之本。

[一]《史通》卷四《內篇·論贊第九》。按：本節有刪略合併。

[二]《四庫全書總目》卷四十五《後漢書》提要："隋、唐《志》均別有蔚宗《後漢書論贊》五卷，《宋志》始不著錄。疑唐以前《論贊》與本《書》別行，亦宋人散入書內。然《史通·論贊篇》曰……則唐代范《書》《論贊》已綴卷末矣。史志別出一目，所未詳也。"按：本條因館臣之說而略作更動。又《隋書》卷三十三《經籍志二》："《後漢書讚論》四卷，范曄撰。"題名及卷數，與《舊唐書》卷四十六《經籍志上》、《新唐書》卷五十八《藝文志二》所著錄不同，光氏蓋據《總目》而未核原書。

又按：《援鶉堂筆記》卷二十四《史部·後漢書》云："《隋志》：'《後漢書》九十七卷，又《後漢書讚論》四卷。'《唐志》：'《後漢書》九十二卷，《論贊》五卷。'又'章懷太子賢注《後漢書》一百卷。'據隋、唐二《志》，范《書》《贊論》別爲數卷，豈章懷作注，乃取而析附《紀》《傳》之末與？又疑《贊》別爲書，《論》不爾也。蓋《史》《漢》之《贊》，類載于《序傳》之後，范氏當仿其故轍，《論》則因事而發，未必析出《紀》《傳》之外也。"

47　梁甫吟

山谷《跋〈梁甫吟〉》謂"爲曹公專國，殺楊修、孔融、荀彧而作”。[一]不思此三人見殺事皆在後，武侯安得于南陽躬耕時預爲指咏？此政如東坡《二疏圖贊》以“振袂脱屣”爲因孝宣“殺蓋、韓、楊”[二]，而不考二疏去位，三人尚無恙也[三]。大抵才高好論，往往疏于考古，率有此弊。又按：《蔡中郎集·彈琴賦》云：“梁甫悲吟，周公越裳。”[四]則古有此《吟》，武侯特好咏之，非自作也[五]。

［一］宋黄庭堅《山谷全集·別集》卷六《跋〈梁甫吟〉》：“余觀武侯此詩，乃以曹公專國，殺楊修、孔融、荀彧耳。”

［二］宋蘇軾《東坡先生全集》卷二十一：“孝宣中興，以法馭人。殺蓋、韓、楊，蓋三良臣。先生憐之，振袂脱屣。使知區區，不足驕士。”

［三］按：《邵氏聞見後録》卷十六云：“三良臣，謂蓋寬饒、韓延壽、楊惲也。意以孝宣殺此三人，故二疏去之耳。按：《漢史》，孝宣地節三年，疏廣爲皇太子太傅，兄子受爲少傅，至元康四年，俱謝病去。後二年，當神爵二年九月，司隸校尉蓋寬饒下有司自殺。又三年，當五鳳元年十二月，左馮翊韓延壽棄市。又一年，當五鳳二年十二月，平通侯楊惲要斬，皆在二疏去之後。以二疏因殺三人而去者，亦誤也。”

［四］《蔡中郎集》卷四。

［五］按：宋姚寬《西溪叢語》卷上“梁父吟取意”條云：“陸士衡《擬今日良燕會》云：‘齊僮梁父吟。’李善注云：‘蔡邕《琴頌》曰：梁父悲吟。’不知名爲《梁父吟》何義。張衡《四愁詩》云：‘欲往從之梁父艱。’注云：‘泰山，東嶽也。君有德，則封此山，願輔佐君王，致于有德，而爲小人讒邪之所阻。梁父，泰山下小山名。’諸葛亮好爲《梁父吟》，恐取此意。”

48　王制左道

48-1　《禮記‧王制》"左道"《疏》云："俗禁者，若《前漢》'張竦行辟反支'、《後漢書‧郭躬傳》'有陳伯子者，出辟往亡，入辟歸忌'是也。"[一]按：張竦見《陳遵傳》，但云"爲賊兵所殺，其行辟反支"[二]，見注引李奇説。范《書‧郭躬傳》："桓帝時，汝南有陳伯敬者，行路聞凶，便解駕留止，還觸忌諱①，則寄宿鄉亭。"[三]與《疏》所引亦參差，且稱"伯敬"，非"伯子"也。《疏》或櫽括其辭耶，抑别引謝承等《書》耶？

[一]漢鄭玄注、唐孔穎達疏《禮記正義》卷十三《王制》。

[二]《漢書》卷九十二《陳遵傳》注引漢李奇曰："竦知有賊當去，會反支日，不去，因爲賊所殺。"

[三]《後漢書》卷四十六。

48-2　又《疏》又云："左道，謂邪道。地道尊右，右爲貴，故《漢書》云：'右賢左愚，右貴左賤。'故正道爲右，不正道爲左。"[一]按：正道爲右，無證，殆以臆説。左、右亦互有貴時，右非常貴，左非常賤。《老子》不云乎，"君子居則貴左，用兵則貴右"[二]，又"車中之左爲尊者之位"[三]，又"吉事尚左，凶事尚右"[四]，右豈常貴，左豈常賤哉！"左道"之"左"，當與"左計"[五]及"行路相左"之"左"同義，猶言誤也，言不由正道，誤而入于邪僻也。《齊東野語》十卷，有"古今左右之辨"一條[六]，最詳當。

---

①　"還觸忌諱"，《後漢書》卷四十六原作"還觸歸忌"。

［一］《禮記正義》卷十三《王制》。

［二］［三］［四］《老子》第三十一章。

［五］按：宋毛晃增注、宋毛居正重增《增修互注禮部韻略》卷三《三十三箇》“左”：“策畫不適事宜曰左計。”宋范成大《石湖先生詩集》卷一《秋日二絶（其二）》云：“無事閉門非左計，饒渠屣齒上青苔。”

［六］《齊東野語》卷十：“古人主當阼，以右爲尊而遜客，而己居左，則左非尊位也。後世以左爲主位，而貴不敢當，則以左爲尊也……地道、陰道尚右，故後世之祀，以右爲上，今宗廟亦然。”

49　冠者五六人童子六七人

49-1　皇侃《論語疏》載：“或云：冠者五六，五六三十人也；童子六七，六七四十二人也。四十二就三十，合爲七十二人，孔門升堂者七十二人也。”［一］莫不哂其迂謬。然淵明《讀史述九章》，其詠七十二弟子云：“恂恂舞雩，莫曰匪賢。俱映日月，共殞至言。”［二］則正用此義，似亦漢以來相傳舊説［三］。

［一］南朝梁《論語義疏》卷六《先進》。

［二］晋陶淵明撰、清吳瞻泰注《陶詩彙注》卷四《讀史述九章·七十二弟子》。

［三］按：宋程大昌《考古編》卷八“冠者五六人”條云：“《論語》：‘曾點曰：冠者五六人，童子六七人。’姑以意言之，非決定語也。《啓顔錄》載……初時見之，正付一笑耳。及觀《漢舊儀》載：漢雩祀舞人七十有二，其説正以五六冠者爲三十人，六七童子爲四十二人。則石優戲語，漢儒固已用爲實事。”又《隸釋》卷五光和六年《漢成陽令唐扶頌》云：“四遠童冠，摳衣受業……五六、六七，化導若神。”清俞正燮《癸巳存稿》卷二“《論語》嚴氏《春秋》義”條

以爲指七十二子。清皮錫瑞《漢碑引經考》卷六《論語》亦引此碑，以爲“皇疏所引或説，自是漢儒相傳古義”。唯清劉寶楠《論語正義》卷十四《先進》以爲“五六、六七，化導若神”，乃“以‘童冠’爲曾點弟子，是《魯論》之説”，非指七十二子，録以備考。

49-2　又　又《太平廣記》引《啓顏録》云：“北齊石動䈼于國學中問博士曰：‘孔子弟子，達者七十二人，幾人已著冠，幾人未著冠？’博士曰：‘經傳無文。’動䈼曰：‘已著冠有三十人，未著冠有四十二人。’博士曰：‘據何文以辨之？’曰：‘《論語》云冠者五六人，五六三十人也；童子六七人，六七四十二人也，豈非七十二乎？’坐中皆大笑。”[一]蓋笑其滑稽，而不知其實述古義。

[一]　宋李昉編《太平廣記》卷二百四十七《詼諧三》“石動䈼”條。參見任中敏《優語集》卷一“讀書豈合不解”條。

49-3　又　按：《唐志》有“侯白《啓顏録》十卷”[一]。《書録解題》作八卷[二]，《宋志》作六卷[三]，皆不著撰人，未知是一書否也[四]。

[一]　《舊唐書》卷四十七《經籍志下·子部·小説家類》、《新唐書》卷五十九《藝文志三·子部·小説家類》。
[二]　《直齋書録解題》卷十一《子部·小説家類》：“不知作者，雜記詼諧調笑事，《唐志》有侯白《啓顏録》十卷，未必是此書，然亦多有侯白語，但譌謬極多。”
[三]　《宋史》卷二百六《藝文志五·子部·小説家類》。
[四]　按：魯迅《中國小説史略》第七篇《〈世説新語〉與其前後》云：“其有唐世事者，後人所加也；古書中往往有之，在小説尤甚。”《啓顏録》諸本異同問題，可參張鴻勛《敦煌本〈啓顏録〉的發現及其

文獻價值》及王利器《歷代笑話集》、董志翹《啓顔録箋注》。

50　蔡中郎遺書始末

50-1　蔡中郎之書,傳之王仲宣,其後子某與魏之難,書悉入族子業。業字長緒,位至謁者,僕射劉表之外孫也。業傳子宏,字正宗。正宗與從弟輔嗣、始周,皆好集文籍,并所得仲宣書,幾將萬卷。時張湛之祖某與劉正輿、傅穎根[一],並爲王氏甥,從外家競録奇書。遭永嘉亂,共料簡世所希有者載之行。逮至江南,僅有存者。此中郎遺書之始末也。詳《三國志·鍾會傳》注所引《博物記》[二]并張湛注《列子》序[三]。

［一］按:傅敷,字穎根,傅咸長子。生平事跡見《晋書》卷四十七《傅咸傳》。

［二］《三國志》卷二十八《魏書》。按:《博物記》,即晋張華《博物志》。裴注所引,見《博物志》卷六《人名考》。

［三］《列子》卷首晋張湛《列子注序》。

50-2　又《後漢·列女傳》:"蔡邕之女文姬,没于南匈奴。曹操遣使贖歸,因問曰:'聞夫人家先多墳籍,猶能憶識之不?'文姬曰:'昔亡父賜書四千許卷,流離塗炭,罔有存者。今所誦憶,裁四百餘篇耳。'遂繕書送之,文無遺誤。"[一]此既傳王仲宣以後事,操不就王求,而但訪文姬,何也? 當日傳之于王,文姬想不及知。不然,何云"流離塗炭,罔有存"[二]耶?

［一］［二］《後漢書》卷八十四《董祀妻傳》。按:此節多有删略。

51　仲山甫補衮

　　方博士引"衮職有缺,仲山甫補之"以解《王制》"三公一命衮,若有加則賜"之義,"言衮者,人臣之極,常缺之而不服,惟仲山甫加賜而得之,是常時所缺而今則補之也"[一]。《黄氏日抄》録此説,以爲"有據而理通"[二]。

　　謏謂:晋士季諫靈公引此《詩》,以爲"能補過",且曰:"君能補過,衮不廢矣。"[三]是謂爲補君之缺失,其説尤爲有據理通。《王制》所舉,別一義,不必强爲附會也。又按:《魯周公世家》載仲山甫諫宣王,欲立魯武公少子戲爲魯太子之事[四],亦足爲補君缺失之證。

[一][二] 宋黄震《黄氏日抄》卷四"衮職有缺"條。按:"衮職有缺"句,
　　　　見《毛詩·大雅·烝民》,"三公一命衮"句,見《禮記·王制第五》。
[三]《左傳·宣公二年》。
[四]《史記》卷三十三《魯周公世家》。

52　三姓並稱

　　古人齊名者,多二人、四人合姓並稱,其合三姓並稱者頗少。《晋書·賈充傳》有"賈、裴、王,亂紀綱;王、裴、賈,濟天下"[一]之謠。明初,張士誠委政于弟士信,士信用王敬夫、葉德新、蔡彦夫①,皆諂佞小人,時有十七字謠曰:"丞相做事業,專用王、蔡、葉。一朝西風起,乾癟。"[二]國初,余懷與杜濬、白夢

---

①　"蔡彦夫",據清錢謙益《國初群雄事略》卷七引《國初事蹟》,當爲"蔡彦文"。

鼂齊名，尤展成《輓余懷》詩云：“贏得人呼魚肚白，夜臺同看鷩人碑。”金陵市語稱染有“魚肚白”之名，故借以爲戲[三]。“王、蔡、葉”，亦借“黃菜葉”音[四]。

[一]《晋書》卷四十《賈充傳》。

[二][四] 按：此十七字謠，明陳建《皇明通紀・啓運錄》卷三“元至正二十五年”、清張廷玉《明史》卷三十《五行志三》“詩妖”條、清吳乘權《綱鑑易知錄・明紀・太祖高皇帝・洪武元年》“張士誠稱吳王”條等皆載之，然均與本節文字小異，如“乾癟”，或作“乾別”，或作“乾鱉”，無一全同，未詳光氏所據究係何本。

又按：“王、蔡、葉”，諧音“黃菜葉”，蓋浙東言語“王”“黃”不辨，《明史》“王敬夫”亦因此誤爲“黃敬夫”。

[三] 清張穆《閻潛丘先生年譜》。按：“贏得”兩句，見清尤侗《艮齋倦稿・詩集》卷九《輓余曼翁八絶句(其二)》。

53　劇秦美新

揚雄著述，班固叙之本傳，甚詳[一]。外此，《樂》四篇，增入《藝文志・儒家》[二]，《酒箴》一篇，附載《陳遵傳》後[三]，獨不及《劇秦美新》之作。前人有疑爲僞作者，正非無謂。余意作此者當在當塗、典午之世，蓋欲以譏刺操、炎，若曰：“事雖甚盛，其如亡也忽焉[四]。”何哉？或曰：“蔚宗叙《班固傳》，于《典引》云：‘以爲相如《封禪》，靡而不典；揚雄《美新》，典而不實。蓋自謂得其致焉。’[五]是固之《典引》，正因《美新》而作，安得謂雄無此文？”不知“曰”、“以爲曰”、自謂而總言之“曰”，蓋皆蔚宗虛擬固意以形容其文，非實事也。或又疑魏晋人不足擬西漢之作，不知僞古文《書》，且上擬四代，何有于西漢哉！蔚宗蓋已莫辨《美新》之爲僞，至蕭氏又取入《文選》[六]，而雄遂集矢千載矣。然亦由《法言》之末稱"漢公過于伊、周"[七]，僞爲《美新》者，遂變本加厲；信《美新》者，亦據《法言》所稱而信益堅耳。余謂千古論雄者，抑揚皆太過，但當求之本傳，乃得其實，乃得其平[八]。

[一]《漢書》卷八十七下《揚雄傳下》："其意欲求文章成名于後世，以爲經莫大于《易》，故作《太玄》；傳莫大于《論語》，作《法言》；史篇莫善于《倉頡》，作《訓纂》；箴莫善于《虞箴》，作《州箴》；賦莫深于《離騷》，反而廣之；辭莫麗于相如，作四賦，皆斟酌其本，相與放依而馳騁云。"

[二]《漢書》卷三十《藝文志第十·諸子略·儒家》："揚雄所序三十八篇。《太玄》十九，《法言》十三，《樂》四，《箴》二。"

[三]《漢書》卷九十二《陳遵傳》："黄門郎揚雄作《酒箴》以諷諫成帝，其文爲酒客難法度士，譬之于物。"

[四]　按：《左傳·莊公十一年》："桀、紂罪人，其亡也忽焉。"

[五]《後漢書》卷四十下《班固傳》。

[六]《文選》卷四十八揚雄《劇秦美新》。

[七]《法言·孝至第十三》："周公以來，未有漢公之懿也，勤勞則過于阿衡。"李軌注："漢公，王莽也。"

[八]　按：《劇秦美新》，清人及今人多以爲揚雄所作。清朱珔《文選集釋》卷二十三云："《漢書》不載此文，正以其媚新室，故削之耳。"

54　古無虞書

《日知録》："疑古時有《夏書》無《虞書》，《堯典》亦《夏書》。"[一]其説近是。或疑："文公十二年《左傳》明言《虞書》'數舜之功'，安得謂無《虞書》？"[二]不知此蓋古人隨時便文，如文五年、成六年、襄三年所引《洪範》，皆謂之《商書》[三]，《正義》以

爲"箕子商人所説,故謂之《商書》也"[四]。《三國志·陸抗傳》:
"靖譖庸回,《唐書》攸戒。"[五]"靖譖庸回",即今《書》"静言庸
違"[六],以在《堯典》,故謂之《唐書》也。

［一］《日知録》卷二"古文尚書"條。按:顧頡剛、劉起釪《尚書校釋譯
　　論·虞夏書·堯典》云:"《墨子·明鬼下》云:'尚者(‘者’誤作
　　‘書’,依王念孫校正)《夏書》,其次商、周之《書》。'足證成顧氏
　　之説。"
［二］清黄汝成《日知録集釋》卷二"古文尚書"條引孫氏曰。按:孫説
　　見清孫志祖《讀書脞録》卷一"虞書"條。
［三］《左傳·文公五年》:"《商書》曰:'沈漸剛克,高明柔克。'夫子壹
　　之,其不没乎!"《成公六年》:"《商書》曰:'三人占,從二人。'衆故
　　也。"《襄公三年》:"《商書》曰:'無偏無黨,王道蕩蕩。'其祁奚之
　　謂矣。"
［四］《春秋左傳正義》卷十九上《文公五年》:"此文在《洪範》,今謂之
　　《周書》。"按:《尚書校釋譯論·周書·洪範》謂《説文》"亞""㻰"
　　"政""圛""邠""無"六字引用本篇,四稱《商書》;"亞""圛"二字所
　　引稱《尚書》,段玉裁以爲亦"《商書》"之誤。又舉《漢書·儒林
　　傳》云:"遷書載《堯典》《禹貢》《洪範》《微子》《金縢》諸篇,多古文
　　説。"列《洪範》于《商書·微子》之前,亦以之爲《商書》,可參看。
［五］《三國志》卷五十八《吳書·陸抗傳》。
［六］《尚書·虞書·堯典第一》。按:《困學紀聞》卷二《書》云:"《大
　　傳》説《堯典》,謂之《唐傳》,則伏生不以是爲《虞書》。"

55　反語

　　酒稱"索郎",《水經注》載明反語"桑落"矣[一];《能改齋漫
録》既云見《水經注》,何又疑"索郎"爲語誤,并斥詩家用"索郎"

爲“全無理意”耶[二]？

《吳志·諸葛恪傳》：“‘于何相求成子閣。’‘成子閣’者，反語‘石子岡’也。”[三]此殆反語之先見者。後來《南史·鬱林王紀》言：“‘東田’反語爲‘顛童’。”[四]“‘舊宮’反語爲‘窮廄’。”[五]《梁武帝紀》言：“‘大通’反語爲‘同泰’。”[六]《陳後主紀》言：“‘叔寶’反語爲‘少福’。”[七]《袁粲傳》言：“‘袁愍’反語爲‘殞門’。”[八]《劉悛傳》言：“‘劉忱’反語爲‘臨讎’。”[九]《始興王鑑傳》言：“‘勝憙’反語爲‘始興’。”[十]《昭明太子統傳》言：“‘鹿子開’反語爲‘來子哭’。”[十一]《北史·齊廢帝紀》言：“‘跡’字，足旁亦，爲自反。”[十二]《劉逖傳》言：“‘武平’反爲‘明輔’。”[十三]《舊唐書·高宗紀》言：“儀鳳三年四月戊申，大赦。改來年正月一日爲通乾。”[十四]“十二月，詔停‘通乾’之號，以反語不善故也。”[十五]是反語之忌，始于三國，盛于南北朝[十六]，至唐初猶未止耳。

以兩字互翻，仍得兩字，爲反語。不互翻，止得一字，洪适①謂之“切脚”。《容齋三筆》云：“世人語音有以切脚而稱者，亦間見之于書史中。如以‘蓬’爲‘勃籠’，‘槃’爲‘勃闌’，‘鐸’爲‘突落’，‘叵’爲‘不可’，‘團’爲‘突欒’，‘鉦’爲‘丁零’，‘頂’爲‘滴顙’，‘角’爲‘矻落’，‘蒲’爲‘勃盧’，‘精’爲‘即零’，‘螳’爲‘突郎’，‘諸’爲‘之乎’，‘旁’爲‘步廊’，‘茨’爲‘蒺藜’，‘圈’爲‘屈攣’，‘錮’爲‘骨露’，‘窠’爲‘窟駝’是也。”[十七]沈括謂之“切韻”，又謂之“二合”。《夢溪筆談》云：“切韻出于西域。然古語已有二聲合爲一字者，如‘不可’爲‘叵’、‘何不’爲‘盍’、‘如是’爲‘爾’、‘而已’爲‘耳’、‘之乎’爲‘諸’之類，似西域二合之音，蓋切字之原也。如‘輭’字，文從而、犬，亦切音也。殆與聲

---

①　“洪适”，當作“洪邁”。

俱生，莫知從來。"［十八］《緗素雜記》亦云："'龍鍾'切爲'癃'，'潦倒'切爲'老'，皆二合之音。"［十九］又前人謂"公羊""穀梁"四字，反切皆"姜"字，切人姜姓也［二十］。

［一］《水經注》卷四《河水》。

［二］《能改齋漫録》卷四《辨誤》"桑落酒"條。

［三］《三國志》卷六十四《吳書·諸葛恪傳》。

［四］［五］《南史》卷五《齊廢帝鬱林王本紀》

［六］《南史》卷七《梁武帝本紀下》。

［七］《南史》卷十《陳後主本紀》。

［八］《南史》卷二十六。

［九］《南史》卷三十九。

［十］《南史》卷四十三。

［十一］《南史》卷五十三。

［十二］《北史》卷七《齊廢帝本紀》："性敏慧，初學反語，于'跡'字下注云'自反'。時侍者未達其故，太子曰：'跡字，足傍亦爲跡，豈非自反邪?'"

［十三］《北史》卷四十二。

［十四］［十五］《舊唐書》卷五《高宗本紀下》。按：《資治通鑑》卷二百二《唐紀十八》"高宗儀鳳三年十二月"條胡三省注云："'通乾'，反語爲'天窮'。"

［十六］按：參見《廿二史劄記》卷十二"六朝多以反語作讖"條。

［十七］《容齋三筆》卷十六"切脚語"條。

［十八］《夢溪筆談》卷十五《藝文二》。

［十九］《履齋示兒編》卷二十二《字説·集字二》引宋黃朝英《靖康緗素雜記》。

［二十］按：宋羅璧《識遺》卷三"公羊穀梁"條云："公羊、穀梁二姓，自高、赤作《傳》外，考之前史及後世，更不見再有此姓。萬見春嘗

謂:‘公羊、穀梁皆姜字切韻脚,疑其爲姜姓假託也。’按:《文公語錄》已有此説。”所謂《文公語錄》之説,見今本《朱子語類》卷一百二十五《老氏》:“《公羊》《穀梁》是姓姜人一手做。”此説多爲清人所譏。如《十駕齋養新録》卷十八“宋儒經學”條云:“羅璧謂公羊、穀梁皆姜姓(《識遺》),真可入笑林矣。”《四庫全書總目》卷二十六《春秋公羊傳注疏》提要亦云:“‘鄒’爲‘邾婁’,‘披’爲‘勃鞮’,‘木’爲‘彌牟’,‘殖’爲‘舌職’,記載音譌,經典原有是事。至弟子記其先師,子孫述其祖父,必不至竟迷本字,別用合聲。璧之所言,殊爲好異。”

又按:反切源流,可參《癸巳類稿》卷七“反切證義”條、清莫友芝《韻學源流·反切》。

56　于傳有之

孟子答齊宣王問“文王之囿,方七十里”,曰:“于傳有之。”[一]趙注以爲“于傳文有是言”[二];朱子《章句》謂“傳”爲“古書”,“直戀切”[三]。

按:《春秋》隱四年《穀梁》云:“傳曰:言伐言取,所惡也。”[四]范氏《集解》以謂:“稱‘傳曰’者,穀梁子不親受于師,而聞之于傳者。”[五]陸氏《釋文》:“傳,直專反。”[六]余謂《孟子》“于傳有之”之“傳”,亦當從平聲讀,猶云“于當世傳聞固有是説耳”[七]。下文“民猶以爲小”[八]及“芻蕘雉兔之往”[九],皆傳聞之説也。若讀去聲,似未盡爾時情事之妙。推之“公劉好貨”[十]“太王好色”[十一],豈誠然乎?兩詩人之旨,亦豈誠然乎?夫豈不謂之傅會乎?君子之事君也,務引其君以當道而已,他又何惜乎?《毛詩疏》引《孟子》,作“書傳有之”[十二],自係誤文,不足爲據。

［一］［七］［八］［九］《孟子・梁惠王下》。

［二］《孟子注疏》卷二上《梁惠王章句下》。按：清焦循《孟子正義》卷
　　四：“劉熙《釋名・釋典藝》云：‘傳，傳也，以傳示後人也。’傳述爲
　　文，故云‘傳文’。”

［三］《孟子集注》卷二《梁惠王章句下》。

［四］［五］［六］《春秋穀梁傳注疏》卷二《隱公四年》。

［十］［十一］按：《孟子・梁惠王下》引《詩》，以《大雅・公劉》證“公劉
　　好貨”，以《大雅・縣》證“太王好色”。

［十二］《毛詩正義》卷十六《大雅・靈臺》。

57　以鐵耕乎

　　許行並耕之說，陳相蓋有夙契，故特記其“負耒耜”之耕器
而來[一]。神農時，耒、耜皆用木，《繫辭》所謂“斲木”“揉木”[二]
也。後來止耒用木，而耜則易用金，《考工記》所謂“直庇”“句
庇”[三]也。孟子問其“以鐵耕乎”[四]？蓋謂許行既爲神農之言，
則當用神農之木耜以耕，而竟以鐵耕乎？特連“釜甑爨”爲問。
陳相亦遂漫應曰：“然。”[五]其辭亦隱挫矣。前人解《孟子》者，
未發此義。

［一］［四］［五］《孟子・滕文公上》：“（孟子）曰：‘許子以釜甑爨，以鐵
　　耕乎？’曰：‘然。’”

［二］《周易・繫辭傳下》：“斲木爲耜，揉木爲耒。”

［三］《周禮・冬官・車人》：“堅地欲直庇，柔地欲句庇。直庇則利
　　推，句庇則利發。”

58　修其天爵

　　《北窗炙輠》：“高抑崇説‘修其天爵而人爵從之’[一]，以謂

修其天爵而人爵來從，其不來奈何？若不來，是天爵無驗也；若欲其來，則與‘修天爵以要人爵’[二]何以異也？所謂‘從’者，非此之從也；‘從’者，任之而已矣。”[三]此説似是。

　　然古人修天爵，固無欲來人爵之意，不必辨其無異于要人爵。惟就修者説，可以“任”解“從”；若就授爵者説，當以“隨”解“從”[四]，兼二義尤備。古之時，修天爵而人爵從之者固多，然豈無一二不從者？今之人，得人爵而棄天爵者固多，亦豈無一二不棄者？此皆語中所包孕。蓋修天爵而人爵不從，亦還修其天爵；得人爵而天爵不棄，乃不愧得人爵耳。

[一][二]《孟子·告子下》。

[三] 宋施德操《北窗炙輠録》卷下。按：高閌，字抑崇，鄞縣人，生平事跡參見清黄宗羲、全祖望《宋元學案》卷二十五《龜山學案·龜山門人》“憲敏高息齋先生閌”條。

[四] 按：《朱子語類》卷五十九《孟子九》云：“‘從’，不必作‘聽從’之‘從’，只修天爵，人爵自從後面來，如‘禄在其中矣’之意。”

59　巨屨小屨同賈

　　《孟子》：“布帛長短同，則賈相若。麻縷絲絮輕重同，則賈相若。五穀多寡同，則賈相若。屨大小同，則賈相若。”[一]《集注》：“許行欲市中所粥之物，皆不論精粗、美惡，但以長短、輕重、多寡、大小爲價。”[二]甚得本意，較趙注最爲簡明。意天下從此，必舍精美、就粗惡，即趙注所謂“淳樸之道”[三]。下文“巨屨小屨同賈，人豈爲之哉”[四]？當如趙注訓“巨”爲“粗”、“小”爲“細”，訓“人豈爲之哉”爲“人不爲小屨”[五]，蓋變上文“大、小”爲“巨、小”即以見義。孫疏乃云：“大屨與小屨同其賈，則人必爲之小屨而賣之，而大屨豈爲之哉？"[六]不知爲屨者期于盡售，安得人皆小足以盡售其小屨耶？弗思甚矣！孟子因其精粗、美惡混而駁之，非謂其長短、輕重、多寡、大小不分也。朱子嘗謂孫疏爲僞作[七]，而此處《集注》又同其說[八]，何哉[九]？

[一][四]《孟子集注》卷五《滕文公章句上》。

[二]《孟子集注》卷五《滕文公章句上》。

[三][五][六]《孟子注疏》卷五下《滕文公章句上》。按：趙注："巨，粗屨也。小，細屨也。如使同賈而賣之，人豈肯作其細者哉。"

[七] 按：參見本書卷甲第3-1條"孟子疏引史記"箋[一]。

[八] 按：《孟子集注》卷五云："孟子言物之不齊，乃其自然之理，其有精粗，猶其有大小也。若大屨、小屨同價，則人豈肯爲其大者哉？今不論精粗，使之同價，是使天下之人皆不肯爲其精者，而競爲濫惡之物以相欺耳。"與孫疏似同實異。蓋朱子知無訓"巨小"爲"精粗"之理，然若不如此解之，語意又有滯礙，故先釋"巨小"爲"大小"，而後以"其有精粗，猶其有大小也"一語爲之轉圜，實亦不得已而爲之。

[九] 按：汪維輝以爲訓"巨"爲"粗"、訓"小"爲"精"于古書無據，視爲疑案。參見汪維輝《〈孟子〉"市賈不貳"究竟該作何解？——附論"巨屨小屨"》。

60　戴不勝戴盈之

戴不勝，趙注以爲"宋臣"[一]，戴盈之，趙注以爲"宋大夫"[二]。其合爲一人之名與字者，始于僞孫疏[三]；從之者，閻氏若璩[四]、趙氏佑[五]也，蓋以古人命字，多有相因與相反者。然按《左傳》之祁盈、祁勝[六]，自是二人，必謂不勝、盈之爲一人，其說亦未足據爲定論，故朱子仍依趙注[七]。又按：《荀子·解

蔽篇》有"載子"[八]，楊注讀"載"爲"戴"，以爲即《孟子》所稱之
"戴不勝"[九]；又引"或曰：戴子，戴驩也"，引《韓非子·內儲説
上》曰："戴驩，爲宋太宰。"[十] 則不勝與驩，自爲一人；且曰"爲
太宰"，則是卿、非大夫，尤與趙注"宋臣"[十一]合。

[一][二][三][十一]《孟子注疏》卷六下《滕文公章句下》。

[四] 清閻若璩《四書釋地·又續》卷上"戴盈之"條："孫學翼讀《集
注》：'盈之，亦宋大夫也。'來質：'盈之，似是前戴不勝之字。勝
音升，名與字正以相反，知爲一人。'余檢孫奭疏，宛同，賞其能
言。"按：學翼乃若璩之孫。

[五] 清趙佑《四書溫故録》卷八《孟子二》"戴不勝"條："戴不勝即戴
盈之，一名一字也。宋之公族執政者。"

[六]《左傳·昭公二十八年》。

[七]《孟子集注》卷六《滕文公章句下》。

[八][九][十]《荀子·解蔽第二十一》注。

61　匡章

　　孟子因匡章而言"世俗所謂'不孝者五'"[一]，其義皆淺。
論舜而言"不孝有三"[二]，趙注以爲"禮有不孝三事：一、阿意曲
從，陷親不義；二、家貧親老，不爲禄仕；三、不娶無子，絶先祖
祀"[三]。此則陳義甚高，皆責備賢者之事，匡章之責善[四]，正恐
"陷親不義"耳。然既不能如舜之事親底豫[五]，又不能如孔子
之言幾諫不違[六]，激而至于責善，則夷矣。此其所以蒙世
訿與？

[一][二]《孟子·離婁下》。

［三］《孟子注疏》卷七下《離婁章句下》。

［四］《孟子・離婁下》：“公都子曰：‘匡章，通國皆稱不孝焉。夫子與之游，又從而禮貌之，敢問何也？’孟子曰：……夫章子，子父責善而不相遇也。責善，朋友之道也；父子責善，賊恩之大者。”

［五］《孟子・離婁下上》：“舜盡事親之道，而瞽瞍底豫。”趙注：“底，致也。豫，樂也。”

［六］《論語・里仁》：“子曰：‘事父母幾諫，見志不從，又敬不違，勞而不怨。’”

有不爲齋隨筆丁

62　史氏山谷詩外集注

史公儀注《山谷外集》，其孫子威注《山谷別集》，皆爲世所稱。然亦有可議者，如《外集·奉送謝公定》詩："愛君方寸間，醇樸乃器師。"[一]是用《荀子·解蔽篇》"工精于器，而不可以爲器師"[二]。注乃云："疑是'吾師'。"[三]《太和奉呈吉老縣丞》詩："土風尊健訟，吏道要繁刑。觟觟今無種，蒲盧教未形。"[四]觟觟，即獬豸，觸邪神羊也，慨其無種，以致健訟繁刑[五]。注乃以"觟""觟"爲兩姓，泛引觟陽鴻授《易》、觟俞善聽。《浣花溪圖》詩："故衣未補新衣綻。"[六]是用古詩"故衣誰當補，新衣誰當綻"[七]，兼用《內則》"衣裳綻裂"[八]，以古詩"綻"義與"補"同，非"綻裂"之"綻"。注止引《內則》[九]，漏引古詩。《奉和王世弼》詩："寄聲問僧護。"[十]僧護是六朝人小字，借以指子姪[十一]。注即以爲"子姪小字"[十二]。《以揀茶送公擇》詩："慶雲十六升龍樣。"[十三]此言茶也。注乃泛引慶雲[十四]。皆誤。

至《餞薛樂道》詩："霜風獵帷幕。"[十五]是用《吳語》"興其衆庶，以犯獵吳國"[十六]之"獵"。《弈棋》詩："簿書堆積塵生案，車馬淹留客在門。"[十七]是隱括韋曜《博弈論》"人事曠而不修，賓旅闕而不接"[十八]二語。《再答明略》詩："他日卜鄰長兒子。"[十九]是用杜詩"遠游長兒子"[二十]，杜又用《荀子·儒效篇》"老身長子不知惡"[二十一]。《題息①軒》詩："萬籟參差寫明月。"[二十二]是用王羲之《蘭亭》詩"群籟雖參差，適我無非親"[二十三]。注皆失引。

《別集·送莫郎中致仕歸湖州》詩："滔滔夜行者，能不愧清塵。"[二十四]此用《三國志》田豫《答司馬宣王書》"年過七十而以居位，譬猶鐘鳴漏盡而夜行不休"[二十五]。注乃引《朱買臣傳》"富貴不歸故鄉，如錦衣夜行"[二十六]，尤謬。

[一][三] 宋黄庭堅撰、宋史容注《山谷外集詩注》卷四《次韻奉送公定》。

[二]《荀子·解蔽第二十一》。按：《困學紀聞》卷十八《評詩》云："'醇樸乃器師'，二字出《荀子》。"

[四]《山谷外集詩注》卷二十《太和奉呈吉老縣丞》。按：注云："《後漢·儒林·洼丹傳》：'時中山觟陽鴻，亦以《孟氏易》教授，有名。'又按姓氏書，觟姓，古有善聽者觟俞。"

[五] 按：《困學紀聞》卷十八《評詩》："'觟觿'二字，與'解豸'同。《呈吉老縣丞》詩：'觟觿今無種，蒲盧教未形。'注云：'觟、觿，此兩姓，今無人。'按：《太玄·難·上九》云：'角觟觿，終以直，其有犯。'二字與'解豸'同。亦見王充《論衡》，云：'一角之羊也。'注誤矣。"

又按：錢鍾書《談藝録（補訂本）》"黄山谷詩補注"條云："光聰諧《有不爲齋隨筆》丁所補二注皆與《困學紀聞》闇合。"非是。《困學紀聞》一書，考據家或以爲讀書門徑。如清錢泰吉《曝書雜記》卷二載"梅會里李敬堂先生詔學徒讀書，欲卑讀《困學紀聞》會課"，謂"其書簡而愈精，其功約而愈博，不出數寸，不逾百日，

① "息"下，原衍一"息"字，據《山谷外集詩注》卷十三删。

而得學問之總龜，古今之玄鑒，夫亦何憚而不爲！"錢氏亦自云"六經粗畢，即受《困學紀聞》于從兄衍石"，復勸人以三年爲期精熟此書，蓋"讀此書既畢，而經史百家皆得其端緒"也(參見傅增湘《藏園群書題記》卷七"元刻《困學紀聞書》後""全謝山手校《困學紀聞》跋""錢竹汀校本《困學紀聞》跋"等條)。本書除卷甲第15條"孔老互稱龍鳳"、卷戊第91條"叔先雄"明引《困學紀聞》外，其他暗引者尚多，如卷戊第89條"八疑十二證"引《曲禮正義》，係據《困學紀聞》卷五《禮記》；卷己第113條"詩感異時"引簡文帝、孝靜帝詩，係據《困學紀聞》卷十三《考史》；卷庚第124條"春秋爲史之通稱"，本于《困學紀聞》卷六《春秋》；卷庚第133條"陳思王釋疑論"論董仲舒語，則全本《困學紀聞》卷十《諸子·莊子逸篇》，蓋以之爲治學津梁，故知此處實亦本于《困學紀聞》，而非闇合。

[六][九]《山谷外集詩注》卷八《老杜浣花圖引》。

[七]明陳祚明《采菽堂古詩選》卷二《艷歌行》(原載宋郭茂倩《樂府詩集》卷三十九《相和歌辭》)。

[八]《禮記·內則第十二》。

[十][十二]《山谷外集詩注》卷二《奉和王世弼寄上七兄先生用其韻》。

[十一]按：六朝佛教漸盛，當時多有以佛語爲名字者。以"僧護"而言，《宋書》卷三十一《五行志》有"張僧護"，卷八十七《殷琰傳》有"宿僧護"，《南齊書》卷四十九《張沖傳》有"杜僧護"，卷五十一《裴叔業》有"李僧護"，不一而足。

[十三][十四]《山谷外集诗注》卷十五《以潞公所惠揀芽送公擇次舊韻》。按：注云："《前漢志》：'若烟非烟，若雲非雲，郁郁紛紛，蕭索輪囷，是謂慶雲。'"

[十五]《山谷外集詩注》卷二《薛樂道自南陽來入都留宿會飲作詩餞行》。

［十六］《國語·吳語第十九》。

［十七］《山谷外集詩注》卷十三《弈棋二首呈任公漸（其一）》。

［十八］《文選》卷五十二。按：文亦見《三國志》卷六十五《吳書·韋
　　曜傳》。

［十九］《山谷外集詩注》卷六《再答明略二首（其一）》。

［二十］《杜詩詳注》卷二十一《將別巫峽贈南卿（一作鄉）兄瀼西果園
　　四十畝》。

［二十一］《荀子·儒效第八》。

［二十二］《山谷外集詩注》卷十三《題息軒》。

［二十三］《采菽堂古詩選》卷十二王羲之《蘭亭集詩并序》（原載唐張
　　彦遠《法書要録》卷十）。按：《談藝録（補訂本）》第二則“黄山谷
　　詩補注”云：“《有不爲齋隨筆》丁云……是也。‘寫’指月中竹影
　　言（參見《管錐編》第二五六頁）。此句一、二字指聲，五、六、七字
　　指影，三、四字雙關聲影言之，兼逸少之‘群籟參差’，與柳子厚
　　《南磵》之‘回風一蕭瑟，林影久參差’。”

［二十四］［二十六］《山谷別集詩注》卷下《送莫郎中致仕歸湖州
　　并引》。

［二十五］《三國志》卷二十六《魏書·田豫傳》。按：《施注蘇詩》卷二
　　十九《次韻楊次公惠徑山龍井水》“漏盡鷄號厭夜行”句，亦用此
　　典。參見清姚鼐《惜抱軒筆記》卷八《集部·蘇子瞻集》。

63　山谷論寫字

　　《山谷外集·論寫字法》云：“古人有言：‘大字無過《瘞鶴
銘》，小字莫學癡凍蠅。隨人學人成舊人，自成一家始逼真。’今
人字自不按古體，惟務排疊字勢，悉無所法，故學者如登天之難
云云。”[一] 按：山谷《贈丘十四右軍書數種》詩中有此四語，惟
“學人成舊”四字，改“作計終後”耳[二]。向以爲山谷自作，即他

處,山谷亦以爲己之論書[三]。如是,何此處忽以爲古人有
言耶?

[一]《山谷全集•外集》卷九。
[二]《山谷全集•外集》卷十二《以右軍書數種贈丘十四》:"小字莫
　　作癡凍蠅,《樂毅論》勝《遺教經》。大字無過《瘞鶴銘》,官奴作草
　　欺伯英。隨人作計終後人,自成一家始逼真。"
[三]按:此數語亦見《山谷全書•正集》卷二十七《題樂毅論後》及
　　《山谷全書•別集》卷六《論作字》所引《以右軍書數種贈丘十
　　四》詩,字句、次序小有異同。《題樂毅論後》所引,無"官奴"一
　　句;《論作字》所引,"大字"兩句在"小字"兩句前,又"官奴作草欺
　　伯英"作"晚有石巖頌中興"。

64　楞伽經

　　憨山《觀〈楞伽〉記》云:"昔達摩授二祖,以此爲心印。自五
祖教人讀《金剛經》,則此《經》束之高閣,知之者希矣。"[一]陳簡
齋《玉堂儌直》詩云:"庭葉瓏瓏曉更青,斷雲度日照寒廳。只因
未上歸田奏,貪誦《楞伽》四卷經。"[二]以憨山之語證之,方明此
詩之意。蓋言此經惟秘館有之,歸田去,則難求誦矣[三]。

[一]明憨山德清《觀楞伽經記》卷八(亦見明憨山德清《憨山老人夢
　　游集》卷二十三《觀楞伽寶經閣筆記》)。
[二]宋陳與義《簡齋集》卷十五。
[三]按:《管錐編•楚辭洪興祖注》"九章•哀郢"條云:"劉宋天竺三
　　藏求那跋陀羅譯《楞伽經》……居易《見元九悼亡詩,因以此
　　寄》:'人間此病治無藥,只有《楞伽》四卷經。'正指宋譯;自唐譯
　　七卷本流行,四卷本遂微。陳與義《簡齋詩集》卷三十《玉堂儌

直》……用居易舊句恰合。光聰諧《有不爲齋隨筆》卷丁本《憨山心語》①，謂《楞伽經》爲《金剛經》所掩，‘惟秘館有之，“歸田”去，則難求誦’，故陳詩云然。似欠分雪，唐譯‘《楞伽》七卷經’初不‘難求’，未足爲不‘歸田’之藉口也。”又云：“《劍南詩稿》卷七五《茅亭》：‘讀罷《楞伽》四卷經，其餘終日在茅亭。’亦沿承香山、簡齋句。使如《有不爲齋隨筆》所解，則放翁‘歸田’已久，‘四卷經’更難求誦也。”參見《容安館札記》第四百五十六宋胡穉“箋注簡齋詩集”條。

65　蕭千巖詩

65-1　《閩小紀》有“千巖逸句”一條云：“宋蕭德藻，號千巖，閩人也。長于詩，與楊萬里同時，今詩多不傳。惟《劉後村詩話》摘其佳句，無全篇也。曰：‘乾坤生長我，貧病怨尤誰。’‘湘妃危立瘦②蛟背，海月冷掛珊瑚枝。醜怪驚人能嫵媚，斷魂只有曉寒知。’‘百千年蘚著枯樹，一兩點春供老枝。’‘稚子推窗窺過雁，數峰乘隙入西窗。’‘秋陽直爲田家計，饒得漁村一抹紅。’亦斷金殘璧也。”[一]檞園所稱如此。

其實《後村詩話》所載，尚有《中秋》句云：“着語能奇怪，呼天與唱酬。”[二]《和陶》句云：“疾走建德國，乃爲淵明先。失脚墮榛莽，劉伶扶我還。”[三]《山中六月頓涼》句云：“造物巧能相補得，破慳睟與一天秋。”[四]《渡湘》句云：“秋浩蕩中遙指點，一螺許是定王城。”[五]又未注題句云：“一筇時到崔嵬上，有底勤勞得給扶。”“眼冷寒梢明數點，知它是雪是梅花。”[六]不知檞園何以節去不稱？至“湘妃危立瘦蛟背，海月冷掛珊瑚枝。醜怪

---

①　“憨山心語”，當作“憨山之語”。
②　“瘦”，《閩小紀》卷二及《後村詩話·前集》卷二原作“凍”。

驚人能嫵媚，斷魂只有曉寒知。""百千年蘚著枯樹，一兩點春供
老枝。絕壁笛聲那得到，直愁斜日凍蜂知。"明注云："《古梅二
絕》。"[七]不知櫟園何以節去"笛聲"二句，而漫云"無全篇"。豈
稗販他處，未見元本耶？

千巖又有《次韻傅惟肖》一律云："竹根蟋蟀太多事，喚得秋
來籬落間。又過暑天如許久，未償詩債若爲顔。肝腸與世苦相
反，巖壑嗔人不早還。八月放船飛樣去，蘆花叢外數青山。"[八]
見《瀛奎律髓》。《呂公洞》一律云："復此經過三十年，唯應巖石
故依然。城南老樹朽爲土，檐外稚松青拂天。枕上功名祇擾
擾①，指端變化又玄玄。刀圭乞與起衰病，稽首秋空一劍
仙。"[九]見《賓退錄》。《登岳陽樓》一律云："不作蒼茫去，真成
浪蕩游。三年夜郎客，一柂洞庭秋。得句驚飛處，看山天盡頭。
猶嫌未奇絕，更上岳陽樓。"[十]又《荒村》一絕云："荒村三月不
肉食，併與瓜茄倚閣休。造物于人相補報，問天賒得一山
秋。"[十一]《立春》一絕云："半夜新春入管城，平明銅雀綠苔生。
浮漸把斷東風路，訴與青州借援兵。"[十二]見《詩人玉屑》。又
《樵夫》一絕云："一擔乾柴古渡頭，盤纏一日頗優游。歸來磴底
磨刀斧，又作全家明日謀。"[十三]見《貴耳集》。《采蓮》二曲云：
"清曉去采蓮，蓮花帶露鮮。溪長須急槳，不是趁前船。""相隨
不覺遠，直到暮烟中。恐嗔歸得晚，今日打頭風。"[十四]見《筆
精》。《咏虞美人草》云："魯公死後一坏②荒，誰與竿頭薦一觴。
妾願得生墳土上，日翻舞袖向君王。"[十五]見《全芳備祖》。是
《古梅二絕》外，又有此九全篇也[十六]。

《詩人玉屑》又載其《飲酒》句云："信脚到太古。"[十七]

---

①　"擾擾"，《賓退錄》卷五及《宋詩紀事》卷五十原作"攪攪"。
②　"坏"，通"坯"，而宋陳景沂《全芳備祖·後集》卷十一《卉部》"虞美人草"條原
作"杯"，則實爲"抔"字。光氏所引作與《宋詩紀事》同，蓋據之轉引。

　　《賓退録》又載其《吳五百》一文云：“吳名臬，南蘭陵爲寓言
靳之。曰：淮右浮屠客吳，日飲于市，醉而狂，攘臂突市人，行者
皆避。市卒以聞吳牧，牧録而械之，爲符移授五百，使護而返之
淮右。五百詬浮屠曰：‘狂髡！坐爾乃有千里役，吾且爾苦①
也。’每未晨，蹴之即道，執扑驅其後，不得休，夜則繫其足。至
奔牛埭，浮屠出腰間金，市斗酒，夜醉五百而髡其首，解墨衣衣
之，且加之械而繫焉，頹壁而逃。明日，日既昳，五百乃醒，寂然
不見浮屠。顧壁已頹，曰：‘嘻，其遁矣！’既而視其身之衣，則
墨，驚循其首，則不髮，又械且繫，不能出戶，大呼逆旅中曰：‘狂
髡故在此，獨失我耳！’客每見吳人輒道此，吳人亦自笑也。千
巖老人曰：‘此殆非寓言也。世之失我者，豈獨吳五百哉！生而
有此我也，均也，是不爲榮悴有加損焉者也。所寄以見榮悴，乃
皆外物，非所謂儵來者耶？曩悴而今榮，儵來集其身者日以盛，
而顧揖步趨，亦日隨所寄而改。曩與之處者，今視之，良非昔人，
而其自視，亦殆非復故我也。是其與吳五百果有間不哉！’”[十八]

[一]　清周亮工《閩小紀》卷二。

[二][三][四][五][六][七]　宋劉克莊《後村詩話·前集》卷二。按：
　　《後村詩話》在清代流傳不廣，光氏當亦未見原書。此處蓋據清
　　厲鶚《宋詩紀事》卷五十“蕭德藻”條及清鄭方坤《全閩詩話》卷
　　四“蕭德操”條轉引。

[八]　按：見元方回《瀛奎律髓》卷六《宦情類》。

[九]　《賓退録》卷五。

[十][十一][十七]　宋魏慶之《詩人玉屑》卷二《詩評》“誠齋品藻中興
　　以來諸賢詩”條。按：《詩人玉屑》所引本于宋楊萬里《誠齋詩話》
　　（收入《誠齋集》卷一百十四）。又按：《荒村》詩，“不肉食”，原作

　　①　“苦”，原作“告”，據《賓退録》卷六改。

"不肉味";《後村詩話·前集》卷二引後二句作"造物巧能相補得,破慳睒與一天秋",文字小異。

[十二]《詩人玉屑》卷十九《中興諸賢》"蕭千巖黃白石"條引宋黃昇《玉林詩話》。參見王揖唐《今傳是樓詩話》第二百八十條。

[十三]按:見宋張端義《貴耳集》卷上。

[十四]按:見明徐𤊱《筆精》卷三《詩評》"千巖警句"條。又《筆精》所引見《後村詩話·續集》卷二。

[十五]清厲鶚《宋詩紀事》卷五十"蕭德藻"條。

[十六]按:光氏以前,《宋詩紀事》卷五十已據《後村詩話》《全芳備祖》《賓退錄》《瀛奎律髓》等書輯得《采蓮曲》《古梅二首》《咏虞美人草》《呂公洞》《次韻傳惟肖》《登岳陽樓》等六詩(八首)及四殘句。後乾隆間,《全閩詩話》卷四"蕭德操"條引《閩書》《瀛奎律髓》《筆精》《後村詩話》《貴耳集》《賓退錄》等所載蕭氏詩文,較之《宋詩紀事》略有增多。檢本書卷己第102條"陳音白雲觀詩",明引《全閩詩話》,可知光氏輯蕭德藻詩文蓋多據此書。唯《全閩詩話》誤定其姓名爲"蕭德操",引詩亦未經離析,又未采及《全芳備祖》《詩人玉屑》,故錢鍾書以爲仍以本條所輯爲最備(參見《宋詩選注》"蕭德藻"小傳、《容安館札記》第五百七十三"虞儔《尊白堂集》"條)。

又按:《全宋詩》卷二千一百八收蕭德藻詩十詩(十二首)及十三殘句,較之光氏所輯增一詩、四句,即明佚名《詩淵·地理門·城》"臺城(七首)"條所引《臺城》及宋亞愚《亞愚江浙紀行集句詩》卷五、卷六所引殘句。又《全宋詩》誤排《登岳陽樓》與《荒村》爲一詩,當訂正。

[十八]《賓退錄》卷六。按:此下尚有"吾故人或駸駸華要,當書此遺之"一句,亦蕭氏之言,光氏漏引。

65-2 **又**《瀛奎律髓》言:"蕭德藻,字東夫,三山人。初與

楊誠齋湖湘同官,誠齋盛稱其詩,爲'尤、蕭、范、陸'。止于福建
帥參使。不早死,雖誠齋詩格,猶出其下。其詩苦硬頓挫,而極
其工。姜堯章乃其婿,云:'詩板舊在永州,傳者罕焉。'"[一]《後
村詩話》言:"蕭千巖機杼與誠齋同,但才慳于誠齋而思加苦,亦
一生屯塞之驗。同時獨誠齋獎重,以配范石湖、尤遂初、陸放
翁,而放翁絶無一字及之。"[二]《貴耳集》言:"蕭千巖師茶
山。"[三]《鶴林玉露》言:"姜堯章學詩于蕭千巖。"[四]《香祖筆記》
言:"姜堯章,又號白石道人,學詩于蕭千巖;時黃岩老亦號白
石,亦學詩于千巖,時稱'雙白石'云。"[五]

[一]《瀛奎律髓》卷六《宦情類》宋蕭德藻《次韻傅惟肖》。按:"德藻",
　　原誤作"海藻"。又《直齋書録解題》卷二十"白石道人集"條云:
　　"千巖蕭東夫識之于年少客游,以其兄子妻之。"然所謂"姜堯章
　　乃其婿"者,亦誤。參見夏承燾《白石道人行實考·交游考》。
[二]《後村詩話·前集》卷一。
[三]《貴耳集》卷上。
[四]宋羅大經《鶴林玉露·丙編》卷二"姜白石"條。
[五]清王士禛《香祖筆記》卷九。按:此節即本于《鶴林玉露·丙編》
　　卷二"姜白石"條。

65-3　又《宋詩紀事》言:"德藻,閩人,紹興二十一年進士。
嘗令烏程,後遂家焉。所居屏山①,自號千巖老人。有《千巖擇
稿》。"[一]

[一]《宋詩紀事》卷五十。按:此傳文字與清嵇曾筠《[雍正]浙江通

————————

　① "屏山",陳世鎔《福州西湖宛在堂詩龕征録》卷五據《[光緒]湖州府志·寓賢
傳》及《烏程縣志·寓賢傳》以爲當作"弁山",其說是。

志》卷一百九十四《寓賢上·湖州府》“蕭德藻”條大體相同，蓋據此類方志所録。唯“紹興二十一年進士”事，當據宋梁克家《[淳熙]三山志》卷二十八《人物類三·科名》所補。

65-4 又《楊誠齋集》有《淳熙薦士録》，其子長孺記其後云：“淳熙乙巳，誠齋爲吏部郎中。時王季海爲丞相，問宰相先務。誠齋答以人材最急，取筆疏六十人以獻。”首朱子，其第十三爲蕭德藻，注云：“文學甚古，氣節甚高。其志常欲有爲，其進未嘗苟合。老而不遇，士論屈之。今爲湖北參議官。”[一]

[一]《誠齋集》卷一百十三。

65-5 又　趙蕃《淳熙稿》有《贈蕭參議德藻二首》：“諸侯賓客湖南盛，東海蕭生漢帝知。前後相望真一揆，流傳況復有新詩。卿①來識面嗟無地，今日登門可自遲。未信千巖趣歸去，近傳新把峽州麾。”“平生苦雪幾扁舟，意在斯人豈漫游。聞道千巖有高隱，甚思一見苦無由。雖云藥石稍親近，未害烟霞儘攬收。況是交承我伯父，援兹論契許前不？”[一]

[一]《淳熙稿》卷十二（清武英殿聚珍版叢書本）。按：“儘攬收”，“儘”，原作“僅”。

65-6 又《樂府紀聞》：“鄱陽姜堯章，流寓吳興。嘗暇日游金閶，徘徊吊古，賦《柳枝詞》，有‘行人悵望蘇臺柳②，曾爲吳王掃落花’，楊誠齋極喜誦之。蕭東父尤愛其詞，以其兄之子

---

①　“卿”，今本《淳熙稿》卷十二《贈蕭參議德藻二首》作“鄉”。
②　“蘇臺”，《白石道人詩集》卷下作“西臺”。

妻焉。"[一]

[一] 清沈雄《古今詞話·詞評》卷上"姜夔《白石詞》"條所引《樂府紀
聞》,亦見清沈辰垣編《御選歷代詩餘》卷一百十八《詞話》引。
按:《樂府紀聞》,編者不詳,成書當在康熙十八年至康熙二十六
年之間,參見王兆鵬《〈樂府紀聞〉考》。又此節前半蓋本于《鶴林
玉露·丙編》卷二"姜白石"條(姜詩,見宋姜夔《白石道人詩集》
卷下《姑蘇懷古》);後半蓋本于《文獻通考》卷二百四十五《經籍
考七十二·集部·詩集類》"白道人集"條引陳振孫說:"千巖
蕭東夫識之于年少客游,以其兄之子妻之。石湖范至能尤愛其
詩。"改換拼凑之跡顯然。

又按:《容安館札記》第五百七十三宋虞儔"尊白堂集"條云:"(卷
二)《東蕭東夫》七律。按:卷三《與蕭東夫相別二十年矣,比來假
守吳興,而東夫令嗣監酒,赴官池陽,迎侍以行,舟次城下,遂得
一見,小詩述情》七律。光律元《有不爲齋隨筆》丁輯千巖詩文
及同時人集中道千巖行事者最備,未錄壽老此二篇也。"檢《福
州西湖宛在堂詩龕征錄》卷五"蕭德藻"條亦嘗引此二詩,又引
宋陳耆卿《[嘉定]赤城志》卷三十一《仙居·應瑞侯廟》所載蕭
德藻夢神告必其中,及宋談鑰《[嘉泰]吳興志》卷十八《碑碣·
州治》所載蕭德藻撰《東坡先生祠堂記》等事,皆可補光氏之不
足。今人所考,可參朱光立《蕭德藻年譜》。

66　吴淵穎集注

近購得《吴淵穎集》,錫山王邦采、王繩曾合箋,字畫紙墨頗
精[一],惜所箋疏略淺陋[二]。其尤紕繆者,如箋《鄒嶧山碑》詩
"楚金蠣䵷猶踏蹸"[三]句,竟不知"楚金"爲徐鍇之字,而引《史
記》"秦昭王曰:吾聞楚之鐵劍利而倡優拙,鐵劍利則士勇,倡優

拙則思慮遠"[四]，豈非夢囈？昔人"虎頭""金粟"之誤[五]，不是過矣。"蝐匾"二字，更不知所謂，則置而不箋[六]。

[一] 按：黄永年、賈二强《清代版本圖録》"《吴淵穎先生集》十六卷"條云："元吴萊撰，清王邦采、王繩曾箋。清康熙六十年錫山王氏原刻本。封面鐫'林養堂藏板'，目録後刊'張廷俊文英書，許昌祚彙成鐫'，字體在寫刻書中别具一格。框高一六八毫米，寬一二二毫米。細黑口。"

[二] 按：《援鶉堂筆記》卷四十《集部·王阮亭五七言古詩選》云："無錫王邦采箋淵穎詩，嘗閲之，于吴腹笥，十失三四。"

[三][四] 元吴萊撰，清王邦采、王繩曾箋《吴淵穎先生集》卷二《觀秦丞相斯鄒嶧山刻石墨本碑》。按：注所引見《史記》卷七十九《范雎蔡澤列傳》。

[五] 按：《苕溪漁隱叢話》卷九引宋洪芻《洪駒父詩話》云："世所行注老杜詩，云是王原叔，或云鄧慎思，所注甚多疏略，非王、鄧書也。其甚紕繆者……顧愷之小字虎頭，維摩詰是過去金粟如來，故《乞瓦棺寺顧愷之畫摩詰像詩》卒章云：'虎頭金粟影，神妙獨難忘。'注乃云：'虎頭，僧像；金粟，金地當飾。'此殊可笑也。"參見《能改齋漫録》卷五"顧愷之字虎頭"條。

[六] 按：《援鶉堂筆記》卷四十《集部·王阮亭五七言古詩選》云："《嶧山刻石》'楚金蝐匾猶蹉蹈'，吾丘衍《學古編》云：'篆法匾者最好，謂之'蝐匾'。徐鉉謂非老手莫能到，《石鼓文》是也。'孔撝約云："蝐匾"，謂平畫兩頭作垂勢，中作蜂腰，《嶧山碑》始有此體，徐鍇效之。''蝐'即'螺'字，疑孔説爲是。"又清徐文靖《管城碩記》卷二十八"楊升庵集"條云："《説文》引《詩》曰：'蝐蠃負之。'《玉篇》：'蝐與螺同。'《埤雅》曰：'螺蠃，即今細腰蜂也。一名蒲盧，一名蠮螉。'《化書》曰：'蜂毒在尾，垂穎如鋒，故謂之蜂。'今書家以書法匾者號藏鋒法，曰'蝐匾'。《書史》：'唐徐季

海、江南李楚金皆工小篆,號"蝸匾法"。'(按:此蓋沿明楊慎《升庵集》卷六十三"蝶匾篆法"條之誤。《書史》之説見元陶宗儀《書史會要》卷六,實謂徐鉉、徐鍇兄弟也)《湘山野録》'江南徐騎省鉉善小篆,嘗自謂晚年始得蝸匾法',元吴觀穎詩'楚金蝸匾猶躇蹈'是也。"

67　柳開張景

《語林・品藻門》言:"柳開應舉時,以文章投主司于簾前,多至千軸,載以獨輪車,欲駭衆取名。時張景惟袖一書,簾前獻之,主司大稱賞,擢景優等。時人爲之語曰:'柳開千軸,不如張景一書。'"[一] 吾鄉方息翁[二]云:"柳開之文,亦未易譏評。張景却佳,惜不多見,只見其《縣尉廳壁》一記,筆與李覯同,能學班《書》諸《叙》,皆宋歐、蘇六家之外好手。其趨向謹嚴,似猶過于荆公,但尺幅無宏裕之象。"[三]

余按:張景爲柳開門人,于柳卒後,叙柳《行狀》[四],《宋史》即本之作傳[五];又爲《河東先生集叙》[六],皆極推仰。《語林》所采,當在未爲門人之前[七]。柳《集》十五卷,張《集》二十卷,並列《宋・藝文志》[八]。至明焦氏《國史經籍志》,猶並載之[九]。然楊士奇所編《文淵閣書目》有柳無張[十],焦氏蓋僅據《宋・藝文志》虚存,未必實有其書也。《縣尉廳壁記》,在《宋文鑑》中[十一],又有《柳如京文集序》一篇[十二],即《河東先生集叙》,息翁何以未見? 余家舊藏《河東先生集》抄本,亥豕頗多。後得乾隆乙卯蘭溪柳渥川所刊本,係何義門校定者[十三],《叙》及《行狀》皆在,距息翁之卒久矣。

[一][七] 明何良俊《語林》卷十八《品藻》。按:此條本于《夢溪筆談》

卷九《人事一》。張景生平,見宋宋祁《景文集》卷五十九《故大理
評事張公墓誌銘》。考柳開開寶六年進士及第時,張景方四歲,
其人至真宗咸平元年始及第,故沈氏所記有誤。參見徐規《〈夢
溪筆談〉中有關史事記載訂誤》。

[二] 按:方世舉(1675—1759),字扶南,號溪堂,又號息翁,安徽桐城
人。少學于朱彝尊家,中年徙居都下,名譽日起,公卿爭相延
致。乾隆元年,舉博學鴻辭科,著有《江關集》一卷、《春及堂集》
四卷、《韓昌黎詩集編年箋注》十二卷、《蘭叢詩話》一卷等。生平
事跡見清蕭穆《敬孚類稿》卷十二《方息翁先生傳》。

[三] 按:未詳所出。方世舉有《雜庸軒讀書雜録》,今藏國家圖書館,
未見。
　　又按:宋葉適《習學記言序目》卷四十九《皇朝文鑒·記》云:"柳
開、穆修、張景、劉牧,當時號能古文,今所存《來賢》《河南尉廳
壁》《法相院鐘》《靜勝》《待月》諸篇可見。時以偶儷工巧爲尚,而
我以斷散拙鄙爲高,自齊、梁以來言古文者無不如此……古人
文字固極天下之麗巧矣;彼怪迂鈍樸,用功不深,才得其腐敗粗
澀而已。"參見《夢溪筆談》卷十四《藝文一》。

[四] 宋柳開《河東先生集》卷十六張景《故如京使金紫光禄大夫檢校
司空知滄州軍州事兵馬鈐轄兼御史大夫上柱國河東縣開國伯
食邑九百户柳公行狀》。

[五]《宋史》卷四百四十《柳開傳》。

[六]《河東先生集》卷首。

[八]《宋史》卷二百八《藝文志七》。

[九] 明焦竑《國史經籍志》卷五《集類》。

[十] 明楊士奇《文淵閣書目》卷二《日字號第二厨書目》:"《柳仲塗文
集》,一部三册。"

[十一] 宋呂祖謙《宋文鑑》卷七十七張景《河南縣尉廳壁記》。

[十二]《宋文鑑》卷八十五。

[十三] 按:《河東先生集》卷首清錢大昕《重刻河東先生集序》云:"仲
　　塗僅有傳鈔本,又多魚豕之譌。近推吳中何義門學士手校本,
　　而見之者尠。蘭溪柳君渥川得浦江戴氏鈔本,因令其子書斿精
　　校,付諸剞劂。"

68　率出

《語林·輕詆門》言:"卞田居目禽獸云:羊性淫而很,猪性
卑而率,鵝性頑而傲,狗性險而出。"[一]息翁謂:"'出'義不解,
與'率'同韻,又非誤。"[二]余按:"率"有去聲,所類切,讀若帥,
言猪之穢而草略也;"出",如《書》"我其發出狂"[三],《穀梁》"陳
侯以甲戌之日出"[四]之"出",亦讀去聲,尺類反,言狗之猘而狂
走也。息翁兩字皆讀入聲,故云"不解"。

[一]《語林》卷二十八《輕詆》。按:此條本于《南齊書》卷五十二《卞
　　彬傳》,亦見《南史》卷七十二。又《十七史商榷》六十四"卞田居"
　　條:"何氏焯曰:當作'田君'。韓翃用文韻押'君'字,可知其誤。"
[二] 按:未詳所出。
[三]《尚書·商書·微子第十七》。
[四]《穀梁傳·桓公五年》。

69　亞惡字古通

"亞""惡"二字,古通用[一]。《語林》:"宋人有獲玉印,其文曰
'周惡夫印',劉原甫以爲漢條侯,引《史記》盧綰之孫封'亞俗侯'①,

---

①　"亞俗侯",《史記》卷九十三《韓信盧綰列傳》作"亞谷侯",光氏蓋沿《語林》
之誤。

而《漢書》作'惡谷'爲證。"[二] 余按：李義山有《張惡子廟》詩[三]，
"惡子"者，"亞子"也[四]。蓋謂其神爲張仲[五]，轉"仲"爲"亞"，
又爲"惡"也。《北夢瑣言》謂："張惡子祠，乃五丁拔蛇之所，更
有爲蛇立祠者。"[六] 皆誤"惡"爲"善惡"之"惡"，因附會之，不知
其爲"亞"也[七]。

[一] 按：清錢大昭《漢書辨疑》卷七《景武昭宣元成功臣表》"亞谷簡
　　侯盧它之"條："'亞'，《傳》及《史記》作'惡'。《説文》：'亞，醜
　　也，象人局背之形。'《易·繫辭》言：'天下之至賾而不可惡
　　也。'荀爽曰：'惡，次也。'《尚書大傳》云：'王升舟入水，鼓鍾
　　惡，觀臺惡，將舟惡，宗廟惡。'鄭康成注云：'惡讀爲亞。'是
　　'亞''惡'古字通。"

[二]《語林》卷二十一《博識》。按：此條本于宋葉夢得《避暑録話》卷
　　下，參見《野客叢書》卷二十八"名與本傳不同"條。又所引見《史
　　記》卷九十三《韓信盧綰列傳》、《漢書》卷三十四《盧綰傳》。

[三] 清朱鶴齡注、程夢星删補《重訂李義山詩集箋注》卷一下。

[四] 按：程夢星曰："《史記》：'盧綰孫他之封亞谷侯。'《漢書》作'惡
　　谷'。《語林》：'宋人有獲玉印，文曰"周惡夫印"。劉原父曰：漢
　　條侯印。'古'亞''惡'二字通用，此亦張亞子也。"本條似即補釋
　　此注。

[五]《詩經·小雅·六月》："侯誰在矣，張仲孝友。"毛傳："張仲，賢
　　臣也。"按：張仲爲梓潼神之説，見《梓潼帝君化書》卷二《奉先第
　　二十二》注："王父平子字予曰仲。"

[六]《重訂李義山詩集箋注》卷一下，注引唐孫光憲《北夢瑣言》。
　　按：此事見《太平廣記》卷四百五十八《蛇三》"張蟜子"條，而不見
　　于今本《北夢瑣言》，光氏蓋據朱注轉引也。

[七] 按：清馮浩《玉溪生詩詳注》卷二云："《爾雅》：'蚗，蟥。'注曰：'蝮
　　屬，大眼，最有毒，今淮南人呼蟥子。蚗，音迭；蟥，烏落切。'《華

陽國志》：'梓潼縣有五婦山，故蜀五丁士拽蛇崩山處也。有善
板祠，一曰惡子，民歲上雷杼十枚，歲盡不復見，云雷取去。'是
其初皆因拔蛇之所，而後乃不一其説也。"不以程夢星"張亞子"
之説爲然，可以參看。

又按：張惡子，亦即後世所謂之梓潼神及文昌帝君也，前人考之
者衆而其説不一。參見《十駕齋養新録》卷十九"梓潼神"條、《陔
餘叢考》卷三十五"文昌神"條及清郝懿行《曬書堂集·外集》卷
下《梓潼神廟考》。

70　樂官山

《蠖齋詩話》言："曹彬下江南，諸將置酒歡宴，樂人擲樂器
大痛，因盡殺而聚瘞之，名樂官山。伶雖賤工，各爲其主，殺之
過當，未免爲曹武惠盛德之累。李君實載一詩云：'城破轅門宴
賞頻，伶倫執樂淚沾巾。騈頭就死緣家國，媿煞南歸結綬人。'
近時陳士業弘緒亦有詩云：'風雨千年痛哭聲，海天寥落聽韶
韺。澄心堂内新詞好，衙壁凄涼媿衆伶。'"[一]

按：《史》言"彬性仁厚"[二]，"雖百蟲之蟄，猶不忍傷"[三]，
"每行軍，能申令戢下"[四]，"于江南垂克，先稱疾，以要諸將不
妄殺一人"[五]。豈有克城歡宴時，轉濫殺不忘故主之衆伶乎？
蠖齋此言，不著所本，殆因"樂工山"名，妄爲傅會之説，非實事
也[六]。李、陳二詩，特借爲譏刺降臣，不暇爲武惠洗冤矣。又
案：宋祝穆《方輿勝覽》已有殺樂工之説，然彼言事在南唐
初[七]，則于武惠無涉。

[一] 清施閏章《蠖齋詩話》卷上"樂官山"條。按：李君實即明人李日
華，其所載之詩，亦見宋祝穆《方輿勝覽》卷十四《江東路·建康

府·山川》"樂官山"條及元韋居安《梅磵詩話》卷中,均題爲宋
人曾極作,即《金陵百咏》之《樂官山》也。郭紹虞《清詩話續編》
及清何文煥《歷代詩話》點校本皆誤以"載一"爲"李君實"之字,
光氏亦然,皆非是。

[二][四][五]《宋史》卷二百五十八《曹彬傳》。

[三]《宋史》卷二百五十八《曹彬傳論》。

[六] 按:《梅磵詩話》卷中引曾詩而論曰:"以山名、詩意觀之,豈果不
妄殺耶?"《陔餘叢考》卷二十"曹彬伯顔不妄杀人之非"條,亦以
其說爲是。劉永翔先生《清波雜志校注》卷七"曹武惠下江南"
條注云:"宋邵思《野說》記宋師陷金陵事云'城中固多殺虜',此
乃邵所目睹者,最爲確實,足證宋破江南不無殺戮。"然則光氏
說誤。

[七]《方輿勝覽》卷十四《江東路·建康府·山川》"樂官山"條:"南
唐初下時,諸將置酒,樂人大慟,殺之,聚瘞此山,故名。"乃"南唐
初下時",非"南唐初",光氏誤句。又據《梅磵詩話》卷中,此節文
字即《樂官山》詩之序。

71　棲霞寺碑

《香祖筆記》:"永叔論書喜李西臺,而《集古錄》不取張從
申。秦玠兵部學西臺書,文忠在亳,問秦'西臺何學',曰'張從
申也'。今金陵《棲霞寺碑》乃從申書,豈文忠偶未睹耶?"[一]阮
亭之言如此。按:《棲霞寺碑》一爲陳江總持撰,李霈書,唐會昌
時毀廢,至宋康定元年重立[二];一爲唐高宗《御製明徵君碑》,
高正臣書,今尚完好[三],並無張從申所書碑[四]。

[一]《香祖筆記》卷十二。按:所引歐文,見宋歐陽脩《集古錄跋尾》
卷七"唐王師乾神道碑"條。

［二］清陳毅《攝山志》卷四《碑銘》"陳江總《攝山棲霞寺碑銘》"條：
"陳侍中尚書令江總持，陳李霈書。"文末附載重刻題記云："此
碑經唐會昌毀廢，後已曾重立，至今其石斷缺，文字譌隱。寺主
僧契先購石，依本寫之。康定元年三月十七日鐫立。"按：清王
昶《金石萃編》卷一百三十二"棲霞寺碑"條云："書人姓氏，《潛研
堂跋》云'韋霈'，詳玩碑文，頗似'車霈'，据《攝山志》作'李霈'，
則大不類矣。"由此可知，光氏所據當即《攝山志》也。又書人姓
氏，元張鉉《［至大］金陵新志》卷十二下"金陵攝山棲霞寺碑文
并銘"條謂乃"翊前會稽王行參軍京兆韋霈書"，且謂"今据石
本，舊《志》並以爲會稽王霈書者，誤"。是元人亦釋爲"韋"字，
《潛研堂金石文跋尾》卷十三"重刻栖霞寺碑"條所載不誤。蓋
此刻爲行書，而"韋""車"字形相近，故王昶有此疑問。

又按：清蔣啓勳、趙佑宸修、汪士鐸纂《［光緒］續纂江寧府志》卷
十五《拾補·雜記》云："陳江總《棲霞寺碑》，亂後石毀。同治七
年句容尚兆魚得片石于石埠橋道上，僅存六行，凡二十七字，又
有一石百餘字，以重大未能携。及光緒二年往訪，已以廢石充
江北運堤用矣。"可知此重刻碑毀于太平天國，故莫友芝同治七
年往攝山訪碑時，即未能尋得，參見清莫友芝《邵亭日記》卷六
同治七年七月廿七日條。今南京市博物館所藏江總殘碑爲近
年出土之原刻。

［三］《攝山志》卷四《碑銘》"御製攝山棲霞寺明徵君碑銘"條。按：參
見《金石萃編》卷五十九《明徵君碑》條。此碑今在江蘇省南京
市棲霞山棲霞寺山門外。

［四］按：清王士禛《漁洋文集》卷四《游攝山記》敘所見《明僧紹碑》及
《江總碑》情形與此正同，《香祖筆記》蓋事後誤記。

72　小時了了

昔人戲孔北海云："小時了了，大恐不然。"［一］孔誠不當其

戲,然其説正不可不思。觀王介甫之《傷仲永》[二],《揮麈後録》之言神童蔡伯俙[三],可爽然失矣。父兄于此等子弟,當深抑其輕儇,而勉以篤修,庶幾有成。若先自喜,謬托于譽兒自有癖[四],則難矣。

[一]《世説新語·言語第二》。按:"大恐不然",原作"大未必佳"。

[二]宋王安石《臨川先生文集》卷七十一。

[三]《揮麈後録》卷五:"《真宗實録》:'召試神童蔡伯俙。'授官之後,寂無所傳。明清因于故書中得其奏狀一紙云……蓋元豐初,計其年尚未七十,司農少卿,今之朝議大夫也,碌碌無所聞,豈非聰明不及于前時邪?"按:《援鶉堂筆記》卷四十七《雜識三》節録其事,云:"大中祥符八年,神童蔡伯俙,三歲誦真宗御製歌詩,即日蒙恩釋褐,授守秘書省正字。元符初致仕,監司薦之,乞落致仕,與宮祠,略云:'蔡伯俙八十歲,食禄七十五年。'"

[四]按:"譽兒癖",見《新唐書》卷二百一《王助傳》。參見《太平廣記》卷二百四十九《詼諧》"王福時"條引唐韓琬《御史臺記》。

73　引書當舉所出

古人但期明道,不必斤斤焉問其言之誰出也,故《老子》之言"谷神"[一],不稱黄帝[二];孔子之言"四德"[三],不援穆姜[四];朱子訂二程之書,亦不兩分[五],殆同此意。然世有郭象、何法盛一派,以及明中葉以後經解,皆隱没古人名字,將爲己説,如《日知録》所譏者[六],則今日引書,不得藉口斯義,自以明舉所出爲是[七]。

[一]《老子》第六章。

[二]《列子·天瑞第一》:"《黄帝書》曰:'谷神不死,是謂玄牝。玄牝

之門,爲天地之根。綿綿若存,用之不勤。'"按:宋朱熹《晦庵先生朱文公文集》卷三十《答汪尚書》云:"《列子》所引《黄帝書》,即《老子》'谷神不死'章也。"《困學紀聞》卷二《書》亦有此説。

[三]《易·乾卦·文言傳》:"元者,善之長也;亨者,嘉之會也;利者,義之和也;貞者,事之幹也。君子體仁足以長人,嘉會足以合禮,利物足以和義,貞固足以幹事。君子行此四德者,故曰'乾:元亨利貞。'"

[四]《左傳·襄公九年》:"穆姜薨于東宫。始往而筮之,遇《艮》之八。史曰:'是謂《艮》之《隨》。《隨》,其出也。君必速出。'姜曰:'亡。是于《周易》曰:"《隨》:元亨利貞,无咎。"元,體之長也。亨,嘉之會也。利,義之和也。貞,事之幹也。體仁足以長人,嘉德足以合禮,利物足以和義,貞固足以幹事。然故不可誣也,是以雖《隨》無咎。'"

[五]按:朱熹所編《河南程氏遺書》凡二十五卷,附録一卷,卷一至卷十爲二先生語,卷十一至卷十四爲明道先生語,卷十五至卷二十五爲伊川先生語;又編有《外書》十二卷,皆爲二先生語。

[六]《日知録》卷十八"竊書"條:"漢人好以自作之書而托爲古人,張霸《百二尚書》、衛宏《詩序》之類是也。晋以下人,則有以他人之書而竊爲己作,郭象《莊子注》、何法盛《晋中興書》之類是也……吾讀有明弘治以後經解之書,皆隱没古人名字,將爲己説者也。"

[七]按:清陳澧《東塾續集》卷一《引書法》云:"前人之書當明引,不當暗襲。明引而不暗襲,《曲禮》所謂'必則古昔',又所謂'毋剿説'也。明引而不暗襲,則足見其心術之篤實,又足徵見聞之淵博。若暗襲以爲己有,則不足見其淵博,且有傷篤實之道矣。明引,則有兩善;暗襲,則兩善皆皆失之也。"又《余嘉錫論學雜著·讀已見書齋隨筆》"引書記書名卷數之始"條亦云:"所以引書必著卷數者,爲其便于檢查,且示有微也。自以帛寫書而後

有卷數，若用簡策之詩則但有篇章耳。”皆可參看。

74　施與功德

富而能施，謂之功德，其中亦正自有辨。如富從勤儉中來，財非悖入，能出與人，善矣；不然，以非義之財，行揮霍之事，而又博取美名，不增罪業已幸矣，何德與功之有！須知天地間之財，原當與天地間之人分用，奈人有勤有惰，有儉有奢，勤儉者富，惰奢者貧，此必然之數，天地固不能使之常均。在惰奢而貧者，固不應怨尤；在勤儉而富者，亦不應謂由勤儉所致，而遂封殖自私。世固有同一勤、同一儉，而此邀天助，遂致有餘，彼值運蹇，仍歸不足者。故分財與勤儉之貧，直是當然，並非功德，第其人亦僅矣。惟分財與惰奢之貧，略可爲功德，雖實繁有徒，亦就己之見聞所及、財力所勝爲之，未可遽援“堯舜猶病己”[一]也。

[一]《論語・雍也第六》：“子貢曰：‘如有博施于民而能濟衆，何如？可謂仁乎？’子曰：‘何事于仁，必也聖乎！堯舜其猶病諸。’”

75　風雅換弓刀

奉新趙敬襄[一]有《送人守蜀》詩云：“願勸總戎勤舉職，莫教風雅換弓刀。”[二]此最切近時右班之弊。以余生平所接，右班諸君留心武備，固不乏人，而艷羨文事，强爲之者實多，皆子美“將軍不好武”[三]一語階之厲也[四]。優于此，或絀于彼，情勢所必然者，矧固不能優耶？曹景宗之賦競、病韻，曹翰之賦刀韻[五]，皆功業已成，適然爲之，乃爲佳話；究亦何能效文士多

作,哀然成集哉! 北宋政和末,因御史李彦章言立爲科禁,云:
"諸士庶傳習詩賦者,杖一百。"[六] 此固可笑,然以之戒右班,夫
豈不宜!

[一] 按:趙敬襄(1756—1829),字司萬,一字隨軒,號竹岡,江西奉新
　　人。嘉慶四年進士,除翰林院庶吉士,改吏都主事、文選司行
　　走。九年,以弟卒乞歸終養,遂不復仕。歷主江西南平、琴臺、岐
　　峰,廣東端溪、豐山等書院講席,門下聞達者甚衆。著有《趙太
　　史竹岡齋九種》等。生平事跡見自訂年譜《竹岡鴻爪錄》。

[二] 清趙敬襄《竹岡詩草·送宋雲墅出守西川三首(時護餉人軍需
　　局鳴琦)(其二)》:"威弧四面逐逋逃,類鼓烘爐燎一毛。何意頻
　　年遲掃蕩,得非臨事乏雄鷔。小儒尚有衝冠髪,大將能無破賊
　　韜。願勸總戎勤舉職,莫教風雅換弓刀。"

[三]《杜詩詳注》卷二《陪鄭廣文游何將軍山林十首(其九)》。

[四] 按:《容安館札記》第六百三十一明姚旅"露書"條論武將好文事
　　亦引此節,可參看。

[五]《池北偶談》卷十七《談藝七》"二曹詩"條:"《南史》曹景宗賦競、
　　病二韻詩,蓋與古語暗合。僖七年,鄭大夫孔叔言于鄭伯曰:
　　'心則不競,何憚于病?'又宋曹翰平江南後,久爲環衛。一日内
　　宴,群臣賦詩,翰以武人不預,自陳少習爲詩,亦乞應詔,太宗限
　　刀字韻。翰援筆立成,詩云:'三十年前學六韜,英名常得預時
　　髦。曾因國難披金甲,不爲家貧賣寶刀。臂健尚嫌弓力軟,眼
　　明猶識陣雲高。庭前昨夜秋風起,羞看盤花舊戰袍。'太宗覽
　　之,驟遷數級。二曹事絶相類,大奇。"此條將二曹事捉置一處,
　　似即光氏所本。又曹景宗事見《南史》卷五十五《曹景宗傳》,曹
　　翰事見宋吳處厚《青箱雜記》卷六。

[六]《避暑錄話》卷下。

76　鄭寒村詩

鄭寒村《贈姚①朋三之任南鄭》句云："琴堂不忘西曹冷，寄我三升蓋草黄。"自注："漢中米，冠天下，名蓋草黄。"[一]又《秋夜不寐》句云："秋凉籠響哥哥子，雨濕燈昏拉拉姑。"自注："京師呼秋蛩爲哥哥子，螻蛄喜偷燈火，呼拉拉姑②。"[二]又《除夕雜咏》句云："臺中奏議故紛更，都下謡言慣沸羹。"自注："御史有參翰林部郎不可提督學一疏，相傳京堂謀出學政③，故浼臺臣出疏。一時小説流行，有《小京堂密謀翻大局》《死御史賣本作生涯》《老郎中掣空籤望梅止渴》《窮翰林開白口畫餅充饑》四劇。"[三]又句云："文好醜如朝指鹿。"自注："如會勘楊文鐸試卷等事。""官分合似野生燐。"自注："秦中捐米納官，例得頂替，因有合數官爲一官，分一官爲數官者，改頭換面，不嫌反覆。陶紫司謂④如水銀轉盤，王令貽謂如鬼燐走野。"[四]寒村名梁，浙江慈谿人，康熙戊辰進士，詩宗黄南雷，姑置勿論[五]。余家適有其集，瀏覽一過略摘其可資談柄者于右。

[一] 清鄭梁《寒村詩文選·白雲軒集》卷上《魏朋三之任南鄭，臨行索贈别之句，余無暇作也，信筆書二絶句答之(其二)》。

[二]《白雲軒集》卷上。

[三]《寒村詩文選·五丁詩稿》卷一《除夕雜咏(其七)》。又清陳康祺《壬癸藏札記》卷二云："四劇卑瑣不足道，録之以見京官清

---

① "姚"，《白雲軒集》卷上原作"姚"。
② "呼拉拉姑"，《白雲軒集》卷上原作"都中呼拉拉姑"。
③ "謀出學政"，《五丁詩稿》卷一原作"謀出督學"，似光氏據文義改。
④ "謂"字原脱，據《五丁詩稿》卷一補。

苦,國初已然;並知翰林、部曹同爲朝廷清要之選,操進退者不宜偏重,居其職者,亦彼此無可相輕也。"

[四]《五丁詩稿》卷一《除夕雜咏(其七)》。

[五]《四庫全書總目》卷一百八十三《寒村集》提要云:"國朝鄭梁撰。梁字禹梅,慈谿人。康熙戊辰進士,官至高州府知府。是編詩分十一集:一曰《見黄稿詩删》五卷,二曰《五丁詩稿》五卷,三曰《安庸集》一卷,四曰《玉堂集》一卷,五曰《歸省偶録》一卷,六曰《還朝詩存》一卷,七曰《玉堂後集》一卷,八曰《寶善堂集》一卷,九曰《白雲軒集》一卷,十曰《南行雜録》一卷,十一曰《高州詩集》二卷。文分四集……詩文合刻也。梁受學于黄宗羲,嘗謂陳師道年三十一見黄魯直,蓋焚其稿而學焉。梁見宗羲時,亦三十一,故詩文皆以《見黄稿》爲冠,其文得之宗羲者爲多,而根柢較宗羲少薄。詩則旁門别徑,殆所謂有韻之語録。其《書定山詩抄》句云:'明朝詩學推①公甫,若語仙才拜定山。'可以得其宗旨之所在矣。"按:光氏所言本此,然謂"詩宗黄南雷"不確,實則"文宗黄南雷",詩則擊壤體也。定山即明人莊昶,《四庫全書總目》卷一百七十一《莊定山集》提要云:"其詩亦全作《擊壤集》之體。"

77　博學鴻詞科

康熙間,設立博學鴻詞科,其盛事也[一]。乃按《鄭寒村集》言,"時新任臺省者,俱補牘續薦","内多勢要子弟","聞有鴻儒一名價值二十四兩",遂作《告求舉博學鴻儒》二詩云:"博學鴻儒本是名,寄聲詞客莫營營。比周休得尤臺省,門第還須怨父兄。"[二]"補牘因何也動心,紛紛求薦竟如林。總然博得②虚名

---

①　"推",原作"崔",據《見黄稿詩删》卷二改。

②　"博得",《五丁詩稿》卷一原作"博學",似光氏據文義而改。

色,袖裏應持廿四金。"[三] 鄭詩誠爲打油、釘鉸,其事未必全無[四]。吁,亦可嘅矣!

[一] 按:清王應奎《柳南隨筆》卷四云:"康熙戊午年(按:康熙十七年)正月二十三日,上有薦舉博學鴻儒之詔……次年三月初一日,上御體仁閣,臨軒命題……此一代掄才盛典。"

[二][三]《五丁詩稿》卷一《告求舉博學鴻儒》。

[四] 按:清阮葵生《茶餘客話》卷二引鄭氏二詩,謂:"此專譏浙人之求登薦牘者,居然刻之詩集,殊爲不學。蓋一時延賞虛聲,及閥閱子弟之騖名者,亦不無濫舉云。"

78　三世同榜

《甘莊恪公集》有《丙午九月,粵西撫署得家君、舍弟及禾兒鄉試捷音,三世同榜,喜而賦之》一詩:"當年壯氣負雄圖,健舉如何駐副車。欲爲科名增盛事,故遲孫子共賢書。碧桐秀發孫枝早,丹桂香分老幹餘。莫羨前驅執殳者,簸揚穈秕獨慚予。"自注:"家君甲子初應鄉試,即中副榜,今四十三年矣。"[一] 莊恪爲江西奉新人[二],父萬達,弟汝逢,是科主試爲查嗣庭、俞鴻圖,首題"'君子不以言'章"[三],二題"日省月試"[四],三題"'山徑之蹊'至'茅塞之矣'"[五]。莊恪于是年夏由按察使即陞巡撫,又有此事,可謂一門之盛。惜主試先後被法[六],三甘皆未成進士,稱科場盛事者,遂鮮及焉[七]。

[一] 清甘汝來《甘莊恪公全集》卷三《丙午秋九月二十九日,粵西撫署得家君、舍弟及禾兒鄉試捷音,三世同榜,喜而賦之》。

[二] 按:甘汝来(1684—1739),字耕道,號遜齋,江西奉新人。康熙五

十二年進士。授直隸淶水知縣。雍正初，擢廣西太平府知府，歷任廣西巡撫、禮部右侍郎。乾隆初，升任兵部尚書。乾隆三年，調吏部尚書，仍兼領兵部，加太子少保。卒于官。著有《甘莊恪公全集》十六卷。生平事跡見清張廷玉《澄懷園文存》卷十二《光祿大夫太子少保吏部尚書兼理兵部尚書諡莊恪甘公墓誌銘》、清錢儀吉《碑傳集》卷二十五清趙國麟《甘莊恪公汝來神道碑》。

[三]《論語集注》卷八《衛靈公》："子曰：'君子不以言舉人，不以人廢言。'"

[四]《中庸章句》第二十章。

[五]《孟子集注》卷十四《盡心下》："孟子謂高子曰：'山徑之蹊間，介然用之而成路，爲間不用，則茅塞之矣。今茅塞子之心矣！'"

[六]按：清梁章鉅《制藝叢話》卷二十二引戴薜塘《石鼓齋雜録》云："雍正丙午，查嗣庭、俞鴻圖典江西試。查爲主考，以'君子不以言舉人'二句及'山徑之蹊間'一節命題。其時方行保舉，或劾其有意譏刺，'茅塞于心'，更不知何所指。因搜其筆札詩草，語多悖逆，遂伏誅，並兄慎行、嗣琛，遣戍有差。因停浙人丁未會試，俞鴻圖以副考自辨係出認'日省月試'題，得免罪。旋出學差，以不知檢束，亦論死。"

[七]按：清俞樾《茶香室四鈔》卷十六"三世同科"條引本條云："莊恪，名汝來，字耕道，一字遜齋，康熙五十二年進士，至雍正四年丙午，十四年矣，已由知縣官至廣西巡撫，而其父猶應鄉試，亦可謂老而有志者也。國朝李元度《先正事略》載此事云：'雍正丙午，公撫廣西之年，公父顯祖及公弟汝逢、子禾同舉江西鄉試，祖孫父子三世同科，尤稱盛事。'則其事人亦知之，但父名不同，宜核。據張廷玉所撰《墓誌銘》，云父顯祖，則自以顯祖之名爲是。又云年八十一，先數日卒。按：莊恪卒于乾隆四年，年五十有六，則是生于康熙二十三年。父顯祖亦卒于是年，年八十

一，則是生于順治十六年，至雍正四年鄉試中式，年六十八矣。”
又清錢泳《履園叢話》卷十三《科第·異事》、清法式善《梧門詩
話》卷七亦言及此事。

79　講學立宗旨

79-1　講學家好立一宗旨，自是習氣。然皆由各人自見，
較得之口耳者親切，即由此入手做去，夫豈不善？所可怪者，必
欲將前人推倒，自以爲直接孔、孟，且欲胥天下而從之。其才智
紬者，固守其說矣；才智相埒，或少優，則又各爲宗旨，往來爭
難，蓋言論密而修爲疏矣。孔子所謂“講學”[一]，當不如是；即
孟子所謂“不得已之辯”[二]，亦當不如是。

[一]《論語·述而第七》：“子曰：‘德之不修，學之不講，聞義不能徙，
　　不善不能改，是吾憂也。’”
[二]《孟子·滕文公章句下》：“公都子曰：‘外人皆稱夫子好辯，敢問
　　何也？’孟子曰：‘予豈好辯哉？予不得已也。’”

79-2　**又**　詞章不如講學，固已然。講學而不用力躬行，是
有講無學矣。且又徒托衛道之名，著書詆毀前哲，僥幸流傳，又
啓後來之反唇相稽，則轉不如作一佳詩文，當前以之自怡悦，後
來亦可斯愛斯傳矣。

80　朱字綠文

向來不奉二氏教而作二氏家文者，但期不失自己本色而
已。朱字綠[一]《寶相寺記》[二]，乃就僧净輪力田興業，發出宿松

田畝虛額爲累，並農民惰廢、習爲故常之弊，極有關係，不爲苟作，較南豐《分寧縣雲峰院記》[三]，措辭尤當。又《游馮公園亭記》云："古之設教者，皆不得位；聖賢得位，設學校止耳，故有學校無書院。孔子以學不講爲憂，堯以不得舜爲己憂，舜以不得禹、皋陶爲己憂，得位、不得位故也。憲府總天下紀綱，熹宗之際，紀綱何如，而汲汲講學，何也？熊經略廷弼之死，南皋、少墟皆與定其獄，爲天下得人者，當如是乎？張江陵嚴禁書院，卓有所見。夫講學之名立，則附會者多。苟不得附，則忌之者衆。內不必皆君子，外不能使之安于爲小人，則門户分。門户分，則其爭也急于疆場、重于國是，爭者未息喙，而國已亡矣。悲夫！在位講學，不可謂非賢者之過也。"[四]此論亦深中首善諸公之病，鄒、馮于九原，恐亦難以置答。惟江陵之禁書院，自是私意，謂之卓有所見，過矣[五]。

[一]　按：朱書(1657—1707)，一名世文，字字綠，號恬齋，別號杜溪，安徽宿松人。康熙四十二年進士，授翰林院庶吉士。曾參與纂修《佩文韻府》《淵鑒類函》等書。著有《杜溪詩文集》十卷。

[二]　清朱書《杜溪文稿》卷二。略云："宿松田瘠而賦重。安慶屬縣六，宿松次五。其廣輪不及懷寧、桐城遠甚。懷寧、桐城田皆三千餘頃，宿松田則至四千四百餘頃。《志》稱明令屠叔芳虛增畝額，求媚上官，後不良于死，宿松之民至今蒙害未已也。他邑田皆恒産，宿松田懼爲累，民所以貧困而不可救。田既爲累，故逃亡恒多，力田者恒少。農事不修，率以惰廢爲常。夫有田而不力田，歲賜其復無益也，況重賦乎？宜乎宿松之貧且困也。"

[三]　宋曾鞏《元豐類稿》卷十七。按：曾文亦載《宋文鑑》卷七十九。又《義門讀書記》卷三云："一篇俱在分寧縣土俗之不善立論，然但訐其非，而不明先王之道以道之，則尚未合于君子忠厚之至也。"

[四]《杜溪文稿》卷二《游馮公園亭記》。按：南臯即鄒元標，少墟即
　　馮從吾，二人共建首善書院，講學其中。又熊廷弼獄，馮從吾始
　　劾之，而鄒元標終成之，參見《明史》卷二百五十九。

[五]按：《敬孚類稿》卷七《跋〈杜溪文集〉》引此條，以爲"深知朱公文
　　之美"。

81　柏相逸事

　　柏菊溪相國[一]總制江南時，閱兵江西。胡果泉中丞[二]初
與之宴，柏嚴厲威肅，竟日無言，自中丞以下，莫不震懾。次日
再宴，演劇。有優伶號荷官者，舊在京師，色藝冠倫，爲柏所昵。
是日承值，柏見之色動，顧問："汝非荷官耶？何以至是？年稍
長矣，無怪老夫之鬚皤也。"荷官因跪進至膝，作埒其鬚狀，曰：
"太師不老。"[三]蓋依院本貂蟬語。柏大喜，爲之引滿三爵，曰：
"爾可謂'荷老尚餘擎雨蓋'，老夫可謂'菊殘猶有傲霜枝'
矣。"[四]荷官叩謝。是日，四座盡歡，核閱營政，亦少舉劾。方
植之[五]時在中丞幕，親見之。不知此承值者適然不期耶，抑中
丞預儲以待耶？預儲以待，則與江南主之待陶穀、文潞公之待
何剡①、王銍②之侍韓璜[六]等事絶類。

[一]按：柏菊溪，即百齡(1748—1816)，姓張氏，字子頤，號菊溪，漢軍
　　正黃旗人。乾隆三十七年進士。改庶吉士，散館授編修，嘉慶
　　五年由順天府丞遷湖南按察使，累官湖廣總督。未幾，坐事議

---

　　①　何氏之名，《邵氏聞見録》《津逮秘書》本作"剡"，《學津討原》本作"郯"。檢《宋
史》卷二百三十二《何郯傳》，從"阝"不從"刂"，知《津逮秘書》本誤也。疑光氏所用《邵
氏聞見録》即《津逮秘書》本。
　　②　"銍"，原作"銕"，據《鶴林玉露·乙編》卷六"韓璜廉按"條改。

遺戍,命效力實録館。十二年,補福建汀漳龍道,再任湖南按察使,累官兩江總督、協辦大學士,卒謚文敏。著有《守意龕詩集》二十八卷。生平事跡見《國朝耆獻類徵初編》卷三十五。

[二] 按:胡克家(1756—1816),字占蒙,號果亭,江西鄱陽人。乾隆四十五年進士,嘉慶十一年遷江蘇布政使,十四年署按察使,十七年擢安徽巡撫,二十一年調江蘇巡撫,卒于官。生平事跡見《清史列傳》卷三十三本傳。

[三] 按:胡世厚主編《三國戲曲集成·晚清昆曲京劇卷》清無名氏《梳妝擲戟》載:"(净白)你去服侍呂布罷!(貼白)太師好!(净白)我是老了。(貼白)太師不老。(净白)呂布好!(貼白)太師好!(净白)我是老了。(貼白)太師不老。阿呀,太師嚇!(净白)起來。只此一遭,下不爲例。"可參看。

[四] 按:雷瑨《文苑滑稽談》卷二云:"百菊溪屏藩滇中時,眷一伶名荷花者,色藝俱佳。越數載,百總制兩廣,荷花適至,惟馬齒加增,頭髮微秃矣。百戲之曰:'荷盡已無擎雨蓋。'荷應聲曰:'菊殘猶有傲霜枝。'"所載時、地不同,蓋傳聞異辭。參見《優語集》卷七"太師不老"條。又"荷盡""菊殘"兩句乃東坡《贈劉景文》詩,見《施注蘇詩》卷二十九。

[五] 按:方東樹(1772—1851),字植之,晚號儀衛,安徽桐城人。諸生。著有《漢學商兑》三卷、《書林揚觶》二卷、《大意尊聞》一卷、《昭昧詹言》十卷、《儀衛堂文集》十二卷《詩》五卷等。生平事跡見清方宗誠《柏堂集·前編》卷七《儀衛先生行狀》、清鄭福照《方儀衛先生年譜》。又按:據《年譜》,嘉慶十七年,方東樹授經安徽巡撫胡克家幕中,則胡克家宴請百齡即在此時。

[六] 按:明謝肇淛《文海披沙》卷七"陶穀何鄭韓璜"條云:"陶穀奉使吳越,恃才凌忽,莫有抗者。及爲驛卒之女所詐,憨沮失措,頓改舊容。何郟按節成都,欲察文潞公不法事。及爲張俞家姬所染,不發一語而歸。韓璜按王鈇私,郊迎之時,辭色凌厲,不交

一談。及爲舊狎妓女所迷，粉面緋衣起舞，羞愧夜遁。三人行事大率相類。"又陶穀事，見宋釋文瑩《玉壺清話》卷四。何郊事，見《邵氏聞見録》卷十、《西溪叢語》卷上，參見宋周煇《清波雜志》卷八"郵亭曲"條。韓璜事，見《鶴林玉露·乙編》卷六"韓璜廉按"條。

有不爲齋隨筆戊

82　韓歐讀書詩

82-1　昌黎《示兒》及《讀書城南》二詩，貽譏于歆羨富貴利達矣[一]。然《示兒》詩猶有"峨冠講唐虞"及"考評道精粗"二語[二]，《城南》詩中亦有"文章豈不貴，經訓乃菑畬"及"人不通古今，馬牛而襟裾。行身陷不義，況望多名譽"數語[三]，猶得例之曲終奏雅。歐陽子，學韓者也。其《讀書》詩，則自述也。乃云："念昔始從師，力學希仕宦。豈敢取聲名，惟期脱貧賤。忘食日已晡，燃薪夜侵旦。謂言得志後，便可焚筆硯。少償辛苦時，惟事寢與飯。"[四]視韓蓋又甚矣。要之，此等語句，後來詩家犯者頗尟，今日尤刮磨殆盡，由衷鄙倍遠而立誠非[五]。此所以山斗之望，終不能有過二公歟[六]？

[一] 按：參見《談藝録（補訂本）》第二十"宋人論昌黎學問人品"條。

[二] 唐韓愈、宋廖瑩中注《東雅堂注昌黎先生集》卷七《示兒》（以下簡稱《昌黎先生集》）。

[三] 《昌黎先生集》卷六《符讀書城南》。

[四] 《居士集》卷九《讀書》。

[五] 《論語·泰伯第八》："出辭氣，遠远鄙倍矣。"又《周易·乾卦·

文言傳》：“脩辭立其誠。”

[六] 按：《容安館札記》第四百三十九則云：“昌黎《符讀書城南》詩、《示兒》詩勖以富貴，示以利祿，早爲蘇子瞻、王逢原、王得臣等所譏（見《苕溪漁隱叢話・前集》卷十六引東坡語，《廣陵集》卷七《采選示王聖美葛子明》詩及《麈史》卷中）……李治（按：當作“冶”）《敬齋古今黈》卷五云：‘世之勸學者，必誘之以道德之精微。此可爲上性言之，非所以語中下者也。顏之推《家訓》謂：“有學藝者，觸地而安……諺曰：積財千萬，不如薄技在身。”韓退之《讀書城南》亦以金璧爲譬。古今勸學，此二説最得其要。’《甌北詩話》卷三‘論昌黎二詩’云：‘皆以利祿誘子，遂爲宋人所譏。不知舍利祿而專言品行，此宋以後道學諸儒之論，宋以前無是。《顏氏家訓》《柳氏家訓》皆以榮辱爲勸誡云云。’與李氏説相同。”其下復引本條，以爲“尤爲誅心之論”，可以參看。

82-2　又　嘉慶丁卯，在京師過夏，晤一高麗人洪擎[一]，稱彼國賢能者皆居官，其無官者均非賢能。其言實誇妄。中土唐虞之世，尚云“揚側陋”[二]“嘉言罔攸伏”[三]，海隅蕞爾國，奚能如是？然其理不可誣。蓋高爵厚禄，本賢能固有之分，不啻二而一之者也，故言賢能即當見高厚，言高厚即當見賢能。自賢能、高厚偶不相值，賢能遂因之而困，高厚遂因之而輕，甚且因之蒙詬，平心思之，是豈高厚之本然哉！孔子曰：“不義而富且貴，于我如浮雲。”[四]則夫富貴而非不義，其崇高莫大，且與懸象之日月並稱，烏可輕之？烏可詬之？持此説以論昌黎二詩，當深得其心，不止漫爲解嘲。

[一] 清光聰諧《稼墨軒詩集》卷四有《送洪茗溪（擎）回朝鮮》四首，即其人也，引錄如下。其一：“箕子遺風海嶠東，陳疇當日仰神功。八條教衍諸夷服，三姓支傳異代崇。屈指滄桑頻改玉，歸心仁

壽喜呼嵩。熙朝率土咸漸被，錫命雄藩表大風。”其二：“文章豈
必動雞林，何事名賢越海尋。歲晚相逢游子意，天涯因見古人
心。如君自負青雲器，顧我偏憐白雪音。從此扶桑應極目，移
情惟鼓伯牙琴。”其三：“雪盡燕山送玉珂，使歸東國唱驪歌。蒼
茫別路雲無定，慷慨當筵醉欲酡。鳳闕曉辭恩遠齋，鴨江春到
水先波。三韓桃李應同發，莫爲相思恨轉多。”其四：“知君三載
建干旗，奉幣專乘使者車。錦頌有辭傳法敏，金輪無恙產扶餘。
賦詩遍請先王樂，稽古同觀太史書。可奈離情難遽遣，前期已
卜更躊躇。”

［二］《尚書・虞書・堯典第一》：“明明揚側陋。”僞孔《傳》：“堯知子
　　不肖，有禪位之志，故明舉明人在側陋者。廣求賢也。”

［三］僞古文《尚書・虞書・大禹謨第三》：“嘉言罔攸伏，野無遺賢，
　　萬邦咸寧。”僞孔《傳》：“攸，所也。善言無所伏，言必用。如此則
　　賢才在位，天下安寧。”

［四］《論語・述而第七》。

82-3　**又** 歐公《與荆南樂秀才書》云：“僕少孤貧，貪禄仕以
養親，不暇就師窮經，以學聖人之遺業。而涉獵書史，姑隨世俗
作所謂‘時文’者，皆穿蠹經傳，移此儷彼，以爲浮薄，惟恐不悅
于時人，非有卓然自立之言如古人者。”又云：“時文雖曰浮巧，
然其爲功，亦不易也。僕天姿不好，而强爲之，故比時人之爲
者，尤不工。然已足以取禄仕而竊名譽者，順時故也。先輩少
年志盛，方欲取榮譽于世，則莫若順時。”［一］尤所謂傾囊倒
篋［二］、絶不諱飾者。

　　吾鄉王懷坡史部有寄姬傅姚先生一書［三］，具見諄切，並録
于左。書云：“足下前抱病南奔，時時相念。及得手書，知到家
體輕，經紀有緒，甚慰。欲作數行相報，筆輒閣者，意欲有所言
于足下，即未當于僕心，終不能已于言，況未必不默有當也。足

下自今以往，即使奪錦垂魚，逮養者惟萱幃耳。從前歲月，悵惘如何。以古人愛日之義繩之，則足下居今之勢，奚啻楚人沈船而決戰時也。然如足下者，豈猶有一刻荒于嬉，如里兒博場酒隊，不顧父母養乎？豈猶有一刻輟其翰，而不苦心力索，以圖爭衡于天下士乎？顧士有不敢古處之患，有敦古而不通方之患。夫時文，自小技。數百年來，前輩大家，敝一生之精力，藉以取顯名、垂遠譽者，其中亦自有精華存耳。懵者徒見庸劣無所用心之作，遂一概抹煞，詎爲通論？而僕今者又非此之謂。竊見士子一編擁郄，既無食雁之緣，即使才邁卿、雲，舍三場，無由梯進，而揣摩應舉所謂‘場屋文字’者，猶唐人應制詩，別自一體。足下滯公車十餘年矣！薄少時所習，而欲求進于古學，此意甚卓。鄙場屋下劣一種，遂持平日孤弦獨賞之音，以競勝于走馬看山之頃，決得失于高下不齊之目，何異裹糧適越而面北馳焉？此正前人所謂‘親老家貧，而好爲一世不識之文，以孤鳴其高’者也。足下忍爲之乎？僕嘗預校士，于丙子得昌平陳生本忠，于丁丑得楚程生大中。既中之，而後憐之。及來謁，自叙躓果屢矣。後聞人稱程大中能自得師。其初見試官抄目，語人曰：‘我輩今科應中，願落王公手。’嗚乎！僕詎知文？但耐心不草草。每見他手，往往不然。足下猶欲從驪黃外，過望于此輩乎？彼庸劣之倖獲有二：一爲劣者氣類之合，一爲通人充額之數。士子立志，豈遂賤不自愛，以專望斯二者？誠以應舉亦自有體裁音族，王承旨所云‘虎首、豕腹、蠆尾’者[四]，于場屋極爲切當。前輩名墨，便是程樣。簡鍊選録，以靜氣與爲涵濡，宛有一參前卓爾之象。到臨用時，步步引入，有目共愛，斯非其驗歟？科第雅重，少年居貧，尤亟禄養。與足下誼非泛泛，不禁言長，幸熟思焉。”

［一］《居士集》卷四十七《與荊南樂秀才書》。

［二］宋王安石撰、宋李壁注《王荊文公詩》卷十六《次韻酬微之贈池紙并詩》：“傾囊倒篋聊一報。”

［三］按：王洛（?—1714），字中涵，晚號懷坡，江南桐城人，雍正十一年進士，仕至吏部稽勳司郎中。數爲乾隆丁卯、丙子、丁丑、丙辰諸科鄉會試同考官。著有《瀹靈文集》《懷坡詩鈔》。《文集》不傳，獨《詩鈔》存。生平事跡見清姚瑩《東溟文集·後集》卷九《王懷坡先生詩鈔序》、《[道光]桐城續修縣志》卷十六、《國朝耆獻類徵初編》卷一百四十四、清張維屏《國朝詩人徵略二編》卷二十五。《國朝詩人徵略二編》卷二十五謂其“充甲子、丙戌、丁亥等十一科文武鄉會試同考官，得劉躍雲等百餘人，後皆顯達，人均服其藻鑒”，故信中叙及校士事。王洛卒後，姚鼐有詩懷之(《惜抱軒詩集》卷八《去歲吾邑喪葉花南庶子，今秋喪王懷坡吏部，皆文行爲後學之師，又皆鼐丈人行也。道中念之，追愴竟日，作一詩以寄海峰先生》)。

［四］按：《池北偶談》卷十三“王秋澗論文”條云：“元秋澗王惲述承旨王公論文語曰：‘入手當如虎首，中如豕腹，終如蠆尾。’”語出元王惲《玉堂嘉話》卷一。

82-4　又 子固亦有《讀書》五古一首[一]，計六百二十字，詩格仿韓，其陳義則峻潔矣。

［一］《南豐先生元豐類稿》(以下簡稱《元豐類稿》)卷四《讀書(亦云辛卯歲讀書)》：“吾性雖嗜學，年少不自强。所至未及門，安能望其堂？荏苒歲云幾，家事已獨當。經營食衆口，四方走遑遑。一身如飛雲，遇風任飄揚。山川浩無涯，險怪靡不嘗。落日號虎豹，吾未停車箱。波濤動蛟龍，吾方進舟航。所勤半天下，所濟一毫芒。最自憶往歲，病軀久羸尫。呻吟千里外，蒼黄值親喪。

母弟各在遠，計歸恐驚惶。凶禍甘獨任，危形載孤艎。崎嶇護旅櫬，緬邈投故鄉。至今驚未定，生還乃非常。憂慮心膽耗，馳驅筋力傷。況已近衰境，而常犯風霜。驅之久如此，負疴固宜長。朝晡暫一飽，百回步空廊。未免廢坐臥，其能視縑緗。新知固云少，舊學亦已忘。百家異旨趣，六經富文章。其言既卓闊，其義固荒茫。古人至白首，搜窮敗肝腸。僅名通一藝，著書欲煌煌。瑕疵自掩覆，後世更昭彰。世久無孔子，指畫隨其方。後生以中才，胸臆妄度量。彼專猶未達，吾惝復何望？端憂類童稚，習書倒偏傍。況令議文物，規摹詎能詳？輪轅孰撓直？冠蓋孰纁黃？珪璋國之器，孰殺孰鋒鋩？問十九未諭，其一猶面牆。幾微言性命，萌兆審興亡。茲尤覺浩浩，吾詎免悵悵。因思幸尚壯，曷不自激昂。前謀信已拙，來效庶云臧。漸有田數畝，春秋可耕桑。休問就醫藥，疾病可消禳。性本反澄澈，情田去榛荒。長編倚修架，大軸解深囊。收功畏奔景，窺星起幽房。虛窗達深暝，明膏續飛光。搜窮力雖憊，磨礪志須償。譬如勤種藝，無憂匱困倉。又如導涓涓，寧難致湯湯。昔廢漸開闢，新輸日收藏。經營但矗矗，積累自穰穰。既多又須擇，儲精棄其糠。一正以孔孟，其揮乃韓莊。賓朋顧空館，議論據方床。試爲出其有，始如宮應商。紛紜遇叩擊，律呂乃交相。須臾極萬變，開闔爭陰陽。南山對塵案，相摩露青蒼。百鳥聽徘徊，忽如來鳳凰。乃知千載後，坐可見虞唐。施行雖未果，貯蓄豈非良。何殊廄中馬，縱齕草滿場。形骸苟充實，氣力易騰驤。此求苦未晚，此志在堅剛。"

82-5　**又**　昌黎子昶，登長慶四年進士第，孫縮登咸通四年第，孫袞登七年第。[一]世言文士之後，往往不昌，殆以修辭太密、掩著太工之故。若昌黎，則疵累矛盾、任人指摘者多矣，尚爲徑情率臆，故不爲造物所忌耳[二]。

[一] 按：唐韓愈撰、宋魏仲舉編《五百家注昌黎先生文集》卷二十三《祭兄子十二郎老成文》引孫汝聽注：“‘汝之子始一歲’，謂湘也；‘吾之子始五歲’，謂昶也。昶登四年第。昶生綰、袞。綰咸通四年、袞七年進士。天之所以昌韓氏之後者如此，孰謂不可冀其成立者耶？”

[二] 按：《困學紀聞》卷十四《考史》：“韓文公子昶，雖有金根車之譏，而昶子綰、袞皆擢第，袞爲狀元，君子之澤遠矣。”

82-6　又 昌黎《庭楸》詩云：“我已自①頑鈍，重遭五楸牽。客來尚不見，肯到權門前。權門衆所趨，有客動百千。九牛亡一毛，未在多少間。往既無可顧，不往自可憐。”[一]《送李愿歸盤谷序》云：“伺候于公卿之門，奔走於權勢之途，足將進而趑趄，口將言而囁嚅。”[二]是②《三上宰相書》[三]，亦有深悔自訟之意。此正古人正大坦白、不可及處[四]。不然，非削之不存，即諱之不言矣。

[一]《昌黎先生集》卷七（亦見《韓昌黎詩編年箋注》卷九）。

[二]《昌黎先生集》卷十九。

[三]《昌黎先生集》卷十六《上宰相書（三首）》。按：宋陸九淵《象山先生全集》卷三十四《語錄》：“韓退之是倒做，蓋欲因學文而學道。歐公極似韓，其聰明皆過人。然不合初頭俗了。或問：‘如何俗了？’曰：‘《符讀書城南》《三上宰相書》是已。’蓋極以此一詩三書之言利祿、求富貴爲不然也。然亦有爲之迴護者，如《黃氏日抄》卷五十九《讀文集·昌黎集》云：“《答馮宿書》言：‘在京城，不一至貴人之門。人之所趨，僕之所傲。’其《與衛中行書》云：

---

①　“已自”，原作“自已”，據《昌黎先生集》卷七及《韓昌黎詩編年箋注》卷九乙。

②　據文義，“是”下疑脫“于”字。

'所入比前百倍,視吾飲食衣服,亦有異乎……其所不忘于仕進
　者,亦將少行乎其志也。'由是觀之,公之《三上宰相書》,豈階權
　勢、求富貴哉! 宰相,人才所由進,磊落明白以告之。公之本心,
　如青天白日。"參見《談藝録》第二十"宋人論昌黎學問人品"條。
[四] 按:《談藝録》第十六"宋人論昌黎"條云:"退之可愛,正以雖自
　命學道,而言行失檢、文字不根處,仍極近人……豪俠之氣未
　除,真率之相不掩,欲正仍奇,求屬自温,與拘謹苛細之儒曲,異
　品殊科。"

83　錢歐無忤

　　《聞見前録》載:"謝希深、歐陽永叔官洛陽時,同游嵩山,歸
抵龍門香山,雪作,錢相遣厨傳歌妓至,傳言:'山行良勞,當少
留賞雪,府事簡,無遽歸。'錢相遇諸公之厚如此。後王沂公代
爲留守,舉寇萊公奢縱取禍相責。永叔遂有'萊公之禍,不在杯
酒,在老不知退'之對。"[一]邵氏叙次甚明。《澠水燕談録》乃以
舉萊公事屬之錢相,且謂錢相"年已七十"[二],殊謬。西京幕府
之盛,曠絶一時,錢相與諸賢亦極相得,永叔異時作文常述之。
使稍有纖芥之忤,何能追念不忘如是?《東都事略》載錢相卒年
止五十八[三],是時安得云"年已七十"? 聖塗自言"仕不出乎州
縣","不得與聞朝廷之論、史官之書,徒取乎士大夫談議所
及"[四],宜其不能無誤也[五]。

[一]《邵氏聞見録》卷八。
[二] 宋王闢之《澠水燕談録》卷四《才識》。
[三] 宋王稱《東都事略》卷二十四《錢惟演傳》。
[四]《澠水燕談録·序》。
[五] 按:《邵氏聞見録》卷八所謂"王沂公"即王曾,《清波雜志》卷九

作"王文公康公晦叔",以此事屬之王曙,宋李燾《續資治通鑑長編》卷一百十四及《宋史》卷二百八十六《王曙傳》同,是也。《清波雜志校注》卷九"群游嵩山二説"條所考甚明,可以參看。

84　焦山

　　焦山,本譙山,江淹有《陸東海譙山集》詩[一],《通典》《寰宇記》皆載有譙山戍[二]。蓋宋元嘉時所立,北宋初年犹未改稱焦山。即东坡、颍濱作《焦山》詩[三],亦絶無一語道及焦先事者。惟施武子注引《潤州圖經》云:"焦山,焦先所隱,故以爲名。"[四]考焦先事跡,具詳《三國志》裴注所引諸書,絶無來江南事[五],《圖經》之説,殆爲附會。然此後吟咏家沿用之,覺山靈轉因之生色矣,此所謂不必認真者也[六]。

[一]　南朝梁《江文通集》卷三(亦見《漢魏六朝一百三家集·梁江淹集》)。

[二]　按:宋盧憲《[嘉定]鎮江志》卷六:"焦山,在江中,去城九里,旁有海門二山,金、焦相望,凡十五里。《寰宇記》:'譙山戍,即海口戍。'"又云:"杜佑《通典》言'京口有譙山戍。'宋之問詩:'戍入海中山。'疑即此山。而江淹《焦山》詩,一本亦作《譙山》。今京口無譙山,是可疑也。"光氏蓋據此類方志轉引也。所引,見唐杜佑《通典》卷一百八十二《古揚州下·丹陽郡》、宋樂史《太平寰宇記》卷八十九《江南東道·潤州丹徒縣》。

　　　　又按:清梁章鉅《浪跡叢談》卷一"焦山"條云:"譙有望遠之義,故戍樓名譙樓,戍山亦名譙山也。宋以後始以焦孝然之事附會之。"

[三]　按:東坡詩,見《施注蘇詩》卷四《自金山放船至焦山》。颍濱詩,見宋蘇轍《欒城集》卷四《和子瞻焦山》。

[四]《施注蘇詩》卷四題下注。按:《舊唐書》卷四十六《經籍志》著錄
　　孫處玄撰《潤州圖經》二十卷,當即施注所引。

[五]《三國志》卷十一《魏書·管寧傳》注引《魏略》及《高士傳》。按:
　　參見清劉寶楠《愈愚錄》卷六"焦山"條。

[六]按:清光聰諧《聞齋詩集·前編》卷一《隨仲兄由京口放舟,徑過
　　金山,來游焦山,戲爲此作》詩云:"金山巉削耀朱碧,有如貴人
　　關綺縠。焦山奧衍鳴松竹,有如有人眠琴讀。我生別具野鶴
　　姿,惟喜清疎厭濃郁。扁舟不繫金山前,直到焦山擬信宿。老
　　僧蕭客煮山茶,更遣雛僧導山麓。入寺先尋枯木堂,周鼎漢爐
　　欣在目。吸江亭上更徘徊,江濤忽起銀山矗。震搖蒼巖勢欲
　　傾,巨艦長舳一時伏。亭中別有曠懷人,嘯傲滄州輕華轂。入
　　世頗邀九遷榮,辭官匪有三黜辱。笑看洶湧動地來,添入詩情
　　愜衷曲。嗟余昆季傷凋殘,淚灑秦川十萬斛。白首偕游時幾
　　多,踏遍名山心乃足。歸舟再挂金山帆,莫使無情太驚俗。"叙
　　兩人同游焦山事,可參看。

85　白下

　　江寧稱"白下",據《寰宇記》,係唐武德六年所改縣名[一];
而吉安太和縣亦稱"白下",據《寰宇記》:"太和縣,漢爲廬陵,隋
改太和,唐貞元三年移白下驛西置。"[二]故山谷詩云:"黃綬今
爲白下令。"[三]又云:"顧予白下邑,庭聚雨前蟻。"[四]皆指吉安
太和也。又徐州有白門,亦稱"白下"。後山詩云:"雨花風葉未
宜春,私柳官渠白下門。"[五]又云:"只欲泥行過白下,萬一簾疏
見一斑。"[六]皆指徐州白門也。

[一]《太平寰宇記》卷九十《江南東道·昇州江寧縣》。
[二]《太平寰宇記》卷一百九《江南西道·吉州太和縣》。

[三]《山谷外集詩注》卷九《次韻答楊子聞見贈》。

[四]《山谷外集詩注》卷十三《寄餘干徐隱甫》。按:注云:"山谷先有
　　詩:'黄綬今爲白下令。'自注云:'太和縣,古白下。'按:《寰宇
　　記》:'太和,漢爲廬陵縣也,隋改爲太和,唐貞元三年移歸白下
　　驛西置,即今理也。'"即光氏所本。

[五]宋任淵《後山詩注》卷九《酬智叔見戲(其二)》。按:注云:"白下
　　本在金陵,此句所指當是徐州白門也。"

[六]《後山詩注》卷九《九月九日與智叔鵰堂宴集夜歸》。

86　沈啓南畫府署照壁

86-1　蘇州某太守召沈啓南畫府署照壁,舊傳爲笑柄,斥
此守爲煞風景矣[一]。按:"宋元豐時,建尚書省于外,而中書、
門下省,樞密、學士院設于禁中,規模宏麗,其照壁屏下,悉用重
布,不紙糊。尚書省書《周官》,兩省及樞密、學士院皆郭熙一手
畫,中間甚有傑然可觀者,學士院畫《春江曉景》爲尤工。"[二]
《石林燕語》載之。東坡詩亦云:"玉堂晝掩春日閒,中有郭熙畫
春山。"[三]又《澠水燕譚》云:"玉堂北壁有毗陵董羽畫水,歲久
稍壞,學士韓丕擇名筆完補之。"[四]歐公《跋學士院御詩》亦云:
"舊有①董羽水,僧巨然山,在玉堂後壁。其後又有燕肅山水,
易元吉猿及狙,皆在屏風。"[五]足爲此守解嘲,然皆未必以工役
之也。

[一]按:此事詳見明張時徹《芝園定集》卷三十七《沈孝廉傳》,略見
　　《明史》卷二百九十八《沈周傳》。後者略云:"有郡守徵畫工繪屋
　　壁。里人疾周者,入其姓名,遂被攝。或勸周謁貴游以免,周曰:

---

①　"有"字,原脱,據《歐陽文忠公集·居士外集》卷二十三補。

‘往役，義也，謁貴游，不更辱乎!’卒供役而還。已而守入覲，銓曹問曰:‘沈先生無恙乎?’守不知所對，漫應曰:‘無恙。’見内閣，李東陽曰:‘沈先生有牘乎?’守益愕，復漫應曰:‘有而未至。’守出，倉皇謁侍郎吳寬，問‘沈先生何人?’寬備言其狀。詢左右，乃畫壁生也。比還，謁周舍，再拜引咎，索飯，飯之而去。”參見陳正宏、汪自強《沈周畫壁傳説考》)。

[二]宋葉夢得《石林燕語》卷四。

[三]《施注蘇詩》卷二十五《郭熙畫秋山平遠》。

[四]《澠水燕談録》卷七《書畫》。

[五]《歐陽文忠公集・居士外集》卷二十三。

86-2 又《堅瓠①集》又引《秋水涉筆》云:“工部主事某，奉差來蘇燒磚。某内閣屬求沈石田畫，主事即出票拘石田到署，出紅紙一張索畫。石田盤膝坐地，磨濃墨，扯紙一半，團作一毹，蘸墨，印②下墨團三四，用筆句作‘黑鷺鷥’③，題云:‘青天一個大霹靂，千山萬山無鳥跡。鷺鷥飛入破窰中，一身毛羽變成黑。’”[一]此主事較太守尤憨，不知孰爲先後也。

[一]清褚人獲《堅瓠戊集》卷四“黑鷺鷥”條。又清葛金烺、葛嗣浵《愛日吟廬書畫録》卷三“曹林洗硯圖小像卷”下載“秋水涉筆”朱文方印一枚，乃明人郑敷教印。考郑敷教，字士敬，號桐庵，長洲人，著有《鄭桐庵筆記》。其書亦多言明末江南掌故，且係删節之本，因疑《秋水涉筆》即《鄭桐庵筆記》之原名，而《堅瓠戊集》所引則其遺文。

---

① “瓠”，原作“瓠”，據《堅瓠集》及《韓非子・外儲説左上第三十二》改。
② “印”，原作“即”，據《堅瓠戊集》卷四改。
③ “句”，《堅瓠戊集》卷四原作“勾”;“鷥”，原作“鷥”。

87　艮嶽

　　艮嶽,成于宣和四年,宴樂不三期,即有北轅之釁,向之竭國力而經營者,遂日蕩傾爲平地矣。惟《揮麈後録》載祐陵一記,李質、曹組二賦及《百咏》詩[一],猶可想見其髣髴。歷代苑囿,胥不能有成無毀,獨此視阿房、迷樓爲尤速耳。"賢者而後樂此"[二],子輿氏之言,不其然乎?《百咏》中有《山莊》一絶云:"重崖置屋亦常關,下法龍眠小隱山。縱有青牛不耕稼,但聞犬吠白雲間。"謂仿李公麟山莊而作也。公麟《山莊圖》[三],此時已爲禁中所重[四]。

[一]《揮麈後録》卷二:"宣和壬寅始歲始告成,御製爲記……又命睿思殿應制李質、曹組各爲賦以進……又詔二臣共作《艮嶽百咏》詩以進。"

[二]《孟子·梁惠王上》。

[三]按:《東都事略》卷一百十六《李公麟傳》云:"李公麟,字伯時,舒城人也……元符三年,病痺,遂致仕。既歸老,肆意于泉石間,作《龍眠山莊圖》,爲世所寶藏。"參見《東坡先生全集》卷七十《書李伯時〈山莊圖〉後》及《欒城集》卷十六《題李公麟〈山莊圖〉二十首并叙》。
　　又按:龍眠山,在桐城,爲光氏所熟知,且其引退後,嘗購雲石莊爲別墅,其地亦正當龍眠山口,故于龍眠山莊有關史事尤爲留意。

[四]按:宋佚名《宣和畫譜》卷七"李公麟"條謂"《龍眠山莊》可以對《輞川圖》",其下著録"《山莊圖》一",蓋即此圖也。又宋周必大《文忠集·平圜續稿》卷七《題李龍眠山莊圖》:"張右丞遠明《雁峰談録》云:'正本爲中貴梁師成取去,今所臨摹蓋初

本也。'"

88　輯録邸抄

《能改齋漫録》："熙寧二年十一月三十日冬至,嫌其御殿視朝乃晦日。或言:'景祐二年十一月晦冬至,郊祀乃用十五日。'帝疑其不經。宋敏求奏:'當時以月晦祀天爲非宜,移用十五日甲子,故詔書曰:月既肇于黃鐘,日且臨于甲子。修史者病其太質,删去詔文,遂無考據。臣家有其日報狀,可驗。'即取以進。蓋公家自祖宗朝至熙寧中報狀皆全。"[一]吳氏之言如此。報狀,即今之邸抄也[二]。余前官京師時,見壬戌科前輩洪君燿[三]家輯録邸抄,逐日編次,已盈數屋,惜未考其起自何年,但聞史館有遺佚,往往訪之,亦近日之宋敏求也。

又按:《避暑録話》云:"南郊必用冬至之日,周禮也。皇祐四年,當郊,而日至適在晦。宋元憲公爲相,預以爲言,遂改爲明堂。議者以爲得禮。有國信不可無儒臣。藝祖四年郊,日至亦在晦,先無知之者。至期,竇儀始上聞,不得已,乃用十六日甲子。非日至而郊,惟此一舉,講之不素也。"[四]據此,則敏求當日尚漏引此二事爲證。《東都事略》:元憲以皇祐三年罷相[五];而郊在五年,蓋未罷以前,由四年改之,所謂"預①以爲言"也。

[一]《能改齋漫録》卷二《事始》"宋敏求家報狀皆全"條。
[二]按:參見《日知録》卷二十八"邸報"條。
[三]按:洪燿(1767—?),字鏡心,號守愚,浙江新城人。嘉慶七年進

---

①　"預"字原脱,據《避暑録話》卷上補。

士。嘉慶二十二年任吏部主事，二十五年任吏部員外郎。曾爲
丁丑、庚辰兩科會試同考官。後任廣西左江道。生平見《清代
硃卷集成》第四册、清王家相《清秘述聞續》卷十三及李格纂
《[民國]杭州府志》卷一百十一《選舉五》）。

［四］《避暑録話》卷上。

［五］《東都事略》卷六十五《宋庠傳》。

89　八疑十二證

《曲禮正義》："隋王劭勘晋、宋古本，皆無'稷曰明粢'一句，
立八疑十二證，以爲無此一句。"［一］而未詳述其疑證。按：《隋
書·王劭傳》稱其"采摘經史謬誤，爲《讀書記》三十卷，時人服
其精博"［二］，八疑十二證，當在其中，今不可見矣。臧氏琳《經
義雜記》以《正義》不主王説，作十證三疑申之［三］，極精當，意王
舊所立者亦不越此。

［一］《禮記正義》卷五《曲禮下》。按：《困學紀聞》卷五《禮記》引録此
　　事，光氏蓋因此留意。

［二］《隋書》卷六十九《王劭傳》（《北史》卷三十五）。

［三］清臧琳《經義雜記》卷二十八"稷曰明粢"條。按：《禮記正義》卷
　　五《曲禮下》云："王劭既背《爾雅》之説，又不見鄭玄之言，苟信錯
　　書，妄生同異，改亂經籍，深可哀哉！"

90　宿諾

"子路無宿諾"［一］，何《解》以爲"猶豫"［二］，皇《疏》以爲"猶
逆"［三］，皆不如朱《注》改訓爲"留"，并云"猶'宿怨'之'宿'"［四］，

蓋指《孟子》"不宿怨焉"[五]而言,他書"宿怨"多通"夙",則非此義。惟《韓非・難二篇》言桓公"遺宿義之耻于君子①"[六]、《飭令篇》言"以五里斷者王,以九里斷者强,宿治者削"[七]兩處,"宿"字皆當訓"留",《飭令》所言即折獄事。

[一]《論語・顏淵第十二》:"子曰:'片言可以折獄者,其由也與?'子路無宿諾。"

[二]《論語注疏》卷十二《顏淵》。

[三]《論語義疏》卷六《顏淵》。

[四]《論語集注》卷六《顏淵》。

[五]《孟子・萬章上》。

[六]《韓非子・難二第三十七》。

[七]《韓非子・飭令第五十三》。

91　叔先雄

《後漢書・列女》"叔先雄"[一],余嘗辯其當從《水經注》及《困學紀聞》《姓氏急就》等書作"光雄"[二],而證《後漢書》"叔"爲衍文,"先雄"爲誤字[三]。今又考《後漢・列女》之次,亦先後顛倒,殊未措意。其不著年號者不論,如叔先雄事在永建初,是爲順帝元年,而曹娥事在順帝漢安二年,則後十七年;盛道妻事在獻帝建安五年,則後七十五年,皆次在叔先雄前,此其乖舛之最顯者,衍文誤字,又何能免? 至《曹娥傳》言:"迎婆娑神溺死。"[四]按:邯鄲淳《曹娥碑》"婆娑"爲舞皃,則當爲"婆娑迎神",非"迎婆娑神"矣[五]。《書》又言:"宋均,南陽安衆人。"[六]

①　清王先慎《韓非子集解》卷十五作"遺義之耻于君子",引清顧廣圻曰:"今本'遺'下有'宿'字,誤。"

據謝承《書》云："南陽宗資，祖父均。"[七]則"宗均"誤"宋均"[八]。《黨錮傳》之"范康"[九]，《目錄》作"苑康"[十]。按：《荀淑傳》中亦作"苑康"[十一]，則"苑康"不誤，"范康"誤矣。皆"光雛""叔先雄"類也。

[一]《後漢書》卷八十四《孝女叔先雄傳》。

[二]按：《困學紀聞》卷十三《考史》云："孝女叔先雄，《水經注》以爲光終，符縣人，又引《益部耆舊傳》：'符有光洛（疑即終字），僰道有張帛。'"又宋王應麟《姓氏急就篇》卷上"光氏"注云："《水經注》：後漢符縣吏光尼和女終。"王氏所引均見《水經注》卷三十三《江水》。

[三]按：《廿二史考異》卷十二《後漢書·列女傳》云："《水經注》：'符縣長趙祉，遣吏光尼和，以永建元年十一月詣巴郡，没死。子賢，求喪不得。女絡，年二十五歲，有二子，五歲以還。至二年二月十五日，尚不得喪，絡乃乘小船至父没處，哀哭自沈，夢告賢曰：至二十一日，與父俱出。至日，父子果浮出江上。郡縣上言，爲之立碑。'與此《傳》所載即一事，而姓名互異。《華陽國志》亦云：'符有先絡，僰道有張帛。''絡'與'帛'協韻，則其名當爲'絡'，不爲'雄'矣（《水經注》亦附'符有光洛'二語，'洛'即'絡'之譌）。'先'與'光'字形相涉，常璩《書》與范《史》皆作'先'，而《史》又多'叔'字，《廣韻》亦以'叔先'爲複姓，則此女本姓'叔先'，或單稱'先'，猶'諸葛'之稱'葛'也。'雄'當是'雛'字之譌，'雛'與'絡'同音。《國語》'王孫雛'，今本亦譌爲'雄'，此其證也。王伯厚引《水經注》以爲'光終'，'終'亦譌字。"光氏此論蓋有私心（參見本書附錄一清光循陔纂《（桐城孝先堂）光氏族譜》卷首《原序》），非是，仍以錢氏之説爲妥。參見清盧文弨《鍾山札記》卷二"雄雛易譌"條、《癸巳存稿》卷七"後漢書列女傳書後"條。

［四］《後漢書》卷八十四《孝女曹娥傳》。

［五］按：《困學紀聞》卷十三《考史》：“《曹娥碑》云：‘盱能撫節按歌，婆娑樂神，以五月時迎伍君。’《傳》云：‘迎婆娑神。’誤也。”《孝女曹娥碑》見《古文苑》卷十九。

［六］《後漢書》卷四十一《宋均傳》。

［七］《後漢書》卷六十七《黨錮列傳》注：“謝承《書》：宗資，字叔都，南陽安衆人也。家代爲漢將相名臣。祖父均，自有傳。”

［八］按：參見宋趙明誠《金石録》卷十八《跋尾》“漢宗資墓天禄辟邪字”條、《野客叢書》卷十八“張説誤引宋璟世系”條、清惠棟《後漢書補注》卷十“宋均”條及《鐵橋漫稿》卷四《對王氏問》。光氏所引謝承《書》，文與《後漢書補注》同。

［九］《後漢書》卷六十七《范康傳》。

［十］《後漢書》卷首《目録》。

［十一］《後漢書》卷六十二《荀淑傳》。按：《廿二史考異》卷十二《後漢書·黨錮傳》云：“范康，《荀淑》《竇武傳》並作‘苑康’。”又清沈家本《諸史瑣言》卷十一云：“《魏志·荀彧傳》注引《漢紀》《劉表傳》注引《漢末名士録》，並作‘苑康’。”

92　通鑑不載屈原陶潛

　　《通鑑》不載屈原、陶潛［一］，因王叔文歌“出師未捷”二語［二］，杜甫始列名書内，與《史通·二體篇》所論正同。其論《左氏》之短曰：“賢士貞女，高才儁德，事當衝要者，必盱衡而備言，跡在沈冥者，不枉道而詳説。如絳郡之老，杞梁之妻，或以酬晋卿而獲記，或以對齊君而見録。其有賢如柳惠，仁如顔回，終不得彰其名氏，顯其言行。”［三］劉氏之言如此。合之《通鑑》，前後一軌。蓋體在則然，未易短也。柳惠，即展禽，《左氏》屢言之，劉氏偶誤舉耶［四］？賢而遺者甚多，如黔婁之類，别取一人可也。

[一] 按:《日知録》卷二十六"通鑑不載文人"條:"李因篤語予:'《通鑑》不載文人,如屈原之爲人,太史公贊之,謂"與日月争光",而不得書于《通鑑》。杜子美,若非"出師未捷"一詩爲王叔文所吟,則姓名亦不登于簡牘矣。'予答之曰:'此書本以資治,何暇録及文人?'"

[二]《資治通鑑》卷二百三十六《唐紀·順宗永貞元年》:"(貞元二十一年夏四月)乙巳,上御宣政殿,册太子。百官睹太子儀表,退,皆相賀,至有感泣者,中外大喜。而王叔文獨有憂色,口不敢言,但吟杜甫題諸葛亮祠堂詩曰:'出師未捷身先死,長使英雄淚滿襟。'聞者哂之。"

[三]《史通》卷二《内篇·二體》。

[四] 按:《考古質疑》卷一云:"《論語》:'子曰:臧文仲其竊位者與?知柳下惠之賢而不與立也。'注云:'柳下惠,展禽也。'按:《國語》,柳下惠,姓展,名獲,字季禽。今《左傳》亦引仲尼曰:'臧文仲不仁者三,下展禽。'(原注:見文公二年)又:魯犒齊師,受命于展禽(原注:僖公二十六年)。杜氏皆以柳下惠釋之,非不明甚。是則展禽即柳下惠也。今曰'賢如柳下惠','終不彰其名氏',無乃劉子不細考歟!"參見《史通通釋》卷二"柳惠不彰"注。

93　京官肩輿

《野獲編》:"故事,在京三品大臣始得坐轎,以故光禄太僕卿之陞僉都御史,雖甚雄劇,然以從三轉正四,故有'擡轎謝恩,騎馬到任'之語。萬曆初年,朝儀久曠。四品卿寺皆乘圍轎,其下則兩人小輿。江陵當國,復修舊制。比年輦下肩輿又紛紛矣。"[一]

　　諸案:《鄭寒村集》有《長安道上肩輿睡醒口占一律》云:"都城車馬日喧豗,領取風光在自家。街上霏微過細雨,擔頭綽約賣新花。市廛缺處青山净,僧舍閒時緑樹斜。睡醒肩輿閒放眼,不知七尺混塵沙。"[二]時官翰林。又有《肩輿口占》云:"唲唲肩輿西復東,公私無著底匆匆。三年兩鬢寧留黑,一旦雙睛也豁矇。土地廟街楊柳日,琉璃廠路瑞香風。往來空自人如海,偏覺春光到此翁。"[三]又有《過所親即事》云:"蕭蕭巷屋誰來問,僕僕肩輿屢出游。久廢書何疑可析,頻懸磬故急相投。啜殘梧茗無言別,看遍庭花一笑休。乞食叩門從古拙,不應此世不知羞。"[四]時官部曹。是國初京官皆得乘轎。余于嘉慶戊辰至京以後,見尚書坐轎,侍郎以下皆坐車,山陽汪文端協揆[五]亦常坐車,寶應朱文靖尚書[六]時改騎馬,其兩人小輿,絶無有矣[七]。鄭公即事詩,摹出當日部曹官况,然尚能隨時肩輿,後來多有疲驢破筆、出自暫賃者[八]。

[一]《萬曆野獲編》卷二十"京官肩輿"條。

[二]《寒村詩文選・玉堂後集》卷一。

[三][四]《寒村詩文選・寶善堂集》卷下。

[五] 按:參見本書卷首《有不爲齋筆記叙》箋[五]。

[六] 按:朱士彦(1771—1838),字修承,號咏齋,江蘇寶應人。嘉慶七
　　　年進士。歷官至左都御史,工、吏、兵諸部尚書。生平事跡見《清
　　　史稿》卷三百七十四本傳。唯《清史稿》載其謚號爲"文定",與此
　　　不同。

[七] 按:清福格《聽雨叢談》卷三:"本朝初年,漢人官京朝者,亦多乘
　　　馬。其後准乘肩輿,三品以上用四人,四品以下用二人。今京
　　　官一二品漢大員,均乘肩輿,舁以四人。三品以下不乘肩輿,亦
　　　無二人肩輿之制。"

[八] 按:清戴璐《藤陰雜記》卷三云:"京官向乘肩輿,杜紫綸(詔)始

乘驢車，嗣後漸有騾車。余己卯（按：嘉慶元年）入都，見京官騾
車多而驢車少。"參見《香祖筆記》卷十一、清陳康祺《郎潛紀
聞·初筆》卷二"賜紫禁城騎馬"條、同書卷九"京官肩輿"條、清
周壽昌《思益堂日札》卷四"京官肩輿"條、《茶香室三鈔》卷十二
"京官乘肩輿"條及瞿兌之《養和室隨筆》"清代京官肩輿之
制"條。

94　衡方碑

《漢衛尉卿衡方碑》："履該顏、原，兼修季由。"洪适以"顏、
原"爲顏淵、原憲[一]，是矣。都穆以"季由"即子路[二]。顧炎武
謂于"兼修"義不協，以古文嘗有一稱字、一稱名者，遂以"季"爲
公晳哀，以其字季次也[三]。竊謂顧説誠善，然指"季"爲公晳
哀，猶不若指"季"爲顏無繇。按：顏無繇，亦字季路，與仲由
同[四]。"繇""由"二文，古嘗通用，是顏、仲二賢，名字皆同，
《碑》故互舉之[五]。

[一][二][三]《金石萃編》卷十二《衛尉卿衡方碑》。按：洪説，見《隸
　　釋》卷八《衡衡方碑》；都説，見《金薤琳琅》卷五《漢衛尉衡方碑》；
　　顧説，見《金石文字記》卷一《漢衛尉卿衡方碑》。
[四]　按：《史記志疑》卷二十八《仲尼弟子列傳》"顏無繇字路"條云：
　　"《家語》少'無'字，'繇'作'由'（按：見《孔子家語·七十二弟子
　　解第三十八》），字之通也。而《索隱》引《家語》'字路'，與《史》
　　同，今本皆作'季路'，《魯峻壁》《白水碑》並稱'子路'，疑誤
　　加之。"
[五]　按：清俞樾《讀書餘録》卷二《漢碑》云："顧氏之説非是。'聞斯
　　行諸'用《論語》子路事，與季次無涉。此碑蓋言安貧樂道似顏
　　子、原憲，而又兼脩子路'聞斯行諸'之義也。'兼脩'也者，承上

文而言，非以季由爲二人而言'兼'也。名字互稱，古人固有此例。然如仲由、季次，當云'由、次'方明。若但稱'季'，安知其爲季次乎？恐古人亦無此文法矣。"似以俞説爲是。參見《思益堂日札》卷三"漢衞尉卿衡方碑"條及高文《漢碑集釋》。

95　鳥去池葉

昔陳廉訪崇禮[一]爲言，曾過定軍山武侯祠墓，有池澄澈，四時無纖翳，水面偶浮墜葉，輒有五色小禽銜去。當時漫聽之。頃閲《茅亭客話》言："永康軍入山七八十里，有慈母池，莫測深淺。每至秋風摇落，未嘗有草木飄泛其上，或墜片葉纖芥，必有飛禽銜去之。"[二]又《永昌府志》言："騰越州上干峨山有澄①鏡池，周遭五百丈餘，花木環繞，葉落于内，即有鳥銜去。"[三]皆與陳説合。蜀地及荒徼外，蓋多有此事。

昌黎《南山詩》亦云："因緣窺其湫，凝湛閟陰獸。魚蝦可俯掇，神物安敢寇。林柯有脱葉，欲墮鳥驚救。爭銜彎環飛，投棄急哺鷇。"[四]《池北偶談》亦云："太白一峰，直上三十②里，盛夏雪霰不絶，惟六月可上。上有太白神殿，有五池。有鳥紅色，大如雀，池有滓穢，則銜去之，名净池鳥。"[五]則秦地亦有之。

《水經·灢水注》："桑乾泉，即漯沽水。耆老云：其水潛通，承太原汾陽縣北燕京山之大池。池在山原之上，世謂之天池。方八里餘③，澄渟鏡净，潭而不流，池中曾無片草。及其風籜有淪，輒有小鳥翠色，投淵銜出。"[六]是又有于燕、晋。至《漸江水

---

① "澄"，原作"登"，據《[乾隆]永昌府志》卷二十二改。

② "十"，原作"千"，據《池北偶談》卷二十一改。

③ "方八里餘"，諸本皆作"方里餘"，唯《水經注釋》卷四十有"八"字，且引《元和志》"池周迴八里"爲證，故知此處光氏所用之《水經注》乃趙本。

注》所稱"禹葬會稽,有鳥來,爲之耘,春拔草根,秋啄其穢"[七],事若更奇。然恐鳥故求食尋蟲,人遂因之傳致,未若去池葉之無所爲而爲也。

[一] 按:陳崇禮,字敦厚,號梅亭,浙江海寧人。嘉慶初,以州同投效湖南軍營,歷官寧遠府經歷、珙縣知縣,眉州、直隸州知州,寧遠府、成都府知府,建昌兵備道、長蘆鹽運使,官至福建布政使。清黃彭年纂《畿輔通志》卷三十《職官表》載陳崇禮于道光十三年、十六年兩任直隸布政使,而光聰諧亦于道光十三年任直隸布政使,兩人晤談當即在此期間。

[二]《茅亭客話》卷五"慈母池"條。

[三] 清宣世濤《[乾隆]永昌府志》卷二十二《名勝・騰越州》"靈池澄鏡"條。

[四]《昌黎先生集》卷一。

[五]《池北偶談》卷二十一《談異》"净池鳥①"條。

[六]《水經注》卷十三《瀁水》。按:此下又云"若會稽之耘鳥也",故光氏更引《漸江水注》之文。

[七]《水經注》卷四十《漸江水》。

---

① "鳥",原作"魚",據文義改。

有不爲齋隨筆己

96　墨子

　　孟子距楊、墨，今觀《墨子》之書，文句多有與《孟子》合者。如《兼愛篇》言："挈太山，越河濟。"[一]又言："大夫遠使于巴、越、齊、荆，提挈妻子而寄託之。"[二]《非攻篇》言："三里之城，七里之郭。"[三]又言："莒間①于齊、越之間。"[四]《節葬篇》言："負劍而求壽。"[五]《貴義篇》言："猶舍穡而擔粟。"[六]《公孟篇》言："譬猶噎而穿井。"[七]"猶荷轅而擊蛾。"[八]《非命篇》言："絶長繼短，方地百里。"[九]《耕柱篇》言："譬若匠人然。"[十]又言"良寶"，[十一]又屢言"有某于此"，[十二]皆同孟《書》文句。孟子豈距其學術，而又愛仿其文句哉？此必不然之事矣。

　　諸子之書，自成者蓋少，附益者較多。《墨子》中稱"子墨子"者，附益者也；稱"子禽子"者，附益之尤後者也。附益者必病孟距，爰取孟《書》文句仿爲之，以眢亂後世之目，而隱以入室操戈相誣，是相里氏、相夫氏、鄧陵氏之徒[十三]之爲耳。不然，周、秦諸子，執義雖有純疵，其所自爲之辭，則無蹈襲。曾謂"吐辭爲經"[十四]之子輿氏，而蹈襲"言多不辯"[十五]之墨

---

①　"間"，《墨子·非攻中第十八》原作"亡"，參之《孟子》，似光氏混淆兩家之文。

氏耶？

　　《易緯是類謀》句法，絕肖《荀子·成相篇》。如"五星合狼弧，畫視無日光，虹蜺煌煌，夜視無月，彗孛蔣蔣"[十六]，"民衣霧，主吸霜，間可倚杵，于何藏"[十七]之類，蓋亦作僞者仿《成相》爲之。

[一]《墨子·兼愛中第十五》。按：《孟子·梁惠王上》云："挾泰山以超北海。"

[二]《墨子·兼愛下第十六》。按：《孟子·梁惠王下》云："王之臣有託其妻子于其友，而之楚游者，比其反也，則凍餒其妻子。"

[三]《墨子·非攻中第十八》。按：《孟子·公孫丑下》云："三里之城，七里之郭。"

[四]《墨子·非攻中第十八》："莒之所以亡于齊、越之間者，以是攻戰也。"按：《孟子·梁惠王下》云："滕，小國也，間于齊、楚。"

[五]《墨子·節葬下第二十五》。按：《孟子·梁惠王上》云："猶緣木而求魚也。"

[六]《墨子·貴義第四十七》。

[七][八]《墨子·公孟第四十八》。按："譬猶喧而穿井"，亦見《晏子春秋·内篇雜説上第五》："譬之猶臨難而遽鑄兵，喧而遽掘井，雖速，亦無及已。"與《孟子·盡心上》"有爲者辟若掘井"不同。又"猶荷轅而擊蛾"之喻，近于《論語·陽貨第十七》"割雞焉用牛刀"。

[九]《墨子·非命上第三十五》。按：《孟子·滕文公上》云："今滕絶長補短，將五十里也。"

[十]《墨子·耕柱第四十六》。

[十一]《墨子·耕柱第四十六》。

[十二]按：如《墨子·非攻上第十七》云："今有人于此，少見黑曰黑，多見黑曰白，則以此人不知白黑之辯矣。"《孟子·梁惠王下》云："今有璞玉于此，雖萬鎰，必使玉人彫琢之。"

[十三]　按:《韓非子・顯學第五十》:"自墨子之死也,有相里氏之墨,
有相夫氏之墨,有鄧陵氏之墨。"

[十四]《昌黎先生文集》卷十二《進學解》:"昔者孟軻好辯,孔道以
明,轍環天下,卒老于行……吐辭爲經,舉足爲法,絶類離倫,優
入聖域。"

[十五]《韓非子・外儲説左上第三十二》:"楚王謂田鳩曰:'墨子者,
顯學也。其身體則可,其言多不辯,何也?'"

[十六]　按:光氏所引,與《古微書》卷十六《易筮類謀》、武英殿聚珍版
叢書本《易緯是類謀》及清趙在翰《七緯・易緯》卷七《易是類
謀》均不同,未詳所據。

又按:《太平御覽》卷八百七十四《咎徵部一》引《易是類謀》云:
"五星合,狼狐張。晝視無日,虹蜺煌煌。夜視無月,彗孛蔪蔪。"
《太平御覽》卷五《天部五》引《易是類謀》云:"五星合狼張,晝視
無日光,虹蜺煌煌。"

[十七]《困學紀聞》卷二十《雜識》。按:見《太平御覽》卷八百七十四
《咎徵部》引《易是類謀》。

97　列子

97-1　列子,《史記》無傳,難定其時世。劉子政以爲"與鄭
穆公同時"[一],柳子厚辨之[二],王元美又以爲傳寫字誤,哂子厚
"辨其不必辨"[三]。要之,《莊子》書中既稱引列子,則其時世不
後于莊。其書多增竄入後事,張處度作注時已言之[四],顧人猶
信增竄者率皆先秦以上人。今考《湯問篇》末言火浣布,"皇子
以爲無此物,傳之者妄"[五],正指魏文《典論》中非火浣布事[六],
皇子者,魏文也。是建安時尚有人增竄,則距處度作注時不
遠矣。

［一］《列子》卷首漢劉向《列子書録》。

［二］唐柳宗元撰、明蔣之翹輯注《唐柳河東集》卷四《辨列子》："劉向古稱博極群書,然其録《列子》,獨曰鄭穆公時人。穆公在孔子前幾百歲,《列子》書言鄭國,皆云子産、鄧析,不知向何以言之如此?"按:"穆"同"繆"。

［三］明王世貞《弇州山人四部稿》卷一百十二《讀列子》,亦見《讀書後》卷一。

［四］《列子·仲尼第四》晉張湛注："公子牟、公孫龍似在列子後,而今稱之,恐後人所增益以廣書義。苟于統例無所乖錯,而足有所明,亦奚傷乎?諸如此皆存而不除。"

［五］《列子·湯問第五》。

［六］《抱朴子·内篇》卷二《論仙》："魏文帝謂天下無切玉之刀、火浣之布。及著《典論》,嘗據言此事其間,未期二物畢至,帝乃嘆息,遽毀斯《論》。"按:參見宋沈作喆《寓簡》卷三、《癸巳存稿》卷十"火浣布説"條。

97-2　又 古書辭皆不相襲,李習之《答王載言書》①[一]論之當矣。今古書由後追叙前事,左氏曰"初",史遷曰"先是",他古書更無曰"初"、曰"先是"者。獨《列子·仲尼篇》稱"初,子列子好游"[二],其爲後人增竄,此亦一證。

［一］宋姚鉉《唐文粹》卷八十五唐李翱《答進士王載言書》："列天地,立君臣,親父子,別夫婦,明長幼,浹朋友,六經之旨也。浩乎若江海,高乎若丘山,赫乎若日火,包乎若天地,掇章稱咏,津潤怪麗,六經之詞也。創意造言,皆不相師。"

---

　　① 《答王載言書》,唐李翱《李文公集》卷六題爲《答朱載言書》,注云:"一本作'梁載言'。"光氏蓋據《唐文粹》。

［二］《列子·仲尼第四》。

97-3　又 列子御風事,已載《列子·黃帝篇》[一]。張注:
"蓋神人,禦寇稱之也。"[二]此説自是後人多用作禦寇事[三],如
東坡"禦寇車輿謝轡銜"[四]是也。

［一］［二］《列子·黃帝第二》:"列子師老商氏,友伯高子;進二子之
　　道,乘風而歸。"
［三］按:光氏似以此"列子"乃張注所謂"神人"而非列禦寇。然清于
　　鬯《香草續校書·列子》以爲似張湛誤讀原文,"以伯高子進爲
　　人名,于'進'字斷",故有"蓋神人,禦寇稱之"之語。
［四］《施注蘇詩》卷六《風水洞二首和李節推(其二)》。

97-4　又 古書傳專以"先生"稱師者,殆始見于《列子》。其
《黃帝篇》言"季咸見列子之師壺子,出謂列子曰'子之先
生'"[一]是也。

［一］《列子·黃帝第二》:"明日,列子與之見壺子。出而謂列子曰:
　　'譆,子之先生死矣!'"

97-5　又 《黃帝篇》:"因以爲茅靡,因以爲波流。"[一]注
《莊》《列》者,皆改"茅靡"爲"頽靡"[二]。按:上文"吾與之虛而
猗移"[三],注既以"猗移"爲"至順之貌"[四],則"茅靡"正謂如茅
之從風靡,"波流"正謂如波之逐水流,皆言無逆于物,似不必改
"茅"爲"頽"[五]。

［一］［三］《列子·黃帝第二》。

［二］按：《莊子·應帝王第七》：“因以爲弟靡。”晋郭象注云：“變化頹
靡。”又《列子·黄帝第二》注云：“‘茅靡’當爲‘頹靡’”。

［四］按：楊伯峻《列子集釋》卷二云：“此是《（列子）釋文》，光氏误以
爲注。”

［五］按：方向東《〈庄子〉疑难词语考釋》以爲“弟靡”即“夷靡”，乃連
綿詞，形容摇動不定之貌。

97-6　又《黄帝篇》惠盎“四累之上”[一]，一累謂刺不入、擊
弗中，二累謂弗敢刺、弗敢擊，三累謂使人本無其志，四累謂使
天下皆欲利之，玩本文自了[二]。注乃別謂“處卿、大夫、士、民
之上”[三]，何耶[四]？

［一］［三］《列子·黄帝第二》。

［二］按：參見《列子集釋》卷二引胡懷琛、陶鴻慶、吴闓生等人説。

［四］按：《香草續校書·列子》云：“張注云：‘處卿、大夫、士、民之上，
故言四累也。’其説本《吕氏春秋·順説覽》高誘《解》。然高于
《淮南·道應訓》注云：‘此上凡四事，皆累于世，而男女莫不歡
然爲上也。’此解得矣。上文云……義殊淺顯。今案：盧重玄注
已如此。高既得于《淮南》，而解《吕覽》乃爲‘卿、大夫、士、民’之
説，何也？或疑今《淮南》高注實與許叔重注兩家相雜，《道應訓》
是許注，非高注，儻果然與？抑《吕覽》‘四累’句無‘也’字，高實
以‘四累之上’誤連下‘大王獨無意邪’句讀，故彼解又言：‘君處
四分之上，故曰四累之上，喻尊高也。’然則《列子》有‘也’字與
《淮南》同，張乃不據《淮南》注而據《吕覽》注，斯爲疏矣。”

98　辨燭影斧聲之嫌

98-1　自《續湘山野録》言：“藝祖上賓之夕，先引拄斧戳

雪，顧太宗曰：‘好做好做。’”[一]是挂斧引自藝祖，非太宗也。然究有利器在旁之嫌，故辯之者但力斥《野錄》之誣，其實未詳考挂斧之制耳。挂斧之制得，則《野錄》不必誣，毋庸斥也。

　　按：《隱居通議》云：“宋太祖開基時，閱輿地圖，偶持玉斧，因以柄畫其分界。玉斧，非刀斧也，約長四五尺，以片玉冠其首，人主間步則持之，猶今柱杖之類。神祠中素繪儀從，猶或存此。”[二]劉起潛之説如此。證以他處，悉與脗合。《五代史・王朴傳》：“世宗臨其喪，以玉鉞叩地，大慟者數四。”[三]《聞見前錄》：“太祖幸西都，張齊賢獻十策于馬前，召至行宮，賜衛士郎餐，齊賢就大盤中以手取食。帝用挂斧擊其首，問所言十事，齊賢且食且對，略無懼色。”[四]又：“仁宗幸張貴妃閣，見定州紅瓷器，問爲王拱辰所獻，因以所持挂斧碎之。”[五]《鐵圍山叢談》：“太上謂徽宗命相，在宣和殿親札其姓名于小幅紙，緘封垂于玉柱斧子上，俾小瑠持之導駕，出至小殿，見學士始啓封。”[六]薛應旂《宋元通鑑》：“雷德驤判大理寺。寺之官屬附會宰相趙普，擅減刑名①。德驤求見，白其事，辭氣俱厲。帝怒叱之曰：‘鼎鐺尚有耳，汝不聞趙普吾社稷臣乎？’引挂斧擊折其上齶二齒，命曳出之。”[七]《讀書鏡》：“宋太祖後苑彈雀，有稱急事請見。出見，乃常事。太祖曰：‘此事何急？’對曰：‘亦急于彈雀。’上怒，以鉞斧柄撞口，兩齒墜焉。”[八]此鉞斧，即挂斧也。諸書之言挂斧者如此，更何有燭影斧聲之嫌哉！昔東萊吕氏詳兩髦以雪衛武公之冤[九]，余今亦詳挂斧以釋宋太宗之嫌[十]。

[一]宋釋文瑩《續湘山野錄》“太宗即位”條。

---

　　① “擅減刑名”，《宋元通鑑》卷三“開寶元年冬十月”條原作“增減刑名”，《續資治通鑑長編》卷九則作“擅增減刑名”。

[二]元劉壎《隱居通議》卷十。

[三]《新五代史》卷三十一。

[四]《邵氏聞見前録》卷七。

[五]《邵氏聞見前録》卷二。

[六]宋蔡絛《鐵圍山叢談》卷一。按：引文有删節。

[七]明薛应旂《宋元通鑑》卷三"開寶元年冬十月"條。按：此節見于《續資治通鑑長編》卷九"開寶元年十月甲戌"條及宋陳均《九朝編年綱目備要》卷二《太祖·開寶元年》。

[八]明陳繼儒《讀書鏡》卷一。按：此節本于宋司馬光《涑水記聞》卷一。

[九]《困學紀聞》卷十一《考史·史記正誤》引吕成公（祖謙）云："武公在位五十五年，《國語》又稱：'武公年九十有五，猶箴儆于國。'計其初即位，其齒蓋已四十餘矣。使果弑共伯而篡立，則共伯見弑之時，其齒又加長于武公，安得謂之髦死乎？髦者，子事父母之飾，諸侯既小斂則脱之。《史記》謂釐侯已葬而共伯自殺，則是時共伯已脱髦矣，《詩》安得猶謂之'髧彼兩髦'乎？是共伯未嘗有見弑之事，武公未嘗有篡弑之惡也。"按：吕説，見宋吕祖謙《吕氏家塾讀詩記》卷五《鄘風·柏舟》。

[十]按：《援鶉堂筆記》卷四十七《雜識》云："宋藝祖之崩，斧下燭影之疑，見于《湘山野録》。錢牧翁謂李仁甫《長編》載之。按：燾《傳》，何熙志言，燾《長編》紀魏王食肥彘，語涉誣謗，以此見于奏劾，况于祖宗傳授之大，而敢漫筆之乎？他日，燾卒。孝宗嗟悼曰：'朕嘗許燾大書續資治通鑑長編七字，且用神宗贈司馬光故事，爲序冠篇云云。'則燾恐未敢如此也。《孝宗紀》：'李回曰："藝祖不以大位私其子，發于至誠。"張守曰："藝祖諸子不聞失德，而傳位太宗。"'當時臣子之言如此，豈得以《湘山野録》上誣太宗乎？《長編》余未見，俟他時考之。"清方東樹按語云："《長編》今四庫書有刊本，《提要》稱'燾采摭浩博，或不免虚實並存，

疑信互見，未必一一皆衷于至當，不但太宗斧聲燭影之事于《湘山野録》考據未明，遂爲千古之疑竇’云云，則是先生所疑此事，與後來作《提要》者見闇合也。”

又按：《許廎學林·答問》卷九云：“問：光聰諧《有不爲齋隨筆》……歷引《隱居通議》及《五代史·王朴傳》《聞見前録》《鐵圍山叢談》、薛應旂《宋元通鑑》《讀書鏡》諸書，以證拄斧非利器。然他書所言玉斧，果盡如劉壎云‘約常四五尺，以片玉冠其首’歟？曰：據光引諸書，玉斧如今拄杖之類，亦曰拄斧，亦曰玉柱斧，亦徑曰鉞斧。此皆以上下文義定之。葉夢得《石林燕語》云：‘崇政殿，即舊講武殿。崇寧初，徙向後數十步。因增舊制，發舊基，正中得玉斧，大七八寸，玉色如截肪，制作極工妙。今乘輿行幸、最近駕前所持玉斧是也。’此則玉斧爲儀仗中之一物，非拄斧；大七八寸，非片玉。當分别觀之，故光氏未引之耳。”

98-2　又《四庫存目·史評類》載明程敏政《宋紀受終考》三卷，云：“《篁墩集》中有《宋太祖太宗授受辨》一篇，專辨僧文瑩《湘山野録》誣太宗燭影斧聲之事，末自注云：‘猶恐考核不精，故别成是書。’然觀文瑩所言，實無確指，徒以李燾《長編》誤解文瑩之言，遂成疑案。宋濂、黄溍①始首辨其誣，敏政是書，又博采諸書同異，一一辨證，然仍宋、黄二家之緒論也。”[一]

諧按：《長編》《受終考》《篁墩集》，皆未見[二]。黄説載本集中，因《野録》書真宗即位之次年，賜李繼遷姓名，進封西平王，與《宋實録》不合，斥其書未可盡據，因言：“李氏《續通鑑長編》及陳均《編年備要》書開寶九年十月壬子夜事，亦舍正史而取《野録》，筆削之意，莫得而詳。”[三]黄之所辨僅此。宋説俟考《文憲集》[四]。

① “溍”，原作“潽”，據《四庫全書總目》卷八十九《宋紀受終考》提要改。

［一］《四庫全書總目》卷八十九。

［二］按：李説見《續資治通鑑長編》卷十七。《宋紀受終考》，有明弘治四年戴銑刻本。《宋太祖太宗授受辨》，見明程敏政《篁墩文集》卷十一。

［三］元黄溍《金華黄先生文集》卷七《雜著·辨史十六則（其十一）》，亦見《日損齋筆記》。

［四］按：宋説不見于《宋文憲集》，而見于《日損齋筆記》卷首序。略云："金華侍講黄公溍，以文辭冠于一代，藏諸金匱，勒于樂石，既已播厥中外，晚①又出其緒餘，隨筆志之，號曰《日損齋筆記》……其據孔氏之《傳》而以八卦爲河圖，辨僧瑩之妄而知熙陵爲仁君，此尤超然自得之見。"館臣所據，則《宋紀受終考》卷中"潛溪宋氏濂《筆記序（略）》"。

98-3　又　按：《野録》此條，前後鋪叙，意止在表著道士前知之術耳，于太宗實册無確指。迨《備要》取之，易"引拄斧戳雪，顧太宗曰'好做好做'"［一］爲"引拄斧戳地，大聲曰'好爲之'"［二］，又引"或云宋皇后使王繼恩召皇子德芳，繼恩徑召晋王，后見晋王，愕然呼曰：'吾母子之命，皆託于官家。'"［三］則裝點甚矣，不知《長編》之誤解又何如也［四］。

［一］《續湘山野録》"太宗即位"條。

［二］［三］《九朝編年綱目備要》卷二《太祖皇帝·開寶九年》。

［四］按：《長編》卷十七"太祖開寶九年"所載，與《備要》卷二大體相同，蓋《備要》所據即《長編》也。

———————

①　"晚"，原作"既"，據《宋紀受終考》卷中及明董斯張《吴興藝文志補》卷二十九改。

98-4 **又** 張東海云：“元楊廉夫輩以拄斧戳地事爲宋太宗弒藝祖。近者，劉文安公作《宋論》，則鍛鍊益精矣。”[一]

[一] 明張弼《張東海先生文集》卷四《書〈續宋論〉後》。按：楊説見元楊維楨《鐵崖樂府・補編》：“慈母愛，愛幼雛，宋家光義爲皇儲。龍行虎步狀日異，狗趨鷹附勢日殊。膝下豈無六尺孤，阿昭阿美非呱呱。夜闌鬼静燈模糊，大雪漏下四鼓余。百官不執董狐筆，孤兒寡嫂夫何呼。于乎！床前戳地銀柱斧，禍在韓王金櫃書。”劉説見明劉定之《宋論》，參見《四庫全書總目》卷八十九《宋論》提要。

99　蘇頌辨曆

《宋史・蘇頌傳》：“請別製渾儀。以吏部令史韓公廉曉算術，有巧思，奏用之。”[一]按：《曲洧舊聞》但云：“于令史中得一人，深通算法，忘其姓名。”[二]《石林燕語》載其人作“張士廉”[三]，未知孰是[四]。又載：“頌使契丹，會冬至，彼曆先一日，趣使者入賀。彼不禁天文術數之學，往往皆精。彼曆實正，然勢不可從。頌乃爲泛論曆學，援據詳博，徐曰：‘此亦未足深較。以半夜子論之，多一刻即爲今日，少一刻即爲明日。此蓋失之多耳。’彼不能遽折，遂從。歸奏，神宗大喜，即問二曆究竟孰是。頌以實言，太史皆坐罰金。”[五]夢得此叙當得其實。頌《傳》叙此事，但作調人語，不明辨是非，體制固應有所避耳。

[一]《宋史》卷三百四十。
[二] 宋朱弁《曲洧舊聞》卷八“蘇子容銅渾儀”條。
[三][五]《石林燕語》卷九。按：參見《石林燕語》卷三及宋宇文紹奕

《考異》。

［四］按：宋蘇頌《新儀象法要》卷上《進儀象狀》云："臣昨訪問得吏部守當官韓公廉通《九章算術》，常以鈎股法推考天度……（遂奏差）太史局夏官正周日嚴、秋官正于太古、冬官正張仲宣等，與韓公廉同充制度官。"可見當爲"韓公廉"無疑。《宋史》所據則蘇頌行狀，見宋鄒浩《道鄉先生文集》卷三十九《故觀文殿大學士蘇公行狀》。參見宋蘇象先《丞相魏公譚訓》卷一《國論、國政》。

100　殷仲堪

"殷仲堪父患耳聰①，聞床下蟻動，謂之牛鬭。孝武素聞之，而不知其人，從容問仲堪爲誰。仲堪流涕而起曰：'臣進退維谷。'帝有愧焉。"［一］按：仲堪父名師［二］，景帝亦名師［三］，故云"進退維谷，而帝亦有愧"［四］。

［一］《晉書》卷八十四《殷仲堪傳》。按："進退維谷"，見《毛詩·大雅·桑柔》。

［二］按：《世説新語·紕漏第三十四》注云："《殷氏譜》曰：'殷師字師子。祖識、父融，並有名。師至驃騎咨議，生仲堪。'"

［三］按：《晉書》卷二《景帝紀》云："景皇帝諱師，字子元……武帝受禪，上尊號曰景皇帝。"

［四］按：清袁枚《隨園隨筆》卷十六《稱謂類》"避諱可笑"條云："殷仲堪不肯稱父名于君前，曰：'臣進退惟谷。'"不如光氏此説明晰。

101　陶淵明傳

方植之云："陶公以義熙元年乙巳秋仲爲彭澤令，冬即引

---

① "患耳聰"，《世説新語·紕漏第三十四》作"病虛悸"，光氏蓋據《晉書》。

歸，凡八十日。秋冬相際，非播藝之時，而《南史》叙公令吏種公田秫稻，情事不合。且上文云：‘公不以家累自隨。’故‘送一力給子’。乃未隔一行，却云：‘妻子與公爭種粳。’牴牾如此。”[一]

余按：“不以家累自隨，并送一力給子”，此事始載于昭明所作《傳》[二]，《南史》仍之[三]，《宋書》《晋書》皆不載，不載似與下文“妻子請種秫”事，略無牴牾。然以情事揆之，彭澤去柴桑止百里，且又一水上下，往來甚便。或先不以家累自隨，并送子一力，後其妻子更來官舍，亦情事之常。昭明殆紀其實，未詳更來一節。此等處在讀史者以意融之，尚可不爲牴牾。至仲秋始爲令，冬即引歸，誠無播藝之時，或擬令來年如此而未及行耶？《容齋隨筆》亦曰：“所謂秫、秔，蓋未嘗得顆粒到口也，悲夫！”[四]

[一] 清方東樹《陶詩附考》第三十九則。按：方説本之宋人。宋馬永卿《嬾真子録》卷五“靖節公田之利”條云：“淵明之爲縣令，蓋爲貧爾，非爲酒也。‘聊欲絃歌，以爲三徑之資。’蓋欲得公田之利，以爲三徑閒居之資用爾，非謂旋創田園也。舊本云：‘公田之利，過足爲潤。’後人以其好酒，遂有公田種秫之説。且仲秋至冬，在官八十餘日，此非種秫時也。”

[二] 晋陶淵明《陶淵明集》附南朝梁蕭統《陶淵明傳》。

[三]《南史》卷七十五《陶潛傳》。

[四]《容齋隨筆》卷八“陶淵明”條。

102　陳音白雲觀詩

102-1　《明詩綜》載莆田陳音《重九會白雲觀》一律云：“長春宮觀鎖寒烟，駐馬斜陽老樹邊。白鶴不歸雲影外，黃花仍放酒杯前。空餘譚馬王劉像，莫辨龍蛇虎兔年。燕子蹉跎重九

至,西風落帽一悽然。"[一]按:"燕子"當作"燕九"。京師以正月
十九日爲燕九節,道流競集白雲觀,詩故以兩"九"字關會也。
吾鄉趙鼎卿[二]著《鷄林子》,記陳兩事,甚可笑。一云:"嘗聞莆
學士陳公音終日誦讀,脫略世故。一日,往謁故人,不告從者所
之,竟策騎而去。從者素知其性,乃周迴街衢,復引入故舍。下
馬升座,曰:'此安得似我居?'其子因久候不入,出見之,曰:'渠
亦請汝來耶?'乃告以故舍。曰:'我誤耳。'"[三]又:"嘗考滿,當
造吏部,乃造戶部,見徵收錢糧,曰:'賄賂公行,仕途安得清?'
司官見而揖之,曰:'先生來此何爲?'曰:'考滿來耳。'曰:'此戶
部,非吏部也。'乃出。"[四]竹垞當未見此書,見之,當入《靜志居
詩話》。

[一] 清朱彝尊《明詩綜》卷二十二陳音《重九會白雲觀分韻得然字》。

[二] 按:趙釴(1512—1569),字鼎卿,號柱野,明嘉靖二十三年進士,
　　 授刑部主事,擢禮科給事中,轉吏科,遷南太僕寺少卿,再晋右
　　 僉都御史,巡撫貴州。著有《無聞堂稿》十七卷等。生平事跡見
　　 明焦竑《国朝献徵録》卷六十三明林樹聲《都察院右僉都御史柱
　　 野趙公釴墓誌銘》。

[三][四] 明趙釴《鷄林子》卷三。

102-2　又 劉侗《帝京景物略》亦載此詩[一]。前四句"觀"
作"殿","老"作"古","雲"作"人","放"作"發",視《詩綜》已遜。
後四句作:"龍山硯石參軍帽,藍水寒山子美篇。聚散幾回時序
別,令人對此一茫然。"則工拙懸殊矣。晋安鄭方坤《全閩詩話》
亦據《景物略》所載[二],似是原本;《詩綜》所載,或爲竹垞代改
耶? 陳有《媿齋集》,未見[三]。

［一］明劉侗《帝京景物略》卷三《城南内外·白云观》。

［二］《全閩詩話》卷六。

［三］按：《中國古籍總目》著録明陳音撰、陳須政（按：當作"樂"）刊《媿齋集》十七卷附一卷（集 20207036），明嘉靖三十一年刻本，僅日本國立公文書館有藏，今亦未見。陳音事跡及文集版本情況，可參俞昕雯《陳音生平事跡考》。

102-3　又 按："'燕九'有作'烟九'者，謂京師正月燈市，例以十八日收燈，城中游冶頓寂；次日，傾國出城西郊，至白雲觀嬉游布飲，名爲'耍烟九'，以火樹星橋甫收聲采，而以烟火得名耳。又有作'淹九'者，謂燈夕闌珊，未忍遽舍，取淹留之意。又有作'奄九'者，謂全真道人丘玄清以是日就奄。"［一］三説並見《野獲編·補遺》，然義皆不如"燕九"之大雅［二］。

［一］《萬曆野獲編·補遺》卷三《畿輔》"淹九"條。按："燕九"又或謂之"宴九""筵丘"，后者蓋附會于丘處機。如明劉若愚《酌中志》卷二十云："（正月）十九日名燕九。是日也，都城西南有白雲觀者，云是勝國時邱真人成道處。此日僧道輻湊，凡聖溷雜，勛戚、内臣凡好黄白之術者，咸游此訪丹訣焉。"蓋無一定之説。又元熊夢祥《析津志·歲紀》云："至（正月）十九日，都城人謂之燕九節，傾城士女曳竹杖，俱往南城長春宫、白雲觀，宫觀葳揚法事燒香，縱情宴玩，以爲盛節，猶有昔日風紀。"是元代已有此風俗。清代燕九情事，可參清袁旭纂《燕九竹枝詞》。

［二］按：《稼墨軒詩集》卷六《燕九》，叙述當時風俗甚詳，録以備參："上元已過逢燕九。都人相呼城西走。兒童壯夫黄髮叟。嬌女雲茶從阿母。蹄感輪飛擔且負。競往仙宫莫敢後。仙宫巍峨離塵垢。終歲重關嚴下牡。但聞鐘磬飄林藪。是日風和冰解瀏。致酹邱仙沿俗久。不問朝卯與夕酉。到來門開曷用扣。門

内殿庭分左右。青飾愡欂丹柱枓。雲霞恍惚生户牖。就中正殿尤高厚。羅列群真辨誰某。飛揚秀發神瞅瞅。庭前柏間槐榆柳。其下羽流交臂肘。占地兀坐學木偶。詫爲真仙顔弗忸。投以一文心領受。或持赤刀厭哮吼。或奏青詞焚科蚪。冠笄紛拜男共婦。願祈人人比仙壽。庭設大瓢瘦木剖。此瓢曾貯九還否。不然神物胡爲守。門外場寬可十畝。趁墟廛至聯曹耦。珠璣象貝瓊瑤玖。筐筥錡鬵甊甄瓿。刲羊炙牛燖雞狗。張幕煎茶蟬煮酒。金錢擲買不無有。都盧緣橦好身手。長蹻高絙勢峻陡。幻人變換六畜首。挀撥詼諧床據聭。陽烏西匿色乍黝。蓺來萬炬欺星斗。巧琢頗黎串珠紐。繪窮毛族兼羽醜。有像桓桓亦赳赳。長夜熱中焚炭榾。曰燒秦檜附衆口。去來靡定蠅隨帚。盤旋不出魚在罶。此中良苗不勝莠。緑幘冶童恣狎狃。紅裙妖姬從牽誘。旁出鼠竊肆翦綹。誰何不良忘扞掫。舉國皆狂孰爲喉。不挽頹俗祛其蔀。應愧乘軒紆組綬。或云戒殺感英后。丘仙長春宜不朽。蚩蚩氓者無譽咎。一日之澤義可取。”

103　文移肆罵

放翁《東齋偶書》句云：“詩酒放懷貧①亦樂，文移肆罵老難堪。”[一] 按：昌黎《上鄭尚書相公啓》：“分司郎官職事，惟祠部爲煩且重。愈獨判二年，日與宦②者爲敵，相伺候罪過，惡言詈辭，狼籍公牘③，不敢爲恥，實慮陷禍。”[二] “文移”句，蓋用其意也。

---

① “貧”，《劍南詩稿》卷十八《東齋偶書》原作“窮”。
② “宦”，原作“官”，據《昌黎先生集》卷十五《上鄭尚書相公啓》改。
③ “牘”，《昌黎先生集》卷十五《上鄭尚書相公啓》原作“牒”。

[一]《劍南詩稿》卷十八。

[二]《昌黎先生集》卷十五。

104 韋世康

韋世康爲逍遥公之子[一],《本傳》言其"有止足之志","不慕勢貴,未嘗以位望矜物",載其《與子弟書》,亦似言之切矣[二]。及考《韋師傳》,又言其"與師素懷勝負,因晉王廣引師爲主簿,而世康弟世約爲法曹從事,恚恨不能食,恥世約在師之下,數而杖之"[三],此豈不慕勢貴者所爲耶?蓋漸習逍遥公之家教,亦知以止足爲賢,究非本志,故卒不果行。且此事又豈宜訪之子弟哉?

[一]按:《北史》卷六十四《韋敻傳》云:"敻字敬遠,志尚夷簡,澹于榮利。弱冠,被召拜雍州中從事,非其好也,遂謝疾去。前後十見徵辟,皆不應命⋯⋯(明帝)號之曰逍遥公。"(《周書》卷三十一)

[二]《北史》卷六十四《韋世康傳》(《隋書》卷四十七)。

[三]《北史》卷六十四《韋師傳》(《隋書》卷四十六)。按:參見《廿二史考異》卷四十《北史·韋師傳》條。

105 楊學士十聯

"誰似金華楊學士,十聯詩在御屏風。"[一]向意十聯詩,必皆金華殿中語[二]。及閱《澠水燕談》,備載其聯,只"春歸萬年樹,月滿九重城"[三]一聯爲得體。其餘率寒儉蕭颯,甚至如"廢宅寒塘水,荒墳宿草烟"[四],亦列屏上。蓋都非奉詔應制之作,《玉壺清話》亦全載之[五]。

［一］［三］［四］《澠水燕談録》卷七《歌咏》。按："春歸"句，題爲《元夜》。"廢宅"句，題爲《哭江爲》。

［二］按：《茶香室叢鈔》卷八"楊徽之十聯詩"條云："宋太宗選楊徽之詩十聯，寫于御屏，梁周翰詩所謂'誰似金華楊學士，十聯詩在御屏風'是也。此事熟在人口，十聯詩則罕能舉之者。"

［五］《玉壺清話》卷五。

106　道樹

《揮麈後録》云："太祖嘗令于瓦橋一帶南北分界之所，專植榆柳，中通一徑，僅能容一騎。後至真宗朝①，爲使人往來之路，歲月浸久，日益繁茂，合抱之木，交絡翳塞。宣和中，童貫爲宣撫，統兵取燕、雲，悉命翦薙之。逮金人南騖，遂爲坦途。使如前日有所蔽障，則未必能長驅如此。"［一］《浪語集》亦言："中朝之制，河北統于大名府，河東統于太原府，陝西統于永興軍，有榆塞爲之險。"［二］"榆塞係岡阜之地，植榆爲阻，以限敵騎之衝突。"［三］按：列樹表道，亦爲古王政之一端［四］，必謂即可禦戎，未免迂遠。蓋既能翦薙于童貫，獨不能翦薙于金人耶？乾隆時，吾鄉方侍郎曾爲此疏［五］，殆本仲言、士龍之意，然主于禦響馬賊盜，非禦敵國兵戎也。

［一］《揮麈後録》卷一。

［二］［三］宋薛季宣《浪語集》卷十六《朝辭劄子二》。

［四］按：《國語·周語中第二》"道無列樹"三國吳韋昭注云："古者列樹以表道，且爲城守之用也。"

［五］按：清方苞《望溪奏議》卷上《請備荒政兼修地治劄子》云："周公

---

①　"朝"，原作"廟"，據《揮麈後録》卷一改。

立司險、掌固二官，以通守政，所恃惟溝樹耳。凡國都暨近郊、遠郊，必設溝樹三重，鄙邑一重……春秋、戰國時，有連數國之師攻彈丸小邑而不能入者，有溝以爲限，有樹以爲蔽，則守禦易而圍攻難也。自秦人墮城平塹，漢、魏以後，盜賊猝起，破州屠邑，千里無留行。蓋古法澌滅，州縣或無城，或有城而卑且惡，或城雖可憑而無溝樹以爲阻固耳。詳稽前史，證以近代所見聞，苟城堅而有溝樹，守禦得其方，雖敵强援，絶莫能驟拔也。聖人安不忘危，則國家閒暇，城堡溝樹之政宜及時修舉，明矣。”亦見清方苞《望溪集外文》卷一。蓋乾隆元年三月所上，見《清史列傳》卷十九《方苞傳》。

107　楊叛兒

《南史》：“鬱林王令女巫楊氏禱祀，速求天位，倍加敬信，呼楊婆。宋氏以來，人間有《楊婆兒歌》，蓋此徵也。”[一]《通典》：“楊叛兒，本童謠也。齊隆昌時，女巫楊之子隨母入內，及長，爲太后所寵愛。童謠云：‘楊婆兒，共戲來所歡①。’語譌，遂成‘楊叛兒’。”[二]凡童謠，皆見于事前，《南史》以爲宋氏以來有此歌，是也。《通典》童謠自是追叙，而文過省，非參以《南史》，不備。《南史》不言楊巫之子，則“兒”字無所指，又有賴于《通典》也。

[一]《南史》卷五《齊廢帝鬱林王本紀》。
[二]《通典》卷一百四十五《樂五·雜歌曲》。

---

①　“共戲來所歡”，王文錦等點校本《通典》據《舊唐書》卷二十九《音樂志二》改“歡”爲“歌”，誤。“所歡”乃六朝習語，即所愛之人。《樂府詩集》卷四十九《清商曲辭六》“楊叛兒”條引《唐書·樂志》亦作“歡”。今本《舊唐書》“所歡”作“而歌”，蓋刊刻之誤。

108　縱囚

唐太宗縱囚，歐陽子論之當矣[一]。然《南史》謝方明、王志、何胤、席闡文、傅岐[二]，《北史》蕭撝、張華原、王伽[三]，皆已行之。撝之言曰："昔王長、虞延，見稱前史，吾雖寡德，竊懷景行。"[四]然則古之縱囚者甚多，史但記其懷恩依前而還者，其有負恩不還，蓋不傳矣[五]。

[一]《居士集》卷十八《縱囚論》。

[二]《南史》卷十九《謝方明傳》（《宋書》卷五十三）、卷二十二《王志傳》（《梁書》卷二十一）、卷三十《何胤傳》（《梁書》卷五十一）、卷五十五《席闡文傳》（《梁書》卷十二）、卷七十《傅岐傳》（《梁書》卷四十二）。

[三]《北史》卷二十九《蕭撝傳》（《周書》卷四十二）、卷八十六《張華原》（《北齊書》卷四十六）、卷八十六《王伽傳》（《隋書》卷七十三）。

[四]《北史》卷二十九《蕭撝傳》（《周書》卷四十二）。

[五]按：參見《癸辛雜識·後集》卷四"縱囚"條、《陔餘叢考》卷十九"縱囚不始于唐太宗"條。

109　明太祖像

明太祖像，余于嘉慶壬申主淮南書院[一]，謁見于龍興寺[二]。道光丁酉，游攝山，又謁見于幽居寺[三]。上額下頷，皆前出，彷彿龍形，虯髯，左面有十餘墨子，狀甚威奇，與史所稱"姿貌雄傑，奇骨貫頂"[四]者正合。後閱張萱《疑耀》言："直西

省見内府所藏高皇御容，乃美丈夫，須髯皆如銀絲可數，與世所傳絶異。"[五]

[一] 按：清馮煦修、魏家驊纂、張德霈續纂修《[光緒]鳳陽府志》卷十三《學校考》云："淮南書院，在府署前。乾隆間，知府楊毓健、項樟相繼創建。"又《稼墨軒文集·跋倪迂存古泉册》云："嘉慶癸酉春，諧來鳳陽主淮南書院。"

[二]《[光緒]鳳陽府志》卷十五《古跡考》："龍興寺，在鳳皇山前，明洪武初敕建……今寺有明太祖龍興寺碑，銅鑊銅鐘鼓，又有明太祖像。"按：清方濬師《蕉軒隨録》卷一"宋明兩太祖畫像"條云："明太祖本句容人，遷徙濠州，今鳳陽府也。少年窮乏，爲皇覺寺僧，神常示兆。御極後，遂改皇覺寺爲龍興寺，在府城外三里。佛堂中供太祖像，幅長丈餘，神采勃勃現紙上。寺僧尊藏惟謹，不肯輕出示人。凡游客取觀者，皆令畫師所摹擬也。近年粵匪破鳳陽，僧某負像逃，流離數省，亂後復歸，像得無恙。豈高皇帝之陰靈有以呵護歟？"

又按：清胡敬《南薰殿圖像考》卷上著録"明太祖像十二軸"，其一云："鳳眸龍頤，黑誌盈面，服冕垂旒，被衮執圭。"即此種畫像。諸畫像今藏臺北故宮博物院。

[三] 按：幽居寺，或稱"幽居庵""古佛庵""優曇庵"。《攝山志》卷一《幽居庵》云："在中峰之右，與西峰相接。數楹量笏，竹木環之，闃若人境外。"《惜抱軒詩集》卷四《游攝山二首（其一）》原注云："古佛庵有明太祖御容。"姚永樸《惜抱軒詩訓纂》卷四即引本條注釋。又清張穆《顧亭林先生年譜》"順治十年"條云："二月，再謁孝陵，並謁太祖御容于靈谷寺。"清車守謙云："太祖、帝后御容，今攝山優曇庵中亦有摹本。不知即孝陵中藏本否？"

[四]《明史》卷一《太祖本紀》。按：鄭天挺《鄭天挺明史講義》第四章第二節"明太祖容儀"條云："俗傳太祖相爲'五嶽朝天'，所謂'奇

骨貫頂’，當即是也。”

［五］明張萱《疑耀》卷一。

110　邑姜

“亂臣十人”[一]之有邑姜，亭林顧氏疑之，以其爲武王陳師
誓衆之言，“方且以用婦人爲紂罪，周之功業，豈必藉于婦
人”[二]？余謂不然。此言各有當者，不可以辭害意。且周之王
化起于閨門，其宮幃之賢實不可及。當日，本其實而括之曰“十
人”，固未一一分指，亦奚不可？至謂十人皆在戎行，此又不必。
出而治軍者有人，居而守國者豈能無人？何必盡在軍中而後爲
同心同德耶？

［一］僞古文《尚書·周書·泰誓中第二》：“予有亂臣十人，同心同
德。”僞孔《傳》：“十人，周公旦、召公奭、太公望、畢公、榮公、太
顛、閎夭、散宜生、南宮适及文母。”《小學紺珠》卷五：“劉原父謂
子無臣母之義，蓋邑姜也。”

［二］《日知錄》卷七“有婦人焉”條：“所謂十人，皆身在戎行者。太
姒、邑姜自在宮壼之內，必不與軍旅之事，亦不必並數之以足十
人之數也。”

111　趙武靈王夢處女

《史記》：趙武靈王因夢處女，致內孟姚，廢長立幼，以亂殞
身，大非佳事[一]。阮亭《夫于亭雜錄》乃比之襄王夢神女事，而
怪詞人賦咏概不及之[二]，過矣。又言：“武靈使群從賦之，以侈
其事。”[三]按：《史記》只言“夢處女，鼓琴歌詩，異日，王數言所

夢,想見其狀"^[四]而已,無使賦事。阮亭殆率臆筆之,未及尋檢。

[一][四]《史記》卷四十三《趙世家》。
[二][三]清王士禎《古夫于亭雜録》卷五"神女樓"條。

112　己爲司馬

宣四年《左傳》:"鬭般爲令尹,子越爲司馬,蒍賈爲工正,譖子揚而殺之。子越爲令尹,己爲司馬,子越又惡之,乃以若敖氏之族,圄伯嬴^①于轑陽而殺之。"^[一]子揚即鬭般,子越即椒伯,嬴即賈,杜注謂:"賈爲椒譖子揚,而己得椒處。"^[二]聞嘗疑之,以賈曾與子文論子玉不能靖國,及力阻徙都避寇之謀,蓋賢而有智識者,何至倒行逆施,黨椒而又爲椒所殺耶? 後見姚君彦卬^[三]《問漪文稿》,謂:"'己爲司馬'之'己',當是'賈'字之誤。'子越又惡之','又'字承上謂'譖子揚'之文而及,語義甚明晰。杜蓋緣'己'字之誤而誤解之。"彦卬,爲惜抱從侄。

[一][二]《左傳·宣公四年》杜注。
[三] 按:姚憲(1758—1847),字彦卬,號問漪。姚昭長子,姚範孫。邑庠生。劉聲木《桐城文學淵源考》卷四云:"師事從父姚鼐,受古文法,後復師事姚景衡。"著有《問漪詩存》一卷、《問漪文存》一卷,今皆不存。

---

① "嬴",《左傳》宣公四年原作"嬴",《吕氏春秋·恃君覽第八·知分》作"盈"。

113　詩感異時

　　杜子美作諸葛丞相詩云:"出師未捷身先死,嘗①使英雄淚滿襟。"[一]後宗留守歌之[二],倍有聲色。魏武"老驥伏櫪"四語[三],後王處仲歌之[四],亦倍有聲色。雖忠邪不同,其異代相感之深,一也。若王叔文歌"出師未捷"[五]一句,蕭理孫歌"老驥伏櫪"[六]四語,則爲不類。羊曇歌子建之"生存華屋處,零落歸山丘"[七],簡文咏庾闡之"志士痛朝危,忠臣憂②主辱"[八],東魏孝静咏謝靈運之"韓亡子房奮,秦帝魯連恥。本自江海人,忠義動君子③"[九],咏范蔚宗之"獻生不辰,身播國屯。終我四百,永作虞賓"[十],則尤哀不自抑矣。

[一]《杜詩詳注》卷九《蜀相》。
[二]《宋史》卷三百六十《宗澤傳》:"澤前後請上還京二十餘奏,每爲潛善等所抑,憂憤成疾,疽發于背。諸將入問疾,澤矍然曰:'吾以二帝蒙塵,積憤至此。汝等能殲敵,則我死無恨。'衆皆流涕曰:'敢不盡力!'諸將出,澤嘆曰:'出師未捷身先死,長使英雄淚滿襟。'"
[三]《采菽堂古詩選》卷五《步出西門行四篇·龜雖壽》,亦見《漢魏六朝一百三家集·魏武帝集》,題爲《碣石篇·其四·龜雖壽》。
[四]《世說新語·豪爽第十三》:"王處仲每酒後,輒咏'老驥伏櫪,志在千里。烈士暮年,壯心不已'。以如意打唾壺,壺口盡缺。"

---

　　①　"嘗",《杜詩詳注》卷九《蜀相》原作"長",此蓋誤記。
　　②　"憂",《世說新語·言語第二》作"哀"。
　　③　"忠義動君子",《北齊書》卷三《文襄帝紀》作"忠義感君子",《北史》卷五《東魏孝静帝本紀》作"志義動君子"。檢《宋書》卷六十七《謝靈運傳》,文同《北齊書》,可見"志"爲誤字,"感""動"則同意異文。

[五]《資治通鑑》卷二百三十六"唐順宗永貞元年夏四月乙巳"條："上御宣政殿，册太子。百官睹太子儀表，退，皆相賀，至有感泣者，中外大喜。而王叔文獨有憂色，口不敢言，但吟杜甫題諸葛亮祠堂詩曰……聞者哂之。"

[六]《北史》卷九十三《蕭詧傳》："居常怏怏，每誦'老馬伏櫪，志在千里；烈士暮年，壯心不已'，未嘗不盱衡扼腕①嘆吒者久之。"（《周書》卷四十八）

[七]《晋書》卷七十九《謝安傳》："羊曇者，太山人，知名士也，爲安所愛重。安薨後，輟樂彌年，行不由西州路。嘗因石頭大醉，扶路唱樂，不覺至州門。左右白曰：'此西州門。'曇悲感不已，以馬策扣扉，誦曹子建詩曰……慟哭而去。"按："生存"句，見魏曹植《曹子建集》卷六《箜篌引》。

[八][九][十]《困學紀聞》卷十三《考史》引晋簡文帝咏庚闡詩及東魏孝靜帝咏謝靈運詩兩事云："至今使人流涕。"清翁元圻注引《晋書》卷九《簡文帝紀》："先是熒惑入太微，海西廢。及帝登阼，熒惑又入太微，帝甚惡焉。時中書郎郗超在直，帝乃引入，謂曰：'命之長短，本欲不計，故當無復前日事耶！'超曰：'大司馬臣溫方内固社稷，外恢經略，非常之事，臣以百口保之。'及超請急省其父，帝謂之曰：'致意尊公，家國之事，遂至于此！'因咏庚闡詩云云遂泣下霑襟。"又引《魏書》卷十二《孝靜帝紀》云："帝有孝文風。齊文襄王嗣事，甚忌焉。文襄嘗侍飲，舉觴曰：'臣澄勸陛下酒。'帝不悦，曰：'自古無不亡之國，朕亦何用此活！'文襄怒曰：'朕，朕，狗脚朕！'文襄使崔季舒毆帝三拳，奮衣而出。帝不堪憂辱，咏謝靈運詩云云。及禪位，下御座，步就東廊，口咏范蔚宗《後漢書·贊》云：'獻生不辰，身播國屯。終我四百，永作虞賓。'"按：光氏當本此。

---

① 　諸本"扼"皆譌作"抱"，又脱"腕"字，此據《周書》卷四十八改補。

又按：簡文帝咏庾闡詩事，見《世説新語·言語第二》，據劉注，詩題爲《從征》。孝静帝咏謝《詩》、范《贊》事，亦見《北齊書》卷三《文襄帝紀》、《北史》卷五《東魏孝静帝本紀》。所咏謝《詩》，見《宋書》卷六十七《謝靈運傳》；所咏范《贊》，見《後漢書》卷九《孝獻帝本紀》。

有不爲齋隨筆庚

114　彌天釋道安四海習鑿齒

　　"釋道安與習鑿齒初相見。道安曰：'彌天釋道安。'鑿齒曰：'四海習鑿齒。'時人以爲佳對。"[一]向來不得其解，近偶思得之。蓋"釋"與"識"同聲，借之，言普天之下人皆識己也；鑿齒依其義答之，亦言四海之人皆習知己。"釋"須借"識"，"習"則本字不借，故對尤佳，足以勝之。此正如"日下荀鳴鶴，雲間陸士龍"[二]之類。東坡《送楊傑》詩云："三韓王子西求法，鑿齒彌天兩勍敵。"[三]蓋以楊曾爲高麗僧義天館伴，故用此事，可謂精當。惟鑿齒、彌天對舉，雖曰互文，亦恐未詳本意。楊誠齋《過太湖石塘》詩："正緣王事游方外，鑿齒彌天未當賢。"[四]亦同東坡。至《梁高僧傳》以爲習先稱，安後對，"時人以爲名答"[五]。蓋不得其解，故顛倒之以右釋，豈知其固不可倒耶？[六]

[一]《晋書》卷八十二《習鑿齒傳》。
[二]《世説新語・排調第二十五》。
[三]《施注蘇詩》卷二十三。
[四]《誠齋集》卷二十八《朝天續集・過太湖石塘三首(其三)》。
[五]南朝梁釋慧皎《高僧傳》卷五《晋長安五級寺釋道安》。

[六] 按：南朝梁蕭繹《金樓子》卷五《捷對篇第十一》云：“習鑿齒詣釋
　　道安，值持鉢趨堂，鑿齒乃翔往衆僧之齋也，衆皆捨鉢斂衽，唯
　　道安食不輟，不之禮也。習甚恚之，乃厲聲曰：‘四海習鑿齒，故
　　故來看爾。’道安應曰：‘彌天釋道安，無暇得相看。’”清李慈銘
　　《越縵堂讀史札記·晋書札記》卷四據此而論曰：“蓋以海、齒、
　　爾爲一韻，天、安、參爲一韻，故當時以爲佳對，此傳本《世説》刪
　　去下二語，便爲理減。”然《金樓子》所載似一俳諧故事，恐屬附
　　會增飾，李氏之説似不可信。
　　又按：宋葉夢得《石林詩話》卷下云：“晋、魏間詩，尚未知聲律對
　　偶。然陸雲相謔之詞，所謂‘日下苟鳴鶴，雲間陸士龍’者，乃指
　　爲的對；至‘四海習鑿齒，彌天釋道安’之類不一。乃知此體出
　　于自然，不待沈約而後能也。舊不解‘四海’‘彌天’爲何等語，因
　　讀梁慧皎《高僧傳》，載鑿齒與道安書云：‘夫不終朝而雨六合
　　者，彌天之雲也；弘淵源而潤八極者，四海之流也。’故摘其語以
　　爲戲耳。始晋初爲佛學者，皆從其師姓，如支遁本姓關，從支謙
　　學，故爲支。道安以佛學皆本釋迦爲師，請以釋命氏，遂爲定
　　制。則釋道安者，亦其姓也。”合葉氏、光氏兩説觀之，似可明當
　　時以“彌天”“四海”爲佳對之故。

115　唐玄宗二嶽碑

　　王銍《默記》：“華州西嶽廟門裏有唐玄宗《封西嶽御書碑》，
其高數十丈，砌數段爲一碑。其字八分，幾尺餘，直上薄雲霄。
舊有碑樓[①]，黃巢入關，人避于碑樓上，巢怒，并樓焚之。樓既
焚盡，而碑字缺剥焚損，十存一二也。”[一]余于道光癸巳謁西嶽
廟，匆匆未尋此碑殘字。後檢《金石萃編》[二]，引畢氏《關中金

---

① “樓”，原作“横”，據《默記》改。

石記》言"只存'駕如''陽孕'四字"[三]，引錢氏《金石後録》言
"四字亦殘闕"[四]。按：《唐文粹》載此碑序言："十有二載，孟冬
之月，步自京邑，幸于洛師。停鑾廟下，清眺仙掌。"[五]一本"十
有二載"作"十有一載"[六]。考之新、舊《唐書·紀》，天寶十一、
二載並無幸東都事。惟開元十年，《新書·紀》言："十月庚申，
如東都。"[七]《舊書·禮儀志》言："開元十年，因幸東都，又于華
嶽祠前立碑，高五十餘尺。"[八]則碑實作于開元，非天寶矣。序
稱"年"爲"載"者，但爲行文之通詞，非如天寶三載後之有定制
也。至序一作"十有一載"，一作"十有二載"，與新、舊《書》不
合，又難定爲衍字，殊不可解[九]。《默記》言"碑高數十丈"[十]，
自係刊刻之誤，當作"數十尺"耳。

　　余前以辛卯登岱頂，見開元十四年《紀泰山銘》，高三丈四
尺，廣一丈七尺，摩崖深刻，額字徑二尺，碑文徑五六寸，全體完
具，惟下截爲道人薪火所毀僅百餘字，後人以舊本摹補[十一]。
西側有從封諸王群臣題名，作數層刻之，多爲後代題字劖毀，尤
甚者，"忠孝廉節"四大字並鑴，遂僅有存矣[十二]。然碑文固無
恙，余從泰安明府徐君宗幹[十三]丐得一榻本，作五段分拓，後爲
金匱孫文靖公[十四]假去未還，至今念之。蓋摩嶽頂之崖，視樹
平地之石，所托不同，宜其完毀之各異耳。

　　又按：顧氏《金石文字記》及朱氏《曝書亭集·開元泰山銘
跋》，皆以銘側係刻蘇頲所撰《朝覲頌》，而咎明人妄刻四大字致
毀[十五]。今追憶當時目驗毀餘可辨之字，實是題名，並非蘇
《頌》，兩家殆因閱《弇州稿》致有沿誤[十六]。弇州自言登山目
見，不知何以舛誤若此。近日武虛谷考證題名殘字甚詳[十七]，
孫淵如又親宿嶽頂，命工精拓，尚有數百餘字[十八]。余雖亦留
一宿，究迫公家程期，未能再拓，詳審字數較孫所拓又何如，然
比顧、朱兩家之未至，已差勝矣。

［一］［十］宋王銍《默記》。按:《知不足齋叢書》本不分卷,《四庫全書》
　　本及《學海類編》本分爲三卷。

［二］［三］［四］《金石萃編》卷七十五"華山銘殘字"條。按:畢沅之説,
　　見《關中金石記》卷三,錢大昕①之説見《金石後録》卷二,亦見
　　《潛研堂金石文字目録》卷二。"駕如""陽孕",乃"仙駕如聞""陰
　　陽孕育"兩句殘字。

［五］《唐文粹》卷五十唐玄宗御製、張説斠《西嶽太華山碑銘(并
　　序)》。

［六］按:《唐文粹》版本繁多,未詳光氏所言"一本"究爲何本。

［七］《新唐書》卷五《玄宗本紀》。

［八］《舊唐書》卷二十三《禮儀志三》。

［九］按:《舊唐書》卷八《玄宗本紀上》載:"(開元十二年)冬十一月庚
　　申,幸東都,至華陰,上制岳廟文,勒之于石,立于祠南之道周。"
　　又《新唐書》卷五《玄宗本紀》亦載:"(開元十二年)十一月庚午,
　　如東都。"即言幸東都而立碑事,光氏失檢。是"十有一載"之
　　"一"當爲"二"字之誤,而《舊唐書》卷二十三《禮儀志三》"十"下
　　又脱一字也。唯"庚申""庚午"小異,檢《册府元龜》卷三十三《帝
　　王部·崇祭祀第二》、《資治通鑑》卷二百十二《唐紀二十八》均
　　作"庚午",然則"申"字蓋"午"之誤。參見宋王溥《唐會要》卷二
　　十七《行幸》。

［十一］［十二］［十八］清金榮《泰山志》卷十五"紀泰山銘"條:"右刻,
　　在山頂,並額共高三丈四尺,廣一丈七尺,作棋局紋。大書深
　　刻,額字大二尺,碑文大五六寸。山崖石理此處獨堅,故全碑平
　　坦完好,唯下截爲道人積薪毁于火。乾隆初,邑人大學士趙國
　　麟以舊本重摹補之,字形差小,神氣亦遠不及原本。碑西側從
　　封諸王從臣題名,作數層刻之,惜多爲歷朝題字鏟毁殆盡。嘉

────────────

①　"昕",《金石萃編》卷七十五原作"昭",據《金石後録》之作者改。

慶二年春,署山東按察使、陽湖孫星衍來謁岱宗,前運河同知黃
易、陽湖楊元錫、錢塘江鳳彝同至,宿登封頂,命工精拓審視,尚
存岐王臣範、咸①王臣沐、延王臣泗及張説、尉大雅、劉敬之、孫
元慶等銜名,殘缺數百字,筆鋒犀利,奕奕有神,惜佳刻不完
耳。"按:此節當即光氏所本。

又按:孫星衍命工精拓事,可參清黃易《岱巖訪古日記》嘉慶二
年二月二日、三日條。

[十三] 按:徐宗幹(1796—1866),字樹人,又字伯楨,江蘇通州人。嘉
慶二十五年進士。道光二十八年任福建臺灣道,後升授福建按
察使,補授浙江按察使。咸豐九年任浙江布政使,後擢福建巡
撫。卒,諡清惠。著有《斯未信齋全集》等。生平事跡見清徐宗
幹《斯未信齋主人自訂年譜》。

[十四] 孫爾準(1770—1832),字平叔,一字萊甫,號戒庵,江蘇金匱
人。嘉慶十年進士,選庶吉士,授翰林院編修。歷官汀州知府、
江西按察使、福建布政使,安徽、福建巡撫,官至閩浙總督,加太
子少保。卒贈太子太師,諡文靖。著有《泰雲堂詩集》十八卷、
《文集》二卷、《駢文》二卷等。生平事跡見清陳壽祺《左海文集》
卷九《贈太子太師諡文靖太子太保兵部尚書閩浙總督金匱孫爾
準墓誌銘》。

[十五]《金石文字記》卷三"紀泰山銘",《曝書亭集》卷四十九《開元
太山銘跋》。

[十六]《弇州山人四部稿》卷一百三十五《唐玄宗御書太山銘後(其
二)》。按:《金石萃編》卷七十六"紀太山銘"條已引王世貞、朱彝
尊兩家之説。

[十七]《泰山志》卷十五引清阮元《山左金石志》云:"從封諸王群臣
題名,在《紀銘》西側。武虛谷云:'題名石刻,向未經人著録,故

① 據《舊唐書》卷八《玄宗本紀上》"第二十一男沐封爲盛王",可知"咸"實當
作"盛"。

流傳絶少。前明嘉靖間，數安人鐫刻大字，橫貫交錯，唐刻遂湮蝕，僅有存矣。'"按：檢《山左金石志》卷十二"紀泰山銘"條云："元案：虛谷此跋，足補前人所未及。碑後刻諸王群臣題名，凡四列，字徑一寸四分，有方界格，皆爲明人加刻大字，橫貫交錯，遂使湮毀無傳，兹就空隙處細爲審辨，補圖于右。"所言武《跋》，見清武億《授堂金石文字續跋》卷三"紀泰山銘"條，然並無考證題名文字，且據文勢，"碑後刻諸王群臣題名"云云亦當爲阮元之語，而非武億之言。蓋金氏誤讀，光氏又承其誤也。

又按：清阮元《小滄浪筆談》卷三云："（碑後刻諸王群臣題名）無有過而問者。何夢華佐余修《山左金石志》時，就空隙處細爲辨出，補圖記之。"然則此節考證，實出于何元錫之手。唯《泰山志》卷十五所引《山左金石志》與是書清嘉慶二年阮氏小琅嬛仙館刻本頗有異同，未詳其故。

116　戴良

　　明郭子章《阿育王山志》有洪武十四年戴良所撰《廣利禪寺報本莊塗田記》一首[一]，今《九靈山房集》爲其十四世從孫殿江、殿泗纂集[二]，遺收此文，所輯《年譜》亦失載，蓋《鄞游藁》内逸篇也。《明史·文苑傳》言："良于洪武六年變姓名，隱四明山。太祖物色得之。十五年，召至京師，欲官之。固辭，忤旨，遂自裁。"[三]羅弘運《卓異記》謂："變姓名曰'方雲林'，避地慈溪永樂寺。越十五年，被徵，除工部主事，不樂，逃去。上遣獲之，以鐵鎖穿項下琵琶骨，尋卒。"[四]此《記》作于變姓名後、被徵召前，仍于《記》後署"九靈山人戴良"，是其姓名又時自露泄矣，則其遇禍，非自貽之戚[五]歟？[六]

［一］明郭子章《明州阿育王山志》卷七《阿育王山廣利禪寺報本莊塗

田記》。

[二] 按：元戴良撰，清戴殿江、戴殿泗纂輯《九靈山房集》三十卷、《補編》二卷，附《年譜》，有乾隆三十七年戴氏傳經書屋刻本。參見清戴殿江《刻〈九靈山房集〉跋》《刻〈九靈山房集〉識後》。

又按：《四庫全書總目》卷一百六十八《九靈山房集》《補編》提要云："其集曰《山居稿》、曰《吳游稿》、曰《鄞游稿》、曰《越游稿》。後跋又云：'《集》外有《和陶詩》一卷。'"參見《四庫全書總目》卷一百七十四《九靈山房遺稿》提要。

[三] 《明史》卷二百八十五《戴良傳》。

[四] 按：明羅弘運《皇明卓異記》，今國家圖書館藏明抄本兩種，一存卷一至卷五，一存卷三至卷七，揆其體例，戴良事當在卷二中，唯今本卷二殘缺，疑不能明。

[五] 《詩經·小雅·小明》："心之憂矣，自詒伊戚。"鄭箋："詒，遺也。我冒亂世而仕，自遺此憂。"

[六] 按：此文李軍、施賢明點校《戴良集》及楊鐮主編《全元文》仍失收，附錄如下：

　　客有自四明來者，以阿育王寺住山約之裕禪師之書報本莊之事狀，告曰："願有記也。"予發書按狀，自奉化東行七十里，其地橫枕大海，岌乎其不可持者，黃賢磧境也。以言其闢田而莊之者，則寺沙門輿公也。以言其所以作之利害，縣民應氏、林氏諸人，嘗于黃賢磧境，築海爲田，是爲西成。南成寶慶，豐嶼制幹下坂侯家西塘盛囂，歲有風潦，恒捷木實土爲堤，時其懷而治之。元至正乙巳，風悍潦怒，而于所謂隄者，日已齧去。國朝洪武戊申，颶風復大作，遂廢其田，復爲塗泥，而賦粟猶他日。鄉之老人周覽而嘆息曰：是其爲患，庸有既乎？則又相與謀？曰：輿公德可弭難，而才可植業，苟恊誠歸之，吾屬其少休乎？應氏、林氏具以其事請，且約隄成之後，其田皆公有也。公固辭，而請益力，則慨然曰："宜咨住山約翁禪師圖之。先師雪竇光公住兹山之日，嘗以僧粥不繼，欲增廣土田以贍之，有志未就而化去。應氏、林氏以是役而投告，是天與也。且有以舒彼之急，亦報吾之師矣。"禪師曰："然。"首捐衣資助之。于是代石于山，轉木于海，度功即土，率徒相宜，導其流而堨之土，湑故堤之北，以爲其巨栗以植之，大松以寢之，貫以木杙，聯以竹絢，傳土于中，帖石于外，概視其堤，無有罅漏，衡從參錯，若以櫛然，而又二爲碶，以潶海水之洄洑衝薄。昔者蛟鼉魚鼈之場，今則膏土沃壤而源。曰之聯絡乎東阡西陌者，井井也。以言其制之大小、用力之多寡，則隄之長四千尺，廣五十尺，高殺其廣三之二，田以計者，一千七百有奇，莊以間計者，二十有五度，費工傭六萬錢九萬緡，米三千石，經始于冬癸丑之十二月二十有四日，後乙卯秋九月十日而功告訖也。

寺之勤舊、永全等能相以力焉。以言其始終作謀，則鄉以事白之縣。縣上之府，其老于事者，行視可否，然後報下如所議，而速公以蒞之。公復與老人約曰："吾，學佛人也。固將以利民，豈可專其田以利？當與若等共之，可也。"乃爲立契券，仍請有司署其檄，而秋賦之出于田者，已則任之。遂集得田之家，授之如約。中有欲售于公，則厚與之直。其南成田之出佃東山寺、寶慶寺田之屬。寶慶田者，每歲輸稅尤困苦。至是，德公之爲，咸願以田讓。公忘償之直，而後受莊成，請禪師大書今額，蓋不忘乎其師也。噫！何其賢也！

世恒言佛以利益天下，故其集事之易每如此，而不知其徒之賢，亦多有以動人爾。公之爲人，寬平而有守，恢廓而有爲，有守合乎仁，有爲合乎義，吾所謂賢而動人者也。況是役也，能知因民所利而利之，而又不以其利歸諸己，又知其師之恩己而思有以報原，其所爲一，皆禪師福緣感化，是宜信從者衆，而其成功直易今也。然所以致兹成功之易易者，其教使然耶？抑亦其徒之賢，有以動之也。嗚呼！此禪師所以欲其有紀于後也。

而不没人善如此，亦以使後人皆知所報也。

公字象先，元與其名，台州臨海人。早從雪竇祝髮于姑蘇之開元寺。及遷阿育王，又從之歷職。嘗改作寺之西塔構塔院，及置鄞縣王家塘田三百畝崎頭莊，後出世說法。同郡之明覺，撤其寺新之，遷岳林，今陞阿育王，俱有成績可紀云。洪武十四年歲在辛酉五月九靈山人戴良記。

又按：《明州阿育王山志》所載疑有闕文誤字。據龔烈沸《寧波現存碑刻碑文所見録》卷五第1238條，此碑尚有殘刻存于寧波鄞州五鄉鎮阿育王寺殘碑廊，又據駱兆平、謝典勳《天一閣碑帖目録彙編》，可知天一閣博物院藏有殘石拓本，然均未及見，待考。

117　三十年不曾少鹽醬

《指月録》載："馬大師闡化江西，南嶽遣一僧去記師言語，回曰：'馬師云：自從胡亂後，三十年不曾少鹽醬。'"[一]馬所謂"亂"，自是指安、史。按：《録》稱南嶽于天寶三年厭世[二]，則在世時，安、史未亂也，馬何以云然？

[一]《指月録》卷五《六祖下第一世》"南嶽懷讓禪師"條。按：此條見于宋釋道原《景德傳燈録》卷五《第三十三祖慧能大師法嗣》"南嶽懷讓禪師"條，亦見宋釋普濟《五燈會元》卷三《六祖大鑒禪師法嗣》"南嶽懷讓禪師"條。

又按：清聶先《續指月録·凡例》云："虞山瞿幻寄先生《指月録》一書，先是，嚴天池先生水月齋初刻，爲禪林秘寶，海内盛行，板經數易。後如破山禪師翻刻東塔禪堂，具德禪師兩鎸天寧、靈隱，甚至斗大茅庵，亦皆供奉，腰包衲子無不肩携。儒者談禪之書，未有盛于此本者也。"可見其書盛行。

〔二〕《指月録》卷五:"天寶三年八月十一日,圓寂塔于衡嶽,謚大慧。"

118　酒揮勃律天西椀

楊誠齋《送丘宗卿帥蜀》詩云:"酒揮勃律天西椀。"〔一〕蓋用杜詩"勃律天西采玉河,堅昆碧椀最來多。"〔二〕然勃律國但出玉,堅昆國乃有碧椀,楊取句美,不嫌裁用。

〔一〕《誠齋集》卷三十五《江東集·送丘宗卿帥蜀》。
〔二〕《杜詩詳注》卷二十一《喜聞盜賊總退口號五首(其四)》。

119　川后世情

楊誠齋《題盱眙軍東南第一山》詩云:"川后年來世情了,一波分護兩涯船。"〔一〕"川后世情",蓋用施肩吾《及第後過楊子江》詩:"江神也世情,爲我風色好。"詩見《唐文粹》〔二〕。

〔一〕《誠齋集》卷二十七《朝天續集》。
〔二〕《唐文粹》卷十七下。按:《能改齋漫録》卷三《辨誤》"江神世情"條云:"(馮當世)題詩江亭云:'江神也世情,爲我風色好。'予讀《唐文粹》,見施肩吾《及第過揚子江》詩云……乃知當世取肩吾句,非自作也。"

120　誠齋詩不感慨國事

誠齋與放翁同在南宋,其詩絶不感慨國事。惟《朝天續集》

中《入淮河四絶句》《題盱眙軍東南第一山》二律、《跋丘宗卿使北詩軸》[一]，少見其意，與放翁大不侔[二]。其《淮河絶句》既云："劉岳張韓宣國威，趙張二相築皇基。長淮咫尺分南北，淚濕西風欲怨誰?"[二]所謂"誰"者，主和議之秦檜也。而《朝天前集·題迎請太后圖》結尾又云："君不見岳飛功成不抽①身，却道秦家丞相嗔。"[三]似又祖秦抑岳，何無定論如此![四]

[一]《誠齋集》卷二十七《朝天續集·初入淮河四絶句》、卷二十七《朝天續集·題盱眙軍東南第一山》、卷三十《朝天續集·跋丘宗卿侍郎見贈使北詩一軸》。

[二]按:《容安館札記》第六百十一則云:"按:光氏之言是也。然誠齋感慨國事之詩尚不止是，卷一《讀罪己詔》云'天乎容此虜，帝者渴非羆'，又云'亂起吾降音洪日，吾將强仕年。中原仍夢裏，南紀且愁邊'，又云'只道六朝窄，渠猶數百春'；卷二十七《舟過揚子橋遠望》云'此日淮堧號北邊，舊時南服紀淮堧。平蕪盡處渾無壁，遠樹梢頭便是天。今古戰場誰勝負，華夷險要豈山川。六朝未可輕嘲謗，王謝諸賢不偶然'；卷三十《望楚州新城》云'全盛向來元孔道，雜耕今是一雄藩。金湯再葺真長策，此外猶須子細論'；卷三十三《江天暮景有嘆》云'只争一水是江淮，日暮風高雲不開。白鷺倦飛江正闊，都從淮上過江來'，'一鷺南飛道偶然，忽然百百復千千。江淮總屬天家管，不肯營巢向北邊'，皆與《初入淮河四絶句》《題盱眙軍東南第一山》詩意相映發，南宋人詩中常語也。"

[三]《誠齋集》卷二十七《朝天續集·初入淮河四絶句(其二)》。

[四]《誠齋集》卷十九《題曹仲本出示譙國公迎請太后圖，自肅天仗

----

①　"抽"，原作"知"，據《誠齋集》卷十九《題曹仲本出示譙國公迎請太后圖，自肅天仗以下皆紀畫也》及文義改。

以下皆紀畫也》。

121　畫扇詩

"玉輦宸游事已空,尚餘奎藻繪春風。年年花鳥無窮恨,盡在蒼梧夕照中。"①[一]此題徽宗畫扇詩也。《貴耳集》以爲曾覿[二],《桯史》以爲康與之[三]。

[一][三] 宋岳珂《桯史》卷四"宣和御畫"條:"康與之在高皇朝,以詩章應制,與左璫狎。適睿思殿有徽祖御畫扇,繪事特爲卓絕,上時持玩流涕,以起羹牆之悲。璫偶下直,竊携至家,而康適來,留之燕飲,漫出以示,康紿璫入取殽核,輒泚筆几間,書一絕于上,曰……璫有頃出,見之大恐,而康已醉,無可奈何。明日伺間扣頭請死,上大怒,亟取視之,天威頓霽,但一慟而已。"按:此節亦見宋趙與虤《娛書堂詩話》卷下、《詩人玉屑》卷十九引趙與虤《(趙威伯詩)餘話》。威伯,即趙與虤之字。
[二]《貴耳集》卷上:"思陵偶持一扇,迺祐陵御筆畫林檎花上一鶺鴒,令曾覿進詩,云……思陵感動出涕。《桯史》所載康與之,非也。"按:清李慈銘《越縵堂讀書記》卷八"貴耳集"條云:"《桯史》所載與之紿中貴事,不近情理,此所言近實。"

122　蓮勺

《地理志》左馮翊之"蓮勺",如淳音"輦酌"[一],又見《宣紀》及《張禹傳》,如、顏音同[二],諸本間有作"蓮白"者,自係誤字。

---

　　① "宸",《貴耳集》卷上作"神";"繪"作"寫";"恨"作"意";"夕"作"落",與《桯史》卷四"宣和御畫"條小異。

《援鶉堂筆記》獨以作“白”爲是，謂：“如代郡之狋氏，孟康音權精，金城郡之允吾，應劭音鉛牙，浩亹，孟康音合門，若本‘勺’，則酌、勺同韻，如、顏何必加音？”[三] 按：《地志》注內，同韻加音，如廣漢郡之“什方”，應劭曰“什音十”[四]；越雟郡之“青蛉”，師古曰“蛉音零”[五]，蓋不甚舉矣。此説似非先生定論，輯《筆記》者未能割去耳[六]。又按：《水經・沮①水注》作“蓮勺”，引《十三州志》曰：“縣以草受名也。”[七]

[一][四][五]《漢書》卷二十八上《地理志八上》。

[二]《漢書》卷八《宣帝紀》、卷八十一《張禹傳》。按：如《張禹傳》“至禹父徙家蓮勺”，武英殿本即誤作“蓮白”，蓋自北宋景祐本已然。《漢書辨疑》卷十九《張禹傳》云：“‘白’當作‘勺’。”《漢書補注》卷八十一《張禹傳》王先謙注云：“官本作‘勺’，此傳寫之誤。”

[三]《援鶉堂筆記》卷二十二《漢書》：“‘蓮勺’，如淳音‘輦酌’。按：《宣紀》及《張禹傳》，如、顏音同。愚意作‘白’爲是。如狋氏、允吾、浩亹之爲權精、鉛牙、誥門，若本作‘勺’，則酌、勺同韻，如、顏何復加音乎？”

[六]按：“輯《筆記》者”蓋指姚瑩。《東溟文集》卷六《朝議大夫刑部郎中加四品銜從祖惜抱先生行狀》云：“編修公已没，先生欲修輯遺説，編纂成書而不就，仿《日知録》例，成經、史各一卷，曰《援鶉堂筆記》，以授瑩，使卒其業。且戒之曰：‘纂輯《筆記》，此即著書，不可苟作。大約欲少而精，不欲多而蕪。近人著書，以多爲貴，此但取欺俗人耳，吾閱之乃無有也。’”又《東溟文集》卷三《與張阮林論家學書》亦載姚鼐謂纂輯當“但取精，不取速、不取多”等語。此意光氏當知之，然則本條或有感而發。

---

①　“沮”，原作“□”，據《水經注》卷十六《沮水》補。

［七］《水經注》卷十六《沮水》。

123　董仲舒引曾子

　　《漢書·董仲舒傳》，《對策》引《曾子》曰：“尊其所聞，則高明矣。行其所知，則光大矣。高明光大，不在乎他，在乎加之意而已。”［一］《能改齋漫録》謂《曾子》書本作“高明廣大”，董《策》誤“廣”爲“光”，且謂“既稱高而以明繼之矣，豈可又言光？”［二］此蓋不知古訓方言而妄爲糾駁也。按：《詩》“學有緝熙于光明”傳、《周語》“叔父若能光裕大德”注皆云：“光，廣也。”［三］《水經·濟水注》云：“齊人言‘廣’，音與‘光’同。”［四］仲舒，齊人也，其所謂“光大”，即“廣大”也，非誤。

［一］《漢書》卷五十六引董仲舒“元光元年舉賢良對策”。按：“尊其
　　所聞”等句，今見《大戴禮記·曾子疾病第五十七》。

［二］《能改齋漫録》卷四《辯誤》“仲舒策之誤”條。

［三］《毛詩·周頌·敬之》，《故訓傳》；《國語·周語中第二》韋昭注。
　　按：清王引之《經義述聞》卷一《周易上》“光”條云：“《易》言光者
　　有二義……有當訓爲‘廣大’者，‘光’之爲言猶‘廣’也（《大雅·
　　皇矣》毛傳及《左傳·昭二十八年》杜注、《周語》韋注並曰：‘光，
　　大也。’《周頌·敬之》傳及《周語》注並曰：‘光，廣也。’《堯典》‘光
　　被四表》，《漢成陽靈臺碑》‘光’作‘廣’。《荀子·禮論》‘積厚者
　　流澤廣’，《大戴禮·禮三本篇》‘廣’作‘光’）……《渙·象傳》‘光
　　大也’，光大，猶廣大也（《大戴禮·曾子疾病篇》‘高明廣大’，《漢
　　書·董仲舒傳》作‘高明光大’）。”可參看。

［四］《水經注》卷八《濟水》。

124　春秋爲史之通稱

《春秋》,殆爲列國史書之通稱。《墨子·明鬼篇》有周之《春秋》,燕之《春秋》,宋之《春秋》,齊之《春秋》[一]。隋李德林《重答魏收書》又引《墨子》佚篇云:“吾見百國春秋史。”[二]韋注《周語》“杜伯射王于鄗”,亦引《周春秋》[三]。《史通·六家篇》亦云:“案:《汲冢瑣語》記太丁時事,目爲《夏殷春秋》……《瑣語》又有《晋春秋》,記獻公十七年事。”[四]未必其史皆實名《春秋》也,通稱之爲《春秋》耳。雖《乘》與《檮杌》[五],亦可通稱爲晋之《春秋》、楚之《春秋》,故《晋語》“司馬侯曰:羊舌肸習于《春秋》”[六],《楚語》“申叔時曰:教之《春秋》”[七],皆指其本國之史。《管子·法法篇》引“《春秋》之記”注:“《春秋》,即周公之凡例,而諸侯之國史也。”[八]《韓非子·内儲説篇》亦稱:“魯哀公問仲尼《春秋》之記。”[九]此當爲魯史本文、夫子未修者。其《備内篇》又引《桃左春秋》[十],未詳何書[十一]。

[一]《墨子·明鬼下第三十一》。

[二] 按:《隋書》卷四十二《李德林傳》:“史者,編年也,故晋號紀年。《墨子》又云:‘吾見百國春秋。’史又有無事而書年者,是重年驗也。”此節亦見《史通·六家第一》。清畢沅校注《墨子》卷十五《佚文》云:“吾見百國春秋史(見隋李德林《重答魏收書》)。”清孫詒讓《墨子閒詁·墨子佚文》云:“‘春秋’下,畢本有‘史’字,今據《史通》删。考德林《書》云……審校文義,李《書》‘史’字當屬下爲句,畢氏失其句讀,遂并‘史’字録之,謬也。”光氏即承畢本《墨子》之誤。

[三]《國語·周語上第一》。

［四］《史通·六家第一》。

［五］《孟子·離婁下》：“晋之《乘》，楚之《檮杌》，魯之《春秋》，一也。”

［六］《國語·晋語七第十三》。

［七］《國語·楚語上第十七》。按：《困學紀聞》卷六《春秋》云：“《晋語》：‘馬侯曰：羊舌肸習于春秋。’《楚語》：‘申叔時曰：教之《春秋》。’皆在孔子前，所謂《乘》《檮杌》也。魯之《春秋》，韓起所見，《公羊傳》所云‘不修春秋’也。”此當爲光氏所本。

［八］《管子·法法第十六》唐尹知章注。

［九］《韓非子·内儲説上七術第三十》。

［十］《韓非子·備内第十七》。

［十一］按：參見《陔餘叢考》卷二“春秋”條及《困學紀聞注》卷六《春秋》“《春秋》之目事匪一家”條翁元圻按語。

125　投蓋稷門

　　莊公三十二年《左傳》：“能投蓋于稷門。”[一]杜預訓“蓋”爲“覆”，謂“走而自投，接其屋之桷，反覆門上”[二]，是即世俗所謂“飛檐走壁”也。初嫌其辭稍曲，然核之後文“賊子般于黨氏”[三]，則殊近情。夫曰“賊”，正如後代刺客取之于昏夜耳，黨氏之家，亦必厚垣高閣，固非此勁捷者不濟。《正義》駁劉炫“車蓋”之説以申杜，徒别引游楚超乘，明“勁捷亦是勇力”[四]，而未能發明此指，可謂目論不見其睫[五]者。近顧亭林則謂“投車蓋”説是，引上官桀奉蓋事相比[六]。究之，奉蓋能爲力，投蓋不能爲力，其優絀不在力也，勢也；上官桀之事，正不類也。至《水經·泗水注》引服虔之説，謂“能投千金①之重，過門之上”[七]，訓“蓋”爲“千金之重”，亦不可解，宜元凱之不從[八]。

---

　　①　“千金”，《水經注》卷二十五《泗水》原作“千鈞”。

[一][二][三][四]《春秋左傳正義》卷十《莊公三十二年》杜預注、孔穎達疏。

[五]按:《史記》卷四十一《越王句踐世家第十一》云:"吾不貴其用智之如目,見豪毛而不見其睫也。今王知晉之失計,而不自知越之過,是目論也。"

[六]《左傳杜解補正》卷上"能投蓋于稷門"條:"當從劉炫之説,以'蓋'爲'車蓋'。《正義》謂:'車蓋輕而帆風,非可投之物。'不知投重物易高,投輕物而使之高,則其人爲有力矣。《漢書·上官桀傳》'從武帝上甘泉,天大風,車不得行,解蓋授桀。桀奉蓋,雖風常屬車,雨下,蓋輒御'事,亦類此。"

[七]《水經注》卷二十五《泗水》。

[八]《許瀚學林》卷八《答問三》:"問:莊三十二年《左傳》:'能投蓋于稷門。'杜注:'蓋,覆也,走而自投,接其屋之椽,反覆門上。'孔疏:'投蓋者,謂自投其身以蓋物,故以爲走而自投,反覆門上。劉炫《規過》云:'當謂投車蓋過于稷門。今知不然者,周禮車蓋以物帛爲之,輕而帆風,非可投之物。'竊謂杜義殊迂曲。《水經·泗水注》引服虔云:'能投千鈞之重,過門之上。'又似以蓋爲千鈞之重,亦不可解。故近人大率申劉以駁杜。焦循《補疏》以蓋爲門扇之闔,雖不主劉,亦不從杜。惟光聰諧《有不爲齋隨筆》云……然則杜義果合傳恉歟?曰:張鷟《朝野僉載》云:'柴紹弟集,輕趫迅捷,踴身而上,挺然若飛,能自檐頭撼椽復上,越百尺樓,常著吉莫靴,走上磚城,至女墙,手無攀引。太宗謂此人不可處京邑,出爲外官,時人號之爲壁龍。'如光説,舉即柴集之流也。'公曰:不如殺之,是不可鞭。'即太宗云'不可處京邑'之意也。但以'蓋'爲'覆',終未安耳,不如從劉。顧炎武《杜解補正》云:'投重物易高,投輕物而使之高,則其人爲有力。'李貽德《賈服注輯述》云:'蓋有達常等,皆統之于輪人爲蓋,其重可知。'並足正孔疏之失。李又云:'服以千鈞之重狀之,或亦謂車蓋。'

馬宗璉《補注》云：‘服與劉意略同。’此昔未免牽合。惠棟《補注》云：‘杜説鑿，劉説淺，服説近之。’杜説誠鑿，劉何以淺？服何以近之？殆意尊漢儒而爲是説，實未知服氏所指爲何具。沈欽韓《地名補注》云：‘劉尤比服義爲長，孔氏必欲排之，豈有秉彝之好者？’可謂快人快論矣。”

126　中庸兩行之一也

《中庸·哀公問政章》兩言“所以行之者一也”[一]，朱子俱以“一”爲“誠”[二]，于義善矣。以文勢觀之，似不如仍用《注疏》舊説“百王以來，行此不變”[三]爲協。顧舊説于系“五道三德”之“一”作此解，于系“九經”之“一”又解爲下文之“豫”[四]，亦屬支離，無此文法。蓋兩“行之一也”，皆謂“百王行此不變”[五]。

[一][二]《中庸章句》第二十章。

[三]《禮記正義》卷五十二《中庸》：“天下之達道五，所以行之者三。曰君臣也，父子也，夫婦也，昆弟也，朋友之交也，五者，天下之達道也。知、仁、勇三者，天下之達德也，所以行之者一也。”《正義》云：“言百王以來，行此五道三德，其義一也，古今不變也。”

[四]《禮記正義》卷五十二《中庸》：“凡爲天下國家有九經，所以行之者一也。”《正義》云：“此一節明前九經之法，唯在豫前謀之，故云‘所以行之者一也’。一，謂豫也。”

[五]按：《經義述聞》卷十六《禮記下》“所以行之者一也”條引王念孫説，以爲系“五道三德”之“一”字乃衍文：“五道是所行者，三德是所以行五道者。‘五者，天下之達道也’，即所謂‘天下之達道五’也。‘三者，天下之達德也，所以行之者也’，即所謂‘所以行之者三’也。文義上下相應，不當有‘一’字。此因下文‘所以行之者一也’而誤衍耳。《史記·平津侯傳》：‘智、仁、勇，此三者，天下

之通德，所以行之者也。'《漢書·公孫傳》：'仁、知、勇三者，所以行之者也。'則經文本無'一'字。鄭于下文'所以行之者一也'，注曰：'一，謂當豫也。'而于此不釋'一'字，則鄭本無'一'字可知。"可參看。

127　子路從而後章

丈人止子路宿，既以鷄黍食之，又見其二子[一]，此二子殆如陳實家之二難[二]，非王霸家蓬頭歷齒流也[三]。明日，子路反見而已行者[四]，止丈人一身外出耳，二子固未從行，故以欲告丈人者告之，蓋知二子必能傳達丈人也。此正記者叙事之妙，令人思而得之。《麈史》及《能改齋漫録》乃疑無人與言，謂"'見其二子'句，當在'至則行矣'之下"[五]，由不知古人叙事之妙，故妄生此疑。至末節語句，若斷若續，自起自滅，亦由叙事之妙。蓋對前夕所言而發，此中人自知之，外人固不必盡解也。前夕預叙見二子，則此日不嫌無人與言；此日詳著其説，則前夕主賓酬答之言，可以互勘而知。匣劍帷燈，如是如是[六]。惟辭氣稍涉嚴厲，可信爲仲氏之言。《集注》所稱"福州寫本'路'下有'反子'二字，以此爲子路反而夫子言之"[七]者，可決其非是。

[一][四]《論語·微子第十八》："子路從而後，遇丈人，以杖荷蓧。子路問曰：'子見夫子乎？'丈人曰：'四體不勤，五穀不分。孰爲夫子？'植其杖而芸。止子路宿，殺鷄爲黍而食之，見其二子焉。明日，子路行以告。子曰：'隱者也。'使子路反見之。至，則行矣。子路曰：'不仕無義。長幼之節，不可廢也；君臣之義，如之何其廢之？欲潔其身，而亂大倫。君子之仕也，行其義也。道之不行，已知之矣。'"

［二］《世説新語·德行第一》：“太丘曰：元方難爲兄，季方難爲弟”。

［三］《後漢書》卷八十四《王霸妻傳》：“（王霸曰：）我兒曹蓬髮歷齒，
　　　未知禮則，見客而有慙色。”按：參見本書卷庚第 131 條“歷齒”。

［五］宋王得臣《塵史》卷中“辯誤”條、《能改齋漫録》卷五《辨誤》“經
　　　子之誤”條。

［六］按：清秦篤輝《經學質疑録》卷十四云：“子路曰：‘不仕無義。’鄭
　　　康成曰：‘留言以語丈人之二子。’按：此注最爲精密。蓋‘見其二
　　　子焉’已爲‘長幼之節’伏案，此明對二子之語，其不記告二子
　　　者，古文省筆法也。于此可見《論語》記事之妙。”又清焦循《論語
　　　補疏》卷下云：“觀其稱‘長幼之節不可廢’，爲向二子説無疑。前
　　　云‘見其二子’，正爲子路此言張本，然則丈人亦偶出不在耳。”
　　　皆與光氏説同，可參看。

［七］《論語集注》卷九《微子》。

128　試卷履歷

　　今鄉、會試卷家刻者，前叙家世之履歷，于父母俱在者，書
“具慶下”，父在者，書“嚴侍”，母在者，書“慈侍”[一]。按：《唐摭
言》：“進士譙名，有大相識，謂主司在具慶，有次相識，謂主司在
偏侍，有小相識，謂主司有兄弟。”[二]皆就主司言，不知何時援
之自謂[三]。

［一］按：宋人登科録如《紹興十八年同年小録》《寶祐四年登科録》
　　　《咸淳七年同年小録》等，叙家世履歷已与清人相似，有所謂“重
　　　慶下”（按：指祖父母、父母俱在）、“具慶下”（按：或作“雙侍下”
　　　“雙愛下”）、“嚴侍下”、“慈侍下”、“偏侍下”（按：指生母在）、“永
　　　感下（按：指父母俱故）”等諸種稱呼。

［二］五代王定保《唐摭言》卷三。

［三］按：《唐摭言》卷三"慈恩寺題名游賞賦咏雜紀"條云："李嶠及
第，在偏侍下。"此"偏侍下"即自謂之例。宋錢易《南部新書》卷
辛云："三銓之士，具慶之下多避憂闕，除則皆不受，對易于他
人。"亦爲自謂。可見"具慶""偏侍下"等語，實由自謂而推之
考官也，非自先就主司言而後轉自謂也。光氏説誤。參見吳麗
娱《唐禮摭遺——中古書儀研究》第八章第二節。

129　宋槧

129-1　司馬温公貽劉道原簡云："今國家雖校定摹印正
史，天下人家共能有幾本？久遠必不傳于世。又校得絶不精，
只如沈約《叙傳》，差却數板，亦不寤。其他可知也。"[一]温公之
言如此。今世率矜言宋槧，觀此，當亦爽然自失[二]。

［一］宋司馬光《温國文正公文集》卷六十二《與劉道原書》。
［二］按：清王士禎《居易録》卷二云："今人但貴宋槧本，顧宋槧本亦
　　多譌誤，但從善本可耳。"又《十駕齋養新録》卷十九"宋槧本"條
　　亦云："今人重宋槧本書，謂必無差誤，却不盡然。陸放翁《跋歷
　　代陵名》云：'近世士大夫所至喜刻書版，而略不校讎。錯本書
　　散滿天下，更誤學者，不如不刻之愈也。'是南宋初刻本已不能
　　無誤矣。張淳《儀禮識誤》、岳珂《九經三傳沿革例》所舉各本異
　　同甚多，善讀者當擇而取之。若偶據一本，信以爲必不可易，此
　　書估之議論，轉爲大方所笑者也。"參見《援鶉堂筆記》卷一《周
　　易》方東樹論"宋槧不盡善"按語、葉德輝《書林清話》卷六"宋刻
　　書多譌舛"條及王欣夫《文獻學講義》"宋版有不可盡信"條。

129-2　又　葉少藴云："唐以前，凡書籍皆寫本，未有模印之
法，人以藏書爲貴。人不多有，而藏書者精于讎對，故往往皆有

善本。學者以傳録之艱,故其誦讀亦精詳。五代時,馮道始奏
請官鏤板印行。國朝淳化中,又以《史記》、前、後《漢》付有司摹
印。自是,書籍刊鏤者益多,士大夫不更①以藏書爲意。學者
易于得書,其誦讀亦因滅裂。然板本初不是正,不無譌誤。世
既一以板本爲正,而藏本日亡,其譌謬者遂不可正,甚可
惜也。"[一]

［一］《石林燕語》卷八。

130　廷杖

130-1　《日知録》所載歷代職官受杖[一],皆長吏施之屬官,
非廷杖也。《唐・張嘉貞傳》:"秘書監姜皎得罪,嘉貞請加詔
杖。會廣州都督裴伷先抵罪,嘉貞又援皎比,張説曰:'不然。
刑不上大夫,以近君也。士可殺不可辱。向皎得罪,官三品,且
有功,若罪應死,即殺,獨不宜廷辱,以卒伍待也,況勳貴在八議
乎? 事往不可咎,伷先豈容更濫哉!'帝然之。嘉貞退,不悦。
説曰:'宰相時來則爲,非可長保。若貴臣盡杖,正恐吾輩及之,
渠不爲天下士君子地乎?'"[二]按:此則明之廷杖,其作俑于嘉
貞歟?[三]

［一］《日知録》卷二十八"職官受杖"條。

［二］《新唐書》卷一百二十七。

［三］按:明朱國禎《湧幢小品》卷十二云:"廷杖始于唐玄宗時。御史
　　　蔣挺,決杖朝堂。張廷珪執奏,謂御史可殺不可辱。人服其知

---

①　"更",《石林燕語》卷八原作"復"。

體。然本之又起于隋文帝,《本紀》稱'殿庭撻人',此其徵也。"
"監察御史蔣挺,坐法詔决杖朝堂",事見《舊唐書》卷一百一及
《新唐書》卷一百十八《張廷珪傳》。隋文帝"每于殿廷打人,一日
之中,或至數四",事見《隋書》卷二十五《刑法志》。又廷杖源流,
可參《萬曆野獲編》卷十八《刑部》"廷杖"條及龐石帚《養晴室筆
記》卷二"廷杖"條。

130-2　又《三國志·孫和傳》:"權欲廢和立亮,無難督陳
正、五營督陳象上書,引申生、奚齊,又驃騎將軍朱據、尚書僕射
屈晃率諸將吏泥首自縛,連日詣闕固諫。權族誅正、象,據、晃
牽入殿,杖一百。"[一]此尤明之廷杖濫觴,情事亦甚類。

[一]《三國志》卷五十九《吳書》。按:此節有删併,"于是驃騎將軍朱
　　據、尚書僕射屈晃率諸將吏泥頭自縛,連日詣闕請和",原在"權
　　欲廢和立亮"之前,光氏將之與"又據、晃固諫不止"併爲一句。

131　歷齒

《後漢·列女·王霸妻傳》:"蓬頭歷齒。"[一]按:《周禮·遂
師》"抱磨"[二],磨音歷。注云:"磨者,適歷執紼者名也。"[三]疏
云:"天子千人,分布六紼之上,分布稀疏得所,名爲適歷。"[四]
又按:《說文》:"秝,稀疏適也,讀若歷。"[五]"歷齒",正謂其齒之
稀疏[六]。

[一]《後漢書》卷八十四《王霸妻傳》。按:原作"蓬髮歷齒",蓋誤記。
　　"蓬頭歷齒",蓋本于《文選》卷十九戰國楚宋玉《登徒子好色賦》
　　"其妻蓬頭攣耳,齞唇歷齒",成詞則始見于北周庾信《庾子山
　　集》卷一《竹杖賦》。

［二］［三］［四］漢鄭玄注、唐賈公彥疏《周禮注疏》卷十五《地官·遂
　　　師》。按：《周禮注疏》附《釋文》云："曆，劉音歷。"
［五］《説文解字》卷七上《秝部》："秝，稀疏適也。从二禾。凡秝之屬，
　　　皆从秝。讀若歷。"按：《困學紀聞》卷四《周禮》云："《遂師》'抱
　　　曆'，音歷。"翁元圻注引清惠棟《周禮古義》（按：見《九經古義》卷
　　　七《周禮上》）云："《遂師》：'及窆，抱曆。'注云：'曆者，適歷執綍
　　　者名也。'疏云：'天子千人，分布六綍之上。分布稀疏得所，名爲
　　　適歷。'棟謂'曆'當作'秝'。《説文》：'秝，稀疏適也，讀若歷。'稀
　　　疏適均，故謂之適歷。"本條引文及次序與《困學紀聞》及翁注引
　　　《周禮古義》幾乎全同，當爲光氏所本。蓋借之釋"歷齒"之
　　　"歷"也。
［六］按：清王念孫《廣雅疏證》卷三《釋詁》云："《文選·登徒子好色
　　　賦》'齞脣歷齒'，李善注云：'歷，猶疏也'。《古詩》云：'衆星何歷
　　　歷。'義並與'秝'同。"可以參看。

132　跋扈

　　《梁冀傳》"跋扈"[一]，注以爲"强梁"[二]。康成箋《詩》"畔
援"[三]，以爲"猶跋扈"[四]。蓋漢時俗語，然未分晰二字之義。
按：《集韻》"籚"字注云："取魚罔。"[五]"梐"字注云："取魚
具。"[六]陸龜蒙《漁具詩序》亦云："列竹于海澨曰滬。"[七]偏旁皆
後來增加。則"扈"爲取魚之器，明矣。"跋"如"鯨魚跋浪滄溟
開"[八]之"跋"，言大魚不受扈制，跋之以去也，此所以爲强
梁[九]。至他書，或作"潘扈"[十]，或作"佈摢"[十一]，或作"柿
摢"[十二]，皆形聲之轉，始義遂因之而晦。

［一］［二］《後漢書》卷三十四《梁冀傳》唐章懷太子注。
［三］［四］《毛詩·大雅·皇矣》鄭玄箋。

［五］［六］宋丁度《集韻》卷五《十姥》：“篰，取魚竹罔，通作榾、滬。”又：
　　　　　“榾，藉書具，一曰取魚具。”

［七］唐陸龜蒙《唐甫里先生文集》卷五《漁具（並序）》：“列竹于海澨
　　　　曰滬。”自注：“吳之滬瀆是也。”

［八］《杜詩詳注》卷二十一《短歌行贈王郎司直》。

［九］按：清馬瑞辰《毛詩傳箋通釋》卷二十四《大雅・皇矣》云：“《釋
　　　　文》引《韓詩》：‘畔援，武强也。’箋義正本《韓詩》。‘畔援’通作
　　　　‘畔换’，《漢書・敘傳》曰：‘項氏畔换。’師古注：‘畔换，强恣之
　　　　貌，猶言跋扈也。’引《詩》‘無然畔换’。又作‘泮奂’‘叛换’，《卷
　　　　阿》詩：‘泮奂爾游矣。’箋：‘泮奂，自放恣之貌。’《魏都賦》：‘雲徹
　　　　叛换。’張載注：‘叛换，猶怒恣也。’又作‘伴换’，《玉篇》‘伴’字下
　　　　曰：‘《詩》“無然伴换”，伴换猶跋扈也。’‘爰’有‘緩’音，故通作
　　　　‘换’，‘畔’‘换’二字疊韻。《傳》分‘畔援’爲二，失之。”馬説是
　　　　也。光氏欲分析連綿詞兩字之意，非是。參見清俞樾《古書疑
　　　　義舉例》卷三“美惡同辭例”條。

［十］［十一］《毛詩傳箋通釋》卷二十四《大雅・皇矣》：“跋扈爲彊武
　　　　貌。《急就章》有‘潘扈’，《隸釋・成陽令唐扶碑》‘夷粤佈扈’，皆
　　　　一語之轉。”按：光氏與馬氏爲同鄉兼知交，兩人或時相商榷，本
　　　　條所舉兩例當即據馬氏之書也。又“潘扈”見漢史游《急就篇》：
　　　　“耿潘扈。”唐顏師古注云：“潘，水名也，在滎①陽。扈，廣大也，
　　　　言生此水土而廣大也。”“佈扈”，當作“拵扈”，見《隸釋》卷五“漢
　　　　成陽令唐扶頌”條：“夷粤拵扈。”末注：“拵扈，音如布戶，不順
　　　　理也。”

［十二］《集韻》卷五《十姥》：“扈，柿扈，不順理。”按：“柿”，當從宋司馬
　　　　光《類篇》卷十一中《手部》作“拵”。

---

①　“滎”，當作“滎”。

133　陳思王釋疑論

　　婁東張氏所集《陳思王集》[一]，有《辯道論》，又另存《廣弘明集》中所載一篇，以其意同而辭有繁簡也。獨《抱朴子·內篇·論仙》引陳思王所著《釋疑論》未收[二]。其《論》曰："初謂道術，直呼愚民詐僞，空言定矣。及見武皇帝試左慈等，令斷穀近一月，而顔色不減，氣力自若，常云可五十年不食，正爾，復何疑哉！又令甘始以藥含生魚，而煮之于沸脂中，其無藥者，熟而可食，其銜藥者，游戲終日，如在水中也。又以藥粉桑飼蠶，蠶乃到十月不老。又以住年藥食鷄雛及新生犬子，皆止不復長。又以還白藥食白犬，百日毛盡黑。乃知天下之事，不可盡知，而以臆斷之，不①可任也。但恨不能絶聲色，專心以學長生之道耳。"[三]辭雖與張氏所集二篇略同，而意主崇道術，與二篇相反，豈抱朴增損之，以成己論仙之旨耶？張氏又豈以其意與二篇相反，故棄之耶？大氏前人引書，多有削履就趾之病。

　　此篇下文又言："董仲舒所撰《李少君家錄》載，少君有不死之方，而家貧無以市其藥物，故出于漢，以假途求其財，道成而去。"[四]仲舒，儒者，肯爲少君撰《家錄》耶[五]？班氏所錄仲舒百二十三篇中[六]，竟有此《錄》耶？有此《錄》，則何不別出以入道家，如劉向之《說老子》四篇耶[七]？恐亦爲抱朴之誣託。至《至理篇》所引孔安國《秘記》云："張良不死。"[八]則或爲他人僞作如《書叙》之類，抱朴喜其與己意近，姑漫録之。

[一]《漢魏六朝一百三家集·魏曹植集》卷一。按：《（又）辯道論》題

---

　　①　"不"字原脱，今據《抱朴子·內篇》卷二《論仙》補。

下注云："此篇出《廣弘明集》，只數語與《魏志》及舊《集》略同，餘文俱不載，今另存之。"文見《廣弘明集》卷五。

[二][三][四]《抱朴子·内篇》卷二《論仙》。

[五] 按：《困學紀聞》卷十《諸子·莊子逸篇》云："《抱朴子·論仙篇》：'按董仲舒所撰李少君《家錄》。'仲舒，儒者，豈肯爲方士《家錄》？蓋依託也。"此光氏所本。

[六][七] 按：《漢書》卷三十《藝文志第十·諸子略·儒家類》："董仲舒，百二十三篇。"又《道家類》："劉向《説老子》，四篇。"

[八]《抱朴子·内篇》卷五《至理》："孔安國《秘記》云：'良得黄石公不死之法，不但兵法而已。'"按：清文廷式《補晋書藝文志·丙部下·神仙家類》著錄"孔安國《秘記》"，云："魏晋間僞書，往往託之安國，誠不可解。"

134　吴範劉惇趙達傳注

《吴志·吴範劉惇趙達傳》後注引《吴錄》所載皇象之書、嚴武之棋、宋壽之占夢、曹不興之畫、鄭嫗之相，合範、惇、達爲八絶，而因皇象又牽及張子並陳梁甫二人能書[一]，可謂不遺矣。然《抱朴子·外篇·譏惑》言："吴之善書，皇象外又有劉纂、岑伯然、朱季平，皆一代之絶。"[二]裴氏尚未引。

[一]《三國志》卷六十三《吴書》。
[二]《抱朴子·外篇》卷二十六《譏惑》。

135　蛇爲龍

《揮麈後録》："大觀二年，淮南轉運副使陳舉奏，臨淮縣東門外，忽見小蛇，長八寸許，在船，尋燭之，已長四尺餘，知是龍

神。以箱迎之，送至廟，旋報失蛇，止有開通元寶錢一文，小青
蟲一個。臣竊思神龍之示人以事，必以其類。陛下修神考漕運
與鹽法，使内外財賦，豐羨流通，故見斯異。謹述事由，并錢、蟲
進呈。奉旨陳舉罰銅，所進錢、蟲投河中，以戒詭誕。”[一]徽宗
此事，處之當矣。

　　然按《曲洧舊聞》：“洪州順濟侯廟，俗號小龍，熙寧九年發安
南行營器甲，舟船江行，多有見之者。上遣林希言祭謝，龍降于
祝史肩，入香合，蟠屈行禮之際，微舉其首。祭畢，自香合出，于
案上盤旋，徐入帳中。其長短大小，變易不一，官吏百餘人皆見
之，乃詔封順濟王。”[二]熙寧九年，下距大觀二年才三十一年。

　　又按：《鐵圍山叢談》，崇寧中，汴口有小龍化爲蜥蜴，附發
運使舡至都，得封。[三]崇寧尤與大觀近接。川瀆之中，固常有
龍化事，未可遽以此責舉之妄。惟妄附以錢、蟲，因之言利，則
信爲姦欺耳。

　　又《齊東野語》載：“朱教授某，江行，舟人報小龍見，請禱。
朱視之，小蛇也，以箸夾入沸湯中，蛇躍出投江。有頃，片雲霹
靂，朱斃于舟。又芮祭酒燁初任仁和尉，長河堰有龍王廟。每
祭，有小蛇出，常謹事之，堰歲數壞，芮疲于修築，焚香設奠，蛇
果出，芮端笏數其無功有罪，于法當殺，即舉笏擊之，應手碎。
旋有疾風甚雨，而芮自若。”[四]蓋朱之事戲而忍，芮則詞嚴義
正，故不得而犯之，未可漫云有幸有不幸也。而江河舟中，固多
有龍爲小蛇之事矣。

[一]《揮麈後録》卷八。
[二]《曲洧舊聞》卷三。按：朱弁所記亦載《續資治通鑑長編》卷二百
　　七十七“熙寧九年七月丙寅”條，“林希言”作“林希”。
[三]《鐵圍山叢談》卷六。
[四]《齊東野語》卷十一“朱芮殺龍”條。

有不爲齋隨筆辛

136　讀韓

136-1　《答張籍第一書》云:"愈始①望見吾子于人人之中,固有異焉。"[一]朱子《考異》:"'人人'乃'衆人'之義。此文下文及《與孟東野書》、別本《歐陽詹哀詞》皆有之。然不見于他書,疑當時俗語也。"[二]按:昌黎蓋用《穀梁·成元年傳》"夫甲非人人之所能爲也"[三]、《漢書·曹參傳》"言人人殊"[四]、《賈誼傳》"人人各如其意所出"[五]、《揚雄傳》"人人自以爲稷契②"[六]、衛宏《古文官書序》"詔博士諸生說之,人人不同"[七]此序今見《漢書·儒林傳》注、曹植《與楊德祖書》"人人自謂握靈蛇之珠"[八],非唐時俗語[九]。又《上考功崔虞部書》"執事者所守異于人人"[十],《論淮西事宜狀》"人人異議,以惑陛下之聽"[十一],《扶風郡夫人墓誌銘》"左右媵侍,常蒙假與顏色,人人莫不自在"[十二],文用"人人"尚多,亦不止《與孟東野書》《歐陽哀詞》。書至此,忽聞幼孫讀《離婁篇》"人人親其親,長其長"[十三]句,不覺啞然。事固有矜獲于千里之外,而棄遺目睫前者。

---

①　"始",《昌黎先生集》卷十四《答張籍第一書》原作"始者"。

②　"人人自以爲稷契",《漢書》卷八十七下原作"家家自以爲稷契,人人自以爲咎繇"。

［一］《昌黎先生集》卷十四。

［二］《昌黎先生集》卷十四注引《考異》。按：《與孟東野書》《歐陽生哀辭》兩文分別見于《昌黎先生集》卷十五、卷二十二。

［三］《穀梁傳·成公元年》。

［四］《漢書》卷三十九。

［五］《漢書》卷四十八。

［六］《漢書》卷八十七下。

［七］《漢書》卷八十八顏師古注引衛宏《詔定古文尚書序》。

［八］《文選》卷四十二。

［九］按：參見《容齋五筆》卷九“《兩漢》用人人元元字”條。光氏所舉《漢書》語例多據此。

［十］《昌黎先生集·外集》卷二。

［十一］《昌黎先生集》卷四十。

［十二］《昌黎先生集》卷二十八。

［十三］《孟子·離婁上》。

136-2　又《原道》云：“不入于楊，則入于墨，不入于老，則入于佛。”[一]按：宋釋契嵩《鐔津文集》引《原道》，于“不入于墨”下又有“不入于墨，則入于老”八字[二]，朱子《考異》未及[三]。

［一］《昌黎先生集》卷十一。

［二］宋釋契嵩《鐔津文集》卷十七《非韓上》。

［三］《昌黎先生集》卷十一注引《考異》：“‘墨’下諸本有‘不入于墨，則入于老’二語。”

136-3　又“揚子雲著《太玄》，桓譚以爲勝《老子》。《老子》未足道也，子雲豈止與老子争强而已？此未爲知雄者。其弟子侯芭頗知之，以爲其師之書勝《周易》。”[一]此昌黎《與馮宿論文書》也。噫,亦太誇矣!《道》《德》二經,果未足道歟?《太玄》果能勝之歟? 謂譚未爲知而以知許芭,則《玄》果能勝《易》矣,豈其然歟? 文人矜誇逾分,自古爲然,卒不能不生後議,故王介甫曰"《易》不可勝也"[二],蘇子瞻曰"《太玄》以艱深文其淺陋"[三]。

[一]《昌黎先生集》卷十七。

[二]《臨川先生文集》卷九十三《王深父墓誌銘》:"《易》不可勝也,芭尚不爲知雄者。"

[三]《東坡先生全集》卷四十九《與謝民師推官書》:"揚雄好爲艱深之詞,以文淺易之説,若正言之,則人人知之矣。此正所謂雕蟲篆刻者,其《太玄》《法言》,皆是類也。"

136-4　又《送孟東野序》云:"臧孫辰、孟軻、荀卿,以道鳴者也。"[一]謝疊山譏之,以爲:"荀卿與孟子非其倫,臧孫辰亦未見其有道。此文公學力偏駁處。"[二]余謂謝説非也。荀卿雖言性惡,究不能斥之道外,臧孫辰之言,載于《春秋》内、外傳者,皆于道實有所見,故叔孫穆子稱之曰:"先大夫臧文仲既没,其言立,謂之不朽。"[三]亦未可拘于夫子"竊位"之言[四],而遂貶之太過。夫子論人,各有所當,小管仲之器,未嘗不大其功[五],言豈一端而已哉!

[一]《昌黎先生集》卷十九。

[二]宋謝枋得《文章軌範》卷七:"荀卿儕孟子非其倫。臧孫辰何人,未見其有道義,與孟子並立,安可謂之以道鳴? 此文公學問偏駁處。"

[三]《左傳·襄公二十四年》。

[四]《論語·衛靈公第十五》:"子曰:'臧文仲其竊位者與? 知柳下惠之賢,而不與立也。'"

[五] 按:《論語·八佾第三》云:"子曰:'管仲之器小哉!'"《憲問第十
　　 四》云:"子曰:'桓公九合諸侯,不以兵車,管仲之力也。如其仁,
　　 如其仁。'"又云:"子曰:'管仲相桓公,霸諸侯,一匡天下,民到于
　　 今受其賜。微管仲,吾其被髮左衽矣。'"

136-5 又《知名箴》:"昔者子路惟恐有聞,赫然千載,德譽
愈尊。"[一]是以"有聞"爲"聲譽"[二],與《論語》舊説"惟恐續有
聞"者異[三]。《答馮宿書》:"聞流言不信其行。"[四]與《禮記疏》
斷"其行"二字屬下句"本方立義"者[五]亦異[六]。

[一]《昌黎先生集》卷十二。按:《論語·公冶長第五》云:"子路有
　　 聞,未之能行,唯恐有聞。"
[二] 按:清人時有持此説者,蓋以此章爲君子耻聲聞過情之意。如
　　 清黃式三《論語後案·公冶長第五》云:"韓子引此文,解爲聞譽
　　 之聞,義正通。告過則喜,承譽則恐,此仲子之所以賢也。"參見
　　 《論語正義》卷六引清包慎言《温故録》、清梁學昌輯《庭立記聞》
　　 卷三及清陸繼輅《合肥學舍札記》卷十二"惟恐有聞"條、《茶香
　　 室續鈔》卷十二"子路有聞"條。
[三]《論語注疏》卷五《公冶長》:"孔安國曰:前所聞未及行,故恐後
　　 有聞,不得并行也。"
[四]《昌黎先生集》卷十七。
[五]《禮記正義》卷五十九《儒行》。
[六] 按:《援鶉堂筆記》卷九《禮記》云:"'聞流言不信,其行本方立
　　 義。'注:'聞流言不信,不信其友所行如毁謗也。'注蓋以'行'字
　　 絶句。孔疏從庾氏,以'其行'屬下讀。按:韓退之《答馮商①書》
　　 云:'聞流言不信其行。'依鄭讀也。"

―――――――――

　　① "商"當作"宿",《昌黎先生集》卷十八別有《答陳商書》,姚範蓋因此誤記。

136-6 又《送石處士序》後幅，自"有執爵而言"至"無圖利于大夫而私便其身"一百二十餘字[一]，當從《隋書·柳謇之傳》"帝法服臨軒，敕謇之相齊王"一事來[二]。然古茂淵懿，不減秦、漢間文字，則所謂"過涅爲紺，逾藍作青"[三]者。

[一]《昌黎先生集》卷二十一："有執爵而言者曰：'大夫真能以義取人，先生真能以道自任，決去就。爲先生別。'又酌而祝曰：'凡去就出處，何常？惟義之歸。'遂以爲先生壽。又酌而祝曰：'大夫恒無變其初，無務富其家而飢其師，無甘受佞人而外敬正士，無味于諂言，惟先生是聽，以能有成功保天子之寵命。'又祝曰：'使先生無圖利于大夫而私便其身。'"

[二]《隋書》卷四十七："帝法服臨軒，備儀衞，命齊王立于西朝堂之前，北面。遣吏部尚書牛弘、内史令楊約、左衞大將軍宇文述等，從殿廷引謇之詣齊王所，西面立。牛弘宣勑謂齊王曰……又勑謇之曰：'今以卿作輔于齊，善思匡救之理，副朕所望。若齊王德業修備，富貴自當鍾卿一門。若有不善，罪亦相及。'"（《北史》卷四十六）

[三]《北史》卷五十六《魏收傳》（《北齊書》卷三十七）。

136-7 又《張中丞傳後序》言："遠與巡同年生，月日後于巡，呼巡爲兄。"[一]《唐書》乃云："遠與巡同年生而長，故巡呼爲兄。"[二]《新書·張、許傳》率用韓序[三]。此殆纂寫筆誤，非别有所據也[四]。

[一]《昌黎先生集》卷三十。
[二]《新唐書》卷一百九十二。
[三] 按：參見《十駕齋養新錄》卷十六"宋子京喜韓柳文"條。
[四] 按：《潯南遺老集》卷三十三《謬誤雜辨》嘗引此兩節而後曰："未

知孰是,當更考之。"本條正可釋疑。

137　讀柳

137-1　《佩韋賦》:"雲嶽嶽而專彊兮,果黝誌而乖圖。"[一]《漢書·朱雲傳》:"五鹿嶽嶽,朱雲折其角。"[二]移"嶽嶽"稱雲,與本事不合。此法一開,宋人多踵爲之,蘇、黃尤甚[三]。

[一]《唐柳河東集》卷二。

[二]《漢書》卷六十七。

[三]按:章士釗《柳文指要·上》卷二引此條云:"移形容甲之事入乙,此記悟錯亂者之所爲,似無人欲開此法,蘇、黃固皆落落善忘人也。《有不爲齋隨筆》,亦甚爲有用之雜記短書,吾識光君裔孫農聞。"《錢鍾書手稿集·中文筆記》(第24冊)"柳文指要"條引之,曰:"此節議論却好,足破媚古之習。惟牽掣識其孫,又昏髦喋喋之態矣。"

又按:光雲錦,字農聞,曾任段祺瑞臨時執政府參議院秘書長。光聰諧實爲光雲錦之從祖,見清徐璈《桐舊集》卷首光雲錦《景印〈桐舊集〉識語》。

137-2　又　子厚之七世祖慶之兄檜爲魏興郡守,爲賊黃寶①所殺,寶後率衆歸朝,朝廷待以優禮。檜子雄亮,白日手刃寶于長安城中,卒以慶之辭辯獲免[一]。子厚作《駁報讎議》[二],其亦寄感于先世事歟?

---

①　"黃寶",《隋書》卷四十七《柳雄亮傳》、《北史》卷五十二《柳慶傳》及卷六十四《柳雄亮傳》均作"黃衆寶",是。

［一］《周書》卷二十二《柳慶傳》（《北史》卷五十二）。

［二］《唐柳河東集》卷四《駁復讎議》。

137-3 又《嶺南節度饗軍堂記》："沈泛醴盎之齊，均飫于卒士。"［一］按：《周禮·酒正》，祭祀共五齊［二］，齊以享神，非人所得飲也。《與李翰林建書》："莊周言：逃蓬蘽者，聞人足音，則跫然喜。"［三］按：《莊子·徐無鬼》："聞人足音，跫然而喜矣。"［四］司馬彪以"跫然"爲"喜貌"［五］，李頤云"猶逃竄之聞人音，安能不跫然改貌"［六］，此子厚所本者。其實"跫"字從足，當爲足音，非喜貌也。且上文屢言喜，皆不加形容之辭，尤可以例推。故崔撰以爲"行人之聲"［七］，《玉篇》亦訓爲"躡聲"［八］，皆是。

［一］《唐柳河東集》卷二十六。

［二］《周禮·天官·酒正》："酒正掌酒之政令，以式灋授酒材。辨五齊之名，一曰泛齊，二曰醴齊，三曰盎齊，四曰緹齊，五曰沈齊……凡祭祀，以灋共五齊三酒，以實八尊。"注："齊者，每有祭祀，以度量節作之。"

［三］《唐柳河東集》卷三十。

［四］《莊子·徐無鬼第二十四》。

［五］［六］［七］《經典釋文》卷二十八《莊子音義·徐無鬼》。

［八］《玉篇》卷七《足部》。

137-4 又《報袁君陳秀才避師名書》云："當先讀六經，次《論語》、孟軻書，皆經言。"［一］此在宋人前表章《孟子》者［二］。

［一］《唐柳河東集》卷三十四。

［二］按：《義門讀書記》卷三十六云："子厚亦斷然以《孟子》爲經。"

137-5　又《河間婦傳》[一]，蓋本原涉之語而推衍之。稱
"河間"者，蓋又因"河間姹女工數錢"之謠[二]，其人殆子虛烏有
焉。《漢書·原涉傳》："子獨不見家人寡婦邪？始自約敕之時，
意乃慕宋伯姬及陳孝婦，不幸壹爲盜賊所污，遂行淫失，知其非
禮，然不能自還。"[三]後閱戴埴《鼠璞》[四]，亦同此意[五]。

[一]《唐柳河東集·外集》卷上《河間傳》。

[二]《後漢書》卷一百三《五行志》。

[三]《漢書》卷九十二。

[四] 宋戴埴《鼠璞》卷下"柳子厚文"條。

[五] 按：《野客叢書》卷二十、宋俞文豹《吹劍錄》及《十駕齋養新錄》
　　　卷十六"河間傳"條均有此説。參見王培軍先生《錢大昕〈十駕
　　　齋養新錄〉訂議》。

137-6　又　蔣之翹注《龍安海禪師碑》，引《高僧傳》："釋玄
素，字道清，俗姓馬氏。厥後江西嗣法，布于天下，號爲馬祖。
或以姓名兼稱，曰馬素。"[一]按：《高僧傳》係梁僧所輯，不應有
唐代僧，當是太平興國時敕續者[二]。馬祖名道一，什邡人，爲
六祖再傳法嗣。玄素字道清，亦姓馬氏，延陵人，爲四祖旁出第
七世法嗣，住持潤州鶴林寺，與道一同源三祖，而輩晚二世。蔣
注徒以其俗姓同，誤合爲一人，未實考也。道一以貞元四年卒，
見《五燈會元》[三]。玄素以天寶十一載卒，見李華所作《碑
銘》[四]，行輩雖後，年齒則先矣。

[一]《唐柳河東集》卷六。

[二] 按：蔣注所引，見宋釋贊寧《宋高僧傳》卷九《唐潤州幽棲寺玄
　　　素傳》。

[三]《五燈會元》卷三《江西馬祖道一禪師》。
[四]《唐文粹》卷六十四李華《潤州鶴林寺故徑山大師碑銘》。

138　讀歐

138-1　慶元二年胡柯所訂《歐陽文忠公年譜》,于熙寧三年庚戌公年六十四時,稱"更號六一居士"[一],蓋據《六一居士傳》後署款而云耳[二]。按:《集古録·跋隋汎愛寺碑》款署:"治平丙午孟饗攝事齋宫書。南譙醉翁、六一居士。"[三]丙午爲治平三年,是時公年六十,已號六一居士。後四年,始作《傳》。胡訂《譜》,未檢録,遂誤以作《傳》之年始更號也[四]。

[一]《歐陽文忠公全集》卷首胡柯《廬陵歐陽文忠公年譜》。
[二]《歐陽文忠公全集·居士集》卷四十四。
[三]《歐陽文忠公全集·集古録跋尾》卷五。
[四] 按:劉德清《歐陽脩紀年録》亦據此跋定歐公自署"六一居士"之時,始于治平三年七月。且引《集古録跋尾》卷七之末所附《唐顏真卿射堂記》別本異文爲證。其文云:"或問余曰:何謂六一居士? 余曰……以吾一翁老于五物之間,豈非六一乎? 治平丙午秋饗攝事齋于東閣書。"似光氏之説誠是矣。然檢《歐陽文忠公集》,其自署六一居士之號者,如《續思穎詩序》《峴山亭記》《跋學士院題名》《江鄰幾文集序》《跋三絶帖》等文,作年皆在熙寧三年九月七日之後,且《唐顏真卿射堂記》之別本異文,與《六一居士傳》大體相同。設若歐公治平三年已有此號,更已有自傳初稿,何以其餘諸篇署年皆在熙寧三年之後,且遲至四年之後始成此傳? 殊不可解。以此,竊疑所謂別本異文,實後人節取《六一居士傳》而爲之贋本。
又按:《跋隋汎愛寺碑》之外,歐《集》中同時涉及"南譙醉翁"及"六

一居士"兩號者,僅見《集古録跋尾》卷四《大代修華嶽廟碑》文末
之注:"昔在南譙自號醉翁,晚又更號六一居士。"此注前無所承,
甚爲突兀,而跋又作于嘉祐八年,亦無本年已號六一居士之理。
合《跋隋汎愛寺碑》一文觀之,竊疑"昔在南譙自號醉翁,晚又更號
六一居士"之注,亦釋"南譙醉翁、六一居士"兩號者,而"南譙醉
翁、六一居士"則歐公真跡上所鈐印章之釋文。今臺北故宮博物
館所藏歐公《致端明侍讀留臺執事尺牘》尚有"六弌居士"朱文印,
適可引以爲證。《跋隋汎愛寺碑》有釋文而無注解,《大代修華嶽
廟碑》有注解而無釋文,均易滋困擾,故特辯證如上。

138-2　又 歐公説經,多與舊旨異,其他處行文引用,不憚
仍舊旨,則以衆所共知也。如《進士策問》疑《周禮》爲治太
煩[一],而《送張唐民歸青州序》又極嘆《周禮》爲王道之備[二];
《春秋論》謂隱無讓攝者[三],而《三年無改問》仍舉魯隱讓桓爲
證之類是也[四]。

[一]《居士集》卷四十八《南省試進士策問三首(其二)》。
[二]《居士集》卷四十二。
[三]《居士集》卷十八《春秋論(中)》。
[四]《歐陽文忠公全集・居士外集》卷十。

138-3　又 "一時賢士,多從其游。"[一]此歐公慶曆元年作
《釋惟儼文集序》中語也。逮二年作《釋秘演詩集序》,又云:"一
時賢士,皆願從其游。"[二]嘉祐五年作《李端懿墓誌》,又云:"賢
士大夫,樂與之游。"[三]六年作《廖偁文集序》,又云:"一時賢
士,皆與之游。"[四]四文同用,似少變換,此亦自編《居士集》時
未及審改者。又"却思玉堂,如在天上",《跋學士院題名》[五]及
《内制集序》[六],皆作此二語[七]。

[一][二]《居士集》卷四十一。

[三]《居士集》卷三十二《鎮潼軍節度觀察留後李公墓誌銘》。

[四]《居士集》卷四十三《廖氏文集序》。

[五]《居士外集》卷二十三。

[六]《居士集》卷四十三。

[七] 按:《跋學士院題名》附記云:"熙寧四年正月二十九日,載覽至
　　'却思玉堂,如在天上'之語,因思余作《内制集序》,亦爲此語,英
　　宗皇帝嘗加稱賞,爲之泫然感涕不能止也。"光氏蓋據此而言。
　　然檢《内制集序》,實作"顧瞻玉堂,如在天上",兩者小異。

138-4　又《集古録·跋顔師古慈寺碑①》云:"太宗英雄智
識,不世之主,而牽惑習俗之弊,猶崇信浮圖,豈以其言浩博
無窮,而好盡物理爲可喜耶? 惟其可喜,乃能惑人。"[一]按:公
不喜浮圖説,嘗著《本論》[二],斥其幻唬②。兹又稱其"浩博無
窮""好盡物理",公于竺乾之書知之深矣。其精其粗,皆不越
此論。

[一]《集古録跋尾》卷五《唐顔師古等慈寺碑》。

[二]《居士集》卷十七、《居士外集》卷九。按:《居士外集》卷九校語
　　云:"《本論》三篇,中、下篇已載《居士集》第十七卷,此乃公晚年
　　所删上篇。"

138-5　又《戕竹記》爲歐公文別調[一],熟之,最能得句字
法。惟"腰輿以入,不問辟疆"[二],嫌用古事代叙[三],自是一疵。

---

　　① 《集古録跋尾》卷五題爲《唐顔師古等慈寺碑》,寺名"等慈",意爲平等之慈悲,
如《楞嚴經》卷一云:"方行等慈,不擇貴賤。"光氏誤以"等"字屬上。

　　② "唬",原作"麗",據文義改。"唬"者,語言雜亂也。

他文中，亦時有一二皆未能改去者。

［一］［二］《居士外集》卷十三。

［三］按：《戕竹記》云：“家必有小齋閒館在虧蔽間，賓欲賞，輒腰輿以入，不問辟疆，恬無怪讓也。”此處，蓋用《晋書》卷八十《王獻之傳》語，以“辟疆”代指主人。其文云：“（獻之）嘗經吴郡，聞顧辟疆有名園，先不相識，乘平肩輿徑入。時辟疆方集賓友，而獻之游歷既畢，傍若無人。”“乘平肩輿徑入”，《世説新語・簡傲第二十四》原作“徑入其家”，《晋書》蓋據其下文“王獨在輿上迴轉顧望”而潤飾也。

138-6　又《三琴記》明言“吾家三琴，其一傳爲張越，其一傳爲樓則，其一傳爲雷氏”矣［一］，作《六一居士傳》，但云“有琴一張”［二］，何也？或曰：“《記》不云乎：‘一金徽，一石徽，一玉徽，金玉爛下有光，老人目昏，惟石無光爲宜。’《傳》所謂‘有琴一張’者，石徽之琴也。’”或又曰：“歐公《詩話》不云乎：‘蘇子瞻得蠻布弓衣，其文織成梅聖俞《春雪》詩，因以見遺。余家舊蓄琴一張，乃寶曆三年雷會所斲，距今二百五十年矣。其聲清越，如擊金石，遂以此布更爲琴囊。二物真余家之寶玩也。’［三］據此，雖有三琴，尤以雷琴爲最。《傳》所謂‘有琴一張’者，雷琴也，玉徽者也。”余謂二説固佳。然作文之法，正不必守此滯諦。

［一］《居士外集》卷十三。
［二］《居士集》卷四十四。
［三］《歐陽文忠公全集・雜著述》卷十四《詩話》。

138-7　又《蘇明允墓誌》：“君娶程氏，大理寺丞文應之女，生三子,曰景先,早卒,軾今爲殿中丞直史館,轍權大名府推官。"[一]按:《嘉祐集》有《祭亡妻文》云:"有子六人,今誰在堂。唯軾與轍,僅存不亡。"[二]與《誌》不合者,《誌》但稱男子,《祭文》兼女子而言耳,詳溫公所作《武陽縣君程氏墓誌》[三]。子由《墳院記》但云:"有二子,長曰軾,季則轍。"[四]蓋不數景先。

[一]《居士集》卷三十四《故霸州文安縣主簿蘇君(一作趙郡蘇明允)墓誌銘》。

[二]《蘇老泉先生全集》卷十五。

[三]《蘇老泉先生全集·附錄》卷上。按:《溫國文正公文集》卷七十六《蘇主簿夫人墓誌銘》云:"凡生六子,長男景山①及三女皆早夭,幼女有夫人之風,能屬文,年十九既嫁而卒。"

[四]《欒城三集》卷十。

138-8　又《集古錄·後漢孔君碑》稱"其名字磨滅,不可見,而世次、官閥粗可考",因錄其"孔子十九代孫,潁川君元子"等句[一]。按:洪适《隸釋》:"孔君諱彪,字元上。"[二]余家藏揭本尚未磨滅,不知歐公何以稱不可見? 蓋當時搨工漏遺,公遂以爲磨滅,《錄》中多如此。

[一]《集古錄跋尾》卷二。

[二]《隸釋》卷八《博陵太守孔彪碑》。按:《金石錄》卷十六《跋尾六·漢博陵太守孔彪碑》已云:"今此碑雖殘,而名字尚完可識,云:'君諱彪,字元上。'"

138-9　又《范碑》《尹誌》,皆極意之文,轉致兩家不無遺

---

① "景山",當作"景先"。

議,極力剖辯之,亦太勞矣。其《論〈尹誌〉》[一],尤詳于法,足以
啓迪後學,然非此中人,固尚疑其堅執耳。惟中幅既稱其"爲
《叙燕》《息戍》二篇,行于世"[二]矣,又稱其"欲訓土兵、代戍卒
以減邊用,爲禦戎長久之計,皆未及行"[三]。夫訓土兵、代戍卒
以減邊用,即《息戍篇》所云也,又重述之,不爲複乎?他人譏其
太簡,此則尚疑其繁。當時倘以言進,不知邀公首肯否?

[一]《居士外集》卷二十三《論〈尹師魯墓誌〉》。
[二][三]《居士集》卷二十卷二十八《尹師魯墓誌銘》。按:《叙燕》《息
　　戍》均見宋尹洙《河南先生文集》卷二,亦載《宋史》卷二百九十
　　五《尹洙傳》。

138-10　又《津逯秘書》所刻《邵氏聞見前録》一條:"王懿
恪公拱辰與歐陽文忠公同年進士,同爲薛簡肅公子婿。文忠先
娶懿恪夫人之姊,再娶其妹,故文忠有'舊女婿爲新女婿,大姨
夫作小姨夫'之戲。"[一]按:"文忠""懿恪"四字互舛,當云"懿恪
先娶文忠夫人之姊",證以文忠所作《簡肅公墓誌》[二]可見[三]。

[一]《邵氏聞見前録》卷八。
[二]《居士集》卷二十六《資政殿學士尚書户部侍郎簡肅薛公墓
　　誌銘》。
[三]按:參見明葉盛《水東日記》卷七"歐公再娶之謬"條、《隨園隨
　　筆》卷十七"辨譌類""歐公爲小姨夫之譌"條及謝虎軍、張劍《洛
　　陽紀年墓研究》第四章"元豐八年彰德軍節度使北京留守王拱
　　辰夫婦合葬墓"所載墓誌。袁枚云:"《薛公墓誌》明載'公五女,
　　長適張奇,次適喬易從,次適王拱辰,次適歐,又次適王拱辰',
　　然則爲大、小姨夫者,拱辰也;歐先娶于胥偃,續娶于薛公耳。"
　　兩者暗合。

139　讀曾

139-1　《救灾議》，大意以爲與其分與之，不若合與之；分
與之，無濟而費多；合與之，有濟而費少[一]。其說信美矣[二]。
然有罷游之民，合與之，即侈用，有不踰旬而仍飢乏者，是合與
之，亦未能盡善也。

[一]《元豐類稿》卷九："夫饑歲聚餓殍之民，而與之升合之食，無益
　　于救灾補敗之數，此常行之弊法也。今破去常行之弊法，以錢
　　與粟一舉而賑之，足以救其患，復其業。"
[二] 按：《黃氏日抄》卷六十三《讀文集·南豐文》："《救灾議》以頓予
　　民，不朝夕食之。其說佳。"

139-2　又《擬貢荔枝狀》幸未用[一]，用，則難免與君謨小
龍團同譏[二]。

[一]《元豐類稿》卷三十五《福州擬貢荔枝狀》。
[二] 按：《施注蘇詩》卷三十六《荔支嘆》云："君不見武夷溪邊粟粒
　　芽，前丁後蔡相籠加。爭新買寵各出意，今年鬭品充官茶。"自
　　注："大、小龍茶，始于丁晋公，成于蔡君謨。歐陽永叔聞君謨進
　　小龍團，驚嘆曰：'君謨，士人也，何至作此事！'"
　　又按：《義門讀書記》卷四十三《元豐類稿》云："荔枝徒以供口體
　　之養，雖其品不佳，與少失其時未爲害也。今乃欲以盛夏入貢，
　　而又詳録其品以進，萬一人主生其侈心，而亦爲驛政之事，吾不
　　識將何以解于君子之譏哉！得已而不已，此齊人之敬王也。君
　　謨之團茶，子固之荔子，雖未足累其生平，然徒貽好議論者以口
　　實，不謂之有童心不可也。"又云："《狀》既曰擬，則終未嘗以請于

上，特游戲之作也。”

139-3　又《請擇將益兵劄子》：“非鰌以刑，而自列于行伍。”[一]“鰌”猶“迫”意[二]，蓋用《荀子·强國篇》“大燕鰌吾後”[三]、《莊子》“鰌我亦勝我”[四]之“鰌”。然施之他文，可也，疏奏之文，似非所宜。

[一]《元豐類稿》卷三十《請西北擇將東南益兵劄子》。按：《類稿》原文“鰌”下有“之”字。

[二]按：《荀子·堯問第三十二》：“迫于亂世，鰌于嚴刑。”“迫”“鰌”互文，“鰌”猶“迫”意。又《漢書補注》卷二十三《刑法志》曰：“（鰌），蓋即‘遒’之借字。《説文》：‘遒，迫也。’或作‘逎’。遒之以刑罰，迫之以刑罰也。”

[三]《荀子·强國第十六》。

[四]《莊子·秋水第十七》。按：《荀子·强國》楊倞注：“鰌，蹴也，藉也，如蹴踏于後。《莊子》：‘風謂蛇曰：鰌我必勝我。’”

139-4　又《書魏鄭公傳後》，極言削棄諫草爲非，更設三難，隨難隨解，可謂密矣[一]。而末一難，以“或曰造辟而言，詭辭而出代”[二]，《書·君陳》所謂“入告爾后于内，爾乃順之于外”[三]數語，豈以稱“經”，則難駁置歟？其時尚未盛言“古文”爲僞耳。焚諫草一事，議者是非不一。平心定之：其諫而不行者，美獨在己，留之嫌于沽名，且彰君過，焚之可也；若諫而得行矣，是君臣俱美也，何必焚？

[一][二]《元豐類稿》卷五十一《南豐先生集外文》卷上。按：四庫館臣以此文爲乃《外集》《續稿》之文，故不見于五十卷本《元豐類稿》，參見《四庫全書總目》卷一百五十三《元豐類稿》提要。然其

文流傳頗廣，《宋文鑑》卷一百三十及宋佚名編《聖宋文選》卷十三、宋樓昉《崇古文訣》卷二十七均曾收入，亦見宋莊綽《雞肋編》卷中"曾子固書魏鄭公傳後"條。明人歸有光好讀之，清方東樹《儀衛軒文集》卷七《答人論文書》云："明歸太僕嘗于公車上取曾子固《書魏鄭公傳後》文，讀之五十餘遍，左右厭倦，而公猶津津餘味未已。"清姚鼐《古文辭類纂》卷九亦評云："其言深切，足以感動人主。又繁複曲盡而不厭，此自爲傑作。熙甫愛之，非過也。"可見此篇爲桐城文士所重。

[三] 僞古文《尚書·周書·君陳第十八》。

139-5　又　子固于《六經》之旨自深，然其文格實由昌黎《初上宰相書》啓之[一]。其《福州上執政書》[二]，尤摹擬最顯者。介甫《上相府書》亦然[三]。

[一]《昌黎先生集》卷十六《上宰相書三首(其一)》。
[二]《元豐類稿》卷十六。
[三]《臨川先生文集》卷七十四。

139-6　又　《都官員外郎胥君墓誌銘》，胥名元衡，歐公之妻弟也。其父偃爲翰林學士，首識歐公，遂妻以女，逾年即卒。此文末幅言，"天聖間，翰林君好收獎天下士，士之有盛名于天下者，多翰林君發之"，"今纔四十年，翰林君棄賓客，門下士多至大官，富貴尊寵，而夫人田氏年七十，羈旅于閭巷，其盛衰之際如此"[一]。按：是時歐公方居盛位[二]，所請"富貴尊寵"者，文義殆不能無憾。

[一]《元豐類稿》卷四十三。
[二] 按：胥元衡以治平三年八月庚寅葬于許州，本文當即作于此後

不久。檢《歐陽文忠公年譜》"治平三年"下云："七月癸酉，（歐陽
脩）薦饗太廟，攝太尉行事。"然則誠如光氏所言，曾文實有微意。

139-7　又　文人爲人作墓誌銘，有未如其後嗣意者，率不許
增損，如歐公之《范碑》《尹誌》[一]、荊公之《錢公輔母蔣氏墓誌
銘》[二]是也。此皆值其後嗣不甚知文，世人遂矔二公所辨
耳[三]。若子固所作《尚書都官員外郎王公墓誌銘》[四]，即係荊
公之父，宜有針芥之孚矣。而荊公《與孫正之書》則曰："先人
銘，固嘗用子固文，但事有缺略，向時忘與議定。又有一事，須
至別作，然不可以書傳……告正之作一碣，立于墓門，使先人之
名德不泯，幸矣。"[五]又曰："吾兩人與①子固，豈尚相求于形跡
間耶？然能不失形跡，亦大善。"[六]是子固之《銘》，亦未能如荊
公之意，何怪于他後嗣耶？後嗣欲稱美其先，類不厭詳。文人
矜重其文律，亦有時過簡，又不免稍有矜氣持之之弊，故往往寓
書辯爭。歐公《論〈尹誌〉》，以爲"死者有知，必受此文"[七]，茲
以荊公與子固事例之，恐師魯地下亦未必全無異議也。

又案：子固此文，悉本荊公所爲之《述》[八]，惟後別增"吾嘗
聞鄉里長老言：公爲人倜儻有大志，在外當事輒可否，矯矯不可
撓"，并言"先人嘗從公游，其言亦然"[九]，此殆實迹。荊公平日
嘗主《孟子》"鄉鄰有鬪，可以閉户"之説[十]，如子固所稱，善則
爲排難解紛，不善則爲恣睢武斷，故所爲《述》略而不載。不意
子固之自舉所聞，且有徵也。平日爲人作誌銘，不欲人增損，故
亦重違子固，遂勉用之。而究不洽于心，故于《與孫書》言之，非
但事有缺略也。正之有無別爲作碣，其《集》不傳，無可考
矣[十]。要之，爲人後嗣，自不能文，斯已耳；自能文，則莫若本

---

①　"與"，原作"于"，據《臨川先生文集》卷七十七改。

"稱善不稱惡"[十一]之義爲之,如歐公之表瀧岡[十二],最爲得矣。

[一]《居士集》卷二十《資政殿學士戶部侍郎文正范公神道碑銘》、卷
二十八《尹師魯墓誌銘》。

[二]《臨川先生文集》卷九十九《永安縣太君蔣氏墓誌銘》。按:《臨
川先生文集》卷七十四《答錢公輔學士書》云:"比蒙以銘文見
屬,足下于世爲聞人,力足以得顯者銘父母,以屬于不腆之文,
似其意非苟然,故輒爲之而不辭。不圖乃猶未副所欲,欲有所
增損。鄙文自有意義,不可改也。宜以見還,而求能如足下意
者爲之耳。"

[三]按:如宋朱翌《猗覺寮雜記》卷上云:"凡爲文合于古,則不免世
俗譏評,君子不恤也。歐公作《尹師魯墓誌》,王介甫作《錢公輔
母墓誌》,皆不免紛紛,況他人乎?二公作書力辨,可以爲庸妄
之戒。"參見《容齋續筆》卷十三"曹子建論文"條、《野客叢書》卷
二十六"二公不喜人議其文"條、宋吳子良《荆溪林下偶談》卷二
"前輩不肯妄改已成文字"條。

[四]《元豐類稿》卷四十四。

[五][六]《臨川先生文集》卷七十七《與孫侔書(其一)》。

[七]《居士外集》卷二十三《論〈尹師魯墓誌〉》。

[八]《臨川先生文集》卷七十一《先大夫述》。

[九]《孟子·離婁下》。

[十]按:二〇〇九年南京市江寧區將軍山南麓出土孫侔所撰王益墓
誌銘,誌蓋刻"王公之墓"四大字,誌銘殘泐,而大體可讀。據拓
本,題似爲《……尚書都官員外郎上騎都尉賜緋魚[袋]贈工部
郎[中]……》,墓誌今藏南京市江寧區博物館。參見劉成國先
生《王安石年譜長編》卷二"皇祐三年"、仝相卿先生《宋代"一人
二誌"現象芻議:以王安石父王益墓誌爲中心》。

[十一]《禮記·祭統第二十五》:"爲先祖者,莫不有美焉,莫不有惡

焉。銘之義，稱美而不稱惡，此孝子孝孫之心也。唯賢者能之。"
[十二]《居士集》卷二十五《瀧岡阡表》。

140　讀王

140-1　宋時宗室之女，其封爵自崇，不繫于夫矣。亦有大臣之女得封，不繫其夫者。如龐籍之長女、第五女、第七女，因籍遺表得封[一]；歐陽脩女，因大賚丐恩得封[二]；文彥博女，因母辭其寵章爲之請邑得封[三]，皆各不繫其夫。其制皆荆公所作，載《臨川集》中。北宋之待臣工如此，然恩亦稍濫矣[四]。

[一]《臨川先生文集》卷五十四《故贈司空兼侍中龐籍遺表長女南
　　縣君冀州支使陳琪妻安康郡君制》《龐籍第五女大理評事趙彥
　　若妻德安縣君制》《龐籍第七女壽安縣君制》。
[二]《臨川先生文集》卷五十四《參知政事歐陽脩女樂壽縣君制》。
[三]《臨川先生文集》卷五十四《同中書門下平章事文彥博女大理評
　　事龐元直妻特封安福縣君制》。
[四]按：參見《廿二史札記》卷二十五"宋恩蔭之濫"條。

140-2　又　荆公經學，較子固大有王霸之分。即如《序卦》，雖傳爲聖人所作，前賢有疑其穿鑿者矣[一]。荆公又取《易·象》"君子以自强不息"[二]至"君子以慎辨物居方"[三]，仿而爲之，皆以爲有相承之故[四]，則益鑿矣。又更仿之，作《周南次序解》[五]，尤無謂。蓋其所爲《新義》《字説》皆主穿鑿[六]，故獨與《序卦》有合。惟《洪範傳》論"福極不言貴賤"[七]，甚當，較勝子固[八]。其《禮論》[九]駁荀，亦好[十]。

［一］ 按：《周易·序卦傳》韓康伯注已言"《序卦》之所明，非《易》之緼也。蓋因卦之次，託象以明義。"歐陽脩更明言《十翼》皆非孔子作，如《易童子問》卷三云："童子問曰：《繫辭》非聖人之作乎？曰：何獨《繫辭》焉！《文言》《説卦》而下，皆非聖人之作，而衆説淆亂，亦非一人之言也。"

［二］ 《周易·乾卦·象傳》。

［三］ 《周易·未濟卦·象傳》。

［四］ 《臨川先生文集》卷六十五《易象論解》。

［五］ 《臨川先生文集》卷六十六《周南詩次解》。

［六］ 按：《宋史》卷三百二十七《王安石傳》云："初，安石訓釋《詩》《書》《周禮》，既成，頒之學官，天下號曰'新義'。晚居金陵，又作《字説》，多穿鑿傅會。"

［七］ 《臨川先生文集》卷六十五。略云："或曰：孔子以爲富與貴人之所欲，貧與賤人之所惡，而福極不言貴賤，何也？曰：五福者，自天子至于庶人，皆可使慕而欲其至；六極者，自天子至于庶人，皆可使畏而欲其亡。若夫貴賤，則有常分矣。使自公侯至于庶人，皆慕貴欲其至，而不欲賤之在己，則陵犯篡奪之行日起，而上下莫安其命矣。"

［八］ 《元豐類稿》卷十《洪範傳》。略云："或曰：福極之言如此，而不及貴賤，何也？曰：九疇者，皆人君之道也。福極者，人君所以考己之得失于民。福之在于民，則人君之所當嚮；極之在于民，則人君之所當畏。福言攸好德，則致民于善可知也；極言惡弱，則致民于不善可知也。視此以嚮畏者，人君之事也。未有攸好德而非可貴者也，未有惡弱而非可賤者也。故攸好德則錫之福，謂貴之。所以勸天下之人，使協于中，固已見之皇極矣。于皇極言之者，固所以勉人，于福極不言之者，攸好德與惡弱之在乎民，則考吾之得失者盡矣。貴賤非考吾之得失者也。"按：參見《困學紀聞注》卷二《書》"五福言富不言貴"條。

〔九〕《臨川先生文集》卷六十六。略云："嗚呼，荀卿之不知禮也！其言曰：'聖人化性而起僞。'吾是以知其不知禮也。"

〔十〕按：《黄氏日抄》卷六十四《讀文集·荆公文》云："《洪範傳》，其字義多足取者。《易象論解》，仿《序卦》言次第之義。《周南詩次解》，亦仿《序卦》爲之。《禮論》，謂荀卿不知禮，自是曉然之理。"

140-3 又　荆公《上運使孫司諫書》，論捕鹽法曰："在閣下之勢，必欲變今之法，令如古之爲，固未能也。非不能也，勢不可也。循今之法而無所變，有何不可，而必欲重之乎？"〔一〕作繁昌、慈谿等縣學記，亦屢云"變今之法，而不失古之實"〔二〕。其言如此。後來，新法行，人之告之者，大氐不出斯意，而顧抵死不從，何也？其責人則明，恕己則昏〔三〕歟，抑薄于望人而重于期己，馴致于不量力歟？

〔一〕《臨川先生文集》卷七十六。

〔二〕《臨川先生文集》卷八十二《繁昌縣學記》、卷八十三《慈溪縣學記》。

〔三〕宋朱熹《小學》卷五《嘉言·廣敬身》："范忠宣公戒子弟曰：人雖至愚，責人則明；雖有聰明，恕己則昏。"按：此語出于宋范公偁《過庭録》。

140-4 又　《雜咏》詩："召公方伯尊，材亦聖人亞。農時憚煩民，聽訟甘棠下。嗟今千室長，已恥問耕稼。彈琴高堂上，欲以世爲化。"〔一〕後作《撫州通判廳見山閣記》，又力闢"甘棠聽訟"之說〔二〕，以爲"非召公之實事，非詩人之本指，特墨子之餘言贅行，吝細褊迫者之所好"。〔三〕雖托爲通判施侯之言，未免發揮太盡，賴公生平，人共信其非優于自養者。

[一]《臨川先生文集》卷四《雜詠(其七)》,亦見《王荆文公詩》卷五。
　　按:本詩亦見王令《廣陵先生文集》卷七,題爲《雜詩(其二)》,
　　非是。

[二]《毛詩·周南·甘棠》鄭玄箋:"召伯聽男女之訟,不重煩勞百
　　姓,止舍小棠之下而聽斷焉。國人被其德,説其化,思其人,敬
　　其樹。"

[三]《臨川先生文集》卷八十三。按:"非詩人之本指",《文集》原文
　　無"非"字。

140-5　**又**《金溪吳君墓誌銘》,名與字及世系俱次之銘
中[一],茅順甫以爲"變調"[二]。其實柳子厚《永州刺史崔君權厝
誌》已如是[三],非荆公創爲也[四]。

[一]《臨川先生文集》卷九十八:"銘曰:蕃君名,字彥弼,氏吳其先自
　　姬出,以儒起家世冕黻,獨成之難幽以折,厥銘維甥訂君實。"

[二]明茅坤《唐宋八大家文抄·宋大家王文公文抄》卷十四《金溪吳
　　君墓誌銘》眉評:"名與字及世系,俱次之銘中,又一變調。"

[三]《唐柳河東集》卷九《故永州刺史崔君權厝誌》。

[四]按:明王行《墓銘舉例》卷二《金溪吳君墓誌》云:"諱字世系見銘
　　詩中,同韓文《施先生銘》例也。"見《昌黎先生集》卷二十四《施先
　　生墓銘》。

140-6　**又**　荆公誌墓文,千蹊萬徑,畢盡能事[一]。其誌永
嘉縣君陳氏一首[二],用韻尤奇。

[一]按:姚永樸《文學研究法》卷二論碑誌云:"王有其法度謹嚴、筆
　　力簡峻處,故惜抱先生評退之《太原王君墓誌銘》云:'此文已開
　　荆公誌銘文法。'曾氏(按:曾國藩)亦云:'此篇先將官階叙畢,然

後申叙居某官、爲某事,此等蹊徑,介甫多學之。"

[二]《臨川先生文集》卷一百《永嘉縣君陳氏墓誌銘》。按:銘文韻脚
　　"此""死""子"三字,誌文亦一再用之,有回環往復之效,故光氏
　　謂之"尤奇"。

141　讀蘇

141-1　明允《審勢》謂"審其强弱之勢,而威、惠互用",可
也。謂"當今之世宜尚威,如齊威王之烹阿、封即墨",可也。謂
"萬世爲帝王,而其大體卒不可革易者,其尚威而已矣",初觀
之,其語可駭,再三思之,其言大非孟浪,亦可也[一]。惟引湯
武、桓文事未協:桓公招携以禮,懷遠以德[二],豈可謂其常任
刑? 文公三罪而民服[三],豈可謂其長者未嘗以刑? 語曰"强詞
奪理",如此,則詞尚未能强。

[一]《蘇老泉先生全集》卷一《幾策・審勢》。
[二]《左傳・僖公七年》:"管仲言于齊侯曰:'臣聞之:招携以禮,懷
　　遠以德。德禮不易,無人不懷。'齊侯修禮于諸侯,諸侯官受
　　方物。"
[三]《左傳・僖公二十八年》:"君子謂:文公其能刑矣,三罪而民服。
　　《詩》云:'惠此中國,以綏四方。'不失賞刑之謂也。"

141-2　**又**　東坡作《晁君成詩集序》,引後漢李郃爲漢中候
吏以星知二使事,云:"後三年,使者爲漢中守,而郃猶爲候吏,
人莫知之者。其博學隱德之報,在其子固。"[一] 按:《郃傳》,其
官卒至司徒,其功豫謀策立[二],非不能自顯而待厚報于子者。
文特欲比附君成之未顯,而又爲其子補之頌耳。考其本末,殊

爲未然。又《送鄧宗古還鄉》詩云："南鄭有李郃,得妙甘公書。夜坐指流星,驚倒兩使車。抱關不肯仕,布褐蒙璠璵。"[三]亦似不知其後顯,何也?

[一]《東坡先生全集》卷十《晁君成詩集引》。

[二]《後漢書》卷八十二上《李郃傳》:"安帝崩,北鄉侯立,復爲司徒。及北鄉侯病,郃陰與少府河南陶範、步兵校尉趙直謀立順帝,會孫程等事先成,故郃功不顯。"

[三]《施注蘇詩》卷二十八。

141-3　**又**　東坡《論給田募役狀》云:"昔蘇綽爲魏立徵稅之法,號爲煩重,已而嘆曰:'此猶張弓也,後之君子,誰能解之?'其子威侍側聞之,慨然以爲己任。"[一]按:威本傳但言"威聞其言,每以爲己任"[二]。蓋威五歲即喪父,意年稍長,得自家人之傳聞耳。言"侍側聞之",非也。

[一]《東坡先生全集》卷二十六。

[二]《北史》卷六十三《蘇威傳》(《隋書》卷四十一)。

141-4　**又**　東坡論:"田單使人食必祭,以致烏鳶,又設爲神師,皆近兒戲,無益于事。蓋先以疑似置齊人之心,則夜見火牛龍文,足以駭動,取一時之勝。"[一]可謂深得當時情意。後來郭藥師效之,徒貽金人之笑[二],則以但近兒戲,絕無駭動之具足以繼之。

[一]《東坡先生全集》卷六十五《田單火牛》。

[二]按:此郭藥師,實謂郭京,而非身仕三國之郭藥師。宋汪藻《靖

康要録》卷十三云："前此軍頭郭京者,妄稱有李藥師術,募無賴
輩數千,聚天清寺,號'六甲正兵'。"光氏或以此誤"郭京"爲"郭
藥師"。郭京妄稱能以六甲兵退敵,卒致汴京失守事,尚可參宋
徐夢莘《三朝北盟會編》卷六十九及清黃以周等《續資治通鑑長
編拾補》卷五十八《欽宗靖康元年》。

141-5　又　褚遂良以飛雉入宮爲祥,東坡譏之,以謂"使魏
徵在,必以高宗鼎耳事諫"[一],其説善矣。然謂其"諂佞之甚,
愚瞽其君",未免輕于立論。遂良祇欲逞其學博耳,綜論平生,
何遽如坡言之甚哉！飛雉入宮,蓋以兆武氏之禍。唐之武,即
漢之吕也,故以雉隱示之。

[一]《東坡先生全集》卷六十五《褚遂良以飛雉入宮爲祥》。

141-6　又　余嘗哂葬師每取人物附會地形,遂憑之以定吉
凶。彼山川固不能自語,蒙欺多矣。頃閲東坡記艾人灸法云：
"端午,日未出,艾中以意求似人者,擷之以灸,殊有效。艾未有
真似人者,于明暗間苟以意命之而已。萬法皆妄,無一真者,在
何疑焉?"[一]此説大可爲葬師解嘲。

[一]《東坡先生全集》卷七十三《艾人著灸法》。

141-7　又　子由《晉宣帝論》云："自仲達之後,人臣受六尺
之寄,因而取之者,多矣！皆以地勢迫切,置而不取,則身必危、
國必亂,至自比騎虎不可下,此亦自欺而已哉!"[一]可謂快論,
獨不暇爲本朝藝祖計耳。脱有奸人媒蘖,不又蹈其伯氏前轍
耶？或曰：子瞻氣岸陵厲,雖無文字,足以招尤[二];子由則異,

是故有此等文字亦無傷。然而君子則宜愼之。

[一]《欒城後集》卷九。

[二]按:《誠齋集》卷九十九《跋東坡所書雉帶箭大字帖》云:"東坡先
　　生所挾,孰非招尤取嫉之具?"

141-8　又　三蘇作文,因避家諱,易"序"稱"引"[一]。按:李
翰序《通典》云:"杜公自爲序引,各冠篇首。"[一]則"引"亦係舊
稱,非蘇始爲也。若班固"作《典引篇》",注云:"《典》謂《堯典》,
引猶續也。漢承堯後,故述漢德以續《堯典》。"[二]是別爲一義,
非蘇所本。

[一]按:宋陸游《老學庵筆記》卷六云:"蘇東坡祖名序,故爲人作序,皆
　　用'叙'字,又以爲未安,遂改作'引',而謂'字序'曰'字説'……今
　　人或效之,非也。"《揮麈前録》卷三亦有此説。

[二]《通典》卷首唐李翰序。

[三]《後漢書》卷四十下《班固傳》注。

142　讀歸震川集

142-1　《震川集》,始爲門人王子敬刻于建寧,文既不多,
流傳亦少[一]。昆山、常熟兩刻,互有異同[二]。逮其曾孫莊,取
家藏鈔本,與錢虞山較讎編訂,凡四十卷[三],即今《四庫》著
録者[四]。

偶取其《上王都御史》一篇校之[五],似常熟本爲善[六]。文
因被讒改官,而王亦惑于人言,故引馬、玉終始不變,伯樂、卞和
之信馬、玉亦終始不變以反激之,乃合事情文勢。莊本改之,以

王爲未嘗惑人言，則茶然不振矣。

　　再取其《答唐虞伯》一篇較之，常熟本云："今世好議論，不樂成人之美如此。"[七]莊本改"今世"爲"真所謂"[八]，則俚甚矣。常熟本云："若使爲善者以幽昧而不錄。"[九]謂人妄疑，貞女難免受污也。莊本改"幽昧"爲"幽微"[十]，則無當。

　　常熟本《送青田教諭序》云："近歲以來，處之科第，至閭郡不見一人，或者遂鄙之，以爲深山荒絶之區，而不知天地山川之氣，時有蓄而不發者。夫果實繁者，不能碩大，假令縣貢數十輩，未可以爲得人。"[十一]莊本删"天地"至"碩大"二十二字，以"假令"直接"而不知"[十二]，辭亦滯鬱。

　　《列朝詩集小傳》言："熙甫没，其子子寧輯其遺文，妄加改竄，以致見夢，翁責趣其亟成。"[十三]蓋錢亦憾其改竄之非，雖爲讎校，有不能全行己意者。汪鈍翁亦兩寓莊書静之[十四]，卒逢其怒，則其家法蓋果于自信云。汪有《歸文辨誣》[十五]，不載《類稿》，當求觀之。

[一]　明歸有光《震川先生集·附錄》清歸莊《書先太僕全集後》："先先太僕君集文集凡三刻矣。始，府君之門人王子敬爲令閩之建寧，刻之閩中。文既不多，流傳亦少。"即閩本，又稱"復古堂"本，止分上下兩卷。

[二]　按：歸有光卒後不久，其長子子寧、次子子祜輯其父遺文三百五十餘篇，名爲《歸先生文集》，分三十二卷，于萬曆元年刻于昆山，末署"隆慶壬申男子祜、子寧編次，萬曆癸酉浙人翁良瑜梓行"，是爲昆山本。萬曆四年又略作修訂，並增刊翁良瑜《祭文》，末署"萬曆癸酉男子祜、子寧編次，丙子浙人翁良瑜梓行"。此本，歸莊力詆之，以爲子寧"妄加删改"。萬曆二年，歸有光從弟道傳又刻于常熟，亦收文三百五十餘篇，名爲《新刊震川先生文

集》分二十卷。歸莊謂此本"篇數與昆山本相埒，文則昆山本所無者百有餘篇，然頗多錯誤"。

[三]按：即清康熙十年至十四年歸氏家刻本，包括《震川先生集》三十卷、《別集》十卷、《附録》一卷。歸有光文集版本問題，可參邵毅平《〈震川先生集〉編刊始末》及杜澤遜《四庫存目標注》卷五十三"震川文集初本"條。

[四]《四庫全書總目》卷一百七十二《震川文集》《別集》提要。

[五]《震川先生集》卷六《上王都御史書》。按：歸莊校云："此文昆山、常熟二本大異，以今觀之，常熟本辭太峻，昆刻當是定本，今從之。"董説評點云："余意編《震川集》只宜以一本爲主，而附異詞于各篇之下，兹元公（按：歸莊字玄恭，或署元公）刻集自有家藏本子，何故紛紛以己意較量？"清汪琬《鈍翁前後類稿》卷二十七《歸詩考異序》亦譏其校訂體例不一，並以此文爲例："或謂歸氏有家藏鈔本可訂，則又略考其所刻《全集》……如《上王都御史書》《周憲副行狀》等篇，則僅僅節略鈔本數語之不同者附注于篇末，固未嘗專用鈔本以爲據依也。"

[六]《新刊震川先生文集》卷十六《上御史大夫王公書》。按：常熟本辭氣凌厲，如"有光之爲縣，果盡如讒者之言乎？今銓部之所取信者監郡，監郡之賢不肖，果盡出于公與明乎"，連用反問，可謂激憤，而莊本則改作"有光之爲縣，不敢自附古人，然惟護持小民，而奸豪大猾多所不便，遂騰謗議。顧今小民之情不聞于上，故有光之受讒構無已。夫今銓部之所取信者監郡，監郡之刺舉，未盡出于公與明"，平鋪直叙，謹小慎微，全無原稿之氣勢。其餘類此者尚有數處，故光氏以爲即文勢而論，亦荼然不振也。此本今不易見，備録如下。

　　都臺相公閣下：有光聞，天下之人材，其爲君子小人，皆有一定之性。古之所謂知人者，非苟知之而已也。始知其如此，則其終身不能易也。伯樂之于馬，卞和之于玉，如令馬非絶塵，玉非連城，二人者，必不顧。如令二人者顧之，馬與玉豈有變哉？馬與玉而有變，則天下亦不號爲伯樂、卞和矣。故以爲人之賢不肖有定分，而古之知人者，決于一見，而終身不易。彼有改節易操者，必其始非真性，有矯而爲之者，特其號爲知人者之不至焉耳。故孔子曰："舉爾所知。"蓋謂已知之矣，則其舉之而不疑也。故大臣之相其君，其平日常有意于天下之人材，一旦而任事權，舉平日之所知，蓋優然而有餘，是以佐國家成光明之業，而其聲名永與天地無窮。若夫取辨于臨時，處極貴之地，而欲以周知天下之人材，不如其取于素之爲裕也。

今閣下爲天子執法，操天下進退之權，其能辨君子小人、賢不肖，必明矣。有光不材，不敢自附于當世之賢者。獨以少荷國家作養，蚤雖掄選太學，尋薦京府，初辱閣下爲縣。當此時，相知最深，蓋不以有光爲不肖也。閣下清明直亮，少所許可，而獨于有光而加顧。自此閣下爲郡二千石，及敭歷外省，升中丞，治河漕濟州、淮揚間。有光往還京師，道之所歷，閣下未嘗不垂顧念。閣下非有私于有光，以爲爲國家急于當世之人材如此。前歲得舉進士，閣下方召入爲少司徒，有光時與諸進士旅見，閣下獨加禮遇異于常。今歲入覲，閣下府第深嚴，有光一再至，然不拒逆而進之。退而私念，以有光之受知于閣下，與閣下之知有光者，至今未嘗變也。自以諸生文學，不辨①治縣，事多泥古，與世乖忤，監郡及臺省大吏無相知者，其考宜殿，而尤荷閣下之知，使免于過謫，然而鑠金銷骨之毀，其積已至于閣下之前矣。

悲夫！以三十餘年潔身脩行，一旦遭讒罹垢，乃不能自辨于三十餘年之素知，使閣下疑所見而信所聞。夫豈閣下前日之知爲非歟？將亦有如古人所謂的然昭晰，自斷于內，能了于冥

---

① "辨"，《震川先生集》卷六《上王都御史書》作"辦"。

冥之中，而不覽能勝衆多之口，而姑爲謝之也。然則士之所于知己恃于知己者，危矣。閣下何不考有光之爲吏者，夫豈若人之言否乎？

昨在京師，今萬宗伯，乃同年鄉舉也。萬公，陽羨人，家與有光所治連界。有光私竊問萬公云："公以我治縣何如？"萬公曰："君治縣無他，獨小民無不愛君耳。"有光謝曰："得公一言，可以無媿。"萬公當世賢者，非相欺也。則有光之爲縣，果盡如讒者之言乎？今銓部之所取信者監郡，監郡之賢不肖，果盡出于公與明乎？漢人有言："陛下以使者爲腹心，使者以從事爲耳目，尚書之平，决于百石之吏。"其不足盡取信，明矣。且今監郡所薦舉，無不極其褒美。語其治行，雖古之龔、黄、卓、魯，不能有加。然古之吏，皆積久而成功，今並布衣諸生少年，遠者僅逾二載，何治之卓卓如此？夫果能如此，則其縣治矣，何遷代之後，其雕殘猶故也？如此，所舉刺則①可知，其不爲謾欺者，鮮矣。

夫與愚人論智，則智反爲愚，與不肖論賢，則賢反爲不肖，故智者决策于愚人，賢士呈行于不肖，此道之難行，而賢材之所以多闕也。今于監郡之外，復有采取流言飛語，唐虞之世，所爲"疾讒説殄行"者，寺人傷于讒，而有《巷伯》之刺，今不能禁，而又行之如此，則奉法循理之吏，豈能見容于世耶？

閣下清德重望，彈壓百吏，凜然風裁，宜監郡者不敢爲欺謾，其刺舉必明，其讒説亦無自至于臺省。然唐虞之世，賢聖在朝，猶有讒説；以周之盛，而寺人畏讒。則雖登明選公，舉世咸仰閣下贊翊聖朝之盛，而寧獨無如有光前之所論者？今世人才之衆多，何啻以千百計，皆進退于閣下，閣下寧以失一人爲重輕？則有光一命之賤，其何足以復瀆閣下之聽也。

---

① "所舉刺則可知"，原作"所舉則刺可知"，據莊本"則考其舉刺"及文義乙。

　　　夫自古一士之不遇至微，而後之人追論其世，乃以一士之
故而歸咎于當世之公卿大臣者，多矣。況平生恃閣下之知，自
謂俟百世而不易者，不謂其有所變也。獨以閣下不勝衆多之
口，而姑爲謝之云爾。然有光自以今日有閣下之知，而不獲自
伸如此，則亦已矣。官雖微，而出處進退宜明，是以竊緣閣下之
素，以求自放于田里，不使墮落于讒人之口。閣下姑憐而使之
得全其身名以去，不勝幸甚。有光再拜。

［七］［九］《新刊震川先生文集》卷十六《答唐虔伯書》。

［八］［十］《震川先生集》卷七《答唐虔伯書》。按：歸莊校云："此文抄
　　　本與常熟本大異，覺抄本勝，今從之。惟'抶淫姑以爲主卒以死
　　　殉'，此十字抄本所無，今從常熟本。"

［十一］《新刊震川先生文集》卷三《送狄教諭序》。

［十二］《震川先生集》卷九《送狄承式青田教諭序》。按：歸莊校云：
　　　"常熟刻小異當是初本，昆山本與抄本同，今從之。"

［十三］清錢謙益《列朝詩集小傳·丁集》卷十二"震川先生歸有光"
　　　條："賈人童氏夢熙甫趣之曰：'亟成之，少稽緩，塗乙盡矣。'刻既
　　　成，賈人爲文祭熙甫，具言所夢，今載集後。"按：萬曆四年刻本
　　　《歸先生文集》後所附翁良瑜《祭文》云："公今則殁，遺稿在笥。
　　　僭爲鎸行，冀開來裔。惟公有神，憑夢謂我：'我文子鎸，子慎乃
　　　可。'余寱怳然，不覺駭汗。至人不亡，于斯可勘。今工告完，布
　　　行有日。敢訴公靈，實懷祗栗。"錢氏即指此而言。

［十四］《鈍翁前後類稿》卷二十一《與歸玄恭書一》《與歸玄恭書二》。

［十五］《四庫全書總目》卷一百七十二《震川文集》《別集》提要："莊
　　　自作《凡例》，極言舊刻本之譌，詆斥不遺餘力。然考汪琬《堯峰
　　　文集》有與莊書二篇，又反覆論其改竄之非，至著爲《歸文辯誣》
　　　以攻之。是莊所輯亦未爲盡善。"《歸文辯誣録》，原名《歸文全集
　　　考異》，今不傳。

142-2　**又**　昆山本，子子祐①、子寧所輯，凡三十二卷。常熟本，族弟道傳所輯，凡二十卷。今《存目》止載昆山本[一]。

[一]《四庫全書總目》卷一百七十八《震川文集初本》提要。

142-3　**又**　《草庭詩序》云："周子家道州，二程子從受學焉，即今江西之南安。"[一]按：道州，在明之湖廣[二]，非江西之南安。

[一]《震川先生集》卷二。
[二]按：道州，在明屬湖廣省永州府，即今湖南省永州市道縣。

142-4　**又**　《西王母圖序》[一]，蓋以《封禪書》意爲之[二]。

[一]《震川先生集》卷二。
[二]《史記》卷二十八。

142-5　**又**　代作《經序録序》云："予昔承乏汴藩，因識宗室西亭公，修學好古，有河間大雅之風。嘗得唐李鼎祚《周易集傳》，槧板行于世。又爲諸經序録，凡爲經之傳注訓詁者，皆載其序之文，使世之學者，不得見其書，而讀其序，固已知其所以爲書之意，庶以廣其見聞，而不安于孤陋，實嘉惠後學之盛心也。"[一]西亭公謂朱睦㮮，《經序録》凡五卷，《明史·藝文志》載之[二]。據震川所序，則此書實爲秀水《經義考》之嚆矢[三]。本傳又言于李鼎祚《易解》外，更叙傳張洽《春秋傳》[四]，則東海《通志堂》之刻[五]，亦濫觴于此矣。

―――――――――

①　"祐"，當作"祜"。光氏蓋沿《四庫全書總目》之誤。

［一］《震川先生集》卷二。

［二］《明史》卷九十六《藝文志》："朱睦㮰《授經圖》二十卷,《五經稽疑》六卷,《經序録》五卷。"

［三］按:《四庫全書總目》卷八十五著録清朱彝尊《經義考》三百卷。又同卷明朱睦㮰《授經圖》提要云:"朱彝尊《經義考》未出以前,能條析諸經之源流,此書實爲之嚆矢。"光氏之説蓋本此。

［四］《明史》卷一百十六《朱睦㮰傳》。

［五］按:清徐乾學輯刻《通志堂經解》共收書一百四十種,一千八百六十卷。《書林清話》卷九"納蘭成德刻通志堂經解之二"條云:"《通志堂經解》本爲徐乾學所刻,何焯所校《通志堂經解目録》,屢稱東海,是當時並不屬之納蘭成德也。"東海乃徐氏郡望,故名。

142-6　又《題立嗣辨後》云:"昔諸葛亮取兄瑾子喬爲子,及亮有子瞻,而恪被誅無嗣,亮遣喬還嗣瑾祀。"[一] 按:喬卒在建興元年,亮卒在建興十二年,已相距十一年,恪被誅,當蜀之延熙十六年,上距亮卒又十七年,亮安得遣喬還嗣瑾祀? 蓋喬子攀還爲瑾後,《蜀志》自明[二],震川未及繙考耳。古文家多有此失。

［一］《震川先生集》卷五。

［二］《三國志》卷三十五《蜀書·諸葛喬傳》。

有不爲齋隨筆壬

143　焦仲卿詩

　　《孔雀東南飛》主刺，非主美也，故末云："多謝後世人，戒之愼勿忘。"[一]明言戒之，豈得爲美？蓋姑既不慈，婦亦不順，府吏則徇妻忘母，以及婦父母之愚弱，婦弟之暴橫、縣令、太守之無恥，丞及主簿之逢迎[二]，準之以義，無一可也。徒以婦不二天，府吏不圖新舍舊，爲可節取耳。前人多以其鋪陳艷異[三]，叙述悽愴，罕能發此義。惟陳祚明①《古詩選》稍及之[四]，然不知末二語，詩人固自明其旨也。

[一]《采菽堂古詩選》卷二《雜曲歌辭·古詩爲焦仲卿妻作》。按：此
　　詩原載南朝陳徐陵《玉臺新咏》卷一。
[二]按：清賀貽孫《詩筏》云："叙事長篇動人啼笑處，全在點綴生活，
　　如一本雜劇，插科打諢，皆在净醜。《焦仲卿篇》，形容阿母之虐，
　　阿兄之橫，親母之依違，太守之强暴，丞吏、主簿、一班媒人張皇
　　趨附，無不絶倒，所以入情。若只寫府吏、蘭芝兩人癡態，雖刻
　　畫逼肖，決不能引人涕泗縱橫至此也。"

---

　　①　"陳祚明"，原作"陳明祚"，今據《采菽堂古詩選》乙。

［三］按:《采菽堂古詩選》卷二云:"樂府詩總以鋪陳艷異爲工,與古詩確分爲二體。"

［四］《采菽堂古詩選》卷二:"以理論之,此女情深矣,而禮義未至。婦之于姑,義無可絶,不以相遇之厚薄動也。觀此母非不愛子,豈故嫌婦?承順之間,必有未當者。織作之勤,乃粗跡耳。先意承志,事姑自有方,何可便以勞苦爲足?母不先遣,而悍然請去,過矣。吾甚悲女之貞烈,有此至情,而未聞孝道也。曰'生小出野里',曰'汝是大家子',詳女歸十餘日,而便許它人,則其家爲小家可知,哀哉!此女不生于大家,而不聞孝道之微也。府吏良謹愿,然不能諭婦以事姑,而但求母以留婦,不能慰母之心,而但知徇婦之愛。至于彼以死償,則此不得不以死報。後此之死,死于此女既亡之後,誠無可如何也。抑前此刑于之化,猶有未盡乎?論詩本不宜言理,然此有係于風化,故偶及之。作者但言女自請遣,直筆自見矣。"

144　花花相對葉葉相當

古樂府:"洛陽城東路,桃李生路傍。花花自相對,葉葉自相當。"[一]《無量壽經》言:"天宮寶樹,行行相值,莖莖相望,枝枝相準,葉葉相向,花花相順,實實相當。"[二]正與之同。疑譯經者即仿樂府爲之。

［一］《采菽堂古詩選》卷四宋子侯《董嬌嬈》。按:此詩原載《玉臺新咏》卷一。又《野客叢書》卷二十九"東坡賞花詩"條云:"觀宋子侯董嬌嬈詩曰……而曹植《豔歌曲》曰:'出自薊北門,遥望湖池桑。枝枝自相值,葉葉自相當。'但易枝、值二字而已,意則一也。"陳祚明則謂:"花花、葉葉,古人襲用甚多,不如此篇之妙。"

［二］《容齋四筆》卷十三"天宮寶樹"條。按:"天宮寶樹"一句,魏康

僧鎧譯《佛説無量壽經》卷上原作“或有寶樹，車磲爲本，紫金爲莖，白銀爲枝，琉璃爲條，水精爲葉，珊瑚爲華，瑪瑙爲實”，是洪邁引用時有删改，而光氏蓋據《容齋四筆》轉引。

145　左思咏史

“貴者雖自貴，視之若埃塵。賤者雖自賤，重之若千[①]鈞。”[一]似用逆旅對楊朱語意[二]。《列子·黄帝篇》：“楊朱過宋逆旅。逆旅人有妾二人，其一人美，其一人惡。惡者貴，而美者賤。楊子問其故。逆旅小子對曰：‘其美者自美，吾不知其美也。其惡者自惡，吾不知其惡也。’”[三]《文選注》引《列子·楊朱篇》“貴非所貴，賤非所賤”二語[四]，另一意，與詩不協。

[一]《文選》卷二十一晋左思《咏史八首（其六）》。

[二]按：清宋長白《柳亭詩話》“貴賤”條亦有此説。

[三]《列子·黄帝第二》。按：此節亦見《莊子·山木第二十》。

[四]《文選》卷二十一李善注。按：《列子·楊朱第七》：“貴非所貴，賤非所賤……齊貴齊賤。”張湛注云：“皆自然爾，非能之所爲也……皆同歸于自然。”

146　李杜韓皆不重陶

昌黎《薦士》詩云：“建安能者七，卓犖變風操。逶迤抵晋宋，氣象日凋耗。中間數鮑謝，比近最清奥。齊梁及陳隋，衆作等蟬噪。”[一]取鮑、謝而不取陶，自是昌黎蔽處，所以有聯句一

---

①　“千”，原作“干”，今據《文選》卷二十一晋左思《咏史八首（其六）》改。

體[二]。太白亦云："自從建安來,綺麗不足珍。"[三]詩如靖節,可概以"綺麗不足珍"耶?子美《遣興》云:"陶潛避俗翁,未必達道深。"[四]譏其恨枯槁、別賢愚[五],未如晋人之玄曠耳,所謂"道其所道,非吾所謂道也"[六],又不足爲陶軒輊矣[七]。

[一]《昌黎先生集》卷二。

[二]按:參見本書卷壬第162條"韓孟聯句"。

[三]清王琦注《李太白詩集注》卷二《古風五十九首(其一)》。

[四][五]《杜詩詳注》卷七《遣興五首(其三)》:"觀其著詩集,頗亦恨枯槁……有子賢與愚,何其掛懷抱。"

[六]《昌黎先生集》卷十一《原道》。

[七]按:《苕溪漁隱叢話·前集》卷九引黄庭堅之語曰:"子美困頓于山川,蓋爲不知者詬病,謂爲拙于生事,又往往譏議宗文、宗武失學,故聊托之淵明以解嘲耳。其詩名曰《遣興》,可解也。俗人便爲譏病淵明,所謂'痴人前不得説夢'也。"參見郭紹虞《宋詩話輯佚》卷上宋王直方《王直方詩話》"山谷論杜詩咏陶潛"條。

147　心醉

"心醉"二字,出《列子》[一]。顏詩:"郭奕已心醉,山公非虛觀。"[二]不過引之直用耳。至陶則云:"出門萬里客,中路①逢嘉友。未言心先醉,不在接杯酒。"[三]點綴出之,尤妙。

[一]《列子·黄帝第二》:"有神巫自齊來處于鄭,命曰季咸,知人死生、存亡、禍福、壽夭,期以歲、月、旬、日,如神。鄭人見之,皆避而走。列子見之而心醉。"按:事亦見《莊子·應帝王第七》。

---

①　"中路",陶《集》諸本皆作"中道",蓋光氏誤記。

［二］《文選》卷二十一顏延之《五君咏·阮始平》。

［三］《陶詩彙注》卷四《擬古九首(其一)》。

148　陶用岫字

《爾雅》:"山有穴爲①岫。"[一]唯陶公《歸去來辭》"雲無心而出岫"[二]，不誤。他如"窗中列遠岫""雲聚岫如複"[三]，皆誤"岫"爲"峰"[四]。

［一］《爾雅·釋山第十一》。

［二］《陶淵明集》卷五。

［三］《文選》卷二十六南朝齊謝朓《郡內高齋閒坐答呂法曹》、卷三十謝朓《和王著作八公山》。按:謝朓用"岫"爲"峰"者尚不止于此，如《文選》卷二十七《休沐重還道中》"林表吳岫微"，又謝朓《謝宣城詩集》卷一《臨楚江賦》"雲沈四岫"、卷三《將發石頭上烽火樓》"荆吳阻山岫"、卷四《和王長史臥病》"崞岫款崇崖"，均同。

［四］按:《山谷全書·正集》卷二十五《書徐會稽禹廟詩後》云:"《爾雅》:‘山有穴爲岫。’今季海詩云‘孤岫龜形在’，乃不成語。蓋謝玄暉云‘窗中列遠岫’，已誤用此字，季海亦承誤耳。"《考古質疑》卷四歷引前人詩，謂"既曰山，又曰岫，是其意皆如《爾雅》之言，所謂山之穴也"，然後人詩中亦有直以岫爲山者，疑爲相承誤用，更舉"漢張平子《南都賦》‘岫繚繞而滿庭’"之例，以爲其誤"又在玄暉之先矣"。所論甚詳，可以參看。唯葉氏誤斷引文起止，以山谷語爲王歸叟之言(《宋詩話輯佚》卷上《王直方詩話》亦據此誤輯)。另可參清杭世駿《訂譌類編》卷一"岫是山穴"條。

---

①　"爲"字原脫，今據《爾雅·釋山第十一》及文義補。

149　宋意

淵明《咏荆軻》云："漸離擊悲筑,宋意唱高聲。"[一]按:《國策》《史記》皆無宋意事,惟《水經注》云："闞駰稱:太子丹遣荆軻刺秦王,與賓客知謀者,皆素衣冠,送之于易水之北。荆軻起爲壽,歌曰:'風蕭蕭兮易水寒,壯士一去兮不復還。'高漸離擊筑,宋如意和之。爲壯聲,士髮皆衝冠;爲哀聲,士皆流涕。"[二]陶言"唱高聲",本此。闞說當載《十三州志》,今無其書矣[三]。吳瞻泰《陶詩彙注》引《淮南子》:"高漸離、宋如意①爲擊筑,而歌于易水之上。"[四]雖及宋意[五],語未了晰,不如《十三州志》。

[一]《陶詩彙注》卷四。

[二]《水經注》卷十一《易水》。

[三] 按:《隋書》卷三十三《經籍志》著錄闞駰《十三州志》十卷,《舊唐書》卷四十六《經籍志上》、《新唐書》卷五十八《藝文志》均作十四卷。蓋宋時亡佚,後有清人王謨輯《重訂漢唐地理書鈔》本、張澍輯《二酉堂叢書》本、王仁俊輯《玉函山房輯佚書補編》本及葉昌熾輯《鞦淡廬叢稿》本。

[四]《陶詩彙注》卷四注引《淮南子·泰族第二十》。按:此注本于宋湯漢《箋注陶淵明集》卷四。

[五] 按:《文選》卷二十八《雜歌·序》作"宋如意",與《水經注》同。《初學記》卷十六、《北堂書鈔》卷一百十、《意林》卷五、《太平御覽》卷五百七十二引《燕丹子》、《藝文類聚》四十三引荆軻《蕭蕭歌》、卷四十四引宋玉《笛賦》、卷五十五引周弘直《賦得荆軻》詩,及劉晝《新論·辯樂第七》("荆軻入秦,宋意擊筑,歌于易水之

---

① "宋如意",《陶詩彙注》卷四及《淮南子·泰族第二十》原作"宋意"。

上")，並作"宋意"。參見《史記志疑》卷三十一《刺客列傳》及王叔岷《史記斠證》卷八十六《刺客列傳》。王叔岷以爲《水經注》之文引自《燕丹子》，誤，以其所據乃趙一清、戴震改本也。參見清楊守敬、熊守貞《水經注疏》卷十一《易水》。

150　對法

150-1　謝康樂《夜宿石門》詩云："朝搴苑中蘭，畏彼霜下歇。暝還雲際宿，弄此石上月。"[一]四句，扇對法耳[二]，而句末"蘭、歇、宿、月"四字，又虛實回環作對，極巧，極自然，不可謂非有心雕琢也。李義山"玉璽不緣歸日角，錦帆應是到天涯。于今腐草無螢火，終古垂楊有暮鴉"[三]四句，亦虛實回環作對，他人集中罕見。惟"日角""腐草"二字，尚未湊泊，不如"天涯""暮鴉"四字渾成。庾子山《哀江南賦》"陸士衡聞而拊①掌，是所甘心；張平子見而陋之，固其宜矣"一聯[四]，亦虛實自爲對[五]。

[一]《采菽堂古詩選》卷十七。按：《謝康樂集》卷三題爲《石門巖上宿》。

[二] 按："扇對"，舊題唐白居易《金針詩格》云："詩有扇對格：第一句對第三句，第二句對第四句。"亦稱"隔句對"，如宋嚴羽《滄浪詩話·詩體》云："有扇對，又謂之隔句對，如鄭都官'昔年共照松溪影，松折碑荒僧已無。今日還思錦城事，雪消花謝夢何如'是也。"

[三]《重訂李義山詩集箋注》卷一上《隋宮》。按：元吳師道《吳禮部詩話》云："日角、錦帆、螢火、垂楊是實事，却以他字面交蹉對之，融化自稱，亦其用意深處，真佳句也。"

①　"拊"，《庾子山集》卷一原作"撫"。

〔四〕《庾子山集》卷一《哀江南賦·序》。

〔五〕清錢大昕《潛研堂文集》卷二十二《記先大父逸事》載其大父之
　　論曰:"庾子山《哀江南賦》……以'甘心'對'拊掌',以'宜矣'對
　　'陋之',亦聯之中虛實自相爲對也。"按:此聯"拊"字,他本均作
　　"撫",唯錢氏憑記憶書作"拊",本條同,可知光氏蓋據之轉引。
　　又按:此聯一句之中自成對偶,即"當句對"也,參見《容齋續筆》
　　卷三"詩文當句對"條、《純常子枝語》卷七及《談藝録》"黃山谷詩
　　補注"條。

150-2　又　劉越石《重贈盧諶》詩云:"朱實隕勁風,繁英落
素秋。"〔一〕以"朱、素、勁、繁"四字回環對。杜子美《寄賈、嚴兩
閣老》詩云:"花動朱樓雪,城凝碧樹烟。"〔二〕以"花、樹、樓、城"
回環對。

〔一〕《文選》卷二十五晋劉琨《重贈盧諶》。

〔二〕《杜诗詳注》卷八《寄岳州賈司馬六丈、巴州嚴八使君兩閣老五
　　十韻》。

151　謝惠連秋懷詩

"雖好相如達,不同長卿慢。頗悦鄭生偃,無取白衣
宦。"〔一〕後二語,非由衷曲,彼烏足以去取鄭生?　其行則有近司
馬者,"慢"指著犢鼻褌滌器,"達"謂琴挑文君,正與彼贈杜德靈
詩事相類〔二〕。長沙王道憐子義宗,亦坐隱蔽杜德靈免官〔三〕。

〔一〕《文選》卷二十三南朝宋謝惠連《秋懷》。按:李善注云:"偃,謂
　　偃仰不仕也。"又《後漢書》卷二十七《鄭均傳》云:"鄭均,字仲虞,
　　東平任城人也……(建初)六年,公車特徵,再遷尚書,數納忠

言，蕭宗敬重之。後以病乞骸骨，拜議郎，告歸，因稱病篤，帝賜
以衣冠……（元和二年）帝東巡過任城，乃幸均舍，勅賜尚書禄
以終其身，故時人號爲‘白衣尚書’。”

[二]《南史》卷十九《謝惠連傳》：“惠連先愛幸會稽郡吏杜德靈，及居
父憂，贈以五言詩十餘首，‘乘流遵歸路’諸篇是也。坐廢，不豫
榮位。”按：《宋書》卷五十三《謝惠連傳》謂此十餘首“文行于世”，
今皆不傳。又此事亦見《宋書》卷五十一《劉義宗傳》，句作“乘流
遵歸渚”，“渚”蓋“路”之誤。

[三]《南史》卷十三《劉義宗傳》：“坐門生杜德靈放橫打人，入義宗第
蔽隱，免官。德靈以姿色，故義宗愛寵之。”（《宋書》卷五十一）

152　裘冕類禋郊

謝玄暉《和伏武昌登孫權故城》詩云：“裘冕類禋郊，卜揆崇
離殿。”[一]按：《吳書》嘉禾元年注引《江表傳》曰：“群臣以孫權
未郊祀，奏議周文、武郊酆、鎬，非必土中。權曰：‘文王未爲天
子，立郊于酆，見何經典？’群臣引《漢·郊祀志》匡衡奏。權曰：
‘文王性謙讓，處諸侯之位，明未郊也。俗儒臆説，非典籍正義，
不可用。’”[二]厥後，盡權在位，未行[三]。謝詩殆指即位時郊壇
告天耳[四]。

[一]《文選》卷三十。

[二]《三國志》卷四十七《吳書·吳主傳》注。按：此節文字與《困學
　　紀聞》卷十三《考史》所言大體相同，蓋光氏由此而檢核原書。

[三]按：《困學紀聞注》卷十三《考史》“孫權論文王郊祀”條翁元圻注
　　云：“《通典》四十二《禮》二注：‘孫權初稱尊號于武昌，祭南郊，告
　　天，用玄牡。後自以居非土中，不脩設。末年南郊，追上父堅尊
　　號爲吳始祖，以配天。’案：陸機《辨亡論》謂權‘遂躋天位，鼎峙而

立。告類上帝,拱揖群后'。孫權本傳:'太元元年,權祭南郊還,寢疾。'《通典》之説,爲得其實。"然則僅引《江表傳》,是而未盡也。又孫權未郊祀事,《宋書》卷十六《禮志》引何承天之論曰:"權建號繼天,而郊享有闕,固非也。末年雖一南郊,而遂無北郊之禮。環氏《吳紀》:'權思崇嚴父配天之義,追上父堅尊號爲吳始祖。'如此説,則權末年所郊,堅配天也。權卒後,三嗣主終吳世不郊祀,則權不享配帝之禮矣。"此即《通典》所本,可以參看。

[四] 按:《援鶉堂筆記》卷三十八《集部》云:"《和伏武昌登孫權故城》'衰冕類裡郊',善注引孔安國《尚書傳》曰:'類,事類也。'按:孔《傳》'類謂攝位事類',疏云:'以攝位事類告天帝也。'《吳志‧吳主傳》:'黃龍元年夏四月丙申,南郊,即皇帝位。'"光氏蓋申明此説。

153　涉筆成法

謝宣城:"江路西南永,歸流東北鶩。天際識歸舟,雲中辨江樹。"[一]"江""歸"二字分承,在有意無意之間。舊云"涉筆成趣"[二],此可謂之"涉筆成法"。

[一]《文選》卷二十七南朝齊謝朓《之宣城出新林浦向版橋》。
[二] 按:"涉筆成趣",謂雖出之無心而成之自有意趣。如清吳喬《圍爐詩話》卷一云:"作者涉筆成趣,説者遂以立三十七格,其可留者不及十條。"又如清賀裳《載酒園詩話》卷下《蘇轍》云:"北歸潁上後,詩間雜詼諧,多涉筆成趣。"

154　笑讀古人書

《譙周傳》:"誦讀典籍,欣然獨笑,以忘寢食。"[一]王右丞詩

"笑讀古人書"[二]，蓋本此[三]。

[一]《三國志》卷四十二《蜀書・譙周傳》。

[二] 清趙殿成《王右丞集箋注》卷十五《外編・送孟流歸襄陽》。按：
《瀛奎律髓》卷二十四作唐張子容詩，非是。

[三] 按：《李太白全集》卷二十四《翰林讀書言懷呈集賢諸學士》云：
"觀書散遺帙，探古窮至妙。片言苟會心，掩卷忽而笑。"似亦本
此。參見《柳亭詩話》卷二十四"言懷"條。

155　改用事實

155-1　昔人作詩，往往改用事實，非誤也[一]。如太白詩，
既云："山陰遇羽客，要此好鵝賓。掃素寫《道德》，筆精妙入神。
書罷籠鵝去，何曾別主人。"[二]則固知逸少所書爲《道德經》矣。
他日又云："山陰道士如相訪，爲寫《黃庭》博白鵝。"[三]何也？
此正詩家之妙，所謂"以神遇而忽其牝牡驪黃"[四]者。《西清詩
話》譏其誤用[五]，《能改齋漫録》又以《本傳》逸少聞山陰道士好
養鵝往觀，非山陰道士訪逸少，疑爲世俗子所增[六]，皆所謂"癡
人説夢"[七]。

[一] 按：參見本書卷壬第178條"改換法"。

[二]《李太白全集》卷二十二《王右軍》。

[三]《李太白全集》卷十七《送賀賓客歸越》。

[四] 按："神遇"，見《莊子・內篇・養生主第三》"以神遇而不以目
視"；又九方皋相馬，而略其牝牡驪黃，事見《列子・説符第八》，
光氏牽合兩處爲一。

[五][六]《能改齋漫録》卷三《辨誤》"黃庭博鵝"條。按：所引見宋蔡
絛《西清詩話》卷上，唯《西清詩話》在清流傳者多爲《説郛》所收

節本,此蓋據《能改齋漫録》轉引。

[七] 按:《晋書》卷八十《王羲之傳》載:"山陰有一道士,養好鵝,羲之往觀焉,意甚悦,固求市之。道士云:'爲寫《道德經》,當舉群相贈耳。'羲之欣然寫畢,籠鵝而歸,甚以爲樂。"而太白《送賀賓客歸越》詩乃寫《黄庭》,以此前人多以爲誤用。《西清詩話》《能改齋漫録》外,宋黄伯思《東觀餘論》卷下《跋黄庭經後》、宋程大昌《演繁露》卷十二"换鵝是黄庭經"條、宋嚴有翼《藝苑雌黄》(《苕溪漁隱叢話·後集》卷二十七引)及清杭世駿《訂譌類編》卷四"黄庭經"條均主此説,宋袁文《甕牖閒評》卷五更疑此詩乃後人贋作。然宋張淏《雲谷雜記》卷一已駁蔡條、黄伯思之説,以爲兩詩各言一事,太白不誤,乃後人自誤。至洪邁更謂《晋書》所載右軍以《道德》换鵝之事有誤,其所書實即《黄庭》(《容齋四筆》卷五"黄庭换鵝"條)。清王琦注太白詩,則歷引群書而後曰:"夫一經也,或以爲《黄庭》,或以爲《道德》……蓋所謂傳聞異辭之故。迺考一事兩傳者,載籍固多有也,乃取其一説而以訾其餘,或以爲太白之誤,或以爲《晋書》之誤,或以爲右軍换鵝本有二事,或以爲右軍初未嘗書《黄庭經》,皆失之執矣。"其言是矣。然王氏終據何法盛《晋中興書》右軍書《黄庭》换鵝之説(《太平御覽》卷二百三十八引),謂當時傳聞已有如此者,太白此詩實未嘗有瑕。清徐文靖《管城碩記》卷十九與清沈濤《交翠軒筆記》卷三之説亦不出此意。然如此説,所書爲《黄庭》非誤用雖可解,吳曾所摘乃"逸少訪山陰道士,非山陰道士訪逸少"之謬,則又將何説? 推太白之所以用"黄庭"字樣,一則若作"爲寫《道德》博白鵝",平仄不諧,再則以字面論,"黄庭""白鵝"以顏色字相映,饒有意趣,若用《道德》,雖訾議其用事之誤者或少,其奈意味頓減何! 洪邁云:"予謂太白眼高四海,衝口成章,必不規規然旋檢閲《晋史》、看《逸少傳》,然後落筆,正使誤以《道德》爲《黄庭》,于理正自無害。"王琦亦申之曰:"夫詩之美劣,原不關乎用

事之誤與否。”若斷章取義，諸家之論，以此兩節最爲可取，足與光氏之説相印證也。

155-2　又　太白《宮中行樂詞》云：“宮中誰第一，飛燕在昭陽。”[一]《能改齋漫録》譏其誤用合德所居[二]，是不知詩人有借改用法[三]。又云：“後見唐王叡《松窻録》有‘漢宮誰第一，飛燕倚新妝’之語，乃知‘昭陽’之本，世所傳者誤也。”[四]按：“昭陽”句是《宮中行樂詞》，“倚新妝”句是《清平調》[五]，且係七言，不知《松窻録》何以載作五言，《能改齋》又何以不辨是二詩，而妄疑“昭陽”句爲誤本也[六]。

[一]《李太白詩集注》卷五《宮中行樂詞八首（其二）》。

[二]《能改齋漫録》卷三《辨誤》“飛燕在昭陽”條：“西漢趙飛燕既立爲皇后，後寵少衰。女弟繼幸，爲昭儀，居昭陽。蓋《飛燕本傳》云爾。唐李太白《宮詞》云：‘宮中誰第一？飛燕在昭陽。’夫昭陽，昭儀所居也，非謂飛燕耳。”

[三]按：《訂譌類編》卷五《地理譌》“飛燕不居昭陽”條：“《三輔黃圖》云：‘成帝趙皇后居昭陽殿，有女弟，俱爲婕好。’太白本此。李義山華清宮詩亦云：‘朝元閣迥羽衣新，首按昭陽第一人。’”

[四]按：《松窻録》，《崇文總目》卷五《史部·傳記類》著録一卷，未題撰人。《崇文總目輯釋》卷二補題李濬撰，錢繹按語云：“《宋志》作《松窻小録》，今本作《雜録》，《唐志》《通志·略》並不著撰人，《讀書志》題章叡撰，或又作章濬，並與李濬字形相近而譌。”其説是也。《能改齋漫録》作“王叡”，或亦誤字。

[五]《李太白詩集注》卷五《清平調詞三首（其二）》。

[六]按：《顧氏文房小説》本唐李濬《松窻雜録》（共十六條）引太白《清平調》三章，與今本太白詩無異。唯宋朱勝非《紺珠集》卷十一所引韋叡《松窻録》“木芍藥”條與《能改齋漫録》同，作：“《開元

花木記》云：禁中呼木芍藥爲牡丹，當時甚重之，命李白爲新詞，有‘漢宮誰第一’‘飛燕倚新粧’之語。”可知《紺珠集》所載乃節略之本，吴曾即因此而誤。參見清王太岳等《四庫全書考證》卷五十五“紺珠集”條。

156　天闕

杜詩：“天闕象緯逼，雲臥衣裳冷。”[一]昔人疑“闕”字實不對“臥”字，故或改“闈”[二]，或改“閲”[三]，或改“開”[四]，或改“閭”[五]，或改“關”[六]，迄無定論。《能改齋漫録》引太白“雲臥留丹壑，天書降紫泥”[七]，證“雲臥”不必實對，其論甚當[八]。惟欲改“象緯”爲“象魏”，則尤可笑。

[一]《杜詩詳注》卷一《游龍門奉先寺》。

[二]按：《九家集注杜詩》卷一引蔡興宗《杜詩正異》云：“世傳古本作‘天闈’，今從之。《莊子》‘以管闚天’，正用此字。”

[三]按：宋佚名《道山清話》云：“杜少陵《宿龍門》詩有云：‘天闕象緯逼。’王介甫改‘闕’爲‘閲’，黄魯直對衆極言其是。貢父聞之，曰：‘直是怕他。’”《宋詩話輯佚》卷上《王直方詩話》“舒王校老杜詩”條（見宋阮閲《詩話總龜·前集》卷八）：“舒王云：‘當作天閲。’謂其可對‘雲臥’也。”參見《西清詩話》卷上。

[四]按：清姜宸英《湛園札記》卷四云：“《天官書》：‘天開雲物。’若如諸家議，必改‘闕’字，則不如‘開’字之確。”亦見《杜詩詳注》卷一引。

[五]按：宋劉辰翁《須溪批點選注杜工部詩》卷一云：“‘臥’字可虚可實。‘天闕’語渾，若‘天閲’‘天閭’，豈不牽强耶？”

[六]按：宋陳巖肖《庚溪詩話》卷上：“後人爲其屬對不切，改爲‘天關’。”

[七]《能改齋漫録》卷四《辨誤》“天闕雲臥”條。按：吴氏所引太白

詩,今見《李太白詩集注》卷九《口號贈楊徵君(鴻)》。

[八] 按:《演繁露》卷四“天闕象緯逼”條、《庚溪詩話》卷上等皆以其用伊闕龍門故事,不煩改字。明楊慎《升庵詩話》卷九“天闕象緯逼”條、明王世貞《藝苑卮言》卷三、《少室山房筆叢・藝林學山》卷二“古字窺作闕”之説同。清人注杜,亦多不取改字之説。參見蕭滌非等《杜甫全集校注》卷一《游龍門奉先寺》校記[二]。

157　橘柚龍蛇

子美《禹廟》詩:“荒庭垂橘柚,古屋畫龍蛇。”[一]宋人引“厥包橘柚”“驅蛇龍放菹”爲説[二],未爲穿鑿,正得“目擊道存”[三]之意。阮亭童時笑斥之,過矣。晚年作《香祖筆記》,猶記其言[四],何也?

[一]《杜詩詳注》卷十四。

[二] 按:宋徐度《却掃編》卷中:“方王氏之學盛時,士大夫讀書求義理,率務新奇。然用意太過,往往反失于鑿。有稱老杜《禹廟》詩最工者,或問之,對曰:‘“空庭垂橘柚”,謂“厥包橘柚錫貢”也(按:見《尚書・禹貢》);“古屋畫龍蛇”,謂“驅龍蛇①而放之菹”也(按:見《孟子・滕文公下》)。此皆著禹之功也,得不謂之工乎?’”又此實宋人孫覺之説,見宋晁説之《晁氏客語》:“甫因見此而有感也。蓋橘柚錫貢、龍蛇皆禹之事也。”

[三]《莊子・田子坊第二十一》:“子路曰:‘吾子欲見温伯雪子久矣,見之而不言,何耶?’仲尼曰:‘若夫人者,目擊而道存矣,亦不可以容聲矣!’”

[四]《香祖筆記》卷六:“宋時士大夫爲王氏之學者,務爲穿鑿,有稱

---

①　“龍蛇”,《孟子・滕文公下》原作“蛇龍”。

杜子美《禹廟》詩'空庭垂橘柚'，謂'厥包橘柚錫貢'；'古屋畫龍蛇'，謂'驅龍蛇而放之菹'也。予童時見此説，即知笑之，語諸兄曰：'信如此，則杜公之詩，何殊今佛寺壁畫觀音救八難、善財五十三參，關侯廟壁畫五關斬將、水淹七軍耶！'諸兄爲之軒渠。"

按：孫覺非爲王氏之學者，漁洋改易《却掃編》之語，不確。

158　李潮八分歌

158-1 "尚書韓擇木，騎曹蔡有鄰。開元以來數八分，潮也奄有二子成三人。"[一] 按：竇臮《述書賦》，工八分者，又有雁門田琦、京兆衛包、滎陽鄭遷及弟邁、皇室李權。[二]

[一]《杜詩詳注》卷八《李潮八分小篆歌》。

[二] 唐竇臮《述書賦》卷下及唐竇蒙注。按：《述書賦》注云："田琦，雁門人，德平之孫，工八分、小篆、署書。"又："衛包，京兆人，工八分、小篆。"又云："鄭遷及弟邁、遇，並工八分。"又："皇室李權，工八分。"

158-2 又 張廷珪、盧藏用皆善八分，見本傳[一]。梁昇卿 "八分尤工，書《東封朝覲碑》，爲時絶筆"，《韋抗傳》[二]。

[一]《新唐書》卷一百十八《張廷珪傳》（《舊唐書》卷一百一）、《新唐書》卷一百二十三《盧藏用傳》（《舊唐書》卷九十四）。按：新、舊《唐書》用詞小異。如盧藏用，《舊唐書》謂之"工篆隸"，《新唐書》則謂之"工草隸、大小篆、八分"，光氏所據蓋《新唐書》也。又張廷珪（徐浩撰《唐故贈工部尚書張公墓志銘》作"張庭珪"）隸書，今存《魯夫子廟碑》（今在孔廟）；盧藏用隸書，今存《漢忠烈紀公碑》（在河南滎陽）、《唐故司空文貞公蘇府君之碑》（簡稱"蘇瓌

碑”,在陝西武功)。

[二]《新唐書》卷一百二十二《韋抗傳》。按:此碑即蘇頲所撰《大唐
　　封東嶽朝覲頌》,文見《唐文粹》卷十九下,摩崖爲明人新刻損
　　毀。明王子卿《泰山志》卷二《遺蹟》“摩崖碑”條云:“在崖右,刻
　　唐蘇頲撰《東封朝覲頌》,字徑寸餘,書法類晋。近閩人林焯以
　　‘忠孝廉節’四大字覆刻其上,鑱毀殆盡。”參見《弇州四部稿》卷
　　七十二《游太山記》、卷一百三十四《唐玄宗御書太山銘後》、《曝
　　书亭集》卷四十九《開元太山銘跋》及《金石萃編》卷七十六“紀
　　太山銘”條。又梁昇卿隸書,今存《唐贈太師燕文貞張公墓志銘》
　　(在河南洛陽)、《大唐故河東忠公楊府君之碑》(在陝西咸陽)。

159　説詩之拘

　　杜詩“王母晝下雲旗翻”[一],杜修可以“王母”爲鳥名[二];王
勃《序》“落霞與孤鶩齊飛”[三],吳曾以“落霞”爲飛蛾[四],此皆不
知詩文人之論。蘇詩“試掃北臺看馬耳”[五],孫奕以“馬耳”爲
菜名[六],是并未見《超然臺記》[七]。韓詩“喚起窓全曙,催歸日
未西”[八],山谷亦以“喚起”“催歸”爲二鳥名[九],大奇。

[一]《杜詩詳注》卷二《玄都壇歌寄元逸人》。

[二] 按:宋郭知達《九家集注杜詩》卷一引宋杜田《注杜詩補遺正謬》
　　曰:“王母,鳥名,故對子規。”宋佚名《分門集注杜工部詩》卷八改
　　署“修可曰”云云,他詩注釋或署“杜修可”。《杜詩詳注》等書當
　　即據此。然所謂“杜修可”,爲坊本臆擬充數者,非實有其人。又
　　《管城碩記》卷二十五云:“《列仙傳》:‘穆王與王母會瑤池,雲旗
　　霓裳擁簇,自天而下。’詩言‘晝下雲旗翻’,正用此耳,豈可以鳥
　　名王母解之?”

[三] 唐王勃《王子安集》卷五《滕王閣詩序》。按:宋李昉等《文苑英

華》卷七百十八題作《秋日登洪府滕王閣餞別序》。

［四］《能改齋漫録》卷十五《方物》"辨霞鶩"條。

［五］《施注蘇詩》卷九《雪後書北臺壁二首（其一）》。

［六］《履齋示兒編》卷十三"馬耳"條。

［七］《東坡先生全集》卷十一《超然臺記》："園之北，因城以爲臺者舊矣，稍葺而新之。時相與登覽，放意肆志焉。南望馬耳、常山，出没隱見，若近若遠。"

［八］［九］《韓昌黎詩編年箋注》卷九《贈同游》（《昌黎先生集》卷九）。按：此注見于《苕溪漁隱叢話·前集》卷十七引宋惠洪《冷齋夜話》："黄山谷曰：吾兒時每哦此詩，而了不解其意。自謫峽川，吾年五十八矣。時春晚，憶此詩，方悟之。'喚起''催歸'二鳥名，若虚設，故人不覺耳。古人于小詩，用意精深如此，況其大者乎？'催歸'，子規鳥也。'喚起'，聲如絡緯，圓轉清亮，偏于春曉鳴，亦謂之'春喚'。"亦見《詩話總龜·前集》卷十九、《詩人玉屑》卷六及宋蔡正孫《詩林廣記·前集》卷五，文字小異。

160　昌黎詩不用佛典

《猗覺寮雜記》以昌黎"長安富豪兒，盤饌羅羶葷。不解文字飲，惟能醉紅裙。雖然一餉樂，有如聚飛蚊"①［一］詩，爲用《楞嚴經》"一切衆生，如一器中，聚百蚊蚋，啾啾飛鳴。于方寸中，鼓發狂鬧"事［二］。余謂此爲適合，不係徵用；且細玩"一餉"字，亦非引譬"器中聚蚊"［三］。《扶風郡夫人墓誌銘》云："人人莫不自在。"［四］"自在"二字，不見《經》，恐始于佛典［五］。

---

①　《昌黎先生集》卷二及《韓昌黎詩編年箋注》卷四，《醉贈張秘書》"富豪兒"原作"衆富兒"，"雖然"原作"雖得"。

[一]《猗覺寮雜記》卷上："退之雖闢佛，然亦觀其書。"按：《猗覺寮雜記》有光聰諧所刻《龍眠叢書》本。又所引韓詩，見《韓昌黎詩編年箋注》卷四《醉贈張秘書》（《昌黎先生集》卷二）。

[二]唐釋般剌密帝譯《楞嚴經》卷五："如是乃至三千大千世界內所有衆生，如一器中，貯百蚊蚋，啾啾亂鳴。于分寸中，鼓發狂鬧。"

[三]按：《管錐編·史記會注考證》卷一百二十九《貨殖列傳》"蚊"條云："《楞嚴經》卷五月光童子言……宋人詩文多喜徵使（秦觀《淮海集》卷二《送張和叔》、張耒《張右史集》卷二十九《自遣》之一、朱熹《文公集》卷三十九《答楊子順》之三、方岳《秋崖小稿》卷一五《再用潘令君韻》，又卷二十九《新晴》，參朱翌《猗覺寮雜記》卷上、光聰諧《有不爲齋隨筆》卷壬），乃指無聊擾攘，非言貪得競逐。"

[四]《昌黎先生集》卷二十八。

[五]按：清顧張思《土風錄》卷七"自在"條云："適意曰自在，見《漢書·王嘉傳》：'恣心自在。'《水經注》言溫泉云：'道士清身沐浴，一日三飲，多少自在。'案：二字本佛家語。《維摩經》云：'世王自在于民，法王自在于法。'又'佛土清净，如自在天宮。'《本起經》云：'已免憂苦，存亡自在。'（亦見《佛國記》）《瑜伽記》：'王過有十二，不得自在。'《婆娑論》：'罪人爲獄卒阿旁所拘剌，不得自在，故名地獄。'《翻譯名義》云：'梵語摩醯首羅，此云大自在。'（杜詩'江流大自在'，又'自在嬌鶯恰恰啼'）"

161　太清宮紀事

昌黎《和杜相公太清宮紀事》詩："末耙興姬國，輴①欂建夏

---

① "輴"，原作"楯"，涉下"欂"字而誤，據《昌黎先生集》卷十、《韓昌黎詩編年箋注》卷十二改。

家。在功誠可尚,于道詎爲華。"[一]抑禹、稷以崇老子,雖時王之制使然,究與平生攘斥佛、老旨背[二],不作可也[三]。

[一]《韓昌黎詩編年箋注》卷十二《奉和杜相公太清宫紀事陳誠上李相公十六韻》(《昌黎先生集》卷十《杜相公太清宫十六韻紀事上李相公因和》)。

[二]按:《昌黎先生集》卷十二《進學解》云:"觝排異端,攘斥佛老,補苴罅漏,張皇幽眇,尋墜緒之茫茫。獨旁搜而遠紹,障百川而東之,迴狂瀾于既倒,先生之于儒,可謂有勞矣。"

[三]按:方世舉云:"(此詩)必非韓作。大抵二相屬和,不得已而假手代之。李漢不審,漫以編録耳。"又云:"其頌太清者,則令人可駭可愕。伯禹、后稷之功,遂不及玄元皇帝之道耶?公一生學術,具在《原道》,其論'二氏者,道其所道,非吾之所謂道也',何獨于此而易其説?本朝固當尊崇,立言自有適可。如杜甫詩'世家遺舊史,道德付今王',何等熨貼!曉人不當如是耶?若以爲此是譏諷,則又非臣子之道。君子素位,何敢違時?大抵不學無術者爲之代言,而公以末暮之年,倦于筆墨,遂未加推敲耳。其爲贋作,此其一也。"光氏蓋爲此而發。參見錢仲聯《韓昌黎詩繫年集釋》卷十二。

162　韓孟聯句

韓、孟聯句詩[一],纖晦獰惡,直風雅之魔外耳[二],後人徒以其名祖之[三]。"蛙翻白出闊,蚓死紫之長"[四],豈減于"菱翻紫角利,荷折碧圓傾"[五]耶?何又獨遭詬病也。山谷《演雅》[六],後人亦有效之者[七],皆可謂小兒解事,不直大雅一粲焉。

[一]按:韓、孟聯句共存十三首。收入韓集者十首,即《城南聯句一

百五十韻》、《會合聯句》(韓愈、孟郊、張籍、張徹)、《鬭雞聯句》、《納凉聯句》、《秋雨聯句》、《征蜀聯句》、《同宿聯句》、《莎柵聯句》、《雨中寄孟刑部幾道》、《遠游聯句》(韓愈、孟郊、李翱)(以上均見《昌黎先生集》卷八);收入孟集者三首,即《有所思聯句》《遣興聯句》《贈劍客李園聯句》(均見唐孟郊《孟東野詩集》卷十)。其最長者爲《城南聯句》,共一百五十三韻,一千五百六十字。清趙翼《甌北詩話》卷三《韓昌黎詩》論"韓孟聯句"甚詳,可以參看。

[二] 按:魔外,即天魔與外道。宋崇岳、了悟等編《密庵和尚語録·送璘首座住定水》云:"佛祖見之攢眉,魔外聞之膽折。"

[三] 按:如清方世舉《蘭叢詩話》云:"韓、孟聯句,是六朝以來聯句所無者。無篇不奇,無韻不險,無出不拗抑人,無對不抵當住,真是國手對局,然而難。"

[四] 宋邢居實《拊掌録》:"哲宗朝,宗子有好爲詩而鄙俚可笑者。嘗作即事詩云:'日暖看三織,風高鬥兩廂。蛙翻白出闊,蚓死紫之長。潑聽琵梧鳳,饅拋接建章。歸來屋裏坐,打殺又何妨。'或問詩意,答曰:'始見三蜘蛛織網于檐間,又見二雀鬥于兩廂廊,有死蛙翻腹似出字,死蚓如之字。方吃潑飯,聞鄰家琵琶作《鳳棲梧》,食饅頭未畢,閽人報建安章秀才上謁。迎客既歸,見内門上畫鍾馗擊小鬼,故云打死又何妨。'哲宗嘗灼艾,諸内侍欲娱上,或舉其詩,上笑不已,竟不灼艾而罷。"參見王利器《歷代笑話集》"拊掌録"提要。

[五] 按:上句韓愈,下句孟郊。

[六] 《山谷内集詩注》卷一。

[七] 按:如宋方岳《秋崖集》卷十一《效演雅》、宋陳著《本堂集》卷二十六《次韻演雅》及《後村先生大全集》卷四十八《演雅二十韻》、《南村輟耕録》卷九所載元白珽《續演雅》十詩,以及清蔣士銓《忠雅堂文集》卷十七《續演雅效山谷用筠軒韻》、清畢沅《靈巖

山人詩集》卷八《演雅》等，均爲其例。

163　聖得

　　昌黎《盆池》詩："夜半青蛙①聖得知。"[一]"聖得"難解，吾鄉方息翁以爲："如杜'遮莫'、白'格是'之類，皆唐之方言。"[二]是矣。他本或作"聽"者[三]，非。蓋因"聖"與古文"耵"字相似致誤[四]，强會其義，殆猶言"偵探得知"耳[五]。唐人只見韓一用，宋則踵用者頗有人[六]，尤多者，誠齋各集也[七]。

[一][二]《韓昌黎詩編年箋注》卷七《盆池五首（其四）》。方世舉注　云："'聖得'難解，或唐方言，大抵如杜'遮莫'、白'格是'之類頗　多。"按：杜詩"遮莫鄰鷄下五更"，見《杜詩詳注》卷二十一《書堂　飲既夜復邀李尚書下馬月下賦絶句》。"遮莫"，儘教也。白詩　"如今格是頭成雪"，見唐白居易《白氏文集》卷十九《聽夜箏有　感》。"格是"，已是也。

[三]按：《昌黎先生集》卷九注云："聖，或作聽。"此注蓋本宋方崧卿　《韓集舉正》卷三："閣本作聽，蜀本作聖，李、謝皆校從聖。山谷　詩有'已被游蜂聖得知'，是山谷亦以聖字爲優。"

[四]按：明梅膺祚《字彙·耳部》云："耵，古無此字，周伯温以此代聽　字，官府聽事處也。"又清吳任臣《字彙補·耳部》云："耵，按：《亢　倉子》耳眹目耵。注：古聽字。《字彙》云'古無此字'，非也。"按：　唐王士源《亢倉子》作"耳視目聽"。明張自烈《正字通·耳部》　云："耵，同聽。省篆作耵。"則"耵"爲從耳壬聲之形聲字。

[五]按：周本淳《"'聖'爲'偵探'說溯源"》說與此同，周氏復引宋江　少虞《宋朝事實類苑》卷七十三"三虎四聖"條"聖者，探偵之義

――――――――――

①　"蛙"，原誤作"蟲"，今據《昌黎先生集》卷九改。

也”爲證，可參看。

[六] 按：如《山谷内集詩注》卷十五《次韻中玉早梅二首（其二）》“羅
幃翠幕深調護，已被游蜂聖得知”，《劍南詩稿》卷四十四“新晴
池館春來早，帘外鳴禽聖得知”，《石湖居士詩集》卷一《續長恨
歌七首（其三）》“無端却作塵間念，已被仙官聖得知”，均爲其例。

[七] 按：《誠齋集》中用“聖得知”者共四例。卷一《江湖集·夜離零
陵，以避同僚追送之勞，留二絕簡諸友》：“夜浮一葉逃盟去，已
被沙鷗聖得知。”卷二十《朝天集·寒食雨中同舍人約游天竺，
得十六絕句，呈陸務觀》：“游山不合作前期，便被山靈聖得知。”
卷二十四《朝天集·謝邵德稱示淳熙聖孝詩》：“起來拾得《聖孝
詩》，燈花阿那聖得知。”卷三十二《宿孔鎮觀雨中蛛絲》：“網羅最
密是蛛絲，却被秋蚊聖得知。”

164　贈張籍詩

“我身蹈丘、軻，爵位不早縮。固宜長有人，文章紹編
劃。”[一]“我”字，疑當作“子”[二]，此四語連上，俱述籍語。下文
“感荷君子德”，始爲韓自語，于情旨乃合。作“我”，則辭意
嫌誇。

[一]《韓昌黎詩編年箋注》卷九《贈張籍》。

[二] 按：《五百家注昌黎文集》卷五《贈張籍》注：“《補注》：東坡詩云：
‘翁如退之蹈丘軻。’‘我身’，一作‘子身’。”清曾國藩《十八家詩
鈔》卷九《贈張籍》評云：“‘我身’疑當作‘君身’，蓋籍稱公，不應
我之也。”童第德《韓集校詮》卷五云：“吳氏汝綸《韓集評點》校
‘我’爲‘子’，云：‘我字誤。’第德案：‘我身’一作‘子身’，是也。
此詩自‘指渠相賀言’至‘文章紹編劃’，皆張文昌語，感荷君子
德以下始爲公語。文昌言‘公身蹈丘軻，宜早縮爵位’，與《孟子》

‘修其天爵而人爵從之’，義同。自文昌言之則可，出于公言則不免矜誇，安溪（按：指李光地）所見本爲‘我’字，故有直而無禮之語，若作‘子身’，則其疑盡釋矣。曾氏亦未見魏本注，故疑‘我’當作‘君’。吳校‘我’作‘子’，當依此本校改。”光氏之説似亦據魏仲舉集注本。

165　酬張功曹署詩

“休垂絶徼千行淚，共泛清湘一葉舟。今日嶺猿兼越鳥，可憐同聽不知愁。”[一]此昌黎《湘中酬張功曹署》詩也。公與署，俱以御史出爲南方縣，公連州陽山，署郴州臨武，以赦，俱徙掾江陵，公法曹，署功曹，公乃出嶺至郴，與署相爲唱酬[二]。時屬量移近地，故“同聽猿鳥不知愁”也。吾鄉姚薦青[三]曾使盛京，有句云：“見①説明朝秭歸馬，城頭畫角已堪聽。”[四]正同此意，而深淺有間，則以所遭者異耳。

[一]《韓昌黎詩集編年箋注》卷三《湘中酬張十一功曹》。

[二]按：《五百家注昌黎文集》卷八《叉魚招張功曹》注：“公與署，俱自御史出爲南方縣，公連州陽山，署郴州臨武。以順宗即位赦，俱徙掾江陵，公法曹，署功曹。公于是出嶺至郴，與署俱竢新命于郴而作。”《昌黎先生集》卷八《叉魚招張功曹》注略同，而無“公與署”三字，光氏似據魏仲舉集注本改寫。

[三]按：姚元之（1776—1852），字伯昂，號薦青，又號竹葉亭生，晚號五不翁，安徽桐城人。嘉慶十年進士，選庶吉士，授編修。道光六年擢翰林院侍講，歷官工部、兵部、刑部侍郎，官至左都御史，後以事降内閣學士。著有《薦青集》二卷《使瀋草》三卷等。生平

---

①　“見”，《使瀋草》卷二原作“但”。

事跡見《清史稿》卷三百七十五、《清史列傳》卷四十二。

［四］清姚元之《使瀋草》卷二《聞角》。按：清楊鍾羲《雪橋詩話·三集》卷十云：“道光辛巳，姚鴈青總憲奉使瀋陽，有《使瀋草》。”

166　唐鐃歌鼓吹曲

　　子厚《唐鐃歌鼓吹曲》第四《涇水黃》，言平薛舉父子［一］，就“舉”字生義，故云：“有鳥鷙立，羽翼張。鉤喙決前，距①趨傍。怒飛饑嘯，翾不可當。”［二］第五《奔鯨沛》，則因“輔氏憑江淮，竟東海”［三］也，故比之以鯨。

［一］［二］［三］《唐柳河東集》卷一。按：《涇水黃》序云：“薛舉據涇以死，子仁果尤勇以暴，師平之，爲《涇水黃》第四。”

167　登柳州城樓詩

　　子厚《登柳州城樓》詩：“嶺樹重遮千里目。”［一］此非言樹之重也。蓋先以永貞元年貶永州，至元和十年始召至京，旋又出爲柳州，故云“重遮”。誤會言樹，則不知其痛之深［二］。

［一］《唐柳河東集》卷四十二《登柳州城樓寄漳汀封連四州》。

［二］按：“嶺樹重遮千里目，江流曲似九迴腸”兩句，“重”多解作“重疊”，如明唐汝詢《唐詩解》卷四十四云：“況嶺樹重疊，既遮我望遠之目，江流盤曲，又似我腸之九迴也。”光氏以“重”爲“再”意，説較深，亦可通。

---

　　①　“距”，《唐柳河東集》卷一原作“鉅”，注云：“‘鉅’，一作‘距’爲是。”光氏蓋據此改字。

168　韓碑詩失實

　　義山《韓碑》[一]，即依韓體，洵爲李唐一代七古後勁[二]。然切按之，如"點竄""塗改""元氣""肺脾"等句[三]，昌黎見之，亦當變色。而通首氣格，校韓似猶遜一籌[四]。且敘承詔數語[五]，尤爲失體，并非事實。今考韓公《進撰碑文表》云："聞命震駭，心識顛倒，非其所任，爲愧爲恐，經涉旬日，不敢措手。"[六]何嘗如《詩》所云"愈拜稽首蹈且舞，金石刻畫臣能爲"耶[七]？《表》又云："必得作者，然後可盡能事。今詞學之英，所在森列；儒宗文師，磊落相望。外之，則宰相、公卿、郎官、博士，内之，則翰林、禁密、游談、侍從之臣，不可一二遽數，召而使之，無有不可。至于臣者，自知最爲淺陋，顧貪恩侍，趨以就事，叢雜乖戾，律吕失次，乾坤之容，日月之光，知其不可繪畫，强顏爲之，以塞詔旨。"[八]又何嘗如《詩》所云"古者世稱大手筆，此事不繫于職司"及"當仁自古有不讓"耶[九]？《表》自謙抑，《詩》乃代爲驕矜，是欲顯之，轉以誣之，可乎？或曰：義山殆取《潮州謝表》内"論述功德，與《詩》《書》相表裏""雖古人亦未肯多讓"意[十]融會爲之，以騁其筆，初不計其失實也。

[一]《重訂李義山詩集箋注》卷一。

[二] 按：清王士禎《古詩鈔·七言詩凡例》："《韓碑》一篇，直追①昌黎。"又《援鶉堂筆記》卷四十《集部》云："《韓碑》，前代詩人不聞有推高之者，至阮亭乃取之，以媲昌黎云。《昌黎集注》，宋人已于《平淮西碑》云‘李詩甚美’者（按：見《昌黎先生集》卷三十注）。

---

　　① "直追"，清王士禎《帶經堂集》卷五十二《五言诗凡例》作"追配"。

高廷禮《品彙》已亟登之。余謂此詩瑰麗旁礴，亦《昌黎集》中所尠。”

［三］按：《韓碑》詩云：“點竄《堯典》《舜典》字，塗改《清廟》《生民》詩。”又云：“公之斯文若元氣，先時已入人肝脾。”

［四］按：《援鶉堂筆記》卷四十方東樹按語云：“此詩文繁理富，有‘極無兩致，盡不可益’之病。雖句法雄傑而氣窒勢平，以媲韓公，殊未有逮。”又《古詩鈔·七言詩歌行鈔》卷六《韓鈔》附李商隱《韓碑》，吳闓生評云：“此詩琢句有近韓處，至其取勢平衍，意亦庸常，無縱蕩開闔、跌宕票姚之韻，以故無甚可觀。王、姚、劉諸公，皆盛推贊，以爲有過昌黎，蓋非篤論也。”

［五］［七］［九］按：《韓碑》詩云：“帝曰汝度功第一，汝從事愈宜爲辭。愈拜稽首蹈且舞，金石刻畫臣能爲。古者世稱大手筆，此事不繫于職司，當仁自古有不讓，言訖屢頷天子頤。”

［六］［八］《昌黎先生集》卷三十八《進撰平淮西碑文表》。

［十］《昌黎先生集》卷三十九《潮州刺史謝上表》：“至于論述陛下功德，與《詩》《書》相表裏……雖使古人復生，臣亦未肯多讓。”

169　法眼咏牡丹

胡應麟《雙樹幻抄》載法眼《咏牡丹》詩云：“擁毳對芳藂①，由來趣不同。髮從今日白，花是去年紅。艷色隨朝露，馨香逐曉風②。何須待零落，然後始知空。”［一］按：《全唐詩》以此爲謙光作［二］，題爲《賞牡丹應教》，蓋江南國主命賦也［三］。“毳”作“衲”，“趣”作“事”，“色”作“異”，皆不如胡所載［四］。謙光，想亦

---

① “藂”，《少室山房筆叢·雙樹幻鈔》卷下原作“叢”。“藂”即“叢”之異體。
② “曉風”，《唐詩紀事》卷七十六“僧文益”條、《全唐詩話》卷六“僧文益”條原作“晚風”，“曉”蓋誤字。

法眼弟子[五]。

[一]《少室山房筆叢·雙樹幻鈔》卷下。按：法眼生平，見《景德傳燈
　　録》卷二十四、《宋高僧傳》卷十三《周金陵清凉文益禪師傳》。
[二]清彭敏求等《全唐詩》卷八百二十五。
[三]按：《全唐诗》卷八百二十五謙光小傳云："謙光，金陵人，素有才
　　辨，江南國主禮之。"此傳及其下録文均據宋陶岳《五代史補》卷
　　五。江南國主，指南唐中主李璟。
[四]按：胡氏録文與宋計有功《唐詩紀事》卷七十六"僧文益"條及舊題
　　宋尤袤《全唐詩話》卷六"僧文益"條幾乎全同，當即據兩書之一。
[五]按：此詩署名共有僧文益、法眼禪師、殷益、謙光四種。考法眼
　　乃文益謚號，兩者實爲一人，而"殷益"則"文益"之誤也。陶敏以
　　爲此詩當爲文益作，謙光可删。佟培基以爲文益、謙光兩人當
　　並存互注，蓋陶岳《五代史補》作于宋初，距南唐之亡甚近也。
　　似以佟説爲妥。參見佟培基《全唐詩重出誤收考》及陶敏《全唐
　　詩作者小傳補正》卷七百七十"殷益"、卷八百二十五"文益"、
　　八百二十五"謙光"諸條。

170　詩人脱化

170-1　宋子京《真定述事》一首[一]，是從昌黎《送鄭尚書赴
南海序》脱化[二]，一以慰人，一以自慰，皆《簡兮》詩人之旨[三]。

[一]清姚鼐《七言今體詩鈔》卷七："莫嫌屯壘是邊州，試聽山河説上
　　游。帳下文書三幕府，馬前鞞鞁五諸侯。王藩故社經涂國，俠
　　窟餘風解報仇。四十年來民緩帶，使君何事不輕裘。"（亦見《景
　　文集》卷十八、《瀛奎律髓》卷六《宦情類》）評云："凡誇述所任地
　　者，必貶謫自解之詞。子京知真定亦是降黜，故其言如此。"注

云："知真定府當兼三局：知府一也，安撫司二也，馬步軍都總管三也，此所謂'三幕府'。所統六州，鎮州爲本府，餘磁、相、邢、趙、洺，故曰'五諸侯'。"

[二]《昌黎先生集》卷二十一《送鄭尚書序》："嶺之南，其州七十，其二十二隸嶺南節度府。其四十餘分四府，府各置帥，然獨嶺南節度爲大府。大府始至，四府必使其佐啓問起居，謝守地不得即賀以爲禮。歲時必遣賀問，致水土物。大府帥或道過其府，府帥必戎服，左握刀，右屬弓矢，帕首袴鞾，迎于郊。及既至，大府帥先入據館。帥守屏，若將趨入拜庭之爲者。大府與之爲讓，至一至再，乃敢改服以賓主見。適位、執爵皆興拜，不許乃止，虔若小侯之事大國。有大事，咨而後行。隸府之州離府遠者至三千里，懸隔山海，使必數月而後能至。蠻夷悍輕，易怨以變。其南州皆岸大海，多洲島，颶風一日踔數千里，漫瀾不見蹤跡。控御失所，依險阻，結黨仇，機毒矢以待將吏，撞搪呼號，以相和應，蜂屯蟻雜，不可爬梳。好則人，怒則獸。"按：此即宋詩中二聯之意所本。又按：韓愈同時尚作有《送鄭尚書赴南海》詩，見《昌黎先生集》卷十，光氏牽合二題爲一。

[三]《毛詩·邶風·簡兮》《小序》云："《簡兮》，刺不用賢也。衛之賢者，仕于伶官，皆可以承事王者也。"

170-2　又　王介甫《送程公闢守洪州》詩[一]，是脱化陸士龍《答車茂安書》[二]。

[一]《臨川文集》卷六："畫船插幟摇秋光，鳴鐃傳鼓水洋洋。豫章太守吴郡郎，行指斗牛先過鄉。鄉人出郭航酒漿，爲鼇鱠魚炊稻粱。芡頭肥大菱腰長，釃醲喧呼坐滿床。怪君三年寓①瞿塘，又

---

①　"寓"，《王荆文公詩》卷八《送程公闢守洪州》作"滯"。

驅傳馬登大行。纓綏脱盡歸大梁，翻然出走天南疆。九江左投
貢輿章，揚瀾吹漂浩無旁。老蛟戲水風助狂，盤渦忽圻千丈强。
君聞此語悲慨慷，迎吏乃前持一觴。鄧州歷選多儁良，鎮撫時
有諸侯王。拂天高閣朱鳥翔，西山蟠繞鱗鬛蒼。下視城塹真金
湯，雄樓傑屋鬱相望。中戸尚有千金藏，漂田種秔出穰穰。沉
檀珠犀雜萬商，大舟如山起牙檣（一本無此一句）。輪瀉交廣流
荆揚，輕裙利屐列名倡。春風躑躅能斷腸，平湖灣塢烟渺茫。
樹石珍怪花草香，幽處往往聞笙簧。地靈人秀古所藏，勝兵可
使酒可嘗。十州將吏隨低昂，談笑指麾回雨暘。非君才高力方
剛，豈能跨有此一方。無爲聽客欲霓裳，使君謝吏趣治裝，我行
樂矣未渠央。"（亦見《王荆文公詩》卷八）

[二]《困學紀聞》卷二十《雜識》嘗録此文，光氏蓋由此得知，引録如
下："車永茂安外甥石季甫見使爲鄮令，便道之職。茂安《與陸
士龍書》曰：'老人及姊自聞此問，不能復食。姊晝夜號泣，舉
家慘慼。昨全伯始有一將來，是句章人，具説此縣既有短狐之
疾，又有沙蝨害人。聞此消息，倍益憂慮。足下可具示土地之
宜，企望來報。'士龍答書曰：'縣去郡治，不出三日，直東而出，
水陸並通。西有大湖，廣縱千頃；北有名山，南有林澤；東臨巨
海，往往無涯，汎船長驅，一舉千里。北接青、徐，東洞交、廣，
海物惟錯，不可稱名。遏長川以爲陂，燔茂草以爲田，火耕水
種，不煩人力。決泄任意，高下在心。舉鍤成雲，下鍤成雨。
既浸既潤，隨時代序。官無遺滯之穀，民無饑乏之慮，衣食常
充，倉庫恒實。榮辱既明，禮節甚備。爲君甚簡，爲民亦易。
季冬之月，牧既畢，嚴霜隕而蒹葭萎，林鳥祭而罻羅設。因民
所欲，順時游獵，結罝繞岡，密罔彌山。放鷹走犬，弓弩亂發，
鳥不得飛，獸不得逸，真光赫之觀，盤戲之至樂也。若乃斷遏
海浦，隔截曲隈，隨潮進退，采蚌捕魚，鱣鮪赤尾，鯼齒比目，不
可紀名。鱠鱛鰒，炙鱴鯷，芼石首，臛鯊䰽，真東海之俊味，肴

膳之至妙也。及其蜌蛤之屬，目所希見，耳所不聞，品類數百，難可盡言也。昔秦始皇至尊至貴，前臨終南，退燕阿房，離宮別館，隨意所居。沈緜涇、渭，飲馬昆明，四方奇麗，天下珍玩，無所不有，猶以不如吳會也。鄉東觀滄海，遂御六軍南巡狩，登稽嶽，刻文石，身在鄮縣三十餘日。夫以帝王之尊，不憚爾行，季甫年少，受命牧民，武城之歌，足以興化。桑弧蓬矢，丈夫之志，經營四方，古人所嘆，何足憂乎？且彼吏民，恭謹篤慎，敬愛官長，鞭樸不施，聲教風靡。漢、吳以來，臨此縣者，無不遷變。尊夫人賢姊上下，當爲喜慶，歌舞相送，勿爲慮也。茂安又答曰：‘于母前伏讀三周，舉家大小豁然忘愁。足下此書，足爲典誥，雖《山海經》《異物志》《二京》《南都》，殆不復過也。恐有其言，能無其事耳。’愚謂陸雲之書，可補四明郡乘愚謂士龍之書，筆勢縱放，真奇作也。”（亦見晉陸雲《陸士龍文集》卷十、《漢魏六朝一百三家集·陸清河集》卷一，小有異同，詳見《困學紀聞注》卷二十，不具注）

又按：清吳鋌《文翼》卷二引清吳德旋曰：“陸士龍《答車茂安書》，字句極修潔，而少參差錯落之致，便近于辭賦。”此文亦收入清李兆洛《駢體文鈔》卷三十。

171　答謝希深詩

梅聖俞《宛陵集》有《希深書言與師魯、永叔、子聰、幾道游嵩，因誦而韻之》五古一首[一]，向猶未覺其奇特。嗣閱彭期校刻《歐陽全集》[二]，附有謝希深《游嵩山寄梅殿丞書》並聖俞此詩[三]，兩兩相對勘，始覺其“因而韻之”之妙。蓋五百言皆隨書之曲折，韻不困書，書如就韻，誠絕作也。惟“草草具觴豆”一語，與《書》中“具豐饌醇醴”不合，豈以探勝之時，不應侈言口腹耶[四]？古人酬答之篇，大率多比附原作，惜不能盡執其原作，一一勘讀。希深文集罕傳,此書叙述,頗見筆致,彭云抄自《英辭類稿》[五]。

[一] 宋梅堯臣《宛陵集》卷二《希深惠書言與師魯、永叔、子聰、幾道游嵩,因誦而韻之》。

[二] 按:所謂“彭期校刻《歐陽全集》”,情况不詳,王嵐《歐陽脩文集版本流傳系統辨析》亦未論及。檢《中國古籍善本書目》,湖南省圖書館藏有彭期校訂《歐陽文忠公詩集》六卷;此外,日本國立公文書館亦藏有彭期校訂《歐陽文忠公文集》二十九册,今均未得見。又彭期嘗校刻《曾文定公全集》二十卷、《隆平集》二十卷,分別有康熙三十一年、康熙四十年七業堂刻本,刻《歐陽文忠公全集》,當亦在此前後。

[三] 《歐陽文忠公全集·附録》。按:浦江清曾據諸本細爲校訂,詳其所作《谢絳〈游嵩山寄梅殿丞書〉》。

[四] 《談藝録》第四十九“梅宛陵”條:“《皇朝文鑒》卷一百十三亦選謝《書》,蓋北宋名文也。光律元《有不爲齋隨筆》卷壬云……此詩在《宛陵集》中較爲竟體完善之作,然如‘吾儕色先惧’句,自注‘叶韻’,縛韻窘狀,呈露無隱。謝《書》云:‘子聰疑去月差近,令人浩然。’梅詩云:‘或疑桂宫近,斯語豈狂瞽。’趁韻而于原書之語意風致兩失之;‘韻不因書’固可當之,得謂爲‘書如就韻’耶? 謝《書》叙事中點綴議論,容與疏宕,如云:‘明日訪歸路,步履無苦。昔聞鼯鼠窮技,能下而不能上,豈謂此乎。’梅詩略去,專鶩叙事,悶密平直,了無振起。光氏祇摘其‘觞豆’一句與謝《書》乖近,抑末已。聖俞不具昌黎、玉川之筆,而欲‘以文爲詩’,徒見懶鈍。”

[五] 按:彭氏實本于慶元二年宋周必大刻本《歐陽文忠公集》之校語。周校略云:“今其《集》罕傳,而二書(按:即此書及《又答梅聖俞書》)偶得之《英辭類稿》,附載于此,粗見希深之筆力。”浦江清

云："知在南宋时，希深之文集即已罕传矣。"又《英辭類稿》，周必大刻本曾引以校訂，如《居士外集》卷九後校語云："惟京本《英辭類稿》似少僞妄。"《四庫全書總目》卷一百五十三《文忠集》提要亦謂："其書以諸本參校同異，見于所紀者，曰《文纂》，曰薛齊誼《編年慶曆文粹》，曰《熙寧時文》，曰《文海》，曰《文藪》，曰《京本英辭類稿》，曰《緘啓新範》，曰《仕途必用》，曰《京師名賢簡啓》，皆廣爲蒐討，一字一句，必有考覈。"其書蓋一宋文選本。

172　景事不合

172-1　歐公《鬼車》詩，前稱"九月二十八日"[一]，結言"須臾雲散衆星出，夜静皎月流清光"[二]，微嫌景、事不合[三]。放翁《七月一①日夜坐》詩"月上疏林正四更"[四]，亦嫌景、事不合。

[一]《居士集》卷九："嘉祐六年秋，九月二十有八日，天愁無光月不出。浮雲蔽天衆星没，舉手擲空如抹漆。天昏地黑有一物，不見其形，但聞其聲。"

[二] 按：農曆月末無所謂皎月也。

[三] 按：《黄氏日抄》卷六十一《讀文集·歐陽文》："《鬼車》一首，先序其聲之怪，次述老婢撲燈之説，以言其所以爲怪，終之不足怪，而呼婢炷燈焉，且亂之曰：'須臾雲散衆星出，夜静皎月流清光。'曲盡文章之妙矣。"光氏蓋隱駁此説。

[四]《劍南詩稿》卷二十三《七月一日夜坐舍北水涯》。

172-2　又　漁洋《送孫無言歸黄山四絶句》，其一云："昨夢黄山碧溪月，白雲三十六峰深。朝來却送滄州逸，興發還爲吴

---

①　"一"，原涉上誤作"七"字，據《劍南詩稿》卷二十二改。

會吟。"[一]係用太白《夜泊黄山聞殷十四吳吟》詩[二]，蓋借以發興耳。太白所泊之黄山，自在今之太平府城西北，非徽州之黄山[三]。其三云："硃砂蕩口①三千頃，石筍淩空一萬株。更問黄山奇絶處，天都瀑布勝匡廬。"[四]景物殊不合。蕩口祇一帶溪，硃砂祇一勺泉，安得有所謂"三千頃"者？黄山瀑布，祇以值天紳亭之九龍潭爲勝[五]。天都峰雖以高峻稱，固無瀑布，夏、秋大雨時行，當有所懸挂，究非常日不絶之瀑。此皆由虛擬、未經親到之故，遺山所謂"暗中摸索總非真"[六]也。若番禺固親到華山者，其《送人游》詩云："蓮花半壓仙人掌，瀑布全傾玉女盆。"[七]亦與事形不合。玉井蓮，自在南峰絶頂，仙人掌係束峰，各爭岧嶤，無相壓之勢。華山之瀑，發源二十八宿潭，注老君臍下，繞山麓爲玉泉，與玉女峰之洗頭盆絶無涉[八]，豈但就句法之工，不論此等滯相耶？[九]然能切當，乃爲盡善。漁洋有句云："二十八泉②天上落，無人知是帝臺漿。"[十]則切當華山之瀑。

[一] 清王士禛《漁洋山人精華録》卷六《送孫無言歸黄山四首（其一）》（亦見《帶經堂集·漁洋詩集》卷十五）。

[二]《李太白詩集注》卷二十二："昨夜誰爲吳會吟，風生萬壑振空林。龍驚不敢水中卧，猿嘯時聞巖下音。我宿黄山碧溪月，聽之却罷松間琴。朝來果是滄洲逸，酤酒提盤飯霜栗。半酣更發江海聲。客愁頓向杯中失。"

[三] 按：王琦注云："《江南通志》：'黄山，在太平府城西北五里，相傳浮丘翁牧鷄于此，又名浮丘山。'此詩所謂及下首'鷄鳴發黄山'，正是其處，在太平州當塗縣，與徽州、寧國二郡界内之黄

---

① "蕩"，《漁洋山人精華録》卷六原作"湯"，"湯口"即今安徽省黄山市湯口鎮，蓋光氏誤記，下同。

② "泉"，原作"潭"，蓋光氏誤記。

山,名同而地異矣。"光氏所言,蓋據王注。

[四]《漁洋山人精華録》卷六《送孫無言歸黃山四首(其三)》(亦見《漁洋詩集》卷十五)。

[五]按:清潘耒《遂初堂文集》卷十五《游黃山記》云:"出湯谷,折而東溯苦竹溪數里,至天紳亭,觀九龍潭瀑布。瀑作九節,節節有潭,亦自爽朗,而不甚雄闊。雁黃言得雨則成壯觀,恨諸公未見耳。"光氏亦親至黃山,故有此言。參見本書卷癸第 198 條"天都峰果酒"、第 201 條"黃白饊"。

[六]清施國祁《元遺山詩集箋注》卷十一《論詩絶句三十首(十一)》:"眼處心生句自神,暗中摸索總非真。畫圖臨出秦川景,親到長安有幾人。"

[七]清屈大均《翁山詩外》卷九《送人上華嶽》。

[八]按:明李可久、張光孝《[隆慶]華州志》卷三云:"《述征記》曰:'華山,對河東首陽山,黃河流于二山之間。'嶽頂中曰:蓮花峰,太上山,明星玉女洞,玉女洗頭盆,石馬,玉龜躔,希夷庵,鎮岳宫,玉井蓮。嶽頂東峰:仙人掌,石月(旁注:藏馬谷)……嶽北中腹:瀑布,石仙人洞,水簾洞,青柯坪。嶽頂東南:老君洞,太上泉,丹爐,菖蒲池,焦公岩,棋石,白鹿龕,三公石室棋。"參見清屈大均《翁山文外》卷一《登華記》。

[九]按:據陳永正《屈大均詩詞編年校箋》卷四《北游二什》所考,屈氏登華山在康熙五年三月,而《送人上華嶽》(見卷七《沙亭什》),則約在康熙十六年作于廣州,所述與事形不合或因歲久混淆。

[十]《漁洋山人精華録》卷六《華陰道中》(亦見《漁洋續詩集》卷三)。

172-3 又 康熙甲子冬,漁陽奉使祭南海。其《過桐城已臘盡》詩云:"兩[①]行紅葉樹,無數夕陽山。"[一]又《潛山道中雪》詩

---

① "兩",《漁洋山人精華録》卷九《將至桐城》原作"幾"。

云："雪雲數峰白,楓柏萬林丹。"[二]《唐婆嶺即事》詩云："青笠
紅衫風雪裹,一林楓柏馬蕭蕭。"[三]《除日宿松道中》詩云："楓
林紅照眼,鬢髮白盈頭。"[四]《乙丑元旦謁五祖山》詩云："躊躇
下山路,楓葉正紛紛。"[五] 楓柏葉紅,是秋盡冬初時景,長至後
未有不落盡者。漁洋當日作詩,自據目見,未可以昔人"雪裹芭
蕉"[六]爲例,豈是年節氣有不同耶?[七]《蠶尾集》又有《十一月二
十八日雪懷天章伸符》詩云："黃河繞蒲阪,紅葉滿荊岑。"[八]

[一]《漁洋山人精華録》卷九《將至桐城》(亦見《蠶尾續詩集》卷二)。
　　按:詩題不同,未詳其故。又按:《舊聞隨筆》卷一"王文簡公"條
　　云:"公過吾邑,有詩云:'幾行紅葉樹,無數夕陽山。'與諸老唱和
　　累日,然後去。"

[二]《漁洋山人精華録》卷九(亦見《蠶尾續詩集》卷二)。

[三]《漁洋山人精華録》卷九《自沙河至唐婆嶺即事》(亦見《蠶尾續
　　詩集》卷二)。

[四]《漁洋山人精華録》卷九(亦見《蠶尾續詩集》卷二)。按:"頭",原
　　作"梳"。

[五]《漁洋山人精華録》卷九《乙丑元旦謁五祖山二首(是日立春)
　　(其二)》。

[六]按:宋陳善《捫蝨新話·下集》卷四:"王右丞作雪裹芭蕉,蓋是
　　戲弄翰墨,不顧寒暑。"

[七]按:柴小梵《梵天廬叢録》卷二十四"漁洋詩定評三則(其三)"條
　　引録此則而隱没姓名,復改光氏之疑辭改爲指摘之語,其言曰:
　　"名家之詩,偶有于物情不協處,讀者亦只隨手撂過。好事者或
　　且有牽合附會,以證其説之非謬者,則助桀爲虐,終覺不安……
　　漁洋當日作詩,雖曰自據目見,節候之殊,亦無屢見不一見之
　　理,數詩寧能免'雪裹芭蕉'之誚耶?"

[八]《蠶尾詩集》卷二。按:"阪",《蠶尾詩集》卷二原作"坂"。

173　能改齋漫録引歐詩

　　歐公《和王禹玉較藝將畢》詩：“拂面蜘蛛占喜事，入簾蝴蝶報家人。”[一]《居士集》本及南豐彭期本均作“家人”。惟《能改齋漫録》引此句作“佳人”[二]，較勝，蓋與“喜事”對也。蝴蝶事，亦賴引李淳風《占書》證明[三]。

[一]《居士集》卷十二《和較藝（一本有“禹玉”字）將畢》。
[二][三]《能改齋漫録》卷七《事實》“蜘蛛蝴蝶占喜”條：“歐陽文忠公詩云：‘拂面蜘蛛占喜事，入簾蝴蝶報佳人。’自注云：‘李賀詩：東家蝴蝶西家飛，白騎少年今日歸。’賀蓋用李淳風《占怪書》云：‘蛺蝶忽入人宅舍及帳幕内者，主行人即返。’又云：‘生貴子，吉。’”

174　趙師民詩

　　歐陽公《詩話》云：“趙學士師民，詩思尤精。如‘麥天晨氣潤，槐夏午陰清’，前世名流，皆所未到。”[一]按：杜詩有“麥秋晨氣潤，槐夏午風涼”[二]，趙直用之，只改三字，歐公豈偶忘耶[三]？

[一]《歐陽文忠公全集·雜著述》卷十四《詩話》。
[二]《山谷外集詩注》卷十五《奉送劉君昆仲》注：“杜詩：‘麥秋晨氣潤，槐夏午風涼。’《歐陽公詩話》云：趙學士師民，詩思尤精，如‘麥天晨氣潤，槐夏午陰清’，前世名流皆所未到也。”按：“麥秋”兩句，史容注之外，宋人絶未有以爲杜詩者。檢宋佚名《錦繡萬花谷》卷三《夏》“槐夏”條云：“麥秋晨氣潤，槐夏午陰涼。趙氏師民詩。”除“風”字作“陰”外，其餘全同，可知所謂杜詩者，即趙詩

之變也。蓋趙氏“麥天”兩句，自經歐公揄揚，廣爲人知，久之，遂有更其字句並忘其出處者。如宋祝穆《古今事文類聚‧前集》卷九《天時部‧四月》云：“麥天晨氣潤，槐日午陰清。”“夏”作“日”。又如《苕溪漁隱叢話‧前集》卷五十四引宋佚名《漫叟詩話》云：“嘗記前輩詩云：秋麥晨氣潤，槐夏午陰清。”即變“麥天”爲“秋麥”，又忘其作者。而一旦忘其作者，輒又易有妄加出處者。如宋潘自牧《記纂淵海》卷二《歲時部‧立夏》引“麥天”兩句，署爲“古詩”，再如《全芳備祖‧後集》卷二十一《農桑部‧麥》引“麥秋晨氣潤”一句，注出《文選》，均爲其例。史容之所以誤題爲杜詩，當亦屬此類。

[三] 按：《談藝錄》第二“山谷詩補注”條云：“青神注《外集》，每若欲陵加天社《內集》注。如《內集‧慈孝寺餞子敦席上》：‘日永知槐夏，雲黃喜麥秋。’天社注引歐陽公《詩話》載趙師民句……而《外集‧奉送劉君昆仲》：‘平原曉雨半槐夏，汾上午風初麥秋。’青神注先引杜詩……然後引歐公《詩話》載趙句。此與《寄忠玉提刑》注，似均意在出天社一頭。光聰諧《有不爲齋隨筆》壬駁《歐公詩話》，謂趙聯襲杜詩，未省青神注已拈示之。”錢氏謂青神每若欲陵加天社，是也。檢元刻蜀本《山谷外集詩注》卷十二，即青神注之初本，僅引《歐陽詩話》，而未引杜詩，可知後者乃其晚年所增也。然謂光氏未省青神已經拈出，則非是。據上文所考，“麥秋”兩句實趙詩之變，光氏之所以引爲杜詩者，正據青神之注也。換言之，本條乃自史注改換而來。

175　歐詩複句

歐公《會峰亭》詩云：“野鳥窺我醉，溪雲留我眠。日暮山風來，吹我還醒然。”[一]《醉翁亭》詩又云：“野鳥窺我醉，溪雲留我眠。山花徒能笑，不解與我言。惟有嚴風來，吹我還醒然。”[二]

《喜谷正至》詩云：“寒日照深巷，柴門朝尚閉。有客自江來，尺書千里至。”[三]《答梅聖俞》詩云：“寒日照窮巷，荊扉晨未開。驚聞遠方信，有客渡江來。”[四]皆複用己句。此類《渭南集》內尤多[五]。

[一]《居士外集》卷四。

[二]《居士外集》卷三《題滁州醉翁亭》。按：《柳亭詩話》卷三十“醉翁亭”條之說同此。

[三]《居士外集》卷三《谷正至始得先所寄書及詩，不勝喜慰，因書數韻奉酬聖俞》。

[四]《居士外集》卷三。

[五]按：參見《曝書亭集》卷四十二《書劍南集後》、《甌北詩話》卷六及《談藝錄》第三十五“放翁詩詞意複出議論違悟”條。

176　蘇陸咏石

“醜石半蹲山下虎，長松倒偃木中龍。”[一]東坡句也。“眈眈醜石羆當道，矯矯長松龍上天。”[二]放翁句也。譬石于虎，暗用李廣射虎事[三]，譬石于羆，似落空。然以“當道”字聯合，亦暗用《北史·王羆傳》[四]。

[一]《施注蘇詩》卷三十《題王晉卿畫後》。

[二]《劍南詩稿》卷四十六《夏日雜題(其二)》。

[三]《史記》卷一百九《李將軍列傳》。

[四]《北史》卷六十二《王羆傳》：“嘗修州城未畢，梯在城外。神武遣韓軌、司馬子如從河東宵濟襲羆，羆不覺。比曉，軌衆已乘梯入城。羆尚臥未起，聞閣外洶洶有聲，便袒身露髻徒跣，持一白棒，大呼而出，謂曰：‘老羆當道臥，貉子那得過！’敵見，驚退。”

（《周書》卷十八）

177　東坡海市詩

　　昌黎《衡嶽廟》詩：“潛心默禱若有應，豈非正直能感通？”[一]“正直”是謂嶽神。坡公《海市》詩引之曰：“自言正直動山鬼，豈知造物哀龍鍾？”[二]則以“正直”爲昌黎自言，失其旨矣。殆欲成己之論，遂不恤改竄前人，詩文家多有此弊[三]。

[一]《韓昌黎詩編年箋注》卷三《謁衡嶽廟遂宿嶽寺題門樓》。按：《義門讀書記》卷三十《昌黎集》：“正直謂嶽神。《左傳》：‘神，聰明正直而壹者也。’”
[二]《施注蘇詩》卷二十四。
[三]按：參見錢鍾書《韓昌黎詩繫年集釋》（收入《人生邊上的邊上》）。

178　改換法

　　蘇詩用事，有換字者，如“懸知色竟空，那復嗜烏吻”，以“烏吻”換“烏喙”[一]；“水底笙歌蛙兩部”，以“笙歌”換“鼓吹”[二]；“但知抹月批風”，是用禪宗“薄批明月，細抹清風”之語，互換“批”“抹”字之類是也[三]。

　　有換人者，如“裹飯應須①問子來”，以“子來”換“子輿”[四]；“旋看蠟鳳戲僧虔”，以“僧虔”換“僧綽”[五]；“不見盧懷慎，蒸壺似蒸鴨”，以“盧懷慎”換“鄭餘慶”[六]；“玉奴終不負東昏”，以

---

　　①　“應須”，東坡詩原作“先須”。本條舉例，多據《邵氏聞見後録》卷十六及《容齋四筆》卷十六“嚴有翼詆坡公”條轉引，故時有異文。

“東昏”換“後主”[七]；“全勝倉公飲上池”，以“倉公”換“扁鵲”[八]；“來與彌陀共一龕”，以“彌陀”換“彌勒”[九]；“嬾卧元龍百尺樓”，以“元龍”換“玄德”[十]；“猶勝江左狂靈運，共鬭東昏百草鬚”，以“齊東昏”換“唐安樂公主”[十一]；“偶逢元放覓拄杖，不覺麴生來坐隅①”，以“左元放”換“孔元方”之類是也[十二]。他如“應記儂家舊姓西”，則以“西”換“施”，改其姓矣[十三]；“奈有中郎解摸金”，則以“中郎”換“校尉”，改其官矣[十四]；“不學山、王乘駟馬，回頭空指黃公壚”，“黃壚”是王戎事，添説山濤[十五]；“氈毳年來亦甚都，時時齚舌問三蘇”，“齚舌”是南蠻音，移加北使[十六]。

邵公濟《聞見後録》托爲童子之問以致譏[十七]，嚴有翼《藝苑雌黄》直詆之以爲誤[十八]，豈知詩人用事，時有如相馬之九方耶？子美“早時金盌出人間”，以“金”換“玉”；太白“上蔡蒼鷹安足道”，以“蒼鷹”換“黃犬”，夫豈不知而誤哉[十九]！何薳《春渚紀聞》言：“東坡每有賦咏及著撰，所用故實，雖目前爛熟事，必令秦與叔黨諸人檢視而後出。”[二十]可見係有意改換，非率爾誤用。至洪景盧入直，日草二十餘制，一老院吏頌其敏捷，洪即矜云：“蘇學士不過如此。”老吏言：“蘇學士但不曾檢閱書册。”洪爲赧然。見《語林·尤悔門》。[二十一]老吏蓋設言以愧之，非事實也[二十二]。《梁書》天監七年《詔》：“雄兔有刑，姜宣致貶。”[二十三]依《孟子》當云“麋鹿”[二十四]，武帝號博學，必非無因而誤。制詔且有之，何況于詩？

[一]《施注蘇詩》卷十七《李公擇過高郵，見施大夫與孫莘老賞花詩，憶與僕去歲會于彭門折花餽筍故事，作詩二十四韻見戲，依韻

---

①　“偶逢”，原作“欲從”；“不覺”，原作“忽有”。

奉答,亦以戲公擇云》。按:《史記》卷六十九《蘇秦列傳》:"蘇秦曰:臣聞飢人所以飢而不食烏喙者,爲其愈充腹而與餓死同患也。"

[二]《施注蘇詩》卷三十五《贈王子直秀才》。按:《苕溪漁隱叢話·後集》卷二十七引《藝苑雌黃》云:"贈王子直詩云……誰不愛其語之工。然《南史》:'孔德彰門庭之内,草萊不翦,中有蛙鳴。或問之曰:欲爲陳蕃乎?曰:我以此當兩部鼓吹,何必效蕃。'即無笙歌之説。"孔稚珪事,見《南史》卷四十九《孔珪傳》(亦見《南齊書》卷四十八《孔稚珪傳》)。又《容齋四筆》卷十六"嚴有翼詆坡公"條云:"(《藝苑雌黃·辨坡篇》)殊不知坡借花咏雪,以'鼓吹'爲'笙歌',正是妙處。"參見《石林詩話》卷中、《庚溪詩話》卷下。

[三]《施注蘇詩》卷十八《和何長官六言(其四)》。按:施注云:"禪宗有'薄批明月,細抹清風'之語。"清馮應榴《蘇文忠詩合注》卷十九謂見《傳燈錄》,而語焉未詳。今檢宋釋惟白《建中靖國續燈錄》卷二十"潭州雲蓋山智本禪師"有云:"問:如何是和尚家風?師云:薄剉明月。僧曰:秪遮個,別有在。師云:細切清風。"蓋出于此。

又按:"剉",音皮,刀析也,與"批"音義相近。後兩句相合,亦成習語。如金元好問《遺山樂府》卷四《沁園春·除夕二首(其二)》云:"閒身在,看薄批明月,細切清風。"參見《容安館札記》第六百五十二則及項楚《蘇詩中的行業語》。

[四]《施注蘇詩》卷十八《次韻徐積》。按:《邵氏聞見後錄》卷十六云:"《莊子》:'子輿與子桑友,而霖雨十日。子輿曰:子桑殆疾矣!裹飯往食之。'則裹飯者子輿,非子來,亦誤也。"子輿裹飯事,見《莊子·大宗師第六》。參見《能改齋漫錄》卷三《辨誤》"裹飯非子來"條。

[五]《施注蘇詩》卷二十八《次韻子由使契丹至涿州見寄四首(其三)》。按:《邵氏聞見後錄》卷十六云:"《南史》:'王曇首内

集,聽子孫爲戲,僧達跳地作虎子;僧虔累十二博棋,不墜落;僧綽采蠟燭作鳳皇。'則以蠟鳳戲者僧綽,非僧虔,亦誤也。"王僧綽事,見《南史》卷二十二《王僧虔傳》,然《南史》又據《南齊書》卷三十三《王僧虔傳》謂:"或云:僧虔采燭珠爲鳳皇,弘稱其長者云。"是東坡用作王僧虔事,亦自有據。參見錢大昕《廿二史考異》卷三十六《南史·王僧虔傳》及《考古質疑》卷五清人校語。

[六]《施注蘇詩》卷二十一《岐亭五首(其二)》。按:《藝苑雌黄》云:"《盧氏雜説》:'鄭餘慶召親朋,呼左右曰:處分厨家,爛蒸去毛,莫拗折項。諸人以謂蒸鵝鴨,良久就食,每人前粟米飯一盂,爛蒸葫蘆一枚。'贈陳季常詩曰……則又以'鄭餘慶'爲'盧懷慎'。"《邵氏聞見後録》卷十六亦有此説。鄭餘慶事,見《太平御覽》卷一百六十五《廉儉》引《盧氏雜説》。

[七]《施注蘇詩》卷二十九《次韻楊公濟奉議梅花十首(其四)》。按:《捫虱新話·下集》卷一云:"陳後主張貴妃名麗華,韓擒虎平陳,後主、麗華俱見收,而齊東昏侯有潘淑妃,初不名麗華也。又按《梅花》絶句云……此亦張麗華事,而坡作東昏侯事用之。"光氏之説與此同。然宋人多以"玉奴"爲"玉兒"之誤,如《邵氏聞見後録》卷十六云:"《南史》:'齊東昏侯妃潘玉兒,有國色。'牛僧孺《周秦行記》:'薄太后曰:牛秀才遠來,誰爲伴?潘妃辭曰:東昏侯以玉兒身亡國除,不擬負他。'注云:'玉兒,妃小字。'東坡正用此事,以'玉兒'爲'玉奴',誤也。潘玉兒事,見《南史》卷五十五《王茂傳》。參見《能改齋漫録》卷三"以玉兒爲玉奴"條、《容齋續筆》卷十五"注書難"條。

[八]《施注蘇詩》卷二十四《次韻錢舍人病起》。按:《容齋四筆》卷十六:"(《藝苑雌黄·正誤篇》)摭其用……扁鵲見長桑君,使飲上池之水,爲'倉公飲上池'。"扁鵲事,見《史記》卷一百五《扁鵲倉公列傳》。

[九]《施注蘇詩·補遺》卷下《絶句三首(其一)》。按:《捫虱新話·

下集》卷一"東坡詩用事多誤"條:"褚遂良云:'一食清齋,彌勒同龕。'非彌陀也。"褚語,見宋王著編《淳化法帖》卷四唐褚遂良《與法師帖》:"復聞久棄塵滓,與彌勒同龕,一食清齋,六時禪誦,得果已來,將無退轉也。"

[十]《施注蘇詩》卷十二《次韻答邦直子由四首(其四)》。按:《邵氏聞見後錄》卷十六云:"陳登,字元龍,許汜與劉備在劉表坐,表與備共論天下人。汜曰:'陳元龍湖海之士,豪氣不除。'備問汜寧有事邪? 汜曰:'昔過下邳見元龍,元龍無客主之意,久不相與語,自上大床臥,使客臥下床。'備曰:'君有國士之名,今天下大亂,無救世之意,而求田問舍,言無可采,是元龍所諱也,何當與君語? 如小人欲臥百尺樓上,臥君于地,何止上下床之間邪?'表大笑。則百尺樓者劉備,非元龍,亦誤也。"劉備事見《三國志》卷七《魏書·張邈傳》。

[十一]《施注蘇詩·補遺》卷下《次韻景文山堂聽箏三首(其一)》。按:《邵氏聞見後錄》卷十六云:"唐《劉夢得嘉話》:'晋謝靈運美鬚,臨刑施爲南海祇洹寺維摩塑像鬚。寺之人寶惜,初無虧損。至中宗朝,安樂公主五日鬭百草,欲廣物色,令馳驛取之,又恐爲他所得,盡棄其餘。'則以靈運鬚鬭百草者,唐安樂公主,非齊東昏侯,亦誤也。"安樂公主事,見唐韋絢《劉賓客嘉話錄》。參見《苕溪漁隱叢話·前集》卷四十引《靖康緗素雜記》。

[十二]《施注蘇詩》卷二十二《泗州除夜雪中黄師是送酥酒二首(其二)》。按:《邵氏聞見後錄》卷十六云:"檢《左慈元放傳》,無柱杖酒事。按:抱朴子《列仙傳》:'孔元方每飲酒,以柱杖卓地倚之,倒其身,頭在下,足在上。'則柱杖酒事乃孔元方,非左元放,亦誤也。"孔元方事,見葛洪《神仙傳》卷六。

[十三]《施注蘇詩》卷六《次韻代留別》。按:《野客叢書》卷二十三"西子姓施非姓西"條云:"趙次公注:'按《寰宇記》東施家、西施家',施者其姓,所居在西,故曰西施。今云舊姓西,坡不契勘

耳。’僕謂坡公不应如是之疏卤。恐言‘舊住西’，傳寫之誤，遂以‘住’字爲‘姓’字耳。”

[十四]《施注蘇詩》卷十三《有言郡東北荆山下可以溝畎積水……二首（其二）》。按：《藝苑雌黄》云：“陳孔璋《爲袁紹檄豫州文》言曹操之罪云：‘特置發丘中郎，摸金校尉，所過隳突，無骸不露。’《游聖女山》詩云：‘縱令司馬能鑱石，奈有中郎解摸金。’則誤以校尉爲中郎矣。”據《容齋隨筆》卷十六，此見《藝苑雌黄·正誤篇》。又“發丘中郎將”“摸金校尉”事，見《文選》卷四十四陳琳《爲袁紹檄豫州》。

[十五]《施注蘇詩》卷二十七《慶源宣義王丈，以累舉得官，爲洪雅主簿、雅州戶掾，遇吏民如家人，人安樂之。既謝事，居眉之青神瑞草橋，放懷自得。有書來求紅帶，既以遺之，且作詩爲戲，請黄魯直、秦少游各爲賦一首，爲老人光華》。按：王戎事見《世説新語·傷逝第十七》，亦見《晋書》卷四十三《王戎傳》。

[十六]《施注蘇詩》卷二十八《次韻子由使契丹至涿州見寄四首（其三）》。按：“南蠻鴃舌”事，見《孟子·滕文公上》。

[十七]《邵氏聞見後録》卷十六：“東坡信天下後世者，寧有誤邪？予應之曰：‘東坡累誤千百，尚信天下後世也。’童子更曰：‘有是言，凡學者之誤亦許矣。’予曰：‘爾非東坡，奈何？’”

[十八]《容齋四筆》卷十六“嚴有翼詆坡公”條：“嚴有翼所著《藝苑雌黄》，該洽有識，蓋近世博雅之士也。然其立説頗務譏詆東坡公……坡詩所謂抉雲漢，分天章，萬斛泉源不擇地而出。若用葱爲薤，用校尉爲中郎，用扁鵲爲倉公，用餘慶爲懷慎，不失爲名語，干理何害！公豈一一如學究書生，案圖索駿，規行矩步者哉！”按：論東坡用事之誤者，尚可參《考古質疑》卷五、元李治《敬齋古今黈》卷八。

[十九]《日知録》卷二十一“詩人改古事”條：“（李詩）改‘黄犬’爲‘蒼鷹’，（杜詩）改‘玉碗’爲‘金碗’，亦同此病。”按：李詩見《李太白

詩集注》卷三《行路難三首(其三)》,“何足道”,原作“安足道”;杜
詩見《杜詩詳注》卷十五《諸將五首(其一)》。或謂杜詩上句“昨
日玉魚蒙葬地”有“玉”字,故下句以“金”换“玉”。

[二十]　宋何薳《春渚紀聞》卷六《東坡事實》。

[二十一]　《語林》卷三十《尤悔門》。按:此事見《齊東野語》卷十“洪
景盧”條。

[二十二]　按:《齊東野語》所載乃子虛烏有之事,蘇、洪二人時代不相
接。《癸巳存稿》卷十二“爲文檢書”條亦云:“蘇、洪視草異地,不
當有此老院吏。此言與洪有隙者造作以短之,實則誣蘇也。
《春渚紀聞》云……此言爲近實。”此承王培軍先生見教。

[二十三]　《梁書》卷二《武帝本紀》。

[二十四]　《孟子·梁惠王下》。按:《日知録》卷二十一“于仲文詩誤”
條,摘于詩之誤,以爲“豈非梁、陳已下之人,但事辭章,而不詳
典據耶?”又舉梁武帝天監元年《詔》,謂“此用《孟子》‘殺其麋鹿
者,如殺人之罪’,而不知宣王乃田氏,非姜後也,與此一類。”首
發其誤。唯“天監元年”,當作“天監七年”。《暓記》卷七所引不
誤,且謂:“武帝天監七年《詔》……蓋用《孟子》而誤者,當作‘麋
鹿有刑,齊宣致貶’。帝號博學,亦有此誤。”光氏似據梁氏之書,
而又隱駁其説。

179　蘇詩用璨瑳

東坡《病中大雪戲答趙薦》詩云:“惟思近醇醲,未能窺璨
瑳。”[一]蓋以“璨瑳”比女,猶《詩》云“瑳兮”“玼兮”[二]之意,暗用
信陵君飲醇酒、近婦人事[三]。王注“璨瑳”,止謂“以玉比雪
明”[四],殆拘于題中“未嘗起觀”一語,不知不引信陵君事,則不
得作者用古事之妙,且于題中“病”字、“戲”字,皆少精采。甚
矣,注蘇之難也[五]。

[一]《施注蘇詩》卷一《病中大雪數日，未嘗起觀，虢令趙薦以詩相
　　屬，戲用其韻答之》。

[二]《毛詩·鄘風·君子偕老》。

[三]《史記》卷七十七《魏公子列傳》：“公子自知再以毀廢，乃謝病不
　　朝，與賓客爲長夜飲，飲醇酒，多近婦女。”

[四] 宋王十朋《集注分類東坡先生詩》卷七引宋趙次公注。

[五] 按：參見《容齋續筆》卷十五“注書難”條及《施注蘇詩》卷首陸游
　　《施司諫注東坡詩序》（亦見宋陸游《渭南文集》卷十五）。

180　咏雪限尖叉

　　坡公“尖、叉二韻雪詩”[一]，如初寫蘭亭，不容再作[二]。荆
公愛之，是矣，顧必強和至六首之多[三]，詞重意複，徒取人厭，
何也？《次韻酬朱昌叔》，亦多至五首[四]。第一首五、六一聯既
云“未愛京師傳谷口，但知鄉里勝壺頭”，第五首五、六一聯又云
“名譽子真矜谷口，事功新息困壺頭”，殊不可解。當爲編詩者
之失，作者想不欲並存也[五]。

[一]《施注蘇詩》卷九《雪後書北臺壁二首》。

[二] 按：“初寫蘭亭”云云，爲當時習語，有形容恰到好處與不容再作
　　兩層義。如清李苞《巴塘詩鈔》卷下《暝》附清李春實評云：“如初
　　寫蘭亭，恰到好處。”清韓邦慶《海上花列傳》第五十一回《胸中
　　塊穢史寄牢騷，眼下釘小蠻爭寵眷》：“妙在用得恰好地步，又貼
　　切，又顯豁，正如右軍初寫蘭亭，無不如志。”此第一義也。又如
　　清李祖陶輯《國朝文録·邵青門文録》卷三《東坡先生生日倡和
　　詩序》評云：“此序如初寫蘭亭，後有作者皆不能及。”清莫友芝
　　《郘亭遺詩》卷六《跋黃石齋先生榕頌⋯⋯》注：“信乎初寫蘭亭，
　　決非他日更作所能及也。”則第二義也。

［三］《王荆文公詩》卷二十七《讀眉山集次韻雪詩五首》、卷二十八《讀眉山集愛其雪詩能用韻復次韻一首》。

［四］《王荆文公詩》卷二十六《次韻酬朱昌叔五首》。按：參見《援鶉堂筆記·續編》"未愛京師傳谷口，但知鄉里勝壺頭'注"條。

［五］按：《石林詩話》卷上："王荆公晚年詩律尤精嚴……嘗與葉致遠諸人和頭字韻詩，往返數四。其末篇有云：'名譽子真秔谷口，事功新息困壺頭。'以'谷口'對'壺頭'，其精切如此。後數月，復取本追改云：'豈愛京師傳谷口，但知鄉里勝壺頭。'今集中兩本並存。"光氏所言，與當時情形正合。又宋黃徹《䂬溪詩話》卷四亦舉此兩聯，以爲"昔人行事措意，默與己合，則喜用之"。

181　雙池絶句

張士範《池州府志》載東坡《陳公園内雙池絶句》詩三首。其一云："南北山光照緑波，濯纓洗耳不須多。天空月滿宜登眺，看取青銅兩處磨。"其二云："春池水暖魚自樂，翠嶺竹静鳥知還。莫言罍石小風景，捲簾看盡銅官山。"其三曰："落帆重到古銅官，長是江風阻往還。要使謫仙回舞袖，千年翠拂五松山。"注云："蘇《集》無。"［一］今玩三詩，信是蘇家格調，當非僞作。"南北山光""落帆重到"二首，查氏《蘇詩補注》已據《池陽後集》采録［二］，尚遺"春池水暖"一首，不知士範更何所本也［三］。張年輩雖後，其重修志時，查注尚未盛行，故注《志》曰"蘇《集》無"［四］。

［一］清張士範《［乾隆］池州府志》卷十《山川志·銅陵》。按：銅陵乃池州屬縣。清尹繼善、黃之雋等《［乾隆］江南通志》卷三十四《輿地志》云："陳公園，在銅陵縣東鼇首山。園内有二池，宋蘇軾、黃庭堅曾游此。"

［二］清查慎行補注《東坡先生編年詩》卷四十八《銅陵縣陳公園雙池

二首》。

[三] 按：此三詩見明王崇《[嘉靖]池州府志》卷一，張氏蓋本于此。
又孔凡禮點校《蘇軾詩集·增補》，已據明沈梅《[嘉靖]銅陵縣
志》卷八、清單履中《[乾隆]銅陵縣志》卷十四輯得"春池水暖"一
首，題爲《題陳公園（內有二池）》，與前兩首分置兩處，似注明三
首原屬一詩較妥。

[四] 按：張士範（1731—1795），字仲模，號芝亭，晚號淡園居士，陝西
蒲城人。乾隆二十一年舉人，歷任福建興化府、浙江衢州府、安
徽池州府知府，擢安徽蕪湖道員，四署按察使。生平事跡見清
袁枚《小倉山房文集》卷三十二《蕪湖兵備道張公墓誌銘》。乾
隆三十八年，張士範延聘府儒學教授倪璠等人纂修《池州府
志》，乾隆四十四年完稿。

182　丹楹刻桷

《春秋》書"丹楹刻桷"[一]，三傳皆言譏非禮[二]。山谷《題安
福李令朝華亭》詩[三]用之似未當，全詩非譏意，蓋偶失檢。東
坡《題王逸少帖》詩云："謝家夫人澹丰容，蕭然自有林下
風。"[四]形容翁帖之美，即以其子婦爲比，似亦失檢。

[一]《春秋左氏正義》卷一杜預《春秋序》："盡而不污，直書其事，具
文見意。丹楹刻桷、天王求車、齊侯獻捷之類是也。"按：丹楹刻
桷事，見《春秋·莊公二十三年》"秋，丹桓宮楹"及《莊公二十四
年》"春，王三月，刻桓宮桷"。

[二]《公羊傳》云："丹桓宮楹，非禮也。"又云："刻桓宮桷，非礼也。"
《穀梁傳》云："禮，天子諸侯黝堊，大夫倉，士黈。丹楹，非禮也。"
又云："禮，天子之桷，斲之礱之，加密石焉。諸侯之桷，斲之礱
之。大夫斲之，士斲本。刻桷，非正也。"《左傳》云："（二十三

年)秋,丹桓公之楹。二十四年,春,刻其桷,皆非禮也。"

[三]《山谷外集詩注》卷十一:"丹楹刻桷上崢嶸,表裏江山路眼平。"

[四]《施注蘇詩》卷二十三。按:事見《世說新語·賢媛第十九》:"王夫人神情散朗,故有林下風氣。"

183　六言九言

六言古詩,無爲者。惟《山谷外集》有《戲呈田子平》一首云:"茸割即非茸割,肥羊自是肥羊。老夫纔堪一筋①,諸生贊咏甘香。却嘆佳人纖手②,晚來應廢③紅妝。荆州衣冠千户,厚意獨有田郎。"[一]又康節《小車六言吟》一首云:"昔人乘車是常,今見乘車倉皇。既有前車戒慎,豈無覆轍兢莊。將出必用茶飲,欲登先須道裝。軫邊更掛詩帙,轅畔仍懸酒缸。輪緩爲移芳草,蓋低因礙垂楊。水際尤宜穩審,花間更要安詳。朝出頻經履道,晚歸屢過平康。春重縱觀明媚,秋深飫看豐穰。五鳳樓前月色,天津橋上風涼。金谷園中流水,魏王堤外修篁。静處光陰最好,閑中氣味偏長。所經莫不意得,所見無非情忘。或見農人擁耒,或見蠶女求桑。或見蘼蕪徧野,或見蒺藜滿墻。或見荆棘茂密,或見芝蘭芬芳。或見鷄豚狗彘,或見雕鶚鸞皇。惡者既不見害,善者固無相傷。華嶽三峰岌嶪,黄陂萬頃汪洋。不爲虚作男子,無負閑居洛陽。天地精英多得,堯舜老去何妨。"[二]

六言排律,更無爲者。惟《帝京景物略》載歙人潘之恒《白雲觀紀所見》一首云:"燕市重逢燕九,春游載選春朝。寒城旭

---

① "夫",原作"大",據《山谷外集詩注》卷十七改。
② "佳",原作"佳",據《山谷外集詩注》卷十七改。
③ "廢",原作"發",據《山谷外集詩注》卷十七改。

日初麗，暖閣微陽欲驕。公子高擎錦幬，侍中齊插金貂。書傳海外青鳥，箭落風前皂鵰。翟茀烟塵驟合，馬蹄冰雪全消。張羅釋兔求雉，投博呼盧得梟。劍説荆卿匕首，舞憐蠻女纖腰。鬧蛾人勝爭帖，怖鴿天花亂飄。臺上試聽蕭史，峰頭方駕王喬。寶幢星斗斜挂，仙樂雲璈碎敲。高輔少年任俠，倡樓大道相邀。寄言洛社豪舉，莫美春光不饒。"[三]

至九言律，亦有升庵《梅花》一首云："玄冬①小春十月微陽回，緑萼梅蕊早傍南枝開。折贈未寄陸凱隴頭去，相思忽到盧仝牕下來。歌殘《水調》沈珠明月浦，舞破山香碎玉凌風臺。錯恨高樓三弄叫雲笛，無奈二十四番花信催。"[四]元美《苦熱》一首云："六月苦熱杜門復何道，科頭解衣徒坐清陰邊。爲語諸君且莫河朔飲，我欲一枕上就羲皇眠。凜如足蹈太行萬古雪，悦若卧對匡廬千尺泉。長安道中襯襏者誰子，薰心炙手不畏天公權。"[五]中峰禪師《梅花》一首云："昨夜西風吹折千林梢，渡口小艇滾入沙灘坳。野橋古梅獨卧寒屋角，疏影橫斜暗上書牕敲。半枯半活幾個壓蓓蕾，欲開未開數點含香苞。縱使畫工奇妙也縮手，我愛清香故把新詩嘲。"[六]此皆本于好奇，偶一爲之，雖哲匠亦不見工[七]。

蓋五言、七言，猶五音、七音，減之固未協其勝，加之又適乖其和。少陵五言長律，且貽後賢"砞砎"之譏[八]，彼《風懷》五排二百韻[九]②、《鎮海樓》七排二百韻[十]，皆鴻詞才也[十一]，烏足以語風雅懿範耶？

[一]《山谷外集詩注》卷十七《戲呈田子平六言》。

———————————————

　　①　"玄冬"，《升庵集》卷三十八作"昨夜"。
　　②　"二"，原作"三"，據《曝書亭集》卷七改。

［二］宋邵雍《伊川擊壤集》卷十四。

［三］《帝京景物略》卷八。

［四］《升庵詩話》卷一“梅花九字詩”條，亦見《升庵集》卷三十八《咏梅（元僧高峰有此詩，不佳，特賦一首，九言）》。又清尤侗《艮齋雜説·續説》卷三云：“九言律絶少。升庵有《梅花》詩云……然句法拖沓，誦之不甚上口。不可無一，不可有二也。”

［五］《弇州四部稿》卷五十三。

［六］清汪珂玉《珊瑚網》卷十二“中峰禪師書九字梅花咏”。按：《升庵詩話》卷一“梅花九字詩”條云：“元天目山釋明本中峰有九字梅花詩云……池南唐文薦錡謂余曰：‘此詩不佳，影不可言敲，又後四句有齋飯酸餡氣。’”

［七］按：參見《陔餘叢考》卷二十三“六言”條、“九言”條。

［八］《元遺山詩集箋注》卷十一《論詩絶句三十首（其十）》：“排比鋪張特一途，藩籬如此亦區區。少陵自有連城璧，争奈微之識碔砆。”自注：“事見元稹《子美墓誌》。”

［九］《曝書亭集》卷七《風懷二百韻》。

［十］清桑調元《弢甫續集》卷首《鎮海樓詩二百韻》。按：《四庫全書總目》卷一百八十五《桑弢甫集》提要：“所作《鎮海樓詩》，至七言長律二百韻，古人無是格也。其所以長，即其所以短乎？”

［十一］按：朱彝尊嘗應康熙十八年博學鴻詞科，入一等，桑調元亦嘗應乾隆元年博學鴻詞科，雖與試未用而時人惜之，故云“皆鴻詞才也”。

184　齊雲三姑峰

“江上雙姑隔素波，三姑白岳轉容遇。異時能並夫人未，良夜其如粲者何。換樣畫眉開月鏡，計功分手織雲羅。衢州鼎峙江郎石，好倩愚公執斧柯。”[一]此余戊戌九月游齊雲三姑峰作也[一]。頃閱楊誠齋有《過烏石、大小二郎灘竹枝》云："小郎灘下大郎灘，伯仲分司水府關。誰爲行媒教作贅，大姑山與小姑山。"[三]與余意正同。惟江郎請冰人的實，較大、小二郎爲勝耳。近又見《施愚山詩集》有《戲題武夷三姑石》一絕云："我愛三姑石，窈窕相低昂。南風吹過嶺，好嫁三江郎。"[四]是又先我而有此願者。人盡欲爲夫矣，江郎可自詡禁臠耶？

[一] 按：齊雲山三姑峰，在今安徽黃山市休寧縣西。《太平寰宇記》卷一百四《江南西道・歙州・黟縣》云："三姑山，一名吉陽山，在縣東一十五里。山有三峰，故名三姑山。"江郎山，在今浙江省衢州市江山市石門鎮。《太平御覽》卷四十七引《郡國志》云："江郎山有三峰，峰上各有一巨石，高數十丈，歲漸長成。昔有江家在山下居，兄弟三人神化于此，故有三石峰在焉。"俗呼"江郎三片石"。光氏此詩，蓋謂江氏三兄弟正可請媒人聘娶齊雲山三姑也，亦調謔語。

[二] 按：此詩作于道光十八年，而《稼墨軒詩集》乃道光七年刻，故詩在集外。本書卷癸 202"黃白鱗"條所引平山堂三詩亦集外詩，情形同此。

[三] 《誠齋集》卷二十六《過烏石、大小二浪灘，俗呼浪爲郎，因戲作竹枝歌二首（其二）》。按：明呂昌期、俞炳然《[萬曆]續修嚴州府志》卷二《建德縣》云："大郎灘，在縣東十里。《圖經》作'大浪灘'，非也。宋《續志》云：'江南寧順廟顯應妃長男倪惇募鄉兵決流，感神兵不期而集，風雨震作，廣決水道，號大郎灘。'"

[四] 清施閏章《學餘堂詩集》卷四十六《戲題三姑石（在武夷）》。按：《方輿勝覽》卷十一《福建路・建寧府》云："（武夷山）三姑石，在換骨巖北三十步。三石連屬，紅白鮮膩。舊《記》云：'秦時有三女游此石，因名。'"

185　詩用成語

遺山詩好用成語。《范寬秦州圖》云:“作詩一笑君應聞。”[一]用束坡《書李太白真》句[二]。《赤壁圖》云:“事殊興極憂思集。”[三]用子美《漢陂行》句[四]。又云:“天淡雲閑今古同。”[五]用牧之《宣州開元寺水閣》句[六]。《論詩絕句》云:“一波才動萬波隨。”[七]用山谷《浣紗溪①》詞句[八]。豈李士寧所謂“意到即可用,不必皆自己出”耶[九]？濫觴于魏武之《短歌行》[十],而漢樂府古詩以上及于《三百篇》,皆有同句,蓋不能盡知其孰爲先後矣。

[一]《元遺山詩集箋注》卷三《范寬秦州圖》。

[二]《施注蘇詩》卷三十四《書丹元子所示李太白真》。

[三]《元遺山詩集箋注》卷三《赤壁圖》。

[四]《杜詩詳注》卷三《漢陂行》。

[五]《元遺山詩集箋注》卷三《赤壁圖》。

[六]《樊川文集》卷三《題宣州開元寺水閣閣下宛溪夾溪居人》。

[七]《元遺山詩集箋注》卷十一《論詩絕句(二十二)》。

[八] 按:見宋黄庭堅《山谷琴曲外篇》卷三《訴衷情·漁父》。又山谷“一波才動萬波隨”之句,亦本于華亭船子和尚之偈。參見《冷齋夜話》卷七“船子和尚偈”條。

[九]《邵氏聞見後録》卷十七。

[十]《文選》卷二十七:“呦呦鹿鳴,食野之蘋。我有嘉賓,鼓瑟吹笙。”李善注:“《毛詩·小雅》文也。”

---

① 山谷詞乃《訴衷情·漁父》,蓋光氏以此詞與《浣溪沙·新婦灘頭眉黛愁》等兩首漁父詞混淆,又誤以《浣溪沙》爲《浣紗溪》。

186　北齊校書圖

　　前記梅宛陵取謝希深來書韻之爲五百言五古一首,極奇特矣。兹閱《山谷全集》,有《北齊校書圖題後》文,始知海峰此題七古一首,全取此文,因勢利導,不差絫黍,尤爲奇作。今并錄之,以見文人能事。

　　山谷《題後》云:"唐右相閻君粉本《北齊校書圖》,士大夫十二員,執事者十三人,坐榻胡床四,書卷筆硯二十二,投壺一,琴二,懶几三,搘頤一,酒榼果櫑十五。一人坐胡床脫帽,方落筆,左右侍者六人,似書省中官長。四人共一榻,陳飲具:其一下筆疾書;其一把筆,若有所營;其一欲逃酒,爲一同舍挽留之,且使侍者著鞾。兩榻對設,坐者七人:其一開卷;其一捉筆顧視,若有所訪問;其一以手搘頰,顧侍者行酒;其一抱膝坐酒旁;其一右手執卷,左手據搘頤;其一右手捉筆搘頰,左手開半卷;其一仰負懶几,左右手開書。筆法簡者不缺,煩者不亂,天下奇筆也。"[一]

　　劉詩云:"胡床端坐古丈夫,白皙氂氂頗有鬚。脫帽露頂箕兩足,把筆披觀何代書。左右環侍六七輩,垂手拱立傻而痀。坐者豈非達官長,立者似是平頭奴。其旁有一榻,置在胡床左。櫑中有酒盂有果,四人解衣盤礴嬴。一人振筆方疾書,一人閣筆口微哆。一人畏酒似欲逃,一人向前挽令坐。畏逃酒者顧侍人,指點持鞾來著我。胡床之西兩榻陳,其上坐者凡七人。一人開卷身欠伸,一人捉筆稍啓脣,若語若答雙目瞤。一人背負紫藤几,兩手掀書與鼻親。一人左手搘頤右執卷,一人右手執筆左手書自捫。一人抱膝對酒榼,一人以手搘頰行趣侍者提酒尊。鬚眉額頰各盡態,古來藝事殊絕倫。我聞唐之右相閻君有粉本,何人摹寫傳其真。君不見校書之人何尊榮,書卷筆硯良且精。有壺可投琴可橫,美酒一舉連百

觥。縮手袖間長嘆息,北齊此日繁華極。"[二]

　　按:此可通詞家隱括一體[三]。《齊東野語》歷舉宋人詩用史論以爲脱胎[四],由其説推之,誠不勝數。然皆短律、絶句耳,豈有如梅、劉二篇之盛耶?

　　又按:韓元吉《南澗甲乙稿》有《跋北齊校書圖》七古一首[五],其序云:"齊文宣天保七年詔樊遜校定群書,供皇太子。遜與諸郡秀孝高乾和、馬敬德、許散愁、韓同寶、傅懷德、古道子、李漢子、鮑長暄、景孫及梁州主簿王九元、水曹參軍周子深等十一人,借邢子才、魏收諸家本,共刊定秘府紕繆,于是五經、諸史,殆無遺闕。此圖之所以作也。"則山谷所謂"士大夫十二員"者,可歷數矣。其詩云:"高鬟侍女曳紅裾,兩雛帕鞍立奚奴。"則圖中又有侍女、兩雛,爲山谷《題後》所遺。黃、韓皆親見圖而爲題咏者,劉則未見圖,但依山谷《題後》爲之。其云"何人摹寫傳其真",殆故爲設詞,以掩其隱用及未見之跡耳。不然,何與《題後》一一吻合,不似黃、韓之互有詳略耶?

[一]《山谷全集・正集》卷二十七《題校書圖後》。

[二] 清劉大櫆《海峰詩集》卷三。按:清郭麐《靈芬館詩話》卷一:"(姚姬傳)先生問麐:'海峰先生詩以何首爲第一?'麐舉《北齊較書圖》爲對。先生亦以爲然。"又《閒齋詩集・後編》卷三《四君咏・劉海峰》云:"倜儻人間劉海峰,長歌直是李空同。查王宗匠齊推倒,壇坫誰知不擅雄。"

[三] 按:宋蘇軾《東坡樂府》卷上《哨遍・序》云:"陶淵明賦《歸去來》,有其詞而無其聲……乃取《歸去來》詞,稍加隱括,使就聲律。"參見羅忼烈《宋詞雜體》。

[四]《齊東野語》卷一"詩用史論"條。

[五] 宋韓元吉《南澗甲乙稿》卷二。

有不爲齋隨筆癸

187　隨宜笑答

　　戊辰[一]留京師過夏,同年李君新林[二]誤聽,以余能相宅,以其所主吏部恒君柱意[三]來請。余力白不諳,李君堅不信,以爲深藏且自高也,偕其所主再來,不獲已,遂往。止令其伐去宅後一樹,移去宅前一溷。乃不數月,獲進一階,隨又生子,皆以爲余術使然。後同官湖北,相遇舉以爲笑,恒君猶不信,告人謂余不肯以術鳴耳。頃閱劍南絶句,有云:"著囊藥笈每隨身,問病求占日日新。向道不能渠豈信,隨宜笑答①免違人。"[四]與余舊事適合,不禁掩卷啞然。然放翁有著囊藥笈相招,無怪其問求,余固無以相招也,何亦有此?

[一]戊辰,嘉慶十三年。

[二]按:清周際霖、胡維藩等《[同治]如皋縣續志》卷九《寓賢傳》云:"李新林,字蓮溪,静海籍,居皋。嘉慶丁卯,登賢書。道光丙戌,大挑一等。歷官河南郟縣、正陽知縣,署直隸汝州知州,充丁亥提調官、戊子同考官。被議落職。邑人題'愛養士民'額頌焉。

---

　　① "笑答",《劍南詩稿》卷五十八原作"酬答"。

家居修文業,授生徒,誨子姪,多所成就。壽七十八。"蓋其人與光氏均爲嘉慶十二年舉人,故稱同年。

[三]按:舊時子平家以人出生之年、月、日、時爲四柱,每柱以干支二字代表,四柱共八字,以此推演吉凶禍福。《四庫全書總目》卷一百九"命書相書"小序云:"其説亦本五行,故古與相宅、相墓之屬均合爲一。"

[四]《劍南詩稿》卷五十八《甲子秋八月偶思出游,往往累日不能歸,或遠至傍縣,凡得絶句十有二首,雜録入稿中,亦不復詮次也(其五)》。

188　場中示文稿

《北窗炙輠》:"有一青陽衍治《周禮①》,赴上舍試,其鄰座有人過午猶閣筆,衍遂起揖之曰:'日晚矣,未下筆,何也?'其人曰:'今日偶困此題,猶未有處,奈何?'衍即與卷子,令謄之。其人得衍文,會其意,須臾立就。榜出,衍魁,其人本經第二人,皆中。"[一]嘉慶己巳恩科會試[二],余鄰號爲同省婺源齊君彦槐[三],素知其名,始識面于場内[四]。是科次題爲"思知人不可以不知天"[五],余稿已就,見齊君尚苦思,因以稿示之,齊君躍然,文思沛涌,操筆疾書成,遂皆獲雋[六]。殿試又同坐西廡階上,齊君又就余考題内事實,爲録所記約三四百字。後余以日下昏黑,卷末數行不及端楷,幾以是黜。賴通幅係以黄連水調墨書[七],雖微滯筆鋒、不能迅掃,而光采蔚然,閲卷諸公猶惜置二甲[八]。向使不爲齊君録所記,則數行端楷,功夫沛然,十卷、一甲皆似有望,要亦數存其間,不足置念。因閲《北窗炙輠》此條,牽連及之,亦以見寸晷分陰,良堪寶惜,平日暇豫時,不知抛

---

①　"禮"字原脱,據《北窗炙輠録》卷下補。

棄幾多也。

[一]《北窗炙輠錄》卷下。

[二] 按:《清秘述聞續》卷一《鄉會考官類一》"嘉慶十四年己巳恩科
會試"條云:"考官:內閣大學士費淳,字筠浦,浙江錢塘人,癸未
進士。禮部尚書王懿修,字勗嘉,安徽青陽人,丙戌進士。吏部
侍郎英和,字樹琴,滿洲正白旗人,癸丑進士。內閣學士貴慶,
字月三,滿洲鑲白旗人,己未進士。題:'君子喻于'二句,'思知
人不知天得天下有'六句,賦得'一意同欲'得'同'字。"

[三] 按:齊彥槐(1774—1841),字夢樹,號梅麓,又號蔭三,安徽婺源
(今屬江西)人。嘉慶十四年進士,改翰林院庶吉士。散館,授江
蘇金匱縣知縣。二十三年以疾告,卜居宜興,築雙溪草堂,有終
焉之志。著有《梅麓詩文集》二十六卷、《北極星緯度分表》四卷
等。生平事跡見清方濬頤《二知軒文存》卷三十四《金匱縣知縣
齊彥槐先生墓表》。

[四] 按:齊彥槐、光聰諧當時齊名。《桐城耆舊傳》卷十《光布政傳》
云:"嘉慶十四年試禮部,房考李公宗昉校閱經義,驚其淹博,謂
'卷隸安徽,非婺源齊彥槐,即桐城光君也'。榜發,果然。"《清秘
述聞續》卷十三《同考官類一》載:"編修李宗昉,字靜遠,江蘇山
陽人,壬戌進士。"即其人也。

[五]《中庸章句》第二十章。

[六] 按:光聰諧爲是科會試第一百十八名進士。

[七] 按:清王錫侯《書法精言》卷四云:"一說用真黃連蒸水磨墨,則發
亮成綠色。"《茶餘客話》卷十九云:"東坡以黃連湯調青粉蘸筆,候
乾收之……近日汪松泉司空以紅花、黃連煎水,發筆、磨墨皆用
之。"汪松泉,即汪由敦,參卷甲第17條"六如九喻"箋[五]。

[八] 按:光聰諧爲是科殿試二甲四十三名,齊彥槐爲二甲十三名。

189　辰沅舟中所見

道光壬午，余奉使貴州[一]，歸由鎮遠舟行，歷沅州、辰州以至常德，終日如行蜀峽中[二]。其峭壁懸絕處，往往有木匱、竹箱庋擱石罅，并有小木如箸，交互無數，類童儒戲爲置者。舟人告余曰：“此仙人家具也。”又有劍刺石縫，餘半臕在外。又見二龍舟，一橫依山半石皺疊處，一太半入石壁，尾翹在空，采畫皆鮮。舟有長年，年已七十矣，述祖若父，自幼弄船此江，即見此狀[三]。豈誠有仙人爲之歟？亦太狡獪矣。

後閱袁中郎游桃源諸記[四]，亦言：“倒水巖一竇懸若黄腸者五，見極了了。”[五]計程當過之，却未見其所見。又閱陸雲①士《北墅緒言》，言“渡沅陵，溯武溪，見白龍巖中一坎級，一舟孤橫于陡絶之上”[六]者，與余所見同；至傅會爲沈香木，爲高辛氏女所乘[七]，則恍惚難憑矣。又閱王阮亭《隴蜀餘聞》載：“辰、沅道中，緣江峭壁，高可百丈，避兵者以修綆繫腰，從山巔縋下，距江面數十丈，度火攻弩箭皆不可到，于壁上鑿孔，以巨木橫貫之。即于此木之上，縱橫間架，欄楯轇葛，飛檐承霤，房廊四起，鄰裏交通，殆成阡術。從江中逆數而上，正得八十三層。最上層，距山巔亦數十丈，虚無縹緲，海市蜃樓無以加。”[八]其説近夸，惟謂避兵者所爲，似得其實，然歷久不渝，終不可解。

《水經注·江水》：“歷宜昌縣之插竈下，江之左岸，絶岸壁立數百丈，飛鳥所不能棲。有一火爐，插在崖間，望見可長數尺。父老傳言：昔洪水之時，人薄舟崖側，以餘爐插之巖側，至

---

①　“雲”字原脱，據《北墅緒言》補。按：“雲士”爲陸次雲之字。

今猶存，故先後相承，謂之插竈也。"[九]《聞見後録》言："三峽中，石壁千萬仞，飛鳥懸猿不可及之處有洞穴，累棺槨，或大或小，歷歷可數，峽中人謂之'仙人棺槨'云。"[十]東坡《出峽》詩云："古人誰架構，下有不測浪。石寶見天困，瓦棺悲古葬。"[十一]亦叙其事。《湧幢小品》言："全州臨江一峭壁，凡數十級。半壁有一木匱，歲久不腐，人稱'兵書匣'。嘉靖中，遣南昌姜御史儆訪異書。入全，張雲梯，募健①卒探取，乃一棺，中函頭顱甚巨，二鋸牙垂口外，如虎豹然。持其骨下，卒暴死。姜仍以原所瘞之。"[十二]

[一] 按：清周作楫《[道光]貴陽府志》卷三《大事紀下》云："（道光二年）八月，主考官姜堅、光聰諧至。以翰林院編修江南甘泉姜堅爲貴州正主考，刑部員外郎安徽桐城光聰諧副之。"參見《清秘述聞續》卷三《鄉會考官類三》"道光二年壬午科鄉試"條。

[二] 按：《稼墨軒詩集》卷八多叙此次典試見聞，可以參看。如《諸葛洞》自注云："典黔試還，向至鎮遠，始登舟。"又《即目》云："雷霆轟石猛，屏幛蔽船低。山勢疑三峽，江流注五溪。時逢輕鷁上，初聽野猿啼。杳杳千巖畔，飛泉百道齊。""山勢疑三峽"，即本條所謂"終日如行蜀峽中"也。

[三] 按：《稼墨軒詩集》卷八《自鎮遠舟行至常德》云："牂柯直下五溪遙，石轉灘回境寂寥。照眼白波寒晶晶，打頭黃葉冷蕭蕭。劍藏石罅疑干斗，船繫山腰欲趁潮。才劣愧無風土記，漫吟短句雜風謠。"注云："劍、船二事皆舟行所見。"正可與本條相印證。

[四] 按：指明袁宏道《袁中郎全集》卷十《由河洑山至桃源縣記》《由淥羅山至桃源縣記》《由水溪至水心崖記》等篇。

[五]《袁中郎全集》卷十《由水溪至水心崖記》。

① "健"，原作"建"，據《湧幢小品》卷二十八"遺蛻"條改。

[六]清陸次雲《北墅緒言》卷三《沈香舟記》。按:"陡絶",原作"徒絶",似光氏據文義改。

[七]按:《北墅緒言》卷一《辛女巖》亦咏其事。又清許瓚曾《東還紀程》亦云:"常德倒水巖仙蜕石,石皆壁立水濱,逶迤高廣。上鑿石竇者十,下臨絶壑。内一中藏木楂五,舊傳爲沈香棺。土人云:水漲時健兒引組而上,棺杅遺蜕尚存。"蓋諸家所見,即今之所謂懸棺。參見向達《中國的崖葬制》、劉銘恕《崖墓稽古録》等文。

[八]清王士禎《隴蜀餘聞》。

[九]《水經注》卷三十四《江水》。

[十]《邵氏聞見後録》卷三十。

[十一]《施注苏詩·補遺》卷上。

[十二]《湧幢小品》卷二十八"遺蜕"條。按:"匵",原作"櫃",兩字通用。參見清袁枚《新齊諧·續》卷三"全州兵書匵乃水怪奔雲之骨"條及《隨園詩話·補遺》卷一。

190　名流錮習

道光辛巳,余與膠州張曾靄鐵橋[一]爲順天鄉試同考官[二]。首題"上長長而民興弟"[三],張得一卷,卓犖奇肆,薦之戴可亭相國[四],極爲推賞。旋因内用"尺布之謠"[五]四字,嫌係漢事,抑置副榜。逮填榜,知爲湖南名下魏源[六],大爲懊惋。下科,魏即中式順天榜第二名[七]。記阮亭《居易録》載:"姜西溟應丁卯順天鄉試,首場已擬第二人,及二場,表用'點竄《堯典》《舜典》'語,監試御史指摘令易,姜對以出李義山詩,不肯易。御史怒,摭其小不合例,貼出之,卷遂不得入。"[八]嘆其數奇。余謂堯、舜上加"點竄"字,雖有出典,于應制體格,終覺刺目。既在外經人指出,令改而反不肯,此正名流錮習,不得盡諉數奇。魏卷設于未入時有人指出,恐亦以出《漢書》[九],不肯改矣。

[一] 按:張曾翳(1768—1824),字次豐,一字鐵崿,山東膠州人。嘉慶十四年進士。道光二年,任湖南常德府知府,道光四年任福建汀漳龍兵備道。著有《怡雲樓詩集》二卷。

[二] 按:《清秘述聞續》卷十四《同考官類二》"道光元年辛巳恩科順天鄉試"條下有"刑部員外郎張曾翳"及"刑部主事光聰諧"。是科因八月天氣尚熱,兼行時疫,展期至九月舉行。

[三] 《大學章句》傳第十章"釋治國平天下"。按:《清秘述聞續》卷三《鄉會考官類三》"道光元年辛巳恩科順天鄉試"條云:"題:'上長長而'一句,'不可與言失言','夫仁天之宅也',賦得'謙受益'得'謙'字。"

[四] 按:戴均元(1746—1840),字修原,號可亭,江西大庾人。乾隆四十年進士。任編修,後擢御史,出爲四川、安徽學政。嘉慶二十年,任協辦大學士。次年,授軍機大臣。二十三年,擢文淵閣大學士。生平事跡見清包世臣《藝舟雙楫》卷七下附錄一下《清故予告太子太保文淵閣大學士食全俸晋太子太師在籍除名大庾戴公墓碑》。道光元年,以内閣大學士爲順天考官。

[五][九] 按:《漢書》卷四十四《淮南厲王劉長傳》:"民有作歌歌淮南王曰:'一尺布,尚可縫。一斗粟,尚可舂。兄弟二人不相容。'"亦見《史記》卷一百十八《淮南衡山列傳》。又《舊唐書》卷三《太宗本紀下》云:"方懼毀巢之禍,寧虞尺布之謠。"即用此典。考官以所試爲經題,不宜用漢事,故抑置副榜。

[六] 按:魏源(1794—1857),字默深,湖南邵陽人。道光二十年進士,官至高郵州知州。生平事跡見清魏耆《邵陽魏府君事略》。

又按:魏源甚感張曾翳知遇之恩,湖南省博物館所藏魏源《俚言》詩注云:"源辛巳秋試,以副車出師門下。越壬午,師出守常德,源舉京兆,不獲隨侍,敬成《俚言》二章,紀師恩、述積戀也。"

（《魏源全集》第 12 册）即叙其事。

[七] 按：《清史稿》卷四百八十六《魏源傳》：“道光二年，舉順天鄉試，宣宗閲其試卷，揮翰褒賞，名藉甚。”

[八]《居易録》卷六。按：“點竄《堯典》《舜典》字，塗改《清廟》《生民》詩”，見《重訂李義山詩集箋注》卷一《韓碑》。

191　改名登第

191-1　余嘗哂應舉者喜改名。三弟朝魁[一]，本名聰訥，應嘉慶丙子順天鄉試獲售。道光乙酉春，忽書來京師，言夢中見春榜第二十二名者爲光朝魁，欲改名以應之。余以其屢困春闈也，重違其意，遂代爲請改。次年丙戌，遂以第六十六名進士，殿試二甲，即用知縣。余究以爲適然，且名次固未合也。後爲湖北中丞楊公懋恬[二]言之，公曰：“夢境迷離，安知不視‘六’爲‘二’？且草寫‘六’字下二筆連鋒，尤與‘二’似。不然，何重兩字不誤也？”

頃閲《避暑録話》言：“趙康靖公初名裡①，因人言改名約。已而夢有持文書示之者，題曰‘秘書丞通判汝州趙槩’，乃改後名。後六年，登科，果以秘書丞通判海州，但‘汝’字不同。議者謂‘汝’字篆文與‘海’字相近，公夢中或不能詳也。”[三]噫！事固有相類如此者耶？惜當時不知此事，未能舉似楊公。

《史》稱康靖掩惡揚善，以德報怨，世目爲長者，仕仁廟、英廟、神廟，以太子少師致仕，卒享大年[四]，可謂盛矣。弟少懷濟時志，家居屢急人難，作縣令七八年，以才猷見稱大吏，屢任繁劇。方需次進階，顧以末疾誤投醫藥，齎志告終。傷哉，年命不

---

① “裡”，原作“禋”，據《避暑録話》卷下改。

齊矣！胡始事之又若合符節耶？

[一] 按：《光氏族譜·東股》卷四上"光朝魁"云："柳庵公三子，原名聰訥，字敏之，號退庵。邑庠生，補納監生，中嘉慶丙子順天鄉試第一百三十一名舉人。道光丙戌會試第六十六名進士，殿試二甲（按：第七十二名），即用知縣，分發山西。丁亥，署漢陰廳撫民同知。戊子，充本省鄉試同考官。庚寅，補襄城縣知縣。壬辰，調南鄭。乙未，調蒲城，敕授文林郎。生乾隆甲辰年四月二十三日辰時，卒道光丙申年二月初二日申時。"又《[同治]桐城縣志》卷八《人物志·宦績》云："光朝魁，原名聰訥，字敏之。嘉慶丙子順天舉人。道光丙戌進士，以知縣用。歷任山西襄城、南鄭、蒲城等縣知縣，署理漢陰廳同知。道光戊子，充本省鄉試同考官。在襄城任時，西溝山中有匪棍李魁元昆弟五人，號爲五虎，一方受其荼毒。訪拿嚴懲之，西溝安謐。所治地方，夜不閉戶，深爲上游倚重。時陝俗官場多溺聲華，朝魁獨以國計民生爲務，所至興利除害，膏澤遍敷。卒于蒲城任，百姓如失慈父母焉。"

[二] 按：楊懋恬（？—1829），字雪颿，江西清江人。乾隆五十四年拔貢。嘉慶五年，由工部主事入直。官至漕運總督。生平事跡見《清史列傳》卷三十五本傳。按：楊懋恬道光七年至九年任湖北巡撫，光聰諧爲言其弟事，當即在此期間。

[三] 《避暑録話》卷下。按：引文多刪略。

[四] 《東都事略》卷七十一《趙概傳》。按："掩惡揚善，以德報怨"等語本于宋蘇軾《趙康靖公神道碑（代張文定公作）》，見《蘇文忠公全集》卷十八。

191-2　又　再《老學庵筆記》："李知幾少祈夢于梓潼神。夢至成都天寧觀，有道士指織女支機石，曰：'以是爲名字，則及第矣。’李遂改名石，字知幾，是舉過省。”^[一]則夢中又有教之改名，尤奇。《中吴紀聞》：“黄氏有三子，皆勤學。父夢捷夫持榜帖報‘黄顔’者，遂以名其長子，果第。久之，夢如初，乃折偏旁，名仲子以‘彦’，又掇高科。數年，夢又如初，又以‘頡’名其季，亦第。”^[二]則尤不可思議矣。《夷堅志》亦載此事，惟云以“頁”名季，不云以“頡”^[三]。又載：“永嘉士人，或夢至大山下，見巖穴豁開，祠廟赫然，一神正中坐，而緑袍判官持文書，前白曰：‘呈今年舉人解榜。’士人逼而觀之，僅見‘王夔’二字。判官指之曰：‘此平陽王廷用也。’士人固與廷用善，答：‘彼不名夔。’判官曰：‘須用改名乃可。’夢者覺而喜，以書告之，使更名。廷用曰：‘士子得失，蓋自有命存，豈應信他人一夢？’不肯改。旬日，又夢，又以告，其意確然不移，遂至于三。判官頗怒，曰：‘王秀才執志頑悍如此，我必要他改了。’夢者以屢遭沮却，不再言。會秋闈不遠，舉人各納試卷，連粘家狀，廷用手寫十紙，皆錯誤不堪用，瞿然而悟，即書^①爲‘夔’，一上中選，繼登科于丁丑王十朋榜中。”^[四]又載：“崇仁黄溥，初名某，久游場屋。淳熙九年秋七月夜，夢報榜人至，呼出觀之，惟著燕服，不類走卒狀，而二兄皆著白袍列立。黄詢仲兄曰：‘得者爲誰？’曰：‘汝也。’‘名爲何？’曰：‘溥。’夢中不曾問若何書字，旦而誌諸壁，念同音非一，莫知所從，擬欲用‘溥’字而未决。冬十月，宜黄李元功來訪之，喜而語曰：‘疇昔之夜，夢人持解榜，予長子預薦書，崇仁惟得一人，黄姓而名從水。’黄私自賀曰：‘李君之夢，其造物欲贊吾“溥”字之疑。’次年更此名，請舉^②，遂中選。李之長子果同升云。”^[五]《志》内尚有數條^[六]，不備録。

---

①　“書”字原脱，據《夷堅志·景》卷八補。
②　“舉”，原作“與”，據《夷堅志·乙》卷二改。

[一]《老學庵筆記》卷二。

[二]宋龔明之《中吳紀聞》卷一“黄氏三夢”條。

[三]《夷堅志·景》卷八“黄顏兄弟”條：“至次舉，叔、季將試，父又夢
　　人使二子亦名‘顏’，覺而相語，以爲安有兄弟三人同名之理。
　　後再入夢，于是析‘顏’字爲二，叔名‘彦’而季名‘頁’，同榜
　　登第。”

[四]《夷堅志·景》卷八“平陽王夔”條。

[五]《夷堅志·乙》卷二“黄溥夢名”條。

[六]按：《夷堅志·乙》卷二内除“黄溥夢名”條外，尚有“羅春伯”“楊
　　証知命”“黄若訥”“吳虎臣夢卜”“黄五官人”“邵武試院”“涂文
　　伯”“王茂升”“周氏三世科薦”等九事，亦皆科場夢兆。據清景宋
　　鈔本《夷堅支志·乙》卷二末注，此十事皆出“臨川劉君所記《夢
　　兆録》”。

192　石聖臺鳳皇見

　　道光辛卯，余忝閩臬之命入都陛見[一]，至磁州界首，憩一
小村，村人與僕從言，村中昔年曾見鳳皇。余時漫聽之，未詳
問，亦未審辨村名。頃閲《癸辛雜識·別集》言：“金泰和四年六
月，磁州武安縣南鼓山北石聖臺，鳳皇見。鳳從東南來，衆鳥圍
之，以萬萬計。地在屯區村。留三日，從西北摩空而上。”[二]乃
知村人之言有徵。其地實在磁州南，蓋即所謂“石聖臺”“屯區
村”矣，撫卷回思，爲之惘然。金世宗時，已號治平，章宗承之，
《史》稱其“正禮樂，修刑法，定官制，典章文物，粲然成一代治
規”[三]，宜有鳳皇來見之瑞；而《本紀》顧未書，豈當時守土者未
上聞歟？則益徵不侈祥瑞之美矣[四]。

[一]光聰諧于本年(辛卯，道光十一年)二月十日由湖北荆宜施道遷

任福建按察使。

［二］《癸辛雜識·別集》卷下"鳳凰見"條。

［三］元脱脱《金史》卷十二《章宗本紀四·贊》。

［四］按：《金史》卷十一《章宗本紀三》云："（泰和二年）八月丙申，鳳
凰見于磁州武安縣鼓山石聖臺。"非不載于《本紀》，光氏蓋據周
密所記年月復核，以致失檢。又《金史》卷二十三《五行志四》亦
載其事，所叙較《癸辛雜識》尤詳，末謂"章宗以其事告宗廟，詔
中外"，可知本條稱章宗"不侈祥瑞之美"，亦非。

193　背生肉龍

193-1　《聞見前録》："仁宗朝，程文簡公判大名①府。府兵
有肉生于背，蜿蜒若龍伏者。文簡收禁之，以其事聞。仁宗謂
宰輔曰：'此何罪也？'令釋之。後其兵②以病死。"［一］道光壬辰，
余待罪畿臬［二］，有部訊妖民尹老須斂錢惑衆一案，坐律抵死，
亦有背生肉龍之供，皆妖異也。幸而早發，尚未釀成一方之
禍［三］。彼府兵豈誠以病死哉？蓋有以致之矣。

［一］《邵氏聞見前録》卷二。

［二］按：壬辰，道光十二年。光聰諧于道光十一年年八月二十四日，
　　自福建按察使調直隸按察使。

［三］按：尹老須離卦教案爲當時大案，轟動一時。《清史稿》卷十八
　　《宣宗本紀》載："（道光十二年五月）乙卯，教匪尹老須等伏
　　誅。"《清實録·宣宗成皇帝實録》卷二百十一載當時聖旨，云：
　　"此案尹老須，即尹資源，接管劉功離卦教，自稱南陽佛，創立

---

① "名"，原作"明"，據《邵氏聞見前録》卷二改。

② "其兵"，《津逮秘書》本作"府兵"，光氏所據乃《學津討原》本。

朝考等場、黑風等劫名目,神奇其説,煽惑至數千人之多,勾結至三省之遠,狂悖已極。尹老須即尹資源,着即凌遲處死,仍傳首犯事地方,以昭炯戒。"其事詳見馬西沙《清代八卦教》第七章第三節。

193-2　又《清波別志》:"慶曆中,博州軍人趙宗者,夜寐,嘗有龍出入口鼻中。本路帥臣恐其惑衆,請度爲僧,令居京師,毋得出入,從之。"[一]

[一]《清波別志》卷中。按:事亦見《續資治通鑑長編》卷一百六十"仁宗慶曆七年二月庚午","本路帥臣"作"夏竦"。

194　攔門不安横

北省各路客店,其房門率不安内橌[一],余嘗病之。官直隸時,曾因通州客店被竊案,通飭安橌,責守令隨時抽查,前後五年[二],遂無此等竊案,今不知何如矣。蓋人情貪便,主客皆願無橌,不至失事,不知悔也。近讀六朝詩,有"攔門不安横,無復相關意"[三]之句,則此弊其來遠矣。古今人情,正自不異。

[一]按:"橌"字,見于《玉篇·木部》,注云:"所還切,木橌。"宋陳彭年等《重修廣韻·删韻》注云:"關門機也。"清鐵珊《增廣字學舉隅》卷四《俗語字音》亦云:"橌,所還切,刷平聲,關門機也。同拴。俗作閂。"蓋即今之"閂"字。
又按:清平步青《霞外攟屑》卷十《玉雨淙釋諺》"門關"條云:"北人以門牡爲門拴,字書音銓,揀也,無牡義。越人則呼爲門閂(見《桂海虞衡志》)。《字匯補》:音橌,門横關也。《韻會小補》:橌同拴。焦竑《俗用雜字》:通作橌。《越言釋》:'古樂府百里奚

妻歌曰：烹伏雌，炊扊扅。蔡邕《月令章句》曰：鍵，關也，所以止
扉。或謂之剡移。’按：扊、剡與今音同，但今音作平，雖然止扉之
木，古第謂之關，臧孫紇斬鹿門之關是也。從關轉，乃謂之扊。’
據茹氏説，則作‘櫺’者非，作‘拴’更誤，毋論‘門’矣。”

[二] 按：光聰諧于道光十一年八月廿四日調任直隷按察使，道光十
　　三年正月廿八日遷甘肅布政使，同年六月九日改直隷布政使，
　　至道光十六年正月十二日引疾歸里，前後共五年。

[三]《采菽堂古詩選》卷十四《子夜歌三十首（其十四）》。按：參見
　　《容齋三筆》卷十六“樂府詩引喻”條。

195　柏林寺畫壁水

　　余宦游多在北，經過趙州屢矣。州有柏林寺，相傳有吳道
子畫壁水，望之若真，①起伏瀠迴，有浩瀁萬頃之勢[一]，率牽他
務，未能往觀。然常疑此寺爲唐末僧從諗道場[二]，道子在前已
逾百年，勢不能及。按：元納新《河朔訪古記》唯言“臨濟寺，在
真定府城中，其三門下有道子所畫布袋和尚像”[三]，于趙州柏
林院只云“院西丁字街有石浮圖，高可四五丈，制作極工，上刻
古薤葉篆，亦妙”[四]，不云有道子畫壁水。後見《弇州山人稿》，
亦謂“《州志》載壁水爲吳畫爲非，歌以解嘲”[五]。歌曰：“柏林
寺中千株柏，蟄月寒虬怒生翼。誰爲吸盡西江水，一吐阿蘭雙
素壁。永夜旋愁牛漢翻，中堂陡見龍門闢。更疑滄海浴日初，
不斷瀟湘帶天色。烏王睥睨飢欲動，娑竭蜿蜒避無策。驚毫欲
捲阿耨枯，醉瀋橫拖鷲頭碧。怪無蘭槳爲穿進，縱有并刀翦不
得。寒聲颯颯生清瀾，令我三日欲卧觀。借問畫者誰，畫筆勁

---

　　① “望之若真”，《弇州山人四部稿》卷二十作“望之若真水”。

似秋鷹搏。無乃孫知微,定非楊契丹。試披圖經讀,謂是吳道子。此寺此壁天福始,開元之人人已鬼。只今何限丹青師,好手吳生那得之。君不見唐朝葉道士,攝魂爲寫《松陽碑》。"[六]元美之歌如此。則壁水雖非道子所爲[七],固是奇跡。至納新所記臨濟寺三門下之像,蓋已不存。讀東坡"筆所未到氣已吞"[八]之句,似猶髣髴遇之。

[一][五][六]《弇州山人四部稿》卷二十《定州畫壁水二堵,妙絕天下,望之若真水,起伏瀠洄,有浩瀁萬頃之勢,〈州志〉謂爲吳道子畫,非也。寺成在道子後百餘年,余歌以暢厥美,仍爲〈志〉解嘲》。按:明蔡懋昭《[隆慶]趙州志》卷二云:"寺前殿壁間有畫水勢如奔流,相傳以爲吳小仙筆。或云:吳道子筆也。"此即王世貞所譏之《州志》。

又按:柏林寺畫水在寺內摩尼殿東西兩壁,號稱"文武水",又稱"趙州水",爲當時勝蹟。清周亮工《因樹屋書影》卷四所叙甚詳,錄以備參:"予兩過趙州柏林寺,見吳道子畫水,在佛殿後樑短壁上,波濤洶湧,翻瀾駭沫,仰視之,目爲之眩。州人有爲墨刻者,有畫爲巨幅者,波瀾層折,皆有可觀。過者輒市之以贈人,有數家以此爲衣食。殿後壁上水色甚鮮,而柱礎皆非千年外物,其爲後人摹寫無疑。家君愛畫水,常以趙州所賣水,倩秣陵善畫人取趙州臨本轉臨之,尚自洶洶動人。"

[二]按:《景德傳燈錄》卷十"趙州從諗禪師"條:"趙州觀音院(亦曰東院)從諗禪師,曹州郝鄉人也。姓郝氏……唐乾寧四年十一月二日,右脅而寂,壽一百二十歲。"《[隆慶]趙州志》卷十《雜考》:"曹州郝從諗,年八十,居觀音院,即今柏林寺。"其名蓋金大定中所更。

[三][四]元納新《河朔訪古記》卷上。按:納新,即迺賢。

[七]按:清沈濤《銅熨斗齋隨筆》卷七"兩吳道子"條云:"唐畫家有

吴道子,明亦有吴道子。余永麟《北窗瑣語》云:'吴偉,號小仙,湖廣人。善丹青,尤工于人物。人皆以"吴道子"稱之。'今趙州柏林寺壁間有吴道子畫水,乃小仙筆,蓋小仙亦有道子之稱,故因之傳譌耳。"檢清王傑《秘殿珠林續編》卷三,有唐順之題"吴偉畫十六罗漢像",略云:"佛像自唐吴道子以來,後世畫者雖不乏人,然易入于刻畫……近世惟吴小仙最稱能手。其十六應真一幀,貌人人殊,其衣褶點綴,即令今日道子復起,當不過是。噫嘻! 小仙其即道子之後身乎?"然則吴小仙在當時確有"道子後身"之目,故以畫壁屬之吴小仙"吴道子",不爲無故。

[八]《施注蘇詩》卷一《鳳翔八觀·王維吴道子畫》。

196　許我史我

《夢溪筆談》載:"賈魏公爲相,有方士姓許,對人未嘗稱名,無貴賤皆稱'我',時人謂之'許我'。公使人邀召數四,許騎驢徑欲造廳事。門吏止之,曰:'此丞相廳門,雖丞郎亦須下。'許曰:'我無所求于丞相,丞相召我來。若如此,但須我去耳。'不下驢而去。門吏以白,魏公使人謝而召,終不至。"[一]《澠水燕談録》載:"史延壽,以善相游京師,視貴賤如一,坐輒箕踞爾我,人號曰'史不拘',又曰'史我'。吕文靖公嘗邀之,延壽至,怒闍者不開門,批之。闍者曰:'此相公宅,雖侍臣,亦就客次。'延壽曰:'彼來者,皆有求于相公,我無求,相公自欲見我耳。不開門,我竟還矣。'闍者走白,公開門延之。"[二] 按:二事前後如一,疑本一事互傳,詳書之,皆欲愧奔走公卿者。然二相之門,但容若輩往來,皆患失之心啓之耳,前代頗有以此貽禍者,可戒可畏。

《清波雜志》言：“政、宣間，除擢侍從以上，皆先命日者推步其五行休咎，然後出命。故一時術士①，謂士大夫窮達在我可否之間。朝士例許于通衢下馬從醫卜，因是，此輩益得以憑依。”[三]是宋時不禁與若輩往來，然果何心爲若輩降禮哉！《雜志》又言：“晁文元平生不喜術數之說，每謂：‘自然之分，天命也；樂天不憂，知命也；推理安常，委命也，何必逆計未然！’”[四]王荆公《推命對》亦云：“不力于仁義以信其中，而屑屑焉甘意于誕謾虛怪之說，不已溺哉！”[五]又有《汴説》[六]，亦力詆其術。余在京師十餘年，不獨琉璃廠卜肆未嘗過問，即前門甕城關廟盃珓[七]，世共稱爲靈異者，亦未嘗一求，似可竊比文元、介甫兩公之意。

[一]《夢溪筆談》卷十八《技藝》。
[二]《澠水燕談録》卷四《高逸》。
[三][四]《清波雜志》卷三“日者談休咎”條。
[五][六]《臨川先生文集》卷七十。
[七] 按：“正陽門”，俗稱“前門”，而關帝廟在正陽門甕城内，故亦稱“前門關廟”，見清金埴《不下帶編》卷五。《帝京景物略》卷三“關帝廟”條云：“關廟自古今遍華夷。其祠于京畿也，鼓鐘接聞，又歲有增焉，又月有增焉，而獨著正陽門廟者，以門于宸居，近左宗廟、右社稷之間，朝廷歲一命祀，萬國朝者退必謁，輻輳者至必祈禱也。”而關廟神簽，當時極以爲靈驗。如清紀昀《閲微草堂筆記・灤陽消夏録》卷六“龜卜”條云：“神祠率有簽，而莫靈于關帝；關帝之簽，莫靈于正陽門側之祠。蓋一歲中，自元旦至除夕，一日中，自昧爽至黄昏，摇筒恒琅琅然。一筒不給，置數筒焉。雜遝紛紜，倐忽萬狀，非惟無暇于檢核，亦并不容于思

① “術士”，《清波雜志》卷三原作“術者”。

議,雖千手千目,亦不能遍應也。然所得之籤,皆驗如面語……
是真不可測矣。"其事多爲預示科場試題或名次,清人尤喜言
之,見于説部者不可勝紀。除上舉外,尚可參清郝懿行《曬書堂
筆録》卷三《博聞上》"關帝廟籤"條、清李光庭《鄉言解頤》卷三
《人部》"卜"條及清崇彝《道咸以來朝野雜記》所載李文田事等。
又按:"盃玟"爲占卜用具,多以竹木製成,其形製詳見《演繁露》
卷三"卜教"條。求籤之時,先自籤筒中掣得一籤,復取盃玟投
空擲地以打卦,若爲陽卦或陰卦,則重回掣籤,直至擲出勝卦
(向上兩面一陰一陽),始可解籤、得籤詩,故光氏以"盃玟"代指
求籤事。

197　金山寺鹽豉

　　道光丙申夏日游金山寺,僧遺鹽豉一罐,籤書"東坡法
制"[一]。按:《梅宛陵集》有《裴直講得潤州通判周仲章鹽豉遺
一小瓶》詩云:"金山寺僧作鹽豉,南除別乘馬不肥。大梁貴人
與年少,紅泥罌盎鳥歸飛。我今老病寡肉食,廣文先生分遺
微。"[二]則金山僧豉,著名久矣[三]。東坡《再至金山贈寶覺長
老》亦云:"谁能斗酒博西凉,但愛齋厨法豉香。"[四]是東坡固愛
僧厨之法制,僧乃自掩其實,轉假東坡以耀人耶?

[一]按:元佚名《居家必用事類全集·巳集·諸豉類》"金山寺豆豉
　　法"條載其製法:"黃豆不拘多少,水浸一宿,蒸爛。候冷,以少面
　　掺豆上拌匀,用麸再拌。掃淨室,鋪席,匀攤,約厚二寸許。將穰
　　草、麥秆或青蒿、蒼耳葉蓋覆其上。待五七日,候黃衣上,搓挼
　　令净,篩去麸皮。走水淘洗,曝乾。每用豆黃一斗,物料一斗,預
　　刷洗淨甕候下。鮮菜瓜(切作二寸大塊),鮮茄子(作刀劃作四
　　塊),橘皮(刮净),蓮肉(水浸軟,切作兩半),生姜(切作厚大片),

川椒（去目），茴香（微炒），甘草（剉），紫蘇葉，蒜瓣（帶皮）。右件將料物拌匀。先鋪下豆黄一層，下物料一層，摻鹽一層，再下豆黄、物料、鹽各一層。如此層層相間，以滿爲度。納實，箬密口，泥封固。烈日曝之。候半月，取出，倒一遍，拌匀，再入甕，密口泥封。曬七七日爲度。却不可入水，茄、瓜中自然鹽水出也。用鹽相度斟量多少用之。”

[二] 宋梅堯臣《宛陵先生集》卷十六《裴直講得潤州通判周仲章鹹豉遺一小瓶》。

[三] 按：金山豆豉，北宋時已聞名天下。宛陵、東坡二詩外，山谷亦曾道及，如宋黄庭堅《山谷刀尺》卷下《答子温知縣簡（其二）》云：“惠紫蕈、金山豉、醬瓜，皆佳物，感刻感刻！”其後亦時見載紀。如宋周密《後武林舊事》卷三“高宗幸張府節次略”“脯臘一行”下有“金山鹹豉”。又如宋周必大《庚寅奏事録》載游金山龍游寺時，亦謂“會飯于方丈，白絲糕、黑鹽豉、糖豆粥三者，山中之精饌也”。再如宋太平老人《袖中錦》臚列堪稱“天下第一”之物，亦舉“金山鹹豉”，且謂“他處雖效之，終不及”。“金山豆豉”既有盛名，寺僧亦每以此物爲餽贈名士。明袁中道《珂雪齋近集》卷三《東游日記》云其游金山時“山僧遺以豉”，袁氏亦引坡詩，證其淵源已久。唯明茅元儀《暇老齋雜記》卷十五云：“物久得名，則必濫惡。曹溪水竟作酒肉塲，何足怪也。金山鹹豉，至今作闍黎干謁資，每一過山下，受其强，滿榼殊作鼻根惡趣。按：梅聖俞詩云：‘金山寺僧作鹹豉。’其來久矣，焉得不惡耶？”可發一噱。

[四]《施注蘇詩》卷十六《余去金山五年而復至次舊詩韻贈寶覺長老》。

198　記潛山石牛洞石刻

潛山石牛洞，在三祖寺之右一溪澗耳，約三里許，甘泉奇石，尋索無窮。黃魯直好之，因號山谷[一]，由是名重。唐時，先有李習之題字[二]，今不可見。

道光丁酉春[三]，偕弟存之[四]往游，凡二日，共摩石壁上題字[五]，除明人外，于北宋，得“天聖壬申李咸、刁紓紡、周爲善來”十三字。

又得“皇祐三年九月十六日，自州至太湖，過寺宿，與道人文銳、弟安國擁火游，見李翱習之書”三十四字[六]，所云李書，已爲後人掩刻己詩，隙罅餘者，僅“戾礴磐求翱儲弘運上卿唐長慶月習之書”十七字[七]，讀不可屬。

又得“宋治平丁未夏，沈振發之、李喬子松游山谷寺”十八隸字。

又得“河南張景儵，熙寧二年四月八日游。男沛侍”十六字，“張坦之、李子永、劉道凱、孫叔康，熙寧辛亥二月四日同伊仲晦來游”二十六字，“師中十一世祖唐御史大夫諱□①，生丞相諱吉甫，丞相生尚書諱德脩，丞相諱德裕，尚書實師中八世祖也。歷舒、湖、楚三州刺史，題名在此巖谷。師中不肖，忝備侍從，坐沮邊議，左遷來守兹土，永惟世業，未墜于地。後世子孫尚有來者，敢廢篆刻，式昭前人。熙寧四年十月二十四日孫尚書右司郎中師中記。弟純中從”一百二十字；“西河楊沖、弟煒道，熙寧七年正月八日游”十六字；“河南陳纮公度，熙寧十年春初吉，公度再游”十一字②。

又得“元豐戊午季冬壬子，公輔獨游，觀敏叔兄題石”十八

---

①　據《天柱山山谷流泉石刻》“宋李師中等記事刻”，缺字爲“栖筠”。如此，共計一百二十二字。以下所引石刻均據此書，不再説明。

②　據“宋陳纮題名刻”及《安徽金石古物考稿》卷十二，可知此節題名實爲兩段，一爲“河南陳纮公度，熙寧九年寒食前一日游，默脩□正從行”，二爲“熙寧十年仲春初吉，公度再游”。

字，"朝議大夫知軍州事楊希元舜俞，元豐四年二月清明日挈家来游。男彦真、彦齡、彦臣、彦章，孫逵、邁、通、適侍行"四十二字。

又得"南陽子清、琅邪君何、京兆立之，元祐丙寅歲仲秋七日偕至此"二十四字①。

又得"清源曾孝廣仲錫、虢略楊安道迪深、潁州陳遘亭伯，同游山谷寺，至石牛洞，憩賞久之而還。崇寧丙戌四月二十七日題"四十五字②。

又得"大觀丁亥季冬廿三日，同游者六人，霍希道、王道存、會聖可、閻德朋、住持輝老、呂子會"三十三字；"大觀庚寅孟夏十有一日，陽羨虞芹君□③奉使淮南，因游此。家游規侍行"二十七字。

于南宋，得"柯山徐烈茂卿、東萊呂祖恕君行，以紹熙改元中秋後十日来游。禧老瀹茗"二十九隸字；"紹熙二年十月，歷陽張同之《題三祖寺》：飛錫梁朝寺，傳衣祖塔丘。石龕擎古木，山谷卧青牛。半夜朔風起，長年澗水流。禪林誰第一，此地冠南州"五十五字④；"□熙壬子十一月廿日，□□作，知非子書。夜坐不□□，緣與禧公行。山谷舍利塔，石與水俱清"三十一字，缺五字，以"壬子"推之，第一字當爲"紹"⑤。

<hr>

①　據"宋子清等題名刻"，"何"當作"倚"，蓋"奇"字上半殘缺，故光氏誤識；又"偕"原作"階"，《安徽金石古物考稿》卷十二云："當作'偕'，此誤刻。"

②　據"宋曾孝廣等記事刻"，"亭伯"當作"亨伯"，其事跡見《宋史》卷四百四十七《忠義傳》；又"二十"原作"廿"。

③　據"宋虞芹題名刻"，缺字爲"采"。虞氏名字，取自《毛詩·魯頌·泮水》"薄采其芹"。

④　據"宋張同之題詩刻"，"朔風"當作"朝風"。又"紹熙二年十月"六字，當在"此地冠南州"之下，"歷陽張同之"五字，當在"題三祖寺"之下。

⑤　光氏錄文以爲右行，然據"宋訥庵等題名刻"，實爲左行，重錄如下："山谷舍利塔，石與水俱清。夜坐不忍去，緣與禧公行。訥庵作，知非子書。紹熙壬子十一月廿日。"

又得"慶元丁巳仲春望日,永嘉陳楝勞農三祖寺,因登灊山,觀八井飛瀑,汎舟吳塘,歷詩崖酒島,復憩石牛洞。貳車王萬全、郡博士王庭芝、懷寧令樓栱①、主太湖簿許興裔、宿松尉馬遇、進士葉著同集。後七十有五日,楝禱雨天祚宮,偕法曹裴雲卿再來"九十四字。

又得"毗陵柴愿伯恭、憲季章凡三到此,再以嘉定癸未侍親庭勸耕後一日,同弋陽苗士麟休卿、三山何應能景南、南陽張天驥夢禹、羽士黃處仁擇卿,來玩泉石之勝,周覽前賢遺蹟,重增感云"七十二字②。

又得橫勒"止泓"二字,款署"臨淮周虎爲冀邸趙希袞書。寶慶丁亥閏五月既望,住山谷祖茱萸"二十六字。

又得"紹定改元重陽,秋闈撤棘。翼日,郡守大名聶洙聖從,偕貳車建康秦滋德之,領客柯山葉勳振之、三山林子③陽德剛、古栝張④敏子仲恭、宛陵施滋叔淵、四明徐敏功有大至此"六十六字;"紹定戊子,龍舒謝庚夢符、侯栻君能、談克己復之、陳化龍元善、王禹圭堯錫、奚怙炳卿、朱霆輝⑤子成、朱湜君澤、程度公選、張琳君寶、趙時焯明叔,肄省業于灊麓書院,冬至前一日同過此。羽客吳時舉偕行"七十八字。

又得"止泓趙希袞治郡終,更蒙恩予節,以端平改元正月辛丑來別山谷,從游者張天驥、吳季友、章屈己,弟希璇、希宴,子

<hr />

①　據"宋陳楝等題名刻","樓栱",當作"樓栭"。"栭"即"楠"之異體。
②　據"宋柴愿伯等記事題刻","重增感云"當作"重增感慨云",且此下尚有"山谷主人瑞老與"七字。
③　"子"下,原衍一"子"字,據光氏所云共"六十六字"及拓本刪。
④　據"宋聶洙等題名刻","張",當作"章"。
⑤　據"宋謝庚等題名刻","輝",原作"輝"。

典詳侍。住山祖顥刻”五十二字①。

　　于元，得“安慶路判官八兒思不花，偕掾王景治②、學生汪大本來游。時至正九年己丑九月日。李巡檢命工刻”三十八字。

　　又有“趙郡李德俯、博陵崔碻、河東裴宷、隴西李夷中、魯郡祝元膺、吳興丘上卿、太原王磻、彭城劉洪、高陽齊餘、汝南周遜、高陽齊知退、魯郡祝元慶，寶曆二年二月廿七日題”六十四字③。宋、元皆無此年號，“寶”下一字，當爲“慶”之誤[八]。

　　又有“提刑主客員郎陳奉古，同提刑供備庫副使石用休按部至，偕虞曹外郎蔡伯俙游此，賞泉石，移晷忘倦。時甲午季春十二日”四十八字④，不著年號[九]。

[一] 宋黃庭堅《豫章黃先生文集》卷首洪炎序云：“魯直嘗游潛皖，愛山谷石牛洞，意若將老焉，故自號山谷道人……世士言魯直者，但曰山谷，蓋以配東坡云。”又《山谷內集詩注》卷二十《代書寄翠巖新禪師》注云：“舒州皖公山三祖僧璨大師道場，是爲山谷寺。西北有石牛洞，其石狀若伏牛，因以爲名。錢紳《同安志》云：‘初，李伯時畫魯直坐于石牛上，魯直因自號山谷道人。’”

[二][七] 按：宋王象之《輿地紀勝》卷四十六《淮南西路·安慶府·碑記》云：“唐李習之題刻，在山谷寺，見張商英《游潛山記》。”張文已佚。又據華日精《唐代四名人的舒州緣》，李翱題名當有兩段，一爲“翱儲弘運上卿磐工慶□月十□余奉□”，一爲“翱炅磷盤求壬寅年下元日習之書”，壬寅即長慶二年，後皆爲宋人題刻所掩。吳蘭生、王用霖等《[民國]潛山縣志》卷二十八《藝文志·

　　① 據“宋趙希袞等題名刻”，“典詳”當作“與諿”（《宋史》卷二百十五《宗室世系表》以其爲希瓃子），“顥”當作“籥”。“屍”，即“居”之異體。
　　② 據“元八兒思不花等題名刻”，“治”當作“瞻”。
　　③ 據“唐李德俯等題名刻”，“汝南周遜”下尚有“范陽盧尋”四字，實六十八字。
　　④ 據“宋陳奉古等記事題刻”，“賞泉石”當作“賞愛泉石”，實爲四十九字。

金石》云："習之題名。文曰:'習之書。'"注:"右刻勒石牛洞石
壁,舊《志》漏采……舊《志》載翱長慶元年任舒州守,見《名宦
傳》。相傳翱有篆書,亦在石壁,距題名不遠,不知何人將石取
去,其跡猶存。"

[三] 按:丁酉,道光十七年。

[四] 按:《光氏族譜·東股》卷四上"光聰誠"云:"柳庵公四子,字存
之,號聞齋。邑庠生,補納監生。道光甲午、乙未順天鄉試,皆挑
取謄録,議叙太常寺典簿廳,例授儒林郎,誥贈中憲大夫工部屯
田司主事,加四級。生乾隆壬子年二月初三日寅時,卒咸豐乙
卯年十一月二十六日。"又《桐城縣志》卷八《人物志·孝友》云:
"光聰誠,字存之,邑諸生,議叙太常寺典簿。工文詞,兩兄皆宦
游,聰誠獨持家政。自處儉約,待人謙厚。仲兄聰諧引疾歸,聰
誠事之如嚴父。事無大小,必稟命而行。兄有教,受之唯謹。嘗
同游各省名勝,酬唱成帙。待人接物無城府。邑中諸事,每爲
同人倡。亂後,家貲蕩盡,族戚中有告匱者,必設法以應。爲姪
償京逋數百金,或有阻之者,聰誠曰:'此皆人家養命源,寧我不
給,忍視人作餓莩耶!'晚年益肆力詩學,悲凉慷慨似少陵,有
《聞齋詩》前、後編。"

又《聞齋詩集·前編》卷二《隨仲兄游灊嶽》云:"灊嶽曾移漢帝
封,共搜往迹挂青筇。直縁萬壑嶔嵜徑,俯瞰三臺縹緲峰。澗
草霜枯疑卧虎,崖松風勁宛吟龍。無邊暝色尋歸路,姜被同温
野寺鍾。"

[五] 按:本條所載,可參徐乃昌《安徽通志·金石古物考稿》卷十二、
烏以風《天柱山志》卷九《碑刻存録》及潛山縣文物管理所《潛山
石牛洞石刻選注》、李丁生《天柱山山谷流泉石刻》等書,不具注。

[六] 按:據《潛山縣志》卷二十八《藝文志·金石》,此下尚有"聽泉久
之。明日復游,乃刻習之後。臨川王安石"十八字。此文亦見
《臨川文集》卷十二《題舒州山谷寺石牛洞泉穴》自注。

[八] 按:“寶曆”乃唐敬宗年號,此爲石牛洞現存最早之完整石刻。李德脩,即李師中先祖。參見陳尚君《石刻所見唐代詩人資料零札》所考(收入《貞石詮唐》)。

[九] 按:石牛洞尚有“宋陳奉古等題名刻”,有“陳奉古、蔡伯俙、石用休同游,皇祐甲午歲三月”十八字,兩相對照,可知即北宋皇祐六年。又按:清繆荃孫《雲自在龕隨筆》卷四云:“安徽、江西金石最少,非少也,搜訪之不得力也。如趙琴士紹祖《安徽金石記》僅僅繙摘故紙,不派工人四出搜拓,不録全文,不注存佚,不加考訂,有書與無書同。荃孫讀《有不爲齋隨筆》,始知潛山石牛洞……乙未到金陵,遣聶明山往搨之。”(參見清繆荃孫《藝風堂文漫存·乙丁稿》卷三《復顧鼎梅》)今檢繆氏所纂《金石分地編目》卷二十“安徽·潛山縣”下,載石牛洞唐人題刻二段、宋人二十五段、元人一段,當即此次所得。清葉昌熾《語石》卷五“題名”條第二則亦云:“藝風在皖中,新訪得浮山、齊山及潛山之石牛洞,自來金石家所未見。”又姚永概《慎宜軒文》卷十一《游三祖寺記》云:“光緒庚子,余將有事于潛山,過山下,土人導余往游……循山足左轉,小溪自谷中來,兩岸無高崖而多石,石有尺許平者,皆爲人所題名。時初冬水落,溪底石亦見刻字。披讀之,自宋天聖至元至正最多。昔外王父光栗原方伯嘗游茲山,記其題字于《隨筆》中,凡得一千一百十三字。以今校之,十已二三減矣。所謂李翱題名,外王父時雖爲後人掩刻所壞,可見者尚十七字,今求之,不可得。崖石亦時有崩落,溪中石則多爲水所齧,映日影,仿佛睹焉。”姚永概《慎宜軒詩集》卷三有詩,題爲《去年游潛山石牛洞,寺僧言:早歲金陵有人攜拓工到此,宋元以前題名悉打本以去。今冬晤繆小山編修(荃孫)談次,即其與劉鉅卿觀察(世珩)、徐積餘太守(乃昌)之所謂也。漫賦一篇贈之》,亦言及繆荃孫等訪碑事,並附于此。

199　天都峰果酒

昔游黄山,惟天都峰極峻,僅至其麓。相傳有人曾冒險至其巔,得猨猴所爲果酒,飲之甘美[一]。余初以其傅會誇耀,以酒非麴糵不能成也。及考《癸辛雜識・續集》載:"李仲賓家曾用大甕儲梨數百枚,以缶蓋而泥其口。半歲後,至園中,忽聞酒氣薰人,索之無有,因啓觀所藏梨,則化爲水,清泠可愛,湛然甘美,佳釀也,飲之輒醉。"[二]又言:"回回國葡萄酒,止用葡萄釀之,不雜他物。"[三]始信天都峰之果酒,未必出于傅會。

[一] 按:明李日華《蓬櫳夜話》云:"黄山多猿猱,春夏采雜花果于石窪中,醞釀成酒,香气溢發,聞數百步。野樵深入者或得偷飲之,不可多,多即減酒痕,覺之,衆猱伺得人,必嬲死之。"參見清汪洪度《黄山領要録》卷上"喝石居"條、清袁枚《子不語》卷二十"猢猻酒"條。

[二][三]《癸辛雜識・續集》卷上"梨酒"條。

200　第一山

米襄陽題泗濱南山石壁曰"第一山"[一],作詩曰:"京洛風沙①千里還,船頭出汴②翠屏間。莫論衡霍撞星斗,且是東南第

---

①　"風沙",《宋文鑑》卷二十八同,《苕溪漁隱叢話・後集》卷三十五、《方輿勝覽》卷四十七皆作"風塵"。《文選》卷二十五晉陸機《爲顧彦先贈婦二首(其一)》云:"京洛多風塵,素衣化爲緇。"然則似以作"風塵"爲是。

②　清翁方綱《復初齋文集》卷三十四《題米書盱眙第一山石刻即用其韻三首(其二)》注:"石刻句云:'船頭出汴翠屏間',蓋'出没'字,鑴者譌爲'汴'也。"

一山。"[二]玩詩意，蓋謂自北而南，初見之第一山耳[三]。《漁隱叢話》亦言："淮北之地平夷，自京師至汴口並無山，惟隔淮方有南山。米元章謂爲第一山。"[四]余游江以南名山，如匡廬、黃山、白嶽，石壁間率模刻此三字，款書米芾，若曰"天下名山，此爲第一"，失去襄陽本懷矣[五]。

[一] 按：盱眙今存"米芾書第一山"題刻爲道光二十四年勒石。《第一山題刻選》載碑左題記云："米元章名此山，勒書于石，兵燹其碑。吾鄉先達曾摹勒于道山，世傳爲簪花家法。今創第一山亭，因吾鄉墨拓復鈎勒石亭中。此山之靈，應珍重保護爲鎮也。乾隆十年九月普安郭起元記。道光甲辰孟冬月邑人汪雲佺重刻。"

[二] 宋米芾《寶晉英光集》卷四《題泗濱南山石壁曰第一山》。

[三] 按：《方輿勝覽》卷四十七《淮東路·招信軍·題咏》"虹頭出汴翠屏間"句注："自京洛抵都梁山始有山，淮、汴、渦、池皆會于此，實山川之會，故米元章詩'京洛風塵千里還'云云。"

[四] 《苕溪漁隱叢話·後集》卷三十五。

[五] 按：《十駕齋養新錄》卷十六"第一山詩"條云："盱眙縣玻璃泉有米元章書'第一山'三大字，傍題絶句云……此初刻也。厥後好事者鈎摹三大字刻之它所，世遂不知此山之在盱眙矣。"

201　武功筆記

張簣山《武功筆記》言："虛誕之論，予所不信。祈求之説，尤予不事。入武功，爲游山來，行人皆意其爲謁仙。過箕峰圖坪，每遇道人，輒詢曰：'君卜何辰禮壇？'笑而辭之。次日，登絶頂，熟視三壇，不香不燭不作禮。道人疑曰：'君不爲禮壇來乎？'答曰：'吾無所求，焉用禮壇？'"[一]張君之記如此。

余平生好游,北如泰山之元君祠,西如華山之金天宮,南如齊雲之真武,九華之地藏,潛山、黄梅之三祖、五祖,歷年皆有香會,奔走四方。余一筇一笠,錯行其間,觀者詫異屬目,正如張《記》所言。歸來游行,近山遇人,又以爲捉龍尋穴[二],亦止笑而不答而已。

[一] 清張貞生《庸書》卷六《武功筆記第二》。

[二] 按:堪輿有所謂"覓龍、察砂、觀水、點穴、立向"五事,"龍"即龍脈、山脈,"穴"即穴位、墓穴,此處"捉龍尋穴"即指堪輿事。

202　黄白儺

昔歲與存之游池州齊山、九華,徽州黄山、白嶽,戒僕人勿道姓名,各携便服,不挈冠帶,蓋歷數月[一]。水則長年三老,陸則緇衣黄冠,但視爲游客,以不挈冠帶、不涉城郭官府也。

後閱《江止庵集》有《黄白儺》一篇云:"黄山、白嶽峙吾郡萬山中,如静穆老人匿跡窮谷,近爲四方縉紳游屐踐踏。蓋凡欲至吾郡者,多托黄山、白嶽游。至則叢集有司,爲買市而已。老人亦不怒,但作謔語云:'諸君果爲我來乎?'游者嘿嘿①,急趨下山麓,沿溪鑿去。"[二]因謂存之曰:"我兩人此來,當免黄、白二老人嘲。"

又昔聞有僧言:"江上千檣萬檝,實止名利兩舟。"前在京口舟中,舉此語笑謂存之曰:"我兩人今日之舟,名耶? 利耶? 殆于僧言之外,又益一虛舟耳。"

在揚州日,歷書坊搜閱,主人見所持扇款署"年愚弟

---

① "嘿嘿",《江止庵遺集》卷六原作"墨墨"。

某”[三]，因曰：“先生已是貴人。”笑以誤持友扇謝之。時阮相國過店首，從轎旁略窺，精神似減。主人曰：“此從康山回也。”爲之惻然[四]。次日，游平山堂，作三律[五]：“噉名之地獨忘名，跨鶴重來别有情。倚檻客唯分茗啜，隔江山故與堂平。高風六一誰堪繼，短韻篇章我易成。便擬此間留一宿，玉鈎斜看月初生。”“衰盛成虧若轉環，不隨欣戚總追攀。兩番緑打烟中槳，一抹青浮雨後山。淡盪有懷宜其證，繁華無跡豈相關。遥遥舉似歐陽子，定許同忘水石間。”“依然曲磴繞修廊，三十年前陟此岡。名獨羡公留嶽嶽，歲徒背我去堂堂。何勞入座笙歌滿，且喜巡檐桂柏長。明日江干試回首，又嗟鴻爪落蒼茫。”[六]

[一] 按：清姚柬之《伯山文集》卷五《與光栗原書》云：“閣下淡泊爲懷，文章又高，出今人千百輩。芒履行杖，徜徉山水之間，信宿浮渡，流連龍眠，登黄山，陟廬阜，放舟吴楚大江之濱，覘風雲之變，攬天地之奇，明月當空，宿鳥時鳴，灑酒中流，擊壺而歌，榜人相和，驚爲謫仙復出。古所稱居山澤者，必道德、經濟、文章、福澤俱備，始異于村農、估客之所爲，閣下其庶幾乎！”
又按：《閒齋詩集》卷首清王拯《閒齋詩集序》云：“先生名家子，少負異才，久躓場屋，弗肯以他途進，意甚落落。比其仲兄律原方伯謝職以歸，年已老矣。時方承平，桐城江介名區，龍眠、浮渡山水之間，白頭兄弟，竹杖芒屩，前者喁而後者于，猶將以爲人世之樂，莫如樂也。”清徐世昌《晚晴簃詩匯》卷一百五十一《詩話》“光聰誠”條亦云：“存之，名家子，久躓場屋。其仲兄律原方伯謝病歸，白頭兄弟，逍遥山水間，以爲人世至樂。”

[二] 明江天一《江止庵遺集》卷六。按：“讎”爲酬答之意。

[三] 按：《聽雨叢談》卷六“名刺”條云：“宛平王大宗伯（崇簡）言：‘昔見先輩往來名刺，親戚寫眷，世交寫通家，同年子弟寫年家，無濫用者……近且無論有無科第，概寫年家，略不知慙云云。’此

康熙年中事。今又二百年，風氣益變，全無前稱。親戚稱姻，世交稱‘世’，同年只稱‘年愚弟’，而去‘家’字。”

[四] 按：道光二十三年三月初三，阮元宅第福壽庭毀于火。八月十三日，遷居徐林門康山之右。是年，阮元已八十歲。清姚文田、江藩等纂《[嘉慶]重修揚州府志》卷八《山川志・江都縣》“康山”條云：“《康熙志》：‘新城內東南隅，舊在姚思孝給諫宅內。其上構堂，董其昌題曰康山草堂，以武功康海失職後，曾來此地與客飲燕也。’國初，爲吳氏別業。”清阮元《揅經室再續集》卷六《小暑前坐宗舫船游北湖南萬柳堂……（其四）》自注：“徐林門新第，即舅祖江鶴亭方伯未葺康山以前舊宅，今與康山隔絕。”

[五] 按：三首爲集外詩。陳詩輯《皖雅初集》卷七《安慶府・桐城縣》“光聰諧”名下録此三首，蓋即據本條所引。

又按：《閒齋詩集・前編》卷二《乙巳三月隨仲兄游平山堂》：“蜀岡迤邐起蕪城，屹立高臺見古情。一艇泛來依檻轉，千山望去與雲平。近疑草滿無螢火，遙想天空有鶴聲。何必醉翁重作守，弟酬兄唱也錚錚。”“白雁謠成景物殘，元明兩代莽榛菅。丹青重構康熙日，賓客如游慶曆間。何限筵開同眺覽，幾人詩稱此江山。盤盤石磴無多級，總爲名賢峻莫攀。”“瓣香早歲爇歐陽，況此身來出牧鄉。卷裏高文批娓娓，壁間遺像拜堂堂。弟陪穎老無能役，兄愛坡仙未是狂。近日龍門推孝緒，紛紛桃李託門墙。”即光聰諴和詩。乙巳，道光二十五年。末句“近日龍門推孝緒”，借阮孝緒指阮元。

[六] 按：《梵天廬叢録》卷二十“江止庵黃白雛篇”條云：“甲寅返里，自甬上至家，坐篷窗行前江萬山中，閱明江天一《止庵集》，有《黃白雛》一篇……其文字及風致如此，使我掩卷神往，覺世人千言萬語，不抵此寥寥若干字之冷雋也。”柴氏雖隱没出處，又誤以光氏之言屬江氏，然其評騭自佳，亦附于此。

203　羅天鵬醫術

　　昔官荊宜施道時[一]，表弟張御平在署，患禁口痢，更數醫，無效。適羅軍門天鵬見過[二]，留飲，言及能治，止用洗米水及芝麻油各半杯合飲即開，從之，果愈。因言少時在太和山[三]遇仙傳醫術，見症即知用藥，不恃古方書。其藥隨時隨地皆有，不出耳目之前，絕無貴罕之物，歷舉其治驗數事，皆然。余因勸其著方書，笑謝不能。且言其術唯見症始能用藥，不能預擬又似誕幻。顧時念其治痢之易且捷效也，不能忘。

　　嗣閱《抱朴子·雜應篇》言："所撰《玉函方》百卷，皆單行徑易。籬陌之間，顧盼皆藥，衆急之病畢備，家有此方，可不用醫。"[四]並稱："究觀百家雜方，多用貴藥，非富貴居京都者，不可卒辦。多令以針治，不明處，但說孔穴榮俞之名，非備覽《明堂流注偃側圖》者，安能曉之？"[五]其說正與羅合。羅言少時過仙，其亦抱朴之流裔歟？

[一] 按：道光五年，光聰諧擢湖北荊宜施道，至道光十一年二月，始升任福建按察使，前後共六年兩任。

[二] 按：羅思舉（1764—1840），字天鵬，一字子江，四川東鄉人。少貧困。于川楚陝邊境聚衆爲盜，熟知山川厄塞、民俗情僞。嘉慶元年，白蓮教起義爆發，充鄉勇，每戰皆爲前驅，以功擢千總，遷副將，晉總兵，歷任貴州、四川、雲南、湖北提督。卒于任。生平事跡見清羅思舉編、羅本鎮補《羅莊勇公年譜》及《清史稿》卷三百四十七本傳。

[三] 按：《水經注》卷二十八《沔水》云："武當山，一曰太和山，亦曰嶊上山，山形特秀，又曰仙室。"

[四][五]《抱朴子·內篇》卷十五《雜應》。按：“皆單行徑易”乃就書
　　中“《救卒》三卷”而言，又“百家雜方”，實爲書名，而光氏似誤以
　　通稱。參見晉葛洪《肘後備急方·序》。

204　象戲

　　幼時家有三國象戲一器，惟將、帥易爲魏、蜀、吳，餘號悉
同，區以紅、黑、白三色，共四十八，棋局斜畫成六角三魚尾形，
其界河成三汊，示人，皆不曉行法。棋後散失，局亦無存。偶與
姪倩葉翰池棠[一]言之，即爲追畫，如獲舊物。葉精算術，故能
懸擬也。按：《郡齋讀書後志》有《七國象棋》一卷，爲司馬溫公
所撰[二]。依此例，當爲百十二棋。翰池亦爲懸擬其局，成十四
角七魚尾形，界河成七汊，唯行法亦不知[三]。

　　曾記溫公又嘗爲《投壺新格》，見《澠水燕談》[四]。大賢游
藝，時見巧思，則象戲舊傳舜作[五]，亦或然歟？又檢《知不足齋
叢書》內《世善堂書目》[六]，有《廣象勢圖》一卷[七]，即溫公之七
國象棋耶？又有《三國圖格》一卷[八]，其即吾家舊有之三國象
戲耶？

　　又《昭代叢書》載有歙人鄭晉德所作《松竹梅三友棋譜》。
其局三方，每方直九道、橫七道，各以前兩角交疊。直則中三
道、橫則後五道全見，餘道以次差隱。其外交疊成五角形三，爲
城，其內交疊成四角形三，爲山，餘地成三角形一，爲海山，外角
抵城，內角抵海。其棋各十八，共五十四士，角上增二旗，易直
象之二卒爲火，餘與舊同。其法：火行小尖，不拘左右，有進無
退。旗直行二步，至敵國，則橫直任行。馬、車過山城不過海，
砲過海不過山城，餘與舊同。其《棋》詩曰：“三友争雄，一海朝
宗。負山成城，連連崇崇。將士相車，馬砲列同。增益旌旗，士

角西東。五兵去兩,易火間重。先明大勢,再運神工。維彼將帥,法象九宮。我車既攻,山城邊通。我馬亦同,山城越從。砲隔汪洋,大建奇功。火向小尖,一步斜衝。不許回頭,敢爾橫縱。旗出二步,前驅直沖。入彼嚴疆,逞八面鋒。律既有條,用亦無窮。三人當局,審量興戎。我出彼應,循環始終。相彼左右,乘其虛空。孰强孰弱,是交是攻。先輸反背,協從向風。隨我所用,佐我軍容。兵行詭道,濟私假公。神機妙算,決勝此中。輸者以將反背,餘衆俱隨勝者用。"[九]

[一] 按:《桐城耆舊傳》卷七《葉棠傳》云:"葉先生諱棠,字漢池,號松亭。生道光時,獨究心天文、輿圖、算數,不喜爲科舉學。邵陽魏默深聘修《海國圖志》,因得從歐洲人士討論,聞見益肆。其自爲《渾天恒星赤道全圖》《天元一術圖説》已刊行。《數理闡微》《勾股論》《經解》藏于家。"參見清黃鍾駿《疇人傳四編》卷八。

又按:葉棠爲光聰誠婿,《聞齋詩集•後編》卷三有《葉壻翰池失恃,來言喪資,逼索内子,僅存金指圈兩事,遽出以贈之》詩,故光聰諧謂之"姪倩",即姪女壻。

[二] 宋晁公武《郡齋讀書後志》(袁本)卷十五《子部•藝術類》。

[三] 按:宋司馬光《七國象棋》,亦名《古局象棋圖》,有明沈津輯《欣賞編》本、明王道焜輯《雪堂韻史》本、陶珽《説郛正續合刊》本及光緒三十二年葉德輝《麗樓叢書》本。《欣賞編》本卷末有裴子喜跋云:"頤正居士裴子喜,樂與士大夫游,因得是本,遂刻梓以廣其傳。時開禧丙寅上元日刊于書窟。"蓋《欣賞編》本即據此南宋刊本重刻也。參見葉德輝《重刊七國象棋叙》。

又按:其制實與光氏所擬不同。司馬光云:"七國象戲,用百有二十,周一,七國各十有七。周黄,秦白,楚赤,齊青,燕黑,韓丹,魏緑,趙紫,(同)〔周〕居中央不動,諸侯亡得犯。秦居西方,韓、楚居南方,魏、齊居東方,燕、趙居北方。"所用乃縱橫十九道之棋盤，非十四角七魚尾形者也。參見清張潮編《昭代叢書·別集》卷四十三清金學詩《牧豬閒話》"象棋"條、"局道"條。

［四］《澠水燕談録》卷八《事誌》："司馬溫公既居洛，每對客賦詩談文，或投壺以娛賓。公以舊格不合禮意，更定新格。"按:《東觀餘論》卷下《跋溫公〈新壺格〉〈七國戲〉二書後》云:"《新壺格》《七國戲》二數，皆傳自溫公之孫樟文叔家。圖本乃公手書，頗有黜改處，蓋初草定時本也。"又《投壺新格序》見《溫國文正司馬公文集》卷六十五。

［五］按:《古今事文類聚·前集》卷四十二《伎藝部》引《博物志》云: "堯造圍棋以教子丹朱。或云:舜以子商均愚，故作圍棋以教之，其法非智不能也。"

［六］按:題明陳第《世善堂藏書目録》乃僞書目，參見王重民《中國目録學史料(四)》、顧頡剛《顧頡剛讀書筆記》卷十四《耄學叢記》及李丹《明代私家書目僞書考》。

［七］［八］《世善堂藏書目録》卷下。按:宋晁補之《廣象勢圖》(按: "勢"當作"戲")及未題撰人《三國圖格》，見《文獻通考》卷二百二十九《經籍考五十六·子部·雜藝術類》，蓋即《世善堂藏書目録》所本。

又按:廣象戲圖之法，見宋晁補之《濟北晁先生鷄肋集》卷三十五《廣象戲圖序》。宋羅浮外史《五木經跋》亦載有"廣象戲格"之名。此外罕見記載，今亦不傳。參見《癸巳存稿》卷十一"象棋"條及朱南銑《中國象棋史叢考》）。

［九］《昭代叢書·甲集》卷四十六。

205　南巢

205-1　《荀子·解蔽篇》："桀死于亭山。"［一］注:"亭山，南巢之山。或本作'㟌山'。案:《漢書·地理志》廬江有灊縣，當是誤以‘瀧’爲‘鬲’，寫又誤爲‘亭’。”[二]楊倞之説如此。則南巢在吾郡[三]。

[一]《荀子·解蔽第二十一》。

[二]按：《援鶉堂筆記》卷五十《荀子》引楊倞注云：“案：‘鬲’同‘歷’，疑近之。楊倞但本晋後孔《書》耳。”

[三]清王念孫《讀書雜志·荀子第七》“亭山”條考之最詳：“作‘鬲山’者是也。‘鬲’，讀與‘歷’同，字或作‘歷’。《太平御覽·皇王部七》引《尸子》曰：‘桀放于歷山。’《淮南·脩務篇》：‘湯整兵鳴條，困夏南巢，譙以其過，放之歷山。’高注曰：‘歷山，蓋歷陽之山。’（案：漢歷陽故城，爲今和州治。其西有歷湖，即《淮南·俶真篇》所謂‘歷陽之都，一夕反而爲湖’者也）《史記·夏本紀》《正義》引《淮南子》曰：‘湯放桀于歷山，與末喜同舟浮江，奔南巢之山而死。’（此所引蓋許注）歷山，即鬲山也。《史記·滑稽傳》：‘銅歷爲棺。’《索隱》曰：‘歷，即釜鬲也。’是‘鬲’‘歷’古字通。楊以‘鬲山’爲‘瀧山’之誤，非也（《魯語》：‘桀奔南巢。’韋注曰：‘南巢，揚州地，巢伯之國，今廬江居巢縣是。’是南巢地在漢之居巢，不在瀧縣也。且廬江有瀧縣而無瀧山，今以鬲山爲瀧山之誤，則是以縣名爲山名矣，尤非）。”瀧縣，西漢置，屬廬江郡，治所在今安徽霍山縣東北。瀧山，即今安徽潛山縣天柱山。

205-2　又《淮南·主術訓》：“湯困桀鳴條，擒之焦門。”[一]注：“焦，或作巢。”[二]《脩務訓》：“湯整兵鳴條，困夏南巢，譙以其過，放之歷山。”[三]注：“南巢，今廬江居巢。是歷山，蓋歷陽之山。”[四]

[一][二]《淮南子》卷九《主術訓》。

[三][四]《淮南子》卷十九《脩務訓》。

205-3　又《魯語》:"里革曰:桀奔南巢。"[一]注:"南巢,揚州地,巢伯之國。今廬江巢縣是也。"[二]

[一][二]《國語‧魯語上第四》韋昭注。按:此條似未完稿。

附　録

一、光聰諧《光氏族譜序》[一]

　　自周武王封虞舜之後滿于陳，傳至厲公，有子曰完，仕齊，以陳字爲田氏。傳至和，遂爲齊侯。傳至建，乃失國。于是田氏更秦、漢以來，散爲四十餘氏。詳羅泌《路史》所載[二]，光氏其一也。

　　太史公叙仲尼弟子商瞿傳《易》曰："瞿傳楚人馯臂子弘，弘傳江東人矯子庸疵，疵傳燕人周醜子家豎，豎傳淳于人光子乘羽，羽傳齊人田子莊何，何傳東武人王子中同。"[三]源流甚晰。班固作《儒林傳》，乃以"東武孫虞子乘"易"淳于人光子乘羽"[四]，所云"子弓"即"子弘"，又與"子庸"倒置。按：荀子嘗稱仲尼、子弓[五]，倒置則年時太後，荀①卿不能知。由是推之，"孫虞"殆即"淳于"，以音致誤，又因"王子中同"之"東武"，而誤加于"子乘"耳，不知爲班之失歟，抑班故不失而後人傳寫失歟？鄭樵《氏族略》又言："田光之後，避地以光爲氏。"[六]則姓因名立，其説于《太史公書》無徵。要之，光氏出于田，田氏本于陳，以上溯滿、舜爲不異也。

_____

　　①　"荀"字原脱，據文義補。

東漢有女名洛,自沉江得父尸,載《水經注》,所謂"符有光洛,棘道有張帛"[七]是也。而蔚宗《列女傳》誤"光"爲"先"、誤"洛"爲"雄",並衍一"叔"字[八]。晉有名逸者,最顯,與胡母輔之、謝鯤輩,號爲"八達",《晉書》專有傳[九]。符秦有冗從僕射祚,史載其先識慕容垂[十]。劉宋有戍主順之,史載其遮獲謝晦[十一]。蕭齊有軍主子衿,史載其偕寧朔將軍吳子陽救郢[十二]。唐有撫州都督楚客,見《氏族略》[十三]。開元時,有上柱國大脛,見《容齋隨筆》所引《南嶽真君碑》[十四]。趙宋有垂佑,見王應麟《姓氏急就》[十五]。明有永樂丙戌進士欽,見《太學題名碑》[十六]。又有嘉靖乙丑進士懋,《歸震川集》中《送同年光子英之任真定序》[十七],即其人也,終吏科給事中,其事言頗見《明史》而未專傳[十八]。凡光氏前人,未至桐城而載史乘別籍者,略如此。豈尚有潛德就湮歟,抑猶有蓄待時而後盛歟?

夫經莫崇于《易》,而行以孝爲首。可異者,羽爲仲尼五傳弟子,親授《易》田何,以班《書》故,何名耀而羽幾亡。女洛之行,足媲曹娥,以范《書》故,而乃爲他氏冒稱。雖曰因傳寫之誤使然,抑由繼來者少矣。夫神明之後,必有達人。黃河行千里,一曲一直,此故非須之旦暮事也。今因增續《族譜》,謹以平日之所論辯,並旁稽典籍所載,書以爲族譜前序,俾後來者有所考,而因以篤勉焉。

咸豐元年歲次辛亥十六世孫聰諧謹撰。

[一] 按:文見《光氏族譜》卷首,題爲《原序》。

[二] 宋羅泌《路史》卷二十一《後紀十二·疏仡紀》"有虞氏"條。

[三]《史記》卷六十七《仲尼弟子列傳》。

[四]《漢書》卷八十八《儒林傳》。

[五] 按:《荀子》每以仲尼、子弓並稱,見《非相第五》《非十二子第六》

《儒效第八》。

[六]《通志》卷二十八《氏族略第四·以名爲氏》"齊人名"條。

[七]《水經注》卷三十三《江水》。

[八]《後漢書》卷八十四《孝女叔先雄傳》。按：參見本書卷戊第91條
　　"叔先雄"。

[九]《晋書》卷四十九《光逸傳》。按：參見本書卷乙第30條"八達"。

[十]《資治通鑑》卷第一百七《晋紀二十九》"孝武帝太元十二年"：
　　"初，垂在長安，秦王堅嘗與之交手語，冗從僕射光祚言于堅曰：
　　'陛下頗疑慕容垂乎？垂非久爲人下者也。'堅以告垂。"

[十一]《南史》卷十九《謝晦傳》："至安陸延頭，晦故吏戍主光順之檻
　　　送建鄴。"(《宋書》卷四十四)

[十二]《南史》卷六《梁武帝本紀上》："(永元三年三月)甲寅，東昏遣
　　　寧朔將軍吴子陽、光子衿等十三軍救郢州，進據巴口。"(《梁書》
　　　卷一《武帝本紀上》)

[十三] 按：光楚客，不見于《通志·氏族略》。清張澍《姓韻》卷三十
　　　六"光"姓下云："《唐書》：光楚客，撫州都督、安南大都護。按《新
　　　書·宦者傳》：玄宗天寶中，封光楚客爲松滋侯，楚客，樂安人。
　　　嘗爲廣州司馬，薛季昶貶儋州，以與楚客素不協，不敢往，遂仰
　　　藥死。"

[十四]《容齋隨筆》卷八"賞魚袋"條。

[十五]《姓氏急就篇》卷上："宋《登科記》有光垂佑。"

[十六] 清李周望纂《太學進士題名碑録》。按：丙戌，永樂四年。

[十七]《震川先生集》卷十。

[十八] 按：明凌迪知《萬姓統譜》卷五十二云："光懋，山東信陽人，嘉
　　　靖乙丑進士。任吏科給事中。"其事跡散見《明史》卷八十七《河
　　　渠志五》、卷九十二《河渠志八》、卷一百二十五《兵衛志二十》、卷
　　　二百十《吴時來傳》、卷二百十四《劉體乾傳》、卷二百二十二《李
　　　遷傳》、卷二百二十五《梁夢龍傳》、卷二百三十八《李成梁傳》等。

二、光聰諧《自序文鈔》、光進修識語

越女論劍術曰："吾非有所授也，蓋忽然得之。"[一]魯男子曰："以吾之不可，學柳下惠之可。"[二]管輅從人學仰觀曰："君但相語墟落處所耳。至于推運會，論灾異，自當出吾天分。"[三]此三說者，通之于學文，皆至精至當而不能少異者也。

姑以八家之文論之，韓子詎有師承？非忽然得之之謂歟？韓非柳，柳非韓，歐陽不同世而宗韓，而非韓，蘇、曾、王同世宗歐陽，而皆非歐陽，蘇又一家相師，而子非父，弟非兄，非各以其不可學其可，而天分自別、得相師承者，但爲墟落處所歟？當時學于四氏者，無傳文，學于韓、蘇二氏者，李翺、張耒輩，可具數也。夫親承指授，不罔步趨，宜皆有以大成矣。今試取其所傳之文以校其所學之人，乃不逮遠甚，豈師承之不足貴歟，抑異于越女諸人之所論歟？孟子曰："待文王而後興者，凡民也。"[四]區區文事，豈亦有然歟？

聰諧少時即喜讀古作者之篇，于其根柢隱深處，時覺有以得之，顧未有師承，而又始牽于舉業，中廢于職務，不克竟學以明己之所不可與古作者之所可，如何取益而極其天分推論之所能？至今老矣，炳燭之明，其與幾何？惟是以疾杜門，謝絶酬應，容窺簡册，輒有所作，並取往篇芟薙，時畀梓人剞劂，以代淵明之命故人書，極知無當于古作者之篇，聊以償其初心，即因以自識而已。非成一家之集也，故不別體制，不次先後云。

[一] 漢趙曄《吴越春秋·勾踐陰謀外傳第九》："越王問曰：'夫劍之道則如之何？'女曰：'妾生深林之中，長于無人之野，無道不習，不達諸侯。竊好擊之道，誦之不休。妾非受于人也，而忽自

有之。’”

[二]《毛詩·小雅·巷伯》,《故訓傳》:“魯人有男子獨處于室,鄰之
釐婦又獨處于室,夜暴風雨至而室壞,婦人趨而託之,男子閉户
而不納。婦人自牖與之言曰:‘子何爲而不納我乎?’男子曰:‘吾
聞之也,男子不六十不間居,今子幼,吾亦幼,不可以納子。’婦
人曰:‘子何不若柳下惠然? 嫗不逮門之女,國人不稱其亂。’男
子曰:‘柳下惠固可,吾固不可,吾將以吾不可,學柳下惠之可?’”
按:其事亦見《孔子家語·好生第十》。

[三]《三國志》卷二十九《魏書·管輅》裴松之注引《(管)輅别傳》。

[四]《孟子·盡心上》。

　　先大父方伯公《稼墨軒文集》一册暨《詩集》九卷、《外集》二
卷、《易學》一册,道光初分巡荆南時手訂本,鐫于官舍。後由直
藩解組歸里,益肆力于簡編,兀兀窮年,有所得,輒紀之,積數百
條,名曰《有不爲齋筆記》,續增文二十餘篇,續增詩近八百篇,
《遂園詩餘》二册,又訪羅鄉先輩著述遺書都百數十種,彙爲《龍
眠叢書》,付之手民,已刻成七十餘種,《筆記》分爲十册,檢點舊
作,更訂增輯,均漸次刊就。

　　自遭粤氛,版毁去十之五六,《叢書》版僅存四十餘種,而種
皆殘缺,《筆記》版全失,幸與續增詩文底稿尚存。惟《稼墨軒詩
文集》版散佚無多,爰就初刻更訂二本,參校補刊。《詩集》八卷
内《飛雲巖》詩後脱去六行,九卷内《懷人詩》王澹淵題後脱去詩
一首,底本已失,姑闕之。

　　海内士大夫有知先大父學行者,會晤時每相索取遺集,因
先將詩文集補刊印行,其餘各種,容俟續謀補刊。

　　先大父嘗自謂,文僅如羅鄂州[一],詩僅能如許丁卯[二],筆
記步趨沈、洪兩《筆》後塵,謹述之,以俟世之知言君子論定云。

光緒二年歲次丙子孟冬月孫進修謹識。

[一] 按：羅願（1136—1184），字端良，號存齋，徽州歙縣人。乾道二年
　　進士。官至鄂州知州。著有《羅鄂州小集》五卷等。生平事跡見
　　《羅鄂州小集》附宋曹涇《鄂州太守存齋先生羅公傳》。又按：清
　　程哲《蓉槎蠡説》卷十引王士禎之説云：“宋羅鄂州古文，南渡後
　　第一，朱文公所推重。”又《曝書亭集》卷四十四《書〈新安誌〉後》
　　云：“古文至南宋，日趨于冗長，獨《羅鄂州小集》所存無多，極其
　　淳雅。”可見光氏自負亦不淺。

[二] 按：許渾（約 788—860），字用晦，潤州丹陽人。大和六年進士，
　　官至虞部員外郎，拜睦、郢二州刺史。著有《丁卯集》二卷等。生
　　平事跡見宋計有功撰、傅璇琮校箋《唐才子傳校箋》卷七。

三、光循陔《桐城光氏
族譜·東股》卷四上“光聰諧”

　　聰諧，柳庵公次子，字律原，號栗園，又號遂園。郡廩生，中
嘉慶丁卯鄉試第九十六名舉人。己巳恩科會試第一百一十八
名進士，殿試二甲四十三名，朝考四十七名，欽點翰林院庶吉
士。辛未散館二等，改刑部主事。道光辛巳，補山西司缺，坐辦
秋審處，充本年順天鄉試同考官，京察一等。壬午，陞直隸司員
外郎，充本年貴州鄉試副考官。甲申，陞江蘇司郎中，充律例館
提調，京察一等。乙酉，擢湖北荆宜施道。辛卯，陞福建按察使
司按察使，旋調直隸。癸巳，陞甘肅布政使司布政使，又調直
隸。乙未，隨扈加一級，誥授通奉大夫。丙申，引疾回籍。著有
《稼墨軒詩文集》《易學》《外集》《有不爲齋隨筆》，選刻《龍眠叢
書》七十餘種。生乾隆辛丑年三月十八日戌時，卒咸豐戊午年

九月初二日戌時，殯于浙省西湖寓邸，浮葬三天竺之玉貴峰。同治乙丑，柩回。

配吳氏，邑增生訥女，生乾隆乙未年十月初七日子時，卒道光壬辰年六月十五日寅時。誥封恭人，例封淑人，晋贈夫人。合葬阮家坂大朱莊，祔淇園公墓右向同。子一旭。女一，適乾隆甲午舉人湖北黃陂知縣張曾秀子監生昌元。

側室陳氏，當塗縣人，生嘉慶辛未年正月二十六日[一]。子一，幼殤。女二，長適嘉慶戊辰進士廣西按察使姚瑩子江西安福縣知縣濬昌[二]，次適嘉慶丁丑進士前翰林院庶吉士浙江歸安縣知縣馬伯樂長子萬珍，守志待旌[三]。

[一] 按：參見《慎宜軒文》卷五《記外大母陳孺人事》。

[二] 按：參見姚永樸《蛻私軒集》卷四《先姒事略》、《慎宜軒文》卷五《記先姒逸事》。

[三] 按：參見《蛻私軒集》卷五《馬節母光孺人墓表》、《慎宜軒文》卷五《記馬氏二節婦事》。

四、王國均《[同治]桐城縣志》卷八《人物志·宦績》"光聰諧"

光聰諧，字律原。生穎悟，秉性沉默。家貧，嗜讀書。嘗借書，冬夜籠火以錄，徹曉不倦。與里中劉開[一]、姚瑩[二]、方東樹、張聰咸[三]諸名士以正學相砥礪。

嘉慶丁卯，舉于鄉。主考劉鳳誥喜其策對，曰："非真博覽淵通者莫辦。"己巳成進士。先是，房考李宗昉閱二場卷，驚曰："經藝實通場所無。既是安徽卷，非婺源齊彥槐，即桐城光聰諧。"榜發，果然。

以二甲入館選。深恥奔競，京師爲之語曰：“涼何來？光聰諧。”辛未，散館，改官刑部。精心讀律，凡鈎稽卷牘，務歸允當。司中老吏咸咋舌稱奇，不敢肆奸。

道光辛巳，補山西司主事，京察一等。是年，分校北闈，公慎自矢。所薦卷已中式，後以策語不雅馴，請改中他房卷。壬午，典試貴州，衡鑒公明，風清弊絶。旋升直隸司員外郎。甲申，升江蘇司郎中。有宗室處女控人强姦，案久不定。聰諧承任研訊，辨其誣。京察一等，提調律例館。時同部有祁、戴、慶、阿四員，均能斷獄。長官相謂曰：“此吾衙門五虎大將軍也。”案無不結，結無不當。

甲申冬，擢湖北荊宜施道。荊南地當衝要，人苗雜處，獄案繁興。蒞任後，悉心任事，利必興，害必除。丙戌，江水漫漲，淹没四十八垸。難民洶洶，荊守巡視，轉爲所辱，乃自出城撫視。到隄，舍輿蓋，禁呵斥，引咎自責，愷切曉諭，難民帖服，隨即申詳籌郵。己丑夏，江水陡溢，隄决三百餘丈，數縣被害。乃請發委員並隄工銀十三萬，交荊守與委員辦理，自督其工，故隄倍完固。時裕忠武守荊，百姓乃稱其隄爲光裕隄，至今永無水患。

辛卯，升福建臬司。閩人語言不通，胥吏多舞弊。乃覓閩童二人侍側，時與論難，奸吏束手。閩俗案多頂兇，出示嚴禁，其風稍息。旋調任直隸，清釐積案，無少稽滯。時有清苑幕友某，持錢糧簿謁索本官并歷任者。有王令拂其意，上控前司，以事多干涉，遷延未斷。聰諧訊得實情，即案律科罪。制府琦善曰：“此案非君莫辦。”半載結案數百，囹圄幾空。

壬辰，升甘肅藩司。迎摺來京，召見，温語曰：“甘肅無巡撫。總督楊遇春，武人，不諳吏治，一切待爾佐理，慎勿負朕升授之意。”抵任後，訪察人才，綜理糧餉，遇事出以精細和平，制軍復謙懷虛納，故能相與有成。

甲午，調任直隸。制府琦善喜曰："君在臬司，吾不問刑名。今在藩司，吾不問錢穀矣。"庫廳某，素不潔，到任即撤之，一省吏治咸凜凜自新。至屬官升降差委，一以勤惰賢否爲準。凡有鄉誼與要函來，均無所徇，倖進之風頓息。

乙未，恭值成皇后梓宮及嬪妃金棺到陵。工程浩繁，向由藩司辦理。前任辦差，每互調州縣夫役，又添設各局，用銀七十萬。是役也，多金棺差。聰諳乃更張裁汰之，只用銀四十萬。惟自率書吏數人，往來數百里，以驗其成。故事倍費節，毫無貽誤。上駐行殿，甚慰。召見二次，獎勞周摯。在工三月餘，竭精耗慮，引疾歸方。

在工時，某相國寄書函六封，曰："貴屬有敝門生六人，希爲遞去。"蓋欲優視之。乃笑曰："吾爲相國作寄書郵耶？"達其書，不會其意。有某太守餽送貂裘、人參，計值數千金，却之。嘗曰："司道養廉優厚，足以自給。而必朘削爲子孫計，何如使爲清白吏後耶？"

解組歸田，絕無一語及服官之績。屏跡公庭，惟閉戶著書。

性極友愛，門以內，氣象雍穆。自處如寒素，所積養廉銀，置祭田若干，饘粥田若干，族戚藉以濟者百數十人。每倡捐賑餉，前後不下萬數千金。

生平絕無嗜好，惟癖愛山水，購藏書三萬餘卷。集桐城先輩著述百數十種，彙刻爲《龍眠叢書》，惜俱遭兵燹。著有《稼墨軒詩文集》《外集》《易圖說》，已刊行。又續著《詩文集》《詩餘》《有不爲齋筆記》，藏于家。

[一] 按：劉開（1789—1824），字東明，一字方來，號孟塗，桐城人。諸生。師事姚鼐，得詩古文法，與同門方東樹、梅曾亮、管同並稱。著《孟塗前集》十卷、《後集》二十二卷、《文集》十卷、《駢體文》二

卷、《孟塗遺詩》二卷等。生平事跡見《柏堂集·前編》卷十《劉孟塗先生墓表》。

［二］按：姚瑩（1785—1852），字石甫，一字明叔，晚號展如，因以十幸名齋，又自號幸翁，安徽桐城人。嘉慶十三年進士。嘉慶二十四年，任臺灣知縣。道光十年，升臺灣兵備道。晚年任廣西按察使。著作有《中復堂全集》。生平事跡見施立業《姚瑩年譜》。

［三］按：張聰咸（1783—1814），字阮林，一字小阮，號傅巖，安徽桐城人。嘉慶庚午舉人，以考館得八旗教習。著有《左傳杜注辯證》六卷、《經史質疑録》二卷、《傅巖詩集》四卷等。生平事跡見清劉開《孟塗文集》卷十、《東溟文集》卷六。

又按：《稼墨軒文集·張阮林權厝銘（并序）》云：“阮林氣甚鋭，雖刻勵爲詩，而于當世賢士大夫所習尚以成其名者，蓋未能盡舍也。嘗之金壇，見段先生玉裁爲音學，之錢塘見阮中丞元，退爲考證學。庚午舉于鄉，辛未試禮部不第，留京師，得覺羅官學教習，益以其暇治考證，鈔録薈萃，窮昕夕不輟，又時出已辯難，與言漢學者角勝。”可見當時漢學之風甚盛，雖桐城學人，亦有趣于考證者。

五、馬其昶《桐城耆舊傳》卷十
《姚總憲光布政徐陽城傳》

光公，諱聰諧，字律原。祖諱策，字菉漪，幕游州縣，司錢穀，一以寬大佐治。父諱復，稱長者。家宴貧，公少時嘗借書，冬夜籠火，讀至旦。嘉慶十四年試禮部，房考李公宗昉校閱經義，驚其淹博，謂：“卷隸安徽，非婺源齊彦槐，即桐城光君也。”榜發果然。

選庶吉士，簡静自守，不事干謁。時人語曰：“冷何來，光聰諧。”改刑部主事，典試貴州，再遷郎中，外擢湖北荆宜施道，江水漲溢，被灾民索振，環知府噪，頗窘辱。公聞，即屏輿從，自出慰諭，衆情大懼。數年，江水復溢，決隄三百餘丈，因請帑興築，自臨視，隄工牢堅。

公爲人讓退，由福建按察再遷甘肅布政。上曰：“甘肅無巡撫，總督楊遇春，武人，吏治汝好爲之。”既至，虛心與楊公爲助，衆職修理。調直隸，遽引疾歸。

性喜游覽，嘗登泰山，躡華山。又偕陳碩士[一]侍郎登鼓山崱屴峰，望琉球國如黑彈丸焉。博學，精天算，聚書三萬餘卷。著《稼墨軒詩文集》十二卷、《筆記》十卷、《易圖説》一卷。又嘗搜集鄉先輩撰著百數十種，爲《龍眠叢書》，刊未竣而亂作。

弟聰訥，字敏之，後更名朝魁，道光六年進士。爲陝西蒲城令，卒，官民皆趨哭。

聰誠，字存之，諸生，議叙太常寺典簿。兩兄皆仕，獨留持家政，事兄如嚴父。喜爲詩，有《閒齋詩集》。子熙，字稷輔，咸豐九年進士。學顔魯公書，甚有名。由部曹改御史，出守永州，卒。女進瑗，能作擘窩大書，不嫁，留事父。父卒，以身殉，旌孝女。

[一] 按：陳用光（1768—1835），字碩士，一字實思，江西新城人。嘉慶六年進士，改庶吉士，散館，授編修。後任日講起居注官、文淵閣直閣事、國史館總纂、禮部左侍郎等職。師事姚鼐最久，得其真傳。著有《太乙舟文集》八卷、《詩集》十三卷等。生平事跡見梅曾亮《柏梘山房文集》卷十二，《資政大夫禮部侍郎陳公墓誌銘》等。

馬其昶曰：……布政、陽城[一]，學爲通儒，又皆惓惓先輩述作。《桐舊集》刊未半而陽城卒，先通判公[二]續成之，兩朝作者之詩略備。《龍眠叢書》刻九十餘種布政遲慎，貪搜訪，欲取成數。不意寇卒至，並原稿俱燼，惜哉！是皆吾邑文獻隆替絕續之所繫也，故並論之。

[一] 按：徐璈（1779—1841），字六驤，號樗亭，安徽桐城人。嘉慶十九年進士。曾任山西陽城知縣等職。著有《樗亭文集》四卷《詩集》八卷等，編有《桐舊集》四十二卷。

[二] 按：馬樹華（1786—1853），原名彥，字公實，一字君實，號筱湄，安徽桐城人。嘉慶十二年副榜貢生。權河南清化通判，補汝南，乞養歸。著有《可久處齋文鈔》八卷、《詩鈔》八卷等。生平事跡見《柏堂集・續編》卷十一《馬公實傳》及清張裕釗《濂亭文集》卷五《汝南通判馬府君墓表》。

六、姚永樸《舊聞隨筆》卷四《外家遺事》

永樸外大父光律原先生聰謚夙與先按察公[一]善。嘉慶十三年會試，同雇一車北上。按察公成進士，先生未①售，因留京師，日讀《禮記》一卷，務令精熟，次科遂用《禮記》中式。②

[一] 按：按察公，指姚瑩。

光律原先生少貧，冬夜讀書不能購炭，足冷，取搗衣杵槎之取暖。夏夜，則升屋認諸星。會汪文端公督學，以《毛鄭三星不同解》試士，先生考證精確，文端異焉。

---

①　“未”，原作“來”，據文義改。
②　《學風》1935 年第 4 期重訂本及張仁壽校注本《舊聞隨筆》（以民國二十五年重訂大字本爲底本），均無此條。今據民國八年鉛印本錄文。

　　光律原先生自言七八歲能識南北斗。稍長，聞同邑李某知天文，就問得十餘象，李靳不以盡告。後得西人戴進賢[一]所作《黃道內外圖》，星以大、小分等，並旁及無名之星，如寫真者，既肖主人之貌，又別出執壺捧劍之在旁侍者，殊覺瞭然心目。自是深夜露坐，或升屋騎危，上視蒼蒼，下按徑尺之圖，凡終一歲，而後盡得之。

[一] 按：戴進賢（1680—1746），字嘉賓，德國耶穌會傳教士。康熙五十五年抵澳門。次年，康熙召赴北京，佐理歷政。雍正三年補授欽天監監正。乾隆三年任耶穌會中國省區副會長。在欽天監供職二十九年。著有《儀象考成》《黃道總星圖》等。生平事跡見方豪《中國天主教史人物傳》。

　　光律原先生爲直隸布政使，總督琦善干以私，不與辨，第曰："候本司詳上可耳。"既而準以公議。琦知不可干，遂不復有所言。

　　劉孟塗先生客死亳州，母及子寓望江。會先生自直隸謝病歸，晨訪其季父，方臥未起，問何人，曰："光二。"既出，餽孟塗母白金四十，徒步至厝室，哭盡哀乃去。後復與先按察公、馬元伯水部[一]迎養其母于家，而依按察公尤久。然孟塗之葬，先生力爲多[二]。

[一] 按：馬瑞辰（1782—1853），字元伯，一字獻生，安徽桐城人。嘉慶十五年進士，改翰林院庶吉士，散館，授工部營繕司主事。擢郎中，因事挂誤，發盛京效力。旋賞給主事，奏留工部，補員外郎，復坐事發往黑龍江。釋歸之後，歷主江西白鹿、山東嶧山、安徽

廬陽書院講席。咸豐三年，太平軍陷桐城，被執而死。著有《毛
詩傳箋通釋》三十二卷。生平事跡見馬其昶《抱潤軒文集》卷十
五《贈道銜原任工部員外郎馬公墓表》）。

［二］清方宗誠《柏堂集·次編》卷九《記劉孟塗先生軼事》："孟塗
先生年四十一卒于亳州，母老子幼。其友光栗園方伯自直隸謝病
歸。一日清晨，造先生廬。時先生季父臥未起，方伯直入臥室。
問何人。自稱曰：'光二來。'蓋方伯未貴時朋輩相呼之稱謂如
此。先生季父大驚，急出見。方伯以白金四十請爲先生母壽。
徒步至先生厝室，哭盡哀，良久乃去。往反人皆不知也。後先
生母自望江歸，方伯同姚石甫廉訪、馬元伯水部迎養于家，事之
如母，而依廉訪家尤久。廉訪妻方淑人事之如姑，而視少塗如
諸子然。先生之葬也，亦方伯之力焉。"按：此即姚永樸所本。清
方宗誠《柏堂師友言行記》卷一亦云："方伯步行哭祭于權厝之
室，復以錢七萬買山葬之。"

　　光律原先生中歲引疾歸，按察公與之書曰："君如天半朱
霞，雲中白鶴，可望而不可及。我則如黃河之水，一曲千里，雖
涓流細滴，亦足以灌漑田園，而兼挾風沙，中不免于污雜。"［一］
其後粤氛既熾，先生酒半，誦陸放翁"早歲那知世事艱"［二］一
詩，爲之痛哭。旋避亂浙江，卒于西湖上，竟未親見兵燹云［三］。

［一］清姚瑩《康輶紀行》卷十五"酬里中友人寄詩"條："方植之、馬元
　　伯、光律原聞余西域奉使，皆寄詩見慰，各依其體寄酬……《酬
　　光律原》云：'黑髮歸田閱歲華，成書直欲滿千家。輸君終始神
　　仙侶，老我遲回博望槎。自毁劉安鳴木鐸，虛鮮郭璞笑蘭葩。
　　（《淮南子》：'鐸以鳴自毁。'郭璞云：'蘭葩豈虛鮮。'）黃河灌漑空
　　前語，何似朱明天半霞。'余昔嘗與律原書曰……蓋三十年前語
　　也。"按：詩亦見清姚瑩《後湘詩集·續集》卷四。

[二]《劍南詩稿》卷十七《書憤》。

[三] 按:清龔洤《耕餘瑣聞》云:"賊踞安慶後,桐城近在一百二十里
之外,城中大紳士以光律原方伯爲首,當日猶深居不出,使早見
撫軍,與之深謀,分重兵鎮守,桐城固,則盧州亦固,未必不可阻
遏兇鋒。及賊破城,入光公家,獲銀四五萬兩,群賊交相慶賀,
以爲他家從未有如此之多者。"又云:"光方伯爲人廉正,固不可
及,其所著古文亦工,所不滿人意者二事,一不肯見撫軍熟商守
城之計,二則親朋近鄰素往還者,当賊氛偪近,無力移家,亦不
伙助早使逃出,賊入而遇害者多矣。临难而坐視不救,豈一時
思慮未及使然乎? 卒之恋銀而銀非己有,徒使旁觀者爲之感嘆
不置而已。"

七、劉聲木《桐城文學淵源考》卷四"光聰諧"

光聰諧,字律原,桐城人。嘉慶己巳進士,官直隸布政使。
師事姚鼐,受古文法。博學高才,兼精天算。撰《稼墨軒文集》一
卷、《外集》二卷、《詩集》九卷、雜著二種。編輯《龍眠叢書》,搜羅
頗備,刊未竣工,粵匪亂作。《龍眠叢書》《桐城縣志》《桐城耆舊傳》

[補遺]光聰諧,亦字立元,主講淮南書院,文章道德深得姚
鼐之傳[一]。文雖離奇變化,純乎自然,儲思必精,摛詞必高,足
醫世俗庸濫諸病。詩不名一格,大略從義山、魯直入手,以上溯
杜陵[二]。《雲中集》《慎其餘齋詩文集》《莨楚齋續書目》《續補碑傳集作者紀
略》《皖雅》《稼墨軒集》《國學圖書館圖書總目》

[一] 清王贈芳《慎其餘齋文集》卷十七《與光栗原觀察書》:"蒙惠大
集四冊……文如《夷齊佐周》等篇,高識卓見,持論不刊,足與惜
抱軒集首諸作並稱,其他離奇變化,純乎自然,誠可之所云'儲

思必精，摛詞必高’者，足醫世俗庸濫諸病，即墨守古法者，亦無從望其津涯……詩不名一格，大略從義山、魯直入手，以上溯杜陵。”

［二］清劉淳《雲中集·文·上荊南光觀察書》：“覺生師（按：鮑桂星）爲言：桐山今日文章道德，惟閣下深得惜抱老人之傳。”

八、《續修四庫全書總目提要稿本》“有不爲齋隨筆”（二篇）

《有不爲齋隨筆》十卷，黄氏刻本。清光聰諧撰。聰諧，字律元，一字栗園，號遂園，桐城人。嘉慶丁卯舉于鄉，己巳成進士。官刑部主事，遷郎中，外擢湖北荆宜施道。後由福建按察使，遷甘肅布政使，調直隸，以忤大府歸。歸爲此書，分爲十卷，于經史百家，證以見聞所得，博綜詳考，以訂其罅漏。察其用意，蓋欲沿班《志》議官雜家之例，以自比于《夢溪》《容齋》兩家之書。光緒十四年，其孫進修以稿本歸貴築黄彭年方伯，彭年爲刻于蘇州藩署，並爲之序，稱其“文章之美，考辨之精，可與援鶉、惜抱並傳”云。

《有不爲齋隨筆》，光緒刻本。清桐城光聰諧撰。光聰諧，字律元，官直隸布政使，忤大府，謝病歸。從事讀書，自經史百家及所聞見，皆有考證，著《筆記》十卷。書中如考《漢書·藝文志》注之誤，謂：“《藝文志》‘雜者者流’前一行云：‘右雜二十家，四百三篇。’注云：‘入兵法。’‘小說家者流’後一行云：‘凡諸子百八十九家，四千三百二十四篇。’注云：‘出《蹵鞠》一家，二十五篇。’諸本皆如此。余謂皆相沿誤刊，後注九字，當在前注三字之上。蓋《七略》原本以《蹵鞠》列雜家，班氏出之，入兵家，故自注如此。傳寫刊刻誤分二處,遂不可解。"又論詩文稱首之意,以爲:"括全文之義者爲'篇',《逍遥游》《齊物論》之類是也;舉開先二字爲'首',《天地》《天下》之類是也。"考證皆爲贍詳。又若"仲山甫補衮""蔡中郎遺書始末""蔚宗後漢書""春秋後語""山海經""三都賦""心箴本荀子"諸條,亦皆有所創見。清代桐城學人,率多以文章擅場,考證或非其所長,有之,僅惜抱、援鶉數人而已。聰諧是書,文章之美、考辨之精,有可與惜抱、援鶉並傳者。而仁和譚復堂《日記》卷八,盛稱聰諧是書,至謂"樸至充博,兼綜四部,此之謂細心讀書,擬之其鄉,在援鶉之上",未免推之過當。要之,聰諧之書徵引縣富,而文辭亦樸實說理,不蔓不延,是爲可取云。

九、袁行雲《清人詩集叙録》卷十九《稼墨軒詩集》

　　光聰諧撰。聰諧字律原,號栗園,一作立元,安徽桐城人。嘉慶十四年進士,選庶吉士。官至直隸布政使。二十六年以病免,年六十六。是集爲由刑部員外郎出任貴州考官之詩,附文一册,外集二卷。卷三《和白樂天新樂府》,爲《三州民》《荆樹杖》《梟雄》《兔園册子》《麒麟楦》《終南徑》《没字碑》《城上狐》,直刺世事。《浮山雜咏》《揚州絶句》《西湖竹枝》《江陵八觀》,多咏風景古跡。《咏史詩》有序,而篇什不多,不似謝啓昆、曹振鏞、鮑桂星,各爲數百首。《讀史放歌》《讀南唐書十首》《讀蜀檮杌十首》,尚有可覘。聰諧受知于李宗昉,與姚瑩、方東樹、劉開、梅曾亮、張聰咸迭有唱酬。《懷人詩》有吴嵩梁、董國華、齊彦槐、潘錫恩、沈欽韓、胡培翬諸家。其弟聰誠,諸生,官太常寺丞,有《閒齋詩集》,刊于咸豐間。

校箋引用書目

説明：

1. 古籍部分參考《四庫全書總目》之分類排序，近現代專著及論文部分按作者姓氏拼音排序。

2. 引用古籍，大多依據《四庫》系列、《叢書集成》系列、《清代詩文集彙編》等大型叢書影印本，中國基本古籍庫、中華經典古籍庫、中國方志庫等現代電子數據庫以及國內外各圖書館所公布之電子資源，因未能一一目驗原書，爲免繁冗，均未出注。

3. 加△、○、※者爲《有不爲齋隨筆》所引，其餘爲校箋所引。加△者，所標版本爲《有不爲齋隨筆》明言或源流單一明確者。加○者，所標版本爲可據引文推知者。加※者，所標版本原則上以清代前中期刻本爲主，僅其書于清前中期未曾重刻或流傳不廣時，始用明刻本或《四庫全書》本。

古　　籍

經部

※《十三經注疏》四百十六卷，清乾隆四年（1739）武英殿刻附《考證》本。

《十三經注疏》四百十六卷，清嘉慶二十一年（1816）年阮元刻附《校勘記》本

△［漢］鄭玄注《易緯是類謀》一卷，清乾隆間武英殿木活字印聚珍版

書本(以下簡稱"武英殿聚珍版書本")

[漢]韩嬰撰,屈守元箋疏《韓詩外傳箋疏》,巴蜀書社 1996 年版

[宋]吕祖謙《吕氏家塾讀詩記》三十二卷,清嘉慶十四年(1809)張
海鵬刻《墨海金壺》本

△[清]马瑞辰《毛詩傳箋通釋》三十二卷,清道光十五年桐城
(1835)馬氏學古堂刻本

顧頡剛、劉起釪《尚書校釋譯論》,中華書局 2005 年版

[宋]吕祖謙《左氏傳説》,清康熙十九年(1680)通志堂刻《通志堂經
解》本

※[清]顧炎武《左傳杜解補正》三卷,清嘉慶十三年(1808)虞山張氏
刻《借月山房彙鈔》本

[清]惠棟《春秋左傳補注》六卷,清乾隆三十九年(1774)潮陽縣衙
刻本

[漢]戴德《大戴禮記》十三卷,清乾隆四十二年(1777)武英殿木活
字印武英殿聚珍版書本

※[唐]陸德明《經典釋文》三十卷,清乾隆五十六年(1791)餘姚盧氏
刻《抱經堂叢書》本

[唐]陸德明撰,吴承仕疏證《經典釋文序録疏證》,中華書局
2008 年版

[清]惠棟《九經古義》十六卷,清道光九年(1829)學海堂刻本

△[清]臧琳《經義雜記》三十卷,清嘉慶四年(1799)武進臧氏拜經堂
刻本

[清]王引之《經義述聞》三十二卷,清道光七年(1827)京師壽藤書
屋刻本

[清]秦篤輝《經學質疑録》二十卷,清道光六年(1826)漢川秦氏墨
緣館刻本

[明]孫瑴《古微書》三十六卷,清嘉慶二十一年(1816)對山問月樓
刻本

［清］趙在翰《七緯》三十八卷，清嘉慶十四年(1809)侯官趙氏小積石山房刻本

△［三國魏］何晏集解，［南朝梁］皇侃義疏《論語集解義疏》十卷，清乾隆至道光間長塘鮑氏刻《知不足齋叢書》本(以下簡稱《知不足齋叢書》本)

※［宋］朱熹《大學章句》一卷、《論語集注》十卷、《孟子集注》十卷、《中庸章句》一卷，清乾隆間武英殿刻本

［宋］朱熹《四書章句集注》二十六卷，清嘉慶十六年(1811)璜川吳氏真意堂刻本

※［清］閻若璩《四書釋地》一卷《續》一卷《又續》一卷《三續》一卷，清乾隆五十三年(1788)南城吳照聽雨齋刻本

△［清］趙佑《四書温故録》十卷，清乾隆六十年(1795)《清獻堂全編》本

△［清］周廣業《孟子四考》四卷，清乾隆六十年(1795)海寧周氏省吾廬刻本

［清］焦循《論語補疏》三卷，清嘉慶、道光間江都焦氏雕菰樓刻本

［清］黄式三《論語後案》二十卷，清道光二十四年(1844)魯岐峰木活字本

［清］劉寶楠《論語正義》二十四卷，清同治五年(1866)寶應劉氏刻本

［清］王念孫《廣雅疏證》十卷，清嘉慶元年(1796)刻本

［清］茹敦和《越言釋》二卷，清道光二十九年(1849)仁和葛氏嘯園刻本

［清］李光庭《鄉言解頤》五卷，清道光三十年(1850)刻本

※［漢］史游撰，唐顔師古注《急就篇》四卷，清嘉慶十年(1805)琴川張氏照曠閣刻《學津討原》本(以下簡稱《學津討原》本)

※［漢］許慎《説文解字》十五卷，清嘉慶十二年(1807)長白額勒布藤花榭刻本

※[南朝梁]顧野王撰，[唐]孫強增字，[宋]陈彭年等重修《大廣益會玉篇》三十卷，清康熙四十三年（1704）吴郡張士俊刻《澤存堂五種》本

[宋]司馬光《類篇》十五卷，清康熙四十五年（1706）揚州使院刻《楝亭五種》本

[明]梅膺祚《字彙》十二集，明萬曆四十三年（1615）敦化堂刻本

[清]吴任臣《字彙補》十二集，清康熙五年（1666）彙賢齋刻本

[明]張自烈《正字通》十二集，康熙二十四年（1685）秀水吳源起清畏堂刻本

[清]鐵珊《增廣字學舉隅》四卷，清同治十三年（1874）蘭州郡署刻本

[宋]陳彭年等《廣韻》五卷，清康熙四十三年（1704）吳郡張士俊影宋刻《澤存堂五種》本

※[宋]丁度《集韻》十卷，清康熙四十五年（1706）揚州使院刻《楝亭五種》本

[宋]毛晃增注、[宋]毛居正重增《增修互注禮部韻略》五卷，元至正十五年（1355）日新書堂刻本

[清]莫友芝《韻學源流》一卷，中華書局1962年版

史部

※《二十四史》三千二百四十三卷，清乾隆間武英殿刻本

[清]梁玉繩《史記志疑》三十六卷，清乾隆五十二年（1787）刻本

[清]杭世駿《史記考證》七卷，清乾隆五十三年（1788）補史亭刻《道古堂外集》本

[漢]班固撰，[唐]顏師古注《漢書》一百二十卷，北宋景祐間刻本

[清]王先謙《漢書補注》一百卷，清光緒二十六年（1900）王氏虚受堂刻本

[清]錢大昭《漢書辨疑》二十二卷，清道光間橋李沈氏銅熨斗齋

刻本

　　［清］梁玉繩《人表考》九卷,清嘉慶五年(1800)刻《清白士集》本

○［清］惠棟《後漢書補注》,清嘉慶九年(1804)德裕堂刻本

　　趙爾巽等《清史稿》五百三十六卷,中華書局1998年版

　　佚名《清史列傳》八十卷,中華書局1987年版

△［清］錢大昕《廿二史考異》一百卷,清乾隆四十五年(1780)钱氏潛

　　研堂刻《潛研堂全書》本

　　［清］王鳴盛《十七史商榷》一百卷,清乾隆五十二年(1787)洞涇草

　　堂刻本

　　［清］趙翼《廿二史札記》三十六卷,清嘉慶五年(1800)陽湖趙氏湛

　　貽堂刻《甌北全集》本

　　［清］李慈銘《越縵堂讀史札記》三十卷,民國二十年(1931)北平北

　　海圖書館鉛印本

　　［清］沈家本《諸史瑣言》十六卷,民國間刻《沈寄簃先生遺書》本

　　［宋］司馬光撰,［元］胡三省注《資治通鑑》二百九十四卷,清嘉慶二

　　十一年(1797)胡克家刻本

　　［宋］李燾《續資治通鑑長編》五百二十卷,中華書局2004年版

　　［清］黃以周等《續資治通鑑長編拾補》六十卷,清光緒九年

　　(1883)浙江書局刻本

　　［宋］呂祖謙《大事記解題》十二卷,清文淵閣《四庫全書》本

※［宋］陳均《九朝編年綱目備要》三十卷,清文淵閣《四庫全書》本

　　［宋］汪藻撰,王智勇箋注《靖康要録》十六卷,四川大學出版社

　　2008年版

△［明］薛応旂《宋元通鑑》一百五十七卷,明天啓六年(1626)長洲陳

　　仁錫刊本

　　［明］陳建《皇明通紀法傳全録》二十八卷,明崇禎九年(1636)刻本

　　［明］張惟賢《明熹宗實録》八十七卷,"中央研究院歷史語言研究

　　所"1962年影印版

中華書局編印《清實録》四千四百三十三卷,中華書局 1987 年版

[清]吳乘權《綱鑑易知録》九十二卷,中華書局 1960 年版

[宋]徐夢莘《三朝北盟會編》二百五十卷,清光緒三十四年(1908)清苑許涵度刻本

[宋]蘇轍《古史》六十卷,清嘉慶元年(1796)南沙席氏掃葉山房刻本

※[宋]鄭樵《通志》二百卷,清乾隆十四年(1749)武英殿刻本

※[宋]王稱《東都事略》一百三十卷,清乾隆六十年(1795)南沙席氏掃葉山房刻本

※[宋]羅泌《路史》四十七卷,清嘉慶十三年(1808)謙益堂刻本

※[三國吳]韋昭注《國語》二十一卷,附清黃丕烈《札記》一卷,清嘉慶五年(1800)吳門黃氏讀未見書齋刻本

△[漢]高誘注《戰國策》三十三卷,附清顧廣圻《札記》三卷,清嘉慶八年(1803)吳門黃氏讀未見書齋刻《士禮居叢書》本

[宋]鮑彪注,[元]吳師道補正《戰國策校注》十卷,清光緒二十二年(1896)刻《惜陰軒叢書》本

范祥雍《戰國策箋證》,上海古籍出版社 2011 年版

[宋]陶岳《五代史補》五卷,清乾隆五十七年(1792)秀水陳氏刻本

[明]程敏政《宋紀受終考》三卷,明弘治四年(1491)戴銑刻本

△[清]方苞《望溪奏議》二卷,清道光、咸豐間桐城光氏刻《龍眠叢書》本

[清]張穆《顧亭林先生年譜》一卷,清道光二十七年(1847)壽陽祁氏刻本

※[清]張穆《閻潛丘先生年譜》一卷,清道光二十七年(1847)壽陽祁氏刻本

[清]趙敬襄《竹岡鴻爪録》一卷,清嘉慶、道光間刻《趙太史竹岡齋九種》本

[清]鄭福照《方儀衛先生年譜》一卷,清同治七年(1868)刻本

［清］魏耆《邵陽魏府君事略》一卷，清咸豐八年（1858）刻本

［清］羅思舉編，［清］羅本鎮補《羅壯勇公年譜》二卷，清光緒三十四年（1908）武昌肇吉書屋刻本

［清］徐宗幹《斯未信齋主人自訂年譜》一卷，清同治六年（1867）南通徐氏刻本

陳定祥《黃陶樓先生年譜》一卷，民國十二年（1923）江蘇書局刻本

趙詒琛《顧千里先生年譜》二卷，民國二十一年（1932）崑山趙氏《對樹書屋叢書》本

［宋］佚名《紹興十八年同年小録》一卷，清文淵閣《四庫全書》本

［宋］佚名《宋寶祐四年登科録》四卷，清文淵閣《四庫全書》本

［元］辛文房撰，傅璇琮等校箋《唐才子傳校箋》十卷，中華書局2002年版

［明］羅弘運《皇明卓異記》存卷一至卷七，明鈔本

［明］焦竑《焦太史編輯國朝獻徵録》一百二十卷，明萬曆四十四年（1616）錢塘徐象橒曼山館刻本

［清］錢謙益《國初群雄事略》十二卷，民國二年（1913）烏程張氏刻本

△［清］錢謙益《錢牧齋先生列朝詩集小傳》十卷，清康熙三十七年（1698）黃氏誦芬堂刻本

［清］李周望《太學進士題名碑録》不分卷，清乾隆間刻本

［清］錢儀吉《碑傳集》一百六十卷，清光緒十九年（1893）江蘇書局刻本

［清］李桓《國朝耆獻類徵初編》七百二十卷，清光緒十年至十六年（1884—1890）湘陰李氏刻本

［清］李元度《國朝先正事略》六十卷，清同治五年（1866）循陔草堂刻本

［清］張維屛《國朝詩人徵略二編》六十四卷，清道光二十二年（1842）刻本

［清］黄鍾駿《疇人傳四編》十一卷，清光緒二十四年（1898）澧陽黄氏刻《留有餘齋叢書》本

［清］莫友芝《莫友芝日記》，鳳凰出版社 2014 年版

姚永樸《舊聞隨筆》四卷，民國八年（1919）鉛印本

馬其昶《桐城耆舊傳》十卷，清宣統三年（1911）桐城馬氏刻本

劉聲木《桐城文學淵源考》十三卷、《補遺》十三卷，黄山書社 2012 年版

［清］黄宗羲撰，［清］全祖望補修《宋元學案》一百卷，清光緒五年（1879）長沙寄廬刻本

［清］光循陔《（桐城孝先堂）光氏族譜》，清同治十三年（1874）刻本

※［漢］趙曄《吳越春秋》六卷，清乾隆五十六年（1791）金溪王氏刻《漢魏叢書》本

［宋］張唐英《蜀檮杌》二卷，清道光十一年（1831）六安晁氏木活字印《學海類編》本（以下簡稱《學海類編》本）

［明］劉若愚《酌中志》二十四卷，清道光二十五年（1845）刻《海山仙館叢書》本

※［宋］樂史《太平寰宇記》二百卷，清嘉慶八年（1803）南昌萬廷蘭校刻本

※［宋］祝穆《新編方輿勝覽》七十卷，清文淵閣《四庫全書》本

［宋］王象之《輿地紀勝》二百卷（原缺三十二卷），清咸豐五年（1855）南海伍氏粵雅堂刻本

［宋］梁克家《［淳熙］三山志》四十二卷，清文淵閣《四庫全書》本

［宋］談鑰《［嘉泰］吳興志》二十卷，民國三年（1914）劉承幹嘉業堂刻本

［宋］盧憲《［嘉定］鎮江志》二十二卷，清道光二十二年（1842）丹徒包氏刻本

［宋］陳耆卿《［嘉定］赤城志》四十卷，清嘉慶二十三年（1818）臨海宋氏刻《台州叢書》本

［宋］潛説友《［咸淳］臨安志》一百卷，清道光十年（1830）錢塘汪氏振綺堂刻同治六年（1867）增刻本

［元］張鉉《［至正］金陵新志》十五卷，元至正四年（1344）集慶路儒學、溧陽州學、溧水州學刻，明正德十五年（1520）南京國子監重修本

［元］熊夢祥撰，徐苹芳整理《輯本析津志》，北京聯合出版公司2017年版

［明］蔡懋昭《［隆慶］趙州志》十卷，明隆慶元年（1567）刻本

［明］李可久、張光孝《［隆慶］華州志》二十四卷，清光緒八年（1882）合刻《華州志》本

［明］王崇《［嘉靖］池州府志》九卷，明嘉靖二十四年（1545）刻本

［明］沈梅、李士元《［嘉靖］銅陵縣志》八卷，明嘉靖四十二年（1563）刻本

［明］俞炳然、呂昌期《［萬曆］續修嚴州府志》二十四卷，明萬曆四十一年（1613）刻本

［明］劉侗《帝京景物略》八卷，清乾隆三十一年（1766）金陵崇德堂刻本

○［清］陸隴其、傅維橒《［康熙］靈壽縣志》十卷，清康熙二十五年（1686）刻本

［清］嵇曾筠《［雍正］浙江通志》二百八十卷，清乾隆元年（1736）刻嘉慶十七年（1812）增修本

［清］尹繼善、黃之雋《［乾隆］江南通志》二百卷，清乾隆元年（1736）刻本

［清］宣世濤《［乾隆］永昌府志》二十六卷，清乾隆五十年（1785）刻本

［清］張士範《［乾隆］池州府志》五十八卷，清乾隆四十四年（1779）刻本

［清］單履中《［乾隆］銅陵縣志》十六卷，清乾隆十二年（1747）刻本

［清］阿克當阿、姚文田《［嘉慶］重修揚州府志》七十二卷，清嘉慶十五年（1810）刻本

［清］周作楫、蕭琯《［道光］貴陽府志》八十八卷，清道光二十年（1840）刻咸豐二年（1852）補刻本

［清］廖大聞、金鼎寿《［道光］桐城續修縣志》二十四卷，清道光七年（1827）刻本

［清］周際霖、胡維藩《［同治］如皋縣續志》十六卷，清同治十二年（1873）刻本

［清］蔣啓勳、趙佑宸、汪士鐸《［光緒］續纂江寧府志》十五卷，清光緒六年（1880）刻本

［清］馮煦、魏家驊、張德霈《光緒鳳陽府志》二十一卷，清光緒三十四年（1908）木活字印本

［清］黄彭年《［同治］畿輔通志》三百卷，清光緒十年（1884）刻本

李榕《［民國］杭州府志》一百七十八卷，民國十一年（1922）鉛印本

吴蘭生、王用霖《［民國］潛山縣志》三十卷，民國九年（1920）排印本

舊題［漢］桑欽撰，［北魏］酈道元注《水經注》四十卷，清武英殿木活字本

○舊題［漢］桑欽撰，［北魏］酈道元注，［明］朱祖瑋箋《水經注箋》四十卷，明萬曆四十三年（1615）李長庚刻本

△舊題［漢］桑欽撰，［北魏］酈道元注，［清］趙一清釋《水經注釋》四十卷，清乾隆五十一年（1786）東潛趙氏小山堂刻本

舊題［漢］桑欽撰，［北魏］酈道元注，清楊守敬、熊守貞《水經注疏》，江蘇古籍出版社 1989 年版

△［明］郭子章《明州阿育王山志》十卷，明萬曆四十七年（1619）刻清乾隆二十年（1755）續刻本

［明］汪子卿《泰山志》四卷，明嘉靖三十四年（1555）刻本

○［清］金棨《泰山志》二十卷，清嘉慶十三年（1808）刻本

［清］汪洪度《黄山領要録》二卷，《知不足齋叢書》本

○［清］陳毅《攝山志》八卷，清乾隆五十五年（1790）蘇州府署刻本

※［宋］龔明之《中吳紀聞》六卷，《知不足齋叢書》本

　［宋］周密《武林舊事》十卷，《知不足齋叢書》本

※［清］周亮工《閩小紀》四卷，清康熙六年（1667）周氏賴古堂刻本

　［宋］周必大《乾道庚寅奏事録》一卷，清道光二十八年（1848）歐陽
　榮瀛塘別墅刻咸豐元年（1851）續刻《廬陵周益國文忠公集》本

△［元］納新《河朔訪古記》三卷，武英殿聚珍版書本

△［清］王士禛《隴蜀餘聞》一卷，清康熙四十年（1701）刻《王漁洋遺
　書》本

　［清］許瓚曾《東還紀程》一卷，清乾隆五十九年（1794）石門馬氏大
　西山房刻《龍威秘書》本

　［清］姚瑩《康輶紀行》十六卷，清同治六年（1867）桐城姚濬昌安福
　縣署刻《中復堂全集》本

※［唐］杜佑《通典》二百卷，清乾隆十二年（1747）武英殿刻本

　［唐］杜佑撰，王文錦等點校《通典》，中華書局 2016 年版

　［宋］王溥《唐會要》一百卷，武英殿聚珍版書本

　［宋］李心傳《建炎以來朝野雜記》四十卷，武英殿聚珍版書本

　［元］馬端臨《文獻通考》三百四十八卷，清乾隆十二年（1747）武英
　殿刻本

　（日）藤原佐世撰，孫猛校證《日本國見在書目録詳考》，上海古籍出
　版社 2015 年版

　［宋］王堯臣等編，［清］錢東垣等輯釋《崇文總目輯釋》五卷，清嘉慶
　間刻《汗筠齋叢書》本

△［宋］晁公武《昭德先生郡齋讀書志》五卷《後志》二卷，清康熙六十
　一年（1722）陳師曾重刻袁州本

△［宋］陳振孫《直齋書録解題》二十二卷，武英殿聚珍版書本

※［明］楊士奇《文淵閣書目》四卷，清文淵閣《四庫全書》本

※［明］焦竑《國史經籍志》六卷，明錢塘徐象橒曼山館刻本

※［清］永瑢等《欽定四庫全書總目》二百卷，乾隆六十年（1795）杭州刻本

［清］章宗源《隋經籍志考證》十三卷，清光緒三年（1877）湖北崇文書局刻本

［清］姚振宗《隋書經籍志考證》五十二卷，民國二十五年（1936）開明書局鉛印《師石山房叢書》本

［清］文廷式《補晉書藝文志》六卷，清宣統元年（1909）長沙鉛印本

柯劭忞等《續修四庫全書總目提要稿本》，齊魯書社1996年版

※［清］朱彝尊《經義考》，清乾隆二十年（1755）刻、嘉慶二十二年（1817）秀水朱氏印本

※［宋］歐陽脩《集古錄跋尾》十卷，清乾隆十一年（1746）歐陽安世孝思堂刻《歐陽文忠公集》本

［宋］趙明誠《金石錄》三十卷，清乾隆二十七年（1762）德州盧見曾雅雨堂刻本

△［宋］洪适《隸釋》二十七卷，清乾隆四十三年（1778）汪氏樓松書屋刻本

［宋］陳思《寶刻叢編》二十卷，清光緒十四年（1888）吳興陸氏刻《十萬卷樓叢書三編》本

［明］都穆《金薤琳琅》二十卷，清乾隆四十三年（1778）汪荻洲刻本

［清］顧炎武《金石文字記》六卷，清康熙間潘氏遂初堂刻亭林遺書本

△［清］王昶《金石萃編》一百六十卷，清嘉慶十年（1805）青浦王昶經訓堂刻本

［清］錢大昕《金石後錄》八卷，清袁氏貞節堂抄本

［清］錢大昕《潛研堂金石文字目錄》八卷，清嘉慶十年（1805）嘉定瞿中溶刻《潛研堂全書》本

［清］武億《授堂金石文字續跋》十四卷，清道光二十三年（1843）偃師武氏刻《授堂遺書》本

［清］葉昌熾《語石》十卷，清宣統元年（1909）刻本

［清］畢沅《關中金石記》八卷，清乾隆四十六年（1781）經訓堂刻《經
訓堂叢書》本

［清］畢沅、阮元《山左金石志》二十四卷，清嘉慶二年（1797）阮氏小
琅嬛仙館刻本

［清］黃易《岱巖訪古日記》一卷，民國十年（1921）山陰吳氏《遯盦金
石叢書》本

［清］皮錫瑞《漢碑引經考》六卷，清光緒三十年（1904）善化皮氏刻
《師伏堂叢書》本

［清］繆荃孫《金石分地編目》三十卷，收入《繆荃孫全集·金石》，鳳
凰出版社 2014 年版

徐乃昌《安徽通志金石古物考稿》十七卷，民國間安徽通志館石
印本

［唐］劉知幾撰，［明］王維儉注《史通訓故》，明萬曆三十九年
（1611）序刻本

※［唐］劉知幾撰，［清］黃叔琳注《史通訓故補》，清乾隆十二年
（1747）黃氏養素堂刻本

［唐］劉知幾撰，［清］浦起龍通釋《史通通釋》二十卷，清乾隆十七年
（1752）梁溪浦氏求放心齋刻本

子部

［三國魏］王肅注《孔子家語》十卷，清光緒二十四年（1898）貴池劉
氏玉海堂影宋蜀刻本

※［唐］楊倞注《荀子》，清乾隆五十一年（1786）嘉善謝墉安雅堂刻《抱
經堂叢書》本

［漢］劉向《説苑》二十卷，清乾隆五十六年（1791）金谿王氏刻《增訂
漢魏叢書》本

［漢］揚雄《法言》十卷，清嘉慶二十三年（1818）江都秦氏石研齋

刻本

［宋］程顥、程頤《河南程氏遺書》二十五卷，清康熙間石門呂氏刻《二程全書》本

［宋］朱熹編，［明］陳選集注《小學集注》六卷，清雍正五年(1727)武英殿刻本

［宋］黎靖德《朱子語類》一百四十卷，清光緒二年(1876)三原劉氏傳經堂刻《傳經堂叢書》本

△［宋］黃震《慈溪黃氏日抄分類》九十七卷，清乾隆三十二年(1767)新安汪佩鍔珠樹堂刻本

［清］孫承澤《藤陰劄記》不分卷，清雍正十一年(1733)孫琰刻本

※［唐］尹知章注，［明］劉績增注《管子》二十四卷，清嘉慶九年(1804)姑蘇聚文堂刻本

※《韓非子》二十卷，［清］顧廣圻撰《識誤》三卷，清嘉慶二十三年(1818)全淑吳鼒刻本

［清］王先慎集解《韓非子集解》二十卷，清光緒二十二年(1896)王氏刻本

［晉］葛洪《肘後備急方》八卷，清乾隆五十九年(1794)修敬堂刻《六醴齋醫書》本

［宋］蘇頌《新儀象法要》三卷，清道光間金山錢熙祚刻《守山閣叢書》本(以下簡稱《守山閣叢書》本)

※［唐］竇臮撰，［唐］竇蒙注《述書賦》二卷，清文淵閣《四庫全書》本

［唐］張彥遠《法書要錄》十卷，《學津討原》本

［宋］王著編《淳化法帖》十卷，明拓肅府本

［宋］佚名《宣和畫譜》二十卷，《學津討原》本

［元］陶宗儀《書史會要》九卷、《補遺》一卷、《續編》一卷，清文淵閣《四庫全書》本

［明］汪珂玉《珊瑚網》四十八卷，清文淵閣《四庫全書》本

［清］王傑《秘殿珠林續編》八卷，清乾隆間內府鈔本

〔清〕葛金烺、葛嗣浵《愛日吟廬書畫叢録》，浙江人民美術出版社2012年版

〔清〕胡敬《南薰殿圖像考》二卷，清嘉慶二十一年(1816)刻本

〔清〕王錫侯《書法精言》四卷，清乾隆間刻本

〔清〕包世臣《藝舟雙楫》六卷、《附録》三卷，清道光二十六年(1846)涇縣包世臣白門倦游閣木活字印《安吳四種》本

〔唐〕李翱撰，〔唐〕元革注《五木經》一卷，明萬曆間刻《夷門廣牘》本

〔宋〕司馬光《古局象棋圖》一卷，清光緒三十二年(1906)長沙葉氏郋園刻本

〔清〕金學詩《牧豬閒話》一卷，收入〔清〕張潮編《昭代叢書·別集》卷四十三，清道光間吳江沈氏世楷堂後印本

〔清〕鄭晉德《松竹梅三友棋譜》一卷，收入〔清〕張潮編《昭代叢書·甲集》卷四十六，清道光間吳江沈氏世楷堂後印本

〇〔清〕畢沅注《墨子》十六卷，清乾隆四十九年(1784)靈巖山館刻本

〔清〕孫詒讓《墨子閒詁》十五卷、《目録》一卷、《附録》一卷、《後語》二卷，清宣統二年(1910)瑞安孫氏刻本

※〔漢〕高誘注，〔清〕畢沅輯校《吕氏春秋》二十六卷，清乾隆五十三年(1788)畢氏靈巖山館刻《經訓堂叢書》本

※〔漢〕高誘注《淮南子》二十一卷，清乾隆五十三年(1788)武進莊逵吉咸寧官署刻本

〔南朝梁〕蕭繹《金樓子》六卷，《知不足齋叢書》本

〔北齊〕顔之推，〔清〕趙曦明注，〔清〕盧文弨補《顔氏家訓》七卷，清乾隆五十四年(1789)餘姚盧氏抱經堂刻《抱經堂叢書》本

〔宋〕葉適《習學記言序目》五十卷，清光緒十一年(1885)瑞安黃體芳刻本

〔宋〕黄伯思《東觀餘論》二卷，清嘉慶十年(1805)虞山張氏照曠閣刻《學津討原》本

△〔宋〕朱翌《猗覺寮雜記》，清道光、咸豐間桐城光氏刻《龍眠叢書》本

※[宋]吳曾《能改齋漫録》,清乾隆三十九年(1774)武英殿聚珍版
　書本

　[宋]張淏《雲谷雜記》四卷,清乾隆三十九年(1774)武英殿聚珍版
　書本

　[宋]姚寬《西溪叢語》二卷,《學津討原》本

　[宋]王觀國《學林》十卷,清乾隆三十九年(1774)武英殿聚珍版
　書本

※[宋]洪邁《容齋隨筆》十六卷、《續筆》十六卷、《三筆》十六卷、《四
　筆》十六卷、《五筆》十卷,明崇禎三年(1630)馬元調刻、清康熙三十
　九年(1700)洪璟遞修、乾隆五十九年(1794)掃葉山房印本

　[宋]程大昌《考古編》十卷,《學津討原》本

　[宋]程大昌《演繁露》十六卷、《續演繁露》六卷,《學津討原》本

　[宋]袁文《甕牖閒評》八卷,武英殿聚珍版書本

　[宋]王楙《野客叢書》三十卷,明萬曆間商濬刻《稗海》本

　[宋]葉大慶《考古質疑》六卷,武英殿聚珍版書本

※[宋]趙與峕《賓退録》十卷,《學海類編》本

※[宋]戴埴《鼠璞》二卷,《學津討原》本

※[宋]王應麟撰,[清]翁元圻注《困學紀聞注》二十卷,清道光五年
　(1825)翁氏守福堂刻本

　[宋]羅璧《識遺》十卷,《學海類編》本

　[元]黃溍《日損齋筆記》一卷,《守山閣叢書》本

　[明]楊慎《丹鉛總録》二十七卷,清乾隆三十年(1765)虎林楊昶
　刻本

※[明]張萱《疑耀》七卷,清道光二十五年(1845)南海伍氏粵雅堂刻
　《嶺南遺書》本

　[明]徐𤊹《筆精》八卷、《續》二卷,明崇禎五年(1632)邵捷春、黃居
　中刻本

　[清]顧炎武《日知録》三十二卷,清康熙三十四年(1695)刻本

○［清］顧炎武撰，［清］黃汝成集釋《日知録集釋》三十二卷，清道光十四年（1834）嘉定黃氏西谿草廬刻本

　［清］姜宸英《湛園札記》四卷，清嘉慶間葉元墀鶴麓山房刻本

　［清］何焯《義門讀書記》五十八卷，清乾隆三十四年（1769）石香齋刻本

　［清］杭世駿《訂譌類編》六卷、《續補》二卷，民國七年（1918）吳興劉氏嘉業堂刻《嘉業堂叢書》本

△［清］錢大昕《十駕齋養新録》二十卷，清嘉慶十一年（1806）嘉定錢氏刻《潛研堂全书》本

　［清］盧文弨《鍾山札記》四卷，清乾隆五十五年（1790）抱經堂刻《抱經堂叢書》本

　［清］趙翼《陔餘叢考》四十三卷，清乾隆五十六年（1791）趙氏湛貽堂刻本

△［清］姚範《援鶉堂筆記》，清道光十五年（1835）姚瑩淮南監掣官署刻本、道光十八年（1838）增修本

　［清］姚鼐《惜抱軒筆記》八卷，清嘉慶二十五年（1820）金陵同善堂刻本

　［清］孫志祖《讀書脞録》七卷、《續編》四卷，清嘉庆四年（1799）刻本

　［清］王念孫《讀書雜志》八十二卷、《餘編》二卷，清同治九年（1870）金陵書局刻本

　［清］郝懿行《曬書堂筆録》六卷，清光緒十年（1884）東路廳署刻《郝氏遺書》本

　［清］劉寶楠《愈愚録》六卷，清光緒十五年（1889）廣雅書局刻本

　［清］梁玉繩《瞥記》七卷，清嘉慶間錢塘梁氏刻《清白士集》本

　［清］梁學昌輯《庭立記聞》四卷，清嘉慶十七年（1812）刻本

　［清］陸繼輅《合肥學舍札記》十二卷，清光緒四年（1878）興國州署刻本

　［清］臧鏞《拜經日記》十二卷，清嘉慶二十四年（1819）武進臧氏拜

經堂刻本

［清］沈濤《銅熨斗齋隨筆》八卷，清咸豐七年（1857）檇李沈氏刻《銅熨斗齋叢書》本

［清］沈濤《交翠軒筆記》四卷，清道光十八年（1838）刻本

［清］俞正燮《癸巳存稿》十五卷，清道光二十八年（1848）靈石楊氏刻《連筠簃叢書》本

［清］王太岳等《四庫全書考證》一百卷，武英殿聚珍版書本

［清］徐文靖《管城碩記》三十卷，清乾隆九年（1744）志寧堂刻《徐位山六種》本

［清］周壽昌《思益堂日札》十卷，清光緒十四年（1888）刻本

［清］于鬯《香草校書》六十卷，清光緒二十九年（1903）刻本

［清］俞樾《讀書餘録》二卷，清同治十年（1871）刻《第一樓叢書》本

［清］俞樾《古書疑義舉例》七卷，清光緒二十五年（1899）刻《春在堂全書》本

［清］李慈銘《越縵堂讀書記》，中華書局 2006 年版

［清］平步青《霞外攟屑》十卷，民國六年（1917）刻《香雪崦叢書》本

［清］文廷式《純常子枝語》四十卷，民國三十二年（1943）汪氏雙照樓刻本

葉德輝《書林清話》十卷，清宣統三年（1911）長沙葉氏觀古堂刻本

［宋］王得臣《麈史》三卷，《知不足齋叢書》本

※［宋］沈括《夢溪筆談》二十六卷、《補筆談》二卷、《續筆談》一卷，《學津討原》本

［宋］晁説之《晁氏客語》一卷，《學海類編》本

［宋］惠洪《冷齋夜話》十卷，《學津討原》本

※［宋］朱弁《曲洧舊聞》十卷，《知不足齋叢書》本

※［宋］何薳《春渚紀聞》十卷，《學津討原》本

［宋］蘇象先《丞相魏公譚訓》十卷，清道光十年（1830）蘇廷玉刻本

［宋］馬永卿《嬾真子》五卷，《稗海》本

※［宋］葉夢得撰《石林燕語》，宋宇文紹奕《考異》，清文淵閣《四庫全書》本

※［宋］葉夢得《避暑錄話》二卷，《學津討原》本

　［宋］徐度《却掃編》三卷，《學津討原》本

　［宋］沈作喆《寓簡》十卷，《知不足齋叢書》本

　［宋］陳善《捫蝨新話‧上集》四卷、《下集》四卷，民國十三年（1924）武進陶氏刻本

※［宋］孫奕《履齋示兒編》二十三卷，《知不足齋叢書》本

※［宋］陸游《老學庵筆記》十卷、《續筆記》二卷，《學津討原》本

※［宋］羅大經《鶴林玉露》十六卷，清乾隆二年（1737）進修書院刻本

※［宋］張端義《貴耳集》一卷、《二集》一卷、《三集》一卷，《學津討原》本

　［宋］俞文豹《吹劍錄》一卷，清嘉慶四年（1799）桐川顧氏刻《讀畫齋叢書》本

※［宋］周密《齊東野語》二十卷，《學津討原》本

　［宋］周密《志雅堂雜鈔》二卷，清嘉慶十四年（1809）杭郡余氏刻本

※［元］劉壎《隱居通議》三十一卷，清嘉慶四年（1799）桐川顧氏刻《讀畫齋叢書》本

　［元］李治《敬齋古今黈》八卷，武英殿聚珍版書本

　［元］王惲《玉堂嘉話》八卷，《守山閣叢書》本

△［明］趙釴《鷄林子》五卷，清咸豐三年（1853）木活字印《琳琅祕室叢書》本

　［明］謝肇淛《文海披沙》八卷，明萬曆三十七年（1609）沈儆炌刻本

※［明］陳繼儒《讀書鏡》十卷，明萬曆間繡水沈氏刻《寶顏堂秘笈》本

　［明］茅元儀《暇老齋雜記》三十二卷，清光緒間李文田家鈔本

　［明］鄭敷教《鄭桐庵筆記》一卷，收入《乙亥叢編》《丁丑叢編》，民國二十四年（1935）鉛印本

※［清］王士禛《居易錄》三十四卷，清康熙四十年（1701）刻《王漁洋遺

書》本

※［清］王士禎《池北偶談》二十六卷，清康熙三十九年（1700）臨汀郡
署刻本

※［清］王士禎《香祖筆記》十二卷，清康熙四十年（1701）刻《王漁洋遺
書》本

※［清］王士禎《古夫于亭雜録》六卷，清康熙間刻本

　［清］阮葵生《茶餘客話》二十二卷，清光緒十四年（1888）鉛印本

　［清］崇彝《道咸以來朝野雜記》，北京古籍出版社 1982 年版

　［唐］韋述撰，辛德勇輯校《大業雜記輯校》，中華書局 2019 年版

　［宋］朱勝非《紺珠集》十三卷，清文淵閣《四庫全書》本

　［宋］江少虞《宋朝事實類苑》六十三卷，清文淵閣《四庫全書》本

　［宋］太平老人《袖中錦》一卷，《學海類編》本

　［元］蕭森《希通録》一卷，清順治三年（1646）宛委山堂刻《説郛》本

　［明］李日華《蓬櫳夜話》一卷，清順治三年（1646）宛委山堂刻《説
郛》本

　［明］胡應麟《少室山房筆叢·正集》三十二卷、《續集》十六卷，明萬
曆間刻本

　［明］楊宗吾《檢蠹隨筆》十卷，明萬曆三十三年（1605）王尚修刻本

　［清］阮元《小滄浪筆談》四卷，清嘉慶七年（1802）浙江節院刻本

　［清］袁枚《隨園隨筆》二十八卷，清嘉慶十三年（1808）刻本

　［清］錢泳《履園叢話》二十四卷，清道光十八年（1838）述德堂刻本

　［清］俞樾《茶香室叢鈔》二十三卷、《續鈔》二十五卷、《三鈔》二十九
卷、《四鈔》二十九卷，清光緒二十五年（1899）刻《春在堂全書》本

　雷瑨《文苑滑稽談》十四卷，民國十三年（1924）上海掃葉山房印本

　柴小梵《梵天廬叢録》三十七卷，山西古籍出版社 1999 年版

　舊題［晋］陶潛《集聖賢群輔録》二卷，收入［清］陶澍集注《靖節先生
集》卷九、卷十，清道光二十年（1840）年刻本

※［唐］歐陽詢《藝文類聚》一百卷，明嘉靖六年至七年（1527—

1528)胡纘宗、陸采刻本

※［唐］虞世南《北堂書鈔》一百六十卷，明萬曆二十八年（1600）陳禹謨刻本

※［唐］徐堅《初學記》三十卷，明嘉靖十年（1531）錫山安國桂坡館刻本

※［唐］徐堅《古香齋鑒賞袖珍初學記》三十卷，清乾隆間内府刻《古香齋袖珍十種》本

［唐］林寶撰，岑仲勉校記《元和姓纂》十八卷，中華書局 2008 年版

［唐］林寶撰，陶敏校證《元和姓纂新校證》十八卷，遼海出版社 2015 年版

［宋］李昉等《太平御覽》一千卷，中華書局 1960 年版影宋本

［宋］王欽若等《册府元龜》一千卷，明崇禎十五年（1642）黃國琦刻本

［宋］佚名《錦繡萬花谷・前集》四十卷、《後集》四十卷、《續集》四十卷，明嘉靖十五年（1536）錫山秦汴繡石書堂刻本

［宋］祝穆《新編古今事文類聚前集》六十卷、《後集》五十卷、《續集》二十八卷、《別集》三十二卷，明萬曆三十二年（1604）金陵唐富春德壽堂刻本

［宋］潘自牧《記纂淵海》一百卷，明萬曆七年（1579）王嘉賓刻本

［宋］陳景沂《全芳備祖・前集》二十卷、《後集》三十一卷，清文淵閣《四庫全書》本

※［宋］王應麟《小學紺珠》十卷，清嘉慶十一年（1806）江寧藩署刻本

※［宋］王應麟《姓氏急就篇》二卷，清嘉慶十一年（1806）江寧藩署刻本

［元］佚名《居家必用事類全集》十卷，明隆慶二年（1568）飛來山人刻本

［明］凌迪知《萬姓統譜》一百四十卷，明萬曆七年（1579）刻本

※［清］張玉書等《佩文韻府》一百六卷，清康熙五十年（1711）武英殿

刻本

［清］張澍《姓韻》九十九卷，三秦出版社 2003 年版

※［南朝宋］劉義慶撰，［南朝梁］劉孝標注《世說新語》三卷，清道光八年(1828)周心如紛欣閣刻本

［唐］韋絢《劉賓客嘉話錄》一卷，《學海類編》本

［唐］李濬《松窗雜錄》一卷，明嘉靖間顧氏夷白齋刻《顧氏文房小說》本

※［五代］王定保《唐摭言》十五卷，《學津討原》本

［宋］孫光憲《北夢瑣言》二十卷，清乾隆二十一年(1756)德州盧氏刻《雅雨堂叢書》本

［宋］司馬光《涑水記聞》十六卷，武英殿聚珍版書本

※［宋］王闢之《澠水燕談錄》十卷，《知不足齋叢書》本

［宋］吳處厚《青箱雜記》十卷，《稗海》本

※［宋］釋文瑩《湘山野錄》三卷、《續錄》一卷，《學津討原》本

※［宋］釋文瑩《玉壺清話》十卷，《知不足齋叢書》本

※［宋］蔡絛《鐵圍山叢談》六卷，《知不足齋叢書》本

［宋］佚名《道山清話》一卷，《學津討原》本

［宋］范公偁《過庭錄》一卷，《稗海》本

※［宋］王銍《默記》一卷，《知不足齋叢書》本

※［宋］王明清《揮麈前錄》四卷、《後錄》十一卷、《第三錄》三卷、《餘話》二卷，《學津討原》本

※［宋］周煇《清波雜志》十二卷、《別志》三卷，《知不足齋叢書》本

［宋］周煇撰，劉永翔校注《清波雜志校注》十二卷，中華書局 1997 年版

［宋］莊綽《雞肋編》三卷，清咸豐三年(1853)仁和胡氏活字印《琳琅秘室叢書》本

○［宋］邵博《邵氏聞見後錄》三十卷，《學津討原》本

※［宋］施德操《北窗炙輠錄》二卷，《學海類編》本

※［宋］岳珂《桯史》十五卷，《學津討原》本

※［宋］周密《癸辛雜識·前集》一卷、《後集》一卷、《續集》二卷、《別集》二卷，《學津討原》本

※［元］陶宗儀《南村輟耕録》三十卷，明萬曆間雲間王氏玉蘭草堂刻本

［明］葉盛《水東日記》三十八卷，明末葉重華賜書樓刻清康熙十九年（1680）葉方蔚重修本

※［明］朱國禎《湧幢小品》三十二卷，明天啓二年（1622）清美堂刻本

※［明］何良俊《何氏語林》三十卷，明嘉靖二十九年（1550）何氏清森閣刻本

※［明］沈德符《萬曆野獲編》三十卷、《補遺》四卷，清道光七年（1827）錢塘姚氏扶荔山房刻本

［清］王應奎《柳南隨筆》六卷，清乾隆五年（1740）虞山顧氏刻本

［清］顧張思《土風録》十八卷，清嘉慶三年（1798）稻鄉齋刻本

［清］戴璐《藤陰雜記》十二卷，清嘉慶五年（1800）石鼓齋刻本

［清］梁章鉅《浪跡叢談》十一卷，清道光二十七年（1847）亦東園刻本

［清］錢泰吉《曝書雜記》三卷，清同治七年（1868）刻《甘泉鄉人稿》本

［清］方濬師《蕉軒隨録》十二卷，清同治十一年（1872）退一步齋刻本

［清］福格《聽雨叢談》十二卷，中華書局1997年版

［清］王家相《清秘述聞續》十六卷，清光緒十四年（1888）刻本

［清］陳康祺《郎潛紀聞》十四卷、《二筆》十六卷、《三筆》十二卷，清光緒六年至十一年（1880—1885）刻本

［清］陳康祺《壬癸藏札記》十二卷，清光緒十一年（1885）刻本

［清］繆荃孫《雲自在龕隨筆》六卷，收入《繆荃孫全集·筆記》，鳳凰出版社2013年版

△[晉]郭璞注,[清]畢沅校正《山海經新校正》十八卷,清乾隆四十八
年(1783)鎮洋畢沅靈巖山館刻《經訓堂叢書》本

　[晉]郭璞注,[清]郝懿行箋疏《山海經箋疏》十八卷,清嘉慶十四年
(1809)阮氏琅環仙館刻本

　[隋]侯白撰,董志翹箋注《啓顔録箋注》,中華書局 2014 年版

　[宋]李昉等《太平廣記》五百卷,明嘉靖四十五年(1566)談愷刻本

※[宋]黄休復《茅亭客話》十卷,《學津討原》本

　[宋]邢居實《拊掌録》一卷,《學海類編》本

※[宋]洪邁《夷堅志》五十卷,清文淵閣《四庫全書》本

　[宋]洪邁《夷堅支志》五十卷,清景宋鈔本

　[清]紀昀《閲微草堂筆記》二十四卷,清嘉慶五年(1800)北平盛氏
望益書屋刻本

　[清]袁枚《子不語》二十四卷,清嘉慶二十年(1815)美德堂刻本

　[清]金埴《不下帶編》七卷,中華書局 1997 年版

　[晉]張華撰,范寧校證《博物志校證》十卷,中華書局 2014 年版

　[三國魏]康僧鎧譯《佛説無量壽經》二卷,清同治十三年(1874)金
陵刻經處刻本

　[後秦]鳩摩羅什譯《金剛般若波羅蜜經》一卷,清光緒十五年
(1889)金陵刻經處刻本

　[後魏]菩提留支譯《金剛般若波羅蜜經》一卷,《大正新脩大藏
經》本

　[清]釋行策《金剛般若經疏論纂要刊定記會編》卷數,清康熙八年
(1669)嘉禾楞嚴寺般若堂刻《徑山藏》本

　[唐]釋般剌密帝譯《大佛頂如來密因修證了義諸菩薩萬行首楞嚴
經》十卷,清同治八年(1869)金陵刻經處刻本

※[明]憨山德清《觀楞伽阿跋多羅寶經記》四卷,清道光八年
(1828)紅香館刻本

　[明]憨山德清《憨山老人夢游集》四十卷,清順治十七年(1660)毛

褒等刻本

〔唐〕釋道宣《廣弘明集》三十卷，明萬曆三十九年（1611）徑山寂照庵刻《徑山藏》本（以下簡稱《徑山藏》本）

〔唐〕釋道世《法苑珠林》一百二十卷，《徑山藏》本

※〔南朝梁〕釋慧皎《高僧傳》十三卷，《徑山藏》本

〔宋〕釋贊寧《宋高僧傳》三十卷，《徑山藏》本

〔宋〕釋道原《景德傳燈録》三十卷，《徑山藏》本

〔宋〕釋惟白《建中靖國續燈録》三十卷，宋崇寧二年（1103）福州等覺禪院刻本

※〔宋〕釋普濟《五燈會元》二十卷，《徑山藏》本

〔宋〕崇岳、了悟等《密庵和尚語録》一卷，《大正新脩大藏經》本

※〔明〕瞿汝稷《指月録》三十二卷，清乾隆八年（1743）明善堂刻本

〔清〕聶先《續指月録》二十卷，清光緒十二年（1886）金陵刻經處刻本

※〔三國魏〕王弼注《老子道德經》二卷，武英殿聚珍版書本

※〔晋〕張湛注《列子》八卷，清嘉慶十八年（1813）蕭山陳氏湖海樓刻本

〔唐〕殷敬順《列子釋文》二卷，清乾隆五十二年〔1787〕燕禧堂刻本

楊伯峻集釋《列子集釋》，中華書局 1979 年版

※〔晋〕郭象注《南華真經》十卷，清嘉慶九年（1804）姑蘇聚文堂刻本

馬叙倫《莊子義證》，浙江古籍出版社 2019 年版

※〔晋〕葛洪《抱朴子内篇》二十卷、《外篇》五十卷，清嘉慶十八年（1813）繼氏金陵道署刻本

〔唐〕王士源《亢倉子》一卷，清光緒元年（1875）崇文書局刻《百子全書》本

〔元〕佚名《梓潼帝君化書》四卷，明正統十年（1445）刻《道藏》本

集部

※〔漢〕揚雄《揚侍郎集》一卷，明婁東張氏刻《漢魏六朝一百三家集》

本(以下简称《漢魏六朝一百三家集》本)

※[漢]蔡邕《蔡中郎集》,清康熙清康熙三十四年(1695)華野劉嗣奇
刻本

△[魏]曹植《魏曹植集》二卷,《漢魏六朝一百三家集》本

　[魏]曹植《曹子建集》十卷,明銅活字印本

　[晋]陸雲《陸清河集》二卷,《漢魏六朝一百三家集》本

　[晋]陸雲《陆士龍文集》十卷,明正德十四年(1519)陸元大刻《晋二
俊文集》本

※[晋]陶淵明《陶淵明文集》十卷,清康熙三十三年(1694)毛辰刻本

　[晋]陶淵明撰,[宋]湯漢等注《箋注陶淵明集》十卷,清宣統三年
(1911)貴池劉氏玉海堂影宋刻本

※[晋]陶淵明撰,[清]吳瞻泰注《陶詩匯注》四卷,清康熙四十四年
(1705)程崟刻本

　[南朝齊]謝朓《謝宣城詩集》五卷,清嘉慶元年(1796)吳氏拜經樓
刻本

※[南朝梁]江淹《江文通集》四卷,清乾隆二十四年(1759)考城安愚
堂刻本

　[北周]庾信撰,[清]倪璠注《庾子山集》十六卷,清康熙二十六年
(1687)刻本

○[唐]李白撰,[清]王琦注《李太白文集》三十六卷,清乾隆二十五年
(1760)錢塘王氏寶笏樓刻本

　[唐]杜甫撰,[宋]郭知達編《九家集注杜詩》三十六卷,清乾隆間武
英殿刻本

　[唐]杜甫撰,[宋]佚名編《分門集注杜工部詩》二十五卷,宋刻本

　[唐]杜甫撰,[宋]劉辰翁評點《須溪批點選注杜工部詩》

※[唐]杜甫撰,[清]仇兆鰲注《杜詩詳注》,康熙五十二年三餘堂刻本

　[唐]杜甫撰,蕭滌非等注《杜甫全集校注》,人民文學出版社
2014年版

※〔唐〕王維撰,〔清〕趙殿成箋注《王右丞集箋注》二十八卷,清乾隆元
　年(1736)刻本

　〔宋〕方崧卿《韓集舉正》十卷、《外集舉正》一卷、《叙錄》一卷,文淵
　閣《四庫全書》本

※〔唐〕韓愈撰,宋魏仲舉編《新刊五百家注音辯昌黎先生文集》四十
　卷,清乾隆四十九年(1784)刻本

○〔唐〕韓愈,〔宋〕廖瑩中輯注《昌黎先生集》四十卷、《外集》十卷、《遺
　文》一卷,明萬曆間東吳徐氏東雅堂刻本

△〔唐〕韓愈撰,〔清〕方世舉箋注《韓昌黎詩集編年箋注》十二卷,清乾
　隆二十三年(1758)德州盧氏雅雨堂刻本

　〔唐〕韓愈撰,錢仲聯集釋《韓昌黎詩繫年集釋》,上海古籍出版社
　1984年版

△〔唐〕柳宗元,〔明〕蔣之翹輯注《唐柳河東集》,明崇禎六年(1633)蔣
　氏三徑草堂刻本

　〔唐〕李翱《李文公集》十八卷,明末毛氏汲古閣刻《三唐人文集》本

　〔唐〕孟郊《孟東野詩集》十卷,清康熙間席啓寓琴川書屋刻《唐人百
　家詩》本

※〔唐〕李商隱,〔清〕朱鶴齡注,〔清〕程夢星删補《重訂李義山詩集箋
　注》三卷,清乾隆九年(1744)汪增寧東柯草堂刻本

※〔唐〕陸龜蒙《唐甫里先生文集》十九卷,明成化二十三年(1487)嚴
　春刻本

△〔宋〕柳開《河東先生集》,清乾隆六十年(1795)蘭溪柳氏文印堂
　刻本

　〔宋〕宋祁《景文集》六十二卷,武英殿聚珍版書本

　〔宋〕尹洙《河南先生文集》二十七卷,清嘉慶十三年(1808)長洲陳
　氏刻本

※〔宋〕釋契嵩《鐔津文集》十九卷,明萬曆三十五年(1607)嘉興楞嚴
　寺刻《徑山藏》本

※［宋］司馬光《溫國文正公文集》八十卷，清乾隆六年(1741)陈宏謀培遠堂刻本

※［宋］曾鞏《南豐先生元豐類稿》五十卷、《集外文》二卷、《續》一卷，清康熙五十六年(1717)長洲顧崧齡刻本

※［宋］梅堯臣《宛陵先生集》六十卷，明萬曆四年(1576)宋儀望姜奇方刻清康熙二十六年(1687)梅枝鳳補刻本

※［宋］邵雍《伊川擊壤集》二十卷，明成化十六年(1480)畢亨刻本

※［宋］歐陽脩《廬陵歐陽文忠公集》一百五十三卷、《附錄》五卷，清乾隆十一年(1746)歐陽安世孝思堂刻本

［宋］歐陽脩《歐陽文忠公集》一百五十三卷、《附錄》五卷，宋慶元二年(1196)周必大刻本

※［宋］蘇洵《蘇老泉先生全集》二十卷，清康熙三十七年(1698)邵仁泓安樂居刻本

※［宋］王安石《臨川先生文集》一百卷，明嘉靖三十九年(1560)何遷刻本

※［宋］王安石撰，李壁注《王荆文公詩》五十卷，清乾隆六年(1741)嘉興張宗松清綺齋刻本

［宋］王令《廣陵先生文集》二十卷，民國十一年(1922)吳興劉氏嘉業堂刻《嘉業堂叢書》本

※［宋］蘇軾《東坡先生全集》一百十五卷，明崇禎間項煜序刻本

※［宋］蘇軾撰，舊題［宋］王十朋注《增刊校正王狀元集注分類東坡先生詩》二十五卷，元建安虞平齋務本書堂刻本

※［宋］蘇軾撰，［宋］施元之、施宿注，［清］邵長蘅刪補《施注蘇詩》四十二卷，清康熙三十八年(1699)商丘宋犖刻本

※［宋］蘇軾撰，［清］查慎行補注《東坡先生編年詩》五十卷，清乾隆二十六年(1761)海寧查氏香雨齋刻本

［宋］蘇軾撰，［清］馮應榴注《蘇文忠詩合注》五十卷，清乾隆五十八年(1793)踵息齋刻本

　　［宋］蘇軾撰，［清］王文誥輯注，孔凡禮點校《蘇軾詩集》，中華書局
　　1982 年版

※［宋］蘇轍《欒城集》五十卷、《欒城後集》二十四卷、《欒城三集》十
　　卷、《應詔集》十二卷，清道光十二年(1832)眉州三蘇祠刻本

※［宋］黄庭堅《黄文節公正集》三十二卷、《外集》二十四卷、《別集》十
　　九卷，清乾隆三十年(1765)江右寧州緝香堂刻本

※［宋］黄庭堅撰，［宋］任淵、史容、史季温注《山谷内集詩注》二十卷、
　　《山谷外集詩注》十七卷、《山谷別集詩注》二卷，清乾隆五十三年
　　(1788)翁氏樹經堂刻本

　　［宋］黄庭堅撰，［宋］史容注《山谷外集詩注》十四卷，元至元二十二
　　年(1285)刻本

　　［宋］黄庭堅《山谷簡尺》二卷，清文淵閣《四庫全書》本

※［宋］陈師道《後山先生集》二十四卷，清雍正八年(1730)趙鴻烈學
　　稼山莊刻本

※［宋］陈師道撰，［宋］任淵注《後山詩注》十二卷，武英殿聚珍版書本

※［宋］張耒《柯山集》五十卷，武英殿聚珍版書本

※［宋］米芾《寶晋英光集》八卷，清文淵閣《四庫全書》本

　　［宋］晁説之《嵩山文集》二十卷，民國二十三年(1934)上海商務印
　　書館影舊鈔本

　　［宋］晁補之《濟北晁先生鷄肋集》七十卷，明崇禎八年(1635)吴郡
　　顧氏詩瘦閣刻本

　　［宋］鄒浩《道鄉先生文集》四十卷，清道光十一年(1831)鄒氏留餘
　　堂刻本

※［宋］陳與義《簡齋集》十六卷，武英殿聚珍版書本

　　［宋］范浚《范香溪先生文集》二十二卷，清乾隆七年(1742)范文焕
　　刻本

　　［宋］羅願《羅鄂州小集》六卷，清康熙五十二年(1713)程哲七略書
　　堂刻本

[宋]朱熹《晦庵先生朱文公文集》一百卷、《續集》五卷、《別集》七卷,清康熙二十七年(1688)蔡方炳刻本

[宋]虞儔《尊白堂集》六卷,文淵閣《四庫全書》本

[宋]陸九淵《陸象山先生全集》三十六卷,清道光三年(1823)金谿陸邦瑞槐堂書齋刻本

※[宋]薛季宣《浪语集》三十五卷,文淵閣《四庫全書》本

[宋]范成大《石湖先生詩集》三十四卷,文淵閣《四庫全書》本

※[宋]楊萬里《誠齋集》一百三十二卷,文淵閣《四庫全書》本

※[宋]陸游《劍南詩稿》八十五卷,明崇禎間虞山毛氏汲古閣刻《陸放翁全集》本

[宋]陸游《渭南文集》五十卷、《逸稿》二卷,明崇禎間虞山毛氏汲古閣刻《陸放翁全集》本

[宋]曾極《金陵百咏》一卷,清道光二十年(1840)雙梧軒刻本

[宋]韓元吉《南澗甲乙稿》二十二卷,武英殿聚珍版書本

[宋]姜夔《白石道人詩集》二卷,清乾隆八年(1743)知不足齋刻本

[宋]劉克莊《後村先生大全集》一百九十六卷,民國十八年(1929)上海商務印書館影印賜硯堂鈔本

[宋]方岳《秋崖集》四十卷,文淵閣《四庫全書》本

[宋]陳著《本堂集》九十四卷,文淵閣《四庫全書》本

[宋]亞愚《亞愚江浙紀行集句詩》七卷,清初毛氏汲古閣影宋抄本

[金]王若虛《滹南遺老集》四十五卷,清光緒五年(1879)定州王氏謙德堂刻本

※[清]施國祁《元遺山詩集箋注》,清道光二年(1822)南潯瑞松堂蔣氏刻本

△[元]吳萊撰,[清]王邦采、王繩曾箋《吳淵穎先生集》十二卷,清康熙六十年(1721)錫山王氏刻本

[元]吳師道《禮部集》二十卷,文淵閣《四庫全書》本

[元]黃溍《金華黃先生文集》四十三卷,民國十八年(1929)上海商

務印書館影印常熟瞿氏、上元宗氏、日本岩崎氏藏元刊本

△[元]戴良撰,清戴殿江、戴殿泗纂輯《九靈山房集》三十卷,清乾隆三十七年(1772)刻本

[元]戴良撰,李軍、施賢明整理《戴良集》,吉林文史出版社 2009年版

[明]張弼《張東海先生文集》八卷,明正德十五年(1520)書林劉氏日新書堂刻本

△[明]程敏政《篁墩程先生文集》九十三卷,明正德二年(1507)何歆、程曾刻本

[明]周用《周恭肅公集》十六卷,明嘉靖二十八年(1549)周國南川上草堂刻本

[明]楊慎《太史升庵全集》八十一卷,清乾隆六十年(1795)新都周參元刻本

[明]張時徹《芝園定集》五十一卷、《別集》十卷、《外集》二十四卷,明嘉靖二十二年(1543)莆田鄒守愚刻本

△[明]王世貞《弇州山人四部稿》一百七十四卷、《續稿》二百七卷,明萬曆五年(1577)王氏世經堂刻本

[明]王世貞《讀書後》八卷,清乾隆二十七年(1762)天隨堂刻本

[明]歸有光《歸先生文集》三十二卷,明萬曆元年(1572)翁良瑜雨金堂刻本

△[明]歸有光《新刊震川先生文集》二十卷,明萬曆二年(1573)常熟歸氏刻本

△[明]歸有光《震川先生集》,清康熙十年至十四年(1671—1675)歸氏家刻本

※[明]湯顯祖《玉茗堂全集》四十六卷,清康熙三十三年(1694)阮峴、阮嵩竹林堂刻本

※[明]袁宏道《袁中郎全集》四十卷,明崇禎二年(1629)武林佩蘭居刻本

[明]袁中道《珂雪斋近集》十卷，明末書林唐振吾刻本

※[明]江天一《江止庵遺集》，清康熙間祭書草堂刻、嘉慶五年(1800)江士相等重修印本

※[清]朱鶴齡《愚庵小集》十五卷，清康熙十年(1671)金閶童晋之刻本

[清]周亮工《因樹屋書影》十卷，清雍正三年(1725)懷德堂刻本

△[清]施閏章《學餘堂詩集》五十卷，清康熙四十七年(1708)曹寅棟亭刻本

[清]尤侗《艮齋倦稿·詩集》十一卷、《文集》十五卷，清康熙間刻本

△[清]張貞生《庸書》二十卷，清康熙十八年(1679)張世坤、張世坊講學山房刻本

[清]汪琬《鈍翁前後類稿》六十二卷、《續稿》五十六卷，清康熙間刻本

※[清]陸次雲《北墅緒言》五卷，清康熙二十三年(1684)宛羽齋刻增修本

[清]朱彝尊《曝書亭集》八十卷，清康熙五十三年(1714)嘉興朱稻孫刻本

※[清]屈大均《翁山詩外》十八卷，清康熙間刻凌鳳翔補修本

[清]屈大均《翁山文外》十六卷，清康熙間刻本

[清]屈大均撰，陳永正校箋《屈大均詩詞編年校箋》，上海古籍出版社2017年版

※[清]王士禛《漁洋山人精華録》十卷，清康熙三十九年(1700)刻本

[清]王士禛《帶經堂集》九十二卷，清康熙五十年(1711)程氏七略書堂刻本

○[清]鄭梁《寒村詩文選》三十六卷，清康熙間紫蟾山房刻本

[清]潘耒《遂初堂文集》二十卷、《詩集》十六卷、《別集》四卷，清康熙間刻本

※[清]朱書《杜溪文稿》四卷，清乾隆元年(1736)梨雲閣刻本

　　［清］方苞《望溪先生文集》十八卷、《集外文》十卷、《補遺》二卷,清
咸豐元年(1851)戴鈞衡刻本

　　［清］張廷玉《澄懷園文存》十五卷,清乾隆間刻《澄懷園全集》本

△［清］甘汝來《甘莊恪公全集》十六卷,清乾隆五十六年(1791)甘氏
賜福堂刻本

　　［清］錢陳群《香樹齋文集》二十八卷、《詩集》十八卷,清乾隆二十九
年(1764)刻本

　　［清］汪由敦《松泉文集》二十卷、《詩集》二十六卷,清乾隆二十三年
(1758)汪承霈刻本

　　［清］桑調元《弢甫續集》二十卷,清乾隆二十一年(1756)修汲堂
刻本

※［清］劉大櫆《海峰文集》八卷、《詩集》十一卷,清乾隆間敦本堂刻本

　　［清］袁旭《燕九竹枝詞》,收入《清代北京竹枝詞(十三種)》,北京古
籍出版社 1982 年版

　　［清］蔡新《緝齋文集》八卷,清乾隆五十年(1785)刻本

　　［清］王元啓《祇平居士集》三十卷,清嘉慶十七年(1812)王尚繩恭
壽堂刻本

　　［清］袁枚《小倉山房文集》三十五卷,清乾隆間刻《隨園三十種》本

　　［清］錢維城《茶山文鈔》十二卷,清乾隆四十一年(1776)眉壽堂
刻本

　　［清］蔣士銓《忠雅堂文集》十二卷,清嘉慶二十一年(1816)鉛山蔣
氏藏園刻本

※［清］王昶《春融堂集》六十八卷,清嘉慶十二年(1807)塾南書社
刻本

△［清］錢大昕《潛研堂文集》五十卷,清嘉慶十一年(1806)刻《潛研堂
全書》本

　　［清］畢沅《靈巖山人詩集》四十卷,清嘉慶四年(1799)經訓堂刻本

　　［清］姚鼐《惜抱軒詩集》十卷、《後集》一卷、《外集》一卷,清嘉慶三

年(1798)刻本

[清]姚鼐撰,姚永概訓纂《惜抱軒詩集訓纂》十一卷,民國十八年(1929)桐城姚氏石印本

[清]姚鼐《惜抱軒尺牘》八卷,清宣統二年(1910)國學扶輪社鉛印本

[清]翁方綱《復初齋文集》三十五卷,清道光十六年(1836)侯官李彥章刻本

[清]段玉裁《經韻樓集》十二卷,清道光元年(1821)金壇段氏七葉衍祥堂刻本

△[清]赵敬襄《竹岡詩草》不分卷,清道光三年(1823)刻本

[清]郝懿行《曬書堂集》十七卷,清光緒十年(1884)東路廳署刻本

[清]阮元《揅經室集·一集》十四卷、《二集》八卷、《三集》五卷、《四集》二卷、《詩》十一卷、《續集》十一卷、《再續集》六卷、《外集》五卷,清道光三年(1823)文選樓刻本

[清]嚴可均《鐵橋漫稿》十三卷,清道光十八年(1838)四録堂刻《四録堂類集》本

[清]顧廣圻《思適齋集》十八卷,清道光二十九年(1849)上海徐渭仁刻本

[清]方東樹《儀衛軒文集》十二卷、《外集》一卷,清同治七年(1868)刻本

[清]姚元之《使瀋草》三卷,清道元二年(1822)刻本

[清]光聰諧《稼墨軒詩集》九卷、《文集》一卷、《外集》二卷、《易學》一卷,清道光七年(1827)荆宜施道刻本

[清]光聰諧《稼墨軒詩集》八卷、《文集》一卷、《外集》二卷,清光緒二年(1876)光進修補修重刊本

[清]王贈芳《慎其餘齋文集》二十卷,清咸豐四年(1854)廬陵王其淦留香書屋刻本

[清]光聰誠《閒齋詩集》七卷,清同治九年(1870)光熙刻本

〔清〕姚瑩《東溟文集》六卷，清同治六年（1867）姚濬昌安福縣署刻《中復堂全集》本

〔清〕陳壽祺《左海文集》十卷，清嘉慶、道光間三山陳氏刻《左海全集》本

〔清〕魏源《魏源全集》，嶽麓書社 2004 年版

〔清〕王柏心《百柱堂全集》五十二卷，清光緒十九年（1893）刻本

〔清〕李苞《巴塘詩鈔》二卷，清嘉慶二十二年（1817）刻本

〔清〕劉淳《雲中集》不分卷，清道光十三年（1833）刻本

〔清〕陳澧《東塾續集》五卷，文海出版社有限公司 1989 年版

〔清〕莫友芝《郘亭遺詩》八卷，清光緒元年（1875）獨山莫繩孫刻《影山草堂六種》本

〔清〕方濬頤《二知軒文存》三十四卷，清光緒四年（1878）定遠方氏刻本

〔清〕方宗誠《柏堂集·前編》十四卷、《次編》十三卷、《續編》二十二卷、《餘編》八卷、《補存》三卷、《外編》十二卷，清光緒六年至十二年（1880—1886）桐城方氏刻《柏堂遺書》本

〔清〕張裕釗《濂亭文集》八卷，清光緒八年（1882）蘇州查氏木漸齋刻本

〔清〕黃彭年《陶樓文鈔》十二卷，民國十二年（1923）江蘇書局刻本

〔清〕蕭穆《敬孚類稿》十六卷，清光緒三十二年（1906）刻本

〔清〕方潛《顧庸集》十二卷，清光緒十五年（1889）刻《毋不敬齋全書》本

〔清〕繆荃孫《藝風堂文漫存》四卷、《別存》二卷、《續集》八卷、《外集》一卷，清宣統二年（1910）刻本

馬其昶《抱潤軒文集》十卷，清宣統元年（1909）安徽官紙印刷局石印本

姚永樸《蛻私軒集》五卷、《續集》一卷，民國十四年（1925）秋浦錦記書局石印本

姚永概《愼宜軒文》十二卷,民國間刻本

姚永概《愼宜軒詩》八卷,清宣統二年(1910)安徽官紙印刷局鉛印本

※[梁]蕭統編,[唐]李善注《文選》六十卷,清嘉慶十四年(1809)胡克家刻本

[清]朱珔《文選集釋》二十四卷,清光緒元年(1875)涇川朱氏梅村家塾刻本

[南朝陳]徐陵《玉臺新咏》十卷,清乾隆三十九年(1774)程氏稻香樓刻本

[宋]章樵注《古文苑》二十一卷,《守山閣叢書》本

[宋]李昉等《文苑英華》一千卷,明隆慶元年(1567)姚江胡維新刻本

※[宋]姚鉉《唐文粹》一百卷,明嘉靖三年(1798)姑蘇徐焴刊本

※[宋]楊億《西崑酬唱集》二卷,清嘉慶十六年(1811)留香室刻本

[宋]佚名《聖宋文選》三十二卷,清光緒八年(1882)郯城于氏影宋刻本

[宋]郭茂倩《樂府詩集》一百卷,明崇禎間毛氏汲古閣刻本

※[宋]呂祖謙《宋文鑑》一百五十卷,明天順八年(1464)嚴州府刻、弘治十七年(1504)胡韶修補本

[宋]樓昉《迂齋先生標注崇古文訣》三十五卷,明嘉靖十二年(1533)王鴻漸刻本

※[宋]謝枋得《文章軌范》七卷,清康熙三十三年(1694)戴許光刻本

※[元]方回《瀛奎律髓》四十九卷,清康熙五十一年(1712)吳寶芝黃葉村莊重校刻本

△[明]張溥《漢魏六朝一百三家集》一百十八卷,明婁東張氏刻本

△[明]陳繼儒《古文品外録》十二卷,明天啓五年(1625)朱蔚然刻本

[明]唐汝詢《唐詩解》五十卷,清順治十六年(1659)趙孟龍萬笈堂刻本

※〔明〕茅坤《唐宋八大家文抄》一百六十四卷,明崇禎四年(1631)金閶簧玉堂刻本

〔明〕佚名《詩淵》,北京圖書館出版社 1993 年版影印明鈔本

〔清〕彭敏求等《全唐詩》九百卷,清康熙四十四年至四十六年(1705—1707)揚州詩局刻本

△〔清〕董誥等《全唐文》,清嘉慶十九年(1814)内府刻本

※〔清〕陳祚明《采菽堂古詩選》三十八卷、《補遺》四卷,清康熙四十五年(1706)翁嵩年刻本

〔清〕王士禎《古詩鈔》三十二卷,清康熙三十六年(1697)陽羨蔣景祁刻本

△〔清〕朱彝尊《明詩綜》一百卷,清康熙四十四年(1705)朱氏六峰閣刻本

〔清〕王昶《湖海文傳》七十五卷,清道光十七年(1837)經訓堂刻本

〔清〕李祖陶《國朝文録·初編》八十二卷、《續編》六十九卷,清道光十九年(1839)瑞州府鳳儀書院刻本

〔清〕姚鼐《五言今體詩鈔》九卷、《七言今體詩鈔》九卷,清嘉慶十三年(1808)績溪程邦瑞刻本

〔清〕姚鼐《古文辭類纂》七十四卷,清道光間合河康氏家塾刻本

〔清〕李兆洛《駢體文鈔》三十一卷,清道光間合河康氏家塾刻本

〔清〕嚴可均《全上古三代秦漢三國六朝文》七百四十六卷,清光緒二十年(1894)黃岡王氏刻本

〔清〕曾國藩《十八家詩鈔》二十八卷,清同治十三年(1874)長沙傳忠書局刻本

〔清〕徐璈《桐舊集》四十二卷,民國十六年(1927)桐城光雲錦影印清咸豐元年(1851)刻本

徐世昌《晚晴簃詩匯》二百卷,民國十八年(1929)天津徐氏退耕堂刻本

陳詩《皖雅初集》四十卷,民國十八年[1929]廬江陳氏鉛印本

陈世镕《福州西湖宛在堂詩龕征録》二十卷,福建人民出版社2007年版

北京大學古文獻研究所編《全宋詩》,北京大學出版社1999年版

李修生主編《全元文》,鳳凰出版社2004年版

※［梁］劉勰《文心雕龍》十卷,清乾隆六年(1741)養素堂刻本

舊題［唐］白居易《金針詩格》一卷,明萬曆間胡氏文會堂刻本

［宋］阮閱《詩話總龜・前集》四十八卷、《後集》五十卷,明嘉靖二十四年(1545)月窗道人刻本

［宋］蔡絛《西清詩話》三卷,明鈔本

［宋］葉夢得《石林詩話》三卷,清道光二十四年(1844)東洞庭山葉氏刻本

［宋］陳巖肖《庚溪詩話》二卷,文淵閣《四庫全書》本

［宋］黃徹《䂬溪詩話》十卷,武英殿聚珍版書本

※［宋］胡仔《苕溪漁隱叢話・前集》六十卷、《後集》四十卷,清道光二十六年(1846)刻《海山仙館叢書》本

［宋］嚴羽《滄浪詩話》一卷,明崇禎間虞山毛氏汲古閣刻本

［宋］魏慶之《詩人玉屑》二十卷,明嘉靖六年(1527)洪都潛仙刻本

［宋］趙與虤《娛書堂詩話》一卷,文淵閣《四庫全書》本

［宋］劉克莊《後村詩話・前集》二卷、《後集》二卷、《續集》四卷、《新集》六卷,文淵閣《四庫全書》本

［宋］吳子良《荊溪林下偶談》四卷,明萬曆間刻《寶顏堂續秘笈》本

［宋］蔡正孫《精選古今名賢叢話詩林廣記・前集》十卷、《後集》十卷,明弘治十年(1497)張鼐刻本

［元］吳師道《吳禮部詩話》一卷,《知不足齋叢書》本

［元］韋居安《梅磵詩話》三卷,清嘉慶四年(1799)顧修刻《讀畫齋叢書》本

［明］王行《墓銘舉例》四卷,清乾隆二十年(1755)盧見曾雅雨堂刻《金石三例》本

　　［明］楊慎《升庵詩話》十二卷、《補遺》二卷，清道光五年（1825）李調元刻《函海》本

　　［明］王世貞《藝苑卮言》八卷，清光緒間刻《談藝珠叢》本

　　［清］賀貽孫《詩筏》不分卷，清道光二十六年（1846）敕書樓刻《水田居全集》本

　　［清］吳喬《圍爐詩話》六卷，清嘉慶十三年（1808）虞山張氏刻《借月山房彙鈔》本

※［清］施閏章《蠖齋詩話》一卷，清道光間吳江沈氏世楷堂刻本

　　［清］賀裳《載酒園詩話》一卷，清初賀氏載酒園皺水軒刻本

　　［清］宋長白《柳亭詩話》三十卷，清康熙四十六年（1707）天茁園刻本

　　［清］方世舉《蘭叢詩話》一卷，清乾隆間方觀承刻本

△［清］厲鶚《宋詩紀事》一百卷，清乾隆十一年（1746）厲氏樊榭山房刻本

△［清］鄭方坤《全閩詩話》十二卷，清乾隆十九年（1754）詩話軒刻本

　　［清］趙翼《甌北詩話》十卷、《續詩話》二卷，清嘉慶七年（1802）湛貽堂刻《甌北全集》本

　　［清］法式善《梧門詩話》十二卷，鳳凰出版社 2005 年版

　　［清］郭麐《靈芬館詩話》十二卷、《續》六卷，清嘉慶二十一年（1816）孫均刻二十三年（1818）增修本

※［清］方東樹《陶詩附考》一卷，清光緒刻《方植之全集》本

　　［清］吳鋌《文翼》三卷，清道光十六年（1836）王國棟等刻本

　　［清］梁章鉅《制藝叢話》二十四卷，清咸豐九年（1859）知足知不足齋刻本

　　王揖唐《今傳是樓詩話》，遼寧教育出版社 2003 年版

　　［宋］蘇軾《東坡樂府》二卷，清光緒十四年（1888）臨桂王氏刻《四印齋所刻詞》本

　　［宋］黃庭堅《山谷琴趣外篇》三卷，民國二十五年（1936）上海涵芬

樓影印本

[金]元好問《遺山樂府》三卷,清宣統三年至民國六年(1911—1917)仁和吴氏雙照樓影刻本

[元]楊維楨《鐵崖先生古樂府》十卷、《鐵崖樂府補》六卷,明末毛晋汲古閣刻本

※[清]朱彝尊撰,[清]李富孫注《曝書亭集詞注》七卷,清嘉慶十九年(1814)嘉興李富孫校經廎刻本

※[清]沈辰垣《御選歷代詩餘》一百二十卷,清康熙四十六年(1707)内府刻本

[清]沈雄《古今詞話》八卷,清康熙二十八年(1689)澄暉堂刻本

[清]無名氏《梳妝擲戟》,收入胡世厚主編《三國戲曲集成·晚清昆曲京劇卷》,復旦大學出版社 2018 年版

[明]羅本《三國志傳通俗演義》十二卷,明萬曆十九年(1591)金陵萬卷樓周曰校刊本

[明]羅貫中撰,[清]毛宗崗評《三國志演義》一百二十回,民國十二年(1923)上海掃葉山房石印本

[清]韓邦慶《海上花列傳》六十四回,清光緒二十年(1894)石印本

近現代專著及論文

陳尚君《石刻所見唐代詩人資料零札》,原載《唐代文学研究》第 1 輯,收入《貞石詮唐》,復旦大學出版社 2016 年版

陳正宏、汪自强《沈周畫壁傳説考》,《新美術》2000 年第 2 期

陈直《〈太史公〉書名考》,原載《文史哲》1956 年第 6 期,收入《文史考古論叢》,天津古籍出版社 1988 年版

杜澤遜《四庫存目標注》,上海古籍出版社 2007 年版

方國瑜《漢晋至唐宋時期在雲南傳播的漢文學》,收入《方國瑜文集(第 1 輯)》,雲南教育出版社 2001 年版

方豪《中國天主教史人物傳》,中華書局 1988 年版

方向東《〈庄子〉疑难词语考釋》，《南京師大學報》1999 年第 1 期

傅增湘《藏園群書題記》，上海古籍出版社 1989 年版

高文《漢碑集釋》，河南大學出版社 1997 年版

龔烈沸《寧波現存碑刻碑文所見錄》，寧波出版社 2006 年版

顧頡剛《顧頡剛讀書筆記》，中華書局 2011 年版

顧廷龍《清代硃卷集成》，成文出版社 1992 年版

郭紹虞《宋詩話輯佚》，中華書局 1985 年版

胡玉縉《許廎學林》，中華書局 1958 年版

華日精《唐代四名人的舒州緣》，收入安徽省潛山縣政協文史委員會
　　編《潛山文史資料》第 7 輯，内部發行 2005 年版

黄永年、賈二强《清代版本圖錄》，浙江人民出版社 1997 年版

李丹《明代私家書目僞書考》，《古籍研究》2007 年第 1 期

李丁生《天柱山山谷流泉石刻》，安徽美術出版社 2011 年版

李猛、曹旭《謝朓年譜匯考》，收入《中古作家年譜匯考輯要》，世界圖
　　書出版公司 2014 年版

李慶《顧千里研究（增補本）》，臺灣學生書局有限公司 2013 年版

劉成國《王安石年譜長編》，中華書局 2018 年版

劉德清《歐陽脩紀年錄》，上海古籍出版社 2006 年版

劉銘恕《崖墓稽古錄》，原載《中國文化研究彙刊》1946 年第六卷，收入
　　《劉銘恕考古文集》，河南人民出版社 2013 年版

魯迅《中國小説史略》，人民文學出版社 2006 年版

羅忼烈《宋詞雜體》，收入《兩小山齋論文集》，中華書局 1982 年版

駱兆平、謝典勛《天一閣碑帖目錄彙編》，上海辭書出版社 2012 年版

吕思勉《吕思勉讀史札記》，上海古籍出版社 1982 年版

馬西沙《清代八卦教》，中國社會科學出版社 2013 年版

龐石帚《養晴室筆記》，四川文藝出版社 1985 年版

浦江清《谢绛〈游嵩山寄梅殿丞书〉》，原載 1941 年《國文月刊》第 1 卷
　　第 5 期，收入《浦江清文史雜文集》，清華大學出版社 1993 年版

潛山縣文物管理所《潛山石牛洞石刻選注》，内部發行 1980 年版

錢鍾書《談藝録（補訂本）》，中華書局 1998 年版

錢鍾書《管錐編》，中華書局 1982 年版

錢鍾書《宋詩選注》，人民文學出版社 2005 年版

錢鍾書《韓昌黎詩繫年集釋》，原載《文學研究》1958 年第 2 期，收入
　《錢鍾書散文》，浙江文藝出版社 1997 年版

錢鍾書《容安館札記》，商務印書館 2003 年版（本書所據爲視昔猶今
　整理本）

錢鍾書《錢鍾書手稿集·中文筆記》，商務印刷館 2011 年版

屈萬里《明釋藏雕印考》，原載《國學彙編》1934 年第二册，收入《南京
　圖書館同仁文集》，南京大學出版社 2007 年版

瞿兑之《養和室隨筆》，遼寧教育出版社 1997 年版

任中敏《優語集》，上海文藝出版社 1981 年版

邵毅平《〈震川先生集〉編刊始末》，收入《中國古典文學論集》，上海古
　籍出版社 2013 年版

施立業《姚瑩年譜》，黄山書社 2004 年版

施之勉《〈史記〉之名當起于班叔皮父子考》，收入《史記會注考證訂
　補》，華岡出版公司 1976 年版

施謝捷《簡牘人名（雙名）釋讀劄記》，《中國出土資料研究》2014 年
　3 月刊

陶敏《〈全唐詩〉作者小傳補正》，遼海出版社 2010 年版

童第德《韓集校詮》，中華書局 1986 年版

佟培基《全唐詩重出誤收考》，陝西人民教育出版社 1996 年版

童書業《春秋王都辨疑》，收入《中國古代地理考證論文集》，中華書局
　1962 年版

全相卿《宋代"一人二誌"現象芻議：以王安石父王益墓誌爲中心》，
　《清華大學學報（哲学社會科學版）》2023 年第 1 期

汪維輝《〈孟子〉"市賈不貳"究竟該作何解？—附論"巨屨小屨"》，《河

北師範大學學報(哲學社會科學版)》2021 年第 1 期

王國維《太史公行年考》,收入《觀堂集林》,中華書局 2004 年版

王嵐《〈歐陽脩文集〉版本流傳系統辨析》,原載《北京大學中國古文獻
　　研究中心集刊》第 3 輯,收入《望江集》,北京聯合出版公司 2000
　　年版

王利器《歷代笑話集》,上海古籍出版社 1981 年版

王利器《〈太史公〉與〈史記〉》,收入《曉傳書齋集》,華東師範大學
　　1997 年版

王培軍《錢大昕〈十駕齋養新録〉訂議》,《文學遺産》2013 年第 2 期

王紹曾《清史稿藝文志拾遺》,中華書局 2000 年版

王叔岷《史記斠證》,中華書局 2007 年版

王兆鵬《〈樂府紀聞〉考》,《文獻》1997 年第 2 期

王重民《中國目録學史料(四)》,《吉林省圖書館學會會刊》1981 年第
　　5 期

烏以風《天柱山志》,安徽教育出版社 1984 年版

吳麗娛《唐禮摭遺——中古書儀研究》,商務印書館 2002 年版

夏承燾《白石道人行實考》,原載《燕京學報》1938 年第 24 期,收入《姜
　　白石詞編年箋校》,上海古籍出版社 1981 年版

項楚《蘇詩中的行業語》,收入《東坡研究論叢》,四川文藝出版社
　　1986 年版

向達《中國的崖葬制》,原載《星期評論(渝版)》1941 年第 28 期,收入
　　中國懸館葬學術討論會《懸棺葬資料彙集》,内部發行 1980 年版

謝虎軍、張劍《洛陽紀年墓研究》,大象出版社 2013 年版

徐規《〈夢溪筆談〉中有關史事記載訂誤》,收入《沈括研究》,浙江人民
　　出版社 1985 年版

楊明照《太史公稱史記考》,原載《燕京學報》1939 年第 26 期,收入《學
　　不已齋雜著》,上海古籍出版社 1985 年版

姚永樸《文學研究法》,黄山書社 1989 年版

余嘉錫《四庫提要辨證》,中華書局 2008 年版

余嘉錫《余嘉錫論學雜著》,中華書局 2008 年版

俞昕雯《陳音生平事跡考》,《北京大學中國古文獻研究中心集刊》第
　16 輯,北京大學出版社 2017 年版

袁行雲《清人詩集叙録》,人民文學出版社 2016 年

張鴻勛《敦煌本〈啓顏録〉的發現及其文獻價值》,收入《敦煌俗文學研
　究》,甘肅教育出版社 2002 年版

章士釗《柳文指要》,文匯出版社 2000 年版

鄭天挺《鄭天挺明史講義》,中華書局 2017 年版

政協盱眙縣委員會文史資料委員會《第一山題刻選》,《盱眙文史資
　料》第 12 輯,内部發行 1995 年版

中國古籍總目編委會《中國古籍總目》,中華書局 2012 年版

周本淳《"聖"爲"偵探"説溯源》,收入《讀常見書札記》,江蘇教育出版
　社 1990 年版

鍾淑娟《光聰諧家世、生平及著述考略》,《湖南科技學院學報》2014 年
　第 2 期

朱光立《蕭德藻年譜》,《古籍研究》2018 年第 1 期

朱南銑《中國象棋史叢考》,中華書局 2013 年版

朱希祖《太史公解》,原載《制言半月刊》1936 年第 15 期,收入《中國史
　學通論》,中華書局 2012 年版